FABIO GENOVESI
FISCHE FÜTTERN

FABIO GENOVESI

FISCHE FÜTTERN

Aus dem Italienischen von Rita Seuß
und Walter Kögler

LÜBBE

Sämtliche Figuren dieses Romans sind frei erfunden. Alle Ähnlichkeiten mit realen Personen und Ereignissen sind deshalb rein zufällig und nicht beabsichtigt.

Lübbe Hardcover in der Bastei Lübbe GmbH & Co. KG

Titel der italienischen Originalausgabe:
»Esche Vive«

Für die Originalausgabe:
Copyright © 2011 by Arnoldo Mondadori Editore S. p.A., Milano

Für die deutschsprachige Ausgabe:
Copyright © 2012 by Bastei Lübbe GmbH & Co. KG, Köln
Umschlaggestaltung: Johannes Wiebel, punchdesign, München
Umschlagmotiv: © Illustration Johannes Wiebel, punchdesign, München, unter Verwendung von Motiven von Shutterstock.com
Satz: Dörlemann Satz, Lemförde
Gesetzt aus der DTL Documenta TOT
Druck und Einband: CPI – Ebner & Spiegel, Ulm

Printed in Germany
ISBN 978-3-7857-2445-3

5 4 3 2 1

Sie finden uns im Internet unter: www.luebbe.de
Bitte beachten Sie auch: www.lesejury.de

Ein Junge will, dass sein Vater ihm ein Auto kauft.
Der Vater sagt: »Geh erst mal zum Friseur.«
Der Junge: »Aber Jesus hatte auch lange Haare.«
Darauf der Vater: »Stimmt, mein Sohn, aber Jesus
ist immer zu Fuß gegangen.«

(David Berman)

GALILEI WAR EIN DUMMKOPF
(Sommer 2005)

Eins ... zwei ...

Wir zählen. Das Wasser im Kanal ist still und trüb und sieht aus wie Schlamm auf einem verwackelten Foto. Es ist ein Nachmittag im Juli 2005, wir schauen aufs Wasser und zählen.

Wir, das sind Stefano, Silvia und ich, Fiorenzo, aber für den Namen kann ich nichts. Wir müssen bis zehn zählen, na und? Zählen ist schön, du fühlst dich dabei auf der sicheren Seite, denn Mathematik ist eine klare Sache, und wenn du dich darauf einlässt, kannst du nichts falsch machen, das hat schon Galilei gesagt.

Aber Galilei war ein Dummkopf.

Genau, Galileo Galilei, das ist der aus Pisa, und deshalb sind die Schulen hier in der Gegend auch alle nach ihm benannt. Bei der Mittelstufenprüfung vor einem Monat hat meine ganze Klasse in Physik Galilei als Thema genommen. Nur ich habe mich für Kernenergie entschieden. Die ist mir zwar scheißegal, aber Galilei in der Prüfung, den Gefallen wollte ich ihm einfach nicht tun. Er hat sich alles Mögliche ausgedacht, und eines Tages hat er dann geschrieben, dass sich die Erde um die Sonne dreht. Und als der Papst ihn verbrennen wollte, sagte er: *Sorry, Irrtum, das stimmt alles gar nicht.*

Aber das ist nicht der Grund, warum Galilei ein Dummkopf war. Er war ein Dummkopf, weil er sagte, dass die Natur vor uns liegt wie ein offenes Buch, das in der Sprache der Mathematik geschrieben ist. Er meinte damit, dass sich die ganze Welt und das ganze Leben, die Menschen und Bäume, die Muscheln, Sterne, Seepferdchen, Verkehrsampeln und Quallen mit Zahlen und geometrischen Figuren erklären lassen. Aber das ist totaler Schwachsinn. Hätte ich so was gesagt, hätte man mich zum Teufel gejagt, und zwar mit Recht. Aber weil es Galileo Galilei gesagt hat, muss es wahr sein, denn er war ja ein Genie und lebte in einer Zeit, in der alle Genies und Künstler waren. Die haben ihre Tage nicht mit Einkaufen verplempert oder beim Warten auf der Post oder in der Bar ... nein, die haben gedichtet und gemalt oder eben grundlegende Naturgesetze entdeckt.

Alles Schwachsinn, sage ich. Zu Galileis Zeit gab es nicht mal Fahrräder. Elektrisches Licht gab es auch nicht, und wenn die Leute mussten, haben sie in einen ekligen Eimer gemacht und den dann einfach auf die Straße gekippt, egal, ob gerade jemand vorbeiging oder nicht. Die konnten nicht mal Eis herstellen, Mann. Es gab extra Leute, die von den Bergen Schnee holten und verkauften. *Die kauften damals Schnee!*

Und da behaupten wir jetzt, früher wäre alles wunderbar gewesen und die Leute hätten mehr Verstand gehabt und wir heute seien Idioten, die nichts zustande bringen ... Ich meine, wir sind ja Idioten, aber meiner Ansicht nach waren wir das schon immer, von der Steinzeit bis zu diesem Nachmittag, an dem Stefano, Silvia und ich hier am Kanal sitzen und zählen.

Und wenn es darum ginge, wer bei dem, was gleich passieren wird, der größte Idiot ist, würde ich haushoch gewinnen.

Drei ... vier ...

Im Buch der Natur steht, dass wir bis zehn zählen können. Oder vielmehr müssen. Sonst würde der Böller zu früh aufs Wasser treffen und erlöschen, bevor er explodiert. Wir haben das zigmal ausprobiert, der Grund des Kanals ist mit nichtexplodierten Knallkörpern übersät, auch wenn man die nicht sehen kann, weil das Wasser zu dunkel ist.

Wenn du aber zehn Sekunden wartest, bevor du den brennenden Böller wirfst, ist die Schnur so weit runtergebrannt, dass ihr das Wasser nichts mehr anhaben kann. Der Böller landet im Wasser, sinkt nach unten und explodiert – und dann kommt alles hoch, Blasen und Schlamm und die ganzen Tiere, die es fertigbringen, da unten zu leben: Fische, Aale, Frösche. Die sind schlagartig erledigt und kommen alle gleichzeitig hoch, mit dem Bauch nach oben. Von der Kanalböschung aus siehst du nur die aufgeblähten Bäuche, weiße Streifen, ziemlich tot.

Aber das, was wir an diesem Morgen gesehen haben, war anders: schwarz und riesengroß, mit einem enormen Rücken und total lebendig. Es hat sich ganz gemächlich im Wasser bewegt und es geteilt. Damit ist es also amtlich: Das Kanalmonster existiert, keine Frage. Bis dahin hatte nur Stefano es gesehen, aber auf den kann man sich nicht verlassen. Wenn er nachts aufstehen muss, um zu pinkeln, weckt er seine Mutter, damit sie ihn aufs Klo begleitet.

An diesem Morgen haben wir es also alle drei gesehen. Ging ja gar nicht anders, so riesig, wie es war. Wir saßen oben an der Steilböschung auf dem trockenen Schlamm und haben geangelt, und da ist plötzlich dieses dunkle Ding aufgetaucht, der reine Wahnsinn.

Stefano brüllte *ein Hai*, Silvia *ein Delfin*, aber das war unmöglich, denn die leben im Meer. Okay, in Amazonien gibt es halbblinde Delfine, die leben in Flüssen. Aber wir sind hier nicht in Amazonien, sondern in der Provinz Pisa, und das hier ist kein Fluss, sondern bloß ein schmaler Kanal, der nach Gülle stinkt. Das Monster kann also kein Delfin sein und auch kein Hai, aber was ist es dann? Um das rauszukriegen, gab es nur eins, und dafür reichte kein einfacher Kracher, wir brauchten was Ordentliches.

Sechs Böller, sechs Stück! Modell Magnum, Profiqualität, zusammengebunden mit silbernem Isolierband. Stefano fragte: *Ist das nicht zu viel?*, in diesem nörgelnden Ton, bei dem einem sofort die Wut kommt. Wir haben ihm nicht mal geantwortet, Silvia und ich, sondern ihn nur böse angefunkelt und die Böller auch noch untenrum mit Klebeband umwickelt, schön fest. Sah aus wie ein einziger Riesenkracher, wie eine Handgranate. Für was Größeres hätte schon die Armee anrücken müssen.

Fünf ... sechs ...

Die Diskussion darüber, wer die Bombe werfen sollte, dauerte eine halbe Stunde. Stefano schüttelte den Kopf, kickte Staub hoch und grummelte *Das ist unfair, ihr nutzt nur aus, dass ich der Schwächste bin*. Es dauerte eine ganze Weile, bis wir kapiert hatten, dass er *nicht* werfen wollte, dann erklärten wir ihm die Situation, und er beruhigte sich. Er ging sogar ein Stück zur Seite, um das Geschehen aus sicherer Entfernung zu verfolgen, ganz aufgeregt.

Zwischen Silvia und mir dagegen war ein richtiger Wettstreit entbrannt. Die Idee mit der Superbombe stammte zwar von mir, aber das Geld für die Knallfrösche hatte sie beigesteuert, also standen wir gleichauf. Und wie immer, wenn es eins zu eins steht, hat am Ende Schere-Stein-Papier entschieden.

Los!

Ich Papier, sie Stein. Ich gewinne.

Ein besonderer Moment: Es ist das letzte Mal in meinem Leben, dass ich bei diesem Spiel gewinne. Zumindest mit der rechten Hand, die jetzt die Bombe hält, ein so wuchtiges Ding, dass es mir kaum gelingt. Meine Finger umschließen geballte Kraft, Flamme und Schießpulver, ich bin der König des Kanals.

Und du, Monster, glaubst du wirklich, du bist der Stärkere? Na schön, dann sag mir doch, wie dir dieses Bonbon schmeckt.

Der Arm holt aus, mein Ärmel schiebt sich hoch, ich höre das Zischen der sechs kleinen Flammen, die alle gleichzeitig brennen. Sehr laut, wie aus einer Schlangengrube, wie die Düsen eines Jagdbombers oder die borhaltigen Dämpfe von Larderello. Echt stark. Einfach unglaublich.

Wir zählen gemeinsam, wir brüllen die Zahlen immer lauter, eine nach der anderen in ihrer unumstößlichen Abfolge, und wir sind wie sie: überzeugend, unangreifbar, einfach großartig ...

Sieben ... acht ... bumm.

Mir dröhnen die Ohren.

Ich sehe Stefano schreiend wegrennen, ich kann ihn nicht hören, aber ich weiß, dass er weint. Silvia dagegen steht einfach nur da und starrt auf etwas knapp unterhalb von meinem Gesicht.

Ich senke den Blick und sehe, was sie sieht. Ich sehe die Leere.

Inzwischen haben wir 2010, ein paar Jahre sind vergangen, aber diese Leere ist mir geblieben. Vielleicht war das Isolierband damals nicht silbern und das Kanalmonster nur ein Baumstamm, der in der Hitze und in der verseuchten Brühe diese kuriose Erscheinung abgab. Aber das Gefühl der Leere hat sich mir tief eingebrannt, es ist nicht verschwunden, bis zum heutigen Tag nicht.

Denn die wirkliche Leere, das ist etwas Entsetzliches. Die wirkliche Leere ist nicht das Nichts. Das Nichts ist viel weniger.

Zwei Szenen, um das zu verdeutlichen.

Szene eins: Du öffnest in einem Hotelzimmer eine Schublade, um deine Sachen reinzutun. Das Fach ist leer, und du fängst an, Unterhosen, T-Shirts und Socken einzuräumen.

Szene zwei: Du kommst nach Hause und gehst an den Schrank, wo in der untersten Schublade der Schuhkarton mit deinem ganzen Geld versteckt ist. Du bückst dich, du öffnest den Schrank, die Schublade ist leer.

Zwei Schubladen, und beide sind leer. Aber ist es ein und dasselbe?

Wohl kaum.

Denn die wirkliche Leere ist nicht das Nichts, sondern ein Nichts an einer Stelle, wo eigentlich etwas sein müsste. Etwas Wichtiges, das immer da war, und dann schaust du irgendwann hin und merkst, dass es verschwunden ist.

Wie an jenem Nachmittag im Juli 2005, als mir die Ohren dröhnen und ich an mir runterschaue auf den Arm, der an der Schulter beginnt, am Ellbogen abknickt und dann bis zum Handgelenk geht. Und nach dem Handgelenk – nichts. Da hätte die Hand sein müssen, meine Hand. Sie war immer da, vierzehn Jahre lang, aber jetzt ist da nur Luft, der Gestank aus dem Kanal, sonst nichts.

Das ist die Leere.

Eins zwei drei vier fünf sechs sieben acht ... bumm.

Weil Galilei ein Dummkopf war.

Und ich ein noch viel größerer.

METAL DEVASTATION

Na gut, mir fehlt eine Hand, die rechte, und ich bin kein Linkshänder. Das heißt, inzwischen schon, zwangsläufig, aber früher nicht. Früher hab ich alles mit rechts gemacht: gegessen, mich gekratzt, die Fernbedienung gehalten oder den Tischtennisschläger. Und Böller geschmissen, leider.

Hier in Muglione, wo die Leute alle sehr nett sind, nennt man mich Einarmiger oder Krüppelchen, meistens aber Kralle. Einen Glatzkopf nennen sie Locke und Maurino, den stummen Schulhausmeister, Pavarotti.

So ist es immer: Das, was fehlt, zählt viel mehr als das, was da ist, und eine fehlende Hand scheint wichtiger zu sein als die Tatsache, dass ich beispielsweise noch eine andere, heile Hand habe und beide Beine, die Füße und meine Geschmackspapillen.

Ist aber ganz in Ordnung: Fünf Jahre sind vergangen, und ich bin jetzt wieder in der Lage, eine Menge wichtiger Dinge zu tun. Die alltäglichen Dinge, die man erledigt, ohne groß darüber nachzudenken: sich die Schuhe anziehen zum Beispiel, sich waschen und essen. Ich musste die Bewegungsabläufe in lauter Einzelschritte zerlegen und dann wieder neu zusammensetzen. Hat zwar ordentlich Zeit gekostet, aber die Zeit verging, und ich hab's gelernt. In gewisser Weise bin ich daran wohl auch gewachsen.

Aber die Hand nicht, die wächst nicht nach. Ich schwöre, zuerst hab ich an so was gedacht, gleich nach dem Knall war das mein erster klarer Gedanke. Ein paar Sekunden lang hab ich mich gefragt, ob eine Hand nicht nachwachsen kann. Das ist gar nicht so absurd, denn wenn ein Krebs eine Zange verliert, wächst die ihm auch nach, und wenn du einer Eidechse den Schwanz abtrennst, ist es genauso. Schon irre.

Ich meine, wir sind doch die höher entwickelten Lebewesen, oder? Wie kann es dann sein, dass Krebse und Eidechsen so was schaffen und wir nicht? Sogar die Hummer, Mann, *die Hummer!* Die haben zwei Riesenzangen, und wenn sie beim Kampf eine verlieren oder sich in einem Fischernetz verheddern, wächst ihnen auch dieses Mordsgerät nach. Und weil ihn das enorm viel Kraft kostet, hört der Hummer auf zu wachsen. Kein Witz, dieses dumme Tierchen da unten auf dem Meeresboden hört auf zu wachsen, weil seine ganze Kraft in die Zange geht, und dann ist es mit einem Mal wieder ganz und wirbelt durchs Wasser. Also: Ein Hummer schafft das, und bei uns, die wir die Natur beherrschen wollen, wachsen nur völlig nutzlose Teile nach wie Nägel und Haare … Tolle Leistung.

Strata-bumm.

Giuliano drischt auf die Snare Drum ein, und meine Gedanken kehren wieder in die Garage zurück. Er setzt sich auf seinem Hocker zurecht, die anderen beiden schauen mit den Instrumenten im Arm zu mir rüber. Es kann losgehen.

One, two …

Schon wieder diese Zahlen, dieses Abzählen. Fünf Jahre ist es her, aber jedes Mal wenn ich zähle, überkommt mich ein Schauder. Ist aber in Ordnung, ein Schauder ist jetzt genau das Richtige, es macht mich wach und gibt mir Power, denn jetzt müssen wir alles geben.

One, two, three, four … Come on!

Die Gitarre setzt mit einem mörderischen Riff ein, zwei Takte solo, dann kommt das Schlagzeug mit einem fetten Wirbel, dann der Bass, volle Power. Ich fixiere die Mauer vor mir und werfe den Kopf im Rhythmus des Stücks nach oben, dass meine Haare nach allen Seiten fliegen.

Noch zwei Takte, dann bin ich dran mit Singen. Also, gezwungenermaßen sozusagen, mit nur einer Hand hatte ich ja nicht groß die Wahl. Klar, stimmt schon, der Schlagzeuger von Def Leppard hat auch noch Platten aufgenommen, nachdem er einen Arm verloren hatte, aber habt ihr euch die mal angehört?

Eben, und deshalb kann ich von Glück reden, dass ich eine so begnadete Stimme habe.

Heute Abend gibt es eine Besonderheit: Ich singe italienisch. In gewissem Sinn hab ich verloren, ich war null einverstanden, italienisch zu singen, aber am Ersten Mai findet in Pontedera dieses Oberschulenfestival statt, das sich PontedeRock nennt. Es wird von der Jungen Linken organisiert, und die haben diese hirnrissige Regel, dass alle Songs auf Italienisch sein müssen. Also haben wir abgestimmt und uns entschieden, unseren Arsch zu verkaufen, wir haben drei Songs übersetzt, und die üben wir heute Abend.

Stopp. Noch ein Schlagzeugwirbel, dann bin ich dran.

Der Horror kriecht aus seiner Gruft
Da gibt es kein Entrinnen
Der Untote laut nach dir ruft
Er wetzt schon seine Klingeeeeeen.

Die ganzen *Eeeeeen* ... ich presse sie raus mit meiner speziellen, extrem schrillen Powerstimme. Die Metrik ist durch die Übersetzung zwar hinüber, aber ich hatte Schlimmeres befürchtet, viel Schlimmeres.

Auf diesem Weg kannst du entweichen
Der führt dich zu den Schädelstätten
Und der Verdammnis sichere Leichen
Fangen schon an, um dich zu wetteeeeeen.

Dann der Refrain. Denn ein guter Song überzeugt durch den Refrain, der abgehen muss wie eine Rakete, die immer höher steigt und schließlich am Himmel explodiert.

Der Horror kriecht aus seiner Gruft
Der Horror kriecht aus seiner Gruft
Er sitzt dir schon im Nacken
Und gleich wird er dich packeeeeeen.

Stefano am Bass tauscht einen Blick mit Giuliano, der auf sein Schlagzeug eindrischt: Heute Abend geht's voll ab, wir sind super. Jetzt Rhythmuswechsel, und dann kommt die Gitarre. Genau jetzt ... jetzt ...

»Stopp, Stopp! Scheiße, Antonio, wo bleibt dein Einsatz?«

»Wieso jetzt ... ich? Jetzt kommt doch nicht das Solo!«

»Aber klar kommt jetzt das Solo.«

»Kann nicht sein, das Solo kommt später. Zuerst der zweite Refrain, dann das Solo.«

»Ja, aber an dieser Stelle hier ist das Mini-Solo, das wolltest du doch unbedingt drin haben!«

Antonio schaut in die Runde. Stefano, der sich in den letzten fünf Jahren kaum verändert hat, schlägt diskret die Augen nieder, aber Giuliano, sauer und verschwitzt, spießt ihn mit seinem Blick auf.

»Ist ja gut, Jungs, ich hab's verpennt. Cool bleiben.«

»Von wegen cool bleiben: Wir nehmen gerade auf!«

»Okay, okay, jetzt pass ich auf. Versprochen. Aber vorher 'ne Kippe, okay?«

Sie legen die Instrumente ab und gehen alle drei raus. Ich rauche nicht, Rauchen schadet meiner Stimme, und auch der Rauch in der Luft kann für die höheren Tonlagen problematisch sein. Sie werfen sich die Lederjacken über und verschwinden und lassen mich in der Garage zurück.

Aber wir müssen uns ranhalten. Bis morgen, wenn die Leute vom Festival die Gruppen auswählen, brauchen wir drei Stücke. Ich hatte mit ihnen geredet, sie waren zu fünft, drei mit Rastalocken. Leute, die One Drop Musik hören, wo einer singt, alle sollen sich die Hände reichen und auf den Feldern Blumen pflücken, und wenn die Sonne scheint, ist alles gut. Wir haben also keine Chance, aber wir nutzen sie.

Wir tun auch so, als hätte Antonio rein zufällig danebengehauen und als würde das nie wieder vorkommen, obwohl wir alle ganz genau wissen, wo sein eigentliches Problem liegt: Antonio sieht einfach zu gut aus. Er ist fast zwei Meter groß, hat einen Waschbrettbauch, breite Schultern und diese Killerkombination aus schwarzem Haar und grünen Augen. Die Mädchen flippen aus, sobald sie ihn sehen.

Das Problem ist aber nicht nur, dass Antonio zu viel hermacht, das Problem ist auch, dass wir anderen beschissen aussehen. Also, wenn bei mir nicht die Sache mit der Hand wäre, sähe ich gar nicht schlecht aus, aber Giuliano und Stefano fallen deutlich ab. Ich mag sie ja, aber so ist es nun mal. Stefanino wiegt vielleicht fünfzig Kilo und hat vorstehende Zähne, die man auch dann noch sieht, wenn er die Klappe hält, und Giuliano ist ein Fettkloß mit einem schwabbeligen Doppelkinn.

Neulich Abend zum Beispiel: Wir waren auf dem Weg zum Üben, und auf der Piazza standen ein paar Typen rum, die ein Stück älter waren als wir und die nur Antonio kannte. Die sehen ihn mit uns und rufen ihm zu: *Hey, Antò, mit wem läufst du denn da rum? Machst du jetzt den Zivi für Spastiker?*

Also, da ist es dann schon schwierig, an die Band zu glauben und gut zu spielen. Da fragst du dich schon mal, wo du eigentlich hinwillst und was du dir von all dem versprichst. Wieso vier Freaks in einem Scheißkaff eine Musik machen, die kein Schwein hören will und …

Zum Glück ist die Zigarettenpause zu Ende, und die anderen kommen wieder rein. Wir schauen uns an, wild entschlossen, voller Power.

Und Metal Devastation fängt an, die Welt erneut in Trümmer zu legen.

ALBERTINA

Es ist April, neun Uhr früh, und auf dem Fahrrad ist es ziemlich kühl.

Wenn ich ordentlich in die Pedale trete, wird mir warm, aber dann nimmt der Fahrtwind zu, und mir wird wieder kalt. Ich weiß nicht recht, was besser ist. Ich hätte den Roller nehmen sollen, aber das Benzin ist alle, und statt meinen Vater um Geld anzuhauen, fahr ich lieber für den Rest meines Lebens Rad.

Heute Vormittag vertrete ich ihn im Laden, und das Geld kriege ich, weil es mir zusteht. Es ist kein Taschengeld, das geht also in Ordnung, wenn man mal davon absieht, dass ich dafür die Schule schwänze. Aber wir haben zwei Stunden Mathe, und deshalb ist auch das in Ordnung. Das einzige echte Problem ist, dass ich in Mathe, Physik und Philosophie riskiere, gar nicht erst zum Abitur zugelassen zu werden: und dann gute Nacht. Nein, Schluss jetzt, ab morgen lerne ich, ich werde beweisen, dass ich den Ernst der Lage begriffen habe, doch doch, ab morgen klemm ich mich dahinter, ich schwör's.

Aber heute Vormittag muss ich den Laden aufsperren, mein Vater ist mit den Jungs bei einem überregionalen Radrennen, und ein Angelladen ist wie eine Apotheke: Wenn ein Kunde einen Notfall hat, musst du da sein.

Früher konnten wir es uns leisten, zwischendurch zuzumachen, weil das *Magic Fishing* nicht das einzige Angelgeschäft hier in Muglione war. Man konnte auch zu Albertina gehen, so hieß die Besitzerin. Alle nannten den Laden so, denn einen richtigen Namen hatte er nicht, auch kein Schild, und wenn es sich nicht herumgesprochen hätte, hätte man dort niemals einen Laden vermutet, weil es ein ganz normales Wohnhaus ein Stück außerhalb der Ortschaft war. Albertina selbst wohnte dort auch. In einem langen, schmalen Raum stand ein Ladentisch mit ein paar Ruten, Angelrollen und Ködern, aber hinten bei den großen Kartons war eine Tür, und ab und zu verschwand Albertina, um etwas zu holen, und dann sah man ihre Küche.

Dass sie dort auch lebte, war ausgesprochen praktisch, denn wenn man mal zu einer verrückten Uhrzeit Köder brauchte, klingelte man einfach. Dann kam Albertina angeschlurft und gab einem, was man verlangte.

Einmal wollten Stefano und ich in aller Frühe zum Kanal gehen, um ein spezielles Futter zu testen, das wir aus Mehl, Marmelade, Trockenobst und Nesquik selbst zusammengemixt hatten. Wir hatten es probiert, und es schmeckte gut, sehr süß, was prima ist, denn bei Süßem geraten die Karpfen völlig aus dem Häuschen und kommen sofort angesaust. Und wenn dieses Futter, unsere Erfindung, funktionierte, konnten wir es verkaufen und reich und berühmt werden.

Ich habe zwar noch nie gehört, dass jemand mit Karpfenfutter reich und berühmt geworden ist, aber in diesem Sommer glaubten wir irgendwie dran, Stefano und ich. Wir hatten sogar schon einen Namen für das Futter: *Magic Karpfen Spezial*, und das Rezept war derart geheim, dass wir die Zutaten – hätte es tatsächlich funktioniert – mit Sicherheit nicht mehr zusammenbekommen hätten. Aber erst mal mussten wir es testen, und um es zu testen, brauchten wir für einen Euro Maden für die Angel. Es war sechs Uhr morgens, und mein Vater hatte den Angelladen noch nicht, also fuhren wir zu Albertina und klingelten. Das heißt, vorher ging's erst noch zehn Minuten hin und her zwischen uns: *Klingel du. Nein du. Nein du. Nein, klingel du, oder traust du dich etwa nicht? Wieso, und was ist mit dir? Ich schon. Ach ja? Dann klingel du doch …*

Schließlich haben wir beide den Finger auf die Klingel gehalten und gemeinsam gedrückt. Um diese Uhrzeit und in dieser Stille fuhr uns der Klingelton wie ein Stromschlag vom Finger in den Arm, und ich war drauf und dran, aufs Fahrrad zu springen und abzuhauen.

Das Klingeln verhallte, und eine Weile geschah nichts. Dann ging das Licht an, die Tür schnappte auf, Albertina streckte ihren verfilzten, grauen Lockenkopf raus und fragte grußlos, was wir wollten. Sie war nicht sauer, sie wirkte nur total verschlafen.

»Maden bitte, Signora.«

»Wie viele?«

»Für einen Euro bitte.«

Sie verschwand im Haus und kam dann mit den Maden in einer Plastiktüte wieder. Die gab sie uns, nahm das Kleingeld und fragte *Braucht ihr sonst noch was?* Wir sagten *Nein*, sie nickte und schloss die Tür hinter sich, und das Licht ging wieder aus.

Während wir mit den Rädern auf holprigen Wegen durch die leeren Felder zum Kanal fuhren, blieb ich stumm und fragte mich verwirrt, ob es für Erwachsene normal war, wegen einer Handvoll Maden in aller Herrgottsfrühe geweckt zu werden. Für mich wäre es nämlich nicht normal gewesen, ich an ihrer Stelle hätte mich furchtbar aufgeregt.

Dann waren wir da, und ich hab nicht mehr weiter drüber nachgedacht.

Das Spezialfutter war ein Flop. Kaum kam es mit dem Wasser in Berührung, löste es sich auf. Aber wir hatten ja noch die Maden. Die befestigten wir am Haken, und schon kamen Karpfen, Welse, Dorsche und auch die eine oder andere Schleie, und unsere Erfindung war vergessen.

Irgendwie kommt's mir komisch vor, dass wir frühmorgens noch dachten, wir würden Millionäre werden, und eine halbe Stunde später einfach so hinnahmen, dass das alles Blödsinn war. Die Fische bissen an, das war die Hauptsache. Ich fand das erstaunlich und schön, sehr schön.

Mein Vater sieht das anders. Eine solche Haltung bringt ihn auf die Palme. Er nennt das »sich abfinden«, und sich abzufinden ist was für Loser.

»Fiorenzo, am Ende eines Rennens zählt nur die Reihenfolge im Ziel: Erster, Zweiter, Dritter. Und der Zweite und der Dritte sind schon am nächsten Tag vergessen.«

Das sagte er immer nach einem Rennen, denn für ihn gibt es nichts Wichtigeres im Leben. Die Welt ist für ihn nicht mehr als ein Schauplatz für Streckenprofile und Zielgeraden.

Normale Väter gehen mit ihren Kindern auf den Rummel, in den Zoo oder ins Kino, sie kaufen ihnen Sammelbildchen oder nehmen sie mit zum Angeln. Meiner nahm mich nur zum Radtraining mit. Ich hab das Radfahren so früh gelernt, dass ich es anfangs besser konnte als laufen. Aber für mich war das normal. So wie es normal war, hinter dem Begleitfahrzeug gemeinsam mit den Profirennfahrern in die Pedale zu treten.

Sie erklärten mir für jede Strecke die richtige Schaltstellung. Manchmal machte ich aber auch einfach, was ich wollte, und wenn sie mir vor einem Anstieg sagten *Schalt jetzt runter, sonst kommst du aus dem Rhythmus*, konnte ich ebenso gut den Kopf schütteln und auf dem höheren Gang beharren, in dem sie selbst fuhren. Hinterher merkte ich, wie meine Beinmuskeln steinhart wurden, spürte diesen Schmerz in den Oberschenkeln, genau in der Mitte, und dann fing ich an, mit dem ganzen Körper und den Schultern nachzuschieben, und am Ende schnaufte ich wie ein asthmatischer Hund.

Und so ging es Jahr um Jahr, meine Mutter regte sich auf, mein Vater hörte nicht auf sie, und ich trat in die Pedale und stoppte die Zeit und dachte an den Tag, an dem ich Weltmeister werden würde. Eine Dankesrede hatte ich schon vorbereitet.

Dann, genau einen Tag nachdem ich bei der Bergfahrt auf den Monte Serra meinen eigenen Rekord gebrochen hatte, bastelte ich die Superbombe mit den sechs Krachern, und weg war die rechte Hand. Mit dem Radfahren war es ein für alle Mal vorbei.

Im Krankenhaus kam mein Vater mich nicht besuchen. Das heißt, gekommen ist er schon, aber als er mich sah, musste er losheulen und ist gleich wieder gegangen. Ich habe ihn erst wiedergesehen, als ich entlassen wurde. Ich bin im Pyjama nach Hause gekommen, und wenn du im Pyjama aus einem Auto steigst, dann heißt das, dass es dir nicht wirklich gut geht. Mein Vater stand in der Tür, und zuerst konnte ich ihm nicht in die Augen schauen und er mir auch nicht. Ich, weil ich mich schämte, bei ihm weiß ich nicht, warum.

Aber dann gab er mir ein Poster, das er beim Fotografen hatte machen lassen, ein Foto von Fiorenzo Magni, nach ihm hatte er mich schließlich benannt. Magni war der Löwe von Flandern und fuhr den Giro d'Italia 1956 mit nur einer Hand zu Ende: Er war gestürzt, hatte sich das Schlüsselbein angebrochen und konnte mit dieser Hand nicht mehr den Lenker halten. Aber statt aufzugeben, band der Löwe von Flandern den Zipfel eines Stofffetzens um seinen Lenker und hielt den anderen Zipfel zwischen den Zähnen fest, sodass er sich auch bei den schwersten Steigungen irgendwie im Sattel halten konnte. Auf diese Weise fuhr er durch halb Italien und bezwang die steilsten Berge, und auf dem Poster sieht man ihn mit diesen Beinen, die aussehen wie zwei Bündel Stahlseile. Um ihn herum die tobende Menge, er aber nimmt den Berg in Angriff, mit konzentriertem, zielgerichtetem Blick über den Lenker gebeugt, die Zähne zusammengebissen, die Augen starr nach vorn gerichtet.

Ich sah erst das Poster an, dann meinen Vater. Und er sagte *So, Fiorenzo. Schau dir dieses Bild gut an. Genauso wird es ab heute für dich laufen.*

Ich war wie vom Schlag getroffen. Wollte er mich wieder den Monte Serra hochjagen, mit einem Fetzen Stoff zwischen den Zähnen? Der spinnt wohl, dachte ich, der will mich fertigmachen. Dabei würde ich mir mindestens ein paar Zähne ausbrechen.

Aber ich hatte ihn falsch verstanden. Er hatte zwar gesagt, von nun an würde es für mich so laufen, aber er meinte keine Radrennen. Er meinte das Leben.

Tatsächlich nahm er mich nie mehr zu einem Radrennen mit. Er trieb mich auch nie wieder an, mich für irgendetwas anzustrengen, zu kämpfen und zu gewinnen.

Das macht er jetzt nur noch mit Mirko Colonna, dem kleinen Champion, diesem Scheißkerl, den er in einem abgelegenen Kaff im Molise aufgegabelt hat. Eine Laune der Natur, einer, der aufs Rad steigt und blind gewinnt, ohne jede Anstrengung, und dabei alle anderen weit hinter sich lässt.

Und ich bin der Allerletzte, winzig klein im Hintergrund. Für meinen Vater bin ich sogar völlig von der Bildfläche verschwunden.

So sieht's aus, es hat keinen Sinn, dass ich mir was vormache, es ist einfach so, auch wenn es total ungerecht ist. Aber ich bin nicht der Typ, der klein beigibt.

Halt den Stofffetzen fest, Fiorenzo, halt den Stofffetzen fest und beiß die Zähne zusammen.

DIE HUNDE DES SCHICKSALS
(Ripabottoni, Molise, kurz vor Weihnachten)

Es sind zwei. Halb Hund, halb Wolf, und sie bewachen den Kühlschrank des Schäfers am Colle di Sasso. Es ist kein richtiger Kühlschrank, aber auf dieser Seite des Hangs liegt das ganze Jahr über Schnee, und deshalb bewahrt der Schäfer seine Vorräte hier auf.

Magere Hunde mit struppigem Fell, sie tragen keinen Namen und keine Ketten und könnten jederzeit weglaufen. Aber der Schäfer würde sie schon am nächsten Morgen finden und sie den restlichen Vormittag mit Schlägen traktieren. Sie sind schmutzig, sie sind ausgehungert, aber dumm sind sie nicht.

Deshalb würden sie es auch niemals wagen, die Nahrungsvorräte im Schnee anzurühren, eher würden sie verhungern. Sie warten auf den Schäfer, der ab und zu vorbeikommt und ihnen etwas hinwirft. Manchmal hilft ihnen aber auch der Zufall und schenkt ihnen einen Hasen, einen Fasan oder einen Haushund, der sich aus irgendeinem unerklärlichen Grund bis hier herauf verirrt hat. Dann haben sie wieder etwas zu fressen.

Wie jetzt vielleicht, als sie oben auf dem Hügel das Knirschen von Schritten im Schnee hören. Die Hunde heben den Kopf, Geifer im Maul.

Sie wissen nicht, dass das dort oben ein Junge ist, ein Achtklässler, der mit einem schwarzen Müllsack als Schlitten den einzigen Hang runterfahren will, auf dem noch etwas Schnee liegt. Sie wissen nicht, dass der Junge Mirko Colonna heißt und am Morgen aus der Schule weggelaufen ist, um nicht verprügelt zu werden. Sie wissen nur, dass er eine sehr viel gehaltvollere Mahlzeit abgibt als ein Hase und dass er nicht so schnell ist. Hinter einer Brombeerhecke am Fuß des Hügels legen sie sich auf die Lauer und warten darauf, dass ihnen die Mahlzeit direkt ins Maul rutscht.

Aber der Junge lässt sich Zeit. Er setzt sich auf den Müllsack, steht wieder auf, wischt sich die Hände trocken, begutachtet den Hang … Die Hunde hinter der Brombeerhecke beobachten ihn mit ungeduldig zitternden Läufen und können es kaum erwarten, sich auf ihn zu stürzen.

Endlich entschließt sich das Stück Fleisch dort oben, stößt sich mit den Händen ab und gleitet den Hang hinunter. Der Junge gewinnt an Fahrt und stößt einen Schrei aus, *Uaaaaaaaaa!*, bis er auf halbem Weg an einer aus dem Schnee ragenden Wurzel hängen bleibt. Einer der beiden Hunde hält es nicht mehr aus, er schießt aus der Deckung hervor, der andere hinterher, und jetzt jagen sie gemeinsam den Hang hinauf, ein hungriges Knurren in der Kehle.

Aber dieser Blödmann rennt nicht weg. Nein, er sieht die Hunde auf sich zukommen und bleibt regungslos liegen, die Arme neben dem Körper, als wollte er es ihnen leichter machen, ihn in Stücke zu reißen. Es dauert einen Moment, bis er aufsteht. Den Müllsack lässt er zurück, er rennt den Hang hoch und auf der anderen Seite wieder runter. Wütend stürzen sich die Hunde auf den Müllsack, zerren und reißen an ihm in wildem Gerangel, lassen endlich von ihm ab, Plastikfetzen im Maul, wilde Tiere eben. Dann nehmen sie bellend die Verfolgung wieder auf.

Der Mensch ist jetzt am Fuß des Hangs angekommen, steigt auf ein gelbes Ding mit zwei Rädern, beginnt mit den Beinen in der Luft zu rudern und saust los, Richtung Waldrand und Straße.

Die Hunde wissen es nicht, aber es ist ein Fahrrad, ein abgetakeltes Damenfahrrad, das sie dem Jungen in der Schule jeden Tag ein bisschen mehr demolieren. Bei allen ist er verhasst, der kleine Musterschüler Mirko Colonna, der mit seinen Einsern den Rest der Klasse zu mittelmäßigen Schülern macht.

Neulich, vor der Klassenarbeit in Italienisch, ist Damiano Cozzi persönlich zu ihm an den Platz gekommen. Der große, kräftige Kerl hatte sich so vor ihm aufgebaut, dass sein Schatten die Schulbank verdunkelte.

»Hör zu, du Wichser, weißt du, was passiert, wenn ich heute keine Fünf schaffe? Die schicken mich arbeiten. Und weißt du auch, wohin? Zu meinem Onkel, der zieht die Toten an, das ist sein Beruf. Wusstest du, dass die Toten angezogen werden? Sie werden angezogen, und vorher werden sie gewaschen. Ich weiß nicht, wie ein Toter gewaschen wird, und ich will es auch gar nicht wissen. Aber wenn du diesmal wieder eine Eins schreibst und der Lehrer wieder damit anfängt, dass wir im Vergleich zu dir jämmerliche Nieten sind, bin ich am Arsch. Und dann kannst du Gift drauf nehmen, dass der erste Tote, den ich anziehe, du bist. Klar soweit?«

Und um keine Missverständnisse aufkommen zu lassen, hatte er sich Mirkos Füller gegriffen und mit zwei Fingern zerbrochen, einfach so. Wäre gar nicht nötig gewesen. Mirko hatte sehr gut verstanden, weshalb er auch den schrägsten Aufsatz überhaupt geschrieben hatte. Heute Morgen dann war der Lehrer völlig aufgelöst in den Unterricht gekommen.

»Kinder, ich hatte euch *Weihnachten und das Konsumverhalten* als Thema gegeben, weil es in diese Jahreszeit gehört und ich eure Meinung dazu erfahren wollte. Aber euer Mitschüler Mirko Colonna hat sich nicht daran gehalten und darüber geschrieben, warum Lehrer sein ein armseliger und beschämender Beruf ist. Ich habe seinen Aufsatz wieder und wieder gelesen und bin jetzt hier, um mich von euch zu verabschieden, weil ich hier aufhöre.«

Die Direktorin kam rein, und alle standen auf, nur Damiano Cozzi blieb auf seinen Stuhl gefläzt, der für seinen Hintern viel zu klein ist. Er wusste, wie es ausgehen würde, und das Einzige, woran er denken konnte, war die Frage, ob die Leichen auch untenrum gewaschen werden müssen.

»Herr Giannaccini, ich bitte Sie, lassen Sie es sich doch noch einmal durch den Kopf gehen. Jetzt, wo Sie verbeamtet sind ...«

»Frau Direktorin, Beamter oder nicht, was bedeutet das schon ... Lesen Sie mal diesen Aufsatz, ich bitte Sie darum, und sagen Sie mir dann Ihre Meinung.« Er hielt ihr das Blatt hin, aber die Direktorin hob abwehrend die Arme und wich zurück, als hätte man ihr einen Skorpion unter die Nase gehalten, dann suchte sie das Weite.

Auch Mirko Colonna suchte das Weite. Er bat um die Erlaubnis, aufs Klo zu gehen, und flüchtete dann aus der Schule. Man

würde ihm die Hölle heißmachen, vielleicht würde er von der
Schule fliegen, aber das war immer noch besser, als von Damiano
Cozzi umgebracht zu werden. Zu Hause kam ihm die Idee mit
dem Schlitten, und jetzt würden ihn die Hunde des Schäfers
fressen. Also stimmt es doch: Seinem Schicksal kann man nicht
entrinnen.

Die Hunde sind hinter ihm her und knurren. Sie haben keine
Ahnung von Fahrrädern und verbeamteten Lehrern und Klas-
senarbeiten, aber vielleicht haben sie eine Ahnung vom Schicksal. Und mit Sicherheit verstehen sie sich aufs Laufen.

Mirko hat den Waldrand erreicht, jetzt ist die Straße asphaltiert. Er möchte abwärts fahren, aber dann wären die Hunde sofort bei ihm, er muss also wenden und den Anstieg zum Monte
Muletto nehmen. Er erhebt sich aus dem Sattel und tritt mit aller
Kraft in die Pedale. Der harte, glatte Asphalt ist für die Hunde
ungewohnt, und es dauert eine Weile, bis sie damit zurecht-
kommen.

Jetzt zählt jede Sekunde, die Straße wird richtig steil, und
dieses Stück Fleisch, das da vor ihnen auf und ab hopst, muss
allmählich die Anstrengung spüren. Sogar die Tiere spüren sie,
obwohl sie vier Beine haben und Laufen ihre Natur ist. Wie muss
es dann erst dem Jungen gehen. Er strampelt sich ab, beugt den
Oberkörper ganz weit nach vorn. Die Bestien wittern seinen
Schweiß. Sie haben Blut geleckt und stellen sich schon auf einen
Kampf um die zartesten Happen ein.

Aber es ist unglaublich, der Junge gibt nicht auf. Das gierige
Knurren hinter ihm und das letzte Fünkchen Überlebenswillen:
Vielleicht ist es das, was ihm die Kraft gibt, erneut im Stehen zu
fahren. Doch die Kurven werden immer steiler, und die nächste
steht wie eine Mauer vor ihm. Keuchend wendet der Junge den
hochroten Kopf, die Hunde sind ihm auf den Fersen, sie kommen immer näher …

Und dann, plötzlich, hinter ihnen, hinter dem Jungen und
den Hunden und inmitten dieses Kampfs aller drei ums Über-
leben ist das Dröhnen eines Motors zu hören.

Ein Wagen, es kommt jemand, der Junge dreht sich um,

26

schwenkt den Arm, ruft um Hilfe. Aus dem Auto ein blechernes Gebrüll, das die Stimme des Jungen übertönt und die ganze Landschaft beschallt.

»Hau in die Pedale! Wenn du einen Fuß auf den Boden setzt, fahr ich dich über den Haufen. Hau in die Pedale!«

Das Auto gibt Gas und rückt den Hunden auf die Pelle und hupt. Die Tiere weichen zum Straßenrand aus, wo sie weiterlaufen. Doch der Wagen drängt sie immer weiter zur Seite, schneidet ihnen dann den Weg ab und legt eine Vollbremsung hin. Die Tür springt auf. Die Hunde begreifen nicht recht, was vor sich geht, aber was da auf sie zukommt ist eine noch gehaltvollere Mahlzeit.

Allerdings ist sie nicht wehrlos, der Mann hält eine Eisenstange in der Hand, wie auch der Schäfer eine hat. Die Hunde springen auseinander, ducken sich, bereit zum Angriff. Aber der Mensch ist schneller. Jetzt hat er einen der beiden Hunde erreicht und zieht ihm mit der Stange eins über. Ein schwerer Schlag, ein schneidender Schmerz, der Laut aus dem Hundemaul klingt wie eine verlöschende Kerze.

Das Tier taumelt kurz, es sieht seinen Gefährten hangabwärts stürmen, und sobald es wieder weiß, wie man die Beine gebraucht, jagt es ihm hinterher. Auf das Wäldchen zu und auf die andere Seite des Colle di Sasso, wo Schnee liegt und wo jetzt vielleicht der Schäfer vergeblich nach ihnen Ausschau hält.

Dort unten, in Erwartung weiterer Prügel, verschwinden die beiden namenlosen Hunde im Gehölz und damit auch aus dieser Geschichte.

Roberto Marelli ist wieder eingestiegen, hat die Eisenstange im Fußraum abgelegt und fährt jetzt im ersten Gang und mit heulendem Motor weiter bergauf.

Zwanzig Jahre lang ist er selbst Radrennen gefahren, seit zehn Jahren trainiert er den Nachwuchs. Er kennt zahlreiche Profis und wird zu vielen offiziellen Feierlichkeiten eingeladen, auch hierher, in die Provinz Campobasso, die im nächsten Jahr Etappenziel des Giro d'Italia sein wird.

Aber er hatte keine Ahnung, wie abgelegen diese Gegend ist. Er ist viel zu spät in Muglione losgefahren und weiß jetzt nicht einmal, wo er sich gerade befindet. Die beiden Hunde mitten auf der Straße, die ihm den Weg versperrten, hätte er am liebsten überfahren. Aber dann ist dieser Knirps auf seinem Schrottfahrrad vor ihm aufgetaucht, und alles andere hatte auf einmal keine Bedeutung mehr. Denn dieser Junge fuhr und fuhr, ohne sich auch nur einmal umzudrehen, in einem irrwitzigen Tempo, und die Haarnadelkurven nahm er absolut gekonnt und mit schier unerschöpflicher Energie.

»Weiter, bloß nicht aufgeben! Wenn du absteigst, brech ich dir die Knochen! Bis ganz rauf, los, du schaffst es, eins-zwei, eins-zwei, eins-zwei!«

Der Junge taumelt kurz, doch er sieht die Motorhaube von hinten immer näher kommen und tritt weiter in die Pedale, kraftvoll und verzweifelt. Er ist unverkennbar am Ende, er spreizt die Knie, der Oberkörper wankt, aber er kämpft sich weiter den Berg hoch. Auch dann noch Kräfte zu mobilisieren, wenn alle Energie verbraucht ist, das ist das Geheimnis der großen Radrennfahrer. Wir alle verfügen über Kräfte, wir alle können sie mobilisieren. Aber ein Champion holt selbst dann noch etwas aus sich heraus, wenn alle Reserven aufgebraucht sind. Und dieser kleine Teufelskerl hier vor ihm ist ein Champion.

»Eins-zwei, eins-zwei, eins-zwei! Gleich hast du's geschafft, gleich hast du's geschaaaaaaaaafft!«

Der Knirps nimmt die letzte Kurve, vor ihm taucht schon die Kuppe des Bergrückens auf, er steht in den Pedalen, den Kopf gesenkt, wirft sich von einer Seite auf die andere wie die echten Bergfahrer, wenn sie in einer Art Ballett den Berg erobern. *En danseuse*, im Wiegetritt, so heißt der Fachbegriff. Wie Charly Gaul, wie José Manuel Fuente – und wie diese halbe Portion hier auf einer abgelegenen Straße im Molise.

Der Aufstieg ist geschafft, der Junge hält an, das Fahrrad bricht unter ihm weg. Er duckt sich, hebt die Hände, als wolle er sich ergeben, und sagt: »Signore, ich kenne Sie nicht, ich habe nichts ...« Er krümmt sich noch weiter zusammen und kotzt.

Roberto lässt das Auto mitten auf der Straße stehen, beim Aussteigen stößt er sich das Knie an und verflucht den Himmel und seine Bewohner, dann reißt er sich zusammen und rennt zu dem Jungen mit den ängstlich aufgerissenen Augen. Der schlägt die Hände vors Gesicht und stellt sich auf den ersten Hieb ein. Stattdessen spürt er etwas Leichtes, Warmes auf dem Rücken, eine Decke, die ihm der Mann über die Schultern legt.

»Junge, was bist du bloß für ein Teufelskerl! Steig ein! Was bist du für ein kleiner Teufel, was bist du nur für ein kleiner Teufel!«

NEUGEBORENE KÄTZCHEN

MIA-UUUUUU.

MIA-UUUUUU.

Das dünne Wimmern der neugeborenen Kätzchen klingt, als würde jemand weinen, und es lässt mir keine Ruhe. Dazu ist es auch noch dunkel, die Straßen sind so still und ausgestorben, dass die Klagelaute aus dem Karton Stimmen aus dem Jenseits ähneln. Als würden Gespenster nach mir rufen.

Aber heute ist ein großer Abend, und nichts kann mich runterziehen. Denn die Nachricht ist einfach der Hammer: Pontede-Rock hat uns eingeladen zu spielen. Nächste Woche wird Metal Devastation Pontedera in Grund und Boden stampfen!

Ich hatte sie falsch eingeschätzt, diese Rasta-Typen vom Organisationsteam. Wir müssen italienisch singen, das macht schon einen Unterschied, klar, aber es ist immerhin ein Anfang. Wenn wir erst mal auf der Bühne stehen, gehört das Publikum uns. Und wenn wir uns einen Namen gemacht haben, können wir sowieso spielen, wie und was wir wollen, und dann machen wir verdammt noch mal unser eigenes Ding. Der Weg nach oben ist lang und hart, das sagt auch AC/DC. Und wir wollen nach oben, verdammt noch mal.

MIA-UUUUUU.

MIA-UUUUUU.

Diese blöden Kätzchen. Mein Vater hat gleich gesagt, dass zwei Müllcontainer neben dem Laden eine Katastrophe sind. Einer war dringend nötig, aber eben nur einer.

MIA-UUUUUU.

MIA-UUUUUU.

Mein Vater redet immer in diesem Ton, der keinen Widerspruch duldet. Er hat mir erklärt, dass es in einem Angelladen so und nicht anders laufen muss: Der Kunde kommt rein und will etwas kaufen, aber vorher stellt er dir Fragen. Wichtige, ganz gezielte Fragen. Zum Beispiel, ob für einen bestimmten Fisch jetzt die richtige Saison ist und ob man ihn besser mit Würmern oder mit Maiskörnern und Polenta fängt. Da kannst du nicht einfach sagen, das ist egal, oder nur mit den Schultern zucken, denn sonst haben einen Monat später die Chinesen den Laden übernommen und verkaufen Synthetikhemden und bunte Lämpchen. Nein, in einem Angelladen musst du klare und präzise Antworten parat haben, da gibt's nur schwarz und weiß, auch wenn die Angelei eine extrem unberechenbare Angelegenheit ist und ein Achselzucken tatsächlich die ehrlichste Antwort wäre.

Allerdings muss ich zugeben, dass mein Vater meistens richtigliegt. Auch als die Stadtverwaltung die beiden Müllcontainer neben unserem Laden aufgestellt hat. Ich bin sofort zu ihm gelaufen und hab ihn gefragt, ob er nun zufrieden ist, und er meinte ganz ernst: »Ach, Fiorenzo, einen wollte ich haben, Herrgott noch mal, einen einzigen. Aber die wollten einen auf spendabel machen und haben uns zwei hingestellt, und jetzt haben wir den Mist.«

Denn in Italien ist ein Müllcontainer ein Müllcontainer, die Leute werfen ihre Müllsäcke rein, und die Sache hat sich. Aber bei zwei Containern hast du an der Stelle im Nu eine Müllkippe, und dann musst du dich auf das Schlimmste gefasst machen. Das befürchtete mein Vater, und ich dachte, das wäre Quatsch. Aber dann ging's los mit dem ganzen Schrott.

Fernsehapparate mit zerbrochenem Bildschirm, kaputte Waschmaschinen, Kühlschranktüren, Matratzen und Lattenroste, halbe Kloschüsseln, Kotflügel und so weiter. Die Leute kommen nachts und laden ihren ganzen Krempel ab, manchmal so viel, dass es den Verkehr behindert. Oder es stinkt dermaßen, dass wir das Zeug aufladen und zur Deponie fahren müssen.

Am schlimmsten aber sind solche Tage wie heute, wenn sie uns neugeborene Kätzchen hinstellen.

MIA-UUUUUUU.

MIA-UUUUUUU.

Am Abend bin ich nicht nach Hause zurück. Ich habe mir eine

Lasagne aus der Rosticceria geholt und sie im Laden gegessen. Dann bin ich losgeflitzt, denn um neun beginnt meine Bandprobe.

Ich trage das passende Outfit: Lederjacke, Nietengürtel und Stiefel, denn Metal ist eine ernste Sache, da kannst du nicht einfach in Sweatshirt und Trainingshose spielen. Aber vorher bin ich noch mit diesem Pappkarton unterm Arm durch die Gassen geschlichen wie ein Dieb.

Mein Vater überlässt so etwas immer mir. Er sagt, ich bin ein Halbwüchsiger, und wenn sie mich erwischen, drücken sie ein Auge zu, bei ihm dagegen würden sie ein Mordstheater machen. Denn er ist ein gestandener Mann, und einem gestandenen Mann lässt keiner was durchgehen. Außerdem ist er als ehemaliger Profifahrer und Vorsitzender des Radsportvereins UC Muglionese weithin bekannt, und die Journalisten, sagt er, würden nur auf eine Gelegenheit warten, ihm an den Karren zu pissen. Ich tue so, als würde ich ihm glauben, klemme mir den Karton mit den Kätzchen unter den Arm und tue, was zu tun ist.

MIA-UUUUUUU.

MIA-UUUUUUU.

So hat jeder seine Probleme. Ich beispielsweise werde zu spät zur Probe kommen. Und für morgen müsste ich eigentlich noch Geschichte lernen, weil ich wahrscheinlich drankomme und keinen blassen Schimmer habe. Doch ich bin seit heute früh außer Haus und habe noch kein Buch aufgeschlagen, vielleicht sollte ich auch morgen die Schule schwänzen. Gute Idee, morgen Vormittag gehe ich angeln, nehme das Buch mit und lerne am Kanal. Zu Hause wäre es einfacher, aber seitdem meine Mutter nicht mehr da ist, bin ich so gut wie gar nicht mehr zu Hause. Je seltener ich meinen Vater sehe, desto besser ist meine Laune, und ich glaube, ihm geht es genauso. Das heißt, nicht ganz: Ich kann meinen Vater nicht ertragen, ihm dagegen bin ich schlichtweg egal. Ob ich jetzt in diesem Augenblick in meinem Zimmer bin oder in der Hölle, kümmert meinen Vater einen Dreck. Für ihn ist es fast so, als wäre ich auch tot, wie meine Mutter. Eigentlich bin ich schon mit vierzehn gestorben, an dem Tag, als mir die

Hand abgerissen wurde. Und jetzt, wo er diesen verfluchten kleinen Superchampion aufgelesen hat, bin ich noch toter als tot. Der Hof der Jugendinfo ist von der Straße durch ein Mäuerchen getrennt, das mir bis zur Brust reicht. Ich hieve den Pappkarton hoch, beuge mich über das Mäuerchen und versuche, die Arme so lang zu machen, dass ich den Karton möglichst knapp über dem Boden absetzen kann.

Einen halben Meter über dem Boden könnte ich loslassen, aber die Kätzchen in dem Karton miauen so ängstlich, dass ich Mitleid kriege und versuche, mich noch ein Stück weiter runterzubeugen. Aber ich bin ein Dummkopf, stelle mich zu weit auf die Zehenspitzen und – ach du Scheiße – hebe plötzlich ab: Der Karton ist im Hof, und ich, mit der Hand auf den Karton gestützt, hänge in der Luft, den Bauch auf der Mauer.

In solchen Momenten wäre eine zweite Hand schon nicht schlecht.

Und weil ich immer so ein unbeschreibliches Glück habe, kommt jetzt Lärm von da drüben, von der Jugendinfo, eine Tür geht auf, und ich höre Stimmen in einer fremden Sprache. Was machen denn Ausländer abends in der Jugendinfo von Muglione? Und vor allem: Was werden sie mit mir machen, wenn sie mich hier so sehen?

Mit dem Arm kann ich mich nicht mehr lange halten, das spüre ich, er tut schon weh. Aber noch mehr schmerzen meine gequetschten Rippen. Zur Straße hin hängen meine Beine in der Luft, mein Oberkörper ist im Hof, das Blut staut sich im Kopf. An die Lederjacke will ich gar nicht denken, die kriegt bestimmt ein paar Kratzer ab.

»Yes, I remember! Oh, so funny!«

Die Stimmen werden immer lauter, sie kommen jetzt schon von der Straße.

MIA-UUUUUUU.

MIA-UUUUUUU.

Okay, Schluss mit diesem Schauspiel! Ich muss mich mit der Hand so fest abstoßen, dass ich hoffentlich mit den Füßen auf dem Asphalt aufkomme. Ist der Schwung zu gering, lande ich kopfüber im Hof, und dann wird es böse enden, für mich und für die Kätzchen da unten, aber eine andere Wahl habe ich nicht.

Also hole ich tief Luft und zähle, eins, zwei, drei ... los! Und dieses eine Mal in meinem Leben ziehe ich beim Zählen keine Niete. Mein T-Shirt zerreißt, ich zerre mir die Schulter, ich falle und lande auf dem Hintern, dass mir der Schmerz vom Steißbein bis unter die Schädeldecke schießt, aber wenigstens bin ich auf der Straße, auf der richtigen Seite des Universums.

»Oh, Tiziana, come on, Tiziana, show us your place, come on ...«

Da sind sie. Auf dem Gehsteig, schwarze Kegel in der Dunkelheit. Ich stehe auf, schwankend, sie haben mich entdeckt und hören auf zu reden. Und ich, ich höre nicht auf zu laufen.

LIBELLEN SIND LESBISCH

Jetzt ist es also passiert, Tiziana. Du wusstest, dass es früher oder später dazu kommen würde, und hattest gehofft, gebangt und gebetet, dass nicht. Es hat alles nichts genutzt. Deine Freunde aus dem Masterstudiengang in Berlin sind zu einem zweitägigen Kongress der Universität Florenz hierhergekommen. Aus Deutschland, Frankreich, Spanien, Holland und Schweden. Du hast ganz kurzfristig davon erfahren, dich aber schnell darauf eingestellt. Du hast ihnen Florenz gezeigt, Siena, sogar den Schiefen Turm von Pisa. Den kannten sie zwar schon, aber es ist immer wieder schön, auf der Wiese zu stehen und zu beobachten, wie sich die Japaner gegenseitig fotografieren und dabei so tun, als stützten sie den Turm. Das machen ausnahmslos alle Japaner, von den Mädchen mit den Hello-Kitty-Täschchen bis zu den Geschäftsleuten in Anzug und Krawatte. Du hast gesagt, wahrscheinlich werden sie von ihrer Regierung dazu gezwungen und müssen das Foto an der Grenze vorzeigen, damit man sie wieder ins Land lässt.

Der Gedanke kam dir spontan, und alle haben gelacht. Petra, Cheryl, Pascal und sogar Andreas. Wie lange ist es eigentlich her, dass du einen intelligenten Gedanken geäußert hast? Sieben Monate mindestens, seit eurem letzten gemeinsamen Abend in Berlin.

Sieben Monate sind eine lange Zeit. Du bist jetzt zweiunddreißig, und sieben Monate ohne geistige Anregung sind verlorene Zeit, eine Todsünde gegen dich selbst und deine Intelligenz. Denn intelligente Ideen können nur in einem intelligenten Umfeld entstehen. Kokosnüsse wachsen nun mal an Palmen. Oder hat man jemals eine Kokosnuss an einer Platane wachsen sehen? Genauso wenig kann ein in Muglione verbrachter Tag einen geistreichen Gedanken hervorbringen. Also, Tiziana, warum bist du dann wieder hierhergekommen?

Du hast einen Master in Personalmanagement. Ein elitärer Studiengang, zu dem aus jedem europäischen Land jeweils nur ein Student zugelassen wurde. Aus Italien haben sie dich genommen, Tiziana Cosci. Dein Vater hat es sogar hinbekommen, dass im »Tirreno« ein Artikel über dich erschienen ist, und bei deiner Abreise kam das ganze Dorf zum Bahnhof. Sogar eine Musikkapelle aus dem Dorf spielte, großer Gott. Zum Glück fuhr der Zug irgendwann ab. Das Dorf blieb zurück und verblasste am Horizont, die Klänge von *Fratelli d'Italia* verhallten, und vor dir lagen die fünf besten Jahre deines Lebens.

Du hast dir mit Cheryl, einer Amerikanerin, und Akiko, einer Japanerin, eine Wohnung geteilt, die von der Universität bezahlt wurde. Monatelang aufregende Affären, inspirierende Vorlesungen und interessante Leute. Kneipenbesuche und Feten mit Blackout am nächsten Tag, was nichts daran ändern konnte, dass dir alles in guter Erinnerung geblieben ist.

Ein zweijähriger Masterstudiengang, zwischendrin ein herrlicher Sommer und dann noch zwei Jahre als Mitarbeiterin bei einem Projekt der Deutschen Telekom. Dann kam die Stellensuche. Deine Kommilitonen bewarben sich für anspruchsvolle Aufgaben bei großen internationalen Institutionen und wurden genommen. Auch Akiko und dich hätten sie genommen, sehr gern sogar, aber ihr habt euch entschieden, nach Hause zurückzukehren, in eure Dörfer, die wegen fehlenden Ressourcenmanagements vor sich hin vegetierten.

Dörfer mit großem Potenzial, aber es ist niemand da, der die vorhandenen Talente bündelt und auf ein Ziel hin ausrichtet. Ein bewundernswerter, zäher Überlebenswille hat euch hervorgebracht und in die Welt hinausgeschickt, damit ihr euch Kompetenzen aneignet und den letzten Schliff erhaltet. Jetzt ist es eure Pflicht, nach Hause zurückzukehren und euren Landsleuten helfend unter die Arme zu greifen. *Großzügig etwas von dem zurückgeben, was einem selbst großzügig geschenkt wurde*, hatte Akiko auf Japanisch gesagt. Es klang wunderbar, und auch übersetzt klingt es nicht übel. Eines Abends habt ihr beide diesen Entschluss gefasst, und im September warst du wieder in Muglione.

Diesmal spielte keine Musikkapelle, aber der Bürgermeister hatte sich dazu durchgerungen, wenigstens eines seiner Wahlversprechen zu halten und ein Berufsinformationszentrum für Jugendliche einzurichten. Die Gemeindeverwaltung stellte dir einen ehemaligen Lagerschuppen zur Verfügung und wollte, dass du von hier aus den Aufschwung Mugliones in Angriff nimmst.

Okay, super, das war die Gelegenheit, Kontakte zu reaktivieren, den sozialen Kontext zu evaluieren und die Zeitungen über die neue Einrichtung zu informieren. Dann würde das trostloseste Dorf der Pisaner Ebene nicht mehr nur Durchgangsstation für den Autoverkehr nach Florenz sein. Es würde Peccioli nacheifern und den Ort sogar übertreffen. Peccioli hat sich mit der Müllentsorgung einen Namen gemacht, Muglione wird es mit der Bündelung seiner Talente, seinem Enthusiasmus und dem Elan seiner Jugend schaffen, sich aus dem Sumpf zu ziehen. Ja, und deshalb krempeln wir sofort die Ärmel hoch. Los, Tiziana, du hast keine Zeit zu verlieren, los los los.

Drei Monate hat es gedauert, bis das Büro überhaupt benutzbar war. Aber schneller, sehr viel schneller hast du begriffen, dass dieser Schritt die größte Dummheit deines Lebens war.

Und jetzt, Ende April, sind deine Freunde aus Berlin hier in der Toskana. Als du erfahren hast, dass sie kommen, war sofort wieder diese Angst da. Die Angst, dass sie dein Dorf sehen wollen, deine Arbeit, dein Leben. Bisher bist du verschont geblieben, weil sie während ihres Aufenthalts ein straffes Programm hatten und Florenz so viele Schönheiten zu bieten hat. Um fünf sperrst du das Büro ab und machst dich auf den Weg zu deinen Freunden. Ponte Vecchio, Piazza della Signoria, kleine Restaurants in alten Backsteingewölben, alles bestens.

Sie erzählen dir von ihren Jobs, von ihrem Leben zwischen Flughäfen und Konferenzen und ihren Beratertätigkeiten für die Regierung. Für die Regierung, Donnerwetter. Du nickst und spürst, wie es an dir nagt. Du bist nicht neidisch, oh nein, du bist kein neidischer Mensch. Du möchtest nicht an ihrer Stelle sein, sondern ihnen ebenbürtig, wie es eigentlich geplant war. Aber es gelingt dir, diese Gedanken für dich zu behalten, du lächelst tapfer und nickst, und alles ist gut.

Zumindest bis zu diesem *Come on, Tiziana, show us your place*. Komm schon, Tiziana, zeig uns, wo du lebst.

Das haben sie schon in Pisa gesagt, vor dem Schiefen Turm. In Deutschland hast du immer erzählt, du stammst aus der Nähe von Pisa, also kann es bis zu dir nach Hause nicht sehr weit sein, das wissen deine Freunde. Und du kannst es ihnen nicht abschlagen. Komm schon, Tiziana, erfüll uns diesen Wunsch, zeig uns, wo du lebst.

Na gut, aber du bist um Schadensbegrenzung bemüht. Es ist fast schon dunkel, als du sie zur Jugendinfo bringst, du gehst mit ihnen rein und schwindelst ihnen vor, hier werde gerade umgebaut, um das Büro effizienter zu gestalten. Deswegen sei der Raum so leer, denn die Möbel seien irgendwo untergestellt.

Du lügst deine Freunde wirklich nicht gern an, und du kannst auch nicht gut lügen. Du wirst ganz nervös und fahrig und lachst so übertrieben laut, dass sich jeder fragt, ob du jetzt lügst oder einfach nur überdreht bist.

Aber dir bleibt gar keine andere Wahl. Dich in Schweigen zu hüllen, das hast du schon versucht, als ihr durch unsägliche Dörfer nach Muglione gefahren seid. Und dieses Schweigen war tödlich. Endlose kahle, brachliegende Felder, ödes Land, ab und zu ein Streifen armselige Vegetation. Cheryl, die wirklich ein Engel ist, probiert es mit *Wonderful, die toskanische Landschaft*, aber sie und alle anderen wissen, dass von *wonderful* wirklich keine Rede sein kann. Eigentlich kann man kaum von Landschaft sprechen. Es sind flache Landstriche ohne irgendetwas, nur Erde und Schlamm und dazwischen faulig riechende Kanäle, hier und da mal ein Baum, eine verwaiste Fabrikhalle und eine am Boden sitzende Nutte, deren Pailletten vor dem dunklen Hintergrund glitzern. Es erscheint dir geradezu absurd, dass es auf der ganzen weiten Welt überhaupt eine so heruntergekommene und trostlose Gegend geben kann. Eine Lüge musste also unbedingt her.

Als ihr mit der Besichtigung des Büros fertig seid und du den Vorschlag machst, schnell nach Florenz zurückzukehren, um in irgendeiner Trattoria nett zu Abend zu essen, sagt Andreas *No, Tiziana, I'm sick of Firenze, can't we have spaghetti or something at your place?* So wie früher. Ein einfaches, warmes Gericht, ganz unter uns. Entsetzlich.

Am liebsten hättest du Nein gesagt, aber das kannst du nicht. Vielleicht hättest du ihnen ein Betäubungsmittel verabreichen sollen wie in den Agententhrillern, sie nach Florenz zurückfahren und vor ihrem Hotel absetzen. Und danach heimkehren, dir eine neue Telefonnummer zulegen und für immer untertauchen sollen. Aber es war Andreas, der diesen Wunsch geäußert hat, und ihm konntest du noch nie etwas abschlagen.

Auch nicht den Wunsch zu sehen, wie du wohnst: die drei Zimmer mit Bad und Küche in diesem gottverlassenen Winkel. In der Luft hängt der Geruch des Kanals, der vor dem Haus fließt, und deine Mitbewohnerin ist Raffaella, die mit dir auf dem Gymnasium war und leider auch deine beste italienische Freundin ist.

Der Kanalgeruch ist penetranter als sonst, aber das bildest du dir vielleicht nur ein. Die Unterhosen und Strümpfe, die zum Trocknen auf der Heizung liegen, sind dagegen keine Einbildung. Raffaella öffnet ihre Zimmertür, und Musik von Renato Zero schallt uns entgegen. Raffaella trägt eine Trainingshose und einen roten Fleecepulli, der sie noch unförmiger erscheinen lässt, als sie ohnehin ist. Und ihre Haare, mein Gott, ihre Haare. Sehen deine Haare inzwischen auch so aus? Gibst du auch so eine traurige Erscheinung ab? Du darfst gar nicht daran denken, jetzt nicht, am besten überhaupt niemals.

Aber deine Freunde haben's wirklich drauf, sie sind in der Welt herumgekommen und wissen sich zu benehmen. Sie begrüßen und umarmen Raffaella, als würden sie sie schon ein Leben lang kennen.

Raffaella kann kaum Englisch, und ihre Aussprache ist verheerend, aber deine Freunde bestehen darauf, dass ihr alle gemeinsam zu Abend esst. Raffaella hat zwar schon gegessen, eine Packung Frischkäse mit Tomaten, setzt sich aber trotzdem gern dazu. Hurra. Deine Freunde sind fröhlich und in Feierlaune, und daher hoffst du, dass alles gut geht. Bald sitzt ihr alle um den Tisch herum und trinkt Wein, und es entspinnt sich eine Unterhaltung in einem etwas stockenden Englisch, aber irgendwie funktioniert es.

»Ich glaub's einfach nicht. Mit Lars? Sie ist ja ganz nett, aber er könnte doch was viel Besseres finden, meint ihr nicht?«, sagt Petra.

Du nickst, denn du siehst es genauso. Du hast die Spaghetti abgegossen und verteilst sie jetzt auf die Teller. Gott sei Dank war ein Glas Pesto im Haus. Raffaella hält sich ganz passabel, sie redet wenig, nimmt sich zurück und lächelt artig, auch wenn sie kaum etwas versteht. Alles geht gut.

Auch du bringst ein Lächeln zustande. Als du Andreas die Nudeln auf den Teller häufst, tropft Öl auf seine Hose, aber er lacht, wischt mit dem Finger drüber und steckt ihn sich in den Mund. »Mmmh«, sagt er, »italienisches Olivenöl«, und der Fleck scheint verschwunden. Seine strohblonden Haare sind so gekämmt, dass sie total ungekämmt aussehen.

Auch die Wohnungen in Deutschland waren so. Sie machten einen tausendmal unaufgeräumteren Eindruck als die in Italien, aber es war ein kunstvolles Chaos. In den Ecken stapelten sich die CDs, Telefon und Stereoanlage standen auf Büchertürmen ... das war kein wüstes Durcheinander, sondern gepflegte Wohnkultur. Aber diese Vorhänge hier bei dir, die Lampe überm Tisch, die Topflappen überm Herd, das alles schnürt dir die Luft ab.

»Was habt ihr bloß immer zu lästern?«, fragt Andreas. »Sie verstehen sich blendend, ist doch egal, wenn sie nicht so gut aussieht. Wenn es umgekehrt wäre, würdet ihr kein Wort darüber verlieren.«

Du nickst auch ihm zu, und dann rutscht dir ein Satz heraus, eine gedankenlose Bemerkung. Du kannst es in dem Moment noch nicht wissen, aber sie wird dir zum Verhängnis.

Du sagst: »Stimmt, die Frauen sehen im Allgemeinen besser aus als die Männer. Sie achten mehr auf sich, sie fallen eher auf, das ist ganz natürlich. Oder vielmehr, es entspricht der menschlichen Natur. Denn im Tierreich ist es ja genau umgekehrt.«

»Umgekehrt in welchem Sinn?«

»Na ja, bei den Tieren ist das Männchen schöner, auffälliger.«

»Das stimmt, Mann, das stimmt«, sagt Pascal. Er schaut dich ganz begeistert an. »Die Pfauen zum Beispiel ...«

Peacock heißt Pfau. Raffaella kennt das Wort nicht und stupst dich an. Du flüsterst ihr zu, *Pfau*, und alles ist in Ordnung.

»Also, der männliche Pfau ist schillernd bunt, mit diesen prächtigen Schwanzfedern und allem. Das Weibchen dagegen ist grau und unscheinbar und hat fast überhaupt keine Schwanzfedern.«

»Auch Hähne sind sehr schön, mit dem roten Kamm und den langen bunten Federn.«

»Genau, die Hennen dagegen sind zum Wegrennen.«

»Großartig!« Andreas lacht und klatscht in die Hände. »Die Hennen sind zum Wegrennen. Klingt wie ein Filmtitel. Wirklich großartig!«

Ihr lacht, wiederholt den Titel dieses imaginären Films und fangt an, euch eine entsprechende Handlung auszudenken. Die Einzige, die sich nicht an diesem Spiel beteiligt, ist Raffaella, aber sie schaut in die Runde und lächelt und sagt *Yes, yes*, und das ist vollkommen in Ordnung.

»Ja, und selbst Hirsche!«, sagt Petra. »Der Hirsch hat ein riesiges, ausladendes Geweih und ein wunderbares Fell, die Hirschkuh dagegen ist sehr viel kleiner und hat kein Geweih.«

Alle nicken. Pascal stürzt ein Glas Wein hinunter, schaut dich an und sagt: »Ja, das ist richtig, das ist absolut richtig. Tiziana hat etwas Geniales gesagt. Mensch, warum bist du nicht immer bei uns? Du fehlst uns, wirklich.«

Du kicherst, trinkst, bist richtig glücklich. Und die Angst, deine Freunde zu dir nach Hause zu bringen, weil es hier zu provinziell ist ... nun, diese Angst ist vielleicht das einzig Provinzielle. Es war eine geniale Idee, sie hierherzubringen, deine Be-

41

merkung über die Tiere war genial, und auch die Spaghetti waren gar nicht mal so schlecht ...

»Ja, aber das ist nicht immer so«, sagt Raffaella plötzlich in ihrem rudimentären Englisch.

»Wie meinst du das?«

Sie stammelt herum, sucht nach Worten. »Also, der ... der Pfau okay, der Hahn okay, aber bei den Libellen ist es anders. Die Libelle ist sehr viel schöner als der Schmetterling.«

»Der Schmetterling?«

»Ja. Sie ist doch viel schöner, oder nicht?« Raffaella verstummt. Alle Augen sind auf sie gerichtet, vor allem dein stechender Blick kann einem richtig Angst machen. Sie könnte jetzt aufhören und sagen, dass sie Quatsch erzählt hat, dass sie als Kind mal auf den Kopf gefallen ist und sich nie mehr ganz davon erholt hat. Aber nein, sie redet unbeirrt weiter.

»Ja, na gut, ich weiß, ihr findet, der Schmetterling ist auch sehr schön, und da habt ihr ja recht. Stimmt schon, der Schmetterling hat diese ... Tiziana, hilf mir doch, wie sagt man ... diese beiden Dinger, die der Schmetterling da ... wie heißt das auf Englisch ... ja genau, *wings*, danke. Die Flügel sind natürlich prachtvoll, okay. Aber die Libelle mit ihren beiden durchsichtigen Flügelpaaren und ihrem schlanken, schillernden Körper ... die Libelle ist sehr viel eleganter.«

»Okay, aber was willst du damit sagen?«

»Na ja, dass in diesem Fall das Weibchen sehr viel schöner ist als das Männchen, die Libelle ist schöner als der Schmetterling. Oder nicht?«

Niemand antwortet. Tiefes Schweigen. Aus Verzweiflung fragst du, ob noch jemand Spaghetti will, aber auch du bekommst keine Antwort.

Dann beugt sich Pascal über den Tisch. »Also, Raffaella, du sagst, dass die Libelle schöner ist als der Schmetterling, aber ... ich meine ... willst du damit sagen, dass die Libelle ein weiblicher Schmetterling ist?«

»Ja! Genau. Und sie ist hundertmal schöner als der Schmetterling.«

42

Du erstarrst. Du drückst die Gabelspitze auf dein Handgelenk, um dich auf andere Gedanken zu bringen. Du schaust aus dem Fenster hinaus in die Dunkelheit. Wenn jetzt ein Meteorit vom Himmel fallen und Muglione unter sich begraben würde, wäre dein Problem gelöst, denn dann wäre alles aus, kurz und schmerzlos. Aber davon kannst du nur träumen, nichts kann dich von diesem jämmerlichen Abendessen an diesem jämmerlichen Ort retten, wo diese dumme Pute Raffaella glaubt, die Libelle sei das Weibchen des Schmetterlings. DER Schmetterling, DIE Libelle, logisch. Auf die Idee käme nicht mal ein Grundschüler.

Du stichst dir noch fester mit der Gabel ins Handgelenk. Du willst Blut sehen.

Unterdessen stammelt Raffaella weiter Unsinn. »Stimmt, der Schmetterling ist schön, aber die Libelle ...«

Die anderen schauen sie an, tauschen Blicke und sind drauf und dran loszuprusten. Und was das Schlimmste ist: Sie beziehen dich nicht mit ein, sie würdigen dich keines Blickes, sondern versuchen, sich nichts anmerken zu lassen. Denn in ihren Augen gehört Raffaella zu dir, zu der Welt, in der du heute lebst. Du stehst nicht auf der Seite derer, die sich über sie lustig machen, für sie bist du genauso wie Raffaella und glaubst wie sie, dass sich Schmetterlinge mit Libellen paaren.

»Jetzt reicht's aber, was erzählst du denn da für einen Quatsch!« Du springst auf und fuchtelst mit der Gabel vor ihrem Gesicht herum. »Der Schmetterling paart sich nicht mit der Libelle, das sind zwei verschiedene Spezies! Der Schmetterling paart sich mit dem Schmetterling, Mann. Das weiß doch jedes Kind!«

Dann zischst du ab in dein Zimmer und schließt die Tür hinter dir, für immer.

Du hörst und siehst zwar nicht, was sich nebenan im Wohnzimmer abspielt, aber du kannst dir Raffaella vorstellen, wie ihr Blick ins Leere geht, verstört über diese Entdeckung nach dreißig Jahren ihres Lebens. Und tatsächlich hörst du nach einer Weile ihre Stimme. Sie gibt sich immer noch nicht geschlagen, kratzt

43

ein paar englische Sprachbrocken zusammen und fragt leise:
»Entschuldigung, okay, die Libelle ... ja, ich hatte nicht ... aber
jetzt frage ich euch, mit wem paart sich denn dann die Libelle?«

Cheryl, die wie immer äußerst zuvorkommend ist, antwortet
ihr. »Die Libelle paart sich mit einer anderen Libelle«, sagt sie.
»Die Libellen bleiben unter sich.«

Und dämlich wie sie ist, glaubt Raffaella jetzt bestimmt,
Libellen seien lesbisch.

ALLES GUTE ZUM GEBURTSTAG, KLEINER CHAMPION

Also, die Probe gestern Abend war nicht nur gut, sondern megagut. Wir waren perfekt aufeinander abgestimmt und saustark, eine Kriegsmaschine, die ihr Ding durchzieht und alles niederwalzt, was ihr in die Quere kommt. Mag sein, dass wir wegen des Festivals aufgekratzt sind, weil wir endlich auf einer richtigen Bühne spielen können, vor einem richtigen Publikum, aber wir haben auch einen höheren Gang eingelegt, und nun geht's richtig ab.

Jetzt, am Morgen, dröhnen mir immer noch die Ohren von der Lautstärke und dieser kompakten Klangmauer. Zum Glück braucht man die Ohren beim Angeln kaum. Ich brauche die Augen, das eine, um den Schwimmer im Blick zu behalten, das andere für das Geschichtsbuch. Ich hab es mitgenommen. Wenn ich in die Schule gegangen wäre, hätte mich die Lehrerin drangenommen und fertiggemacht, aber ich hab mir gesagt, heute lernst du, und ich schwöre, das tu ich auch. Dann fragt sie mich in den nächsten Tagen ab, und ich krieg eine gute Note, und so starte ich in den Endspurt zum Abitur. Ja ja, ist alles perfekt, ausnahmslos alles. Abgesehen davon, dass ich keine Köder habe. Jetzt brauche ich nur noch kurz im Laden vorbeizuschauen, dann hab ich alles.

Ich lehne den Roller an einen der beiden Müllcontainer und betrete den Laden, die Tür macht *Pling*. Ich grüße Mazinga, der sich zwischen den Regalen rumdrückt und eigentlich Donato heißt und Stammkunde ist. Aber kaum hat mein Vater mich gesehen, springt er auf, schwingt sich um den Ladentisch herum und steuert auf die Tür zu.

»Oh, prima, ich hau ab, Wiedersehn.«

»Wo willst du denn hin, ich hol nur ein paar Maden und geh wieder.«

»Nein, nein, bleib hier, heute gibt's viel zu tun. Gleich werden Sachen angeliefert, die sind wichtig, am besten stellst du die hierhin.«

»Aber Papa, ich hab was zu erledigen.«

»Ich doch auch, ich muss Leute vom Bahnhof abholen. Ich wollte schon den Mazinga allein hier im Laden lassen, aber ich hab immer Angst, dass er klaut.«

»WAS?« Signor Donato spricht mit einem Apparat, den er sich an die Kehle hält und der ihm eine Roboterstimme verleiht. Deshalb heißt er auch Mazinga, wie der Superroboter aus den Comics. »DAS-MEINST-DU-HOFFENTLICH-NICHT-ERNST-ROBERTO.«

»Natürlich nicht, war nur 'n Witz ... Aber behalt ihn trotzdem im Blick, Fiorenzo.«

»NICHT-NÖTIG-ICH-GEHE-UND-KOMME-NIE-WIEDER-IHR-HABT-EINEN-KUNDEN-VERLOREN.«

Mein Vater nickt, macht eine wegwerfende Handbewegung und verschwindet. Die Tür fällt langsam ins Schloss. Mazinga starrt auf die Tür, dann dreht er sich abrupt um. »DEIN-VATER-IST-EIN-STÜCK-SCHEISSE.«

Bravo Mazinga, du bist also auch schon draufgekommen. Ich nicke ihm zu und schaue ihn nur eine Sekunde lang an, aber die reicht aus, um mich zu verwirren. Mazingas Anblick zieht mir jedes Mal die Schuhe aus. Er ist fast achtzig, läuft aber rum wie ein Halbstarker. Aber dafür kann er nichts.

Sein Enkel war mit mir in der Mittelschule, er heißt Silverio, lässt sich aber Silver nennen und geht auf eine Mode- und Schauspielschule in Florenz, weil er Model, Stylist oder Sänger werden will. Er trägt immer die angesagtesten Klamotten, aber kaum gibt es einen neuen Trend, zieht er sie ums Verrecken nicht mehr an. Sind aber praktisch neue Sachen, und ehe er sie wegschmeißt, kriegt sie eben Mazinga. Der ist so schmal gebaut, dass sie ihm wie angegossen passen, und weil er alt ist, ist es ihm völlig egal, wie er damit aussieht. Heute trägt er silberfarbene Schuhe, eine enge Satinhose und ein tiefblaues Hemd mit dem Schriftzug PLAYBOY. Er sieht aus wie einer, der sich auf dem

Weg zur Disco verlaufen hat und nun seit siebzig Jahren in der Landschaft umherirrt.

Aber Mazinga und sein Outfit dürfen mich jetzt nicht ablenken. Ich lerne und will im Moment gar nichts hören.

Ich gehe hinter den Ladentisch und lege die Anglerweste, die Ruten und den Gerätekoffer ab, alles außer dem Geschichtsbuch. Ich wollte angeln gehen und kann nicht, hab mir aber auch vorgenommen zu lernen, also lerne ich jetzt. Dafür ist der Ladentisch ohnehin praktischer als der Kanal.

Kapitel 14, *Europa vor dem Zweiten Weltkrieg*, gut gut ...

Schwarzweißfotos zeigen arme Leute in dicken, steifen Mänteln und staubige, fast leere Straßen. Erinnert ein bisschen an Muglione, abgesehen von den Mänteln, aber daran darf ich jetzt nicht denken. Ich muss lesen und die wichtigen Stellen unterstreichen, und dann geht es schnurstracks auf der Zielgeraden zum Abitur. Gut gut ...

»ER-TUT-OBERSCHLAU-WEIL-ER-RENNEN-GEFAHREN-IST-ABER-ER-WAR-NUR-WASSERTRÄGER-WÄRE-ER-CHAMPION-GEWORDEN-HÄTTE-ER-MIR-DANN-INS-GE-SICHT-GESPUCKT-ODER-WAS?« Ich versuche, nicht hochzusehen. Wenn ich nicht auf ihn eingehe, hört Mazinga vielleicht auf und verzieht sich. Ich darf mich nicht ablenken lassen. Ich muss mich auf das Geschichtsbuch konzentrieren und die Lektion wiederholen ...

Also, am schlechtesten stand Deutschland da. Es gab eine furchtbare Krise, und das Geld war nichts mehr wert. Die Leute gingen mit einer Schubkarre voller Scheine zum Brotkaufen, und die Briefmarke für eine Ansichtskarte kostete einen Betrag mit unzähligen Nullen, was aber vielleicht nicht weiter schlimm war, weil die Leute in dieser Situation ohnehin kaum Gelegenheit hatten, sich Ansichtskarten zu schreiben. Überall im Land war das Gefühl vorherrschend, draufgezahlt zu haben, reingelegt worden zu sein, und dieser Eindruck verstärkte sich mit jedem Tag, und die Leute wurden immer wütender und ...

Pling.
Die Tür geht auf. Ich blicke hoch, drei riesige, übereinander-
gestapelte Kartons kommen in den Laden. Darunter zwei Beine,
die in Strandlatschen stecken, das muss Signor Sirio sein. Signor
Sirio arbeitet bei der Gemeinde, ist aber auch Schriftführer des
örtlichen Radsportvereins, der Unione Ciclistica Muglionese,
und er trägt selbst im Winter Strandlatschen. Er sagt, seine großen Zehen sind zu dick für Schuhe. Er hat auch schon einen Be-
hindertenausweis beantragt, aber den haben sie ihm bisher noch
nicht gegeben.

»Hey, Roberto, hilf mir mal, ich kann nicht mehr«, sagt er
hinter den Kartons.

Ich gehe auf ihn zu, und mein Blick fällt auf seine großen
Zehen in den Latschen. Die sind echt dick.

»Ich bin Fiorenzo, Papa ist zum Bahnhof gefahren, gib her, ich
mach das.«

»Ah Fiorenzo, ciao. Lass nur, nicht dass du dir wehtust, ich
mach das schon, sag mir nur, wohin ...«

Er schwankt und müht sich sichtlich ab. Er weiß es nicht, aber
ich komme auch mit einer Hand bestens klar. Ich nehme ihm den
ersten Karton ab und stelle ihn in die Ecke unter der Vitrine, er
stellt die anderen drauf und schiebt sie mit dem Bauch vor, dann
streckt er sich schweißgebadet.

»Ojeojeoje, Lasten sind Gift für mich, ich hab einen Leisten-
bruch, wenn du den sehen würdest, der ist wie ein dritter Ho-
den.« Er grätscht die Beine, schiebt eine Hand in seine Unterhose
und fängt an, darin herumzufummeln, dabei verdreht er die
Augen mit Blick zur Decke und streckt die Zungenspitze raus.
»So, ich bin auch gleich wieder weg. Bei der Gemeinde machen
sie jetzt unangemeldet Kontrollen, und wenn ich nicht da bin,
krieg ich Ärger.«

Er verabschiedet sich von mir und Mazinga, und ich öffne den
ersten Karton.

Er enthält kilometerlange Bänder, rote, weiße und grüne.

»Was ist das denn für 'n Zeug?«

»DIE-DEKORATION-FÜR-HEUTE-VERMUTLICH.«

»Für heute? Wieso, was ist denn heute?«

»NA-DER-KLEINE-CHAMPION-HAT-DOCH-GEBURTS-
TAG-LIEST-DU-KEINE-ZEITUNG?«

Nein, Zeitung lese ich keine. Da steht nur Quatsch drin über
Dorffeste und Streitigkeiten zwischen den trostlosen Käffern
dieser beschissenen Ebene, wozu sollte ich da die Zeitung lesen?
Papa kauft sie wegen der Artikel über den Jugendradsport. Ich
nehme sie vom Ladentisch und sehe, dass der Geburtstag dieses Bürschchens heute Abend um fünf auf der Piazza gefeiert
wird. Die Dorfkapelle spielt, die Straße wird abgesperrt, und es
kommt eine offizielle Delegation aus dem Molise.

Deshalb musste Papa also so schnell weg. Deshalb konnte ich
nicht zum Angeln gehen, sondern sitze hier mit Mazinga fest.
Mein Vater möchte, dass die Geburtstagsfeier für seinen kleinen
Champion ein rauschendes Fest wird. Ob ich dabei draufzahle,
ist ihm scheißegal.

Ich beiße die Zähne zusammen, ganz fest, bis es knirscht.

»EINE-RIESENTORTE-IN-FAHRRADFORM-GIBT-ES-
AUCH.«

Ja, hab ich gelesen. Es gibt auch eine Musikkapelle, die bis spät
in die Nacht spielt.

Wir waren mal bei der Gemeindeverwaltung und haben gefragt, ob wir nicht spielen könnten, und da hat der Verantwort-
liche für Jugendprojekte (der selbst steinalt ist) zu uns gesagt:
Warum nicht, prima Idee, Jungs, geht mal durch diese Tür durch,
da könnt ihr dann genau erklären, was ihr vorhabt. Er hat uns die
Tür gezeigt, und wir sind schön brav und voller Elan da reingegangen, nur dass es ein Nebenausgang war und wir uns plötzlich
auf der Straße wiederfanden, belämmert und enttäuscht und
mit einer Stinkwut im Bauch.

Aber lange nicht so sauer, wie ich es jetzt bin. Mein Vater
hätte doch mich bitten können, dort zu spielen. Okay, von der
Musik her wär's wohl nicht ganz das Richtige, aber das weiß er ja
nicht. Er hat uns noch nie spielen hören, und er legt auch keinen
Wert drauf, also hätte er mich doch ruhig fragen können. Ich
hätte sowieso Nein gesagt: Als ob Metal Devastation auf einem

Dorffest spielen und *Hoch lebe der kleine Champion* rufen würde. Einen Scheiß würden wir tun!

Jetzt aber genug, ich darf nicht abschweifen, ich habe zu lernen. Ich verziehe mich wieder hinter den Ladentisch und vertiefe mich in das Buch. Das ist die beste Antwort auf dieses Elend. Morgen melde ich mich in Geschichte freiwillig, und die Lehrerin nimmt mich dran, und ich weiß alles, und sie gibt mir mindestens eine Zwei. Ja, genau, Fiorenzo, das ist es. Du musst das Feuer mit Feuer bekämpfen!

Doch erst mal krieg ich eine SMS. Von Stefano.

Heute in Geschichte wollte sie dich prüfen. Sie sagt, die Zeit drängt, und hat dir ne Sechs verpasst. Auf der Piazza gibts ein Fest, Giuliano meint ob wir hingehen Frauen aufn Arsch fassen, gehn wir? (10:03)

ALTENTREFF

Aus dem Blog BitterSweet Girl

Gepostet heute um 11.45 Uhr
Ciao,
guten Tag allerseits.
Hoffentlich wird es auch für mich ein guter Tag. Das wär mal
was Neues.
Ich schreibe aus dem Büro, und sagt jetzt nicht, dass ich das
nicht darf, denn um diese Zeit ist eh keiner da, und ich habe
sonst nichts zu tun. Würde ich nicht diese Zeilen schreiben,
würde ich die Wand vor meinem Schreibtisch anstarren. Soll ich
das? Sagt, ich soll es nicht.
Ratet mal, was ich heute hier draußen gefunden habe. Genau,
schon wieder junge Katzen. Das ist mittlerweile eine richtige
Invasion. Ich frage mich, wie man dermaßen herzlos sein kann,
so niedliche kleine Kätzchen einfach auszusetzen. Und warum
immer hier? Eine Frau meinte, ich hätte mich beim ersten Mal zu
gut um sie gekümmert, die Leute nutzen das aus. Aber was hätte
ich denn tun sollen, sie ertränken? Eines zur Abschreckung am
Zaun erhängen?
Ich muss jetzt aufhören, eigentlich wollte ich noch sagen, das
Wochenende ist nicht mehr weit und ich hoffe, es kommt
schnell, aber so redet ein Durchschnittsmensch, der die Woche
über arbeitet und dabei die ganze Zeit dem Wochenende ent-
gegenfiebert. Und Samstag und Sonntag bleibt er dann zu
Hause, um sich auszuruhen, weil er müde ist. O Gott, bin ich
ein Durchschnittsmensch? Sagt bitte, dass das nicht stimmt.
Ich umarme und küsse euch, bis bald,
euer BitterSweet Girl

Du liest das Posting noch mal, weil du etwas gegen Tippfehler hast, findest aber keine. Du hast es erst vor zehn Minuten eingestellt, und schon sind drei Kommentare da. Nicht schlecht, nur blöd, dass es immer dieselben Leute sind, es kommt nie jemand Neues hinzu. Der Blog ist im Netz, virtuell kann die ganze Welt ihn lesen, und bei rund sieben Milliarden potenzieller Leser sind drei Kommentare einfach nur kläglich.

Sie stammen von Raffaella, deiner Cousine Lidia und Carmelo, einem gelähmten Jungen, den du bei einer Feier für ehrenamtliche Helfer kennengelernt hast.

1) Schatz, du bist absolut nicht Durchschnitt, du bist super, wie immer! :-)
2) Kopf hoch, Cousinchen, es ist Frühling, HDL!
PS: Kraul die Kätzchen für mich!
3) BitterSweet, du machst dir immer so viele Gedanken, dabei bist du echt was Besonderes, ich schätze mich glücklich, mit dir befreundet zu sein. Leiden gehört zum Leben, du darfst nie aufgeben. Einen Megakuss. Carmelo

Das war's, das muss bis morgen reichen, dann kannst du wieder etwas schreiben, und sie schicken dir wieder ihre Kommentare, mehr oder weniger immer dieselben, immer und ausschließlich diese drei.

Carmelo hat dich auf ein Programm aufmerksam gemacht, eine echt starke Software, die dir anzeigt, wie viele Leute sich deinen Blog ansehen, zu welcher Uhrzeit und wo sie leben.

Du hast die Software sofort installiert. Deine Begeisterung wurde allerdings gedämpft, als das Programm dir bestätigte, dass die drei Kommentatoren auch die Einzigen sind, die deinen Blog überhaupt lesen. Das wusstest du zwar selber schon, aber irgendwie ist es viel schlimmer, wenn man mit der Nase darauf gestoßen wird. Es ist ein Unterschied, ob man etwas Unangenehmes weiß oder ob es einem jemand ausdrücklich sagt. Vipern sind giftig, das weiß jeder, aber von einer gebissen zu werden ist noch mal was ganz anderes.

Apropos Mitteilungen: Vorgestern hat Luca sich mal wieder mit einer SMS gemeldet.

Während deines letzten Monats in Berlin hat er dich mit SMS-Nachrichten geradezu bombardiert, nach einem Jahr Funkstille. Er schrieb, dass er an dich denkt, dass du ihm fehlst, dass er soeben mit seiner Freundin von einem Wochenende auf Elba zurückgekehrt ist, wo er sich fürchterlich gelangweilt hat, und dass es mit dir ganz anders gewesen wäre.

Luca ist drei Jahre älter als du. Du hast ihn an der Uni kennengelernt, und gleich am ersten Tag hat er dir von seinen Plänen erzählt, die er inzwischen umgesetzt hat. Er hat die Doktorandenstelle bekommen, die er wollte, ist Assistent des Professors, bei dem er seinen Abschluss gemacht hat, und wirkt so selbstsicher, als hätte er immer alles im Griff und wäre auf niemanden angewiesen.

Im Grunde weißt du bis heute nicht, ob du tatsächlich ihn haben wolltest oder ob du nur so sein wolltest wie er. Gehabt hast du ihn jedenfalls, und zwar immer dann, wenn seine Freundin zu ihren Eltern nach Mailand fuhr. Jedes Mal sagte er dann, es sei aus mit ihr und er würde mit ihr reden, sobald sie zurück sei, und du hast jedes Mal so getan, als würdest du ihm das abnehmen.

Dann bist du nach Deutschland gefahren und hast dir geschworen, ihn aus deinem Leben zu streichen. Die räumliche Distanz hat dir geholfen, ihn klarer zu sehen, in all seiner Schäbigkeit: ein Mensch, der nicht viel wert ist, der nur an sich selber denkt und tausend Ausreden findet, um sein Ding durchzuziehen.

Wie dämlich du doch warst, auf ihn hereinzufallen. Glücklicherweise ist inzwischen viel Zeit vergangen, und du hast neue Erfahrungen gemacht, die dich verändert haben.

In den letzten Wochen in Berlin allerdings haben drei, vier Kurzmitteilungen zu nächtlicher Stunde ausgereicht, dass Luca wieder in deinem Kopf herumspukte. Er schrieb, dass er das Gefühl hat, du wärst so weit weg und er würde dich nie mehr wiedersehen, wo ihr doch füreinander geschaffen seid, das wisse er genauso gut wie du. Das schrieb er.

Bei der Entscheidung zurückzukommen spielte also vielleicht auch Luca eine kleine Rolle. Und es ist kein Zufall, dass du ihm auf der Rückfahrt im Zug eine SMS geschickt hast. Er antwortete, er könne es kaum erwarten, dich wiederzusehen, du schriebst zurück, du seist am nächsten Tag wieder zu Hause. Darauf schickte er dir um zwei Uhr nachts jene SMS, die du dreimal lesen musstest, um sicherzugehen, dass es wirklich so da stand:

Signorina, die Nervensäge ist dick wie ein Ochse, in zwei Wochen kommt sie nieder, sie ist unerträglich. Ich bräuchte eine unserer Nächte, um mich zu entspannen. Wann machen wir's? (02:12)

Du hast die Nachricht sofort gelöscht, aber es hat nichts geholfen. Denn du schaffst es einfach nicht, ihn dir aus dem Kopf zu schlagen.

Du musst es dir ausreden, dass Luca irgendetwas mit deiner Entscheidung zu tun hatte, nach Muglione zurückzukehren. Nein, du bist zurückgekehrt, weil du überzeugt warst, du könntest deinem Dorf helfen. Deshalb bist du jetzt hier. Einzig und allein deshalb.

Als Leiterin und einzige Angestellte der Jugendinfo von Muglione, wo die paar Jugendlichen von hier sich noch nie haben blicken lassen.

Aber zum Glück – ein Glück, das mit dem Tod des Besitzers der Bar gegenüber zu tun hat – kommen jetzt die Alten hierher.

Die Bar Eugenio mit Tabakladen und Lottoannahmestelle hat von einem Tag auf den anderen dichtgemacht, nachdem Eugenio bei der Wildschweinjagd durch einen Gewehrschuss getötet worden war, hier übrigens die häufigste Todesursache bei Männern. Danach sind die Alten, die nun nicht wussten, wohin, zur Jugendinfo herübergekommen. Der Raum ist beheizt, jeden Morgen kommen die Zeitungen mit den Lokalnachrichten, und die Tische, auf denen eigentlich Firmenbroschüren und Ausschreibungen für Stipendien zur Begutachtung ausliegen, eignen sich genauso gut zum Kartenspielen.

Wenn dich die Alten trotzdem hin und wieder um eine Auskunft bitten, dann nie um etwas, was mit den Belangen Jugendlicher zu tun hat. Sie wollen die Telefonnummer von Fachärzten oder die Adresse für einen kostenlosen Hörtest, lauter Dinge, von denen du keine Ahnung hattest. Aber du hast dich dahintergeklemmt und dich kundig gemacht. Dein Vertrag läuft sechs Monate, wer weiß, was danach kommt, und wenn jemand von der Gemeinde vorbeischaut und sieht, dass dein Büro immer leer ist, stehst du auch nicht gut da. Also musst du wenigstens zusehen, dass du dir die Alten warmhältst.

Wenn du diesen Job verlierst, kann es dir passieren, dass du wieder zu deinen Eltern ziehen musst, und das würdest du nicht ertragen. Deine Mutter würde dir unter die Nase reiben, dass deine fünf Jahre jüngere Schwester in Genua mit einem Ingenieur verheiratet ist und einen wunderbaren Jungen hat, einen richtigen kleinen Prinzen. Und du würdest zum x-ten Mal wiederholen, dass du so ein geordnetes, vernünftiges und eintöniges Leben gar nicht führen willst. Aber was willst du dann? Du weißt sehr genau, was du nicht willst, aber was ist es, was du willst, Tiziana?

Es gibt Frauen, die opfern ihre Karriere der Liebe, andere opfern ihre Liebe der Karriere. Du hast keines von beiden, du opferst dich einfach und fertig. O Gott, wie beklemmend.

Die Einträge in deinem Blog sind dein einziges Ventil, um Dampf abzulassen. Du hattest beschlossen, damit aufzuhören, das stimmt. Dieses blöde Programm, das dir anzeigt, wie viele Leute dich lesen, hat dir definitiv klargemacht, wie es um dich steht.

Aber ein paar Tage nachdem du es installiert hattest, meldete dir das Programm einen neuen Besucher. Aus den USA. Jede Nacht, etwa um dieselbe Zeit, loggt sich ein Amerikaner in deinen Blog ein und liest, was du geschrieben hast. Er hinterlässt zwar nie einen Kommentar, aber das liegt vielleicht an der Sprache. Vielleicht kann er Italienisch lesen, traut sich aber nicht, auf Italienisch zu schreiben. Vielleicht hat er Angst, sich zu blamieren, denn er schätzt dich und deine Ansichten. Ein feinfühliger

Mensch, der nur per Zufall auf deinen Blog gestoßen ist und jetzt nicht mehr davon lassen kann. Vielleicht wartet er nur auf einen günstigen Augenblick, um mit dir Verbindung aufzunehmen und ...

Folglich hältst du an deinem Blog fest und schreibst jeden Tag ein paar Zeilen mit dieser geheimen Hoffnung im Hinterkopf. Vielleicht solltest du etwas über Amerika schreiben, um es ihm leichter zu machen, seine Meinung zu äußern, seinen Namen zu nennen, irgendetwas.

Vielleicht schreibst du morgen mal etwas über Obama! Ja klar, wenn du etwas über Obama schreibst, gibt er sicher auch einen Kommentar ab (aus irgendeinem Grund kommt dir gar nicht in den Sinn, dass es sich auch um eine Frau handeln könnte). Genau, Obama, genial.

Ja, Tiziana: *Yes we can.*

Muglione feiert seinen kleinen König

Großes Fest für den kleinen Champion aus dem Molise

MUGLIONE. Gestern fand auf der Piazza die Geburtstagsfeier für das kleine Rennfahrerass Mirko Colonna statt, der den Radsportverein Unione Ciclistica Muglionese-Mobilificio Berardi innerhalb weniger Monate an die Spitze der Regionalliga gebracht hat. Die Feierlichkeiten im Beisein von Bürgermeister Barracci, einer Delegation der Gemeinde Ripabottoni (Provinz Campobasso) und des Regionalvorsitzenden des nationalen Radsportverbandes Castagnini waren glanzvoller als das Fest von San Pino, des Schutzheiligen von Muglione. So groß ist die Begeisterung für diesen Champion, der gerade einmal fünfzehn Jahre alt ist, aber bereits zwölf Rennen in der Altersklasse der Schüler bestritten und gewonnen hat. Während des Rennens überschäumend und nicht zu bremsen, wirkt Colonna sehr verschlossen, sobald er nicht mehr im Sattel sitzt. Berge bezwingt er mühelos, doch das Lächeln fällt ihm offenbar schwer, selbst dann, wenn ihm der Bürgermeister die Stadtschlüssel überreicht oder er die Riesentorte in Form eines Fahrrads anschneiden soll. Wir haben ihn gefragt, woher seine Leidenschaft für den Radsport kommt, wie man sich als Champion fühlt und wie er sich seine sportliche Zukunft vorstellt. Er antwortete höflich, aber einsilbig: »Entschuldigen Sie, das weiß ich nicht.« Ein ganz anderes Temperament hat sein Entdecker und Coach Roberto Marelli, eine Größe des lokalen Radsports, der aus gutem Grund strahlt. »Mirko ist ein Naturtalent«, sagt er. »Wir arbeiten sehr hart im Training und in der Vorbereitung, aber er schafft das alles mühelos. Mit diesem Fest möchten wir uns bei ihm für die große Freude bedanken, die er uns macht. Und auch er ist sehr glücklich, obwohl er eher schüchtern ist und seine Freude nicht zeigt.« Und die Pläne für die Zukunft? »Ich möchte nicht allzu viel verraten, wir machen einen Schritt nach dem anderen. Die Tests laufen alle hervorragend, und wir dürfen durchaus hohe Ziele anstreben.« Als wir ihn fragen, was an dem Gerücht dran ist, dass sich inzwischen bereits Profimannschaften für den Jungen interessieren, hält sich Marelli bedeckt: »Dazu möchte ich mich nicht äußern. Es hat Vorstöße gegeben, große Namen, aber Mirko ist noch sehr jung, und es hat keinen Sinn, über eine so ferne Zukunft zu spekulieren. Aber er hat genug in den Beinen, um den Giro d'Italia, die Tour de France und auch die klassischen Eintagesrennen gewinnen zu können.« Bei den Ansprachen des Bürgermeisters und der verschiedenen Funktionäre war der kleine Champion schon nicht mehr dabei. Er lag bereits im Bett, startbereit für den äußerst wichtigen Bertolaccini-Pokal in Montelupo, der nächsten Sonntag auf dem Programm steht. Wir glauben übrigens schon zu wissen, wie der Sieger heißen wird.

(Gianni Parenti)

DAS DRITTE KLINGELN

Keine Ahnung, warum ich heute Morgen angeln gegangen bin. Vielleicht weil ich schon gestern hierher wollte oder weil beim Angeln auch mein Kopf unter Wasser taucht und ich nicht mehr an das denken muss, was auf der Erde geschieht. Außerdem habe ich meine Geschichtsnote bereits bekommen. Die Lehrerin hat mir eine glatte Sechs verpasst, geschenkt sozusagen, was soll ich da noch in der Schule rumsitzen? Gut, aber ab Montag leg ich einen härteren Gang ein. Samstag ist das Festival in Pontedera, bis dahin darf ich mich von der Schule nicht ablenken lassen. In der Woche danach allerdings muss ich büffeln. Ist doch perfekt, optimales Timing sozusagen. Und heute angle ich zur Abwechslung mal an einer Stelle, die ich noch nie ausprobiert habe.

Die ganze Ebene ist von Kanälen durchzogen, Wassergräben, die alle miteinander verbunden sind. Sie führen mehr oder weniger dasselbe Wasser, sind schnurgerade, schmal, voll Schlick und mit Schilf an den Ufern. Dazwischen die Felder, auf denen nichts Grünes wächst. Tatsächlich sprechen manche von den »Kanälen«, andere vom »Kanal«. Wenn man jedes Teilstück für sich nimmt, sind es viele, aber von oben betrachtet ist es ein riesiges dunkles Netz, das wie ein schwarzes Gitter über dem Ort und der Landschaft liegt.

Während ich so meine Gedanken schweifen lasse, behalte ich den Schwimmer im Auge, der reglos auf dem stillen Wasser liegt. Seine leichte Neigung zeigt an, dass der Köder auf den Grund gesunken ist, wo Karpfen und Schleien leben. Die haben auf beiden Seiten des Mauls zwei winzige Schnurrhaare, mit denen sie den Boden nach Futter abtasten. Wenn sie hier vorbeikommen, finden sie zwei Maiskörner und obendrauf einen fetten Wurm, der einen goldenen Haken kaschiert. Aber wenn sie den entdecken, ist es schon zu spät.

Tja, so ist es nun mal, vom Angeln verstehe ich eine ganze Menge. Irgendwann werde ich mich wohl dazu durchringen müssen, einen Dokumentarfilm zu drehen, eine mehrteilige Reihe mit dem Titel *Aufregende Abenteuer vor der eigenen Haustür mit Fiorenzo Marelli.* Darin werde ich zeigen, dass man spannende Angelausflüge unternehmen kann, ohne um die halbe Welt zu reisen.

Es gibt ja unendlich viele dieser absurden Videos mit Titeln wie *Großfische angeln in Kanada, Unvergessliche Angelerlebnisse auf den Antillen* oder *Rekordfänge im Mündungsgebiet der malaysischen Flüsse.* Dabei ist es keine Kunst, in diesen Gegenden einen ordentlichen Fang zu machen. Nur hätte ich gern mal gewusst, woher man das Geld für Fernreisen an diese Orte nehmen soll, wo es von wilden Lachsen, Stören und Marlinen nur so wimmelt.

Meine Dokumentarfilmreihe dagegen wird zeigen, dass man gar nicht so weit in die Ferne schweifen muss. Man kann auch an den hiesigen Gewässern seinen Spaß haben, dort, wo man tagtäglich vorbeikommt, ohne auch nur daran zu denken, einen Köder ins Wasser zu werfen: den Abwasserkanälen entlang der Landstraße, den Staubecken der Flüsse, den Wassergräben zwischen den Feldern, wo sich Regenwasser und Gülle sammeln. Kurzum, in unserer schönen heimischen Natur.

Ich sehe mich schon im Bild … *Hallo, ich bin Fiorenzo Marelli und zeige euch jetzt mal, welche Maiskörner am besten sind, wie man Maden und Regenwürmer am Angelhaken befestigt und wie man einen perfekten Endknoten knüpft …*

Alles Sachen, die du mit einer Hand erst mal gar nicht hinkriegst. Aber mit der Zeit entdeckst du die tausend Möglichkeiten von Füßen und Mund, und dann geht das alles ohne Probleme. Aber es ist natürlich Unsinn, so zu tun, als wäre nichts. Die Geschichte vom »jungen Angler, dem eine Hand fehlt« ist ein echter Pluspunkt und wird weitere Zuschauer ködern.

Der Gedanke daran macht mich jetzt schon glücklich. Ich male es mir im Geist aus und weiß genau, wie ich mich fühlen werde, wenn es so weit ist. Doch dann taucht plötzlich ein anderer Gedanke auf, ein düsterer Gedanke, der mir alles verdirbt. Der Gedanke an meine Mutter.

Weil meine Mutter das alles nicht miterleben kann, um mir zu sagen *Gut gemacht*. Weder wird sie meine Angelfilme sehen noch am Samstagabend beim Festival von Pontedera dabei sein. Allerdings hätte ich sie da auch auf keinen Fall dabeihaben wollen, denn eine Metal-Band, die alles plattmacht, kann sich schlecht von den jeweiligen Mamas begleiten lassen, das wäre ja abartig. Ich hätte ihr daher gesagt *Mama, bleib zu Hause, ich erzähl dir alles, aber das ist nichts für dich, da sind nur junge Leute*. Und sie hätte so getan, als wäre sie eingeschnappt, aber am nächsten Tag hätte sie alles ganz genau wissen wollen, und ich hätte es ihr erzählt.

Stattdessen ...

Stattdessen ist sie gestorben, letztes Jahr, ganz plötzlich. Sie stand am Bankschalter in der Schlange, und dann hat sie angeblich etwas gesagt, was keinen Sinn machte, ist zu Boden gesackt, und es war vorbei. Das war am vierzehnten März, aber für mich ist sie am achtzehnten gestorben. Denn wenn ein Mensch stirbt, den du liebst, dauert es eine Weile, bis das in deinem Kopf ankommt.

Du kannst es einfach nicht begreifen, so absurd ist es. Und es bleibt dir nicht mal Zeit, darüber nachzudenken, denn schon hast du es mit einem gut gekleideten, ernsten Typen zu tun, der wissen will, ob die Signora zarte Pastellfarben bevorzugt hätte oder klassisch zeitloses Holz, und der dir einen Katalog mit verschiedenen Sargmodellen zeigt, ich schwör's. Um den Sarg musste ich mich kümmern, weil mein Vater mit niemandem sprechen wollte und nur dastand und meine Mutter anschaute. Und dann sind da noch die Verwandten, Freunde und Unbekannten, die kommen, um dir ihr Mitgefühl auszusprechen und tiefgründige, äußerst hilfreiche Sätze von sich zu geben wie *Was soll man da noch sagen* oder *Es ist nun mal passiert* oder *Irgendwann ist jeder von uns dran, da kann man nichts machen*.

Andere musst du selbst benachrichtigen. Sie haben deine Mutter nur zu besonderen Anlässen besucht und würden sonst gar nicht erfahren, dass sie tot ist. Die musst du unbedingt informieren. Nicht ihretwegen, sondern deinetwegen. Denn wenn du dir sagst, scheißegal, und sie nicht anrufst, wiederholst du genau meinen Fehler. Und dann klingelt es Weihnachten oder Ostern an der Haustür, du öffnest und stehst einer Frau gegenüber, die du seit einer Ewigkeit nicht mehr gesehen hast. Sie hat einen Panettone mitgebracht, schaut dich fröhlich an und fragt *Wo ist Antonia?* Und dann musst du ihr erklären, dass deine Mutter tot ist, und das tut so weh, als würde sie noch mal sterben. Die Signora steht wie versteinert da, dann umarmt sie dich und bricht in Tränen aus, und du musst sie trösten. Du sie. Und während du eine Stunde lang an der Haustür stehst und eine weinende Unbekannte umarmst, fragst du dich, warum du an jenem unglückseligen Tag nicht noch zwei Anrufe mehr gemacht hast. Zwei Anrufe, das wär's gewesen.

Mit all dem will ich aber eigentlich nur sagen, dass es ein Riesenzirkus ist, wenn jemand stirbt, und man gar nicht sofort begreift, was da passiert. Und tatsächlich ist meine Mutter für mich erst vier Tage später gestorben: am Nachmittag des achtzehnten März, als ich beschlossen habe, von allem und jedem davonzulaufen, und mit dem Roller die Kanäle entlanggefahren bin, um zu sehen, was die Karpfen machen.

In einer ziemlich scharfen Kurve auf einem Schotterweg bin ich mit dem Hinterrad ins Rutschen gekommen und gestürzt. Mir ist zwar nichts Schlimmes passiert, aber ein verrosteter Eisensplitter hat mir das Schienbein aufgeschürft. Rostiges Eisen kann zu Wundstarrkrampf führen, davor hatte ich immer schon Angst. Denn als ich klein war und mich gegen die Tetanusspritze wehrte, sagte die Frau, die mich impfen wollte, ohne die Spritze würde ich einen Wundstarrkrampf bekommen, und dann läuft Blut aus Ohren und Augen, und der Kiefer verkrampft, der Mund füllt sich mit Blut, und man erstickt.

Ich bin also aufgestanden und hab mein Schienbein untersucht und mich gefragt, ob mein Impfschutz noch wirksam ist, ob ich ins Krankenhaus gehen soll, oder ob ich mir keine Sorgen zu machen brauche. Ich wusste, dass es eine ganz einfache Methode gibt, um mich zu beruhigen: Ich musste die Geschichte meiner Mutter erzählen und von ihr den Satz hören *Ganz ruhig, Fiorenzo, es ist nichts.*

Und deshalb habe ich trotz der Ärzte, des Leichenbestatters und der Sargkataloge an jenem Tag, dem achtzehnten März letzten Jahres, mein Handy rausgeholt und die Nummer meiner Mutter gewählt, ich schwöre es bei Gott. Ich stand da, das Handy am Ohr, und mein Blick ging über die weite Ebene. *Tuuuut* (aus irgendeinem Grund war das Freizeichen zu hören), *tuuuut*, und erst beim dritten *tuuuut* hab ich's begriffen.

Der Schmerz der Erkenntnis schnürte mir die Kehle zu, stieg wie eine Urgewalt in mein Gehirn und löschte alles aus. Dunkelheit. Rabenschwarze Dunkelheit.

In diesem Augenblick wurde mir klar, dass das Handy meiner Mutter ewig klingeln würde, dass sie mich nicht mehr hören konnte und niemals erfahren würde, was mir zugestoßen war. Das Handy würde klingeln, aber meine Mutter würde nie mehr abheben. Denn meine Mutter war tot. Sie starb vergangenes Jahr am achtzehnten März. Ungefähr hier an dieser Stelle, inmitten der von Kanälen durchzogenen Felder, als mein Handy zum dritten Mal klingelte.

DIE TURNSTANGE

Auch Stefanino hat die Schule geschwänzt.

Er hat seit drei Tagen kein Auge zugemacht, und zwischendurch ist ihm schwindlig. Im Unterricht wäre er fast eingenickt, und hätte der Lehrer es gemerkt, hätte er Stefanino einen Eintrag ins Klassenbuch verpasst, was ihm den Gesamtdurchschnitt einer Vier versaut hätte, für den er sich das ganze Jahr über so abgemüht hat. Und das ausgerechnet jetzt, kurz vor dem Abitur, achtundfünfzig Tage vor der Prüfung.

Aber nicht die bevorstehende Abiturprüfung raubt ihm den Schlaf. Der Grund für seine Angst liegt zeitlich sehr viel näher und heißt PontedeRock Festival. Morgen Abend wird Metal Devastation zum ersten Mal live vor einem richtigen Publikum spielen.

Wahnsinn. Stefanino war überzeugt, die Organisatoren würden uns ablehnen. So ist es bis jetzt ja immer gelaufen. Fiorenzo und Giuliano fragen überall herum, ob sie spielen können, und alle sagen *Nein danke* oder noch öfter einfach nur *Nein*.

Und jetzt haben die von Pontedera Ja gesagt. Wenige Tage vor dem Festival. Bestimmt hat eine andere Gruppe in letzter Minute abgesagt, weil sie einfach keinen Bock hat, vor einem Haufen wildgewordener Jugendlicher zu spielen, die nur darauf warten, einen fertigzumachen.

Ähnlich wie im Schulsport, beim allmonatlichen Kletterwettbewerb von Lehrer Venturi (verflucht sei er bis in alle Ewigkeit), bei dem sich die Schüler an der Turnstange festklammern und sich an ihr hochziehen und oben die Querstange berühren müssen. Der Lehrer stoppt die genaue Zeit und aktualisiert die Position der einzelnen Schüler in der Gesamtbewertung. Am Ende setzen sich dann alle im Kreis hin und genießen den vergnüglichsten Teil der Veranstaltung. Wenn Stefano an der Reihe ist.

Stefano klammert sich mit verdrehten Armen an dieser verdammten Stange fest, schaut senkrecht nach oben und fixiert den Punkt, den er erreichen soll. Er versucht es, kommt aber keinen Zentimeter hoch, unerhörterweise bleiben seine Füße wie angewurzelt am Boden. Doch Venturi (der Mistkerl) stoppt trotzdem die Zeit, alle dreißig Sekunden bringt er das Publikum auf den neuesten Stand. Er tut, als würde er gleich einschlafen, und gähnt, so dass alle lachen. Stefanino starrt nach oben, verkrampft Arme und Beine und zieht dabei ein Gesicht, als säße er auf dem Klo. Er wartet darauf, dass der Lehrer endlich sagt *Basta, basta, Berardi, lass gut sein.*

Aber der Lehrer zieht die Sache genüsslich in die Länge, er führt Stefano regelrecht vor, mindestens fünf Minuten lang, angeblich, um ihm eine Chance zu geben. Wenn alle genug gelacht haben, lässt er mit dem immer gleichen Satz von ihm ab: *Berardi, komm schon, lass die Stange los und geh dich umziehen, ich hab Weihnachten schon was vor.*

Dann die letzte Lachsalve, alle wiehern und stoßen sich gegenseitig an und wiederholen *Weihnachten, Weihnachten, hahaha.* Hochrot im Gesicht, verschwitzt und mit beschämt gesenktem Blick löst sich Stefano von der Stange. Das einzig Gute in diesem fürchterlichen Augenblick ist, dass es bis zum nächsten Kletterwettbewerb nun volle vier Wochen dauert.

Doch letzte Woche, als er die x-te Demütigung hinter sich gebracht hatte und gerade die Umkleide ansteuerte, hörte er aus der Turnhalle Fiorenzos Stimme. Sie ließ die ganze Klasse erstarren, ganz besonders aber ihn, Stefano.

»Herr Lehrer, ich weiß nicht, wer dümmer ist: Sie, weil Sie immer denselben lahmen Witz machen, oder die da, weil sie jedes Mal darüber lachen.«

Stille. Alle drehen den Kopf, der Lehrer Venturi steht da, die Stoppuhr in der Hand.

»Du bist vom Sport befreit, Marelli, was geht dich das also an?«

Fiorenzo antwortet nicht gleich. Stefano starrt ihn an, auf halbem Weg zwischen den Turnstangen und dem Umkleideraum. Er wollte gerade den Trainingsanzug loswerden, um in seinen Jeans ins normale Leben zurückzukehren, ohne Schweiß, Kurzatmigkeit und Konkurrenzkampf. *Stimmt, Fiorenzo, du bist befreit, was geht dich das also an?*

»Andere Leute gewinnen den Nobelpreis oder helfen Menschen in der Dritten Welt, und was macht ihr? Ihr gebt damit an, dass ihr eine Stange hochklettern könnt. Mannomann, eine großartige Leistung, die Affen können das auch. Glückwunsch.«

»Niemand gibt an, Marelli, es ist ein Leistungstest.«

Fiorenzo bindet sich jetzt die Haare im Nacken zusammen, geht auf die Stange zu und umklammert sie mit seiner einen Hand. Den anderen Arm winkelt er an und legt ihn um die Stange, bringt die Beine in Position, fixiert Venturi und legt los.

Die Zeit, die er bis nach oben braucht, ist nicht besser, aber auch nicht schlechter als die seiner Mitschüler, von Stefanino einmal abgesehen, sondern guter Durchschnitt. Oben hält er inne, blickt mit vor Anstrengung leicht gequältem Lächeln nach unten und ruft: »Na also, man kann's sogar mit einer Hand schaffen. Ist es so was Besonderes, die Turnstange hochzuklettern?«

»Niemand hat gesagt, dass es was Besonderes ist«, gibt Venturi zurück, den Kopf im Nacken.

»Und warum bilden sich dann alle so viel darauf ein?«

»Niemand bildet sich etwas darauf ein, Marelli.«

»Klar tun das alle, und Stefano wird verarscht.«

»Niemand verarscht ihn. Wir amüsieren uns einfach, weil er nicht hochkommt.«

»Und jetzt, wie sieht es jetzt aus?«

»Also, rein theoretisch ist es jetzt noch schlimmer«, sagt Venturi und nimmt Stefanino scharf in den Blick. »Da siehst du's, Berardi, dein Freund Marelli schafft es sogar mit einer Hand. Dann kann es doch wohl nicht sein, dass du bis Weihnachten am Boden kleben bleibst?«

Schallendes Gelächter, noch lauter als vorher. Und wieder brüllen sie *Weihnachten, Weihnachten.* Das quietschende Geräusch, als sich Fiorenzo die Stange hinuntergleiten lässt, geht im Gejohle unter. Seine Augen fixieren einen unbestimmten

Punkt in der Ferne, während er sein verrutschtes T-Shirt runterzieht und die Haare löst. Dann verschwindet er nervös in Richtung Umkleideraum.

Stefanino steht immer noch wie angewurzelt da. Im Vorbeigehen wirft Fiorenzo ihm zu: »Mach dir nichts draus, die wollen es nicht zugeben, aber sie haben ihre Lektion gelernt. Kopf hoch, Krieger, Kopf hoch, der Sieg ist unser.«

Das ist jetzt eine Woche her, aber Stefano und Fiorenzo haben seitdem nicht mehr darüber gesprochen, weder in der nachfolgenden Stunde noch bei der Bandprobe am selben Abend. Kein einziges Mal.

Und auch nicht über Stefanos Angst vor morgen Abend in Pontedera, die größer ist als die Angst vor hundert nebeneinander aufgereihten Kletterstangen. Denn dann würde Fiorenzo ihn kein bisschen verteidigen, im Gegenteil. Er würde sich tierisch aufregen, genau wie der Sportlehrer.

Was, wenn Stefano einen Einsatz vermasselt oder aus dem Rhythmus kommt oder wenn während des Konzerts eine Saite reißt? Mein Gott, was für eine Horrorvorstellung! Und dabei lag ihm nie was dran, ein Instrument zu spielen. Es waren Fiorenzo und Giuliano, die eines Tages mit der Idee zu einer Band ankamen. *Komm schon, Sté, ich singe, ich spiele Schlagzeug, wir brauchen noch einen Bass. Los, komm schon, na komm schon ...* Und am Ende hat Stefano Ja gesagt, denn Jasagen ist ganz leicht. Aber dann kommt plötzlich so eine Situation wie jetzt, wenn man auftreten muss, und das ist dann absolut nicht mehr leicht.

Heute Abend wird er wieder nicht schlafen können, das weiß Stefanino, und vielleicht legt er sich deshalb gar nicht erst hin. Das einzig Gute an solchen Nächten ist, dass man die unerledigte Arbeit in Angriff nehmen kann.

Stefano Berardi ist noch keine neunzehn, er geht zur Schule und spielt in einer Band, und er hat einen Teilzeitjob, mit dem er alle seine Ausgaben finanziert. Einen Job, den er ganz bequem von zu Hause aus erledigen kann, am Computer, während er im Internet surft oder fernsieht. Pro Woche verdient er rund dreitausend Euro.

Alles begann vor einem Jahr und hat mit Britney Spears zu tun, die die Klos einer Autobahnraststätte reinigt, und mit Ehemännern, die ihre Frauen gern in einem Haufen von Senegalesen sehen wollen. Aber das kann Stefano jetzt nicht erzählen, weil plötzlich die Tür aufgerissen wird und gegen die Wand donnert. Sein Bruder stürmt wutentbrannt ins Zimmer.

Er heißt Cristiano und geht in die achte Klasse. Normalerweise schauen die jüngeren zu den älteren Geschwistern auf, die ihre Vorbilder sind. Normalerweise, aber nicht immer.

»Hör zu, du Blödmann, sag Mama, dass ich heute nichts esse, okay?«

»…«

»Hast du das kapiert? Hallo, bist du überhaupt da? Sag du es ihr. Ich rede kein Wort mehr mit ihr.«

»Mit wem?«

»Mit Mama! Sie hat ihn ins Haus geholt, und ich will ihn hier nicht mehr haben.«

»Wen?«

»Diesen kleinen Scheiß-Champion.«

»Ah. Und warum sagst du ihr das nicht selber?«

»Du hörst mir wohl nicht zu. Ich-re-de-nicht-mehr-mit-ih-ir! Außerdem hab ich es ihr schon eine Million Milliarden Mal gesagt. Aber jedes Mal heißt es *Der arme Mirko, so weit von zu Hause weg, er kennt niemanden, und hier ist so viel Platz, und wir müssen gut zu ihm sein und alles mit ihm teilen* …«

»Ja, und damit hat sie ja auch tatsächlich irgendwie recht.«

»Ja, gute Nacht, Sté. In deinen Augen hat sie sicher recht, aber du lebst ja auch auf dem Mond und verstehst einen Dreck vom Leben. In der wirklichen Welt teilt keiner was mit irgendwem. Der kleine Champion zum Beispiel, was teilt der denn, hm? Der gewinnt immer und kümmert sich einen Scheißdreck um die anderen. Seitdem er hier ist, machen mir die Radrennen keinen Spaß mehr. Vorher war es viel schöner.«

»Weil du gewonnen hast.«

»Aber doch nicht immer! Ich hab mal gewonnen, mal verloren, dann wieder gewonnen. Aber seitdem der hier ist, macht's echt keinen Spaß mehr. Die haben sogar extra ein T-Shirt für ihn bedrucken lassen, stell dir das mal vor! Goldgelb, ganz toll, und hinten steht drauf DER KLEINE CHAMPION. Verstehst du?«

»Ja, aber was kann er denn dafür, wenn er stärker ist als du?«

»Okay, aber was kann ich dafür, wenn das hier mein Zuhause ist? Ich möchte ohne ihn hier leben, darf ich? Und solange er nicht von hier verschwindet, rede ich eben kein Wort mehr mit Mama, und ich komme auch nicht mehr mit an den Tisch.«

»Und wenn ihr das egal ist?«

»Was?«

»Mal angenommen, Mama ist es egal, dass du nicht mit uns isst.«

»Ach ja? Dann bring ich mich um.«

»Wie denn?«

»Keine Ahnung. Ich könnte aufhören zu essen. Wenn ich aufhöre zu essen, verhungere ich, stimmt's?«

»Stimmt, aber es dauert ewig, bis man verhungert ist. Verdursten geht schneller.«

»Nein, das kann ich nicht. Jetzt kommt der Sommer, und Signor Roberto sagt, wir müssen viel trinken.«

»Du klingst nicht wie jemand, der entschlossen ist, sich umzubringen.«

»Aber ich will ja auch gar nicht tot sein. Ich will nur, dass dieses Arschloch von hier verschwindet.«

»Okay. Aber dann geht es doch gar nicht darum, dass du aufhörst zu essen, es reicht, wenn du Mama das magische Wort sagst.«

»Welches Wort.«

»Na du weißt schon. Ano...«

»Ano? Von was redest du, Sté, ich versteh dich nicht.«

»Anorexie! Mama wird ausflippen, das weißt du.«

Cristiano denkt kurz nach, dann probiert er es aus: »Mama, ich kann nichts essen, weil ich Anorexie habe ...«

Als er sich das sagen hört, überläuft es ihn kalt. Er nickt und reißt die Augen auf vor lauter Begeisterung über diese geniale Strategie.

»Ist ja geil! Aber sag du es ihr, Stefano, sag du's ihr, jetzt sofort!« Er verschwindet im Flur, kommt wieder rein. »Geil!«, sagt er, und diesmal verschwindet er wirklich.

Stefano bleibt nachdenklich an seinem Schreibtisch zurück, vor dem ausgeschalteten Computer. Ja, in der Tat ...

Er könnte sich für morgen Abend auch so was ausdenken. Nicht gerade Anorexie, aber er könnte aufhören zu trinken ... Doch damit hätte er schon vor ein paar Tagen anfangen müssen. Mist, wieso kommen einem die besten Ideen immer erst, wenn es zu spät ist. Aber das mit dem Schlaf wäre vielleicht eine Möglichkeit, er hat ja seit Tagen kein Auge zugetan. Kann man an Schlafmangel sterben? In dem Sinn, dass man irgendwann stirbt, wenn man immerzu wach bleibt? Nein, eher dreht man vorher durch. Aber das ist auch keine schlechte Idee. Du drehst durch, die liefern dich in die geschlossene Anstalt ein, und schon bist du das Konzert los.

Mit dieser Hoffnung im Herzen geht Stefanino zum Mittagessen.

VIBRODREAM

Du malst einen schwarzen Kringel aufs Papier, dann drei parallele Linien und eine nicht ganz so gerade Linie, die ebenfalls in einem Kringel endet, dann schreibst du deinen Namen mit einem Haufen Schnörkel. TIZIANA COSCI. Wie immer, wenn du nervös bist.

Etwa wenn du Jugendlichen erläutern sollst, welche bürokratischen Hürden zu überwinden sind, um ein Kleinunternehmen zu gründen, oder welche Schwierigkeiten einen Hochschulabsolventen erwarten, der sich hier in der Gegend eine berufliche Existenz aufbauen will, und das Ganze stattdessen wie selbstverständlich immer auf ein Briscola- oder Burraco-Turnier hinausläuft.

Wenn du einen Mittelstufenkurs Englisch mit Schwerpunkt Businessenglisch und Online-Geschäfte anbietest, aber nur ein Achtklässler aus dem Molise kommt, der Nachhilfe braucht.

Wenn du einen Nachmittag pro Woche »Firmensprechstunde« hast, in der die ortsansässigen Betriebe ihre Lehrstellenangebote weitergeben können, aber immer nur Verkäufer von Massagesesseln oder von supergünstigen Windeln für Erwachsene auftauchen oder die Typen vom Bestattungsinstitut, die dir ein »hübsches Präsent« versprechen, wenn du sie über den Tod eines Besuchers der Jugendinfo informierst.

Wenn du dasitzt und ihnen zuhörst und dir klar wird, dass das alles überhaupt keinen Sinn hat und du besser aufstehen, den Schreibtisch umwerfen, durch das Fenster flüchten und über die Wiese bis zum Ortsende laufen solltest, weiter und immer weiter, bis dein Kreislauf schlappmacht.

In solchen Augenblicken, Tiziana, malst du Kringel aufs Papier und zeichnest freihändig gerade Linien und manchmal, so wie jetzt, auch Wellenlinien, eine über der anderen, schön harmonisch, im Einklang miteinander, sanft und leicht ...

»Sehen Sie, Signorina, Sie werden sagen, okay, Vibrodream ist nur der übliche Massagesessel, aber das stimmt nicht. Und wissen Sie auch, warum?«

»Nein«, antwortest du. Die Typen, die dich mit Fragen um den Finger wickeln wollen, sind die schlimmsten. *Wissen Sie, warum? Haben Sie sich schon einmal gefragt, wieso? Ist es Ihnen schon einmal passiert, dass?* Da sind dir die anderen lieber, diejenigen, die sich nicht so ins Zeug legen, sondern reinkommen, eine Bemerkung übers Wetter machen und ein paar billige Komplimente vom Stapel lassen und dann wie ein aufgezogenes Uhrwerk anfangen, ihr Produkt anzupreisen.

Der hier gehört zu denen, die Fragen stellen.

»Nein, Signorina, Vibrodream ist eben nicht der übliche Massagesessel. Und wissen Sie auch, warum? Weil die normalen Massagesessel entweder vibrieren, um einem alten Menschen die Füße zu massieren, oder hochfahren, um ihm auf die Beine zu helfen. Und jetzt werden Sie mich fragen, und was macht Vibrodream?«

»Und was macht Vibrodream?«

»Vibrodream bietet alle diese Funktionen gleichzeitig. Das ist ein enormer Vorteil, denn ein solcher Sessel ist kostengünstig und platzsparend. Unsere Firma würde sich freuen, Ihnen für eine gewisse Zeit ein Modell zur Verfügung zu stellen, natürlich kostenfrei, damit Ihre Kundschaft die Vorzüge und die wohltuende Wirkung dieses Sessels ausprobieren kann. Wir sind überzeugt, dass viele Besucher Ihres Zentrums von Vibrodream beeindruckt sein werden. Deshalb haben Sie hier unsere Kontaktdaten für die Bestellungen. Natürlich können Sie ... nun ja, wir würden uns freuen, Ihnen bei jeder Bestellung ein kleines Geschenk zukommen zu lassen ...«

»Aber ich ...«

»Keine Sorge, das ist nur recht und billig. Wie gesagt, wir würden uns freuen. Außerdem hat Vibrodream noch einen weiteren entscheidenden Vorteil. Im ersten Moment werden Sie

denken *Schön und gut, aber was hat man davon?* Aber, Signorina, unter uns gesagt, eigentlich ist dies der wichtigste, ja der
entscheidende Vorteil von Vibrodream. Und wissen Sie, worin
dieser Vorteil besteht?«

»...«

»Der Sessel hat einen Spezialbezug aus wasser- und schmutz-
abweisendem Velour, denn, Signorina, reden wir ruhig Klartext:
Die Massagen haben eine entspannende Wirkung, und ab einem
bestimmten Alter ist die Blase unberechenbar. Das kann bereits
während dieses Probemonats passieren. Bei anderen, weniger
robusten Sesseln ist das ein echtes Problem. Doch Sie werden sehen, wenn man mit einem feuchten Lappen über die betroffene
Stelle wischt, ist alles wieder wie neu.«

Du nickst nicht mehr. Du malst immer größere Kringel und
drückst so fest mit dem Bleistift auf, dass die Spitze abbricht.
Graphit spritzt über das Papier, das Blatt zerreißt. Du musst diesen Vertreter sofort loswerden. Auf der Stelle.

Denn in höchstens dreißig Sekunden verlierst du den Verstand.

Aber du kannst jetzt nicht den Verstand verlieren, denn in
fünf Minuten beginnt der Kurs in Businessenglisch – oder vielmehr Mirko kommt, der Achtklässler, der den Unterschied
zwischen *what* und *who* einfach nicht kapiert und dem du Nachhilfeunterricht gibst. So wie damals, als du zwanzig warst und
dir mit Nachhilfe das Geld für Schminksachen und Kinobesuche
verdient hast. Und wenn dieser Sessel wirklich entspannt,
musst du ihn sofort ausprobieren, bevor einer dieser Alten mit
schwacher Blase die Gelegenheit nutzt, den schmutzabweisen-
den Bezug zu testen.

»Haben Sie einen in Blau?«, fragst du. Blau ist deine Lieblings-
farbe. Blau wie die Wellen des Meeres.

»Selbstverständlich, in Kobaltblau. Ich habe ihn gerade von
einem Pflegeheim in Florenz zurückbekommen. Er war einen
Monat dort, und es gab zehn Bestellungen. Sie haben Glück,
Signorina, ich hol ihn gleich rein!«

Der Vertreter klappt sein Notizbuch zu und verschwindet,

du lächelst. Eine absurde Reaktion in diesem Augenblick, aber es geht ganz automatisch. Du weißt nicht, ob das ein gutes Zeichen ist. Und plötzlich siehst du dich aus der Distanz, wie du reglos und mit dem Bleistift in der Hand dasitzt, mit diesem Lächeln, und du kommst dir dämlich vor. Heute kommst du dir schon zum fünfzehnten Mal dämlich vor. Du malst eine Fünfzehn aufs Papier.

Das Lächeln geht nicht mehr weg. Vielleicht ist es eingeschlafen. Vielleicht hast du eine Gesichtslähmung. Du betastest deinen Mund mit zwei Fingern, er ist nicht taub, also ist es keine Gesichtslähmung.

Du malst eine Sechzehn aufs Papier.

ISCHEWSK

»Nein, nein und nochmals nein. Auf gar keinen Fall! Nein und nochmals nein!«

»Fiorenzo, hör mal, versteh doch, dass ...«

Nein, ich höre nicht hin, und verstehen will ich schon gar nicht. Es ist neun, und um neun essen wir zu Abend. Ich habe aus der Rosticceria ein Hühnchen mitgebracht, weil wir freitags immer Hühnchen essen, und jetzt setzen wir uns an den Tisch. Und während wir essen, sagen wir nichts, weil wir dabei Fernsehen gucken. So mögen wir's.

Heute Abend aber hat mein Vater so ein merkwürdig ernstes Gesicht gemacht und den Blick auf den Tisch gesenkt, wo nicht zwei, sondern drei Teller standen. Das kam mir zwar gleich verdächtig vor, aber ich wusste nicht, was es zu bedeuten hatte, und ging schnurstracks in mein Zimmer, keine Ahnung, warum. Ich hatte keinen konkreten Verdacht, spürte aber eine Angst wie Tiere, wenn sie eine Bedrohung wittern. Und tatsächlich, ich riss die Tür auf und konnte es nicht fassen.

Der kleine Teufel aus dem Molise hatte es sich auf meinem Bett bequem gemacht und meinen Fernseher eingeschaltet, und in der Hand hielt er ein altes Heft aus meiner »Metal Maniac«-Sammlung. Er drehte sich seelenruhig um und schaute mich an. Ich riss ihm das Heft aus der Hand und stellte es zurück ins Regal, wo alle Hefte chronologisch geordnet stehen, dann deutete ich mindestens zehn Sekunden lang mit ausgestrecktem Zeigefinger direkt auf sein Gesicht und rannte schließlich in die Küche zurück. Ich hatte eine unbändige Lust, irgendetwas kaputt zu schlagen. Und dann fing ich an, immer wieder Nein zu rufen.

»Nein, nein, nein und nochmals nein.«

»Fiorenzo, jetzt stell dich nicht so an, es ist doch nur für heute Nacht. Morgen finde ich eine andere Bleibe für ihn.«

»Warum suchst du ihm nicht gleich was?«

»Wo denn. Es ist neun Uhr abends, heute Nacht bleibt er erst mal hier.«

»Es gibt Hotels.«

»Ach was, Hotels, Mensch, red doch keinen Blödsinn. Morgen bringe ich ihn irgendwo unter.«

»Du hattest ihn doch schon untergebracht, wo liegt das Problem? Ist die Villa Berardi nicht luxuriös genug für den feinen Herrn?«

Mein Vater dreht den Kopf zur Tür, die auf den Flur hinausgeht, und senkt die Stimme. »Die wollen ihn nicht mehr.«

»Ach so, die wollen ihn nicht mehr, aber ich soll ihn ertragen, ja?«

»Nicht so laut, sonst hört er dich.«

»Mir doch egal. Von mir aus, soll er mich doch hören, soll er doch hören, dass er allen auf den Sack geht!« Ich dreh mich zur Tür, schreie: »Kleiner, du gehst allen auf den Sack!« Das soll er ruhig wissen, dieser kleine Idioten-Champion. Meinetwegen kann er alle verarschen, mich verarscht er nicht. Er ist der Superheld hier im Dorf. Wenn er die Straße langgeht, kommen die Leute aus den Geschäften gelaufen und begrüßen ihn. Zu Ostern gibt es in der Grundschule ein Preisausschreiben, bei dem das schönste Gedicht prämiert wird, und dieses Jahr hat ein Kind gewonnen, das ein Gedicht über ihn geschrieben hat. Und der will mir weismachen, dass er keinen Platz zum Schlafen findet? Nein, da fall ich nicht drauf rein, das gehört alles zu seinem hinterhältigen Plan. Erst kommt er in mein Dorf, dann in mein Haus, und jetzt versucht er auch noch, mir mein Zimmer wegzunehmen. Wenn ich nicht aufpasse, klaut er mir alles.

»Und wieso wollen die Berardis ihn nicht mehr?«

»Das weiß ich nicht. Die Signora sagt, Cristiano kommt nicht mit ihm klar.«

»Siehst du, nicht mal seine Mannschaftskameraden halten es mit ihm aus.«

»Ohne Mirko würde es die Mannschaft gar nicht geben, verstehst du? Die Sponsoren zahlen seinetwegen, auch die Berardis.

76

Ihr Sohn fährt zwar auch mit, aber die Fotos kommen in die Zeitung, weil Mirko dabei ist, der das Rennen gewinnt. Du solltest mal hören, wie sie sich aufregen, wenn er ins Ziel kommt und sein Trikot nicht gut sitzt und man den Schriftzug nicht richtig lesen kann und ...«

»Ist mir doch egal, Papa, was hab ich damit zu tun. Ich weiß nur, dass ich mein Zimmer brauche, ich muss Sachen ausdrucken für die Band. Morgen ist ein großer Tag, wir spielen in ...«

Ich verzichte darauf, den Satz zu Ende zu bringen. Meinem Vater ist das sowieso völlig gleichgültig.

Er öffnet die Alufolie mit dem Hähnchen. Ich habe extra auch Ofenkartoffeln gekauft, weil ich mir's heute Abend gut gehen lassen wollte. Er sagt nichts zu den Kartoffeln, er fragt auch nicht nach wegen der Band, er will nicht wissen, was morgen Wichtiges passiert, nichts. Er verteilt nur die Kartoffeln und die Hähnchenkeulen auf die Teller. Drei Teller.

»Hör zu, Fiorenzo, es ist nur für eine Nacht. Mirko schläft heute hier und damit basta, verstanden?«

»Ach ja? Ach ja, wirklich? Ach ja?« Millionen möglicher Antworten oder Reaktionen wirbeln durch meinen Kopf, wie die Figuren im Spielautomaten, die sich so schnell drehen, dass man sie nicht erkennen kann. Und am Ende sage ich das Einzige, was ich nicht hatte sagen wollen. »Ach ja? So ist es und damit basta? Dann sag ich dir jetzt auch mal was, Papa: entweder er oder ich.«

Mein Vater hebt den Kopf und sieht mich an, sagt aber nichts. Er kneift die Augen zusammen, als hätte er nicht recht verstanden. Eigentlich hab ich es selber nicht ganz verstanden. Aber jetzt ist es raus, und alles, was ich tun kann, ist, seinem ernsten Blick standzuhalten, um auszudrücken *Ja, richtig, genau das wollte ich sagen.*

»Er oder ich«, wiederhole ich und verschränke dabei die Arme vor der Brust. Dünne bleiche Arme und beschämend frei von Tattoos. Deshalb verfehlt diese Pose auch ihre Wirkung. Ich nehme die Arme wieder runter.

»Moment, ich hab nicht ganz verstanden«, sagt er. »Hast du denn jemanden, bei dem du übernachten kannst?«

Ich fass es nicht. Ich fass es einfach nicht. Ich habe eine fürchterliche Drohung ausgesprochen. Es ist dunkel, und ich könnte von zu Hause abhauen, keine Ahnung, wo ich dann die Nacht verbringe, den Monat, mein Leben. Und mein Vater greift es auf, als wäre es eine großartige Idee. Denn schließlich ist mein Zimmer klein, zu zweit tritt man sich auf die Füße. Vielleicht möchte ich lange aufbleiben, und dann kann sich der Superchampion aus dem Molise nicht hinreichend ausruhen. Wenn ich also verschwinde, wäre es ideal.

»Ciao, Papa, gute Nacht. Schlaft gut, du und dein Champion«, sage ich. Und nach so einem Satz müsste ich eigentlich wirklich gehen. Stattdessen schau ich hierhin und dorthin und stehe wie angewurzelt unter der Neonleuchte in der Küche.

Denn – na ja, wenn ich jetzt gehe, müsste ich etwas mitnehmen. Nicht gleich einen Koffer, aber wenigstens ein paar Sachen. Einen Augenblick denke ich an die Landstreicher aus den Karikaturen, die Sandalen tragen und einen Stock über der Schulter, an dem ein Sack mit ihren Siebensachen hängt. Sandalen habe ich keine, ich bin in Hausschuhen, was keinen großen Unterschied macht. Na gut, dann geh ich eben so. Wie eine Karikatur aus dem Kreuzworträtselheft.

Ich raffe mich auf und gehe, in Pyjama und Hausschuhen, mehr brauche ich nicht.

»Fiorenzo, jetzt mach keinen Quatsch, wo willst du denn hin?«, fragt mein Vater. Aber ich sehe ihm an, dass er es nicht ernst meint. Er sagt es, weil er es sagen muss. Wie bei der Wodka-Werbung, wo es heißt, man soll maßvoll trinken.

»O nein, Papa, wo ich hingehe, das ist meine Sache. Ich bin volljährig und hau jetzt ab, dann bin ich euch wenigstens nicht mehr im Weg.«

So, das ist der Moment. Jetzt kann ich stolz und hoch erhobenen Hauptes gehen. Wohin, das ist ganz allein meine Sache, ich habe keine Angst und gehe unbeirrt meinen Weg.

Auch weil es tatsächlich einen Ort gibt, wo ich hingehen kann. Den Laden.

Ich verlasse die Wohnung so, wie ich gerade bin, dann stehe ich draußen in der Dunkelheit.

Ich dreh voll auf und fahr gradaus
Wohin, das ist jetzt scheißegal
Verstehst du nicht, so bin ich eben
Nicht kaputt zu kriegen
Gefahr, Gefahr, rette deine Seele
So steht's auf der Mauer
Wo du lebst, sind die Engel blind
Mitternacht, ich rase über die Autobahn
Mitternacht, ich fühl mich geil auf der Autobahn
Ich fühl mich geil
Auf einer Autobahn, die niemals endet.

Ich singe, so laut ich kann. Eigentlich dürfte ich das nicht, in einer halben Stunde beginnt die Probe, und ich riskiere eine Heiserkeit. Doch der Roller ist so verdammt laut, und wenn ich nicht brülle, geht meine Stimme im Motorenlärm unter. Außerdem ist der Text wunderbar, wenn ich ihn höre, bin ich jedes Mal wie auf Speed, heute mehr denn je.

Obwohl es noch gar nicht Mitternacht ist. Es ist erst neun Uhr, und statt auf der Autobahn bin ich auf der Hauptstraße, der einzigen ernstzunehmenden Straße hier in der Gegend, und dieses Kaff klammert sich dran fest wie alle anderen Käffer in der Ebene. Wie eklige kleine Zecken saugen sie sich an dieser Riesenschlange fest, die sich hier durchwindet. Obwohl ich gar nicht weiß, ob Zecken sich an Schlangen festsaugen. Wahrscheinlich ist Schlangenhaut viel zu hart, und die Zecken haben das Nachsehen. Das ist das Geheimnis: hart sein. Und ich bin hart, total hart. Wo ich bin, sind die Engel blind, aber verdammt noch mal, ich bin nicht kaputt zu kriegen.

Allerdings ist es saukalt. Mein Pyjama ist dünn, der Roller fährt volle Kanne, und ich ducke mich, um mich vor der eisigen

Luft zu schützen, die unter den blauen Stoff kriecht und unter die Haut bis zu den Knochen. Wenn ich morgen mit Halsschmerzen aufwache, bin ich erledigt. Sind wir erledigt. Ich will gar nicht dran denken.

Mir kommen ganz schön viele Autos entgegen. Mir ist kalt. Ich habe Hunger.

Das saftige Hähnchen mit den Kartoffeln, das ich in der Rosticceria gekauft habe, lassen sich jetzt mein Vater und der kleine Champion schmecken, während ich mir hier draußen den Arsch abfriere und Kohldampf schiebe. Vor lauter Wut biege ich so schnell in den Kreisverkehr ein, dass ich beinahe zur Seite weggedreht wäre.

Seit ein paar Jahren gibt es hier überall nur noch Kreisverkehr mit Schildern, auf denen steht, wo die Ausfahrten hinführen. Die nach links und nach rechts führen nirgendwohin, die Ausfahrt geradeaus führt in ALLE RICHTUNGEN. Wenn diese eine Ausfahrt in alle Richtungen führt, wozu braucht man dann die anderen? Boh. Das sollte ich mal einen Polizisten fragen, aber ich verzichte besser auf Provokationen. Denn erstens hab ich keinen Führerschein. Ich habe mir den Roller so umbauen lassen, dass ich mit der linken Hand Gas geben kann, und komme prima damit klar, aber einen Führerschein hab ich nicht. Und zweitens habe ich im Moment nicht mal meinen Helm auf oder was Ordentliches an. Ist wohl besser, wenn ich mir jetzt keine Schwierigkeiten einhandle.

Und falls diese Ausfahrten aus dem Kreisverkehr doch irgendwohin führen, wird der Polizist das ganz bestimmt nicht ausgerechnet mir erzählen. Vielleicht führen sie zu dem Geheimversteck einer religiösen Sekte irgendwo zwischen den Feldern, zu Wellnesshotels, die für Bürgermeister und Stadträte reserviert sind, oder zu Militärbasen, wo an streng geheimen Projekten gearbeitet wird. Deshalb ist nichts ausgeschildert.

In der Sowjetunion gibt es eine Stadt namens Ischewsk, und weil dort die Kalaschnikows hergestellt wurden, tauchte sie auf keiner Landkarte auf: Die Stadt durfte es nicht geben. Das weiß ich, weil ich während der Grundschulzeit immer mit meinem

Vater im Fernsehen den Giro d'Italia angeschaut habe, und jedes Mal wenn ein Rennfahrer in Großaufnahme zu sehen war, sagte mein Vater *Den kenn ich, das ist ein Freund von mir, mit dem bin ich Amateurrennen gefahren.* Mein Held aber war Pawel Tonkow, ein bärenstarker Russe und der einzige Radrennfahrer, den mein Vater nicht persönlich kannte. Er konnte ihn gar nicht kennen, denn er kam aus der geheimnisvollen Stadt Ischewsk, die auf keiner Landkarte zu finden war und von der man nur wusste, dass sie am Ural liegt.

Wenn ich also rechts oder links von diesem Kreisverkehr abfahre, gelange ich auf geheimnisvolle Straßen und lande genau dort, in Ischewsk. Dort bleibe ich, und dann verläuft mein Leben in den richtigen Bahnen. Ich suche mir eine Arbeit in der Kalaschnikow-Fabrik, in meiner Freizeit angle ich im Fluss Isch, nach dem die Stadt benannt ist, und vielleicht begegne ich Pawel Tonkow beim Angeln, und wir werden Freunde.

Noch ein Kreisverkehr, ich bremse. Vielleicht fahre ich jetzt wirklich rechts oder links ab, ja, warum nicht ... Aber wenn ich so drüber nachdenke, wird das Wetter in Ischewsk auch nicht besser sein als hier, eher schlechter, und es werden dort gar keine Kalaschnikows mehr gebaut. Außerdem hab ich gelesen, dass Tonkow nicht nach Russland zurückgekehrt ist und heute in Spanien ein Hotel betreibt.

Mitternacht, ich rase über die Autobahn
Mitternacht, ich fühl mich geil auf der Autobahn
Ich fühl mich geil
Auf einer Autobahn, die niemals endet.

Es ist nicht Mitternacht, es ist nicht die Autobahn.

Und dass ich mich geil fühle? Na ja, den Eindruck hab ich auch nicht gerade.

BRITNEY IN DER AUTOBAHNRASTSTÄTTE

Die Villa Berardi heißt eigentlich Villa Isola, so hieß nämlich die erste Frau des alten Berardi. Die war allerdings irgendwie schrullig und sagte nie ein Wort, und als er eine Bessere fand, schob er Isola in eine Art Irrenanstalt ab. Seither heißt das Haus nur noch Villa Berardi. Oder die Villa der Verrückten.

Ich klingle an der Videosprechanlage, und Stefano sagt *Komm rein, ich bin gleich da.* Dass er gleich da ist, glaub ich eher nicht, er braucht immer ewig, bis er aus seinem Zimmer rauskommt, bis er alle Programme geschlossen, den Computer ausgeschaltet und es rüber zur Garage geschafft hat. Ich dagegen bin schon eine halbe Stunde vor der vereinbarten Zeit da, weil es im Laden keinen Fernseher gibt und nichts zu lesen außer den Katalogen für Angelruten, nicht einmal ein Sofa zum Hinsetzen. Der Unterschied zwischen einer fetten Villa und dem Lagerraum eines Angelgeschäfts besteht wohl vor allem in der Menge der Zeit, die man dort gern verbringt.

Der kleine Scheiß-Champion hat vier Monate lang in diesem Palast gewohnt, das war bestimmt kein schlechtes Leben. Und ich muss gehörig grinsen, wenn ich mir vorstelle, dass er jetzt mit meinem Zimmerchen vorliebnehmen muss, mit meinem Vater, der nebenan laut schnarcht, mit dem Kanalgeruch, der durch das Fenster dringt, den engen Wänden und den Unmengen von Platten, CDs, DVDs, Zeitschriften und Postern, die dich von oben anschauen, wenn du im Bett liegst, und jederzeit auf dich runterfallen können ... meine Platten, meine Zeitschriften, meine Poster ... so, jetzt ist mir das Grinsen vergangen. Im Vorbeigehen nehme ich die kugelförmigen Lampen wahr, die den Rasen beleuchten, und höre das überlaute Geräusch meiner auf dem Kies knirschenden Schritte.

Ich trage die Sachen, die ich im Laden finden konnte: über

dem Pyjama eine tarnfarbene Anglerweste und Gummistiefel anstelle der Hausschuhe. Die Stiefel machen bei jedem Schritt das satte Geräusch einer Ente, die, vom Schuss des Jägers getroffen, auf den Boden klatscht.

Der Gartenweg endet unter einem schmiedeeisernen Carport, wo die Autos, Stefanos Mofa und das Fahrrad seines Bruders Cristiano untergestellt sind. Auf dem perfekt getrimmten Rasen steht ein marmorner Pingpongtisch, und auf dem Grundstück wachsen die paar Bäume und Sträucher, die in dieser Gegend überhaupt gedeihen. Denn die Feuchtigkeit und die schwarze Erde des einstigen Sumpfgebiets schränken die Möglichkeiten der Landschaftsgestaltung erheblich ein. Brombeeren, Brennnesseln und Efeu überwuchern zwar alles, aber Obstbäume tun sich schwer und blühende Pflanzen aller Art noch mehr.

Die Berardis haben ein Vermögen in diesen Garten gesteckt. Mit riesigen Pumpen haben sie das Gelände trockengelegt und ganze Lastwagenladungen Muttererde von sonst wo herangekarrt. Sie können sich das aber auch leisten, denn sie sind die reichste Familie in Muglione, und würden wir noch im Mittelalter leben, wären sie die Feudalherren und kämen ab und zu ins Dorf, um uns andere zu verprügeln, nur so zum Spaß.

Die Berardis sind zu viert, aber wenn sie irgendwohin verreisen, fahren sie grundsätzlich mit zwei Autos. Der Vater mit Stefano, die Mutter mit Cristiano, und sie fahren zeitversetzt los, mit einer halben Stunde Abstand. Falls nämlich ein tödlicher Unfall passiert, bleiben immer noch zwei Berardis am Leben und die Familie stirbt nicht aus. So machen es auch die Besitzer von Coca-Cola. Signor Sirio hat mir mal erzählt, dass das Rezept für Coca-Cola streng geheim und nur den beiden Chefs bekannt ist, Mister Coca und Mister Cola. Sie leben getrennt und begegnen einander nie, denn wenn sie sich in einem Haus treffen würden und dieses Haus einstürzt, würde die Coca-Cola mit ihnen sterben.

Damals hab ich das geglaubt, aber da war ich zwölf oder dreizehn, jedenfalls noch keine vierzehn, denn er erzählte diese Geschichte während der Fahrt zu einem Radrennen. Während des Rennens dann – wenn du in die Pedale trittst, geht der Kopf seine eigenen Wege – kam mir der Gedanke, dass diesem Mister Cola womöglich auch die Hälfte von Pepsi Cola gehörte, so dass er sich auch mit Herrn Pepsi nie treffen durfte. Der arme Kerl, dachte ich. Er hat zwar eine Menge Geld, führt aber ein völlig vereinsamtes Leben. Gleich nach dem Rennen wollte ich Sirio darauf aufmerksam machen, aber dann ist das Rennen für uns so schlecht gelaufen, dass mein Vater uns angeschrien hat, wir seien alle Weicheier, und da hab ich dann zu niemandem mehr ein Wort gesagt.

Jetzt fängt es auch noch an zu regnen. Den ganzen Tag gab's das für Muglione typische Wetter: weder Wolken noch Wind noch Sonne, stattdessen ein Himmel wie eine leere Leinwand, vor der Gott steht und sagt, das mach ich morgen, das mach ich morgen, und dann macht er es doch nie.

Die Garage ist offen, ich gehe rein, und jedes Mal wenn ich vor dieser großartigen Anlage stehe, sag ich mir, wir sind eine echt geile Band.

Der alte Berardi, Stefaninos Großvater, ist mit einer der ersten Möbelfabriken hier in der Gegend reich geworden. Dann hatte seine Tochter die Idee, sich auf Schiffsmöbel zu spezialisieren. Ich weiß zwar nicht, worin der Unterschied zwischen Schiffs- und Landmöbeln besteht, die Firma ist jedenfalls immer weiter expandiert. Die Berardis schalten Werbung in den regionalen Fernsehsendern und sind der Hauptsponsor der Mannschaft meines Vaters, die ja mit vollem Namen Unione Ciclistica Muglionese-Mobilificio Berardi heißt.

Das phänomenale Equipment von Metal Devastation ist aber nicht diesen Möbeln zu verdanken. 32-Kanal-Mischpult mit professioneller Beschallungsanlage, zwei Marshall-Röhrenverstärker jeweils mit einem Topteil, Tama-Schlagzeug mit doppelter Trommel und unzähligen Tom Toms und Becken, frisierte Gitarre und BC Rich Bass, um einen noch volleren Sound zu erhalten, und ich singe in ein Mikrofon, das nur auf Bestellung gebaut wird. Als wir nach Siena fuhren, um alle diese Sachen zu kaufen, holte der Verkäufer seinen Chef, und der fragte uns, ob wir zu einer Tour starten würden. Wir sagten: Klar, demnächst.

Diese klangliche Superpower ist aber, wie gesagt, nicht den Berardi-Möbeln geschuldet. Nein, das alles hat Stefanino ganz allein finanziert, mit dem Geld aus seinem Nebenjob. Vor gut einem Jahr fing es damit an. Ich kenne die Geschichte, denn eines Tages war Stefanino sehr besorgt und hat mir alles erzählt, streng vertraulich.

Stefanino hat schon immer gern auf Humor- und sonstigen Nonsens-Webseiten herumgesurft. Er ist nun mal so und pisst sich in die Hose vor Lachen bei Wortspielen, die sonst kein Mensch lustig findet wie zum Beispiel *Warum trinken Mäuse keinen Alkohol? Weil sie Angst vorm Kater haben.* Solchen Quatsch.

Er hatte auch seinen Spaß an witzigen Fotomontagen, die er mit SteMetal unterzeichnete und an diese Webseiten schickte. Völlig abstruse Sachen, eine Ziege im Bikini zum Beispiel, Britney Spears beim Kloputzen in einer Autobahnraststätte, ein hutzeliger Alter, der Monica Bellucci von hinten besteigt. In kürzester Zeit wurden SteMetals Fotomontagen Kult. Ihre Qualität war nämlich absolute Spitze. Du wusstest genau, dass die Szene fingiert ist, musstest aber zugeben, dass es total echt aussah. Du hattest tatsächlich Britney Spears mit der Klobürste in der Hand vor dir, der Schatten an der Klowand war einwandfrei, und sie stand lächelnd in diesem Licht und in dieser Atmosphäre, die für Toiletten an Autobahnraststätten so typisch sind. Und auch der Alte, der sich an der Bellucci vergreift und dabei den Betrachter angrinst ... du weißt zwar, dass das gar nicht sein kann, aber wenn du das Bild anschaust, kommt Hoffnung auf.

Diese letzte Kreation war Stefanos Einstieg in den Schweinkram für Erwachsene. Ein Typ schickte ihm das Foto einer halbnackten Frau und bat ihn, sie mit einem Pornodarsteller im Bett zu zeigen. Stefano brauchte dafür gerade mal zwanzig Minuten. Er nahm ein Sexfoto und montierte die Frau an die Stelle der Schauspielerin, dann regulierte er Licht und Schatten und schickte dem Typen das Foto zurück. Es war perfekt. Der Typ bedankte sich und schrieb ihm *Du bist ein Genie, du bist Spitze* und veröffentlichte das Bild in einem Sexforum. Daraufhin hagelte es Anfragen.

Hunderte Anfragen, aus der ganzen Welt. Stefano konnte sie gar nicht alle beantworten. Er geht in die Schule und spielt in einer ernstzunehmenden Band, da kann er nicht ständig am Computer sitzen, um Nacktfotos zu bearbeiten. Das erklärte er diesen Leuten in einer Rundmail. Und fast alle schickten ihm dieselbe Antwort, in Italienisch oder Englisch oder sonst einer Sprache, aber immer hormonell aufgeladen: *Ich verstehe, dass du nicht alles schaffen kannst, aber wenn du für mich Zeit findest, zahle ich, und nicht zu knapp.*

Anfangs schickten sie ihm das Geld in Umschlägen, dann eröffnete er ein Konto, und jetzt überweisen sie es ihm online, mittlerweile an die dreitausend Euro pro Woche. Er könnte noch viel mehr verdienen, aber er hat einfach nicht die Zeit, alle Aufträge zu erledigen. Zunächst dachte er, es seien vor allem Männer, die wussten, dass sie das Objekt ihrer Begierde – eine Schauspielerin, ein Model, ihre Schwägerin, die viel geiler ist als ihre eigene Ehefrau – niemals rumkriegen würden, und bereit waren, einen Haufen Geld hinzulegen, um sich wenigstens vorzustellen, dass sie ans Ziel ihrer Wünsche gelangt wären.

Doch die wenigsten Aufträge sind von dieser Art. Viel häufiger schickt einer ein Foto von seiner Frau oder Freundin, die er jederzeit bumsen könnte. Stefano hat zunächst gar nicht kapiert, wozu die ein montiertes Foto brauchten. Aber diese Typen wollten eine Szene, in der die Frau oder Freundin sie mit einem anderen betrügt. Mit irgendjemandem, oft einem gut bestückten Schwarzen, einer anderen Frau oder einem Freund, einem Kollegen oder Verwandten, dessen Foto sie gleichfalls mitschickten.

Und da wurde Stefano plötzlich mulmig. Er befürchtete, die Fotomontagen könnten als Beweis für einen angeblichen Ehebruch benutzt werden, um beispielsweise die Scheidung einzureichen. Und dann landeten seine perfekten Fotomontagen womöglich vor Gericht, und alles kam raus, und er musste den Rest seines Lebens hinter Gittern verbringen. Das war auch der

Grund, warum er mich an jenem Abend anrief und mir alles erzählte.

Er hatte sich auch schon einen Plan ausgedacht. Er wollte das Konto und die E-Mail-Adresse löschen, warten, bis es dunkel war, und dann den Computer auf einen Acker bringen, in Brand stecken und vergraben, danach wieder nach Hause gehen, vor dem Schlafengehen ein Gebet sprechen und hoffen, dass damit die ganze Geschichte zu Ende wäre.

Ich fand den Plan ausgezeichnet, aber dann erzählte er mir, wie viel Geld ihm die Sache einbrachte, und da hab ich ihm gesagt *Lassen wir es uns erst noch ein paar Tage durch den Kopf gehen.* Und tatsächlich sahen wir alles bald klarer. Die Leute, die ihre montierten Fotos nicht bekamen, baten ihn flehentlich, ihnen ihre Wünsche zu erfüllen. Oft schrieben ihm Mann und Frau gemeinsam. Von wegen Gericht. Die geilten sich an diesen Fotomontagen auf. Diese Leute, egal wo auf der Welt sie leben, stellen sich gern vor, dass ihre Frau mit einem unbekannten Schwarzen, mit einem Kollegen oder einem Freund der Familie ins Bett geht. Sie sehen sich das Foto an und werden heiß.

Wir haben versucht, es zu verstehen, aber das ist gar nicht so einfach. Auch deshalb, weil wir mit Sex nicht besonders viel Erfahrung haben.

Ich weiß, bei Heavy Metal denkt man automatisch an ein zügelloses Sexleben. Jede Nacht eine andere, Frauen, die man bei den Haaren packt und durchfickt, bis ihnen Hören und Sehen vergeht. Auf der anderen Seite stehen Kämpfe mit Drachen und Meeresungeheuern und die Weltherrschaft durch das Gesetz des Schwerts. Lassen wir derartige Phantasien lieber beiseite. Das sind Hirngespinste, Dinge, die nur in der Vorstellung existieren. Die Wirklichkeit sieht anders aus.

In der Wirklichkeit hat Stefanino in der Mittelschule mal seine Cousine geküsst. Die wollte einen küssen, der ihr gefiel, und vorher noch ein wenig üben. Und da seine Cousine sehr aufgeschlossen war, hat sie das Experiment eine halbe Stunde später mit mir wiederholt. Das ist bisher unsere ganze sexuelle Erfahrung.

Den Rest kennen wir nur vom Hörensagen, dank der Geschichten Antonios, der uns nach den Proben oft erzählt, was er mit seinen Freundinnen so macht. Und wir von der Band geben ihm ab und zu Tipps, was er alles ausprobieren soll, und das tut er auch tatsächlich und erzählt uns anschließend, wie sie reagiert haben. Wenn sie gesagt haben *Ja, oh ja, das gefällt mir*, stockt uns der Atem. Wir haben dann das Gefühl, auch ein bisschen daran teilzuhaben, und geilen uns tierisch dran auf.

Insofern verstehen wir irgendwie auch die Leute, die sich an Stefanos Fotomontagen erregen. Wir können jedenfalls gut damit leben, und vor allem können wir gut mit den dreitausend Euro leben, die jede Woche auf Stefanos Konto fließen – mit dem superstarken Equipment, das in der Garage steht und das uns zu einer Band macht, die alles in Trümmer legt. Und ...

RRRums.

Ein Knall, dass mir die Haare zu Berge stehen. Vielleicht ist ein Baum auf die Garage gefallen. Vielleicht ist eine Etage der Villa eingestürzt. Oder Giuliano ist eingetroffen. Ich dreh mich um. Da ist er. Er hebt die Hand zum Gruß.

Er wiegt an die hundert Kilo und ist obenrum splitternackt. Ob Winter oder Sommer, Giuliano geht stets mit nacktem Oberkörper, er sagt, T-Shirts und Pullis sind ein Käfig des Systems. Er trägt nur die Jeanslatzhose mit der Werbung für die Werkstatt seines Vaters, wo er arbeitet, obwohl er es hasst, Autos zu reparieren. Er kann prima alles auseinandernehmen, aber es wieder zusammenzusetzen ist nicht sein Ding. Wenn der Alte eines Tages seinen Abgang macht, will er alles umbauen und eine riesige Autoverschrottung eröffnen. Aber vorerst lernt er erst einmal den Job und reagiert sich abends an den Drums ab. Er hält die Stöcke in der Hand, kneift die Augen zusammen, öffnet den Mund und rülpst dermaßen laut, dass ich es in meinem Magen spüre.

»Was hast du denn?«, fragt er.

»Ich? Nichts, wieso?«

»Ach nichts.« Er geht zum Schlagzeug, setzt sich, zündet sich eine Zigarette an.

»Hey, Giuliano, wenn du rauchen willst, geh bitte raus, es stört mich wegen der Stimme.«

»Geh mir nicht auf'n Sack, Mann.«

»Geh du mir nicht auf'n Sack, morgen ist das Konzert.«

»Genau, und wir schlagen voll ein, soviel steht fest«, sagt er. Er setzt sich auf den Hocker und justiert ihn, zieht das Becken zu sich ran, schiebt den Gong etwas zur Seite. Und starrt mich weiter an.

»Ey«, sagt er schließlich. »Hör mal, kommst du morgen Abend in den Klamotten?«

Ich schaue an mir runter. Der blaue Pyjama, darüber die Tarnweste und unten die Gummistiefel. Ich seh aus wie jemand, der versucht, in seinem Bett einen Karpfen zu angeln.

»Nein, bist du doof? Seh ich so aus, als würde ich so kommen?«

»Weiß nicht. Ich frag ja nur.« Er rülpst noch mal, hebt die Stöcke, sagt: »Ich hab einen neuen Takt erfunden, hör dir das mal an«.

Er senkt den Kopf und legt mit einem furiosen Wirbel los, mit der doppelten Trommel unten und ab und zu einem Schlag auf das Becken. Er spielt wie eine Kettensäge, die ein Maschinengewehr zersägt, das auf die Rotorblätter eines Hubschraubers ballert, während gleich daneben jemand den Rasen mäht.

Ich glaube, morgen legen wir wirklich alles in Trümmer.

VERFLUCHTE MODULE

Divo Nocentini ist dreiundsiebzig Jahre alt und hat nie etwas anderes gemacht, als Fernseher zu reparieren. Auch Radios und die ersten Videorekorder, vor allem aber Fernseher. Seine Werkstatt, Elettronica Nocentini, lag im Zentrum und war vollgepackt mit Fernsehgeräten. Auf jedem Bildschirm klebte mit Tesaband ein Zettel, der den Defekt beschrieb: GEHT NICHT. KEIN TON. GELBES BILD. Jedes Gerät mit einer anderen Macke, jedes mit einem anderen kleinen Problem. Bei dem einen war ein Draht locker, bei dem anderen eine Sicherung durchgebrannt oder sonst was. Er nahm sich die Geräte nacheinander vor, riesige, schwere Dinger, die er ins Freie trug und auf einen Tisch stellte, denn er arbeitete gern an der frischen Luft. Kam jemand vorbei, diskutierte er mit Divo über die Untätigkeit der Gemeindeverwaltung, über den Giro d'Italia oder die beste Zeit, Zucchini zu pflanzen, und staunte dabei über die tausend merkwürdigen Einzelteile im Innern eines Fernsehapparats, die alle zusammen diesen Zauber erst möglich machen, dass ein Herr in Mailand steht und etwas sagt, während man selbst zu Hause im Wohnzimmer sitzt und die Szene live mitverfolgen kann.

Dann kamen die Module, und alles war vorbei.

Divo Nocentini verzieht den Mund und spuckt auf den Boden. Aber es ist dunkel, kein Mensch ist unterwegs, und auf der Straße liegen so viele Glasscherben und angetrocknete Kaugummis, dass ein bisschen Spucke auf dem Asphalt den Gesamteindruck nur aufwerten kann.

Mit den Modulen ging alles den Bach runter. Plötzlich gab es nur noch Fachgeschäfte der einzelnen Hersteller. Wenn heute dein Fernseher kaputtgeht, musst du ihn zu diesen Würstchen im weißen Kittel bringen, die bei dem Gerät die Rückwand aufschrauben, das Modul auswechseln und dafür einen Haufen Geld kassieren. Ein ganzes Modul auszuwechseln – ist doch verrückt! Als hätte man eine Schwiele am Fuß, und der Arzt sagt *Kein Problem, wir amputieren das Bein.* Diese Würstchen im weißen Kittel sind auf eine einzige Marke fixiert, andere Geräte rühren die gar nicht erst an. Und für seriöse Fachleute wie Divo, der die Fernsehgeräte sämtlicher Hersteller reparierte, war plötzlich kein Platz mehr. So wenig wie es hier in Muglione noch einen Ort gibt, wo man nach dem Abendessen hin kann. Seitdem Eugenio gestorben ist, treffen sich alle in der Jugendinfo, aber die schließt um fünf, und Getränke müssen sie sich von zu Hause mitbringen. Die einzige Bar, die abends noch offen hat, ist in der Tankstelle an der Hauptstraße, wo man sich vor dem Eintreten bekreuzigen muss. Die ist immer voller Rumänen, Albaner und Marokkaner. Ganz besonders heute Abend. Irgendwann haben die angefangen, sich gegenseitig anzubrüllen und mit Stühlen zu bewerfen. In einer Ecke saß er, Divo, und spielte Karten mit Mazinga und Baldato, und als sie um etwas Ruhe baten, stürzte einer von denen auf sie zu und fragte, ob sie ein Problem hätten. Divo, Mazinga und Baldato haben irgendetwas vor sich hin gegrummelt, ganz leise, aber erst viel später, als der Typ längst wieder weg war und es nicht mehr hören konnte.

Als Divo jetzt daran denkt, packt ihn die kalte Wut. Wut auf diese chinesischen Firmen mit ihren TV-Servicecentern. Sie bringen die Module aus China hierher und nehmen den Leuten die Arbeitsplätze weg. Wut auf diese Rumänen und Albaner, die hierherkommen und den Frieden stören. Warum können die nicht zu Hause bleiben? Divo war in Sanremo auf Hochzeitsreise und in Civitavecchia beim Militärdienst, aber das war's, danach ist er nie wieder von hier weg. Wenn das alle machen würden, ginge es allen gut oder wenigstens halbwegs gut. Aber heute findet einer, der hier geboren ist, hier nicht mal mehr eine Arbeit, und auch seine Rente kann er nicht mehr ungestört genießen. Nachts auf dem Nachhauseweg muss er sich beeilen, weil die

Straßen nach Einbruch der Dunkelheit nicht mehr sicher sind. Und jetzt fängt es auch noch an zu regnen. Früher brauchte man vor dem Schlafengehen die Haustür nicht abzusperren. Früher wurden Verträge per Handschlag besiegelt. Früher ... Er bleibt stehen, lauscht. Das Geräusch hat er schon eine ganze Weile im Ohr, aber bis zu diesem Augenblick hat er es nicht bewusst wahrgenommen. Und jetzt ist es zu spät, um kehrtzumachen und einen anderen Weg zu nehmen. Es ist das Geräusch einer Kette, die gegen irgendetwas schlägt, gegen einen Roller, und der Mann, der damit zugange ist, sieht irgendwie slawisch aus. Jetzt hält er inne und schaut Divo an. Er hat eine riesige Zange in der Hand, und seine Augen blitzen gefährlicher als die Messer, die er todsicher bei sich trägt, wenn es nicht Spritzen oder Pistolen sind oder sogar beides, Spritzen *und* Pistolen. »Was gibt's da zu gucken, was willst du!« Divo antwortet nicht. Er will ja gar nichts. Was soll er denn wollen? Er ist zufällig hier vorbeigekommen. Hätte er das Geräusch früher gehört, hätte er einen anderen Weg genommen, aber seine Gedanken waren bei diesen verfluchten Modulen, und deshalb hat er nicht weiter darauf geachtet. Aber wie soll er das dem Slawen erklären?

»Also, was willst du, verschwinde!«

Divo nickt, rührt sich aber nicht vom Fleck. Er versucht sich zu erinnern, wie man sich umdreht und weggeht. Sein Herz schlägt schnell, manchmal setzt es ganz kurz aus.

Der Slawe richtet sich auf und zieht sein verrutschtes T-Shirt glatt, im nächsten Moment wird er sich auf ihn stürzen. Divos Herz schlägt noch schneller. Sie schauen sich in die Augen. Der Slawe und der Alte mit dem grauen Star.

Dann taucht auf der anderen Straßenseite an der Ecke etwas Weißes auf. Weiße Haut, weiße Haare, bedeckt von weißem Zeitungspapier zum Schutz vor dem Regen. Mazinga und Baldato, und Repetti ist auch dabei.

Sie sehen und begrüßen ihn, dann bemerken sie den Slawen. »Divo, was ist los?«, fragen sie und bleiben stehen.

Divo gibt auch ihnen keine Antwort. Ist doch klar, was los ist, oder? Muss er es ihnen wirklich erklären?

»Hey, ihr Alten«, sagt der Slawe jetzt. »Das hier geht euch gar nichts an, ja? Geht schön nach Hause.« Er spricht jetzt in einem Ton, der Divo sehr viel weniger Angst macht. Und tatsächlich findet Divo plötzlich seine Sprache wieder. Oder vielmehr, es bricht regelrecht aus ihm heraus. »O nein, Freundchen, das hier geht uns sehr wohl etwas an. Wir sind hier zu Hause.«

Divos Herz schlägt jetzt noch schneller, und er fängt an zu zittern. Aber das ist kein schlechtes Gefühl. Ungewohnt, aber gar nicht schlecht, im Gegenteil. Es ist fast so wie damals, vor sechstausend Jahren, als er noch mit seiner Frau schlief.

Der Slawe schaut ihn an, dreht sich um, nimmt die anderen in den Blick, bückt sich. Aber nicht, um ein Messer oder eine Spritze aufzuheben, wie man denken könnte. Nein, er greift nach der Zange, versetzt dem Roller einen Fußtritt und steuert direkt auf Divo zu.

Und Divo, was kann er machen? Er nimmt die Hände vors Gesicht, hört auf zu atmen, stellt sich auf sein Ende ein.

Der Typ kommt immer näher, die Zange in der Hand, den Blick starr auf ihn gerichtet. Aber im letzten Moment macht er einen Satz rüber auf die andere Straßenseite und taucht in der heimtückischen Dunkelheit unter.

Im Licht der Straßenlaternen stehen vier alte Männer im Regen. Sie wissen nicht, was sie sagen oder tun sollen, das Herz schlägt ihnen bis zum Hals, und sie wechseln ernste Blicke.

Doch diese Erregung, die spüren sie alle ganz deutlich. Sie hätten nicht gedacht, so etwas noch einmal zu erleben, sie hatten es fast schon vergessen, aber jetzt ist dieses Gefühl wieder da, plötzlich und unvermittelt. Und sie werden alles tun, damit es nicht wieder vergeht.

TA, TA, TA-TA-TA

Aus dem Blog BitterSweet Girl

Gepostet heute um 23.07 Uhr
Ciao amici,
wieder einmal ist es Freitag. Ein Freitag, an dem keine Sonne
scheint. Und gegen Abend hat es auch noch angefangen zu
regnen. Nun ja, das Schönste an solchen Tagen ist, dass auch
sie vorübergehen.
Heute im Büro wurde einem Jugendlichen übel, und er ist umgekippt. Es dauerte fünfzehn Minuten, bis der Rettungswagen
eintraf, obwohl das Rote Kreuz hier gleich um die Ecke ist. Der
Junge war inzwischen zwar längst wieder zu sich gekommen,
aber die Sanitäter haben ihn trotzdem mitgenommen, weil sie
keinen Arzt dabeihatten und keine Verantwortung übernehmen
wollten.
Dass einer kollabiert, während er in der Schlange der Arbeits-
suchenden steht, verrät viel über unser Land, denke ich. Es sieht
ziemlich düster aus, und auch für die Zukunft gibt es keine
ermutigenden Signale. Eine von Skandalen erschütterte Regierung und eine Opposition, die nicht weiß, wo sie steht. Scheint,
als würde sich daran auch in den nächsten Jahrhunderten nichts
ändern.
Dabei wäre es eigentlich gar nicht so schwer. In Amerika haben
sie es schließlich auch geschafft. Die Amerikaner haben sich für
den Wandel entschieden und Obama gewählt. Ich setze großes
Vertrauen in ihn. Er hat neue und mutige Ideen, eine Vision von
der Welt und konkrete Pläne, die er dem amerikanischen Volk
präsentiert hat, und das Volk hat beschlossen, ihn zu wählen.
Diesmal ist ein Applaus für sie fällig.
Ein Applaus aber auch für uns, weil wir auch diesen Freitag hin-

ter uns gebracht haben. Ich hatte schon die Hoffnung verloren. Jetzt mache ich mir eine Schale Cornflakes mit Milch. Nach einem solchen Tag habe ich mir auch ein Stück Schokolade verdient. Ich wollte zuerst schreiben »ein Stückchen Schokolade«, aber diese Diminutive, die machen mich ganz krank. Ein Stückchen Schokolade, ein Häppchen, ein Stündchen.
Einen Kuss (kein Küsschen)
BitterSweet Girl

Nach fünf Minuten schon die ersten beiden Kommentare. Es sind die üblichen Verdächtigen.
Deine Cousine:

Lass dir die Cornflakes schmecken, Schatz, und auch die Schokolade! :) Obama yes we can!

Und Raffaella:

Tut mir leid für diesen Jungen, der Ärmste! Geht es ihm wieder gut? Und wie war er, hübsch? Haha, du weißt schon ...

Deine Cousine lebt wenigstens in Mailand, aber Raffaella ist deine Mitbewohnerin, und die Cornflakes esst ihr gleich gemeinsam in der Küche. Also was soll das Ganze?

Dabei ersehnst du nur einen Kommentar, den des Amerikaners, deines ausländischen Verehrers, der jeden Tag deinen Blog liest. Er lebt in Mountain View, Kalifornien, und die Bemerkung über Obama war nur für ihn bestimmt. Auch wenn er heute noch nicht reingeschaut hat, wie dir der magische Besucherzähler verrät. Vielleicht ist er beruflich unterwegs, vielleicht hat er einen interessanten Job, der ihn durch ganz Amerika führt, und ist ein unternehmungslustiger Mensch, der nicht sein ganzes Leben vor dem Computer verbringt.

Auch die Geschichte mit dem kollabierten Jungen hast du seinetwegen erzählt. Sie diente nur als Aufhänger, um die Situation in Italien und Amerika miteinander zu vergleichen, und

95

sie ist nicht mal wahr. Das heißt, in der Jugendinfo wurde tatsächlich jemandem schlecht, aber nicht einem jungen, sondern einem alten Mann. Er saß an einem der Tischchen, spielte Karten und hatte zu viel getrunken. Aber diese Geschichte hättest du unmöglich erzählen können. Dabei hast du nie einen Zweifel daran gelassen, dass du Alkohol und Zigaretten hier drinnen keinesfalls duldest. Aber so sind sie nun mal, die Alten: Egal, was du sagst, entweder kapieren sie's nicht, oder sie stellen sich dumm. Bei einer besonders spannenden Kartenrunde kann es schon mal vorkommen, dass einer der Mitspieler nicht mehr weiß, wo er gerade ist, und dich an den Tisch winkt, um einen Cinzano oder ein Glas Weißwein zu bestellen. Wenn du an all die Pläne denkst, mit denen du aus Deutschland hierhergekommen bist, ist das natürlich absolut deprimierend. Und deshalb giftest du auch in ätzendem Ton zurück *Ich bin keine Kellnerin, und das hier ist keine Bar, und ich darf Sie daran erinnern, dass alkoholische Getränke hier nicht erlaubt sind.* Die Alten nicken einsichtig, aber in Wahrheit scheißen sie drauf und bringen sich die Flaschen von zu Hause mit. Vielleicht liegt es ja auch an diesem Klima der Prohibition, das du geschaffen hast, dass die Alten in der Jugendinfo alle hemmungslos saufen. Da war es doch absehbar, dass früher oder später einer von denen mal umkippt.

Ja, das wäre wirklich eine erzählenswerte Geschichte, eine wahre Geschichte, die eine Menge über dieses Land verrät: die Geschichte einer zweiunddreißigjährigen Akademikerin, die ihren Master mit Auszeichnung gemacht hat, jetzt aber eine Clique betagter Alkoholiker beaufsichtigt und alles daransetzen muss, um ihre sinnlose, zeitlich extrem befristete und eher symbolisch bezahlte Stelle nicht zu verlieren.

Aber im Moment ist es besser, möglichst wenig darüber zu sprechen. Du musst Geduld haben und alles aufschreiben, und wenn dein Vertrag ausläuft, suchst du dir jemanden, der bereit ist, eine schonungslose Reportage über deine Erfahrungen hier zu veröffentlichen. Ja genau, so machst du's. An Themen und an der Fähigkeit zu schreiben fehlt es dir nicht, du musst dir nur die

Zeit nehmen und alles in den Computer tippen. Und wenn dieses Nest hier, wo es weder Kneipen noch Kinos, weder Ausstellungen noch Freunde gibt, etwas Gutes hat, dann, dass du für solche Projekte massig Zeit hast. Nur dass du sie vergeudest, Tiziana, du vergeudest deine Zeit. Mit diesem Blog zum Beispiel. Oder mit der Englischnachhilfe, die du einem Achtklässler erteilst, der einfach nichts kapiert. Es hätte ein Mittelstufenkurs in Businessenglisch werden sollen, doch stattdessen erteilst du einem Kind Nachhilfeunterricht. Was für ein Trauerspiel. Und was kommt danach? Vielleicht wäschst du demnächst deinem Onkel das Auto, um dir zehn Euro zu verdienen. Oder du wartest, dass dir ein Zahn ausfällt, den dir die Zahnfee gegen ein Geldstück eintauscht.

Nein, es reicht, du musst radikal Schluss machen damit. Heute hast du Mirko schon gesagt, dass du ihm nur noch in Englisch helfen kannst, für die anderen Fächer muss er sich jemand anderen suchen. Mag sein, dass der Kleine ein Ass auf dem Fahrrad ist, aber in der Schule ist er nun mal das Schlusslicht. Nicht dass er zu wenig lernen würde, das nicht. Es geht ihm nur einfach nichts in den Schädel rein. Du redest und erklärst, und im nächsten Moment ist es, als hättest du kein Wort gesagt. Der Junge ist echt arm dran.

Stopp, hör auf, du darfst nicht zu viel darüber nachdenken. Sonst bereust du es noch, und am Ende machst du ihm die Hausaufgaben und schreibst ihm die Aufsätze und legst womöglich an seiner Stelle die Mittelstufenprüfung ab. Das x-te Mal, dass du nichts für dich selber tust und deine Zeit für andere opferst, die deinen Einsatz nicht mal zu schätzen wissen.

Nein, es reicht, du musst mit dieser Reportage anfangen, und zwar sofort. Du setzt dich an den Computer, legst eine neue Datei an und fängst an zu schreiben, ohne zu …

TA, TA, TA-TA-TA.

Ein Hupgeräusch von der Straße. Wie im Fußballstadion.

Es ist Pavel, Raffaellas Freund. Apropos Zeitverschwendung.

Von frühmorgens bis um fünf Uhr nachmittags arbeitet er auf dem Bau, abends räumt er bei Esselunga die Supermarktregale ein, und trotzdem findet er noch jeden Tag eine halbe Stunde Zeit, um bei Raffa vorbeizuschauen. Er ist Rumäne, aber du weißt nicht, aus welcher Stadt. Er spricht nie über seine Heimat und seine Familie, du weißt nur, dass er Rumäne ist und sich für einen begnadeten Komiker hält.

TA, TA, TA-TA-TA.

Tja, so ist er, er hupt. Eine Klingel kennt er nicht.

Raffaella wartet immer bis zur allerletzten Sekunde, um sich hübsch zu machen und zu schminken, auch wenn er nur eine halbe Stunde bleibt und gar nicht mit ihr ausgeht.

Du magst Raffa wirklich sehr, aber eine Schönheit ist sie nicht gerade. Sie ist weder groß noch schlank, und sie ist nicht mal der Typ, bei dem man sagen könnte *Na gut, wenn sie größer oder schlanker wäre* ... Nein, Raffaella wäre auch dann nicht hübscher. Es tut dir leid, das zu denken, aber du denkst es nun mal. Oder vielmehr, du denkst es nicht nur, es ist so. Schlicht und einfach.

Aber Raffaella hat den großen Vorzug, dass sie alles auf die leichte Schulter nimmt. Sie kann gut mit Männern umgehen, und dass sie sich erst im allerletzten Moment fertig macht, wenn Pavel schon unten ist und hupt, ist Berechnung. Sie sagt, wenn man sich einen Mann warmhalten will, muss man ihn warten lassen.

Das klingt wie eine Weisheit aus vergangenen Zeiten, wie eine Belehrung für junge Damen aus den fünfziger Jahren, die sich auf ein Hausfrauendasein vorbereiten. Vielleicht hat deine Mutter diese Ratschläge beherzigt, um deinen Vater zu erobern, der damals Maurer war wie Pavel und noch nicht der Spanferkel-König. Und vielleicht funktioniert es ja auch bei Pavel, der tatsächlich in vielen Dingen eine Fünfziger-Jahre-Mentalität besitzt.

Aber ehrlich gesagt, das Einzige, was dich an dieser ganzen Geschichte interessiert, ist, dass Raffaella und Pavel nicht zu laut sind.

»Hey, aufmachen!«, brüllt Pavel unten vor der Haustür. Dass

98

er klingeln könnte, kommt ihm gar nicht in den Sinn. »Aufmachen, ich bin ein rumänische Dieb, ich will euch ausrauben!«

Raffa ist noch in ihrem Zimmer und richtet sich her, und deshalb musst du öffnen, bevor die Nachbarn wütend werden oder sich erschrecken, je nach Intelligenzquotient.

Du machst auf, und vor dir steht Pavel. Wie immer spreizt er Daumen und Zeigefinger, als hielte er eine Pistole in der Hand. Er lächelt dich an, macht *peng, peng*, auch wie immer, und gibt dir drei Küsschen auf die Wange. Immer der gleiche Scherz, haargenau der gleiche. Auch dein Vater und dein Onkel und überhaupt alle Männer in deiner Familie haben einen solchen kleinen Scherz auf Lager, den sie ihr ganzes Leben lang wiederholen, unausweichlich wie ein Strafurteil. Und sie kämen nie auf die Idee, dass er sich im Laufe der Jahre und Jahrzehnte abnutzen könnte. Vielleicht ist es aber auch ein bisschen deine Schuld. Du ringst dir jedes Mal ein Lächeln ab und ermunterst ihn damit, es wieder zu tun.

Pavel kommt rein, die ins Blonde spielenden Haare mit viel Gel glatt nach hinten gekämmt. Er trägt einen Adidas-Trainingsanzug, strahlend weiß mit goldenen Streifen, dazu die passenden Adidas-Schuhe, und im Gesicht ein schmales Schnauzbärtchen, das sich wie eine dünne lange Raupe über seiner Oberlippe kräuselt.

Er lässt sich auf die Couch fallen, drückt dir aber vorher eine Plastiktüte in die Hand. Jeden Abend lässt er aus dem Supermarkt etwas mitgehen, Kleinigkeiten, die seiner Ansicht nach die Mädels glücklich machen. Eine Packung Kekse, einen Becher Eis, eine Duschhaube, manchmal auch ein Töpfchen Basilikum. Und das Verrückte ist, dass er tatsächlich oft ins Schwarze trifft. Wirklich hübsch, dieses Basilikumtöpfchen.

»Also, Miss, wie geht's? Was macht ihr Frauen allein hier in die Wohnung?«

»Nichts. Das Übliche.«

»Ja, natürlich. Aber einen Mann, den finden wir, ja?« Er zwinkert dir zu. »Weißt du, Tiziana, ich hab Freunde, die sind echt super. Nick als Beispiel. Du kennst Nick, oder?«

»...«

»Großer Freund von mir, er und ich sind gleiche Baustelle. Er interessiert sich an dir, weißt du.«

»Er kennt mich?«

»Nein, aber du interessierst ihm. Ich hab ihm gesagt, du unterrichtest in der Schule.«

»Ich unterrichte nicht in der Schule.«

»Und dass du schöne Titten hast. Nicht große wie Raffaella, aber du hast hübscheres Gesicht und schöneren Arsch auch. Und er ist interessiert.«

»...«

»Morgen bring ich ihn, ja?«

»Nett von dir, aber nein, danke.«

»Doch, doch, ich bring ihn. Ich wollte ihn schon heute Abend bringen, aber dann ist er abgehauen.«

»Weil er schüchtern ist?«

»Nein, nein, gab da ein Problem. Also, wir haben angehalten, weil Paolinos Roller auf der Straße stand. Ist komisch, weil er sonst immer in Haus steht, aber er war draußen.«

»Paolino, ist das auch ein Freund von dir?«

»Arbeitet mit mir gleiche Baustelle. Aber ist zu jung für dich, achtzehn, kannst du vergessen, Miss. Nick ist der Richtige für dich, okay?«

»Klar, wie konnte ich das vergessen.«

»Gut. Also, Paolino hat frisierten Roller, und den liebt er echt. Wir reden von große Autos, ich und Nick. Nick spart, will sich ein Auto für Rallyes kaufen, Nick liebt Rallyes, Rallyes, das ist sein Leben.«

»In den könnt ich mich verlieben ...«

»Aber Paolino quatscht immer nur von dieser Roller, er sagt, geht ab wie Bombe, der fliegt fast. Hat sich eine F14 draufgesprüht. Du kennst eine F14, oder?« Pavel breitet die Arme aus und macht ein Geräusch wie ein Düsenflieger auf vollen Touren, dann folgt so etwas wie ein Stottern, vielleicht die Bomben, die das Flugzeug auf Dritte-Welt-Länder abwirft.

»Ja, ja, das Flugzeug, hab verstanden.«

»Wir wollten also heute Abend zu euch kommen, ich und
Nick. Ich und Raffa hier auf die Couch, du und Nick in dein Bett
dort, okay?«
»Wenn du ihn hierherbringst, hol ich die Polizei. War nur ein
Scherz. Erzähl weiter.«
»Also, auf der Straße steht Paolinos Roller mit Kette an dem
Laternenpfahl. Und hatten wir plötzlich eine Idee. Er sagt, sein
Roller fliegt? Also binden wir den mit Seil fest und ziehen ihn auf
den Baum vor sein Haus. Am nächsten Tag warten wir vor dem
Haus, bis er rauskommt, und sagen O *Gott, Paolino, schau mal
hoch, da ist dein Roller, wie der fliegt!*« Pavel bricht in schallendes
Gelächter aus und wirft sich der Länge nach auf die Couch.
»...«
»Aber wir mussten erst noch die Kette aufkriegen. Nick hat
im Wagen immer eine Riesenzange, weil er manchmal Roller
und Fahrräder gestohlen hat – früher. Heute nicht mehr, heute er
arbeitet nur noch. Aber die Zange liegt noch im Auto. Also wir
fangen an, Kette zu knacken. Wir sind beschäftigt, da kommt ein
Alter die Straße lang, der bleibt stehen, guckt uns an. Ich steh auf
und guck zurück, Nick ist schon abgehauen. Deswegen er ist
nicht mit mir gekommen.«
Pavel hört auf zu erzählen und dreht sich zur Zimmertür:
»RAFFAELLA, WO BIST DU? MORGEN MUSS ICH FRÜH
RAUS.«
»Entschuldige bitte, aber die Geschichte mit dem Alten, wie
ist die ausgegangen?«
»Mit dem Alten? Ach, nichts mehr, kamen noch paar Alte,
und dann bin ich auch abgehauen. Wegen so ein Späßchen, da
will ich doch kein Ärger.«
Du nickst stumm, lächelst, lehnst dich gegen das Fenster über
der Heizung, die aus irgendeinem Grund bis in den Juni hinein
läuft. Das Glas macht ein Geräusch, das nur du hören kannst. Ein
leises, unheimliches Knacken, das dir durch Mark und Bein geht.
»Pavel, hier bin ich, kommst du?« Mit ausgebreiteten Armen
steht Raffaella in der Tür, enger weißer Minirock, nabelfreies
Top, und überall quellen die Speckwülste raus.

Pavel sieht Raffaella, springt von der Couch auf, macht zwei Schritte und nimmt sie fest in die Arme. Er küsst sie, sie küsst ihn, seine Hände gleiten über ihren Körper. Du schiebst den Rücken ganz leicht über die Scheibe. Wieder dieses Knacken. Glas wird aus Sand hergestellt, so grotesk das klingt. Der Sand wird auf eine hohe Temperatur erhitzt, schmilzt zu einer durchsichtigen zähen Flüssigkeit, und am Ende entsteht Glas. Aber wie machen sie das? Wie machen die das?

Die beiden küssen sich immer noch, jetzt streifen sie die Wand entlang, ihre Zungen sind voller Tatendrang. Ab und zu ein Kichern und Glucksen.

Aber wie machen sie das? Wie machen die das?

DER MÜLLER UND SEIN HERR

Koma ist wahrscheinlich der Zustand, der dem Tod am nächsten kommt, aber in der Kammer der lebenden Köder zu schlafen ist auch nicht weit davon entfernt. Das könnt ihr mir glauben, nach der gestrigen Nacht weiß ich, wovon ich rede. War keine großartige Idee, geb ich zu, aber ich hatte keine andere Wahl. Auch heute Nacht muss ich dort schlafen und wer weiß wie lange noch. Ich kann nur hoffen, dass ich mich daran gewöhne. Schön ist es allerdings nicht, sich an so was gewöhnen zu müssen: an den Geruch der Würmer und vor allem an das Geräusch. Würmer, das sagt sich so leicht, aber es gibt tausend verschiedene Arten: Ringelwürmer, Tauwürmer, Regenwürmer, Dendrobena, Rotwürmer, Pinkys, Mehlwürmer, Muriddu, Riminiwürmer ... Der König unter den lebenden Ködern ist aber nach wie vor die Fleischmade, und die gibt einem wirklich das Gefühl, in einem Grab eingeschlossen zu sein.

Gestern Nacht habe ich mir, weil es hier keine Pritsche gibt, aus den Säcken mit dem Fischfutter ein schönes Bett gemacht, mich mit Wachstuch zugedeckt, und alle, die mir Böses wollen, können mich mal. Ich brauche niemanden, mir geht es bestens so. Aber es ging mir nicht bestens. Der Geruch der Würmer war das erste Problem. Er ist nicht mal übel, er ist nur gewöhnungsbedürftig, ein bisschen salzig vielleicht. Aber ich habe ihn sofort vergessen, als ich das Geräusch hörte. Ich lag mit offenen Augen im Dunkeln, und es wurde immer lauter. Zum Glück fing ab und zu der Kühlschrank an zu brummen, oder ein Auto fuhr vorbei und übertönte es kurz. Aber dann kam es wieder, ein gleichförmiges Rauschen, vermischt mit einem leichten Kratzen. Millionen Würmer und Milliarden Füßchen scharren die ganze Nacht im Dunkeln in ihren kleinen Kisten und suchen nach einem Ausweg, den es nicht gibt.

Ich lag also auf den Futtersäcken mit Amaretto-, Käse- oder Kirscharoma und dachte: Das ist das Geräusch, das wir im Sarg zu hören kriegen. Dort wird es sogar noch lauter sein, weil du in der engen Holzkiste völlig abgeschottet bist und die Würmer auf dir rumkrabbeln und in dich reinkriechen und machen, was sie wollen. Darüber könnte ich einen schönen Text für die Band schreiben. Das Thema haben sich schon verschiedene Gruppen vorgenommen, es erschöpft sich aber nie, finde ich. Und deshalb habe ich letzte Nacht angefangen, mir die ersten Zeilen des Songs auszudenken.

Und noch etwas anderes ging mir durch den Kopf: Meine Mutter liegt ja tatsächlich unter der Erde und hört dieses Geräusch schon eine ganze Weile. Vielleicht ist es jetzt besser, ein Jahr ist um, und die Würmer haben inzwischen wohl ganze Arbeit geleistet, aber der Gedanke daran ist nicht schön. Meiner Meinung nach ist es tausendmal besser, sich einäschern zu lassen. Ein ordentlicher Flammenstoß, und es ist vorbei. Das ist so ähnlich wie mit dem Ende eines Songs. Grauenhaft, wenn ein Song langsam ausgeblendet und immer leiser wird ... Du hast einen Mordsspaß beim Zuhören, und plötzlich wird es ohne Grund leiser. Die Band spielt zwar weiter, aber die Lautstärke wird gedrosselt, und am Ende ist da nichts mehr.

Nein, die Stücke mit einem donnernden Finale sind mir viel lieber. Mit einem Crescendo, das durch die Decke geht. Die Instrumente legen noch mal ordentlich zu, und dann zwei, drei Schläge, alle zusammen, *bam, bam, baaam*. Ein klarer Schnitt, kein Verplätschern. Ein ordentlich aufflammendes Feuer, und dann ist Schluss.

Mit diesen Gedanken im Kopf schlief ich irgendwie ein. Vier, fünf Stunden sehr ungemütlicher Schlaf, aber früh um acht war ich schon wieder auf den Beinen. Die Sonne schien, und ich war voller Tatendrang. Ich wollte mich bewegen, herumwirbeln, ohne Zweck und Ziel, einfach nur, um nicht in dieser Leere zu verharren wie all die Würmer in ihren Kisten.

Also habe ich den Laden aufgesperrt und das Schaufenster geputzt und angefangen, die Pinnwand mit den Fotos der Fische, die die Kunden gefangen haben, in Ordnung zu bringen.

»Was ist, hat einer was gefangen«, höre ich in meinem Rücken, während sich die Tür mit einem *Pling* öffnet. Ich zucke zusammen, schaffe es aber, mich nicht umzudrehen. Es ist mein Vater, und den Gefallen will ich ihm nicht tun.

»Schon was verkauft?«

»Hab grad erst aufgemacht.«

»Na ja, ist ja Samstag heute, da wird es bald losgehen«, sagt er gut gelaunt und bleibt untätig am Eingang stehen. Eigentlich hätte er heute Morgen gar nicht zu kommen brauchen, wir hatten vereinbart, dass er am Nachmittag arbeitet. Was will er also hier? Vielleicht will er wissen, wie es mir geht, vielleicht hat er sich Sorgen gemacht. Wäre für einen normalen Vater ja auch nichts Ungewöhnliches.

»Und Boten? Schon einer gekommen?«

»Ich hab dir doch gesagt, dass ich grad erst aufgemacht habe.«

»Stimmt, stimmt. Hast du Hunger? Hast du gefrühstückt?«

»Nein.«

»Hast du gestern Abend was gegessen?«

»Nein«, sage ich, aber das stimmt nicht. Nach der Probe bin ich noch eine Weile bei Stefanino geblieben, und wir haben zwei Tiefkühlpizzen verputzt.

»Fiorenzo, wenn du einen Kaffee trinken willst, geh ruhig, ich bin ja hier.«

»Nein, nein, du bist später dran.« Ich dreh ihm weiterhin den Rücken zu und setze die Fotos an der Pinnwand um. »Hör mal, Papa, heute Nachmittag komm ich nicht, sag mir jetzt also nicht, dass du heute Nachmittag nicht da bist. Ich fahr nämlich nach Pontedera, wir spielen heute Abend und ...«

»Ja, ja, keine Sorge. Wir machen nur zwei Stunden Training, um die Muskeln zu lockern, um vier bin ich da.«

»Der Laden öffnet eigentlich schon um halb vier.«

»Dann bin ich um halb vier da, in Ordnung? Aber geh du jetzt

105

ruhig frühstücken, iss was. Geld hast du? Oder willst du sonst irgendwohin? Geh ruhig, ich mach das hier schon.«

Ich höre auf, die Fotos zu misshandeln, und drehe mich unvermittelt um. Mein Vater zieht die Mundwinkel hoch, als würde er lächeln. Er hat die Hände in den Hosentaschen und trägt die Windjacke der Mannschaft und die Kappe mit der Aufschrift UC MUGLIONESE-MOBILIFICIO BERARDI. Samstags ist er immer so: In Gedanken ist er schon beim Rennen. Doch heute ist noch was anderes im Busch, das seh ich ihm an. Vielleicht täusche ich mich aber auch, und es steckt gar nichts dahinter. Vielleicht ist mein Vater heute Morgen einfach nur aufgewacht und plötzlich zu einem anständigen Menschen geworden. Aber solchen Unsinn gibt's nur im Märchen.

»Fiorenzo, ich hab mir überlegt ... Du machst doch bald Abitur, nicht wahr?«, sagt er dann. Ich schwör's, wortwörtlich, er erkundigt sich nach der Schule.

Ich antworte nicht. Er rückt die Ruten in der Auslage zurecht, damit man von draußen die Marke erkennt, und fährt fort: »Ist ja schon eine Herausforderung. Wann ist es denn so weit?«

»Anderthalb Monate, fast zwei.«

»Bist du aufgeregt?«

»Geht so.«

»Gut, ein bisschen Aufregung ist völlig in Ordnung. Nicht zu viel, sonst kriegst du Panik, und nicht zu wenig, sonst fehlt dir der nötige Biss. Das richtige Maß ist gut. Prima.«

»Papa, hör mal, ich komm heute Nachmittag nicht in den Laden. Du brauchst mich gar nicht erst darum zu bitten. Ich fahre nach Pontedera. Heute Abend ist der wichtigste Moment meines Lebens. Und wenn du heute Nachmittag nicht da bist, ist mir das egal, dann bleibt der Laden eben zu.«

»Aber ich ...«

»Ich weiß, es ist Samstag, aber dann bleibt er trotzdem zu, ich bin jedenfalls nicht da.«

»Aber ich hab doch gesagt, ich bin da! Warum meinst du denn dauernd, dass ich nicht da bin?«

»Ich meine gar nichts. Hauptsache, du bist da.«

»Na also, bin ich ja auch.«

»Gut.«

»Gut.«

Dann Schweigen. Er spaziert im Laden umher, die Hände auf dem Rücken verschränkt wie ein Kunde, der nicht weiß, was er will. Ich fange wieder an, die Fotos mit den Rekordfängen umzugruppieren. Eines zeigt ein Kind neben einem riesigen Stör. Ein beliebter Anglertrick, den Fang neben etwas Kleinem abzulichten, damit er größer wirkt: Kinder, Chihuahuas, Gartenzwerge. Vielleicht ist Papa tatsächlich hier, weil ihn sein schlechtes Gewissen plagt. Er konnte nicht schlafen und hat erkannt, wie widerwärtig er gestern Abend zu mir war, wäre ja auch nicht weiter verwunderlich.

»Weißt du, was ich mir gedacht habe, Fiorenzo? Wenn du hier im Laden bist, kannst du ja deine Bücher mitnehmen und lernen, wenn nichts los ist.«

»Die Bücher hab ich immer dabei. Gestern Abend bin ich allerdings etwas überstürzt weggegangen, du weißt ja, was war.«

Mein Vater nickt, schaut woandershin, fängt wieder an, unsinnig zwischen den Regalen hin und her zu wandern.

»Ich lerne sowieso viel«, sage ich, »und in der Schule bin ich richtig gut.« Ich weiß nicht, warum ich das gesagt habe. Er hat mich ja gar nicht danach gefragt, und abgesehen davon stimmt es nicht.

»Gut, bravo. Wie viele Fünfen?«

»Keine einzige.«

»Gut. Und in welchen Fächern bist du am besten?«

»Das Übliche. Englisch, Geschichte, Italienisch.«

»Ja, genau, in Italienisch warst du doch immer gut. Meiner Meinung nach könntest du auch Nachhilfe geben. Hast du schon mal daran gedacht?«

»Nein. Das heißt, na ja, vielleicht später mal, wenn ich auf die Uni gehe.«

Nach dem Gymnasium will ich nämlich Sprachen studieren. Englisch ist einfach zu wichtig. Es gibt Sänger, die eine gute Stimme haben, aber über ihr Englisch lachen sogar die Hühner.

Damit können sie höchstens bei Hochzeiten den *Titanic*-Song singen. Ich aber hab vor, mich weiterzuentwickeln. Ich möchte Interviews auf Englisch geben, und die Leute, die zuhören, sollen sich fragen, ob ich auch wirklich kein Amerikaner bin.

Als ich das erste Mal sagte, dass ich Sprachen studieren möchte, saßen wir beim Essen, und meine Mutter meinte *Schön, dann nimmst du mich mit auf Reisen und übersetzt für mich.* Mein Vater dagegen hat gesagt *Wozu hab ich dann eigentlich den Laden?* Er hält die Idee mit der Uni für völlig übertrieben. Wo will ich denn schon groß hin? Als halber Krüppel, einziges Kind eines Vaters mit einem Angelgeschäft, da ist doch eh klar, wohin die Reise geht.

So denkt mein Vater. Oder so dachte er. Denn an diesem absurden Vormittag sagt er plötzlich: »Klar, sicher, an der Universität musst du Nachhilfe geben, bei dem, was das alles kostet. Aber meiner Meinung nach könntest du's auch jetzt schon.«

»Mag sein, aber ich hab keine Zeit dafür. Und wem denn überhaupt.«

»Weiß nicht, den Jüngeren vielleicht. Den Grund- oder Mittelschülern.«

»Na ja, klar, dazu gehört ja nicht viel.«

»Apropos ... einen Jungen, der Nachhilfe braucht, hätte ich sogar schon. Gerade in Italienisch.« Er sagt das mit verzerrter Stimme, weil er sich bückt, um ein paar gefütterte Gummistiefel hochzunehmen. Er kommt nicht ran und muss sich fast auf den Boden legen, um sie zu fassen zu kriegen, dann taucht er mit hochrotem Kopf wieder auf. »Diese Dinger hier können wir doch ins Lager stellen, oder? Im Sommer wird wohl kaum jemand danach frag ...« Er unterbricht sich mitten im Satz.

Er unterbricht sich, weil er sich zu mir umgedreht hat. Ich weiß zwar nicht, was ich für ein Gesicht mache, aber es muss ein Anblick sein, bei dem man mit einem Paar gefütterter Stiefel in der Hand regungslos stehen bleibt.

»Papa, geh jetzt.«

»Was? Was soll ich ...«

»Geh jetzt, auf der Stelle.«

»Was ist denn los? Wegen der Stiefel? Möchtest du sie hier stehen haben? Kein Problem, ist ...«

»Mit diesen Scheißstiefeln kannst du machen, was du willst, aber geh jetzt, und lass dich nicht wieder hier blicken, kapiert?«

»...«

»Papa, ich weiß nicht, wie du es wagen kannst, so was von mir zu verlangen. Oder auch nur daran zu *denken*.«

»Mal abgesehen davon, dass ich gar nichts von dir verlangt habe ...«

»Dieser Mistkerl wirft mich aus meinem Zimmer raus, und jetzt soll ich ihm auch noch in der Schule helfen? Du kommst hierher und tust scheißfreundlich, damit ich Trottel ihm helfe, weil ich ganz gerührt bin, dass du mich einmal im Leben fragst, wie's mir in der Schule geht, und ...« Ich platze mit allem raus, hoffe aber die ganze Zeit, dass mein Vater mich unterbricht und sagt, dass das doch gar nicht stimmt, dass ich im falschen Film bin, dass das alles ein Missverständnis ist und der Junge, der Nachhilfe braucht, gar nicht der kleine Champion ist. Irgendwas. Egal was, nur nicht das, was er jetzt tatsächlich sagt.

»Fiorenzo, es wär doch nur für ein paar Stunden pro Woche. Und, logisch, natürlich nicht für umsonst.«

Er nimmt die Kappe ab, und seine Haare stehen kerzengerade nach oben. Eigentlich zum Lachen, wenn mir nach Lachen zumute wäre. Er hält die Kappe mit beiden Händen vor den Bauch und sieht mich mit gequältem Blick von unten her an. Er erinnert an einen mittelalterlichen Müller, der seine Arbeit unterbricht, weil sein Lehnsherr vorbeikommt, an den er die flehentliche Bitte richtet, nicht ausgepeitscht zu werden.

Ich sehe ihn an und hätte jetzt gar zu gern eine Peitsche zur Hand. Oder wenigstens ein paar bitterböse Worte parat. In mir steigt nämlich eine Riesenwut hoch, die immer mehr anschwillt, dann aber kraftlos in sich zusammenfällt. Mein Vater, der Müller, steht mit der Mütze in der Hand vor mir und sagt *Bitte, Herr, seien Sie nicht zu streng mit mir*. Der typische Müller, der seinen Herrn hinterrücks meuchelt, sobald der sich umdreht.

»Papa, verschwinde. Wenn du Nachhilfe brauchst, such dir einen Lehrer.«

»Ach was, du bist doch ideal dafür.«

»Wieso ich, was geht mich das an!«

»Weil du tüchtig bist, und geduldig bist du auch. Mirko ist ein aufgeweckter Bursche, nur in der Schule ist er nicht gerade eine Leuchte ... Er hat schon ein Jahr verloren.«

»Wann denn.«

»In der Sechsten, glaube ich.«

»Er ist in der Sechsten sitzengeblieben? Dann ist er ja geistig behindert!«, pruste ich heraus. Das wusste ich nicht, und ich finde es krass. In der Sechsten sitzengeblieben, dieser Volltrottel!

»Er hatte eine Hirnhautentzündung und wäre beinahe gestorben.«

»Ja, klar ... Aber wenn er geistig behindert ist, musst du einen passenden Lehrer für ihn finden, einen Sonderschullehrer.«

»Ach was, der braucht keinen Lehrer. Er braucht bloß jemanden, der ihm ein bisschen auf die Sprünge hilft, in Italienisch, Geschichte und Geografie ...«

»Kommt gar nicht in Frage.«

»Ich bitte dich, Fiorenzino, du wärst ideal. Du bist gut in der Schule, und in Italienisch bekommst du Bestnoten. Du bist geduldig und ...«

»Stimmt doch gar nicht!«, schreie ich. »Stimmt überhaupt nicht!« Ich zerknülle das Foto von dem Kind mit dem Stör. »Du kennst meine Noten doch überhaupt nicht, du hast keine Ahnung! Ich schreibe keine Bestnoten, ich schreibe nicht mal gute Noten. Früher mal, ja, du bist auf einem alten Stand, aber früher war vieles anders. Vieles. Aber mit heute hat das absolut nichts zu tun. Außerdem hasse ich dieses Arschloch, verstehst du? Ich hasse ihn! Wieso, verdammte Scheiße, verlangst du das ausgerechnet von mir? Willst du mich fertigmachen, willst du, dass ich auch aus dem Laden abhaue, dass ich in eine andere Stadt ziehe? Hasst du mich? So ist es doch, oder? Du hasst mich. Aber was hab ich dir getan, sag, Papa, was hab ich dir getan? Ist es wegen Mama? Wegen der Hand? Warum hasst du mich so!«

»Fiorenzo, beruhige dich, bist du verrückt geworden, was soll das heißen, dass ich dich hasse, spinnst du?«

»Nein, ich spinne nicht, Papa, ich hau ab. Ich geh nach Pontedera, dann hast du endlich deine Ruhe. Ich geh fort von hier, dann siehst du mich nie wieder und bist endlich zufrieden ...«

»Aber Fiorenzo, was redest du da, beruhige dich, wo willst du denn hin? Ich ... ich ... Ich wollte dich ja gar nicht drum bitten, ich schwör's. Aber ...«

»Aber was?«

»Aber er sagt, du oder keiner.«

»Wer sagt das?«

»Mirko. Du oder keiner.«

Ich oder keiner? Was soll das heißen, was will er von mir, dieser verdammte Knirps? Er nimmt mir das Dorf, den Vater, das Zimmer, und jetzt will er mich auch noch provozieren? Er will mich am Boden sehen, ich verstehe. Ich versteh's, aber gleichzeitig kann ich's einfach nicht glauben ...

»Fiorenzo, ich weiß nicht, wieso. Der Junge ist schwer zu begreifen, er sagt ja nie was. Normalerweise macht er keine Geschichten, du sagst ihm was, und er tut's. Aber diesmal hat er sich etwas in den Kopf gesetzt. Er will dich oder keinen. Und ohne Nachhilfe ist er aufgeschmissen und wird womöglich gar nicht erst zur Prüfung zugelassen.«

Ich sage nichts. Ich denke daran, dass auch mein Halbjahreszeugnis schlecht war, aber mein Vater hat es nicht mal gesehen. Wenn ich ihn frage, welches Gymnasium ich besuche, ich wette, er weiß es nicht.

»Das ist kein Scherz, Fiorenzo, wenn er sitzenbleibt, ist der Teufel los. Seine Eltern haben ihn mir anvertraut, aber wenn er die Schule nicht schafft, muss er womöglich zurück zu seiner Familie ins Molise, verstehst du? In anderthalb Jahren kommt er zu den Junioren und schlägt sie alle. Weißt du, was der für einen Ruhepuls hat? Fünfunddreißig Schläge pro Minute. Beeindruckend, wenn du da das Ohr anlegst. Das ist kein Herz, das ist ein U-Boot. Der Kerl wird der neue Merckx, das garantier ich dir. Aber wenn er durchfällt, Fiorenzo, ist alles aus, alles. Und ich ...

Ich weiß nicht, du bist so tüchtig und intelligent, und ich bin mir sicher, dass du ihn retten könntest. Nur du kannst es, ich bitte dich inständig und ...«

»Papa, hör mal, hat er morgen frei?«

Mein Vater stutzt, er versteht nicht sofort, er sieht mich wieder mit diesem Müllerblick an. »Morgen ist das Rennen ...«

»Dann sag ihm, er soll am Montag kommen, hierher in den Laden.«

»Mein Gott, Fiorenzo, ich weiß gar nicht, wie ... ich ... danke, Fiorenzo, ich danke dir aufrichtig, ich ...«

»Jetzt gehst du aber, okay? Und um halb vier bist du wieder hier, pünktlich.«

»Ja, ja, sogar schon um drei, um drei bin ich hier! Danke, Fiorenzo, danke! Ich ...« Und er fährt fort, immer wieder danke zu sagen, mit meinem Namen zwischendrin, während ich ihn mit einer Handbewegung davonscheuche. Er geht rückwärts aus dem Laden raus, auf die Weise kann er mich weiter ansehen und mir danken: von der Tür aus und durchs Schaufenster. Dann fällt die Tür ins Schloss, und ich höre ihn nicht mehr.

Ich habe gesagt, ich werde ihm helfen, und das meine ich ernst. Ab Montag helfe ich dem kleinen Champion aus dem Molise, sich auf die Prüfung vorzubereiten. Hätte mir das jemand vor einer Stunde gesagt, hätte ich ihn für verrückt erklärt und den halben Tag darüber gelacht. Und jetzt ist es tatsächlich so. Mein Vater hat mich überzeugt.

Aber so bescheuert bin ich auch wieder nicht, das ist hoffentlich klar. Natürlich hat nicht dieses Gefasel gezogen von wegen *Fiorenzo, du bist so tüchtig und so intelligent, nur du kannst ihn retten ...*

Also bitte. Ich bin zwar dumm, aber auch meine Dummheit hat ihre Grenzen. Viel besser hat mir das andere gefallen, was mein Vater gesagt hat. Wie war das noch? Ja genau ...

Wenn er sitzenbleibt, ist der Teufel los. Wenn er die Schule nicht schafft, muss er womöglich zurück zu seiner Familie ins Molise. Wenn er durchfällt, Fiorenzo, ist alles aus, alles.

EINE ART HOCHZEITSTAG

»Ich bin aus der Toskana.«

»Das hört man«, sagt sie und lächelt. Als wollte sie sagen, schön, dass man es hört. »Aus Florenz?«

»Nein, aus Muglione.«

»Nie gehört, Pardon.«

»Ist nur ein kleiner Ort. Aber ganz nett, irgendwie. Manches nicht, aber doch, irgendwie schon nett.«

»Und in Muglione gibt es die toskanischen Hügel?«

»Nein, oder vielmehr ja ... Es ist eigenartig. Die Landschaft ist flach, aber an einer Stelle kommen vier Hügel hoch, praktisch aus dem Nichts. Optimal zum Trainieren. Wenn es einen Radsport-Gott gibt, hat er die da hingesetzt.«

»Und du meinst, es gibt einen Radsport-Gott?«

»Für mich schon.«

»Dann bist du Polytheist.«

»...«

Roberto Marelli zögert. Er war drauf und dran, Ja zu sagen, aber das Wort Polytheist verunsichert ihn, und jetzt steht er unschlüssig da, mit schiefem Kopf und einem dämlichen Grinsen.

Bologna, 30. September 1989. Der Giro dell'Emilia ist gerade zu Ende gegangen. Eine Zwölfergruppe hat das Rennen bestritten, Roberto war unter ihnen, aber am Ende hat ein sowjetischer Fahrer gewonnen, er selbst kam auf Platz zwölf. Und jetzt redet er mit diesem dunkelhaarigen, braungebrannten Mädchen im leichten grünen Kleid und mit weißen Frotteesocken statt Schuhen.

Roberto ist ein schneller Sprinter, einen weniger langen Endspurt hätte er auch gewinnen können. Seit ein paar Monaten unterzieht er sich außerdem der »Spezialbehandlung« durch den Arzt, er trainiert jetzt noch öfter und schluckt alles, was man ihm gibt. Aber auf den letzten Kilometern, am Monte San Luca, haben seine Beine nicht mehr mithalten können. Roberto machen die steilen und die langen Anstiege zu schaffen, der Wind und die plötzlichen Tempowechsel. Kurzum, es gibt immer einen triftigen Grund dafür, dass er nicht gewinnt. Er ist aber ein guter Wasserträger und verhilft anderen zum Sieg. Einmal hat ihn das Fernsehen gefilmt, und in der Sendung war viel von ihm die Rede, weil er vom Begleitfahrzeug zwölf Trinkflaschen auf einmal übernommen hat und dem Feld nachgefahren ist, um sie seinen Mannschaftskameraden zu bringen. Er steckte sie sich in die Rückentaschen, unters T-Shirt, hinter die Hosenträger. Zwölf Trinkflaschen auf einmal. Seitdem nennen sie ihn den Barman. Nicht gerade ein toller Spitzname, aber immer noch besser als gar keiner. Ohne Spitznamen bist du in der Gruppe ein Niemand. Aber jetzt hofft Roberto, dass dieses Mädchen mit den Frotteesocken nicht weiß, dass er der Barman ist. So wie er nicht weiß, was Polytheist bedeutet.

Am Abend fragt er den Mannschaftsarzt, der ihm erklärt, ein Polytheist glaube an viele Götter, nicht nur an einen. Roberto ist froh, dass es keine Beleidigung war, er ruft das Mädchen mit den Frotteesocken öfter an, sie heiraten und leben in dem Dorf, das der Radsport-Gott erbaut hat. Sofern es diesen Gott gibt.

Zwanzig Jahre sind seither vergangen, und heute glaubt Roberto an überhaupt keinen Gott mehr. An keinen einzigen. Denn wenn eine dreiundvierzigjährige Frau am Bankschalter in der Schlange steht und plötzlich umkippt und stirbt ... Könnte so etwas geschehen, wenn es viele Götter gäbe, die alles im Griff haben? Ganz sicher nicht. Schon wenn es einen einzigen gäbe, würde es nicht geschehen. Aber so ...

Heute fährt Roberto das Begleitfahrzeug, und er muss ständig an jenen Tag vor zwanzig Jahren denken. Heute ist nämlich ihr Hochzeitstag. Sofern man überhaupt von Hochzeitstag sprechen kann, wenn einer von beiden nicht mehr lebt.

Aber klar doch, selbstverständlich kann man von einem Hochzeitstag sprechen. Ein Datum ist ein Datum, auch wenn die

Person nicht mehr da ist, die man beglückwünschen und der man etwas schenken möchte oder die sich ärgert, weil du es auch dieses Jahr wieder vergessen hast, oder die ... Na gut, nein, vielleicht kann man doch nicht von einem Hochzeitstag sprechen.

Es ist jedenfalls normal, dass Roberto heute, da ihr Hochzeitstag *wäre*, daran denkt. Zum Beispiel daran, dass er in den zwanzig Jahren ihres Zusammenlebens seine Frau nie gefragt hat, warum sie an jenem Tag statt der Schuhe Frotteesocken trug. Das sind so Sachen, die man mit der Zeit einfach vergisst oder die einem ab und zu durch den Kopf gehen, aber dann zuckt man mit den Schultern und sagt *Ach, egal, irgendwann frag ich sie mal.* Und dann ist es plötzlich zu spät.

»Leichten Gang fahren, Jungs, Beine locker halten!«, brüllt er ins Megafon. Er zieht eine Grimasse und rutscht auf seinem Sitz hinterm Steuer in eine andere Position. Verdammte Hämorrhoiden. Das viele Autofahren hat zur Fitness anderer beigetragen, er selbst ist dabei abgeschlafft. Für einen, der auf die fünfzig zugeht, ist er zwar immer noch recht fit, aber ab und zu brennt es im Hintern, und er hat dieses harte, vorstehende Bäuchlein bekommen, das mit dem Rest des Körpers scheinbar nichts zu tun hat. Der Bauch sieht künstlich aus, schon fast lächerlich. Ist aber nicht künstlich, und Roberto findet ihn auch überhaupt nicht lustig. Ein sogenannter Fernfahrerbauch, sein Vater hatte auch einen, aber der fuhr tatsächlich Lkws. Als Jugendlicher hatte Roberto gehofft, es liege am Beruf, und schwor sich *Lieber radle ich zweihundert Kilometer am Tag und trinke in meinem ganzen Leben kein einziges Bier.* Aber so was denkt man mit zwanzig, da weiß man noch nicht, dass man irgendwann in ein Alter kommt, in dem die Dinge ihren Lauf nehmen und du sagst *Na gut, so ist es nun mal,* und versuchst zu retten, was zu retten ist.

Roberto rutscht auf seinem Hintern herum, ein stechender Schmerz fährt ihm von dort direkt ins Hirn. Er drückt versehentlich die Hupe, die Jungs drehen sich um und beschleunigen.

»Nein, ganz ruhig, war falscher Alarm. Ich hab gesagt, langsam!«

Die Jungs folgen ihm aufs Wort. Sie machen ihm viel Freude. Mit acht Jahren geht's los, in der Klasse der Jüngsten, Jungs und Mädels zusammen. Wenn man sie das erste Mal auf ein Rennrad setzt, sieht es irgendwie unstimmig aus, wie zwei Teile eines Puzzles, die partout nicht zusammenpassen wollen. Sie sind entweder zu dick oder zu dünn, zu kurz oder zu lang, plump und unbeholfen.

Aber dann zeigst du ihnen, wie man im Sattel sitzt, wie man anständig in die Pedale tritt, die Hände unten auf dem Lenker und der Oberkörper parallel zur Straße. Sieh dir jetzt mal diese sechs Jungs vor deiner Kühlerhaube an, was die hermachen. Sie sind fünfzehn, sechzehn Jahre alt, Altersklasse Jugend, und schon mit ihrem Rad verwachsen. Eine Augenweide.

Mirko aber, hier am Ende der Gruppe, ist eine Kategorie für sich. Roberto hat ihn vor fünf Monaten zum ersten Mal auf ein Rennrad gesetzt, und es sah sofort so aus, als hätte der Junge sein Leben lang nichts anderes gemacht. Lange Beine, dünne Arme, kurzer Oberkörper, aber breite Schultern. Eine fabelhafte Kraftmaschine.

Er hat einfach das, was man Größe nennt, und wahre Größe erkennt man auf Anhieb. Hier vor der Kühlerhaube sind sechs Jungs, die alle im selben Gang und mit derselben mäßigen Geschwindigkeit ihr Training zu Ende fahren, aber einer von ihnen ist etwas ganz Besonderes. Um das zu erkennen, braucht man keine biomechanischen Tests oder Leistungsdiagnosen, man sieht es mit bloßem Auge.

»Jungs, Massimiliano verlässt euch. Ciao Massi, morgen um eins vor dem Vereinslokal.«

Massimiliano nickt mit Kopf und Helm, dann löst er einen Schuh vom Pedal und bleibt vor dem Tor zu seinem Haus stehen. Die Gruppe fährt weiter.

Früher endete das Training vor dem Vereinslokal, jetzt fährt Robertos Begleitfahrzeug von Haus zu Haus, eine Art Schulbus des Radsports, das ist für die Jungs und ihre Eltern praktischer.

Man muss ihnen ein bisschen entgegenkommen, den Familien. Denn bei dem mörderischen Autoverkehr heutzutage, den Schauermärchen von gedopten Kindern und den dämlichen Visagen der Fußballer, die in den Medien als Helden hochgejubelt werden, ziehen es die Eltern vor, ihren Sprössling mit dem Geländewagen zum Fußballplatz zu kutschieren. Und den paar Verrückten, die sich heute noch dazu durchringen, ihr Kind auf ein Rennrad zu setzen, muss man möglichst entgegenkommen. »Jungs, langsamer jetzt. Cristiano, fahr links rüber, du bist dran.« Gleich kommt nämlich die Villa Berardi, wo er wohnt. Sie nehmen eine Abzweigung von der Hauptstraße, und nach zwei Minuten wird es ruhig. Im Schatten der hohen, akkurat geschnittenen Hecke längs der Straße wirkt alles grüner und weniger staubig. Wenn es heutzutage kaum noch Eltern gibt, die ihren Sohn Radrennen fahren lassen, dann ist es geradezu phänomenal, dass eine reiche Familie wie die Berardis dies tut. Denn Rennfahrer kommen immer aus armen Familien. Den ersten Giro d'Italia hat ein Maurer gewonnen, die erste Tour de France ein Kaminkehrer, gefolgt von einer langen Reihe verschwitzter Schmiede und Bäcker, Holzfäller und Bauern. Einen wesentlichen Anteil am Aufstieg einer Radsportlegende hat der Hunger.

Cristianino ist ein sympathischer, tüchtiger Junge und nebenbei auch noch der Sohn eines wichtigen Sponsors. Aber bald wird er die Mädchen und die Discos entdecken, und dann ist es vorbei mit den Radrennen.

»Cristiano verlässt euch. Denk dran, morgen bitte pünktlich, nicht wie letztes Mal.«

Es geht wieder weiter. Mirko ist nach wie vor der Letzte, er sitzt fast auf der Kühlerhaube des Begleitfahrzeugs, den Kopf gesenkt. Er hat die Hand zum Gruß gehoben, dann tritt er weiter in die Pedale. Vier Monate lang ist auch er hier vor der Villa Berardi abgestiegen, aber Cristiano will ihn hier nicht mehr haben. Mirko hätte ihm das Fahrrad nachwerfen, ihm wenigstens *Leck mich am Arsch* nachrufen oder ihm ins Gesicht spucken können. Nichts dergleichen, er grüßt ihn zum Abschied. Tja.

Doch gleich hinter dem Tor, hinter der Kurve, die zur Hauptstraße zurückführt, versperrt ein Auto ihnen den Weg. Ein schwarzer Fiat Multipla mit einem riesigen Totenkopf auf der weit aufgerissenen Hecktür. Die Jungs auf den Rädern kommen daran vorbei, das Begleitfahrzeug nicht. Roberto hupt und legt sich schon ein paar Flüche zurecht. Hinter dem Multipla taucht ein Fettkloß mit nacktem Oberkörper auf, vielleicht achtzehn Jahre alt und zwei Meter groß. Dann noch ein Junge, der ältere Sohn der Berardis. Und dann sein eigener Sohn, Fiorenzo. Sie tragen Kartons, Instrumentenkoffer, meterlange Kabel. Plötzlich fällt Roberto wieder ein, was er seinem Sohn heute früh im Laden versprochen hatte: *Um drei bin ich da!* Er schaut runter auf das Armaturenbrett, 16.07 Uhr. Mist.

Der Dicke schließt die Hecktür des Multipla, Roberto fährt wieder an, und sein Blick trifft den seines Sohnes. Er hupt, Fiorenzo nickt und lädt weiter ein. Roberto schaut kurz in den Rückspiegel, aber nur ganz kurz.

Denn gleich sind sie wieder auf der Hauptstraße, und dann wird es heikel. Der Asphalt ist voller Schlaglöcher wegen der schweren Lkws, die in dichter Folge und in einem Affenzahn vorbeirasen. Am Straßenrand reihen sich Kreuze, Blumen und Bilder. Die Katzen, die hier jedes Jahr überfahren werden, muss man nach Zentnern berechnen. Um zu sterben, brauchen sie nicht einmal die Straße zu überqueren: Die Lkws donnern so schnell vorbei, dass der Sog die Tiere von den Fenstersimsen reißt.

»Jungs, Mikhail ist dran.«

Dann ist Emanuele dran, schließlich Martin.

Zuletzt bleibt nur noch Mirko übrig, der kleine Champion aus dem Molise.

Eine Rechtskurve, und die Straße verengt sich zwischen leer stehenden Häusern, Geschäften, die monatlich ihren Namen wechseln, und einer Menge unvermieteter Ladenflächen. Sogar am Schaufenster einer Immobilienagentur steht ZU VERMIETEN. Und weiter vorn der ehemalige Lagerschuppen, in dem jetzt die Jugendinfo untergebracht ist. Davor sitzen etliche sonnenhungrige Alte.

»Mirko, streng dich an, los, die Fans wollen auf ihre Kosten kommen!«

Mirko steigt mechanisch aus dem Sattel, senkt den Kopf und gleitet nahtlos und ohne große Anstrengung von zwanzig auf vierzig Stundenkilometer. Roberto wird aus dem Staunen nie herauskommen.

Er fängt an zu hupen, die Alten drehen sich um und sehen den kleinen Champion kommen, stellen sich entlang des Gehsteigs auf und heben die Arme: »Bravo, kleiner Champion! Fahr zu, mach sie alle fertig, heiz ihnen ein! Hopp hopp hopp, gib Gas!« Der Champion zieht vorbei und hinter ihm Signor Roberto im Begleitwagen. Die Alten schauen ihnen nach, bis sie hinter der Tankstelle verschwunden sind.

Dann setzen sie sich wieder an ihre Tische, die sie heute der Sonne wegen ins Freie gestellt haben. Sie machen ein paar Bemerkungen über den kleinen Champion und über das morgige Rennen, nehmen aber sofort das Thema wieder auf, bei dem sie unterbrochen worden waren. Denn heute gibt es eine Geschichte, die sie unbedingt hören möchten, und Divo ist schon fast bei der Pointe.

»Und was hat der Mistkerl gesagt?«

»Er hat gesagt, wir sollen uns um unseren eigenen Kram kümmern und nach Hause gehen.«

»Ich kann's nicht fassen. So eine Schweinerei. Die kommen hierher und wollen uns herumkommandieren.«

»Ja, aber ich hab ihm gesagt *Hör mal, Freundchen, das hier geht uns sehr wohl was an, wir sind hier zu Hause.*«

»Recht so, Herrgott noch mal! Und er?«

»Er wollte uns linken, hat eine Riesenzange genommen und sie uns vor die Nase gehalten, als ob er sie uns über den Schädel ziehen wollte. Aber dann hat er kapiert, dass wir zu viele waren ...«

»JA-ICH-UND-BALDATO-WAREN-AUCH-DA-UND-RE-PETTI«, bestätigt Mazinga mit stolzgeschwellter Brust. Heute trägt er einen orangefarbenen Fleecepulli mit Kapuze und einem Skateboard als Logo.

»Wir waren vier gegen einen, da hab ich zu ihm gesagt *Hör mal zu, Freundchen, einen kannst du vielleicht niederstrecken, aber dann sind wir immer noch zu dritt, und dann wirst du was erleben. Wir machen dich fertig, und dann schmeißen wir dich in den Kanal. Du hast bestimmt nicht mal 'nen gültigen Ausweis, und kein Schwein wird dich identifizieren können. Du wirst enden wie der Unbekannte Soldat!*«

»Ausgezeichnet!«

»Was hat denn der Unbekannte Soldat damit zu tun«, sagt Baldato, der früher bei der Finanzpolizei war und vor dreißig Jahren aus Caltanissetta hierherkam.

»Und was hat er dann gemacht?«

»Er kam direkt auf mich zu. Mit dieser Zange in der Hand. Aber ich bin in Stellung gegangen und hab mich mit den Beinen gut abgestützt. Als ich jung war, hab ich ein bisschen geboxt, ich weiß noch, wie's geht. Ich bin in Abwehrstellung gegangen, und inzwischen kamen die anderen drei von hinten. Und der Slawe ist ja nicht blöd, er hat sofort kapiert, dass er sich besser nicht mit uns anlegt. Er hat schnell die Straßenseite gewechselt und ist davongerannt wie ein Feldhase.«

»Gut! Wie eine Kanalratte!«

»SCHADE-DASS-DIE-POLIZEI-NICHT-VORBEIGEKOMMEN IST.«

»Und wenn schon, was hätte die denn schon gemacht, die Polizei. Die hätten ihm einen schönen Abend gewünscht und wären weitergefahren.«

»Stimmt. Die nehmen so welche nicht mal fest. Uns nehmen sie fest, weil sie damit nichts riskieren. Mir haben sie fünfzig Euro aufgebrummt, weil bei meiner Ape der Scheinwerfer kaputt war. Am helllichten Tag, wohlgemerkt! Und derweil lungern da diese Ausländer rum, die Drogen und Krankheiten anschleppen und sich auch noch als die Herren aufspielen.«

»GENAU-UND-AN-UNS-DENKT-KEINER.«

»Stimmt«, sagt Baldato. »Uns lassen sie allein.«

»Ja, Jungs, wir sind aber nicht allein«, sagt Divo. »Wir sind viele.«

Baldato blickt ihn ernst an und nickt mehrmals. »Und wir haben die Schnauze voll.«

»Und zwar völlig zu Recht.«

»UND-WIR-HABEN-JEDE-MENGE-FREIZEIT.«

Die Alten schauen einander eindringlich an, wortlos. Die Kampfeslust funkelt in ihren vom grauen Star getrübten Augen hinter den getönten Brillengläsern. Wer eine Kappe trägt, nimmt sie ab, sie geben sich die Hand, umarmen einander und klopfen sich dabei auf die Schultern. Baldato streckt den Brustkorb heraus, so tief Luft geholt hat er schon seit Jahren nicht mehr, und skandiert »I-ta-lia, I-ta-lia«. Augenblicklich stimmen die anderen mit ein, der Gesang wird zu einem einzigen Schrei, heiser und inbrünstig. Immer lauter. »I-ta-lia! I-ta-lia! I-ta-lia!«

»Meine Herren, meine Herren! Was ist denn los?« Tiziana kommt aus dem Büro gelaufen. Sie hat ihre Reportage über die Ausbeutung junger italienischer Arbeitnehmer mitten im Satz unterbrochen. Genau genommen ist sie noch immer beim ersten Satz, und sie brütet schon eine ganze Stunde darüber, aber bekanntlich ist der Anfang das Wichtigste, und wenn du da den richtigen Ton triffst, bist du schon ein gutes Stück weiter.

»Meine Herren, ich sag es Ihnen jetzt zum tausendsten Mal. Das hier ist ein Informationszentrum für Jugendliche. Ich habe zwar absolut nichts dagegen, dass Sie hierherkommen, aber eigentlich ist es nicht der Sinn der Sache. Deshalb bitte ich Sie, versuchen wir wenigstens nicht allzu sehr aufzufallen. In Ordnung?«

Die Alten sehen sie an, setzen ihre Mützen wieder auf und tauschen Blicke. Sie brauchen jetzt gar nichts mehr zu sagen, sie verstehen sich ohne Worte.

»Wir haben hier nur grade *Italia, Italia* gerufen, Signorina.«

»Ich weiß, aber wenn Sie auf der Straße herumschreien, fängt bestimmt jemand an zu ...«

»Das ist unser Dorf, Signorina.«

»Ich weiß, es ist auch meins, aber was tut das zur Sache.«

»JA-ABER-WIR-SIND-ITALIENER-UND-ALT...«

»Genau«, pflichtet Divo ihm bei. »Das heißt, wir sind schon länger hier als alle anderen.«

»Schon gut, meine Herren, aber ich versteh nicht, was das damit zu tun hat, dass ...«

Aber die Alten hören gar nicht mehr hin. Sie kehren ihr den Rücken und wenden sich der Straße zu.

Ihrer Straße, ihren Häusern, ihrem Dorf. Ihren Sachen.

PONTEDEROCK

Es ist so weit. Verdammt noch mal, es ist so weit. Das Festival hat begonnen, ein Haufen Leute sind gekommen, und bald sind wir dran. Verdammt noch mal, es ist so weit. Wir sollen hier hinter der Bühne warten, haben sie gesagt, und uns bloß nicht vom Fleck rühren. Aber wieso sollten wir uns vom Fleck rühren? Es gibt keinen anderen Ort im ganzen Universum, wo wir lieber wären.

Allerdings waren wir um einiges zu früh. Wir hatten Angst, dass unterwegs irgendwas dazwischenkommen könnte: eine Reifenpanne oder ein Tsunami, der von Marina di Pisa bis hier runter alles zerstört, oder Riesenratten, die aus dem giftigen Wasser des Kanals kriechen und die ganze Provinz verwüsten. Aber nichts ist passiert, und jetzt stehen wir schon seit vier Stunden hinter der Bühne und warten. Das heißt, als wir hier ankamen, war die Bühne noch nicht mal aufgebaut.

Aber jetzt ist es acht, und die erste Band ist fast fertig. Zehn Gruppen, eine nach der anderen, spielen jeweils vier Stücke, und wir sind die Nächsten. Bei unserem Auftritt ist es sogar noch ein bisschen hell. Mit wäre es lieber, wenn es stockdunkel wäre, das ist effektvoller, aber was soll's. Wir sind eine Kriegsmaschine, eine Handgranate, die in die Menschenmenge geschleudert wird, und wenn sie explodiert, richtet jede Bombe Verwüstung an, ob es dunkel ist oder nicht.

Man braucht uns nur anzuschauen, um zu kapieren, dass wir es ernst meinen. Alle in Lederhosen, Ketten kreuz und quer über der Brust, Nietengürtel unterschiedlicher Art, Nietenarmbänder, Nietenhalsbänder. Dazu Springerstiefel, die Haare zerzaust, T-Shirts mit den Logos der legendären Bands, die uns alles bedeuten (nur Giuliano spielt natürlich mit nacktem Oberkörper).

Wir sind sensationell, wir sind hammermäßig, wir sind drauf und dran, ganz Pontedera in Trümmer zu legen.

Alle, bis auf Antonio.

Er kann nicht mithalten. Er trägt bloß einen Nietengürtel, schmal wie für ein Damenkleid, keine Ketten, und seine Haare sind weder kurz noch lang und mit Gel frisiert. MIT GEL! Wenn man in diesem Moment ein Foto von uns machen würde, wären wir die härteste Band der Welt und er nur ein Passant, der wissen will, wo hier die Disco ist.

Die Gruppe auf der Bühne spielt ihr letztes Stück. Reggae (was sonst), aber keiner von ihnen trägt Rastalocken. Die haben auch noch nie einen Joint geraucht, so wie die aussehen. Ich wette, vier von den fünf haben ihr Instrument in der Jugendgruppe ihrer Pfarrgemeinde gelernt und spielen bei der Sonntagsmesse Akustikgitarre. Zum Schluss kommt (wie originell!) ihre Coverversion von Bob Marleys *No Woman No Cry*. Allerdings müssen sie auf Italienisch singen, das ist die Vorgabe, weshalb bei ihnen *No donna no piange* daraus wird. Dabei ist es meiner Meinung nach absolut zum Heulen. Aber das Publikum applaudiert, vereinzelt hört man sogar Bravorufe, wobei nicht klar ist, ob alle gemeint sind oder nur ein bestimmtes Bandmitglied. Oder vielleicht sogar Bob Marley.

Aber das interessiert uns nicht, wir sind hier, um alles plattzumachen: Bob Marley und die Sonntage in der Kirche und die Ohren der Leute, die sich hierher verirrt haben und gar nicht wissen, was für ein Wahnsinnsglück sie haben. Das Glück derer, die eines Abends im Jahr 1969 nur auf ein Bier ins Pub wollten, wo zufällig Black Sabbath spielte. Oder die neben der Garage von Ron McGovney wohnten und im Garten ihres Hauses Metallica hörten, die damals anfingen, die Welt zu verändern. Die Zuhörer in Pontedera wissen es nicht, aber sie werden eines Tages sagen können: *Ich war beim ersten Konzert von Metal Devastation dabei.*

»Uh yeah, yeah, Mann, entspann dich. Wird schon gut gehen, cool down, Leute, wir sind alle Freunde, uh yeah ...«

Das letzte Stück dieser jamaikanischen Ministranten plätschert gleichförmig vor sich hin, zum Gähnen wie jede Musik mit der Betonung auf zwei und vier.

Hoffentlich hat das bald ein Ende, aber vielleicht wäre es besser, wenn sie noch eine Weile spielen, denn ich habe plötzlich so ein komisches Kribbeln im Bauch. Als würden eine Million Ameisen meinen Hals hochkriechen, aus meinem Mund raus und über mein Gesicht laufen, so höllisch fängt es jetzt an zu brennen.

Aber das ist nur ein kleiner Streich, den mir meine innere Anspannung spielt. Wenn wir endlich loslegen, wird daraus ein gewaltiger Adrenalinschub, das liest man jedenfalls immer in den Interviews.

»Jungs«, sagt Stefanino piepsig wie ein Küken, das in einem eisigen Winter langsam erfriert. »Ich geh mal kurz aufs Klo.«

»Schon wieder? Aber beeil dich, wir sind gleich dran.«

Er nickt ein einziges Mal, ganz langsam, dann taumelt er Richtung Toilettenkabinen.

Der Song ist zu Ende. Applaus. Sie klatschen sich nicht gerade die Hände wund, aber immerhin. Die Gruppe bedankt sich und tritt ab. Wir begegnen ihnen auf der Metalltreppe. Erhitzt sind sie und leicht benebelt, mit einem schwachsinnigen Lächeln in den geröteten Gesichtern. Sie starren auf das Leder, die Nieten, Flicken und T-Shirts. Nur zu, schaut uns nur ganz genau an, vielleicht kapiert ihr dann, was eine echte Band am Leib trägt.

»Jungs, ihr seid dran, alles klar?«, fragt der Techniker hinter dem Mischpult. Ich bejahe mechanisch, er macht ein O.K.-Zeichen. »Ist alles eingestellt. Ihr geht raus und stöpselt eure Instrumente ein, dann könnt ihr loslegen.«

Der Typ, um die vierzig, ist mir auf Anhieb sympathisch. Dünne lange Haare, im Nacken mit einem Gummi zusammengebunden. Bauch, Kinnbärtchen überm Doppelkinn, ein Rainbow-T-Shirt. Mit Sicherheit war auch er mal auf dem Gymnasium, wollte mit seiner Musik groß rauskommen und hatte den Spott seiner Mitschüler zu ertragen. Den Durchbruch hat er zwar nicht geschafft, aber es hätte schlimmer kommen können. Er arbeitet als Tontechniker für die Gemeinde Pontedera, und deshalb kann man in gewisser Weise sagen, dass er von der Musik lebt. Er verdient zwar nicht viel, hält aber vermutlich sein Geld zusammen und hat ganz bestimmt keine Frau, die große Ansprüche stellt.

Das Mischpult ist durch eine Sperrholzwand von der Bühne mit den bunten Glühlämpchen getrennt. Darunter ein Meer von Zuschauern, die nur darauf warten, uns spielen zu hören. Sämtliche Gymnasien von Pontedera sind da, die Jungs und Mädels aus dem Umland, vor allem aber meine Klasse und an allererster Stelle Ludovica Betti, die wirklich alle Rekorde bricht: Sie ist das schönste Mädchen an der Schule und die blödeste Kuh, die man sich vorstellen kann.

Und jetzt also haben wir hier vor all diesen Leuten unseren großen Auftritt. In der Schule ducken wir uns in die Bänke, und in der Pause verkriechen wir uns in eine Ecke bei den Toiletten. Aber ab heute ist Schluss damit. Heute ist unser Tag, jetzt ist die Stunde gekommen, die Bühne zu betreten und zu spielen, dass allen die Kinnlade runterfällt: die Stunde, um als absolute Rockstars in den Musikhimmel aufzusteigen.

Stefanino ist vom Klo zurück. Er schleppt sich mit gesenktem Kopf die Metalltreppe hoch. Das dauert, er hält sich am Geländer fest, mit der anderen Hand stützt er sich auf dem Oberschenkel ab. Er schaut zu uns hoch, bleich wie eine weiß gekalkte Wand, mit starrem Blick, schwitzend. Wie einer von denen, die den Mount Everest besteigen wollen und dabei kollabieren.

»Sté, wie geht's dir?« Keine Antwort. »Hast du Power?«

Er nickt gequält. Giuliano drückt ihm den Bass in die Hand. Stefanino hält ihn fest, wir sind also so weit.

Das Publikum hinter der Sperrholzwand ruft nach uns. Ein chaotisches Stimmengewirr, ab und zu brüllt jemand, wo die Musik bleibt, andere rufen den Namen einer Mitschülerin und dazu das Wort *Nutte*. Phantastisch.

Ich schau rüber zu meinem Techniker-Freund am Pult. »Wir sind so weit.«

Giuliano reißt die Augen auf und hebt demonstrativ die Stöcke.

»Perfekt. Hey Jungs, ihr seid die …« Der Techniker schaut auf einen Zettel am Mischpult. »Ihr seid Metal Devastation, richtig?«

Ich platze fast vor Stolz, wir alle nicken. Er hakt den Namen auf seinem Zettel ab, hebt den Kopf. »Schön, ein Name, der es in sich hat. Jetzt geht raus und haut alles in Stücke.«

Na klar, mein Freund, darauf kannst du wetten.

»*Come on!*«, brülle ich, und wir sind auf der Bühne.

Die Menschen, die Lichter, ein Meer von Augen, die von da unten auf uns gerichtet sind. Ich habe so oft davon geträumt, dass ich mich fast vergewissern muss, ob ich nicht vielleicht doch im Pyjama im Bett liege und träume, einen getrockneten Speichelfaden auf der Wange. Aber ich bin wach und voller Power, bereit, diese Leute in den Wahnsinn zu treiben. Dünner Applaus. Den richtigen müssen wir uns erst noch verdienen, klar.

Giuliano setzt sich ans Schlagzeug. Antonio und Stefanino schließen die Pedale an, ich greife nach dem Mikro. Vorerst lasse ich den rechten Arm noch in der Hosentasche. Bald werde ich ihn rausnehmen, ich schäme mich kein bisschen, dass mir eine Hand fehlt, ich bin aus Metall, und nichts kann mich verwunden. Aber vorerst fühl ich mich so sicherer.

Ich fange wieder an zu atmen. Ein, aus, ein, aus, alle Blicke sind auf mich gerichtet, einige Zuschauer pfeifen und schreien, die meisten warten. Sie warten auf uns. Bei dem Gedanken fährt geballte Energie durch meinen Körper wie ein Peitschenhieb. Ich packe das Mikrofon und brülle: »Ciao Pontedera!«

Meine Stimme verhallt zwischen den Mietskasernen und den Lagerhallen im Hof. Aber niemand antwortet. Vereinzelte *Yeah*-Rufe, aber das sind die paar Freunde von uns, Metal-Fans wie wir, die zählen nicht.

»Leute, Schluss mit dem Gedudel, seid ihr bereit für eine volle Dröhnung Metal?«

Immer noch Schweigen.

»Seid ihr bereit, diese Stadt dem Erdboden gleichzumachen?«

»...«

»Wir sind Metal Devastation und werden alles in Trümmer legen. Seid ihr bereit für den Heavy-Metal-Angriff?«

»...«

»Ich sagte grade ...« Ich hole tief Luft, kneife die Augen zusammen und brülle aus Leibeskräften: »Seid ihr bereit für Heavy Metaaaaaaaaaal?!« Endlich wird das Schweigen gebrochen. Erst eine Stimme, dann zwei, fünf, sechs und immer mehr, die zu einer einzigen Stimme verschmelzen.

Sie brüllen NEIN.

Wie denn: nein. Ich schlucke, aber meine Kehle ist wie ausgetrocknet. Ich drehe mich zu meinen Mitspielern um. Giuliano hält immer noch die Stöcke in der Luft, als würde er sich der Polizei ergeben. Stefanino ist ein zitterndes Gespenst mit einem Bass, der größer wirkt als er selbst. Antonio fährt sich durchs Haar und schaut mit unbeteiligter Miene zur Seite wie jemand, der bloß zufällig hier ist.

Ich wende mich dem Publikum zu, das jetzt nicht mehr NEIN schreit. Jetzt schreien sie RAUS.

»RA-AUS, RA-AUS, RA-AUS.«

Sie skandieren es mit rhythmisch geschwenkten Fäusten. Immer und immer wieder.

»RA-AUS, RA-AUS, RA-AUS.«

»RA-AUS, RA-AUS, RA-AUS.«

Antonio stöpselt seine Gitarre aus und geht. Giuliano lässt die Arme sinken.

»RA-AUS, RA-AUS, RA-AUS.«

Ich hänge das Mikrofon in den Ständer, trete einen Schritt zurück. Das rechte Handgelenk grabe ich noch tiefer in die Tasche. Ich kann es nicht glauben. Ihr kapiert einen Dreck, ihr seid einen Scheißdreck wert, ihr habt es nicht verdient.

Ich entferne mich noch weiter vom Mikrofon, aber ich sehe, wie Giuliano hinterm Schlagzeug hervorkommt, zum Mikrofon greift und damit an den Bühnenrand geht.

»Eure Mütter sind Huren«, spricht er hinein. Aber ganz cool

und unaufgeregt, als würde er darum bitten, einen falsch geparkten Wagen wegzufahren. Wie eine Durchsage des Veranstalters.

Das Gebrüll des Publikums wird nur deshalb nicht lauter, weil es gar nicht mehr lauter geht. Dazu fliegen alle möglichen Wurfgeschosse auf die Bühne: Münzen, Steinchen, Feuerzeuge, Plastikflaschen und anderer Kram, ich kapier nicht, was es ist.

Ich kapier gar nichts mehr.

KATER SYLVESTER

Die Decke ist weiß, in einer Ecke schimmert ein feuchter Fleck, der keinerlei Assoziationen weckt, er sieht weder aus wie ein Tier noch wie die Jungfrau Maria oder sonst eine bekannte Persönlichkeit. Es ist nur ein formloser feuchter Fleck, den ich seit meiner Geburt jeden Tag im Blick habe, man kann also sagen, dass er für mich die typische Form eines feuchten Flecks hat.

Ja, genau, ich bin wieder in meinem Zimmer. Ich hatte einfach das Bedürfnis nach einem richtigen Bett und einer richtigen Wohnung, zumindest heute. Außerdem ist Sonntag, in Montelupo findet ein Radrennen statt, und bis heute Abend bin ich allein.

Plötzlich ist der Sommer da, vor seiner Zeit und richtig heftig. In den Straßen und auf den Feldern brennt die Luft, die Kanäle gären, und es riecht nach modrigen Pilzen. Muglione ist wie leergefegt.

Wer kann, ist für einen Tag ans Meer geflüchtet oder steht vielmehr drei Stunden lang im Stau, verbringt dann ein Stündchen am öffentlichen Strand, dicht gedrängt wie Heringe in der Dose, und auf der Rückfahrt steckt er noch mal drei Stunden im Stau. Dageblieben sind nur die Alten, die im Schatten sitzen und warten. Und ich.

Mir fehlt die Kraft zu allem. Ich starre an die Decke und liege bei heruntergelassenen Rollläden auf dem Bett. Draußen ist es genauso still wie drinnen, denn ich hab nicht mal Musik eingeschaltet. Heute ist ein schwarzer Tag, ein rabenschwarzer Tag, Sonne und Sommer, alles völlig fehl am Platz.

Die Rückfahrt von Pontedera gestern war ein Albtraum. Normalerweise sind Rückfahrten immer kürzer als Hinfahrten, aber diesmal nahm sie überhaupt kein Ende. Wir wussten nicht, was wir reden sollten, also schwiegen wir. Wir haben auch nicht die

Stereoanlage eingeschaltet, wir haben es sogar vermieden, uns anzuschauen.

Heute haben wir noch nicht mal miteinander telefoniert. Ich weiß nicht, was die anderen machen, aber ich glaube, sie hängen auch zu Hause rum. An Tagen wie diesen hat es keinen Sinn rauszugehen, es hat nicht mal einen Sinn aufzustehen. Man bleibt am besten im Bett, bei heruntergelassenen Rollläden, und starrt an die Decke in der Hoffnung, dass die Decke einem sagt, was zu tun ist.

Irgendetwas ist gestern Abend schiefgelaufen, okay, aber was? Vielleicht war es ein Fehler, mit diesen Fragen anzufangen *Seid ihr bereit für eine volle Dröhnung Metal?* Eine ernstzunehmende Band sagt überhaupt nichts, sie palavert nicht lange herum. Eine ernstzunehmende Band kommt auf die Bühne und fängt an zu spielen. Das hätten wir auch machen sollen. Wir hätten auf die Bühne kommen und sofort voll reinhauen sollen, die Zuschauer hätten unsere geballte Ladung abgekriegt, und nach ein paar Stücken hätten wir sie in der Tasche gehabt.

Stattdessen hab ich sie gefragt, ob sie bereit sind, ich hab ihnen eine Wahl gelassen. Aber was kannst du schon von Leuten erwarten, die im Auto Biagio Antonacci hören. Die wissen nicht, was sie wollen, die haben keine Ahnung, und deshalb hätten wir ihnen einfach etwas vorsetzen sollen, ohne viel zu fragen. Am Ende hätten sie sich bedankt und gesagt *Ihr habt unser Leben verändert.* Wenn sie dazu noch genug Puste gehabt hätten.

Genau, das war unser Fehler, hier liegt das Problem. Hoffe ich zumindest. Aber heute bin ich total verunsichert. Ich weiß nicht mal, wann wir wieder spielen werden. Und ob überhaupt. Vielleicht ist es besser, ein paar Tage verstreichen zu lassen und sich das Ganze noch mal in Ruhe durch den Kopf gehen zu lassen. Vielleicht wäre es aber auch gut, sich sofort wieder in der Garage zu treffen und einfach frech weiterzuspielen, alles in Grund und Boden zu stampfen und sich dabei klarzumachen, dass das Festival nicht mehr war als eine Episode am Rande.

Ich weiß nicht, ich weiß es echt nicht. Im Film fragt die

Hauptfigur in so einer komplizierten Situation jemanden um Rat. Aber in der Realität gibt es niemanden, der einem vernünftige Ratschläge geben kann oder dem an deinen Problemen überhaupt etwas liegt. Jeder arrangiert sich, so gut er kann.

Ich zum Beispiel habe für mich die Top-Empfehlung erfunden, und ich schwöre, es funktioniert. Auf diese Methode bin ich per Zufall gestoßen, aber sie ist extrem hilfreich, und seither baue ich nur noch darauf.

Nur heute kann ich sie nicht anwenden, weil kein Mensch da ist, und für die Top-Empfehlung müssen Leute auf der Straße unterwegs sein. Außerdem ist heute wirklich ein Scheißtag, und ich habe keine Lust, überhaupt was zu machen.

Das einzig Positive ist, dass mein Zimmer praktisch unverändert geblieben ist. Dieser Knirps hat es mir zwar weggenommen, aber er hat zum Glück nicht alles auf den Kopf gestellt. Die Poster sind an ihrem Platz, die CDs stehen alphabetisch nach den Namen der Bands geordnet im Regal, und sogar die Zettel mit den Notizen für gestern Abend liegen noch auf der Computertastatur.

Ich stehe auf und schnappe sie mir alle auf einmal. Ich will sie in Fetzen reißen und dann verbrennen. Schon allein ihr Anblick treibt mir die Schamesröte ins Gesicht, als hätte man mich beim Klauen erwischt, ich will nichts mehr davon sehen. Mein Blick fällt auf die roten Großbuchstaben ganz unten auf der ersten Seite WIR STAMPFEN ALLES IN GRUND UND BODEN! Das habe ich geschrieben, weil ich felsenfest daran geglaubt habe. Was bin ich bloß für ein Idiot!

Ich knülle diese bescheuerten Zettel zusammen, presse sie zu einer Kugel. Neben der Tastatur, unter irgendwelchen Zeitschriften, entdecke ich ihn dann. Kater Sylvester.

Einen Moment stehe ich wie versteinert da, die Papierkugel in der Hand.

Kater Sylvester, das ist ein Glas mit Kater Sylvester drauf.

Mir stockt der Atem, ich starre auf dieses Glas, es ist halb voll mit Orangenlimonade. Ich lasse die Papierkugel fallen, schnuppere am Glas. Nein, es ist keine Limo, sondern Orangensaft. Klar, der kleine Champion darf selbstverständlich keine kohlensäurehaltigen Getränke trinken.

Aber das Entscheidende ist nicht der Saft, sondern das Glas. *Dieses* Glas. Mir bricht der Schweiß aus. Mein Puls fängt an zu rasen. Ich hatte es in die hinterste Ecke des Küchenschranks gestellt, den wir nie öffnen, und deshalb ist es praktisch so, als wäre es nicht mehr da.

Und jetzt steht es hier, neben dem Computer.

Dieser verkackte kleine Champion hat es genommen, unfassbar, das hat er absichtlich getan. Aber woher wusste er das mit dem Glas? Außer mir weiß es niemand, und auch ich versuche, es so weit es geht zu vergessen. Und jetzt ist es, als wollte dieser Kerl mir sagen *O nein, lieber Fiorenzo, bemüh dich nicht, hier ist es, dein schönes Glas ...*

Denn dieses Glas hat etwas mit meiner Mutter zu tun. Aber nicht wie eine wertvolle Erinnerung, weil sie es mir geschenkt hätte oder weil es ihr Lieblingsglas gewesen wäre. Nein, es hat mit dem Tod meiner Mutter zu tun. Und irgendwie könnte es auch ... nein, das ist Unsinn, das kann nicht sein, unmöglich ... Aber vielleicht doch, ja, irgendwie hat dieses Glas womöglich doch damit zu tun, dass meine Mutter nicht mehr da ist.

Wenn auch nur ganz wenig. Sehr wenig. Eigentlich nichts, gar nichts, ich habe Quatsch erzählt, auf was für idiotische Gedanken komme ich heute bloß. Alles löschen, sofort löschen ...

Was für ein beschissener Tag.

LOKALNACHRICHTEN AM MONTAG

Es ist Montag früh, 8.45 Uhr, du bezahlst den Mann vom Zeitungskiosk und wünschst ihm eine schöne Woche. Er nickt nur. Dabei ist er jemand, der gern ein bisschen quatscht und Witze reißt, und manchmal macht er sogar Mike Bongiorno und Berlusconi nach. Aber dich grüßt er nicht mal. Ein weiteres Rätsel dieses unmöglichen Ortes, wo die meistverkauften Zeitschriften Titel tragen wie »Wildschwein International«, »Rallye Total Plus«, »Die Schnepfenjagd«, »Karpfenfischen leicht gemacht«, »Kimme und Korn«, »Der Jäger«, »Messer Magazin«.

Aber heute ist Montag, eine neue Woche beginnt, und du hast beschlossen, andere Saiten aufzuziehen. Schluss mit dem Gejammer und der Schwarzmalerei. Der Mai ist gekommen, fühlt sich aber schon an wie der Sommer, und ab jetzt willst du nur noch lächeln, gut drauf sein und diesem merkwürdigen Abschnitt in deinem Leben noch mal eine Chance geben. Du fängst sofort damit an. Mit den Zeitungen unterm Arm gehst du ins Büro, und es wird ein guter Tag werden. Jedenfalls ein besserer als gestern.

Denn gestern hast du schließlich doch Ja gesagt und bist mit Raffaella, Pavel und seinem Freund Nick (Nikolaj) ans Meer gefahren. Du wusstest nicht, dass er auch dabei sein würde, sonst wärst du nicht mitgekommen. Oder vielleicht doch, nur um nicht in dem ausgestorbenen Dorf bleiben zu müssen, mit jeder Menge Zeit, dich an den Computer zu setzen und diese Enthüllungsreportage in Angriff zu nehmen. Oder an deinem Blog weiterzuschreiben in der Erwartung, dass dein kalifornischer Verehrer endlich den Mut findet, dich anzusprechen.

Nein, am Meer ist es viel schöner. Die Versilia. Ein Sonntagsausflug wie in den Filmen der fünfziger Jahre. Auch wenn der öffentliche Strand verdreckt und mit Zigarettenstummeln übersät

ist, auch wenn es so eng ist, dass jedes Mal wenn das stark be-
haarte Männchen neben dir sich umdreht, eine Anzeige wegen
sexueller Belästigung fällig wäre.

Links von dir liegt Nikolaj, der ab und zu sagt *Alles klar bei
dich, Tissiana?* Womit er meint: Wenn der Typ dir auf die Nerven
geht, schlag ich ihm die Fresse ein.

Du aber bleibst in dein Buch vertieft und hoffst, dass Nikolaj
aufgibt und zu Raffaella und Pavel hinübergeht, die mitten im
Getümmel Beachball spielen.

Raffaella ist in ihrer Art einmalig, das musst du zugeben. Ihr
erster Tag am Meer, sie ist rund und weiß wie eine Mozzarella-
kugel, trotzdem trägt sie einen winzigen roten Bikini, den du
nicht mal nach sechstausend Stunden Fitnesstraining und mit
einer Sturmmaske überm Gesicht anziehen würdest. Sie dagegen springt fröhlich herum und spielt Beachball in der vorders-
ten Reihe und kriegt sich nicht mehr ein vor Lachen, wenn Pavel
sie gelegentlich auch mal einen Punkt machen lässt.

Du wendest dich wieder deinem Buch zu, hast aber gemerkt,
dass du jetzt nicht nur Nikolaj zur Linken und den behaarten Typen zur Rechten hast, sondern dass vor dir auch noch zwei junge
Kerle mit Tätowierungen am ganzen Körper liegen. Einer der
beiden schmiert sich die Pobacken mit Sonnenöl ein. Sie drehen
sich um und schauen dich an, sie drehen sich um und schauen
dich wieder an, alles, nur nicht dein Gesicht.

Jedes Mal hast du ein komisches Gefühl. Ja, okay, vorhin beim
Umziehen hast du dich kurz im Spiegel betrachtet und dir gedacht, dass du im Bikini gar nicht so übel aussiehst. *Gar nicht
so übel* ist ein riesiges Kompliment, wenn es von dir selber
stammt. Und kaum hast du dir am Strand das Kleid ausgezogen,
hat Raffaella sich an den Kopf gefasst und gesagt *Madonna,
Tiziana! Du bist ja ein Model, wie machst du das, ich hasse dich …
Nein, war nur 'n Scherz, ich mag dich, aber ein bisschen hasse ich
dich schon.*

Pavel fand das wohl auch, als er sagte *Geile Lady! Hey, Nick,
wenn du mit ihr geschlafen hast, bist du mir richtig großen Gefallen schuldig, klar?*

Nikolaj starrte auf den Sand und sagte nichts, sondern nickte nur vage.

Pavel sollte sich lieber nicht zu sehr auf diesen Gefallen verlassen, denn dass du was mit Nikolaj anfängst, kommt nicht in die Tüte. Dabei sieht er gar nicht so übel aus, eigentlich sogar recht gut. Ganz nett, würde Raffaella sagen. Er ist so alt wie du, aber in deinen Augen ist er ein Mann, anders als viele Italiener. Egal ob er gut oder schlecht aussieht, er ist für dich ein Mann, mit dem Gesicht, den Händen und der Haut eines Mannes. Keine Ahnung, warum deine italienischen Altersgenossen, deine ehemaligen Mitschüler zum Beispiel, keine Männer sind. Sie sind erwachsen geworden, ohne je zu Männern zu werden. Du meinst das nicht im übertragenen oder im moralischen Sinn oder so. Du meinst ihr Aussehen. Keine Ecken und Kanten, keine klaren Linien, keine Muskeln und Sehnen. Sie sind kleine Jungs geblieben, nur sind ihnen die Haare ausgefallen, sie haben zugenommen und Runzeln bekommen. Als hätte man sie als Sechzehnjährige anderthalb Jahre lang auf freiem Feld ausgesetzt und in Regen, Sonne und Wind verwittern lassen.

Nikolaj ist anders, das spricht für ihn, und trotzdem hat er bei dir keine Chance. Nicht etwa aus Bosheit oder so, du kannst bloß deine Freundinnen nicht verstehen, die sich auf irgendeinen Typen einlassen, nur weil nichts Besseres in Sicht ist.

Single zu sein ist gar nicht so übel. Klar kann's einem allein auch schlecht gehen, aber in einer falschen Beziehung geht's dir doppelt schlecht, und sich abzufinden hältst du für das Deprimierendste überhaupt.

Die Zeitungen, die du unterm Arm trägst, verströmen diesen Geruch nach Papier und Druckerschwärze, den du so magst. Ja, heute könnte eine gute Woche beginnen. Die vier Tageszeitungen geben dir ein gutes Gefühl. Fürs Büro hast du »Il Tirreno« und »La Nazione« gekauft, für dich selbst den »Corriere« und die »Repubblica«.

Die Lokalzeitungen kaufst du eigentlich nur wegen der

Stellenangebote, aber tatsächlich werden sie von den Alten gelesen, die nach Lokalnachrichten geradezu süchtig sind: Unfall- und Verbrechensmeldungen, kommunalpolitischer Hickhack, Todesanzeigen. Montag ist ihnen der liebste Tag, denn dann erscheinen immer die Berichte über die Katastrophen vom Samstagabend mit Fotos von den Autounfällen und den Beschreibungen all der Schweinereien, die diese jungen Leute angestellt haben, bevor sie endlich gegen eine Mauer geknallt sind.

Der Spaziergang in der Morgensonne ist für dich bereits ein Vorbote des Neubeginns, du lächelst. Das Schöne an so einem kleinen Ort ist, dass man überallhin zu Fuß gehen kann. Man muss nur die Hauptstraße überqueren, aber hat man das erst einmal geschafft, wird es beschaulich.

Du kommst wie immer pünktlich an, das Büro öffnet um neun, und wie jeden Tag warten die Alten schon seit einer ganzen Weile. Aber irgendetwas ist heute Morgen anders. Sie stecken die Köpfe zusammen, und die Zeitung haben sie auch schon. Sie haben sie sich selbst gekauft, also Geld ausgegeben: ein Wunder.

Signor Divo hält »La Nazione« aufgeschlagen und liest vor, die anderen hören mit offenem Mund zu, wie es alte Menschen oft tun, als könnten sie so besser hören.

»… aufragende Momente … nein, Pardon, aufregende Momente … in denen sie ihren wahren Charakter offenbart und gezeigt haben … aus welchem Holz sie geschnitzt sind …«

Du nutzt die Gelegenheit, duckst dich und gehst schnell rein. Keiner grüßt dich, keiner würdigt dich eines Blickes. Du musst das Licht anmachen, trotz des strahlenden Sonnenscheins draußen, denn dieser Raum war früher ein Lagerschuppen und hat keine Fenster. Du setzt dich an den Schreibtisch und fängst an, in den Zeitungen zu blättern.

Doch vor der Tür herrscht helle Aufregung, du hörst die Kommentare der Alten und wirst neugierig. Was gibt es nur derart Interessantes in der »Nazione«?

Du schlägst sie auf und blätterst zu den Nachrichten aus

der Provinz. Nichts Bemerkenswertes. Zank wegen der chinesischen Läden, die die italienischen verdrängen. Eine Frau hat einen Preis für die Trennung von Hausmüll bekommen, eine kleine Meldung über ein Festival der Gymnasien in Pontedera.

Du hattest auch schon mal daran gedacht, hier in Muglione ein Konzert zu organisieren, um den Bands von hier die Möglichkeit zu einem Auftritt zu geben und um die Jugendinfo unter den Jugendlichen bekannt zu machen. Aber von der Gemeindeverwaltung hieß es, die laute Musik wäre Ruhestörung.

PONTEDERA. Samstagabend fand zum ersten Mal das PontedeRock-Festival statt, bei dem die besten Musikgruppen der Gymnasien von Pisa und Umgebung einen ganzen Abend lang Musik und Unterhaltung boten. Neun Gruppen haben gespielt, denen wir wünschen, bald berühmtere Bühnen zu erklimmen, vielleicht sogar einmal beim Festival von Sanremo aufzutreten. Diesen Wunsch ...

Du blätterst weiter. Reklame für den Schlussverkauf, Sonderrabatte, Werbeaktionen. Dann die Sportseiten mit ellenlangen Tabellen und Wertungen und Namen von Orten und Menschen, die du noch nie gehört hast. Auch ein Foto von Mirko ist dabei, deinem Nachhilfeschüler in Englisch, der keinerlei Fortschritte macht.

Man hat ihm eine ganze Seite gewidmet.

Colonna gewinnt den Bertolaccini-Pokal

Der kleine Champion des Radsportvereins UC Muglionese ist einsame Spitze

MONTELUPO. Es ist eine weitere Heldentat des jungen Talents Mirko Colonna, der gestern mit verblüffender Leichtigkeit seinen 13. Saisonerfolg feiern konnte. Als nach drei Vierteln der Strecke die besten Fahrer den Hügel von San Vito in Angriff nahmen und Einzelne vorpreschten, übernahm Colonna rasch die Führung und legte ein wahnwitziges Tempo vor. Nur sieben Sportler versuchten, ihm auf den Fersen zu bleiben, und das war ihr Fehler. Denn der Rhythmus, den das Ass aus dem Molise vorgab, brachte sie aus dem Takt. Schon auf dem Gipfel des Hügels hatte Colonna seine Verfolger um zwei Minuten abgehängt. Die kurze Abfahrt und der Gegenwind hätten den sieben eigentlich zugutekommen müssen, doch die Gruppe fand nicht recht zusammen, und Colonna zeigte keinerlei Anzeichen von Ermüdung, so dass er mit dreieinhalb Minuten Vorsprung ins Ziel fuhr. Der gleichfalls tüchtige Cenceschi vom Team Sigmaflex wurde auf den zweiten Platz verwiesen. Damit gewinnt Colonna das 22. Rennen des Trofeo Ettore Bertolaccini, das siebte Memorial Franco Beschi, den fünften Pokal der Gefallenen von Montelupo. Die Veranstaltung war ein großer Erfolg, nicht zuletzt dank der einwandfreien Organisation durch den Sportverein …

Du hörst auf zu lesen. Mehr als der Text beeindruckt dich das Foto von Mirko. Eine Menge Leute stehen um ihn herum, lauter Männer zwischen fünfzig und siebzig mit hochgerissenen Armen. Er selbst neigt den Kopf mit dem schief auf den Locken sitzenden Helm zur Seite und schaut dich mit dem müden Blick eines Jungen an, der mit vorgeschobener Unterlippe zu sagen scheint *Bringst du mich jetzt bitte nach Hause?*

Ein bisschen tut es dir leid, dass du ihm für die anderen Schulfächer eine Abfuhr erteilt hast. Was hast du denn schon zu tun? Die Reportage über deine Erfahrungen als Beschäftigte mit Zeitvertrag verfassen? Darauf warten, dass dein Amerikaner sich entschließt, dir zu schreiben? Den Krankenwagen für den nächsten Alten rufen, der kollabiert?

Du faltest die Zeitung zusammen und legst sie auf einen der Tische. Vielleicht war es Mirkos Rennen, das die Alten so fasziniert hat, wer weiß. Du wendest dich wieder deinem Schreibtisch zu, und da siehst du es plötzlich, auf der ersten Seite.

Beherzte Senioren schlagen rumänische Bande in die Flucht

MUGLIONE. Wenn kleine Ortschaften ihre Ruhe und ihren Frieden verlieren, wenn es gefährlich wird, auf den Straßen unterwegs zu sein, und die Behörden nicht mehr in der Lage sind, für Sicherheit zu sorgen, nehmen sich aufrechte Menschen ein Herz und krempeln die Ärmel hoch. So geschah es vor ein paar Tagen in Muglione. Einwohner in fortgeschrittenem Alter, die nach einem geselligen Abend auf dem Heimweg waren, bewiesen ihren Mut und vereitelten den Raubüberfall einer Verbrecherbande aus Osteuropa. (*Seite 8*)

Du blätterst weiter, findest den Bericht, eine halbe Seite ist allein dieser Nachricht gewidmet. Ein Foto zeigt Signor Divo und Baldato und noch zwei andere mit ernster Miene und auf den Boden weisenden Zeigefingern. Die Bildunterschrift lautet: DIE WÄCHTER VON MUGLIONE ZEIGEN DIE STELLE, WO SIE AUF DIE VERBRECHER TRAFEN.

DIE TOP-EMPFEHLUNG

Montag früh. Ich erwache nach einer Nacht wirrer Träume, aber inzwischen habe ich mich daran gewöhnt, unter Millionen von Würmern außer Rand und Band zu schlafen. Nicht gerade das Leben eines Stars, aber so ist es nun mal.

Eigentlich wollte ich ja heute wieder in die Schule, aber offen gestanden war mir nicht danach. Unsere ganze Klasse war bei dem Konzert. Die verarschen uns ohnehin schon alle, aber jetzt natürlich erst recht, wo wir ihnen so viel neuen Stoff geliefert haben.

Nein, heute ist nicht der richtige Tag, um in die Schule zurückzukehren, aber es ist der ideale Tag, um eine Top-Empfehlung einzuholen. Jetzt kann ich auch endlich mal erklären, was das ist.

Die Top-Empfehlung ist optimal in einer Situation wie dieser, wenn dir tausend Gedanken durch den Kopf schwirren und du den Rat eines Menschen bräuchtest, den du schätzt. Doch da ich so jemanden nicht kenne, verlasse ich mich auf das, was ich bei den Gesprächen der Leute auf der Straße aufschnappe.

Sätze, die ich im Vorbeigehen höre und die gar nicht für mich bestimmt sind, Gesprächsfetzen, Brocken von Telefonaten, mir ist alles recht. Du musst sie allerdings aufgreifen, ohne stehen zu bleiben. Ein ganzes Gespräch zu belauschen und sich dann die geeigneten Stellen herauszupicken gilt nicht. Es soll funktionieren wie ein Netz, das du aufs Geratewohl ins Wasser wirfst, und dann ziehst du es raus und schaust, was drin ist.

Du sortierst die unbrauchbaren Sachen aus, fügst das Brauchbare zusammen, und wenn du es gut machst, verbinden sich die Sätze zu einem großen Ganzen, und heraus kommt ein Rat, mit dem du etwas anfangen kannst, ich schwör's.

Also streife ich heute Vormittag durch Muglione, und sobald

ich jemanden sehe, gehe ich schnell an ihm vorbei, als hätte ich es eilig, irgendwohin zu kommen, um etwas Wichtiges zu erledigen. Aber ich weiß weder, wohin ich soll, noch habe ich etwas, was ich erledigen muss. Deshalb gehe ich ja an diesen Leuten vorbei, in der Hoffnung, dass sie mir irgendwie weiterhelfen.

Und das sind die Gesprächsfetzen, die ich aufgeschnappt habe:

1) *Kleine Tassen sind besser als große Tassen* (sagt ein fünfjähriger Junge in einer Bar zu seiner Mutter und wiederholt den Satz ohne Ende: *Kleine Tassen sind besser als große Tassen – Kleine Tassen sind besser als große Tassen – Kleine Tassen sind besser als große Tassen ...*).

2) *Wenn du das noch mal sagst, schlag ich dich windelweich* (Mutter zu ihrem fünfjährigen Sohn).

3) *Die* porchetta *muss richtig saftig sein. Das Brot ist ja ohnehin trocken, wenn das Spanferkel dann auch noch trocken ist, kannst du's vergessen* (Mario vom Zeitungskiosk zu einem Gemeindepolizisten).

4) *Komm endlich weiter, es ist schon spät* (Philippinerin zwischen zwanzig und fünfzig, die einen kleinen Hund an der Leine zieht).

5) *Freundlichkeit bringt gar nichts. Wir haben bis jetzt nur zugeguckt wie die Schafe, und die haben das ausgenutzt, aber jetzt reicht's!* (Der Herr, der früher mal Fernseher repariert hat, zu anderen Alten vor der Jugendinfo).

So, bitte, das ist die Ausbeute von heute Vormittag, damit muss ich jetzt arbeiten ...

Meine Lage ist beschissen: Ich wohne in einem Kämmerchen für Angelköder, in anderthalb Monaten habe ich Abiturprüfung, und vielleicht werde ich gar nicht zugelassen. Meine ganze Leidenschaft gilt einer Band, die das Publikum bei ihrem bisher einzigen Auftritt gar nicht erst hat spielen lassen, ich habe einen Vater, der mich aus dem Haus jagt, damit ein unseliger Knirps aus dem Molise mein Zimmer in Beschlag nehmen kann, und meine wütende Reaktion darauf ist, dass ich diesem Knirps bei den Hausaufgaben helfe.

Wie baue ich diese aufgeschnappten Sätze jetzt zu einem brauchbaren Rat zusammen?

Mal sehen ... *Kleine Tassen sind besser als große Tassen.* Okay, was heißt das? Vielleicht sind die kleinen Tassen die alltäglichen kleinen Freuden, die besser sind als der umwerfende große Erfolg, den es eh nicht gibt und der dir das Leben zur Hölle machen kann? Oder ist die kleine Tasse dieser verdammte kleine Champion, der besser ist als ich, die große, unnütze Tasse, die man getrost wegwerfen kann?

Und wie soll ich mich verhalten, soll ich trocken sein, also schroff und unnachgiebig? Aber die Welt um mich herum ist doch schon schroff und unnachgiebig, sprich trocken wie das mit Spanferkel belegte Brot. Soll dann also ich, die *porchetta*, saftig sein? Oder soll ich einfach fortgehen und fertig, so wie das Hündchen der Philippinerin, weil es schon spät ist und es hier für mich ohnehin nichts mehr zu holen gibt und ...

Nein, ich hab das Gefühl, die Top-Empfehlung funktioniert heute nicht. Ist meine Schuld, ich bin zu nervös und mache irgendwo einen Fehler. Bei dieser Kombination von Sätzen kommt alles und nichts raus, unbrauchbares Zeug, wie es Menschen von sich geben, die du tatsächlich um Rat fragst und die dir irgendwas antworten, was ihnen gerade in den Sinn kommt, weil du ihnen schnurzegal bist.

Nein, heute will es einfach nicht klappen, das spüre ich. Und deshalb mache ich es so: Ich baue gar nichts zusammen, ich interpretiere nichts, überhaupt nichts. Ich nehme nur den letzten Satz, den ich gehört habe, und halte mich an ihn: *Freundlichkeit bringt gar nichts. Wir haben bisher nur zugeguckt wie die Schafe, und die haben das ausgenutzt, aber jetzt reicht's!*

Genau, jetzt reicht's. Die Alten in der Jugendinfo wussten

Bescheid, das hab ich sofort gemerkt an der Art, wie sie sich gegenseitig angeschaut haben. Diese Leute fackeln nicht lange rum, genauso wenig wie ich. Es reicht. Sonst wirst du bloß ausgenutzt. Ab heute mach ich ernst, tut mir leid für diejenigen, die mir in die Quere kommen.

Als Erster ist der kleine Champion aus dem Molise dran, der um zwei in den Laden kommt.

Und um ihn tut es mir kein bisschen leid.

DER REGEN IM PINIENHAIN

Es ist zwei Uhr. Oder vielmehr vierzehn Uhr und drei Minuten, und der kleine Champion verspätet sich. Kann sein, dass die Uhren nicht ganz synchron gehen, seine zeigt vielleicht Punkt vierzehn Uhr und die hier im Laden drei Minuten nach, aber ich bin nun mal hier, und für mich zählt das, was ich hier sehe. Außerdem bin bei dieser Sache mit der Nachhilfe ich der Lehrer und somit der Boss, folglich ist meine Uhrzeit die maßgebliche. Und so liefert mir der kleine Champion einen weiteren Grund, erbarmungslos mit ihm zu sein.

Ich muss zugeben, dass ich ein bisschen nervös bin. Was heißt ein bisschen? Ich bin nervös und damit basta. Seit fünf Monaten höre ich von dieser Nervensäge aus dem Molise: Alle grüßen ihn und danken ihm und umarmen ihn, und ich habe als Einziger noch nie ein Wort mit ihm gewechselt. Mein Vater kennt kein anderes Thema mehr, genauso wie die Kunden hier im Laden, die Zeitungen, die Leute auf der Straße. Alle reden von dem kleinen Champion und von der großen Chance für unser Dorf.

Denn in Muglione sind keine berühmten Leute geboren, es haben keine hier gelebt, und es haben sich nicht mal welche hierher verirrt. Wir haben weder Thermen noch an Wunder erinnernde Bildstöcke, weder historische Schätze noch andere Ressourcen, die wir nutzen könnten. In Muglione gibt es nichts, abgesehen von den Kanälen, der Hauptstraße und den flachen, stoppeligen Feldern. Und uns natürlich, uns. Nach all den Jahren der Demütigungen, die uns die Ortschaften der Umgebung zugefügt haben, ist der kleine Champion ein Geschenk des Himmels.

Perignano ist die Stadt der Möbel, Casciana besitzt Thermen, in Palaia stolpert man auf Schritt und Tritt über archäologische

Funde. Und Peccioli, Peccioli ist der Feind Nummer eins. Früher war es ein noch trostloseres Nest als Muglione, aber dann hat man dort diese hypermoderne Müllverbrennungsanlage gebaut, und der Ort ist zu Hollywood mutiert. Theater, Festivals, VIPs, keine Steuern, keine Stromrechnungen. Und Muglione hatte das Nachsehen.

Deshalb bringt die Geschichte mit dem Superrennfahrer diese Schwachköpfe hier auch zum Träumen. Jetzt kann man den Namen Mugliones im Sportteil der Lokalzeitungen lesen, und je größer der kleine Champion wird, desto größer wird auch der Ruhm des Dorfes. Den Kleinen müssen wir uns warmhalten, mit jeder Altersklasse, in die er aufsteigt, müssen wir ihm einen adäquaten Sportverein bieten, Stufe um Stufe bis hinauf zum Profiradsport, zum Giro d'Italia, zur Tour de France, zu den Weltmeisterschaften.

Muglione Weltmeister!, habe ich Signor Bindi einmal sagen hören, während er das Rollgitter seiner Metzgerei hochzog. Das Schlimme dabei ist, dass keine Menschenseele weit und breit zu sehen war, er sagte es zu sich selbst. *Muglione Weltmei…*

Aber da ist er ja, der künftige Weltmeister.

Er steht vor dem Eingang, sieht das Schild GESCHLOSSEN und traut sich nicht, die Tür zu öffnen. Er schirmt seine Augen mit der Hand ab und linst durch die Scheibe. Ich mache ihm ein Zeichen, hereinzukommen, aber er weiß nicht, wie er das anstellen soll.

»Du brauchst nur gegen die Tür zu drücken!«

Er sucht sie ab, schaut wieder herein, nichts.

»Drücken!«

Endlich streckt er die Hand aus, und die Tür geht auf. Die Klingel macht *Pling*, und er erschrickt. Dann tritt er ein. Die Tür geht wieder zu, und wir sind allein, er und ich.

Stille.

Ich sage: »Fünf Minuten Verspätung. Nicht schlecht für den Anfang.« Ich bringe den rechten Arm für den Handschlag in Stellung und kann mir ein teuflisches Grinsen nicht verkneifen. Der Handschlag ist nämlich das Peinlichste überhaupt, wenn einer der beiden gar keine Hand hat. Der andere streckt mit einem gelassenen Lächeln den Arm vor, er spürt keinen Händedruck, schaut nach unten, um nachzusehen, was los ist, und plötzlich entdeckt er, dass da gar keine Hand ist, die er drücken könnte. Jetzt weiß er nicht, was er tun soll, was soll er bloß machen? Seine Hand hängt in der Luft, zurückziehen kann er sie nicht, das wäre zu peinlich. Er kann nur die Hand ausgestreckt lassen und hoffen, so schnell wie möglich im Erdboden zu versinken.

Ein echtes Dilemma also. Doch um das Ganze zu vermeiden, reicht es, sofort die linke Hand auszustrecken, wie ich das normalerweise tue, und schnell die rechte Hand der Person zu ergreifen, die man dir vorstellt. Die versteht zwar nicht auf Anhieb, drückt sie aber dennoch, und die Sache ist erledigt.

Diesmal aber, bei dem kleinen Champion, will ich gar nichts vermeiden, im Gegenteil. Ich sehe ihn schon vor mir, wie er einen Schritt auf mich zu macht und die Hand ausstreckt und dann beschämt stehen bleibt.

»Freut mich«, sage ich und beuge mich über den Ladentisch. »Freut mich.«

Er kriegt den Mund nicht auf. Er kommt ein bisschen näher heran, hält aber die Arme hinter dem Rücken.

»Freut mich, ich heiße Fiorenzo.« Ich bewege den Arm, den ich aber immer noch versteckt halte. Mehr kann ich nicht tun. Das Problem ist, dass er nichts macht, er deutet mit niedergeschlagenen Augen eine Verbeugung an und steht einfach da. Dieses Arschloch.

»Los, setz dich.« Ich nehme meinen Platz hinter dem Ladentisch wieder ein. In der Ecke, vor den Taschen für die Angelruten, steht ein Hocker. Nach einer Weile entdeckt er ihn, geht hin und setzt sich.

»Doch nicht dort, bring ihn her! Los, Beeilung, ich hab keine Zeit zu verlieren.«

Er zieht den Hocker scharrend über den Boden, bei dem Geräusch tun mir die Zähne weh.

»Also, soviel ich weiß, bist du in der Schule in allen Fächern schlecht, stimmt's?«

147

Er nickt aufmerksam, macht aber den Mund nicht auf.

»Hey, bist du stumm? Ich hab dich gefragt, ob das stimmt.«

»Ja, Signore«, sagt er. Er hat mich *Signore* genannt. Mit der Stimme eines aus dem Nest gefallenen Vögelchens, umzingelt von Katzen, Hunden und Mähmaschinen.

»Aber Mathe und Physik und so erklär ich dir nicht, okay? Die Fächer kann ich nicht leiden.«

»Mit denen hab ich auch keine Probleme, Signore.«

»Wie meinst du das?«

»Die Lehrer sind Radsportfans. Ich gebe leere Blätter ab und bekomme trotzdem eine Vier.«

»Ah. Okay. Da hast du ja Glück, Kleiner. Da hast du ja wirklich Glück.«

Widerlich. So ein Scheißland. Ein Lehrer pfeift auf seine Berufsehre, nur weil einer schnell Rad fahren kann. Wie die Gemeindepolizisten: Seitdem dieser verkackte kleine Champion hier ist, hat mein Vater keinen einzigen Strafzettel mehr bekommen. Vorher musste er ständig zahlen: zu schnell oder bei Rot über die Ampel gefahren, in der Fußgängerzone geparkt. Jetzt braucht er nur zu sagen, er müsse etwas für Mirko besorgen, schon sind sämtliche Verkehrsregeln außer Kraft gesetzt.

»Und der Italienischlehrer?«

»Es ist eine Lehrerin, Signore. Sie macht das nicht.«

»Mag sie keinen Radsport?«

»Sie meint, Sport ist Opium fürs Volk.«

Während der kleine Champion redet, spielt er mit den Fingern und atmet schwer, er hält es kaum auf dem Hocker aus. Ich habe ihn stets gemieden wie die Pest und ihn bisher noch nie so nah vor mir gehabt. Seine Haut ist weiß mit hellroten Flecken, der riesige Kopf voller dunkler Locken, die aussehen wie ein abgetretener Teppichboden. Er hat kleine Augen, eine spitze, lange Nase und ein winziges Mündchen etwas zu weit rechts in seiner Visage. Kurzum, abgesehen davon, dass ich ihn hasse und als meinen Erzfeind betrachte, sieht er total bescheuert aus.

Ich fixiere ihn weiterhin, und er schaut auf den Boden. Er rutscht auf dem Hocker herum, eine Plastiktüte baumelt an

148

seinem Arm und schneidet ihm ins Fleisch. Allein der Anblick tut mir weh.

»Was hast du denn da drin?«

»Wo?«

»In der Tüte.«

»Ah. Das Buch.«

»Stift und Heft hast du nicht?«

»Doch, Buch und Füllfederhalter und Heft.«

»Na, dann hol's raus, worauf wartest du? Beeilung!«

Er braucht eine Minute, um die Tüte von seinem Arm zu kriegen, dann fällt ihm der Füller auf den Boden, er versucht, ihn aufzuheben und fällt dabei fast vom Hocker. Er ist wirklich ein kleiner Teufel: Wenn man ihn so sieht, könnte man sofort auf ihn reinfallen. Tu ich aber nicht, ich weiß, dass das alles nur Show ist, gut gespielt, aber eben vorgetäuscht. Dieser Schweinehund hat mir den Vater geklaut und mich von zu Hause verjagt, dieser Schweinehund hat das Kater-Sylvester-Glas wieder hervorgeholt und es mir an einem der schwärzesten Tage meines Lebens unter die Nase gehalten. Mir machst du nichts vor, du getrocknetes Stück Scheiße, allen anderen vielleicht, aber mir nicht.

»Also, Kleiner, wo ist dein Schwachpunkt.«

»...«

»Sag schon, wo bist du am schlechtesten, Gedichte, Grammatik, Referate ...«

»Bei den Aufsätzen.«

»Oje, Aufsätze sind wichtig. Da bin ich sehr gut, aber da gibt's nicht viel zu erklären. Ist eine Frage des Talents, entweder du hast es oder du hast es nicht. Und Hausaufgaben?«

»Wie bitte?«

»Hausaufgaben, für morgen, für die nächsten Tage, hast du welche auf?«

»Ja, *Der Regen im Pinienhain*.«

»Na also. Aber wach mal auf, oder muss ich dir alles aus der Nase ziehen? Dann machen wir das heute. *Der Regen im Pinienhain*. D'Annunzio«, sage ich. »Was für ein Scheiß.«

149

Der kleine Champion funkelt mich kurz an, dann irrt sein Blick umher. Er ist erschrocken. Als hätte er Angst, dass D'Annunzio hier im Laden ist, auf der Suche nach Fischfutter womöglich, und uns hören kann.

»Na, was ist? Los, schlag die Seite auf, die findest du doch, oder? Lass uns das schnell hinter uns bringen, es ist nämlich wirklich ein grauenhaftes Gedicht. Warum sie euch diesen Schwachsinn beibringen, weiß ich nicht.«

Was für ein Quatsch, *Der Regen im Pinienhain*. Mein Plan war ja, dem kleinen Champion alle möglichen absurden und anstößigen Dinge beizubringen, damit er sie dann in der Schule nachplappert. Die Lehrerin wäre empört, und dann könnte er die Mittelschulprüfung vergessen. Aber bei diesem Thema brauche ich gar nichts zu erfinden. Ich brauche nur zu sagen, was ich davon halte.

»Also zunächst mal, was weißt du über dieses Gedicht. Weißt du schon was, oder ist in deinem Kopf alles zappenduster?«

Der kleine Champion verzieht zum ersten Mal den Mund zu einem Grinsen.

»Was gibt's denn da zu lachen.«

»Nichts, Verzeihung.«

»Warum lachst du dann.«

»Sie haben mich zum Lachen gebracht.«

»Lachst du mich etwa aus?«

»Nein, dieses *zappenduster*. Ein schönes Wort.«

»Das heißt *Ausdruck. Ein schöner Ausdruck*«, sage ich, und insgeheim sage ich mir *Lass dir nichts vormachen, lass dir nur nichts vormachen* ... »Also, was weißt du über den *Regen im Pinienhain*.«

»Es ist ein Gedicht.«

»Was du nicht sagst. Und weiter? Worum geht es.«

»Um einen Herrn in einem Wald, mit einer Frau.«

»Und was passiert?«

»Es regnet.«

»Ja, es regnet. Und der Regen macht eine Art Musik in dem Wald, klar?«

150

»Ja, so ungefähr.«

»So ungefähr? Was ist denn daran unklar.«

»Ich meine, wenn es regnet, wozu gehen sie dann in den Wald?«

»Mal abgesehen davon, dass es kein Wald ist, sondern ein Pinienhain, waren sie vielleicht schon da, bevor das Wetter schlecht wurde. D'Annunzio lief ja viel im Wald rum, splitternackt.«

»Nackt?«

»Ja, und sie war auch nackt, was denkst *du* denn.«

»Aber ... Und wenn jemand sie gesehen hat?«

»Und wenn schon, D'Annunzio war ein Schwein, er feierte Orgien. Weißt du, was Orgien sind?«

»Nicht so ganz.«

»Das sind eine Menge Leute, die miteinander Sex haben, jeder mit jedem.«

Der Blödmann sagt nichts, die Augen fallen ihm fast aus dem Kopf, und ich kann förmlich in sein Gehirn sehen. Und da drin tummeln sich Leute, die alle ineinander verschlungen sind und schwitzen und sich winden und wer weiß was sonst noch alles. Mit jemandem über Sex zu reden, der davon noch weniger Ahnung hat als ich, kommt nicht alle Tage vor, und es fühlt sich gut an.

»Aber diese Sache mit den Orgien, kann ich das der Lehrerin sagen?«

»Soll das ein Witz sein? Du *musst* es ihr sagen.«

»Ich ... Ich schäme mich nämlich ein bisschen.«

»Wieso schämst du dich, das ist die reine Wahrheit! Und außerdem bleibt dir gar nichts anderes übrig, denn das ist nun mal der Inhalt vom *Regen im Pinienhain*. Er und sie gehen zum Bumsen in den Pinienhain, aber es fängt an zu regnen, und sie will wieder nach Hause. Daraufhin fängt er an, über die Musik des Regens und die glücklichen Tierchen zu quasseln und dass sie eine zauberhafte Nymphe ist. Auf die Weise hofft er, dass sie ihn trotzdem ranlässt.«

»Eine Nymphe?«

»Ja, Nymphen waren Göttinnen, die in den Wäldern lebten. Du weißt aber auch gar nichts! Und er sagt ihr ja auch nicht ohne Grund, dass sie eine Nymphe ist, damit will er andeuten, dass sie eine Nymphomanin ist, kapiert?«

»Nicht so richtig.«

»Macht nichts, wichtig ist, dass du diese Dinge der Lehrerin erzählst. Das ist alles.«

Der kleine Champion nickt, dann nimmt er seinen Füllfederhalter und schreibt NYMPHOMANIN auf das leere Blatt. Er liest es noch einmal, dabei macht er ein Gesicht, als sähe er das Wort zum ersten Mal.

»Die Lehrerin hat uns all diese Sachen überhaupt nicht gesagt.«

»Die hat eben keine Ahnung! Die Mittelschullehrer sind doch alle Flaschen, sie wollten eigentlich am Gymnasium unterrichten, haben es aber nicht geschafft. Und die Gymnasiallehrer genauso, weil sie eigentlich an die Uni wollten. Alles gescheiterte Existenzen, und bei wem lassen sie deiner Ansicht nach ihren Frust raus?«

Der kleine Champion guckt mich an, nimmt den Zeigefinger vom Buch und deutet auf seine Brust.

»Bravo, das hast du also verstanden. Und wenn du beim Abfragen diese Sachen hier sagst, zeigst du, dass du das Thema selbstständig vertieft hast, und kriegst eine gute Note, kapiert? Und wenn du nicht glaubst, was ich dir erzähle, liest du einfach irgendeine Stelle daraus, egal welche.«

»Ich soll lesen?«

»Ja.«

»Hier?«

»Egal.«

»Ist das hier in Ordnung?«

»Ja, verdammt, lies schon!«

»Es regnet auf die göttlichen Myrten, die leuchtenden Ginsterbüsche und die ... hingegebenen Blüten, ... den Wacholder voll ... praller? praller, duftender Beeren. Es regnet auf unsere waldesgleichen Gesichter. Es regnet auf unsere nackten Hände ...

auf unsere leichten Klei… Kleider, auf die frischen Gedanken, die das enthemmte Herz …«

»So, das reicht. Hast du's verstanden?«

»Ein bisschen.«

»Ein bisschen wie viel.«

»Wahrscheinlich nichts, Signore.«

»Na eben. Ist das deiner Meinung nach einer, der normal redet? Nein, das ist einer, der versucht, eine Frau flachzulegen, verstanden?«

»Ja, aber …«

»Aber was.«

»Nein, nichts, Verzeihung.«

»Nein, sag nur, ich bin neugierig.«

»Na ja, hier heißt es doch, sie haben Kleider an.«

»Na und?«

»Waren sie nicht nackt?«

»Na schön, leichte Kleider dann eben, so was wie ein Schleier, ein Wickeltuch. Wenn du auf der Straße eine nackte Frau siehst, die einen Schleier trägt, ist die dann etwa nicht nackt?«

»Doch.«

»Und schaust du ihr etwa nicht nach?«

»Kann sein.«

»Na siehst du. Dann denk erst mal nach, bevor du redest.«

»Ja …«

»Ganz genau, *ja*.«

Dann Schweigen. Er malt einen Pfeil neben die Verse, die er gelesen hat, schreibt dazu FLACHLEGEN, dann schaut er mich an. Ich weiß nicht, was ich noch sagen soll. Es ist ganz still, nur draußen fährt ab und zu ein Auto vorbei. Ich hab ihn um zwei kommen lassen, weil um halb vier der Laden aufmacht. Jetzt ist es Viertel nach zwei, und von mir aus können wir's dabei belassen.

»Na gut, ich denke, für heute reicht es erst mal, oder?«

Er schaut mich an und sagt nichts, zieht aber eine Fresse, die nicht sehr überzeugt wirkt. Tatsächlich ist er ja gerade erst gekommen, aber ich weiß nicht, was ich noch sagen soll. Mein Ziel hab ich schließlich erreicht: Wenn er drankommt, ist er erledigt. Mehr will ich gar nicht.

»Na gut, dann kannst du ja jetzt gehen. Bis die Tage.« Ich verschränke die Arme und blicke ihn streng an.

Er klappt das Buch zu, legt das Heft darauf. »Aber, Signore …«

»Aber was.«

»Also, ich … mein Problem sind die Aufsätze.«

»Na und?«

»Ich muss übermorgen einen Aufsatz abgeben.«

»Und den willst du jetzt schreiben? Wir wollen nicht übertreiben. Heute haben wir das Gedicht besprochen, den Aufsatz machen wir ein andermal.«

»Ich hab ihn doch schon geschrieben.«

»Was zum Teufel willst du dann.«

»Wenn Sie ihn lesen, könnten Sie mir vielleicht …«

»Jetzt hab ich keine Zeit dafür. Weißt du was, lass ihn hier, ich les ihn später, wenn's mir passt, okay?«

Der Trottel nimmt zwei Blätter aus dem Italienischbuch und gibt sie mir. »Danke«, sagt er auch noch.

Er verabschiedet sich mit einem schiefen Grinsen und dreht sich um. Er braucht eine Weile, um zu checken, wo's rausgeht, obwohl die Tür direkt vor seiner Nase ist. Und ich muss sagen, als Schauspieler ist er grandios. Wenn man ihn so ansieht, hat man echt den Eindruck, er ist der dämlichste Trottel auf der Welt.

Statt zu gehen, dreht er sich noch mal um. »Signore …«

»Was willst du denn noch?«

»Ich … ich hätte hier alle Aufsätze aus diesem Jahr.«

»Ach, und was ist damit?«

»Für Sie, damit Sie sie lesen.«

»Wozu soll ich die denn lesen?«

»Wenn Sie mir helfen wollen, ich meine … dann wäre es vielleicht einfacher.«

»So ein Quatsch, ich kann doch meine Zeit nicht damit verbringen, deine ganzen Aufsätze zu lesen, ich hab 'n Haufen Sachen zu tun. Wie kommst du eigentlich auf solche Ideen?«

»Ich weiß nicht, ich … ich dachte, Sie könnten mir helfen.«

»Ab und zu mal eine Nachhilfestunde, schön und gut, aber dass ich deinen gesammelten Schwachsinn lese, das kannst du vergessen.«

»…«

»So, und jetzt geh, marsch marsch, tritt in die Pedale.«

Der kleine Champion nickt und macht ein trauriges Gesicht, ein viel traurigeres als vorher. Er wirkt auch kleiner jetzt, fast als hätte er einen Buckel, dabei ist er auch so schon nicht gerade eine Augenweide. Und ein bisschen, ein ganz kleines bisschen tut er mir sogar leid.

»Na gut, leg sie dorthin.«

»Was, Signore?«

»Na, die Aufsätze. Was willst du denn sonst hinlegen, deinen Pimmel? Na los, leg sie hin und geh mir nicht auf'n Keks.«

Diesmal ist er fix. Na ja, fix ist vielleicht zu viel gesagt, sagen wir normal, menschlich, obwohl ich schon dabei war, mich an seine Langsamkeit zu gewöhnen.

Es ist ein ziemlich dicker Stapel loser und zerknitterter Blätter.

Er öffnet die Tür.

»Hör mal«, sage ich. »Und das Kater-Sylvester-Glas?«

Denn von diesem Scheißkerl lass ich mir nichts vormachen. Ich frag ihn ganz unvermittelt und pass genau auf, wie er reagiert. Die kleinste Zuckung in seinem Gesicht wird mir verraten, was er von der Geschichte weiß. Denn mir macht er nichts vor.

Aber der Schweinehund verzieht keine Miene. »Wie bitte?«

»Du benutzt doch im Zimmer ein Glas.«

»Ja.«

»Ein Glas mit dem Kater Sylvester drauf.«

»Ich glaub schon.«

»Aha, und wieso.«

»Wieso was, Signore.«

»Wieso benutzt du es.«

»Ich weiß nicht, manchmal habe ich Durst.«

»Sehr witzig, aber wieso benutzt du ausgerechnet dieses Glas.«

»Ich hab's mir aus der Küche geholt.«

»Schon, aber es stand ganz hinten im Schrank, es gibt tausend andere, warum ausgerechnet das?«

»Weil …«

»Ja?«

»Weil ich Kater Sylvester mag, Signore.«

Dabei schaut er mich scheinheilig an, mit völlig ausdruckslosem Gesicht, wie auf einer missglückten Zeichnung. Auch ich drücke die Reset-Taste und versuche, jede Regung auf meinem Gesicht zu löschen. Wir wetteifern um die größtmögliche Ausdruckslosigkeit.

»Auf alle Fälle, Kleiner, mir machst du nichts vor. Kapiert?«

»…«

»Kapiert?«

»Ich hab … also, ich hab nicht verstanden, was …«

»Hast du's kapiert? Sag mir nur, dass du's kapiert hast.«

»Aber ich hab gar nicht …«

»Sag mir nur, dass du's kapiert hast, und dann verschwinde.«

Er schaut mich an, er schaut auf die verchromten Angelrollen auf dem Theken-Display, dann wieder zu mir. »Ich hab's kapiert.«

»Na also, geht doch, und jetzt hau endlich ab.«

IM NEZ

Heute ist einer dieser Tage, an denen du glücklich und niedergeschlagen bist, beides gleichzeitig. Ein Cocktail irgendwie, gut geschüttelt und ausgegossen über einen einzigen Nachmittag.

Aber es ist nicht deine Schuld, es sind die Ereignisse, die sich nun mal gern überschlagen. Eine Woche vergeht, ohne dass sich irgendetwas tut, dann plötzlich überstürzen sich die Dinge innerhalb weniger Stunden, und anschließend kehrt wieder Ruhe ein. So war es bisher immer in deinem Leben, auf ereignislose Tage folgen Tage unter vollem Beschuss, mal Stille, mal Feuer, Stille und Feuer. Wie bei einem Stellungskrieg.

Heute hast du mit dem kleinen Champion aus dem Molise wieder Englisch gebüffelt, und am Ende der Stunde hast du ihm angeboten, noch ein anderes Fach mit ihm zu wiederholen.

Aber er meinte nur *Nein danke*, er habe einen Italienischlehrer gefunden. Genau das hat er gesagt, *einen Lehrer*. Er habe auch heute zu ihm gehen wollen, aber der Lehrer sei nicht da gewesen, und dann hast du ihn überredet zu wiederholen, was er über D'Annunzio gelernt hat, weil der Stoff morgen in der Schule drankommt.

Er hat angefangen, auswendig gelernte Sätze herunterzuleiern, gelangweilt wie jemand, der die größten Selbstverständlichkeiten von sich gibt:

»D'Annunzio war sexbesessen, er lief die ganze Zeit nackt herum und feierte Orgien mit Frauen und Männern. Er hat jede Menge Gedichte geschrieben, aber sein berühmtestes ist *Der Regen im Pinienhain*. Es handelt davon, dass er mit einer Frau in einen Wald geht, um Sex zu haben, aber dann fängt es an zu regnen, und sie will wieder weg. Damit sie bleibt, versucht er sie mit irgendwelchem Gefasel einzuwickeln und spricht von der wunderbaren Musik des Regens und dass sie eine Nymphomanin ist, und dann ziehen sie ihre leichten Kleider aus und machen Sex.«

Alles hintereinander weg, mechanisch und tonlos. So ähnlich wie du in der Grundschule, als zum Besuch des Bürgermeisters alle Erstklässler eine kurze Selbstpräsentation vorbereiten und auswendig lernen mussten. *Ich heiße Tiziana Cosci, bin am 6. November 1977 geboren und wohne in Muglione.* Oder vielmehr *Ichheißetizianacoscibinam6.november1977geborenundwohne inmuglione.*

Mirko spricht im selben Tonfall wie du damals, nur dass der Bürgermeister sofort die Jugendfürsorge einschalten und die Polizei holen würde, wenn ihm diese Worte zu Ohren kämen. Und wenn die Italienischlehrerin so etwas hören würde, könnte Mirko die Prüfung gleich vergessen.

»Was redest du da für Zeug, Mirko ... wie kommst du denn auf so was?«

»Was für Zeug?«

»Na, was du mir gerade erzählt hast.«

»Das ist D'Annunzio, kennen Sie den nicht?«

»Aber was ist das für ein Unsinn, wer hat dir das beigebracht?«

»Mein Italienischlehrer.«

»Das sind völlig absurde Dinge, das ist ...«

»Ich weiß, diese Sachen bringen einem die Lehrer in der Schule nicht bei, weil sie keine Lust dazu haben.«

»Hat dir das auch dein Lehrer gesagt?«

Mirko nickt, dann schaut er dich ausdruckslos an, klappt das Englischbuch zu und steht auf.

Du bittest ihn um die Nummer dieses Lehrers, aber er kennt sie nicht. Du fragst, wo er wohnt. Er ist im Laden *Magic Fishing* zu erreichen, also rufst du dort an.

Der Anrufbeantworter ist eingeschaltet. Wer benutzt heutzutage noch einen Anrufbeantworter? Außerdem versteht man kein Wort, die Ansage ertrinkt in einem Schwall hardcoremäßiger Heavy-Metal-Musik. »*Hallo, wir sind ... nicht zu Hause ... bitte hinterlassen Sie eine ...*« Und selbst das kannst du nur erahnen, weil im Vordergrund eine wild gewordene Gitarre jault und jemand brüllt, als würde ihm bei lebendigem Leib die Haut abgezogen: »*See you in heeeeeeeeelllllllll ... Beep.*«

»Guten Tag, ähm, ich bin Tiziana Cosci vom Jugendinformationszentrum. Ich bin dringend auf der Suche nach Fiorenzo Marelli. Meine Büronummer lautet ...«

Dann hast du dich von Mirko verabschiedet, diesem Tollpatsch, der im Vorbeigehen gegen den geliehenen Massagesessel gestoßen ist, und dann ist auch noch seine Plastiktüte gerissen, und die Bücher sind auf den Boden gefallen. Du hast ihm eine neue Tüte gegeben und ciao.

Im Büro kehrt Stille ein, wirkliche Stille. Neuerdings, seit die Alten immer draußen im Freien herumstehen, erinnert der Raum in beunruhigender Weise an den Lagerschuppen, der er einmal war. Und wenn das so weitergeht, wird er bald wieder einer sein.

Du bewegst die Maus, der Computer erwacht, der Bildschirm leuchtet auf. Aber in deinem Kopf spukt nur das Bild des nackten D'Annunzio im Pinienhain herum, der eine Frau als Nymphomanin bezeichnet.

Du rufst deinen Blog auf, ein neuer Kommentar ist gekommen. Du hast nichts Neues geschrieben, heute nicht und gestern auch nicht. Und deine drei regelmäßigen Kommentatoren haben sich ja schon geäußert.

Tatsächlich stammt der neue Kommentar von ANONYMER USER, ist also nicht namentlich gezeichnet. Er kam heute Morgen um zehn. Eine harmlose, nicht weiter auffällige Uhrzeit, aber wenn du die Zeitzone Kaliforniens zugrunde legst, wird daraus ein Uhr nachts. Um ein Uhr nachts war er also im Netz, hat deinen Blog gelesen und an dich gedacht. Und diesmal hat er dir geschrieben.

Du klickst darauf und liest mit angehaltenem Atem.

Tiziana, schön, dich im Nez zu lesen.

Genau so, kurz und ehrlich, mit diesem »z«, das du richtig rührend findest.

Dabei kannst du Rechtschreibfehler nicht ausstehen und Verkürzungen auch nicht. Einmal hast du den Bekannten einer Freundin kennengelernt, den du im ersten Moment gar nicht so übel fandest, aber die erste E-Mail, die er dir geschickt hat, war *Willkommen im Kaosklub*. Kaos. Mein Gott, so was schreiben nicht mal Mittelschüler. Und der Typ war vierzig. Glaubt er, dass er jünger wirkt, wenn er »K« statt »Ch« schreibt? Nein, das macht ihn nur noch dümmer. Du und deine Freundin, ihr habt ihn sofort »den Kaoten« getauft, und er war für dich gestorben.

Aber dieses *Nez* ist etwas anderes, es ist der liebenswerte Rechtschreibfehler eines Ausländers, der sich wahrscheinlich mächtig angestrengt hat, um diesen Satz hinzukriegen.

Du liest ihn noch einmal, lächelst. Flüsterst es in der Leere des Lagerschuppens vor dich hin.

»Nez.«

Und lächelst.

EIN ZUNGENKUSS IM LUFTLEEREN RAUM

Vier Jahre haben wir diesen Anrufbeantworter jetzt, und zum
ersten Mal ist eine Nachricht auf dem Band. Noch dazu von einer
Frau.

Eine super Nachricht: Die Jugendinfo Muglione sucht mich
per Vor- und Zunamen und bittet um ein Gespräch. Phänomenal. Irgendjemand von denen muss also bei dem Festival in
Pontedera dabei gewesen sein, das blamable Schauspiel dieses
idiotischen Publikums miterlebt und gemerkt haben, dass Metal
Devastation eine ernstzunehmende Band ist. Wer weiß, vielleicht organisieren sie ein Festival hier im Ort. Oder ein Konzert
ganz allein für uns. Vielleicht haben sie begriffen, dass sie auf
uns setzen müssen, wenn sie Muglione in der Welt bekannt
machen wollen: auf eine Spitzenband, die durch einen Irrtum
des Schicksals hier und nicht in Los Angeles das Licht der Welt
erblickt hat.

Klar, wenn man pessimistisch drauf ist, könnte es auch sein,
dass sie mich wegen der Geschichte mit den Kätzchen suchen.
Vielleicht hat mich jemand erkannt, als ich letztes Mal welche
zur Jugendinfo gebracht habe, und jetzt wollen sie mir den Kopf
waschen. Aber das glaube ich eigentlich nicht. Denn erstens war
es dunkel. Zweitens bringen alle ihre neugeborenen Kätzchen in
diesen Hof. Und drittens ist Metal Devastation einfach der Hammer. Früher oder später musste das ja jemand merken.

Es ist nicht weit bis zum Büro, drei Querstraßen, dann bin ich da.
An jeder Kreuzung steht ein Alter allein an einer Ecke, an der
letzten Kreuzung sind es zwei. Die üblichen Alten, die ich kenne,
seit ich auf der Welt bin, aber ich weiß weder, wie sie heißen,
noch was sie in ihrem Leben gemacht haben. Vor allem aber weiß
ich nicht, was sie jetzt an diesen Straßenecken machen, wo sie

mit den Händen in den Hosentaschen rumstehen und dich anglotzen, wenn du an ihnen vorbeigehst.

Jeder von ihnen hat ein Notizheft und einen Stift und trägt eine grüne Gürteltasche um den Bauch mit einem Elch oder einem Hirsch oder so was drauf. Und als ich in der Jugendinfo ankomme, stehen vor dem Eingang noch mal drei, auch mit solchen Gürteltaschen. Einer von ihnen ist der, der Fernsehgeräte repariert hat, und Mazinga ist auch dabei. Aber er tut so, als würde er mich nicht kennen, da werde ich ihn doch nicht grüßen. Ich gehe an ihnen vorbei und verziehe den Mund zu einem breiten Grinsen, als wollte ich sagen *Ihr seid mir scheißegal, zur Hölle mit euch.* Dann geh ich rein.

Im ersten Moment sehe ich gar nichts. Mein Gott, ist das dunkel. Draußen scheint die Sonne, hier drin ist tiefe Nacht. Der Raum hat nicht mal ein Fenster, und die feuchte Luft reizt zum Husten. Es ist anders als in der Kammer mit den Fischködern, aber auch hier hat man das Gefühl, in einem Grab zu sein.

»Guten Tag«, höre ich. Eine Frauenstimme. Sympathisch.

Drei runde Tische, ein paar Zeitungen und Poster von der Toskana, ein riesiger blauer Sessel und weiter hinten ein Schreibtisch, an dem jemand sitzt.

»Kann ich dir irgendwie helfen?«

»Ich glaube, ja, Sie wollten mich sprechen, ich bin der Sänger von Metal Devastation.«

»Verzeihung, wie bitte?«

Auweia. Es ist also nicht wegen der Band. Shit, es ist nicht wegen der Band. Es ist tatsächlich wegen der Kätzchen. Ich könnte schnell abhauen, es müsste noch zu schaffen sein. Aber es gibt keine Beweise gegen mich, auch nicht den Hauch eines Beweises, ihr könnt mich nicht festnageln.

»Jemand von hier hat bei mir angerufen«, sage ich. »Eine Tiziana.«

»Ja, das bin ich. Und du bist ...«

»Fiorenzo Marelli. Ich singe in einer Band, wir haben schon ein Festival hinter uns und ...«

»Ah, du bist also Mirkos Italienischlehrer«, sagt sie. Ein Schlag auf den Schädel hätte weniger wehgetan. Da wären ja die Kätzchen besser gewesen. Aber mit diesem Arschloch hab ich nichts zu schaffen, was wollen die hier also von mir?

Langsam gewöhnen sich meine Augen an die Dunkelheit. Die Frau am Schreibtisch hat lange schwarze Haare und trägt ein blaues T-Shirt ohne Aufdruck. Sie sieht gut aus. Schönheit registriere ich sofort, aber ich neige dazu, sie gleich wieder auszublenden, denn was nützt es mir, ob eine gut aussieht oder nicht. Die Aussicht, mit ihr ins Bett zu gehen, ist gleich null, und mir bleibt nur, sie mir gut einzuprägen, um dann heute Nacht einsam an sie zu denken. Aber dafür gibt es ja Pornos, das ist einfacher. Also, Miss Jugendinfo, du siehst gut aus, das wissen wir, aber ich gehöre nicht zu diesen Blödmännern, die deswegen zu allem bereit sind, okay?

»Hör zu«, sagt sie, »ich habe dich angerufen, weil es ein ernstes Problem gibt.«

»Ein ernstes Problem?«

»Ja. Dir ist es vielleicht nicht ganz klar, aber es geht hier um einen Minderjährigen, der offenkundig Lernschwierigkeiten hat.«

»Doch, doch, das ist mir klar, meiner Ansicht nach ist er debil.«

»Wir wollen nicht übertreiben. Aber er ist mit Sicherheit nicht besonders schnell im Kopf.«

Ich setze mich. Das rechte Handgelenk lasse ich in der Hosentasche.

Aus der Nähe betrachtet sieht diese Signorina noch viel geiler aus. Aber nicht wie eine, die Männer anmachen will und sich aufdonnert wie ein Flittchen, was mich ja eher abstößt. Sie sieht gut aus und basta. Womöglich weiß sie das nicht mal. Aber ich weiß es sicher.

Unter dem blauen T-Shirt hat sie zwei schöne feste Titten. Wenn ich mich konzentriere, erkenne ich sogar die Brustwarzen, und ich hab so das Gefühl ... o ja, ich hab das Gefühl, dass ich mir diese Tiziana heute Nacht vorstellen werde. Vielleicht wird sie hier an diesem Schreibtisch sitzen, an den sie mich gerufen hat, um mir die Leviten zu lesen, und am Ende wird sie mir sagen, dass ich etwas Schlechtes getan habe und sie mich bestrafen muss. Dann steht sie auf. Sie trägt so was wie ein Negligé, halterlose Strümpfe und hochhackige Schuhe und sagt zu mir *Aber vorher bestrafst du mich. Los, tu mir weh ...*

»Ja, Sie haben recht«, sage ich mit dem letzten Rest meines Verstands. »Die Situation ist ernst, weil der Junge schwachsinnig ist. Er braucht einen Hilfslehrer, eigentlich müsste er auf die Sonderschule.«

»Aber nein, was redest du da? Die Situation ist ernst, aber daran bist du schuld.«

Ich? Aha, wusste ich's doch, ich darf mich keinen Moment ablenken lassen. Wo liegt das Problem?

»Hör mal, ich hab dich angerufen, weil Mirko heute mit mir seinen Lernstoff über D'Annunzio wiederholt hat. Er hat haarsträubende Dinge erzählt und sagt, die hast du ihm beigebracht.«

Dieser Dreckskerl. Da sieht man, dass er ein Hurensohn ist. Er macht einen auf tollpatschig, und man denkt, er ist total unterbelichtet. Er hört sich alles an und merkt es sich und schreibt sogar mit, und du sagst dir *Mein Gott, der frisst dir aus der Hand wie der letzte Trottel*. Dabei hat er sich alles nur deshalb aufgeschrieben, um mich ordentlich in die Pfanne zu hauen. Dreckskerl.

»Ich habe ihm nichts Schlimmes erzählt.«

»Du hast ihm gesagt, D'Annunzio sei ein Schwein.«

»Ja, na und?«

»Und dass er immer nackt herumgelaufen ist und Orgien gefeiert hat und seine Begleiterin eine Nympho...«

Hinter mir wird geräuschvoll die Tür aufgerissen. Ich drehe mich um, und da stehen die drei Alten von vorhin, in Reih und Glied.

»Signorina, alles in Ordnung hier bei Ihnen?«

Sie springt auf und sagt: »Ja, ja, aber Anklopfen ist wohl nicht drin, wie?«

»Wir wollten nur sehen, ob Sie etwas brauchen«, sagt der, der Fernsehgeräte repariert hat, und mustert mich mit ernster

Miene. Ich grinse ihn breit an, die Alten gehen kopfschüttelnd raus und notieren sich etwas auf ihre Blöcke.

Die Schöne und ich sind wieder allein in diesem Grab, und jetzt schweigen wir eine Weile. Ich nutze die Gelegenheit, sie mir genauer anzuschauen, wie sie jetzt so vor mir steht ... Hüften, Beine, Arsch – der Datenscan für heute Nacht ist abgeschlossen.

Du bist instinktiv aufgesprungen, aber jetzt stehst du da und weißt nicht, was du tun sollst. Du fummelst an deiner Sandale herum, nur um irgendetwas zu machen, und setzt dich wieder. Bei dem Überfall der drei Alten vorhin schlug dir das Herz bis zum Hals. Du kannst nur hoffen, dass sie nichts gehört haben. Du bist hier allein mit einem Jungen, der halb so alt ist wie du, und sagst Wörter wie *Schwein, Orgien, Nymphomanin.*

Du rutschst auf dem Stuhl herum und versuchst, den Gesprächsfaden wieder aufzunehmen.

»Also noch mal, du hast ihm also gesagt, dass *Der Regen im Pinienhain* von einem handelt, der mit einer ins Bett gehen will.«

»Ja, ich glaube, ja. Stimmt doch auch.«

»Das seh ich anders, aber das ist hier gar nicht der Punkt. Der Punkt ist, dass du das alles zu einem Minderjährigen gesagt hast, der in solchen Dingen völlig unbedarft ist.«

»Ist es etwa meine Schuld, wenn er pennt? Er ist fünfzehn, andere in seinem Alter dealen mit Heroin.«

»Das ist hier nicht unser Problem, wir ...«

»Sicher, lassen wir die ernsten Probleme beiseite, die Gesellschaft bricht auseinander, aber das ist nicht unser Problem, o nein. Wir müssen ein Schwein verteidigen, das in ein Pinienwäldchen geht, um zu bumsen!«

»Ich bitte dich, sprich leise. Mir geht es um einen etwas naiven Jungen und einen Volljährigen, der ihm abstruse Sexgeschichten erzählt.«

»Es ist nicht abstrus, es ist wahr! Und außerdem, hör zu ... Hören Sie zu, dieser Junge ist kein bisschen naiv, das kannst du mir glauben ... Das können Sie mir glauben ... Was soll das mit diesem ›Sie‹, wollen wir uns nicht duzen?«

Ganz kurz bist du versucht, Nein zu sagen. Nein, zum Teufel, was bildet der sich eigentlich ein, das ist nur ein dummer Junge, der sich für besonders clever hält. Nein, er darf dich nicht duzen, und er darf nicht mal einem Affen Nachhilfe erteilen, geschweige denn einem Kind, das ohnehin Probleme hat.

Aber du antwortest nicht, und er deutet dein Schweigen als Zustimmung.

»Gott sei Dank, dieses Siezen krieg ich sowieso nicht hin. Im Englischen gibt es kein ›Sie‹, alle duzen sich. Wusstest du das?«

»Klar weiß ich das.«

»Tolle Sprache, Englisch, hm?«

»Da muss ich dir recht geben.«

»Kannst du's?«

»Ich habe lange im Ausland gelebt, ich spreche ganz gut Englisch, ja.«

»Im Ausland? Und wo?«

»London, Zürich, aber vor allem Berlin.«

»Wahnsinn! Und wo kommst du her?«

»Also, das ist im Moment ja wohl nicht unser Problem ...«

»Schon gut, schon gut, aber sag schon, wo kommst du her?«

»Ich bin hier geboren.«

»Nein! Hier in Muglione? Also, du bist aus Muglione und bist so weit herumgekommen? Mann, das ist echt gut zu wissen, das gibt mir Hoffnung.«

»Hoffnung?«

»Na klar, und wie. Wenn ich mich hier umschaue, hab ich das Gefühl, ich sitze in der Falle. Ja, wirklich, denn alles, was mir Spaß macht, das kennen die hier nicht mal dem Namen nach. Und wenn ich mir die Leute so anschaue, krieg ich eine Stinkwut, weil sie sich für nichts interessieren, und das zieht mich völlig runter. Ich red gar nicht von den Alten. Die Alten kann ich sogar ein bisschen verstehen. Ich meine die Jungen, die in meinem Alter. Die sind doch wie ferngesteuert, verdammt. Wie können die so seelenruhig in dieser Trostlosigkeit leben? Ich weiß nicht, ob du verstehst, was ich meine ...«

»Ich versteh dich sogar sehr gut«, sagst du. Auf dem Schreib-

166

tisch liegen Fotokopien, du senkst den Blick und greifst danach, nur um deine Hände zu beschäftigen.

»Also, du sprichst perfekt Englisch. Sonst noch irgendwelche Sprachen?«

»Ja, schon.«

»Und welche.«

»Vor allem Deutsch, dann Französisch und auch ein bisschen Japanisch.«

»Nein, ich fass es nicht! Ist ja phänomenal. Ja, wirklich, ich schwör's, du gibst mir Hoffnung. Darf ich dir das sagen? Du gibst mir Hoffnung. Darf ich mich vorstellen, Fiorenzo.«

»Freut mich, Tiziana.« Du lässt die Fotokopien los und streckst die Hand aus. Aber er nimmt sie mit seiner Linken, drückt sie und lehnt sich dann wieder auf seinem Stuhl zurück. Komisch, denkst du. Vielleicht ist das ein neues Begrüßungsritual, das unter Jugendlichen Mode ist.

»Ja, freut mich«, sagst du. »Aber bleiben wir beim Thema. Hör zu, Fiorenzo, wenn du Mirko helfen willst, musst du dir darüber im Klaren sein, was für eine ernste und schwierige Aufgabe das ist und ...«

»Sag mal, kannst du in allen diesen Sprachen auch schreiben?«

»Ich ... klar, sicher, außer auf Japanisch natürlich.«

»Das is ja 'n Ding. Wir haben nämlich vor, eine Demo-CD aufzunehmen, ich und meine Band, Metal Devastation. Hier in der Gegend sind wir zwar schon einigermaßen bekannt, aber wir möchten eine Demo-CD an Plattenfirmen in der ganzen Welt schicken.«

»Schon, aber wir wollen doch unser Problem nicht aus den Augen verlieren.«

»Wir bräuchten einen Text, einen Brief auf Englisch und Deutsch, um klarzumachen, wer wir sind und was wir wollen. Könntest du das für uns übersetzen?«

»Ich ... ja sicher, aber darum geht es im Moment doch gar nicht.«

»Wieso geht es nicht darum, machst du Witze? Du rettest

mir das Leben, du weißt ja gar nicht, was für ein Glück ich habe, dass ich hierherkommen musste. Wegen dieser Scheißnachhilfe.«

»Ja, genau, das ist der Punkt. Du musst begreifen, dass es keine Scheiße ist, sondern eine ernste und heikle Angelegenheit. Wenn du einem Kind etwas beibringst, übernimmst du eine gewisse Verantwortung, und dieser Verantwortung musst du …«

»Lass nur, ich bitte dich, es reicht. Ich hab's kapiert, aber wen juckt das Ganze? Was kümmert dich das? Meiner Ansicht nach braucht dich das überhaupt nicht zu interessieren. Du bist in der Welt rumgekommen, hast eine Menge gesehen, wieso sollte jemanden wie dich die Prüfung eines Achtklässlers interessieren? Reden wir lieber über wichtige Dinge. Ich glaube nämlich, dass ich, genau wie du, nach dem Abitur aus diesem verkackten Nest weggehe. Vielleicht könntest du mir ein paar Tipps geben, wie ich das anstellen soll.«

»Ja, sicher. Dafür ist dieses Büro ja eigentlich da.«

»Ach so, ja. Ich bin blöd, dass ich noch nie hierhergekommen bin.«

»Tja, da bist du leider nicht der Einzige.«

»Und das heißt?«

»Das heißt, dass nie jemand hierherkommt.« Dein Blick wandert zu den Fotokopien. Du hast gedankenlos weiter daran herumgefummelt, und jetzt sind sie völlig zerknittert. Sie enthalten Informationen über Designerkurse und Tangoschulen, der Schaden hält sich also in Grenzen. »Erzähl es bitte nicht rum, aber es kommt nie jemand hierher.«

»Und warum nicht?«

»Keine Ahnung.«

»Das ist ja krass.«

»Ich weiß, aber so ist es.«

»Aber warum?«

»Tja, keine Ahnung. Einen Grund gibt es vielleicht, aber da kommst du von allein drauf.«

»Wirklich?«

»O ja.«

Der Junge schaut dich an, du schaust ihn an und verziehst den Mund.

»Weil das hier ein beschissenes Kaff ist, stimmt's?«

»Du sagst es.«

»Ich hab es gesagt, und ich sag es noch mal, verdammt! Ein beschissenes Kaff!«

Du nickst und lächelst zaghaft.

»Aber, Tiziana, erklär mir nur eins ... Also, irgendwann hat's dir gereicht und du bist weggegangen und hast dieses Nest hier zum Teufel gewünscht, stimmt's?«

»Ja, also ... mehr oder weniger.«

»Okay, und du hast es richtig gemacht. Total richtig. Aber ich frage mich, warum bist du zurückgekommen?«

Du antwortest nicht gleich. Du weißt nicht, was du sagen sollst. »Puh, das ist eine lange Geschichte.«

»Ich will sie hören.«

»Eine sehr lange Geschichte.«

»Erzähl schon.«

»Ich kenne sie selbst nicht. Deshalb kann ich wenig dazu sagen.«

»Verstehe. Und glaubst du, dass du's noch mal packst?«

»In welchem Sinn?«

»Ich meine, wenn es ein Fehler war, zurückzukommen, dann kannst du doch wieder weggehen, oder?«

»Ich habe nicht gesagt, dass es ein Fehler war.«

»Nicht? Dann sag ich es dir. Es *war* ein Fehler.«

Er lacht. Du grinst, unwillkürlich. Dann schaust du auf den Computerbildschirm. Zwanzig nach eins. Um eins hättest du zu Hause sein sollen, um zusammen mit Raffaella die neue Couch in Empfang zu nehmen.

»O Gott, ich bin spät dran, ich muss gehen. Aber ich hoffe, dir ist klar geworden, was ich meine. Du kannst es dir in einer solchen Situation nicht erlauben, bestimmte Sachen zu sagen, ich hoffe, du hast das verstanden.«

»Ich hab null verstanden. Aber hat mich gefreut, mit dir zu reden.«

»Das ist ja immerhin etwas«, sagst du. Eigentlich wolltest du stinksauer werden, aber du bist machtlos, es gelingt dir nicht mal, dir ein weiteres Lächeln zu verkneifen. »Und wenn du keine Lust hast, Mirko weiter Nachhilfeunterricht zu geben, kein Problem. Ich kann ihm auch in Italienisch helfen, okay?«

»Ja, gut, ich hab ohnehin keine Zeit dafür. Und außerdem hasse ich diesen Kerl. Ich habe einen richtigen Hass auf ihn.«

»Wie kannst du ihn hassen, er kriegt nicht mal 'ne verknotete Plastiktüte auf.«

»Fall bloß nicht darauf rein.« Fiorenzo steht auf. Er ist genauso groß wie du. »Lass dich nur nicht täuschen, der hat's faustdick hinter den Ohren, das ist alles nur Show.«

»Mag sein, jedenfalls kann ich gern deine Nachhilfestunden übernehmen.«

»Prima, damit nimmst du mir eine Last von den Schultern. Und dazu noch diese ganzen Aufsätze, er wollte, dass ich ...«

»Was für Aufsätze?«

»Seine eigenen.«

»Er hat dir seine Aufsätze gegeben?«

»Ja, wieso?«

»Er lässt sie niemanden lesen. Manchmal gibt er sie nicht mal der Lehrerin. Er kassiert lieber eine Sechs, als hätte er keinen geschrieben. Ich frag ab und zu mal nach, aber er schüttelt immer nur stumm den Kopf, da ist nichts zu machen.«

»Also, ich hab mich nicht darum gerissen, er selbst hat drauf bestanden und mir einen ganzen Stapel in die Hand gedrückt. Heute früh hat er mir schon wieder einen unter dem Rollgitter durchgeschoben. Keine Ahnung, was in seinem Dummschädel vorgeht. Wenn du willst, bringe ich sie dir.«

»Nein, danke, das wäre nicht korrekt.«

»Na und? Ich bring sie dir vorbei. Und hör mal, kannst du mir nicht deine E-Mail-Adresse geben? Dann schicke ich dir den Brief, der ins Deutsche übersetzt werden muss.«

»Okay, ich schreib sie dir auf. Ich habe übrigens auch einen Blog, falls es dich interessiert.«

Das hast du ihm gesagt. Einfach so, gedankenlos. Aus

welchem Grund? Welchen Sinn hat das? Vielleicht hättest du gern einen vierten regelmäßigen Kommentator? Aber wieso sollte diesen Metal-Typen interessieren, was du da jeden Tag von dir gibst? Du bist lächerlich, Tiziana, du bist echt eine blöde Kuh. Aus Anspannung und Verlegenheit prustest du los, fast spuckst du. So gespuckt hast du nicht mehr seit der Zeit, als du eine Zahnspange tragen musstest.

»Du hast einen Blog? Cool, und was steht da drin?«

»Ach, nichts Besonderes. Blödsinn.«

»Schreibst du über Musik, über Filme?«

»Aber nein, über gar nichts. Vergiss es.«

»Aber wieso, es interessiert mich. Worüber schreibst du.«

»Über mich, es ist eine Art Tagebuch. Ich schreibe auch über dieses furchtbare Kaff.«

»Ah, dann will ich es unbedingt lesen! Gib mir deine E-Mail-Adresse und auch die Adresse von deinem Blog.«

Du nickst, greifst nach dem Stift und einem dieser foto-kopierten Blätter und schreibst auf die Rückseite. »Übrigens liest auch ein Amerikaner meinen Blog«, sagst du jetzt. Auch das noch, warum hast du das gesagt? Du bist lächerlich, jäm-merlich, dieser Junge wird sich über dich lustig machen und deinen Blog seinen Freunden zu lesen geben, die sich eben-falls über dich lustig machen werden, und zwar völlig zu Recht.

Aber es scheint ihn tatsächlich zu interessieren. »Cool!«, sagt er. »Ein Amerikaner? Wie hat er dich entdeckt?«

»Keine Ahnung, aber er schaut jeden Tag rein. Ich hab ein Pro-gramm, das mir anzeigt, wer meinen Blog besucht, und er schaut jeden Tag rein.«

»Stark. Und woher ist er? New York, Washington …«

»Nein, er lebt in Kalifornien.«

»Phantastisch. Los Angeles, San Francisco, von dort kommen die besten Bands.«

»Ja, aber er kommt aus einer ruhigeren Ecke. Mountain View.«

»Woher?«

»Mountain View.« Es ist ein komisches Gefühl, den Namen

seiner Stadt laut auszusprechen. Du errötest leicht. Aber die Miene des Jungen verändert sich, er schüttelt den Kopf.

»Ah. Okay. Nein, Tiziana, dann ist es kein Mensch, sondern der Zentralserver von Google, der steht nämlich in Mountain View. Er verbindet sich täglich automatisch mit allen Websites, um sie zu aktualisieren. Es ist kein Mensch, der deinen Blog besucht, sondern ein Computer.«

Er sagt es sehr bestimmt und lächelt dich dabei freundlich an. Und er merkt es gar nicht, er hat nicht die leiseste Ahnung, dass für dich eine Welt zusammenbricht. Sie gerät ins Wanken und bröckelt Stück für Stück.

Wie verfallene Häuser, die überall Risse haben, von Kletterpflanzen überwuchert sind und trotzdem jahrelang stehen bleiben. Dann genügt ein plötzlicher Windstoß, und sie stürzen ein. Und auch du brichst zusammen, Tiziana. Amerika bricht zusammen, dein ausländischer Verehrer und die Idiotie, mit einer so dämlichen Vorstellung im Herzen zu leben.

Du hast die Büroschlüssel in der Hand und drückst sie so fest, dass sie dir ins Fleisch schneiden. Du starrst den Jungen an, der vor dir steht, und machst einen Schritt auf ihn zu. Er lächelt schon weniger. Die rechte Hand hat er in der Hosentasche, der linke Arm hängt herunter, auf seinem T-Shirt steht SEPULTURA.

Du machst noch einen Schritt auf ihn zu. Drückst die Schlüssel noch fester, sie sind aus Metall, sie sind spitz.

Du bist jetzt einen Millimeter von ihm entfernt, einen halben Millimeter. Er lächelt nicht mehr. Du lächelst nicht.

Und dann küsst du ihn.

Mit der Zunge. Du schiebst deine Zunge tief in seinen Mund. Zähne schlagen gegen Zähne wie bei den unbeholfenen Küssen von Zehntklässlern, du lässt die Schlüssel fallen, legst deine Hände um seine Hüften und drückst dich ganz fest an ihn. Deine Zunge bewegt sich, dreht sich und taucht noch tiefer ein, und er tut absolut gar nichts. Aber egal, es reicht, dass er es mit sich geschehen lässt. Du spürst, dass er die Luft anhält, und auch du atmest nicht, diese Grabesgruft ist wie ein luftleerer Raum, und auch die Zeit steht still. Und es existieren weder die Alten da draußen noch dieses Dorf mit seinen traurigen Bewohnern, die diese ganze Tristesse gar nicht wahrnehmen, weil sie nichts anderes kennen und glauben, dies sei das Leben, und gedankenlos immer so weitermachen.

Und jetzt, Tiziana, hast auch du aufgehört zu denken. Du schließt die Augen und küsst ihn, du drückst dich an ihn und küsst ihn, du hörst auf zu denken und küsst ihn.

Und wo nichts ist, kann auch nichts richtig oder falsch sein.

UND WIE GEHT ES JETZT WEITER?

Ich schwöre, ich weiß nicht, wie ich in den Laden zurückgekommen bin. Zu Fuß, schwimmend oder durch geheimnisvolle Katakomben, die Muglione unterirdisch durchziehen, alles ist möglich.

Ich lasse das Rollgitter herunter. Mir dreht sich der Kopf, und ich stütze mich auf die Vitrine mit den Angelruten, ringe nach Luft.

Der Laden ist geschlossen, mein Vater ist zum Essen nach Hause gegangen, die Schlüssel liegen in unserem Geheimversteck unter der Blumenschale draußen. Aber es hat eine Viertelstunde gedauert, bis es mir wieder einfiel. Ich konnte mich nicht mal mehr daran erinnern, wonach ich eigentlich suchte und was ich gerade machen wollte ...

Mann, was für ein Kuss. Wenn ich tief einatme, schmecke ich ihn jetzt noch. Ich weiß nicht, was es ist, es ist nicht Parfüm, vielleicht Speichel, vielleicht etwas, was sich die Frau von der Jugendinfo auf die Lippen schmiert. Ihre Lippen. Auf meinen Lippen. Das ist also ein Kuss. Ein richtiger Kuss. Etwas Starkes, aber ich könnte nicht sagen, ob es schön ist, noch nicht, morgen kann ich das vielleicht eher. Vergessen werde ich ihn ganz bestimmt nicht, ich kann ja an gar nichts anderes mehr denken.

Ich habe Stefanino angerufen. Ich musste es jemandem erzählen.

»Aber wer ist sie!«

»Eine.«

»Wie: eine!«

»Du kennst sie nicht. Ich kenne sie ja auch nicht.«

»Und wie viel wollte sie.«

»Ich hab nichts bezahlt, sie ist keine Nutte!«

»Wahnsinn. Und was hast du gespürt?«

»Boh, ich weiß nicht. Eine fremde Zunge, die sich in meinem Mund bewegt hat.«

»Und du?«

»Und ich was.«

»Was hast du gemacht.«

»Nichts.«

»Verstehe. Aber ihr habt euch angefasst.«

»Ja, sie hat sich ganz fest an mich rangedrückt.«

»Und was hast du gespürt?«

»Weiß nicht, alles.«

»Die Titten?«

Erst als Stefanino mich danach gefragt hat, ist mir klar geworden, dass ich wohl tatsächlich die Titten gespürt habe. Sie waren fest gegen meinen Oberkörper gepresst.

»Und wie waren die?«

»Schön.«

»Aber wie fühlen sich Titten denn an? Hart oder weich?«

Ich denke nach. Einen Augenblick. Zwei Augenblicke. »Ich glaube, sie sind gleichzeitig hart und weich.«

»Wow.«

»Allerdings.«

»Mein Gott, ich freu mich für dich. Und jetzt?«

»Jetzt was.«

»Ich meine, ist sie von hier?«

»Ja.«

»Na, das mein ich eben, wie geht es jetzt weiter?«

»Keine Ahnung. In welchem Sinn.«

»Ich meine, okay, ein Zungenkuss, schön und gut. Aber das war doch wohl nicht alles, oder?«

Schweigen. Ich nicke, obwohl ich nur telefoniere. Aber ich weiß, dass Stefano mich trotzdem irgendwie sehen kann. Eine Minute sagt keiner von uns ein Wort, dann verabreden wir uns für den Abend. *Okay. Ciao. Ciao.*

Stefanino hat recht: Wie geht es jetzt weiter? Ich weiß es nicht. Ich habe nicht darüber nachgedacht, und ich kann auch nicht darüber nachdenken. Denn ich bin gar nicht richtig da, ich bin überhaupt nicht da. Ich habe noch die kreisende Zunge der Frau von der Jugendinfo in meinem Mund und in meinem Kopf, und im Moment habe ich das Gefühl, das wird immer so bleiben.

Tiziana, sie heißt Tiziana. Die Frau, die ich geküsst habe. Das heißt, eigentlich hat *sie mich* geküsst, aber das läuft auf dasselbe hinaus. Und es war kein normaler Kuss, es war einfach superstark. Okay, es war mein erster Zungenkuss, und deshalb kann ich nicht viel dazu sagen. Aber meiner Meinung nach brauchst du keine Erfahrung, um gewisse Dinge zu verstehen. In Hiroshima beispielsweise hatten sie auch noch nie zuvor eine Atombombe gesehen, aber als dann der Atompilz aufstieg, haben sie trotzdem sofort kapiert, dass es ein Mordsding war.

Ein phänomenaler Kuss, bei dem ihre Zunge kreiste und drängte und ihre Hände über meine Hüften und meinen Rücken strichen. Ein Kuss, den ich ganz in mich aufgesogen habe, obwohl ich selbst gar nichts dazu beigetragen habe. Was hätte ich auch tun können? Gar nichts, ich hab doch von diesen Dingen keine Ahnung, tatsächlich hab ich sie nicht mal angefasst. Ich hab ihr nicht mal die Hand auf die Hüfte gelegt.

Mein linker Arm lag wie paralysiert an meinem Oberschenkel, den rechten Arm hatte ich die ganze Zeit in der Hosentasche. Okay, ich hätte ihn rausnehmen können, aber ich hatte das Gefühl, es war nicht der passende Moment dafür. Normalerweise sind die Leute peinlich berührt, wenn sie mitkriegen, dass ich nur eine Hand habe, und wenn sie es mitkriegen, während sie dir ihre Zunge in den Mund schieben, ist es wahrscheinlich noch viel schlimmer. Ich habe also die ganze Zeit den Arm in der Hosentasche gelassen, die ganze Minute oder Stunde lang, während sie mit ihrer Zunge in meinem Mund herumgewühlt hat, und auch danach noch, als sie mich von sich weggeschoben hat. Sie hat zweimal tief ausgeatmet, mit einem Glucksen in der Kehle, und mit weit aufgerissenen Augen auf meine Brust gestarrt.

Dann trat sie einen Schritt zurück und sagte *Entschuldige*, und ich sagte nichts. Sie sagte *Verzeih mir* und ich darauf *Weshalb*. Sie sagte *Geh bitte, geh.* Mit dermaßen weit aufgerissenen

Augen, dass sie ihr todsicher herausgefallen wären, wenn ich in dem Moment den Arm aus der Hosentasche genommen hätte.

Ich hab gesagt, geh. Geh schon! Diesmal mit erhobener Stimme. Von dem Moment an weiß ich nichts mehr, aber irgendwie muss ich es geschafft haben zu gehen.

Denn jetzt bin ich ja hier. Im Laden, der geschlossen ist. Es ist Mittagszeit. Aber ich brauche nichts zu essen. In meinem Mund kreist immer noch eine Zunge.

Und in meinem Kopf ein einziger Gedanke.

Wie geht es jetzt weiter?

BLÖDE KUH, BLÖDE KUH, BLÖDE KUH

Blöde Kuh. Du bist eine blöde Kuh. Man kann es nicht anders nennen, brauchst du auch gar nicht, denn es gibt keinen besseren Ausdruck für das, was du bist: eine blöde Kuh. Du solltest dich an den Computer setzen, ein neues Textdokument öffnen, den größten verfügbaren Schriftgrad nehmen, BLÖDE KUH eintippen und das Dokument unter dem Namen TIZIANA abspeichern. So blöd bist du.

Du bist aus der Jugendinfo raus mit dem Gefühl, dass der Gehsteig, die Straße und die Alten dich anstarren, als säßen sie über dich zu Gericht. Das Urteil stand den Alten schon ins Gesicht geschrieben.

»Signorina, geht es Ihnen gut? Hat der Kerl Sie belästigt?« und dabei schrieben sie fleißig in ihre Notizhefte.

Du hast nicht geantwortet, vielleicht hast du nicht mal das Büro abgeschlossen. Du bist mit eingezogenem Kopf weggegangen und konntest gar nicht glauben, was dir da soeben passiert war.

Dabei ist es dir gar nicht passiert, sondern du hast es getan. Du selbst hast es getan. Du bist eine BLÖDE KUH.

Vor dem Haus steht ein weißer Lieferwagen mit einem stilisierten Insekt im Superman-Outfit und dem Euro-Zeichen auf der Brust. Das Insekt zwinkert mit einem Auge und hält den Daumen nach oben.

Du rennst die Treppe hoch. Du möchtest dich in dein Zimmer verkriechen, hinter dir abschließen, den Schrank vor die Tür schieben, damit auch wirklich niemand reinkommt, und eine ganze Weile so verharren. Sagen wir, eine Woche. So lange, wie es dauert, um an Auszehrung zu sterben.

Du steckst den Schlüssel ins Schloss, aber die Tür ist schon offen, von innen kommt Stimmengewirr, das schlagartig verstummt. Raffaella und zwei Männer in weißen Overalls begrüßen dich und schauen dich dann wortlos an.

Die neue Couch. Blöd wie du bist, hast du das völlig vergessen. Deshalb der weiße Lieferwagen mit dem Superman-Insekt vor der Tür. Es ist also nicht irgendein Insekt, es ist ein Holzwurm. Also ... Ach, ist doch egal.

»Tiziana, endlich.« Raffaella ist nervös, sie fasst dich am Arm, zeigt dir die noch nicht ganz zusammengebaute Couch an der Wand. »Jetzt sind wir mal alle still und hören, was sie sagt. Schau dir diese Couch an, Tiziana, und sag das erste Wort, das dir in den Sinn kommt ...«

BLÖDE KUH. Das ist das Erste, was dir in den Sinn kommt, BLÖDE KUH, und auch alle weiteren vorderen Plätze im Gesamtklassement sind damit belegt. Aber weil du ja irgendetwas sagen musst, findest du schließlich doch ein Wort, das der Situation angemessen ist: »Braun?«

»Ach was, braun! Na ja, stimmt schon, im Katalog war das 'ne ganz andere Farbe, das hier ist ja wirklich richtig braun.«

»Signorina, wir liefern nur aus. Wenn Sie sich bei uns beschweren, bringt das gar nichts.«

»Ich versteh schon, aber macht so eine Minicouch überhaupt Sinn? Wie auch immer, Tiziana, das Wort ist nicht braun, das Wort ist KLEIN. Siehst du denn nicht, die Couch ist winzig! Wie wollen wir denn hier abends fernsehen, abwechselnd oder was?«

Du nickst. Abwechselnd ist schon in Ordnung, ist doch auch scheißegal. In kürzester Zeit wird diese Couch sowieso Raffaellas Couch sein. Du wirst dein Zimmer nicht mehr verlassen und vor Durst und Scham sterben. Es sei denn, vorher kommt die Polizei und führt dich ab, weil du einen Minderjährigen verführt hast.

Ach was, der war nicht minderjährig. Achtzehn wird er doch wohl wenigstens gewesen sein, hoffentlich. Außerdem geht es doch nur um einen Kuss, oder? Aber was für ein Kuss, die Zunge und der Hals tun dir jetzt noch weh. Du hast dich derart an den Jungen rangedrückt, dass dein BH verrutscht ist.

So etwas ist dir noch nie passiert. Saufgelage in Deutschland, ein Rockfestival in der Schweiz, Nächte in der Disco mit einer Meute ausgeflippter Freundinnen, aber so etwas hast du dir bisher noch nicht geleistet. Wieso dann ausgerechnet jetzt, mit zweiunddreißig, an deinem Arbeitsplatz und mit einem kleinen Jungen?

Der hat sich nämlich nicht mal gerührt, so absurd war die ganze Geschichte. Na klar, du hast ihn völlig überrumpelt. Und wenn er zur Polizei geht und dich anzeigt? Die verhaften dich, Tiziana, die bringen dich auf die Wache. Zumindest verlierst du deinen Job, und zwar zu Recht.

»Signorina, wenn Sie unterschreiben, können wir gehen«, sagt einer der beiden Typen.

»Wie bitte? Ich unterschreibe gar nichts«, sagt Raffaella. »Was denn überhaupt? Wenn ihr einen Zettel habt, auf dem draufsteht *Signorina Raffaella Ametrano ist der Ansicht, dass diese Couch scheiße ist*, unterschreib ich das sofort. Alles andere könnt ihr vergessen.«

»Das heißt, wir müssen sie wieder runtertragen?«

»Tja, Jungs, tut mir leid.«

»Auf den Schultern …«

»Ja, leider ja. Tut mir schrecklich leid, aber so ist es. Ich kann euch gern was zu trinken anbieten, aber dann …«

»Nein, vielen Dank.« Sie schultern die Couch und schlucken den einen oder anderen Fluch hinunter.

Du kannst den Blick gar nicht mehr von dieser Minicouch abwenden, die in der Tat aussieht wie ein kleiner Scheißhaufen mit Armlehnen.

Du hast das Gefühl, sie verabschiedet sich von dir, während sie für immer aus deinem Leben verschwindet. Ja, sie verabschiedet sich und nennt dich bei dem für dich passendsten Namen.

Ciao, BLÖDE KUH.

DER FLUCH

Die Rutentasche auf dem Rücken, den Gerätekoffer zwischen den Beinen, und los geht's mit dem Roller, volles Rohr. Das ist der klassische Tag, an dem es nur eins gibt: angeln gehen.

Eine schwüle, stinkende Hitze, kein Windhauch, nirgendwo ein Baum, und der Himmel ist der typische heitere Himmel der Ebene: Nimm zwei, drei Wolken, vermische sie mit einem klaren Himmel und verstreiche die weißliche Mixtur über den gesamten Horizont, dann hast du den heiteren Himmel der Ebene von Muglione.

Ich erreiche eine Stelle, die mir gefällt, weil hier Pflanzen im Wasser wachsen, ein paar Schilfrohre und eine Seerosenart, die nicht blüht. Mit etwas Phantasie kannst du dir vorstellen, es sei ein See oder Teich – wenn du den Geruch ausblendest und den Blick nicht umherschweifen lässt.

Ich setze zwei Maiskörner und eine Made auf den Haken, so wie immer. Aber die Maden sehe ich jetzt mit anderen Augen. Vielleicht weil ich inzwischen mit ihnen zusammenlebe. Bevor ich sie jetzt ins Wasser lasse, halte ich sie kurz in der Hand und rede mit ihr.

»Tut mir leid, mein Freund, aber wenn ich heute nicht angeln gehen könnte, würde ich durchdrehen. Vielleicht würde ich irgendwas Verrücktes anstellen. Ich weiß nicht, was. Vielleicht würde ich sogar den Laden in Brand stecken, dann würdest du statt im Wasser in den Flammen umkommen. Ist es nicht besser so?«

Sie antwortet nicht. Sie windet sich aber ordentlich, und ich nehme es als ein Ja. Ich werfe die Schnur aus. Im Nu ist die Made auf dem Grund, weil das Wasser nicht sehr tief ist. Der Schwimmer stellt sich an der richtigen Stelle auf, und ich muss jetzt nur noch darauf warten, dass er sich bewegt.

Er darf aber nicht sofort untergehen, denn das würde bedeuten, dass nur ein kleiner Fisch angebissen hat. Besser, wenn er anfängt auf dem Wasser zu wandern. Er bewegt sich ein bisschen hin und her wie jemand, der sich entfernen will, aber noch unentschlossen ist. Dann startet er ruckartig in eine bestimmte Richtung und sinkt nach unten, und erst in dem Moment darfst du die Rute hochziehen und kurbeln. Dann merkt der Fisch, dass du ihn reingelegt hast.

Mann, ich bin selbst ganz beeindruckt von meiner Sachkenntnis, aber beim Angeln macht mir so schnell keiner was vor.

Das Problem ist, dass ich keine Ahnung von Sex habe, nicht die geringste. Und falls es mit der Frau von der Jugendinfo eine Fortsetzung geben sollte, glaube ich nicht, dass mir mein Geschick beim Angeln groß helfen wird. Nehmen wir mal an, sie liegt da und wartet, dass ich was mache, und ich sage zu ihr *Hör mal, wie ich ihn dir reinstecken soll, da weiß ich nicht, wie das geht, aber wenn eine Schleie anbeißt, erkenn ich das auf eine Meile Entfernung.*

Ich greife in die Tüte mit den Maden, nehme ein paar raus, sage ciao und werfe sie im Umkreis des Schwimmers ins Wasser. Ich wische mir die Hand am Schilf ab und greife wieder nach der Angelrute, die ich kurz an meinen rechten Arm gelehnt hatte.

Anfangs schien es ein Ding der Unmöglichkeit, mit nur einer Hand zu angeln. Abgesehen von der Angelrute und der Rolle gibt es derart komplizierte Knoten, dass eine Menge Leute auch mit zwei Händen nicht damit klarkommen. Aber mit vierzehn habe ich mich an den Küchentisch gesetzt und beschlossen, dass ich es schaffe. Ich habe mit dem Knoten zum Festbinden des Hakens angefangen, und auch noch drei Tage später ist mir kein einziger gelungen.

Ab und zu kam meine Mutter rein, um das Mittagessen oder das Abendessen zu kochen, und schaute mich an, fragte aber nie *Wie viele hast du denn gebunden?* Denn meine Mutter war klug.

Mein Vater dagegen meinte nur *Hier in der Küche ist nicht gerade der richtige Ort für so was, am Ende verschlucke ich noch 'nen Haken.* Und meine Mutter hat ihm geantwortet *Keine Sorge,*

Roberto, wenn wir dich an die Angel kriegen, werfen wir dich sofort wieder ins Wasser, wer will dich denn schon haben?
Aber seit damals ist viel Zeit vergangen. Sehr viel Zeit. Für einen Knoten zum Befestigen des Hakens brauche ich jetzt nur noch dreißig Sekunden. Ich halte die Schnur mit dem Fuß fest, mit den Fingern binde ich die Schleife und halte sie zwischen Daumen und Zeigefinger, dann fädle ich den Haken ein, den ich zwischen den Lippen halte, drehe die Finger und ziehe mit dem Fuß und dem Mund, und am Ende ist der Knoten fest. Klasse.

Beim Sex ist das wohl schwieriger.

Erstens kann ich von Tiziana schlecht verlangen, dass sie wochenlang auf einem Tisch liegen bleibt, bis ich's raushabe. Im Gegenteil, wenn sie erst mal meinen rechten Arm gesehen hat, ist es schon viel, wenn sie zehn Sekunden bei mir bleibt. Denn eine fehlende Hand ist ein echtes Manko, die Leute kommen völlig aus dem Konzept, wenn sie das sehen.

Wie in einem Film vorgestern Abend auf TeleRegione, einem Horrorfilm, den ich schon ein paar Mal gesehen habe und der wohl einer meiner Lieblingsfilme ist. Er heißt *Embryo des Bösen*, und es kommt ein einhändiges Gespenst darin vor.

Der Baron Fengriffen zieht mit seiner jungen Braut in das Familienschloss, das irgendwo versteckt im Wald liegt. In der Gegend geschehen mysteriöse Dinge, seltsame Leute fangen grundlos an zu lachen, außerdem lastet ein Fluch auf dem Kind, das die Baronesse demnächst zur Welt bringen wird.

Mit dem Fluch hat es Folgendes auf sich: Der Großvater dieses Edelmanns hatte viele Jahre zuvor das *ius primae noctis* für sich beansprucht, das heißt, er wollte die Frau von einem seiner Bauern vögeln, der gerade geheiratet hatte. Der Bauer hatte was dagegen, und zur Strafe ließ ihm der Baron die Hand abhacken. Jahre später kehrt dieser Bauer als Gespenst zurück und bringt die Leute um, und weil er schon mal dabei ist, vergewaltigt er auch noch die Baronesse in ihrer Hochzeitsnacht.

Im Verlauf des Films bringt das Gespenst alles um, was ihm über den Weg läuft. Dem einen sticht es die Augen aus, einen Arzt erschlägt es mit Knüppelhieben, und eine Frau wirft es den

Hunden zum Fraß vor. Aber das wirklich Gruselige geschieht gegen Ende des Films, als die Musik immer lauter wird und die Zuschauer sagen *O nein, das ist zu viel!* Als nämlich die Baronesse das Neugeborene zum ersten Mal in den Arm nimmt und es betrachtet, stellt sie fest: IHM FEHLT EINE HAND!

Schreie, Musik in voller Lautstärke, der blanke Horror.

Was ich damit sagen will: Es sind 'ne Masse Leute krepiert, man hat abgeschlagene Köpfe und blutige Leichen gesehen, und da soll der wahre Fluch in dem Film tatsächlich diese fehlende Hand sein? Das finde ich absurd, ich halte das für verrückt, aber zugleich kommt es mir auch wiederum sehr realistisch vor. Nur dass in der Wirklichkeit ich für das Neugeborene stehe und Tiziana von der Jugendinfo für die schreiende Baronesse.

Ich muss zugeben, dass diese Vorstellung mir ziemlich Angst macht.

Doch dann sehe ich, dass sich das Wasser leicht bewegt. Um den Schwimmer herum hat sich ein Kreis gebildet. Dann noch einer und noch zwei weitere Kreise. Das bringt meine Gedanken zurück ins Hier und Jetzt und lenkt sie aufs Wasser. Ich packe die Angelrute ganz fest.

Der Schwimmer dreht sich fast unmerklich, neigt sich, bleibt so. Na los, zieh ab, mach schon …

Ein kleiner Schlenker, und langsam kommt der Schwimmer in Fahrt und beschleunigt, der Fisch ist da und verlangt meine ganze Aufmerksamkeit.

Danke, mein Freund, vielen Dank. Aber du weißt ja auch, dass ich dich sowieso wieder freilasse.

EXCALIBUR

Heute Abend bin ich mit meinen Kumpels losgezogen, und wenn ich losziehen sage, meine ich ins Excalibur gehen, einen Pub etwas außerhalb, mitten im berühmten Gewerbegebiet, das Muglione den Anschluss an die Weltwirtschaft bringen sollte, aber gerade mal den an die Kanalisation geschafft hat.

Das Excalibur ist der einzige Ort, an dem wir uns halbwegs wohlfühlen, die Musik ist erträglich, und keiner lacht, wenn wir reinkommen. Vielleicht weil kaum jemand da ist, oder weil die paar Gäste noch weniger hermachen als wir.

Wir wollten über die Band sprechen und darüber, wie es nach Pontedera weitergehen soll, aber Antonio ist nicht gekommen, und da hab ich die irre Geschichte erzählt, die mir in der Jugendinfo passiert ist. Aber das war ein Fehler, denn Giuliano hat sofort angefangen, über die Frauen herzuziehen, die alle Nutten seien. Dann kam der Wirt, den alle nur Scaloppina nennen, Schnitzel, und hat in dieselbe Kerbe gehauen. Und wenn wir ein Klischee über die Frauen ausgelassen haben, tut's mir leid, weil wir alle anderen bedient haben, da hätten wir das auch noch mit verbraten können.

Im Excalibur über Frauen zu reden ist sowieso das Absurdeste, was man sich vorstellen kann. Ich habe hier noch nie eine gesehen. Zwei Billardtische, ein Flipperautomat und ein Kickerspiel, an der Wand ein Poster von Bruce Springsteen, eines mit einem dreckspritzenden Lancia Delta Integrale bei einer Rallye, eines von der italienischen Fußballnationalmannschaft 1982 und eines von Sabrina Salerno mit knapp sitzendem Jeanshöschen und nackten Titten. Jemand hat ihr einen Schwanz neben den Mund gemalt. Nein, das hier ist kein Ort für Frauen. Einmal bin ich zum Pinkeln auf die Damentoilette, weil die für Herren besetzt war. Sie war NAGELNEU.

Aber es war ein kurzer Abend. Jetzt ist es ein Uhr, und wir sind alle schon wieder zu Hause. Das heißt, Giuliano und Stefano sind zu Hause, ich sitze hier zwischen meinen Würmern in der Kammer.

Antonio ist bis zum Schluss nicht gekommen. Irgendwann hat er eine SMS geschickt, es würde später werden, dann noch eine, dass es noch später würde, dann nichts mehr.

Und ich möchte jetzt schlafen. Morgen geh ich höchstwahrscheinlich wieder in die Schule, ich hab mich schon eine ganze Weile nicht mehr dort blicken lassen, und in sechs Wochen beginnt die Abiturprüfung. Ich steh auf der Kippe und kann es nicht fassen.

Bis letztes Jahr war ich gut in der Schule, sogar sehr gut. Aber das waren andere Zeiten. Ich habe ganze Nachmittage lang gebüffelt, und meine Mutter musste mich abfragen, denn wenn ich den Stoff nicht wiederhole, kann ich ihn mir nicht merken. Ich wiederholte ihn auch vor ihrer Freundin Rosanna, die ein harter Brocken ist, und wenn die mich verstand, konnte ich sicher sein, dass ich es gut erklärt hatte.

Aber meine Mutter ist nicht mehr da, und wenn Rosanna mich sieht, umarmt sie mich und fängt an zu weinen, und mit einer Heulsuse den Lernstoff zu wiederholen ist nicht gerade das Gelbe vom Ei. Damit will ich nicht sagen, dass es daran liegt, wenn ich jetzt in der Schule nichts mehr bringe. Nein. Aber ... na ja, irgendwie doch.

Könnte aber auch sein, dass ich eines Morgens aufgewacht und dumm geworden bin. So was gibt's. Wie Gewehrschüsse im Dunkeln, aus heiterem Himmel, urplötzlich.

Oder wie dieser Zungenkuss und diese Umarmung und ihr Atem, der warm war und gut roch, einfach nach Atem. Das ist das Einzige, was mir im Nachhinein die Gewissheit gibt, dass es wirklich passiert ist. Sonst könnte es auch eine dieser Sexgeschichten sein, wie sie meine Kumpels erzählen, die sie von jemandem gehört haben, der sich das alles nur ausgedacht hat.

Ich kann nicht einschlafen. Ich drehe mich auf die andere Seite, und die Pritsche quietscht, und ich muss an diese Geschichte denken und kann mir nicht vorstellen, dass es nach diesem Kuss irgendwie weitergeht. Ich war ein Dummkopf, mir das einzubilden, ich war ein Dummkopf, es überall herumzuerzählen, und ich bin ein Dummkopf, weil ich jetzt feststelle, dass in irgendeinem verborgenen Winkel in meinem Kopf immer noch ein Fünkchen Hoffnung brennt.

Ich wälze mich auf die andere Seite. Aber es hat keinen Sinn. Ich setze mich auf, knipse die Neonlampe an und suche mir was zum Lesen.

Im Laden liegen ein Katalog für Angelzubehör und etliche Zeitschriften, aber die kenne ich längst alle. »Der Angelfreund«, »Fisch und Fang«, »Karpfenfischen leicht gemacht« ...

Und dann entdecke ich auf dem Ladentisch die Blätter des kleinen Champions. Die Schulaufsätze von diesem Bürschchen.

Ich werd mal eine Seite lesen, entweder schlafe ich dann sofort ein, oder ich hab was zu lachen. Ich nehme sie mit ins Bett. Die Würmer machen einen Mordskrach, so laut waren sie noch nie. Als wären es keine Angelwürmer, sondern Klapperschlangen.

Es sind an die zwanzig doppelseitige Schulaufgabenblätter mit jeweils einem Aufsatz, nach Datum geordnet, angefangen mit Januar, als er nach Muglione kam. Die Handschrift ist gut lesbar, manche Wörter sind in Kursivschrift, andere in Blockbuchstaben, alles wild durcheinander.

Ich nehme mir den ersten Aufsatz vor, der von einem Besuch im Dinosaurierpark von Peccioli handelt. Wenn ich darüber nicht einschlafe, kann ich die Nacht vergessen.

Ich fange an.

Und kann bis zum Morgengrauen nicht mehr aufhören.

D'ANNUNZIO DREAMING

Es ist heiß, sehr heiß, aber hier ist es schattig, die Kronen der Pinien schirmen den Himmel ab und rauschen sanft in der aufkommenden Brise. Die Sonne, die soeben noch hier und da durch die Zweige schien, wird von aufziehenden Wolken verdrängt, und auch die Luft riecht jetzt anders.

»Ich fürchte, es regnet gleich«, wispert sie. Sie trägt einen blütenweißen Schleier, der im Rhythmus ihrer nackten Füße mitschwingt.

»Nicht doch, Liebste, sorge dich nicht. Es ist nur eine Wolke, die vorüberzieht und schnell entschwindet. Komm, wir wollen nicht zaudern.«

Das Rauschen der Pinien wird immer stärker, es breitet sich aus wie ein Klangteppich, in dem bald einzelne Regentropfen Akzente setzen.

»Da ... Seher, ich wage es nicht, Euch zu widersprechen, aber ich habe einen Tropfen gespürt.«

»Ach, das sind nur ein paar edle Perlen, die der Himmel schickt, um dich zu erfrischen, oh Hermione.«

»Es wird wohl so sein, wie Ihr sagt. Aber ich bitte Euch, lasst uns nicht weiter vordringen, die nackten Füße waren keine gute Idee, ich habe mich schon zweimal gestochen.«

»Keine Sorge, Liebste, die gesamte Natur erklingt, um dir zu huldigen. Hörst du nicht? Es grüßen dich die Tamarisken, die Myrten, die Ginster- und Wacholderbüsche ...«

»Au!«

»Was ist geschehen, du Holde?«

»Ich hab mich schon wieder gestochen. Ein Dorn.«

»Lass mich ihn herausziehen, ich bitte dich.«

»Nein, nein, es ist besser, wir kehren um.« Die Frau bleibt stehen, das weiche Haar umspielt ihre Schultern, während immer dichtere Regentropfen ihre Wangen benetzen. Das Herz schlägt ungestüm in ihrer Brust.

»Umkehren? Das wäre töricht. Hörst du nicht den Gesang der Zikaden?«

»Nein.«

»Sie singen vor Freude, dich hier zu sehen, ihre Göttin, die Göttin des Waldes. Eine Nymphe bist du.«

»Ich?«

»O ja, glaub mir, du bist eine Nymphe. Das war offenkundig von dem Moment an, als das großmütige Schicksal mir erstmals deinen Anblick gewährte.«

»Ich danke Euch, aber jetzt möchte ich wirklich kehrtmachen. Der Boden ist auch schon ganz nass.«

»Das sind die Säfte der Welt, die deine Anmut fließen lässt, und du bist betrübt? Gehen wir noch ein Stück weiter, ich kenne ein liebliches Plätzchen im Dickicht, dort sind wir geschützt und können uns der Harmonie der Natur hingeben, wie es den Göttern gefällt.«

»Ihr schmeichelt mir, aber diese Geräusche ... gibt es dort nicht Schlangen, Spinnen, Pilze ...«

»Aber nein, hörst du aus dem Schlick nicht den Gesang? Auch die Frösche stimmen ein, zum Ausdruck ihres ganzen ...«

»Frösche? Du meine Güte, wie eklig! Da wären wir wohl besser im Landhaus geblieben.«

»Nur zu gern, o Nymphe, aber im Landhaus war dein Gatte.«

»Ich bitte Euch, Seher, lasst mich gehen, womöglich ist es die Natur selbst, die uns ermahnen will, keine Dummheiten zu machen.«

»Nicht doch, die Natur lädt uns ein zu verweilen, zu lieben. Was verstehst du davon? Willst du es etwa besser wissen als ich? Ich bin der Seher, komm ...«

Doch plötzlich dreht sich die Nymphe um und enteilt mit schnellen Schritten. Sie stolpert, ohne zu fallen, rafft sich wieder auf und sucht das Weite. Der Seher folgt ihr, vom jähen Ende des innigen Liebeständelns verstört.

»Fliehe nicht, fliehe nicht, du leichtfüßige Nymphe, dein Herz ist ein Pfirsich.«

Die Nymphe schert sich nicht um ihn und läuft weiter.

»Deine Zähne sind wie Mandeln.«

Wieder verpufft die Wirkung.

Da macht der Seher einen verzweifelten Sprung und erwischt gerade noch den Saum ihres wehenden Gewandes, das zerreißt und die Nymphe nackt aus dem Pinienhain entlässt, hinaus auf den Weg und in die schnöde Welt des Lichts und der indiskreten Blicke. Der Dichter bleibt stehen, in der Hand ein lebloses Stück Stoff, flüchtige Erinnerung an die Schönheit, die ihn eben noch beseelte. Er sieht der fernen Geliebten nach, streckt den Arm nach ihr aus, sein aufgewühltes Herz hebt zur Klage an:

»Dann hau doch ab, du blöde Hure! Erst geilst du einen auf, sagst, dass der Pinienwald dich ganz heiß macht, und wenn du dann drin bist, kriegst du's mit der Angst ... Nutte!«

Erschöpft lässt der Seher den blütenweißen Schleier in den Staub fallen und lehnt sich gegen den rauen Stamm einer Schirmpinie, dann wendet er den Blick zur Seite.

Er dreht sich zu dir.

Und durchbohrt dich mit seinem stechenden Blick. Sein nach oben gezwirbelter Schnurrbart sucht seinen Platz zwischen der großen Nase und dem wie ein Hühnerpopo geformten Mund. Seine Lippen öffnen sich, er spricht.

»Ach, wie dumm ich doch bin, die war ohnehin frigide. Ich hätte es gleich mit dir versuchen sollen.«

Du siehst ihn an, zeigst auf dich: »Mit mir?«

»Klar, mit dir. Tiziana, du trägst den Namen einer Göttin. Dein Haar ist schwarz wie die Nacht und zerwühlt wie Zirruswolken am Himmel und ...«

»Aber ich ...«

»Hör zu, du Schöne, stell du dich jetzt nicht auch noch an, mir reicht's nämlich langsam. Weiß doch sowieso jeder, dass du ein Flittchen bist.«

»Was erlauben Sie sich! Der Krieg hat Ihnen wohl im Kopf geschadet.«

»Ach ja? Und das Geknutsche mit diesem Jungen, wie er-klärst du mir das?«

»Woher wissen Sie das, wer hat Ihnen das erzählt?«

»Ich habe meine Quellen.«

»Gut, aber da war ja nichts weiter, es ist einfach über mich ge-kommen, ich weiß selbst nicht, wie. So was ist mir in meinem ganzen Leben noch nicht passiert, aber ich habe sofort gesagt, stopp, es reicht, und mich gleich wieder in den Griff bekommen. Und Sie, mit welchem Recht beurteilen Sie eine Frau nach einer einzigen Minute ihres Lebens, die mit ihrem sonstigen Verhalten überhaupt nichts zu tun hat?«

»Okay, du Schöne, okay, aber dann erklär mir mal eins ... wenn es dich nur mal kurz überwältigt hat, warum willst du ihn dann jetzt anrufen?«

Du siehst ihn an. Er verzieht diesen ekligen kleinen Mund zu einem Grinsen. Der gewichste Schnurrbart darüber verzieht sich mit. Das ist der widerlichste Mensch, dem du je begegnet bist.

»Unterstehen Sie sich ...«

»Sag schon, warum willst du ihn anrufen, na?«

»Ach, ich ... Aber das stimmt doch gar nicht, Sie reden ein-fach so daher. Ich denk ja gar nicht dran.«

»Ach nein. Ganz sicher nicht?«

»Was erlauben Sie sich eigentlich? Was wissen Sie schon von meinen Angelegenheiten.«

»Hör zu, Püppchen, langsam gehst du mir wirklich auf den Sack. Außerdem regnet es, und ich will hier weg. Ich bin dein Traum, hast du das nicht kapiert? Meinst du wirklich, ich bin D'Annunzio, der dich nachts besucht? Weißt du überhaupt, wie viel ich zu tun habe? Meinst du, ich habe Zeit, mich mit diesem bescheuerten Nest zwischen den Kanälen abzugeben?«

»Aber ... ich weiß nicht, ich ...«

»Ich bin dein Traum, wenn du mich also fragst, was ich weiß, ist die Antwort nicht besonders schwer. Ich weiß das, was du selbst weißt. Nicht mehr und nicht weniger.«

»Aber Sie sagen Dinge, die nicht stimmen. Ich will ihn ja gar nicht anrufen, und ich will auch nicht ...«

»Nicht mehr und nicht weniger.« Eine dramatische Handbewegung, dann dreht er sich um und verschwindet mit energischen Schritten zwischen den dunklen Pinien im Regen.

Du schaust ihm nach, öffnest den Mund, willst ihn rufen, aber kein Ton kommt heraus. Du strengst dich an, beugst dich vor, nichts.

Und wachst auf.

Es ist noch dunkel, du bekommst keine Luft. Vor dem Fenster steigt der Gestank des in der Hitze gegorenen Kanalwassers auf, aber das ist es nicht. Zumindest nicht allein.

Den Jungen anrufen, was für ein Unsinn.

Was passiert eigentlich mit unserem Gehirn, während wir schlafen? Wer weiß. Träume sind so was von absurd, da kannst du alles hineinlesen und das Gegenteil dazu.

Warum solltest du ihn anrufen. Was solltest du ihm sagen. Und woher solltest du den Mut dazu nehmen, nachdem du ihm um den Hals gefallen bist. Über diesen verrückten Traum kannst du höchstens lachen. Würde dir übrigens guttun, mal wieder so richtig zu lachen.

Jetzt schaffst du es noch nicht, aber bald stehst du auf, gehst ins Bad, wäschst dir das Gesicht und ganz bestimmt … ja, vor dem Spiegel wirst du dich totlachen, und alles ist wieder in Ordnung.

D'Annunzio fandest du übrigens immer schon widerlich.

DAS RÄTSELHAFTE VERSCHWINDEN DER DINOSAURIER

Mirko Colonna
Klasse 3b (Lehrerin: Tecla Pudda)
10. März 2010

Thema: *Schildere deine Eindrücke vom Besuch des prähistorischen Parks in Peccioli, und erläutere die verschiedenen Theorien zu den Ursachen des Aussterbens der Dinosaurier.*

Es ist nicht fair. Ich habe nicht an der Exkursion teilgenommen, denn sie war am Samstag, und am Sonntag war das Rennen, ich konnte also nicht mitkommen.

Aber es ist nicht fair. Ich hätte so gern die Dinosaurier gesehen, ich hatte auch allen gesagt, dass ich mitkommen möchte. Es ist ein weitläufiges Gelände mit vielen Bäumen und Sträuchern, und man erlebt die gesamte Frühgeschichte, von Anfang bis Ende. Welche, die dabei waren, haben mir erzählt, dass es mit einer Art Vulkan anfing, der echte Lava spuckte, und mit den Höhlenmenschen aufhörte, die Feuer machten und einen Bär mit Keulen erschlugen. Und mittendrin jede Menge riesiger Dinosaurier, auch ein Tyrannosaurus Rex, ein Brontosaurus und andere, die meine Mitschüler nicht kennen, weil sie sich nicht dafür interessieren. Ich dagegen hätte alles so gern gesehen, aber an diesem Samstag konnte ich nicht.

Aber eigentlich lag es gar nicht an dem Samstag, am Montag zum Beispiel wäre es dasselbe gewesen, weil ich jeden Tag trainiere. Und sogar am Mittwoch, wenn sich der Rest der Mannschaft ausruht, bringt mich Signor Roberto zum Training, wo ich hinter seinem Auto herfahren muss. Er meint, es ist für mich keine Anstrengung, sondern eher eine Art Erholung.

Tatsächlich besteht die Hauptanstrengung beim Radfahren darin, den Luftwiderstand zu überwinden, denn die Luft bremst. Wir können sie nicht sehen, sie ist durchsichtig, und deshalb denken wir, da wäre nichts. Aber die Luft ist sehr stark, und wenn du eine Zeit lang mit gesenktem Kopf in die Pedale trittst, merkst du, dass die Luft wie verrückt bremst, auch wenn du sie nicht siehst.

Aber ich will damit nicht sagen, dass das etwas Schlechtes ist, die Luft ist nicht dein Feind oder so was. Im Gegenteil, sie ist wie ein Freund, der sagt *Immer mit der Ruhe, Jungs, warum habt ihr's so eilig, wo wollt ihr so schnell hin?* Beim Training im Windschatten eines Autos dagegen spricht die Luft nicht mit dir, denn Signor Robertos Wagen vor dir teilt die Luft, und du fährst da durch, ohne dass du etwas spürst. Du hörst nur Signor Roberto, der brüllt *Mehr Schwung, mehr Schwung!* Und schaust auf den Tacho, der 45 Stundenkilometer anzeigt. Ich habe den anderen in meiner Mannschaft davon erzählt, aber das war keine gute Idee, denn Signor Roberto lässt sie nicht im Windschatten seines Autos trainieren. Sie haben mich nur böse angeguckt und mir den Rücken zugedreht.

Auf meine Frage, warum er das nur mit mir macht, meinte Signor Roberto, dass ich nun mal der Kapitän sei. Aber das möchte ich gar nicht, ich bin nicht gern der Kapitän. Auch bei Spielen nicht, ich möchte lieber meine Ruhe haben und mich um meine eigenen Sachen kümmern.

Bei Kriegsspielen gab es immer Streit, weil alle General oder Kommandant sein wollten. Ich dagegen wollte immer bloß ein einfacher Soldat sein, der seine Arbeit macht und nach der Schlacht, wenn alles vorbei ist, an nichts mehr denken muss und tun und lassen kann, was er will: zum Beispiel Zigaretten rauchen oder ein Tagebuch führen oder an seine Freundin schreiben. Aber auf dem Rad bin ich einfach zu stark, und ich muss den Kapitän spielen, immer vorneweg, immer allein. Ich habe versucht, so zu tun, als würde ich langsamer fahren, aber auf dem Rad ist das nicht so einfach. Auf den härtesten Streckenabschnitten sind die anderen schweißgebadet und keuchen, ich dagegen bin immer noch frisch und munter, und dann brüllt Signor Roberto *Mirko, was ist los, schläfst du? Beweg deinen Arsch und fahr. Fahr! Fahr!* Und alle schreien *Fahr*, und wenn ich die anderen dann überhole, sagen sie *Fahr, du Scheißkerl* oder *Fahr zur Hölle* oder *Dreckiger Mistkerl.* Also fahr ich eben.

Aber außer zum Radfahren gehe ich nirgendwohin. Vormittags ist Schule und nachmittags Training, das mich mindestens drei Stunden kostet, danach muss ich noch Hausaufgaben machen wie zum Beispiel diesen Aufsatz schreiben über den Ausflug in den Dinosaurierpark.

Ich möchte normale Sachen machen, wie alle anderen auch. Ich möchte ganz normal rausgehen, aber wenn ich mich irgendwo zeige, kommen immer Leute auf mich zu und applaudieren und fordern mich auf zu gewinnen, aber keiner bleibt bei mir.

Wenn ich beispielsweise zum Kiosk gehe, um den »Radsport« zu kaufen (Signor Roberto sagt, dass ich die Zeitschrift lesen muss, also praktisch eine weitere Hausaufgabe), muss ich an der Metzgerei vorbei, und dann ruft Signor Bindi mich ganz laut und will unbedingt, dass ich in den Laden komme. Er schneidet mir eine dicke Scheibe Fleisch aus einer halben Kuh raus, die er auf dem Hackblock liegen hat, und packt mir das bluttriefende Ding ein. Er will kein Geld dafür. Ich soll das Fleisch essen, damit ich Kraft bekomme und im entscheidenden Moment lospreschen kann und gewinne. Dabei mag ich gar kein Fleisch. Trotzdem muss ich es nehmen und essen, und dieses blutige riesige Stück Rindfleisch ist schwabbelig und tropft, und ich muss damit schnell nach Hause und es in den Kühlschrank legen. Dabei wollte ich eigentlich ein bisschen rumlaufen und mit jemandem quatschen oder ein Eis essen. Eis mag ich nämlich am liebsten.

Aber, und das kommt dazu, die Verkäuferin in der Eisdiele verkauft mir keins, weil sie die Anweisung hat, mir nur Montagnachmittag eins zu geben, und dann auch nur Fruchteis. Dabei finde ich Fruchteis völlig bescheuert, richtiges Eis ist Schokolade und Vanille mit Schlagsahne und Krokant. Und Haselnuss.

Auf der Straße sind außerdem immer viele alte Leute, die aufpassen, ob ich was um den Hals trage, damit ich mir keine

Erkältung hole. Auf der Piazza treffen sich die Jungs und Mädchen und unterhalten sich, ich dagegen muss mit den Alten rumstehen, die mir die Jacke zuknöpfen und meine Beine begrabschen und sagen, ich soll nach Hause, um meine Kräfte zu schonen.

Vielleicht sind deswegen die Dinosaurier ausgestorben. Ich war zwar nicht mit im Park von Peccioli, aber meiner Meinung nach sind sie ausgestorben, weil jeder von ihnen das Kommando führen und den anderen Vorschriften machen wollte, wie sie sich zu verhalten haben. Deshalb bekamen sie Streit und waren böse aufeinander und hassten sich, und als dann die Katastrophe kam, die sie ausgelöscht hat, ein Vulkan, ein Komet, eine Eiszeit oder eine Sintflut, haben sie es nicht geschafft, sich zu organisieren, und sind alle umgekommen.

Ich habe zwar jetzt den Bogen zum Thema geschlagen, aber bitte, Frau Lehrerin, meinen Sie es nicht zu gut mit mir und geben Sie mir keine tolle Note, weil mich sonst meine Mitschüler noch mehr hassen. Diesen letzten Abschnitt könnte ich eigentlich wieder streichen. Oder ich lasse ihn stehen, weil es die letzten Zeilen von einem Aufsatz sind, der rein gar nichts mit dem vorgegebenen Thema zu tun hat. Deshalb hoffe ich, dass ich nicht Gefahr laufe, eine Eins zu kriegen.

Ich vertraue auf Ihren gesunden Menschenverstand, Frau Lehrerin.

Ciao.

Bewertung:
Du vertraust zu Recht, lieber Colonna.
Thema verfehlt, wirre Argumentation.
Verkneif dir die Schimpfwörter.
Note 6

DER GEFÄHRLICHE KNOCHEN

Mirko Colonna
Klasse 3b (Lehrerin: Tecla Pudda)
12. April 2010

Thema: *Fälle von jugendlicher Gewalt und Kriminalität sind heute*
an der Tagesordnung. Das ist ein Alarmsignal und zeigt, auf
welche Abwege die neue Generation geraten kann, wenn ihr die
moralischen Werte und Vorbilder der Nachkriegszeit fehlen. Wie
kann man heute jungen Menschen diese Werte näherbringen?

Viele meiner Mitschüler schikanieren mich, und ich verstehe
nicht, warum. In Ripabottoni wusste ich, warum, es war zwar
unfair, aber es gab wenigstens einen Grund: Sie hassten mich,
weil ich so gute Noten schrieb und die Lehrer mich als Maßstab
nahmen und dem Rest der Klasse sehr schlechte Noten gaben.
Lehrer sind keine besonders klugen Menschen und begreifen
nicht, dass sie nur Probleme schaffen, wenn sie sagen *Schaut*
Mirko an, der ist tüchtig oder *Die Aufgabe war gar nicht so schwer,*
Mirko hat sie in einer halben Stunde gelöst.
Aber hier habe ich mich verdammt noch mal wirklich bemüht,
nicht den Unmut der ganzen Klasse auf mich zu ziehen, ich
schreibe nämlich in allen Fächern schlechte Noten. Wenn
ein Lehrer mir manchmal ein Ausreichend gibt, dann deshalb,
weil er ein Radsportfan ist. Er gibt mir eine Vier, auch wenn
ich es gar nicht verdient habe. In Italienisch und Englisch dagegen kriege ich sehr schlechte Noten, denn in diesen Fächern
habe ich Lehrerinnen, und Frauen interessieren sich nicht für
den Radsport, zumindest die nicht, mit denen ich zu tun
habe.

Und Frauen, das ist im Moment ein Thema, das mich brennend interessiert.

Als wir am Sonntag vor dem Rennen unsere Räder überprüft haben, sagte Cristiano, dass er müde ist, weil ihm ein Mädchen einen runtergeholt hat, kurz bevor er herkam, was ihn seine ganze Energie gekostet hätte. Auch wenn ich immer abseitsstehe, habe ich es trotzdem gehört und hätte ihn gern gefragt, wer dieses Mädchen war, aber da ich immer geschnitten werde, konnte ich es nicht. Aber Mikhail hat gefragt, und Cristiano sagte, dass er es nicht verraten kann, aber dass sie sehr hübsch ist. Ihr Vater ist ein Radsportfan, und sie kennt Cristiano, weil sie seinen Namen in der Zeitung gelesen hat.

Seitdem gehen mir die Frauen nicht mehr aus dem Kopf. Denn wenn eine so etwas schon bei Cristiano Berardi macht, was macht sie dann erst mit mir? In den Zeitungen steht Cristianos Name selten zu lesen und wenn, dann erst ganz am Schluss, über mich dagegen steht ständig was drin: Dass ich »für den Radsportverein von Muglione den x-ten Sieg geholt habe, für die Mannschaft, zu der auch Schmidt, Loriani, Berardi ... gehören«. Wenn ein Mädchen also dem Cristiano einen runtergeholt hat, was macht sie dann erst mit mir?

Keine Ahnung, von diesen Dingen versteh ich nichts. Aber wen kann ich fragen? Signor Roberto nicht, da schäme ich mich zu sehr. Im Team lassen sie mich, wie gesagt, links liegen, und die paar Freunde, die ich in meiner Klasse habe, wissen noch weniger als ich.

Aber neulich, als wir vom Physiksaal in unser Klassenzimmer zurück sind, habe ich wichtige Informationen aufgeschnappt. Saverio Mignani sagte, er habe Kreuzschmerzen, und massierte sich den Rücken. Saverio Mignani ist praktisch ein Mann, er hat schon Bartwuchs und Haare auf der Brust, und wenn er etwas sagt, habe ich immer das Gefühl, er weiß, wovon er redet. Und er sagt, seine Kreuzschmerzen kommen daher, dass er zu viel gebumst hat.

Dann hat er sich eine Zigarette in den Mund gesteckt. Ohne sie anzuzünden, denn in der Schule ist Rauchen verboten, aber bei einer nicht angezündeten Zigarette können sie, glaube ich, nichts sagen. Bei Saverio Mignani jedenfalls sagen sie nichts. Er hat erzählt, dass er fünf Stunden am Stück gebumst hat. Wir standen alle mit offenem Mund da und haben gesagt, das würden wir auch gern.

Aber er meinte, dass das gar nicht so einfach ist, denn dazu muss man wissen, wie es geht.

Michelangelo Tazzari sagte *Die Frauen haben ein Loch, und da musst du deinen Pimmel reinstecken, was ist daran so schwer?*

Saverio hat ihm eine auf den Hinterkopf geknallt, dass Tazzari kotzübel geworden ist, und gesagt, dass das überhaupt nicht leicht ist und dass man aufpassen muss, wie man den Pimmel in das Loch reinsteckt, denn wenn man es falsch macht, kann man daran STERBEN.

Man kann sich nämlich stechen und verbluten. Denn die Frauen haben innen drin so etwas wie eine lange spitze Nadel, einen Knochen, aber ganz, ganz dünn und spitz. Wenn man nicht aufpasst, wie man den Pimmel da reinsteckt, kann man sich stechen, dann fängt es an zu bluten, und man stirbt.

Heilige Maria.

Tazzari hat auch gefragt, welchen Sinn rein biologisch eine Nadel da drinnen hat. Und Saverio Mignani sagte *Und welchen Sinn hat das kleine Loch bei uns am Ende des Pimmels? Du musst genau zielen, und der Knochen muss in das kleine Loch rein. Sonst ...*

Jesus. Ich habe noch nie gehört, dass jemand deswegen gestorben ist. Das heißt, beim ersten Mal soll es ja angeblich tatsächlich bluten, aber soweit ich verstanden habe, kommt bei *ihr* Blut raus. Aber vielleicht kommt bei ihr Blut raus, weil *er* blutet, wenn er sich sticht.

O Gott, schon allein bei dem Gedanken tut es mir dort weh.

Diese Dinge würde ich gern jemand fragen, der älter und erfahren ist und was draufhat. Aber ich kenne niemanden.

Damit ist der Aufsatz zu Ende.

MEIN TRAUM IST ES, MIST ZU BAUEN

Mirko Colonna
Klasse 3b (Lehrerin: Tecla Pudda)
4. Mai 2010

Thema: »*Mastro Don Gesualdo*« *ist ein zeitloses Meisterwerk, ein lehrreicher und zugleich spannender Roman. Fasse seinen Inhalt zusammen und erläutere, welche Lehren du aus seiner Lektüre gezogen hast.*

Ich bin sehr verärgert, und die Feder würde ich lieber zerbrechen, als damit zu schreiben. Ich drücke sie so fest auf das Blatt, dass sie kratzt, aber ich habe das Gefühl, sie will mir etwas sagen. *Was kann ich dafür, Mirko, ist es meine Schuld, wenn die Leute gemein sind? Ich möchte dir doch helfen, ich schreibe, was du willst, eigentlich habe ich diese Behandlung nicht verdient.*
Das stimmt, ich höre sofort auf und lasse sie in Ruhe.
Ich bin aber immer noch sehr verärgert. Es war ein wunderschöner Tag, die Sonne schien, und ich hatte ein kurzes Erholungstraining hinter mir. Donnerstag und Freitag sind dann nämlich die langen Trainingstage zur Vorbereitung auf den Sonntag, wo das sehr wichtige Rennen in Piacenza stattfindet. Signor Roberto musste noch im Vereinsbüro bleiben, um mit dem Mechaniker zu sprechen und sich um die neuen Mäntel und Schläuche und um andere Dinge zu kümmern. Ich habe so getan, als würde ich nach Hause gehen, bin aber ins Zentrum gegangen, weil ich auch mal ein bisschen rumbummeln wollte wie meine Mitschüler und mich unter die Leute mischen und mich unterhalten oder wenigstens was sehen wollte.
Vor der Eisdiele und überall auf dem Gehsteig standen Jungen

und Mädchen in meinem Alter herum, und ich stellte mich dazu und schaute mich um und fühlte mich wohl, obwohl ich gar nicht so genau wusste, was ich machen sollte, weil ich niemanden kannte.

Sieh ihn dir an, diesen verkackten Champion! Der Sattel im Arsch gefällt dir wohl! Pillenschlucker!

Ab und zu schnappte ich solche Sätze auf, denn gleich neben der Eisdiele ist die Spielhalle, und die von der Spielhalle sagen solche Sachen.

Ich hab so getan, als würde ich nichts hören, denn wenn du hinhörst und dich auch noch umdrehst, sagen sie *Was ist los, hast du ein Problem, willst du Ärger?* Da ist es besser, man macht dicht.

Aber plötzlich rief ganz deutlich eine andere Stimme meinen Namen, sie kam aus der Eisdiele und klang ganz anders.

Mirko, Mirko Colonna!

Es war die Stimme von Marina Volterrani aus der 3a, die mit uns Sportunterricht hat. Und obwohl Mädchen und Jungen beim Sport getrennt sind, bleibt am Anfang und am Ende der Stunde immer etwas Zeit, sie mir anzuschauen, und ich finde, sie ist das schönste Mädchen der Welt. Sie hat blonde, sehr lange Haare und sehr helle Augen und wirkt schon wie eine richtige Frau und zieht sich auch so an, und unter den Kleidern hat sie auch so Dinger wie eine richtige Frau. Und wenn sie spricht, bewegt sie den Mund ganz eigenartig und wunderschön, und wenn sie mich anspricht, ich schwör's, dann sterbe ich. Zum Glück spricht sie mich nie an.

Jetzt hat sie es aber doch getan. Sie saß an einem Tischchen mit ein paar Freundinnen, die alle sehr hübsch waren, rief meinen Namen und winkte mich zu sich. Sie aßen Eis oder vielmehr Frozen Yoghurt, was leichter ist. Martina sagte, dass sie in der Zeitung etwas über mich gelesen hätten, einen Artikel mit Foto, in dem stand, ich würde einmal ein Star des internationalen Profiradsports werden.

Alle waren sehr beeindruckt und fragten mich, wie man das macht, so schnell Rad zu fahren, und wo das Molise in Italien liegt und ob es stimmt, dass es im Molise keinen Strom gibt. Ich antwortete, so gut ich konnte, und dann sagte ich etwas, was sie zum Lachen brachte, nämlich dass ein Hauptproblem beim Radfahren der Sattel ist, der einem wehtut, aber dass man nach einer Weile nichts mehr spürt. Darauf sagte eines der Mädchen *Mein Gott, dann spürst du da unten nichts mehr?* Sie schauten sich an und lachten, und ich lachte mit, sagte aber auch *Nein, nein oder vielmehr doch, doch, ich spür schon noch was*, und Martina legte mir lachend eine Hand auf den Arm. EINE HAND AUF DEN ARM, mir. Sie fühlte sich warm an, und ich bekam eine Gänsehaut, und da schaute ich sie an, aber weil sie mich im selben Moment auch ansah, habe ich sofort wieder weggeguckt. Dann kamen zwei ältere Herren in identischen Militärjacken schreiend auf uns zu.

»Ich sag dir doch, der ist perfekt so, perfekt!«

»ABER-NEIN-SIEHST-DU-NICHT-WIE-KURZ-DER-OBERKÖRPER-IST-SIEHT-AUS-ALS-HÄTTE-ER-EINEN-BUCKEL.« (Einer der beiden sprach mit einem Apparat an der Kehle und hatte eine Stimme wie ein Roboter.)

»Von wegen Buckel. Er wirkt zwar etwas gestaucht, aber einen Buckel hat er nicht.«

»MEINER-MEINUNG-NACH-IST-ER-VERKRÜPPELT.«

»Ja, schon, aber das ist in Ordnung. Also, ich meine, erinnerst du dich an Coppi? Im Sattel war er perfekt, ein Traum, aber sobald er abgestiegen ist, wirkte er irgendwie verwachsen, mit den langen Beinen und dem rachitischen Oberkörper. Das sind Körper, die dafür geschaffen sind, auf dem Fahrrad zu sitzen, er auch, sieh ihn dir doch an. Auf dem Rad ist er perfekt, aber hier unter den Leuten sieht er aus wie ein Behinderter.«

»MAL-HOFFEN-DIVO-MAL-HOFFEN-DASS-ER-KEINE-NIETE-IST.«

»Da kannst du beruhigt sein. Fühl doch mal das Bein, die Muskeln, fass mal an.«

Die zwei Alten fingen an, mir an die Schenkel zu fassen, hinten, vorn, als wäre ich ein Stück Vieh auf dem Markt oder eine Gurke. Martina hatte sich inzwischen abgewandt, ihre Freundinnen warfen sich Blicke zu und fingen an zu kichern, ich dachte, ich sterbe. Ich versuchte mich von den beiden Alten loszumachen, und sie sagten *Halt still* und grabschten an meinen Beinen rum, und der eine meinte *Fühl mal hier, stahlhart,* und der andere nickte und betatschte mich und sagte *Schon, ich will ihn aber mal bei einem richtigen Rennen erleben,* und der andere meinte *Keine Sorge, am Sonntag in Piacenza hast du die Gelegenheit, am Sonntag zeigst du's den Emilianern, verstanden?*

Martina und ihre Freundinnen waren inzwischen verschwunden, ohne sich zu verabschieden. Die zwei Alten debattierten weiter und nannten die Namen alter Rennfahrer, und bevor sie gingen, zupfte der eine an meinem Kragen rum, damit ich mich nicht erkälte, und im Weggehen debattierten sie immer noch.

Und ich sage jetzt: basta. Ich bin sauer. Und weißt du, was ich am Sonntag machen möchte? Ich möchte nicht gewinnen, am Sonntag möchte ich einfach nur Mist bauen. Alle rings um mich herum bauen Mist, und ich soll immer gewinnen und eine Show abziehen?

Mein Traum wäre, Mist zu bauen wie alle anderen. So wie mein Spaziergang in die Stadt totaler Mist war und so wie diese gemeinen Alten Mist bauen.

Und wie auch dieser Mastro Don Gesualdo Mist baut. Ich habe versucht, die ersten Seiten zu lesen, aber es ist voll langweilig.

SAG MIR WAS PEINLICHES

Man sagt, morgens kann man klarer denken. Aber es wird so viel Unsinn erzählt, mal mehr, mal weniger. Beispielsweise, dass man eine Sache erst mal überschlafen soll, weil man am nächsten Morgen klarer sieht. Mag sein, aber wenn die Gedanken so durcheinanderwirbeln, dass man gar kein Auge zubekommt, was dann?

Ich gehe die Hauptstraße entlang, und mir dreht sich der Kopf. Könnte am mangelnden Schlaf liegen, aber auch an der Hitze, der Feuchtigkeit und den Auspuffgasen. Ich weiß nicht, ob ich gleich ohnmächtig werde oder auf dem Gehsteig einschlafe. Zum Glück donnern pausenlos diese schweren Laster vorbei, die mich fast am Arm streifen, und der Luftstoß hält mich wach.

Ich weiß gar nicht, wohin ich unterwegs bin. Jedenfalls nicht in die Schule.

Heute nicht, ich war ohnehin ganz durcheinander wegen der Geschichte mit Tiziana von der Jugendinfo, und die Aufsätze dieses kleinen Champions haben mir den Rest gegeben.

Ich bin die ganze Nacht aufgeblieben, um sie zu lesen. Zwar war ich in einer halben Stunde durch, aber ich habe sie mehrmals gelesen, darin herumgeblättert und sie sortiert. Schon allein die Handschrift ist auffällig. Sie ist genau wie meine. Nicht wie meine jetzige, sondern wie meine von damals, als ich noch mit der Rechten geschrieben habe. Und auch die Ausdrucksweise, haargenau identisch, wirklich beeindruckend.

Auch das Lebensgefühl ist dasselbe. Das ständige Alleinsein, die Dreckskerle in der Schule und in der Spielhalle, die dich hänseln. Und dann die Probleme mit dem Sex und niemanden zu haben, den man um Rat fragen kann.

Reiner Zufall, wer weiß. Oder dieser Teufelskerl hat irgendwie bei mir abgekupfert. Vielleicht liegt es aber auch nur daran, dass sich jeder Mensch einzigartig und unvergleichlich vorkommt, obwohl doch letztlich alle gleich sind und sich mit denselben Problemen rumschlagen und dieselben Bedürfnisse haben.

Die Italienischlehrerin ist übrigens dieselbe, die ich in der Mittelschule hatte. Tecla Isola Pudda, diese widerliche Zwergin. Wir haben sie Pute oder Mooskopf genannt, weil sie Haare hatte, die aussahen wie ein Moosbüschel. Schon zu meiner Zeit war die Pute sechstausend Jahre alt und verbrachte die gesamte Unterrichtsstunde vor dem Heizkörper, weil ihr immer kalt war. Auch ins Klassenbuch schrieb sie auf dem Heizkörper, und wenn sie dich aufrief, um dich abzufragen, war schwitzen angesagt. Sie hasste uns alle, diese Tecla Pudda. Sie meinte, dass wir unverschämt und gefühllos seien, vielleicht, weil ihr Sohn mit sechzehn gestorben ist und wir so unverschämt und gefühllos waren, noch am Leben zu sein.

Und wenn der kleine Champion bei der Pudda eine Vier kriegen muss, um versetzt zu werden, buch ich ihm lieber gleich eine Fahrkarte ins Molise. Mit dem Flugzeug oder dem Zug oder einfach per Arschtritt, das kann er sich aussuchen.

In gewisser Weise habe auch ich eine Entscheidung getroffen. Vielleicht ohne es zu wollen. Denn als ich diese Gedanken beiseiteschiebe und hochschaue, sehe ich, wohin mich meine Füße getragen haben.

Zur Jugendinfo.

Und da ich gerade keine neugeborenen Kätzchen dabeihabe, gibt es dafür wohl nur einen Grund.

Was mach ich, geh ich rein? Soll ich klopfen? Es ist ein Büro, klopft man an, bevor man ein Büro betritt?

Dumme, sinnlose Fragen, denn ich bin längst drin. Diese Dunkelheit. Wie in einem etruskischen Grab. Tiziana sitzt hinten am Schreibtisch, in ein Buch vertieft. Jetzt nicht mehr. Sie hat das Buch zwar noch in der Hand, aber sie starrt mich an. Ich starre sie an.

»Ciao Tiziana.«

»Ja … ah, ja, ja, ciao.« Sie steht abrupt auf.

Ich raffe meine Haare im Nacken zusammen und versuche zu lächeln, obwohl sämtliche Gesichtsmuskeln in die entgegengesetzte Richtung ziehen. Aber ich bin der Boss, nur keine Geschichten, es wird gemacht, was ich sage. Nach und nach stellt sich das Lächeln ein.

»Ciao«, sage ich noch mal.

»Ciao … gut, dass du gekommen bist, Fiorenzo. Ich hätte zu dir kommen sollen. Entschuldige.«

»Wofür.«

»Für alles, entschuldige bitte.«

»Aber wofür denn.«

»Für alles. Für … na ja, alles. Hoffentlich habe ich dich nicht verletzt. Ich schwör's, ich weiß nicht, was in mich … das ist nicht meine Art, so was ist wirklich nicht meine Art. Ich weiß schon, das ist der Standardsatz eines Flittchens, wenn sie etwas Flittchenmäßiges macht, aber ich schwör's, dass ich nicht so eine bin. Und wenn du dich verletzt gefühlt hast, versteh ich das und bitte dich um Verzeihung.«

»Wieso verletzt. Also, ich fühl mich nicht im Geringsten verletzt.«

»Oh, aha, na zum Glück.« Und Tiziana lächelt, mehr oder weniger. Auch ich lächle. Und jetzt?

Schweigen.

Vollkommen absurd, einfach so dazustehen und nichts zu sagen und zu tun. Letztes Mal haben wir uns abgeknutscht und aneinandergedrückt, ist das jetzt alles schon wieder vorbei, und sie bittet mich um Entschuldigung, und das war's dann? Na klar, was dachtest du denn? Ich bin ein Idiot, wozu bin ich überhaupt hergekommen, ich Trottel, ich tu mir selbst leid. Dabei halte ich den rechten Arm immer noch in der Hosentasche, ich versenke ihn darin, bis es wehtut. Ich muss irgendwas sagen, dieses Schweigen bringt mich um.

»Weißt du was, ich habe Mirkos Aufsätze gelesen«, sage ich.

»Aufsätze? Ach ja, klar. Und wie sind sie, gut?«

»Ich weiß nicht. Nicht wirklich. Sie sind eigenartig.«

»Ach ja?«

»Ja.«

»…«

»… und dein Blog? Hast du weitergeschrieben …«

»O nein, den Blog hab ich gelöscht. War eh nur Quatsch.«

»Ah. Okay. Ja, stimmt schon, es gibt jede Menge Blogs.«

»Tja.«

»Und fast alle sind Mist.«

»Allerdings.«

»Das heißt, nein, ich meinte nicht deinen. Ich hab ihn ja gar nicht gelesen. Entschuldige bitte, nachher schau ich gleich mal rein.«

»Ich hab ihn gelöscht.«

»Ach so, hast du ja grade gesagt.«

»Ja eben.«

Auch dieses Thema hat sich also schnell erschöpft. Wieder Schweigen.

Dann kommt mir etwas in den Sinn, ein Trick meiner Mutter, um eine peinliche Situation zu überbrücken. Einmal kam sie ohne anzuklopfen in mein Zimmer, ich hätte sie aber ohnehin nicht gehört, weil ich die Stereoanlage voll aufgedreht hatte. Es lief eine Platte von Megadeth, und ich stellte mir vor, auf einem riesigen Festival vor einer Million Zuschauern aufzutreten. Ich stand auf dem Bett und tat so, als hätte ich ein Mikrofon in der Hand, bewegte den Mund, als würde ich singen, heizte dem Publikum ein und warf den Kopf hin und her, und so erwischte sie mich. Ich bin sofort vom Bett runtergesprungen, habe die Lautstärke ganz zurückgedreht und sie völlig verschwitzt angestarrt. Meiner Mutter war das Ganze noch viel peinlicher als mir. Und dann sagte sie plötzlich: »So, und jetzt sagt jeder von uns etwas furchtbar Peinliches, okay?«

»Hä?«

»Etwas Peinliches, was dir mal passiert ist. Erst du, dann ich.«

»Nein, Mama, ich bitte dich, geh.«

»Los, stell dich nicht so an. Raus mit der Peinlichkeit.«

»Nein, da hab ich null Bock drauf, lass das bitte.«

»Sag's einfach und fertig!«

»Okay, na gut, aber dann gehst du. Ich habe Angst vor Wespen. Zufrieden?«

»Was soll daran peinlich sein?«

»Na, stell dir vor, da kommt eine Wespe, und ich renne weg, und die anderen sehen das.«

»Stimmt, ein bisschen peinlich ist das schon.«

»Genau. Und kannst du jetzt bitte gehen, Mama?«

»Und was mir Peinliches passiert ist, willst du nicht hören?«

»Nein, will ich nicht.«

»Also, passiert ist, dass ich mir gestern Abend in die Hose gemacht habe.«

»...«

»Beim Abendessen mit Papas Mannschaft. Teresa hat von einer Freundin erzählt, und wir haben angefangen zu lachen, weil es einfach zu komisch war, und ich sagte noch *Hör auf, sonst mach ich mir noch in die Hose*, aber sie hat nicht aufgehört, und da habe ich mir tatsächlich in die Hose gepinkelt.«

»Dort im Restaurant? Und dann?«

»Ich bin ein Weilchen so sitzen geblieben und hab gehofft, dass es keiner merkt. Ich wusste ja nicht, was ich machen soll. Aber dann hab ich gespürt, dass der Stuhl nass war, also hab ich mir von Papa den Pulli geben lassen. Und Papa hat auch noch rumgenervt und gefragt *Wozu brauchst du den denn, wenn du ihn gar nicht anziehst, sag doch, was hast du damit vor?* Ich hab ihn mir um die Hüfte gebunden und gesagt, ich geh aufs Klo, bin dann aber schnell nach Hause gelaufen.«

»Ach, deshalb warst du früher zurück.«

»Na klar, gezwungenermaßen, ich hatte ja in die Hose gemacht.«

Das war tatsächlich ziemlich peinlich. Ich muss zugeben, dass meine Verlegenheit wegen meinem gespielten Konzertauftritt so ziemlich verflogen war.

Vielleicht funktioniert dieser Trick auch hier mit Tiziana. Etwas Besseres fällt mir ohnehin nicht ein.

»Tiziana, sag mir was Peinliches.«

»Hm?«

»Erzähl mir etwas, das dir mal so richtig peinlich war. Dann erzähl ich dir was von mir.«

»Wie meinst du, was …«

»Na los, das hier ist doch eine peinliche Situation, oder?«

»Hm, ja, irgendwie schon.«

»Eben. Und deshalb erzählst du mir was Peinliches von dir und ich dir was von mir. Du wirst sehen, das hilft.«

»Das kann ich mir gar nicht …«

»Los, komm schon.«

»Jetzt so auf Anhieb fällt mir gar nichts ein.«

»O Mann, komm schon, irgendwas Peinliches, was du mal gemacht hast.«

»Und das, von dem wir beide wissen, gilt nicht, oder?«

»Natürlich gilt das nicht, das kenn ich ja schon. Los.«

»Na gut. Dann sag ich was anderes. Ich habe ausgespuckt.«

»Was?«

»Heute Morgen. Ich war auf dem Weg ins Büro und musste gähnen, und da ist mir was in den Mund geflogen. Ich weiß nicht, ob es Staub war oder ein Insekt. Es ist mir aber in den Hals gerutscht, und ich musste husten. Irgendwann hab ich dann ausgespuckt. Aber so 'ne richtig eklige Schleimspucke wie bei alten Leuten, weißt du, wo du erst mal was hochholst und es dann auf den Boden spuckst. Und da ich immer so ein Glück habe, kam genau in dem Moment ein Mann vorbei, der das voll mitgekriegt hat. Ich schaute hoch und sah ihm direkt in die Augen, am liebsten wäre ich im Erdboden versunken.«

Tiziana lächelt, dann hält sie sich eine Hand vors Gesicht. Ihr wunderschönes Gesicht.

Sie lächelt, und ich lache richtig und will gar nicht mehr aufhören, denn die Stille von vorhin möchte ich auf keinen Fall mehr hören.

»Hey, was lachst du denn? Es ist dramatisch, tragisch. Und was machst du? Du lachst.«

»Ach, so schlimm kann das doch gar nicht gewesen sein.«

209

»Wie bitte? Du bist korrekt gekleidet, auf dem Weg zur Arbeit, mit der Mappe unterm Arm, mit Handtasche und Sonnenbrille – und dann ein Auswurf wie von einem Bauarbeiter, mitten auf dem Gehsteig. Was für eine Blamage.«

Ich lache noch immer. Diesmal lacht sie mit.

»Ich habe gesagt, genug gelacht, das ist ein Drama, verstehst du? Eine Tragödie. Und du?«

»Und ich was.«

»Und was ist dir Peinliches passiert?«

Langsam höre ich auf zu lachen, ich hole Luft.

»Ach ja«, sage ich und ziehe den Arm aus der Hosentasche meiner Jeans. Halte ihn hoch. »Hier, Tiziana, mir fehlt eine Hand.«

ICH WÜRDE MIR EINEN HAKEN MACHEN LASSEN

Dieser Blick und ihr Gesichtsausdruck werden mir auf ewig in Erinnerung bleiben.

Ich dachte, ich würde nie den Zungenkuss vergessen und die Hände und so, aber ich weiß schon jetzt nicht mehr, wo das alles steckt. Vielleicht im Klo meiner Erinnerungen, und dort steht es hinter der Tür, vornübergebeugt, und kotzt. Ich habe nur Tizianas schreckgeweitete Augen vor mir, als ich ihr den rechten Arm ohne die Hand gezeigt habe.

Erst dachte ich, sie fängt gleich zu an schreien, aber dann verzerrte sich ihr Gesicht zu einer Grimasse wie in einem Horrorfilm, wenn der Hauptdarsteller voller Entsetzen erkennt, dass das schöne Mädchen in Wirklichkeit ein böser Dämon ist. Draußen vor dem Fenster zuckt ein Blitz (in Horrorfilmen ist immer schlechtes Wetter), und ihr Gesicht verwandelt sich in das eines Monsters. Ja, so war es, mehr oder weniger. Und wie in einem Horrorfilm habe ich an dieser Stelle die Flucht ergriffen. Nur dass Tiziana nicht hinter mir hergelaufen ist.

Denn das hier ist kein Film, sondern die Wirklichkeit, und in der Wirklichkeit hat Tiziana meinen Arm gesehen, an dem die Hand fehlt, und jetzt will sie nichts mehr mit mir zu tun haben. Das meine ich, wenn ich sage, dass der Horror in den Horrorfilmen weniger schlimm ist als der Horror der Wirklichkeit. Wobei dann immer alle sagen, ich sei bekloppt.

Aber das kränkt mich überhaupt nicht, denn sie haben ja recht, ich bin bekloppt. Das beweist diese großartige Idee, so plötzlich und unvermittelt den Arm aus der Hosentasche zu ziehen.

O wie peinlich, Tiziana, du hast auf der Straße ausgespuckt und jemand hat dich dabei gesehen? Mein Gott, wie schrecklich, das tut mir echt leid. Stell dir vor, mir ist es besser ergangen. Ich habe ein Handgelenk, an dem nichts dran ist, sieh mal, lustig, nicht? Und was machen wir jetzt, vögeln wir?

Ja, das war wohl mein Plan. Genial. Und deshalb geschieht es mir recht, dass Tiziana mich so angeschaut hat. Ihr Blick geht mir nicht mehr aus dem Kopf, auch jetzt nicht, während ich schnell zum Laden laufe, in die Kammer mit den lebenden Ködern. Das ist der richtige Ort für mich, dort, bei den Würmern. Und da versteife ich mich immer darauf, unter die Leute zu gehen.

Einarmiger, Kralle, Pranke, so nannte man mich, als ich vierzehn war. Ich höre es auch jetzt, während ich die Straße langlaufe. Aber es sind keine Erinnerungen, keine Stimmen, die mich aus der Vergangenheit erreichen. Nein, man ruft es mir wirklich nach. Ich drehe mich um und merke, dass ich die Spielhalle passiere, die auf dieser Straßenseite liegt. Normalerweise vermeide ich es, hier vorbeizugehen, um diese Reaktion nicht zu provozieren. Die Bewohner der Spielhalle sehen mich draußen vorbeigehen, sie können es kaum fassen, drängen sich zwischen Tür und Gehsteig und rufen: »Einarmiger, Kralle, Pranke!«, »Hey, brauchst du Hilfe? Kann ich dir eine Hand reichen?«, »Stimmt es, dass dein Lieblingsfilm *Captain Hook* ist?« Und ähnlichen Scheiß, über den außer ihnen niemand lachen kann, bis auf ein paar Einzeller vielleicht.

Aber jetzt reicht's mir, heute ist mir klar geworden, dass ich einfach alles falsch mache. Das Beste ist, ich verzieh mich in den Laden und schließ mich ein. Es ist erst Mittag, aber für heute bin ich bedient.

Ich öffne die Tür, und im Laden steht mein Vater mit einem Kunden, der sich Schwimmer aussucht. Er hält sie ins Licht, dreht und wendet sie, als könne er durch sie hindurchsehen. Mein Vater begrüßt mich, ich mache ihm ein Zeichen, dass ich in die Kammer gehe, in mein Zimmer. Ich will jetzt allein sein. Der Raum hat weder Fenster noch Licht, hier sind nur die Würmer, die sich raschelnd bewegen und scharren und sich aneinander reiben, und mehr brauche ich im Moment nicht. Ist schon okay so.

Er sagt: »Warte, da ist ...«

Aber ich warte nicht, ich mache eine verneinende Geste mit dem Zeigefinger und deute auf die Falttür, reiße sie auf und geh in die Kammer. Und dort, auf meiner Pritsche, sitzt der kleine Champion.

Er zuckt zusammen und springt auf. Er trägt seine komplette Rennfahrerausrüstung: Hose, Mannschaftstrikot, sogar den Helm und die Schuhe mit den Pedalplatten.

»Was machst du denn hier?«

»Nichts, ich ... nichts, Signore.«

»Willst du mich jetzt auch noch aus diesem Kämmerchen vertreiben?«

»Nein, ich ...«

»Aber du tauchst ständig hier auf und gehst mir auf den Keks! Wieso bist du denn nicht in der Schule?«

»Ich bin eine Stunde früher weg, weil ich Langstreckentraining habe.«

»Ah, wie praktisch. Der junge Herr muss Rad fahren und schwänzt dafür den Unterricht.«

»Ehrlich gesagt, wäre ich lieber in der Schule geblieben, ich geh nicht gern früher wegen ...«

»Schluss mit diesem Gejammer, es reicht! Ständig diese Klagen *Radfahren widert mich an, gewinnen widert mich an, ich kann mich nicht mit den Mädchen unterhalten, ich kann kein Eis essen ...* Wenn dir das alles so zuwider ist, dann hör doch auf damit.«

Der kleine Champion hebt den behelmten Kopf und strahlt übers ganze Gesicht. »Aber dann haben Sie ja meine Aufsätze gelesen!«

»Nein! Was redest du da für einen Quatsch. Ich hab gesagt Nein. Ich denk gar nicht dran, deine Scheißaufsätze zu lesen! Verschwinde, geh zum Training und hör auf zu jammern! Denn wenn du die Schnauze voll hast, kannst du ganz einfach aufhören. Und weißt du, wie? Ich sag's dir. Am Sonntag ist wieder ein Rennen, richtig? Gut, und das verlierst du. Du verlierst einmal, du verlierst zweimal, und du kannst dich darauf verlassen, dass mein Vater dich in null Komma nichts nach Hause schickt. Verlier doch, verdammt noch mal, ist doch nichts dabei. Verlieren ist das Einfachste auf der Welt!«

»Aber ich … Ich weiß nicht, ob ich das darf.«

»Du weißt nicht, ob du darfst? Was redest du da, siehst du, du regst mich schon wieder auf!« Ich spüre, wie etwas in mir hochkocht, aber es ist keine Wut. Es ist etwas anderes. »Du hast das Glück, dass du alles machen kannst, was du willst, du Trottel, aber du beklagst dich immer nur! Sag mir doch mal eins …« Ich zögere ganz kurz, dann beschließe ich, es doch zu sagen, der Tag ist ohnehin versaut. Ich halte ihm meinen rechten Arm unter die Nase. »Du beklagst dich ständig, Champion, aber sag mir, was würdest du machen, wenn du in meiner Lage wärst?«

»Ich?«

»Ja, sag schon, was würdest du machen.«

»Ich, Signore, ich würde mir einen Haken machen lassen.«

Ich schwöre, das hat er gesagt, und zwar ganz ernst. Trotzdem schaffe ich es nicht, ihm ordentlich eine zu verpassen. Vielleicht weil er minderjährig ist. Vielleicht aber auch, weil ich auf die Idee mit dem Haken selber schon gekommen bin. Als ich die Sache zum ersten Mal nach dem Unfall angesprochen habe, habe ich genau das gefragt: *Kann ich nicht wenigstens einen Haken draufsetzen?* Und die Ärzte haben gelacht.

Ich lasse den Arm sinken, mache Platz. »Verschwinde, Kleiner, heute bin ich nicht gut drauf, und du hast mir grade noch gefehlt.«

»Tut mir leid, wenn der Tag heute nicht so schön für Sie ist, Signore.«

»Verpiss dich. Und mach, was du willst. Gewinn oder verlier oder sonst was, mir ist das scheißegal.«

Der Kleine lässt seine Aufsätze auf dem Bett liegen, schnappt sich seine Sporttasche und geht auf die Tür zu.

»Signore, hier obendrauf sind zwei ganz neue Aufsätze.«

»Ich lese deine Aufsätze nicht, wie oft soll ich dir das noch sagen. *Ich-le-se-sie-ni-hicht!*«

Ich brülle es ihm nach, während er sich schleunigst verdrückt. Er macht die Falttür hinter sich zu und ist weg.

Ich bin allein. Im Dunkeln zwischen den lebenden Ködern. Den Rest des Tages will ich hier nicht mehr raus. Ich bleibe bei den Würmern, bei den Kisten, bei den Aufsätzen des kleinen Champions.

Und bei Tizianas Augen, die ich mein Leben lang nicht mehr vergessen werde.

PROFI FISHING KOMFORT DELUXE

Mariani begutachtet die Schwimmer seit mindestens zwanzig Minuten. Er hält sie gegen das Licht, als könnte er so erkennen, ob sie ihm Glück bringen oder nicht. Roberto liest unterdessen die Zeitung und wartet.

Fiorenzo ist gekommen und schnurstracks in der Kammer verschwunden, wo er Mirko angetroffen hat. Wenig später Gebrüll. Dann ist Mirko rausgekommen, ganz wackelig auf seinen Rennschuhen.

»Warte draußen auf mich, wir fahren gleich«, sagt Roberto zu ihm. Mariani begrüßt den kleinen Champion und wendet sich wieder den Schwimmern zu.

Es ist sein erster Besuch hier im Laden, wahrscheinlich war er noch nie in seinem Leben angeln. Und wenn Robertos Instinkt nicht trügt, hat Mariani auch jetzt nicht die Absicht, damit anzufangen.

Schließlich sagt Mariani: »Na gut, ich nehme die hier«, und wählt zwei Schwimmer, wie sie nach Gewicht und Form unterschiedlicher nicht sein könnten. Er bezahlt. Dann macht er ein paar belanglose Bemerkungen, als wolle er die Zeit überbrücken, bis er das Wechselgeld zurückbekommt.

»Tja, so ist das nun mal, die Angelei ist ein schönes Hobby. Hab ich recht, Roberto?«

»O ja. Vollkommen recht.«

»Ich bin natürlich kein Profi, aber mir macht es Spaß. Und weißt du, was mein größtes Hobby ist?«

»Der Radsport.«

»Genau, der Radsport. Auch da bin ich selbstverständlich Amateur, aber ich bin gar nicht so schlecht. Letztes Frühjahr habe ich mich sogar für den Radmarathon zum Monte Balbano qualifiziert, wusstest du das?«

»Das wusste ich nicht. Bravo.«

»Tja. Aber ich verfolge auch die Profirennen. Ich weiß genau, welche Rennen du gefahren bist, das kannst du mir glauben. Und wie du bei der Coppa Bernocchi als Vierter ins Ziel eingelaufen bist … Ich kann dir auch sagen, wer damals auf dem Treppchen stand.«

»Du hast vielleicht ein Gedächtnis, Mariani, Donnerwetter.«

»Ist halt meine Leidenschaft. Und weißt du, wer diese Leidenschaft von mir geerbt hat? Mein Massimiliano. Gütiger Gott, der kommt gar nicht mehr runter vom Sattel. Er verfolgt alle Profirennen, kein einziges verpasst er. Die Welt des Profiradsports ist ihm jetzt schon vertraut.«

»Das ist schön. Rennen zu fahren, ohne die Rennen der Großen zu verfolgen, ist wie …«

»Wie Trockenschwimmen! Ich weiß, das hast du den Jungs Anfang des Jahres gesagt, und ich hab's mir gemerkt, weil es so ein schöner Satz ist. Ich traue Massimiliano übrigens einiges zu. Er ist mit Feuereifer dabei und hat den richtigen Kampfgeist. Er ist zwar erst sechzehn, aber schon sehr reif. Und er will unbedingt Radprofi werden. Dabei unterstütze ich ihn hundertprozentig.«

»Gut. Und wir bemühen uns, einen Radprofi aus ihm zu machen.« Roberto antwortet in knappen Sätzen. Merkwürdig, schließlich geht es doch um den Radsport. Aber er hat schon verstanden, worauf Mariani hinauswill.

»Nun ja, dieses Jahr hat er noch kein Rennen gewonnen. In der Altersklasse der Jüngsten war das anders, aber die Klassen ändern sich, das ist nun mal so. Und jetzt, wo du diesen kleinen Champion entdeckt hast … Mein Gott, der geht ja ab wie eine Rakete. Wo hast du den eigentlich aufgegabelt?«

»Ja, Mirko ist stark. Aber Massimiliano ist auch stark, lassen wir ihn noch ein bisschen wachsen.«

»Ja, stimmt, er muss noch wachsen. Aber genau dabei möchte ich eben etwas nachhelfen … Ich wiederhole, wir kennen das Metier, Roberto, wir sind keine Grünschnäbel, und wir sind bereit, alles Notwendige zu tun. Und daher frage ich dich, ganz unter uns, worauf kommt es an?«

Roberto räumt die Kästen mit den Schwimmern auf, er antwortet nicht und schaut nicht vom Ladentisch hoch.

»Hey, Roberto, ich rede mit dir, von Mann zu Mann: Worauf kommt's an?«

»Auf die Beine kommt es an, Mariani.«

»Ja, sicher, und auf was noch?«

»Auf die Lungen und auf den Kopf.«

»Hey, Roberto, komm schon, nimm mich nicht auf den Arm, du weißt genau, was ich meine.«

»Nein, ich glaube nicht.«

»Los, komm schon, erzähl mir keine Märchen. Der kleine Champion ist stark, er ist ein Phänomen, aber sag mir nicht, dass du ihn auf Wasser und Brot gesetzt hast. Du gibst ihm doch was, und du hast auch völlig recht damit, das ist ja in Ordnung. Ich hab dir doch gesagt, ich weiß, wie's in der Branche läuft, und das ist völlig okay. Aber ich frage dich, ob man nicht auch Massimiliano ein bisschen aufpäppeln könnte. Ich wiederhole, ich werde dir keine Schwierigkeiten machen. Wenn es was zu unterschreiben gibt, unterschreibe ich. Wenn du mir einen Arzt nennst, der sich darum kümmern könnte, geh ich sofort hin.«

Roberto verschließt die Kästen mit einem Klick, stellt sie in die Schublade unter dem Ladentisch und schiebt diese langsam wieder rein.

»Ach ja? Und wenn ich dich zum Teufel jage, gehst du da auch sofort hin?«

Mariani steht da, die beiden Schwimmer in der Hand, und zwingt sich zu lächeln.

»Nein, Roberto, Moment mal, du hast mich falsch verstanden. Ich sage nur, dass du meinem Sohn ein bisschen mehr Aufmerksamkeit schenken sollst. Du kennst die Ärzte, wenn du mir einen guten Arzt vermittelst, reicht mir das, mehr verlange ich gar nicht von dir. Ich bring ihn dir zu den Rennen und …«

»Mariani, geh mir nicht länger auf den Sack, ich bitte dich.«

Mariani ist das Lächeln vergangen, er legt die Schwimmer auf den Ladentisch. »Roberto, ich sag dir was: Du hast einen Fan verloren.«

»Reg dich ab.«

»Und einen Rennfahrer dazu. Ich bringe meinen Sohn zu MabiTech. Die wissen, was er wert ist. Und wenn er gewinnt, dann möchte ich dich sehen.«

Mariani geht auf die Tür zu, öffnet sie und will gehen. Aber er dreht sich noch einmal um, weil ihm noch zu viel Galle im Hals steckt, die er ausspucken muss. »Eines Tages kriegen sie ihn, deinen kleinen Champion, das sag ich dir. Früher oder später erwischen sie ihn, und dann nützt es dir nichts, wenn du schwörst, du hättest nichts gewusst, und tust, als würdest du aus allen Wolken fallen. Das nimmt dir keiner ab, Roberto, du warst als Rennfahrer eine Flasche, und das bist du auch als Trainer!«

Ein Profi Fishing Komfort Deluxe mit kompletter Ausstattung ist der Traum eines jeden Anglers, der Wert auf Bequemlichkeit und Ordnung legt. Schon die Nennung des Namens stimuliert die erogenen Zonen in der Anglerhose. Es handelt sich um einen gepolsterten, lederbespannten Angelstuhl mit Stahlrahmen, vier teleskopisch verstellbaren Beinen, gleichfalls aus Stahl, und zahllosen größeren und kleineren Fächern, in denen das gesamte Angelzubehör ordentlich untergebracht werden kann.

Er ist so teuer, dass Roberto ihn nicht im Verkaufsraum selbst, sondern hinter dem Ladentisch aufgestellt hat, und er ist so schwer, dass sie ihn zu zweit hierhergewuchtet haben.

Jetzt aber ist er leicht wie ein Schmetterling, er gleitet durch den Raum und nimmt zielsicher Kurs auf die Ladentür. Mariani sieht dieses Ungetüm aus Leder und Stahl durch die Luft wirbeln, bei jeder Umdrehung werden die Fächer wie Bomben aus einem Flugzeug geschleudert. Wie ein Geschoss durchstößt der Profi Fishing Komfort Deluxe ein Brett, eine Vitrine mit Angelrollen sowie einen Haufen Angelfutter und steuert direkt auf Marianis Zähne zu. Doch Mariani schafft es gerade noch rechtzeitig, den Abgang zu machen und die Tür hinter sich zu schließen, die im nächsten Moment nicht mehr da ist. Ein dumpfer Schlag, und das Glas zerspringt in tausend Scherben.

Fiorenzo kommt aus der Kammer gerannt und sieht diesen

kahlköpfigen Kerl auf dem Gehsteig herumhüpfen und den Splitterhagel abwehren wie einen Hornissenschwarm. Dabei brüllt er: »Ich zeig dich an! Du bist verrückt, Marelli, du Schweinehund, du! Du dopst! Du hast gedopt, als du selbst gefahren bist, und du dopst auch jetzt! Ich zeig dich an!«

Er fuchtelt mit den Armen in der Luft, zappelt herum und verschwindet um die nächste Ecke. Im Rahmen der Tür oder dessen, was von ihr übrig ist, erscheint jetzt Mirkos Kopf, immer noch mit Helm.

»Signor Roberto.« Er linst vorsichtig herein. »Entschuldigen Sie«, sagt er leise, »ich glaube, die Tür ist zerbrochen.«

Aber niemand dankt ihm für diese Auskunft.

Die Autos hinter ihm preschen weiter die Hauptstraße entlang, der Lärm und die Abgase dringen jetzt ungefiltert in den Laden.

Fiorenzo schaut zu seinem Vater hinter dem Ladentisch, der den Blick seelenruhig erwidert, den Kopf in die Hand gestützt.

»Aber ... was ...«

»Fiorenzo, müsstest du nicht in der Schule sein?«

»Ja ... nein ... Aber was ist passiert?«

»Der Profi Fishing Komfort Deluxe.«

»Und wie ist der bis dorthin ...«

»Er ist mir aus der Hand gerutscht.«

»Er ist dir aus der Hand gerutscht und bis zur ...«

»Genau.«

»Und die Tür?«

»Die Tür ist hin.«

»Und jetzt brauchen wir eine neue.«

»Stimmt.«

»Das kostet einen Haufen Geld, Papa.«

»Stimmt. Aber Hauptsache, es ist niemand verletzt.«

DER TRICK MIT DEN GESCHWISTERN

»Nein, du spinnst ja, Tiziana, kapier es endlich, da liegst du voll daneben.«

»Sie hat so komisch geschaut, irgendwas war komisch.«

»Ach was, sie ist eine einsame alte Frau, die gern ein Kätzchen hätte, damit sie sich nicht so allein fühlt.« Raffaella redet, fährt Auto und schreibt eine SMS, alles gleichzeitig. Sie schaut auf die Straße, zu dir, aufs Handy.

»Nein, sie war komisch, sie hatte den bösen Blick.«

In einem Pappkarton auf dem Rücksitz liegen die Kätzchen und hören nicht auf zu wimmern. MIAU-UUUUUUH.

»Und was machen wir jetzt mit ihnen, Tiziana? Wir wissen doch gar nicht, wohin damit. Da tut uns jemand den Gefallen und will uns eins abnehmen, und du schlägst das Angebot aus.«

»Ich hab dir doch schon gesagt, die tickt nicht richtig.«

»Wie, die tickt nicht richtig?«

»Lach jetzt nicht, aber ich glaube, sie wollte das Kätzchen essen.«

Raffaellas Kopf schnellt nach rechts, sie starrt dich entgeistert an. Im nächsten Augenblick prustet sie los.

Das Auto vor euch steht schon eine ganze Weile an der Ampel, Raffaella drückt energisch auf die Hupe, bis sie merkt, dass rot ist. Sie macht eine entschuldigende Geste und behandelt dich weiter wie eine Geisteskranke. »Aber warum sollte sie eine Katze essen wollen?«

»Von der Krise sind alle betroffen, Raffaella.«

»Jetzt übertreib mal nicht, wer wird denn Katzen essen?«

»Viele. Wir nicht, aber die Alten … Sie haben auch damals im Krieg welche gegessen, für sie ist das gar nicht so abwegig. Meine Großmutter hat mir erzählt, dass sie im Krieg Katzen und Igel gegessen hat, und einmal hat sie einen toten Deutschen gefunden und ...«

»Und den hat sie auch gegessen?«

»Nein, bist du blöd. Der trug einen Ledergürtel, den haben sie gekocht, und als er weich war, haben sie ihn gegessen.«

»Ist ja richtig eklig, *igitt!*«

»Kannst du dir jetzt vorstellen, dass jemand auch ein junges, zartes Kätzchen isst?«

»Aber sie wollte es doch nur, damit sie nicht so allein ist.«

»Was du nicht sagst. Und warum hat sie dann so verdächtig reagiert, als du den Trick mit den Geschwistern ausprobiert hast?«

Der Trick mit den Geschwistern ist ein Klassiker, wenn man kleine Kätzchen loswerden will: Wenn du jemanden gefunden hast, der bereit ist, eines zu nehmen, zeigst du ihm gleich noch ein zweites, möglichst ähnliches, und sagst, dass die beiden unzertrennlich sind, seit ihre Mutter von einem Betrunkenen überfahren wurde und du sie wimmernd neben der toten Katzenmama gefunden hast. Wenn du Glück hast, erbarmt sich der Interessent und nimmt beide.

Raffaella hat diese Geschichte auch der Alten aufgetischt, und die war sofort bereit gewesen, beide zu nehmen, und wenn es noch eines gäbe, hatte sie schnell hinzugefügt, würde sie auch das noch nehmen. Wahrscheinlich hätte sie den ganzen Katzenkarton genommen.

»Und deiner Meinung nach wollte sie die alle essen?«

»Ich glaub schon. Wer weiß, vielleicht wollte sie Gäste zum Essen einladen. Oder sie hätte sie in die Tiefkühltruhe gepackt.«

»Du bist krank, Tiziana, geh zum Arzt und lass dich untersuchen.«

»Mir fehlt nichts, du hast ihr nur nicht richtig in die Augen geschaut und ...«

»Tiziana, ich sag es dir noch einmal, du musst lernen, anderen zu vertrauen, zumindest ein bisschen.«

»Tu ich doch.«

»Klar, und wie. Du bist offen und vertraust allen.«

»Ja, genau, ganz genau. Siehst du mich etwa anders?«

»Ganz anders.«

»Und wie? Los, sag schon.«

»Weiß ich nicht. Ich hab dir doch schon gesagt, du bist verrückt. Geben wir der armen Alten doch die Kätzchen. Bestimmt ist sie schon lange allein, und diese Kätzchen würden ein wenig Freude in ihr Leben bringen ...«

»Boh.«

»Wir geben ihr die Kätzchen, komm schon.«

»Ich weiß nicht, Raffa.«

»Aber ich weiß es. Und diesen Heavy-Metal-Typen ... den lassen wir auch ran, oder?«

Raffaella wirft das so hin, ihr schaut euch an und müsst lachen.

»Du bist blöd!«

»Nein, du.«

»Und du erst.«

»Nein, du hast 'ne Macke, Tiziana. Ich an deiner Stelle würde ihn ranlassen, er gefällt dir doch!«

»Was redest du da, stimmt ja gar nicht!«

»Und ich sag dir, dass er dir gefällt. Jedenfalls findest du ihn nicht unattraktiv.«

»Mensch, er ist neunzehn.«

»Warum bist du dir da so sicher, vielleicht ist er einundzwanzig und sieht nur jünger aus.«

»Nein, nein, er ist neunzehn.«

»Hat er dir das gesagt?«

»Nein, aber ich hab im Internet gesurft und ... er geht aufs Gymnasium, in die Dreizehnte. Verstehst du, er geht noch zur Schule!«

»Du hast im Internet nach ihm gesucht und behauptest, er interessiert dich nicht?«

»Nur so, aus Neugier. Mir ist immer so langweilig im Büro.«

Die Kätzchen auf dem Rücksitz wimmern immer noch. MIAU-UUUUUUUH, MIAU-UUUUUUUH. Ein schrilles durchdringendes Wehklagen, kaum auszuhalten.

»Was bedeutet es schon, dass er neunzehn ist? Wenn einer in unserem Alter mit einer Neunzehnjährigen geht, halten ihn alle für einen tollen Hecht. Und wir Frauen dürfen das nicht? Leben wir etwa im Mittelalter?«

»Mag schon sein, aber ich fand reifere Männer immer schon attraktiver, mich fasziniert ihr …«

»Reife Männer, sagst du? Weißt du, was Pavel gestern Abend zu mir gesagt hat? *Raffaella, heute ich kann nicht mit dir schlafen, ich hab Paprikahühnchen gegessen, und wenn ich mich zu sehr bewege, kommt mir hoch.* Hast du so was schon mal gehört? Da hast du deinen reifen Mann. Und dabei ist Pavel noch fit. Normalerweise sind sie in dem Alter schlapper, viel schlapper.«

»Ja, aber das Problem ist nicht nur das Alter.«

»Jetzt sag bloß nicht, dass du immer noch an Luca denkst, dann werd ich nämlich richtig wütend. Was muss dieser Typ noch alles anstellen, damit du endlich kapierst, dass er ein Vollidiot ist?«

»Aber nein, doch nicht Luca …«

»Ist es die Hand? Wenn es das wäre, könnte ich dich sogar verstehen. Obwohl, du hast sie ja noch gar nicht richtig gesehen, vielleicht ist es nur halb so schlimm. Triff dich doch erst mal mit ihm und schau ihn dir an. Nur weil du einmal mit ihm ausgehst, musst du ja nicht gleich mit ihm ins Bett springen.«

»Nein, aber ich möchte nicht …«

»Und wenn es sich ergibt, tja, dann springst du eben mit ihm ins Bett. Ein kleines Betthupferl hat noch keinem geschadet.«

Ihr müsst schon wieder lachen. Ziemlich lange, und am Ende habt ihr ein Grinsen im Gesicht. Ihr seid gleich zu Hause. »Ich weiß nicht, Raffa, ich glaube nicht, dass …«

Die Kätzchen miauen pausenlos. MIA-UUUUUUH, MIA-UUUUUUH, MIA-UUUUUUH.

»Tiziana, jetzt hör mal, ich hab die Schnauze voll. Wir fahren zurück und machen der Alten eine Freude, ja?«

»Meiner Ansicht nach …«

»Sie wird sie schon nicht aufessen, Tiziana. Glaub mir, sie denkt nicht im Traum daran. Sie will nur ein bisschen Gesellschaft, weil sie das Alleinsein satt hat. Ist doch ganz normal, oder?«

Normal. Was ist schon normal? Weißt du, was normal ist? Bist du normal?

»Komm, Tiziana, wir fahren noch mal hin.«

Du beißt dir auf die Lippen und antwortest nicht. Du starrst auf das Armaturenbrett mit dem Aufkleber von Ricky Martin aus dem vorigen Jahrhundert. Raffaella stoppt den Wagen, schaut zuerst dich an, dann die Straße, dann wieder dich.

»Ich weiß doch, wo das hinführt …«, stöhnst du.

»Oh, bravo!«, sagt Raffaella.

Es kracht, als sie den Rückwärtsgang einlegt.

»CRONACA ITALIANA«

Pier Francesco Lamantino schreibt für die »Cronaca italiana«.

Mit sechzehn beschloss er, Journalist zu werden, an einem Vormittag im November. An diesem Tag hielt ein Zeitungskorrespondent an seinem Gymnasium einen Vortrag über die vergessenen Länder Burma, Laos und Kambodscha. Pier Francesco sog diese klangvollen Namen gierig in sich auf und wusste sofort *Das will ich auch machen.* Tatsächlich studierte er nach dem Abitur Politikwissenschaften und fing an zu schreiben, allerdings über Kommunalpolitik, die regionale Küche und Dorffeste: Artikel in Lokalzeitungen, für die er kein Geld bekam. Später wurde er durch einen glücklichen Zufall Mitarbeiter der »Cronaca italiana«. Seine Mutter ist mächtig stolz auf ihn.

Heute ist er hier in der Gegend, weil er Teresa Murolo aus Navacchio interviewen will, die seit fünfzehn Jahren mit einem Außerirdischen liiert ist. Eine Titelgeschichte. Die beiden haben nach einem kosmischen Ritual geheiratet, treffen sich nur in tiefer Nacht und paaren sich entweder bei Teresa zu Hause in Navacchio oder in der psychiatrischen Klinik in Montecatini, wo sie sich von Zeit zu Zeit aufhält.

Doch eine halbe Stunde vor dem Interview rief Signora Teresa ganz aufgeregt bei ihm an und erzählte ihm eine Menge wirres Zeug über das Ende der Welt und die Außerirdischen, die sie gleich abholen würden, dann stellte sie das Handy aus, und jetzt weiß kein Mensch, wo sie ist.

Die Titelgeschichte, den Artikel, das alles kann er jetzt vergessen.

Während Pier Francesco auf der Rückfahrt im Auto diese Geisteskranke mit zahllosen Flüchen überschüttet, fällt ihm unter den vielen Straßenschildern eine Ortsbezeichnung ins Auge, die ihm irgendwie bekannt vorkommt. Muglione, Muglione ...

noch nie gehört ... oder doch ... Moment, ach ja, genau! Vor ein paar Tagen stand etwas darüber in der »Nazione«. Es ging um eine Senioren-Bürgerwehr, gar kein so schlechtes Thema, wenn man sonst nichts hat, worüber man berichten kann. Er ruft in der Redaktion an, schlägt das Thema Bürgerwehr von Muglione vor und erhält das Okay. *Schreib, worüber du willst, Hauptsache, du schickst deinen Text bis heute Abend. Und es steht was drin.*

Pier Francesco gibt sofort dem Fotografen Bescheid. *Und wo zum Teufel liegt dieses Muglione?*, fragt der, obwohl er ein Navigationsgerät hat. Sie führen also ein Interview mit den Wächtern von Muglione, und der Tag ist gerettet.

Das Interview dauert eine Stunde. Beim Abschied, er sitzt schon wieder in seinem Wagen, lehnt sich der Fotograf aus dem Fenster und schießt ein letztes Foto von den Wächtern. Divo blickt ernst und entschlossen in die Kamera. Dann sind die Alten wieder unter sich und können endlich aufeinander losgehen.

»Meine Güte, Repetti, was hast du denen da bloß für einen Mist verzapft!«, sagt Baldato.

»Der hat so viele Fragen gestellt, und ihr habt ja den Mund nicht aufgemacht ...«

»UND-DESHALB-REDEST-DU-DUMMES-ZEUG.«

»Der war so hartnäckig mit seinem *Habt ihr denn wirklich keine anderen Probleme hier, irgendwelche wichtigen Anliegen? Von wem genau fühlt ihr euch eigentlich bedroht, wenn ihr nachts unterwegs seid ...?* Da muss man doch was sagen. Damals, als ich auf dem Friedhof gearbeitet habe, kam oft Monciatti vorbei, der vom ›Tirreno‹. Er wollte irgendwelche ungewöhnlichen Geschichten von mir hören, dramatische Geschichten von verzweifelten Angehörigen, solche Sachen. Er sagte immer, eine Nachricht ist wie ein Fladen aus Kichererbsenmehl: Ohne eine ordentliche Prise Pfeffer schmeckt er nach nichts.«

»DAS-HAT-DOCH-NICHTS-MIT-FLADEN-ZU-TUN.«

»Klar hat es was damit zu tun«, meint Divo. »Repetti hat es richtig gemacht, ohne Würze könnt ihr den Artikel vergessen. Wollt ihr etwa keinen Artikel in der ›Cronaca italiana‹? Ich schon. Vielleicht hätte man sich etwas Schlaueres einfallen lassen sollen als eine Horde Jugendlicher, die Rentner verprügelt, aber besser als nichts ist es allemal ...«

Kurzes Schweigen, dann schlägt Baldato einen versöhnlicheren Ton an:

»Na ja, so falsch ist das doch gar nicht, die Jugendlichen von heute können einem wirklich Angst machen. Wir sind ihnen völlig ausgeliefert. Neulich bei der Gedenkfeier für die Gefallenen von '15–'18, als wir auf der Piazza die Nationalhymne angestimmt haben, sind ein paar Jugendliche vorbeigekommen und haben uns ausgebuht.«

»NA-GUT-ABER-BIS-ZUM-VERPRÜGELN ...«

»Wer sich über die Hymne seines Landes lustig macht, ist zu allem fähig, Mazinga.«

»Genau. Mir ist jedenfalls nicht wohl, wenn ich auf die Straße gehe«, sagt Repetti.

»Geht mir auch so, heute jedenfalls. Früher war es anders.«

»DA-HAST-DU-RECHT-GANZ-ANDERS-FRÜHER-WAREN-GANZ-ANDERE-ZEITEN.«

Mehr haben sie nicht zu sagen, die Wächter, sie schauen einander eindringlich an und nicken, der eine mehr, der andere weniger überzeugt.

Zwei Tage später räumt die »Cronaca italiana« jeden Zweifel aus. Das Foto der Wächter von Muglione beherrscht die Titelseite: vier Giganten, einfach überwältigend. Aufrecht und stolz stehen sie da, mit verschränkten Armen, Ordnungshüter, kämpferisch und unerschrocken.

Senioren in Angst und Schrecken

Vier couragierte Opas gegen die Anti-Senioren-Gang

MUGLIONE (PISA). Muglione ist ein anmutiges kleines Dorf im Herzen der Toskana, fernab der Trampelpfade des Massentourismus und gerade deshalb von besonderem Charme. Ein kleiner Dorfplatz, eine kleine Kirche, ein kleines Rathaus. Doch die Probleme, die Muglione und viele andere Dörfer unserer herrlichen Halbinsel plagen, sind alles andere als klein.

Und aus diesem Grund haben vier streitbare »Opas«, alle über siebzig, beschlossen, eine Bürgerwehr zu gründen, die »Wächter von Muglione«, eine Gruppe Freiwilliger, die Übeltätern jeder Art das Leben schwer machen will. »Die glauben, sie sind im Wilden Westen«, sagt Divo Nocentini, und er klingt kämpferisch, »aber jetzt haben sie es mit Sheriffs zu tun.«

Salvatore Baldato, gebürtiger Sizilianer und bis zu seiner Pensionierung bei der Finanzpolizei tätig, erklärt: »Nachts ist es am gefährlichsten, deshalb patrouillieren wir in der Zeit zwischen 19 und 23 Uhr durch unser Dorf.«

»Früher gab es hier viele Rauschgiftsüchtige«, erzählt Nazareno Repetti, »das war ein ernstes Problem. Inzwischen sind sie aber alle tot.« Und Donato Mazzanti, der sich nur mithilfe eines Kehlkopfmikrofons verständlich machen kann, fügt hinzu: »Auf dem Rathausplatz stand ein Baum gespickt mit Spritzen, ein grauenvoller Anblick.« Doch das ist nicht die ganze Wahrheit, die couragierten Greise verheimlichen uns etwas. Die Kriminalitätsrate hier im Dorf ist nicht besonders hoch: gelegentlich ein Diebstahl oder ein Autounfall wegen Trunkenheit am Steuer. Wo also lauert in Muglione die wirkliche Gefahr? Wogegen setzen sich die Alten so entschieden zur Wehr?

Zu guter Letzt brechen sie ihr Schweigen und vertrauen uns hinter vorgehaltener Hand die finstere Wahrheit an: »Wir Alten von Muglione haben Angst. Es gibt niederträchtige Menschen, die uns hassen, niederträchtige junge Menschen.«

Die schockierenden Fakten: In diesem kleinen Dorf mitten in der bezaubernden Toskana gibt es eine richtige Gang. Einen Schlägertrupp zügelloser Jugendlicher, die ihren ganzen Frust an den Alten abreagieren und sie schikanieren. »Pöbeleien und Bedrohungen sind an der Tagesordnung, ob wir über die Straße gehen, am Postschalter Schlange stehen oder einkaufen. Eine Weile ging die Zahl der Jugendlichen hier in Muglione immer weiter zurück, da konnten wir Alten eine friedliche Zukunft ins Auge fassen. Doch in letzter Zeit kommen immer mehr Ausländer, zumeist junge Leute, und seither hat sich die Situation verschlechtert. Erst vor ein paar Tagen ist ein nichtitalienischer Jugendlicher mit einer schweren Eisenzange auf uns losgegangen. Wir werden regelrecht verfolgt.«

Unglaubliche Zustände, doch die Geschichte lehrt uns, dass so etwas leider möglich ist. Die Judenverfolgung in Deutschland fing genauso an. Auch damals gab es eine soziale und wirtschaftliche Krise, viele Menschen hatten jeden Halt verloren und wussten nicht, wovon sie leben sollten. Sie suchten sich einen Sündenbock, dem sie die Schuld an der Misere gaben. Damals traf es die Juden, heute trifft es die Rentner. Und diese skrupellosen Jugendlichen, die keine moralischen Werte kennen, was machen sie den Alten eigentlich zum Vorwurf? Dass sie zu lange leben? Dass sie die Sozialwohnungen in Beschlag nehmen? Wir wissen nicht, was für gefährliche Dummheiten ihre von Drogen zerfressenen Gehirne, die keine Regeln anerkennen, noch alles ausbrüten.

Eines jedoch ist sicher: Dieses kleine Dorf unweit von Pisa ist ein Spiegel der Zustände in unserem Land. Der Funke der Intoleranz kann im Nu auf die gesamte Halbinsel überspringen, und dann wird kein Italiener mit ergrautem Haar mehr ruhig schlafen können.

Nehmen wir uns ein Beispiel an diesen vier betagten Gladiatoren, die beschlossen haben, etwas dagegen zu tun, und nicht warten wollen, bis es zu spät ist. Lasst uns in unserem Herzen alle werden wie die Wächter von Muglione.

Pier Francesco Lamantino

EINE LUFTMATRATZE FÜR DIE KARPFEN

Ich habe Magenschmerzen. Seit einer Woche ernähre ich mich von Sandwiches aus dem Automaten an der Agip-Tankstelle. Jeden Tag sage ich mir *Sobald mein Magen rebelliert, höre ich auf damit*. Jetzt ist es so weit.

Ein Gaskocher wäre jetzt nicht schlecht, so ein Ding, das man auf Campingplätzen benutzt und als Notbehelf in außergewöhnlichen Lebenslagen. Und weil ich mich im Moment in einer außergewöhnlichen Lebenslage befinde, wäre ein solcher Kocher genau das Richtige.

Ich könnte ihn in die Kammer stellen und mir alles zubereiten, worauf ich Lust habe. Kochen kann ich nämlich ganz gut. Meine Mutter hat's mir beigebracht. Sie meinte, dass ein Mann, der sich nicht selbst ein Abendessen zubereiten kann, jede Dahergelaufene heiratet, nur um nicht zu verhungern.

Solche Gedanken gehen mir durch den Kopf, weil es halb vier ist und mir die Pilze, der Ketchup und die Mayonnaise sauer aufstoßen, als ich mich bücke, um das Ladengitter hochzuziehen. *Schluss mit dem Tankstellenfraß*, hab ich mir gesagt, *ich muss mir unbedingt einen Campingkocher anschaffen*. Heute allerdings werde ich mir ein Abendessen in der Rosticceria gönnen.

Aber vorher muss ich hier vor dem Laden fegen. Ein Stück Pappkarton, notdürftig mit Klebeband befestigt, ersetzt im Moment die Ladentür, und die Glassplitter knirschen immer noch unter den Schuhsohlen. Ich hole den Besen aus der Kammer, und als ich zurückkomme, stehen Giuliano und Stefanino vor mir.

Ich hatte sie erwartet. Sie wollen mir von einer genialen Idee für die Band erzählen, dafür sind sie extra hergekommen. Antonio ist nicht dabei. Seit dem Abend in Pontedera haben wir nichts mehr von ihm gehört. Kein gutes Zeichen.

»Mensch, ist das heiß hier drin«, sagt Giuliano. »Wie ihr beide es in diesem Backofen aushaltet, ist mir ein Rätsel.« Er trägt wie immer eine Jeanslatzhose und kein T-Shirt.

Stefano hat einen Briefumschlag in der Hand, und er reicht ihn mir, ohne mich anzuschauen, als wäre es ein Strafzettel, und ebenfalls ohne mich anzuschauen sagt er, der Brief sei von Caccola.

Caccola ist unser Italienischlehrer. Er ist noch relativ jung, und aus Gründen der Gleichberechtigung hat er uns das Du angeboten. Wir haben ihm erklärt, dass wir nicht den geringsten Wert darauf legen, im Gegenteil, wir würden lieber beim Sie bleiben, weil er ja weiterhin vorn am Pult steht, uns ausfragt und Noten gibt. Daraufhin hielt Caccola uns einen Vortrag über systembedingte Entfremdung und Repression, also duzen wir ihn jetzt, damit er die Klappe hält.

Der Umschlag enthält eine kurze Mitteilung.

Fiorenzo,
du hast eine Menge Fehlstunden, das kann so nicht weitergehen. Das Abitur steht vor der Tür, du musst wieder am Unterricht teilnehmen.
Dir fehlt nichts. Du hast nur eine Hand, okay. Aber überleg mal: Wenn du nicht wüsstest, dass Menschen zwei Hände haben, würdest du dann die eine vermissen? Nein, nur eine Hand zu haben wäre für dich ganz normal, so wie wir, die wir zwei Hände haben, nicht drei haben wollen. Kannst du mir folgen?
Ich bitte dich also: Komm wieder in die Schule und mach dir weiter keine Gedanken. Dir fehlt nichts, du bist genauso normal wie wir alle.
Bis bald,

Augusto

Ich zerknülle das Blatt mit meiner einen und einzigen Hand, werfe es Richtung Korb, in dem wir das alte Brot für den Angelteig aufbewahren, und treffe.

Stimmt, mir fehlt nichts, ich bin so normal wie alle anderen …

So normal, dass es für mich keinen normalen Grund für das Fernbleiben von der Schule gibt: Probleme mit dem Vater, Ärger mit der Band, die sich gerade auflöst, eine Sexaffäre etc. Nein, mein Problem kann nur meine Hand sein. Was ist eigentlich passiert? Fällt mir gerade die andere Hand auch noch ab, will ich an den Paralympics teilnehmen, oder entdecke ich nach fünf Jahren zum ersten Mal, dass alle anderen eine Hand mehr haben als ich?

Armer Caccola, der immer so verständnisvoll ist: *Jungs, ich weiß, wie ihr euch fühlt, ich versteh euch ...* Aber in Wirklichkeit versteht er einen Dreck.

»Was steht da drin?«, will Giuliano wissen.

»Der übliche Schwachsinn. Aber ihr habt den Brief doch längst gelesen.«

Stefanino setzt eine Unschuldsmiene auf und schaut weg. Giuliano macht ein glucksendes Geräusch, so dass man nicht weiß, ob er sich das Lachen verkneift oder rülpst. »Ja, stimmt«, sagt er, streicht sich über den nackten Bauch und fängt an, im Laden herumzuspazieren. Die riesige Tätowierung auf seinem Rücken ist nicht zu übersehen.

Er hat sie sich stechen lassen, nachdem er eines Nachts mit hohem Fieber im Bett lag und einen Traum hatte. Das Tattoo erinnert an ein verkohltes Hühnchen oder eine Seezunge mit wallendem Haar, aber Giuliano behauptet, es sei ein feuerspeiender Flughund.

Während er durch den Laden spaziert, schwabbelt der Flughund einträchtig mit Giulianos Hüftspeck, und man könnte wirklich meinen, er sei lebendig. In Agonie, aber noch am Leben.

»Sag mal«, wende ich mich an ihn, »warst du nicht immer ganz scharf drauf, Frauen aufzureißen? Mit nacktem Oberkörper wirst du damit Schwierigkeiten haben.«

»Was redest du da für einen Scheiß? Die Frauen sind ganz verrückt nach nackten Tatsachen. Nach echten Kerlen. Sie haben diese Schwuchteln satt, die ihre Haut pflegen, sich mit Lotion einreiben und zur Maniküre gehen. Die bringen's nämlich nicht im Bett, sondern labern ständig nur von Horoskopen und Hautcremes. Die Weiber haben die so was von satt.«

»Und deshalb werfen sie sich dann Schmuddeltypen an den Hals?«

»Richtig, Fiorenzino, genauso ist es. Denk doch nur an die Alte, die auf dich angesprungen ist. Wie lässt sich das sonst erklären?«

»Sie ist keine Alte.«

»Okay, ich erklär's dir. Seit Jahren verabredet sie sich mit Schlappschwänzen in ihrem Alter, die sie volllabern, mit ihrem Job angeben und sie in teure Restaurants ausführen. Aber wenn's drauf ankommt, im Bett nämlich, tut sich nichts. Und sie, total frustriert, hat sich gedacht *Was soll's, dann versuchen wir's halt mal mit einem Jüngelchen, vielleicht ist das ja spannender.*«

»Ah, ich verstehe, hätte sie zuerst dich gesehen, mit nacktem Oberkörper ...«

»Hätte sie gleich angebissen, ist doch klar. Und dass mit mir kein großes Palaver nötig ist, hätte sie auch sofort kapiert. Ich bin heiß, ich bin bereit, ich fass sie um die Hüften, drück sie runter, und los geht's, im Takt eines Hammerschlags ... *bum bum bum.*«

Giuliano legt sich eine Hand aufs Kreuz, mit der anderen hält er eine imaginäre Frau fest. Und bei jedem *bum* schnellt sein Becken nach vorn, und seine Fettwülste schwabbeln.

»*Bum bum bum* ...« Sein Becken bewegt sich immer schneller, er wirkt hochkonzentriert, er schwitzt – Mensch, der glaubt tatsächlich, er sei voll dabei. »Noch mal und noch mal, oh ja, du Schlampe, komm schon, das gefällt dir doch, *bum bum bu* ...«

Er hält mitten in der Bewegung inne und starrt Richtung Tür, ein verhinderter Zuchthengst. Auch ich drehe mich um, aber ein Teil meines Gehirns weiß bereits, wer in der Tür steht und diese peinliche Szene miterlebt hat.

Es ist Tiziana.

Ich hätte zwar nie gedacht, dass sie tatsächlich hierherkommt, aber sollte sie sich aus irgendeinem absurden Grund doch dazu entschließen, dann würde sie den denkbar schlechtesten Moment wählen, das war mir klar. Und ein schlechterer Moment als jetzt ist gar nicht denkbar.

»Hallo«, sagt Giuliano sehr ernst. Er hat die Arme sinken lassen und sich aufgerichtet, jetzt blickt er zu Boden.

»Hallo«, sagt Tiziana. »Störe ich?«

Seit wann sie wohl schon hier steht? Vermutlich noch nicht lange, sonst wäre sie längst wieder abgehauen.

Sie kommt rein, in einem leichten ärmellosen Kleid, und unter dem Arm schimmert nackte Haut. Mit etwas Phantasie könnte man es für den Brustansatz halten. Ich finde den Anblick wunderbar, denn ihre Haut ist dunkel und glatt und riecht bestimmt auch gut. Weniger schön finde ich, dass nicht nur ich sie so sehe, sondern auch Stefanino und dieses Schwein Giuliano, der natürlich genau auf diese Stelle glotzt. Das macht mich wütend und nervös und eifersüchtig obendrein. Ganz genau: eifersüchtig. Und das wegen einer, die mir kürzlich aus Versehen einen Kuss gegeben hat und jetzt gekommen ist, um mir zu sagen, dass ich ein widerlicher Krüppel bin und sie mich nicht mehr sehen möchte.

Und um nicht wie ein kompletter Vollidiot dazustehen, sage ich etwas.

»Ciao.« Nicht gerade weltbewegend, aber immerhin ein Anfang.

»Ciao«, sagt sie. »Entschuldigt, ich glaube, ich habe euch unterbrochen.«

»Nein, nein, ich bitte dich! Die beiden wollten grade gehen.«

Stefanino nickt und steuert auf die Tür zu, aber Giuliano rührt sich nicht von der Stelle. »Um ehrlich zu sein ... Eigentlich wollten wir bleiben«, sagt er. »Wir wollten dir noch von unserer genialen Idee erzählen ...«

»Siehst du, ich habe euch unterbrochen, tut mir leid. Ich schau ein anderes Mal vorbei.«

»Nein, wirklich, Tiziana, ist schon gut. Sie drehen eine kleine Runde und kommen später wieder.«

Aber Giuliano hört mir nicht einmal zu. Er glotzt immer noch Tiziana an und dann mich, dann wieder Tiziana, dann wieder mich ... bis er endlich versteht. Er reißt die Augen auf, legt eine Hand auf den Mund, zeigt auf Tiziana, zeigt auf mich. Jetzt spielt er den Clown, er macht das dämliche Gesicht von Clowns bei ihren bescheuerten Auftritten.

»Giuliano, komm, wir gehen«, sagt Stefanino und zieht ihn am Arm. Endlich bewegt sich Giuliano, aber er lässt uns nicht aus den Augen. Er stolpert über die Schwelle, dreht sich noch mal um, dann verschwinden die beiden ohne einen Gruß.

Jetzt sind wir allein im Laden. Sie und ich und das Schweigen. Ein tiefes Schweigen.

»Ciao«, sage ich ein zweites Mal. Es hat vorhin funktioniert, warum nicht auch jetzt.

»Ciao. Tut mir wirklich leid, in einem so ungünstigen ...«

»Aber nein, vergiss es, das war nur belangloses Geplauder, wirklich.«

»Ich war mir nicht sicher, ob ich überhaupt kommen soll, vielleicht hast du ja zu tun, und ich störe dich.«

»Die Arbeit ist doch scheißegal. Gut, dass du gekommen bist, das war ... wirklich.«

Wieder Schweigen.

Tiziana sieht mich an und sagt keinen Ton. Mein rechter Arm liegt auf dem Ladentisch, wie im Reflex möchte ich ihn verbergen, lasse es aber bleiben.

»Entschuldigung«, sage ich.

»Entschuldigung wofür.«

»Ich weiß nicht, für letztes Mal. Und für diesen Ort hier. Es ist nicht gerade toll hier.«

»Aber nein, das stimmt doch gar nicht. Ich finde es sehr interessant hier. Es gibt haufenweise Sachen, die ich noch nie in meinem Leben gesehen habe.«

»Zum Beispiel?«

»Zum Beispiel das da, was ist das?«

»Was? Das hier?«

»Nein, das da oben. Sieht aus wie ein Minischlafsack.«

»Ach so. Das ist eine Luftmatratze für Karpfen.«

»Eine was ...?«

»Eine Luftmatratze für Karpfen.«

»Das ist nicht dein Ernst.«

»Ich schwör's. Schau, es funktioniert so: Du faltest sie auseinander und bläst sie auf, und wenn du einen Karpfen gefangen hast, legst du ihn drauf. Spürst du, wie weich und glatt sie ist? Am Boden würde sich der Fisch an den Steinen und Ästen verletzen.«

»Ach komm.«

»Nein, das ist so, ich schwör's dir.«

»Aber was soll das, entschuldige bitte, du tötest ihn doch sowieso.«

»Wer redet vom Töten? Als Erstes entfernst du vorsichtig den Haken aus dem Maul und hältst dabei den Karpfen ins Wasser, damit er keinen Hitzeschock erleidet, dann legst du ihn auf die Luftmatratze und tauchst ihn immer wieder unter, bis er zu atmen beginnt. Du darfst ihn aber nicht loslassen, er ist vom Kampf geschwächt und muss sich erst erholen. Du hilfst ihm dann bei den ersten Schwimmstößen, gibst ihm kleine Schubse, und wenn er mit genügend Sauerstoff versorgt ist, sucht er von selbst das Weite.«

Mit dem Arm imitiere ich die Wellenbewegung des davonschwimmenden Fischs. Mit dem guten Arm.

»Bist du ganz sicher, dass du mich nicht verarschst?«

»Ich sag doch, ich schwör's.«

»Und ich dachte immer, die Angler essen die Fische.«

»Wer isst denn einen Karpfen! Also weißt du, wir sprechen von einem Tier, das im modrigen, stinkenden Schlamm eines Kanals lebt, wo sich die Jauche von den Feldern sammelt und sich Frösche und Ratten tummeln. Würdest du so was essen wollen? Da kannst du gleich ein Gläschen Abflusswasser dazu trinken, und alles wäre bestens.«

Tiziana lacht, und gleich ist auch mir danach zumute.

»Wie eklig«, sagt sie. Sie streckt die Zunge raus und macht: »*Bäääääh.*« Und ich ebenso. »*Bäääääh.*«

Es läuft alles wie geschmiert.

Ich bin schon um einiges weitergekommen seit dem »Ciao«

am Anfang. Ich fühle mich locker und ungezwungen. Tiziana ist nicht gekommen, um mich einen Mistkerl zu schimpfen, der vorgibt, zwei Hände zu haben, sie scheint nicht mal sauer auf mich zu sein. Wir lachen zusammen und sagen kluge Sachen und albern herum, besser kann's wirklich nicht laufen.

Doch dann kommt Mazinga.

»HEY-FIORENZINO!«, brüllt er in voller Lautstärke.

Er trägt eine Glitzerweste, die aussieht wie billigstes Plastik, und eine weiße Hose mit sehr tiefem Schritt. Er tritt zu mir an den Ladentisch und verpasst mir einen Klaps auf den Hinterkopf. Wenn seine Kumpels nicht dabei sind, ist er also wieder ganz der Alte. Mir wäre allerdings die kühle und distanzierte Art lieber: *Guten Tag, ich nehme das da. Hier bitte, das Geld. Danke sehr, schönen Abend.*

»HEY-STÖRE-ICH?« Er sieht mich an, dann Tiziana. Und grinst dabei wie ein Idiot.

»Nein, nein«, sagt sie. »Guten Tag, Signor ...«

»MAZZANTI-DONATO-FREUT-MICH-SIE ... O-GOTT-SIE-SIND-ES-JA-SIGNORINA-AUSSERHALB-DER-BAR-HABE-ICH-SIE-GAR-NICHT-ERKANNT.«

»Es ist keine Bar, es ist ein Büro, aber das macht nichts. Guten Tag.«

»HABEN-SIE-GESEHEN-DASS-WIR-IN-DER-ZEITUNG-SIND?«

»Wie bitte? Nein ... Wer ist in der Zeitung?«

»WIR!-AUF-DER-TITELSEITE-DER-CRONACA-ITA-LIANA ... ICH-BRING-SIE-IHNEN-NACHHER-IN-DIE-BAR-DANN-KÖNNEN-SIE-SELBST-SEHEN ...«

»Also, Donato, sagen Sie schon, was kann ich Ihnen geben?«, frage ich. »Sonst sind die Meeräschen alle rausgefischt.«

»JA-JA-DU-HAST-RECHT-ICH-BRAUCHE-EIN-WENIG-VON-DEM ANGELTEIG.«

Bei dem Wort krieg ich sofort eine Gänsehaut. Angelteig. Ich hatte kurz die Hoffnung, dass er einen weniger blutrünstigen Wunsch äußert, hätte es aber wissen müssen. Diese alten Angler haben eine grausame, gnadenlose Zeit kennengelernt, die gehen nicht zum Angeln, um sich zu entspannen, das tun sie den lieben langen Tag. Wenn sie angeln, wollen sie Blut sehen.

Ich frage ihn, was für eine Teigmischung er möchte, da komme ich nicht drum herum.

»KÄSE-ODER-MAIS-IST-MIR-EGAL-HAUPTSACHE-VIEL-BLUT-BLUT-VON-SARDINEN-UND-SARDINEN-STÜCKCHEN-OCHSENBLUT-WENN-DU-HAST.«

Ich werfe Tiziana einen flüchtigen Blick zu, aber mir ist sofort klar, dass die Luftmatratze zur Rettung der Karpfen nur noch eine vage Erinnerung ist und einer längst vergangenen Zeit angehört, in der es noch sanft und behutsam zuging.

»Es gibt da einen neuen Futtermix«, sage ich. »Auf der Basis von Früchten. Mit Erdbeeren und Himbeersaft.«

»MIT-HIMBEERSAFT-WASCH-ICH-MIR-DIE-EIER-OH-ENTSCHULDIGEN-SIE-SIGNORINA-PARDON ...«

Tiziana lächelt, und Signor Donato fährt fort: »MENSCH-FIORENZINO-ICH-BIN-IN-EILE-WENN-DU-FISCHE-AN-LOCKEN-WILLST-GIBT-ES-NICHTS-BESSERES-ALS-KA-DAVERBLUT.« Er überlegt kurz, schaut Tiziana an: »WISSEN-SIE-SIGNORINA-ICH-WILL-NICHT-ANGEBEN-ABER-ICH-WEISS-WIE-MAN-DAS-MACHT-LETZTES-MAL-HABE-ICH-DERMASSEN-VIELE-MEERÄSCHEN-GEANGELT-DASS-ICH-SIE-IN-EINER-SCHUBKARRE-TRANSPORTIE-REN-MUSSTE-ICH-WUSSTE-NICHT-WEM-ICH-SIE-SCHENKEN-SOLLTE-DANN-HABE-ICH-GINO-GETROF-FEN-SEINE-SCHWEINE-FRESSEN-ALLES-ABER-WENN-SIE-NÄCHSTES-MAL-VIELLEICHT-WELCHE-HABEN-MÖCHTEN–SIGNORINA ...«

Ich erinnere ihn noch einmal daran, dass er sich beeilen muss.

»DU-HAST-RECHT-ES-IST-SCHON-SPÄT-KÖNNTE-ICH-VIELLEICHT-DEN-TEIG-BEI-DIR-MISCHEN?-MACHEN-WIR-ES-DOCH-SO-FIORENZO-ICH-GEH-DEN-EIMER-HO-LEN-UND-DU-PRESST-DAS-BLUT-AUS.«

Signor Donato schaut Tiziana an, verbeugt sich kurz, und weg ist er.

Sie dreht sich zu mir, sie schaut mich an, ich schaue sie an. Ich warte darauf, dass sie gleich auf den Fußboden kotzt, dass sie mich anzeigt, irgendetwas in der Art. Aber sie fängt an zu lachen.

»Fiorenzo, ich gehe, ich möchte nicht dabei sein, wenn das Massaker beginnt.«

»Da tust du gut daran.«

»Und ich muss jetzt auch das Büro aufschließen. Oder die Bar, ich weiß gar nicht so genau.«

»Ist doch egal, du schließt auf, und dann passiert eben, was passieren soll.«

»Ja, du hast recht ... ciao.«

»Ciao«, sage auch ich. Aber Tiziana geht nicht. Sie schaut mich an, schaut raus. Wer weiß, vielleicht gibt sie mir noch mal einen Kuss, wenn ich mich über den Ladentisch beuge. Ich probier's einfach und strecke ein wenig den Hals ...

Aber sie fängt wieder an zu reden. »Also, Fiorenzo, eigentlich bin ich gekommen, um dir etwas zu sagen, mehrere Dinge. Weil letztes Mal ... Es ging alles so schnell, dass ich gar keine Zeit hatte ...«

»SO-DA-SIND-WIR-WIEDER!« Mazinga ist an der Tür, einen Eimer in der Hand und eine Plastiktüte, gefüllt mit Zeugs, das auf den Boden tropft.

Tiziana wirft mir einen Blick zu und ist schon auf dem Weg nach draußen. »Wir sprechen ein andermal darüber, wenn es dir recht ist.«

»Ja, gern. Um halb acht schließe ich, und du?«

»Ach so, du meinst, gleich heute Abend?«

»Ja, wenn's dir passt.«

»Okay, ich ... okay, dann treffen wir uns um acht.«

»Gut«, sage ich. »Um acht in ... sagen wir vor der Rosticceria Il Fagiano, kennst du die? Gleich bei der Tankstelle, davor ist ein rundes Schild mit einem Fasan drauf, weißt du, wo ich meine?«

»Ja, natürlich ... Also dort, um acht, und ... ciao.«

»Ciao!«, sage ich und winke wie ein retardiertes Kleinkind. Ich brauche keinen Spiegel, um zu wissen, was für ein blödes Gesicht ich mache, ich seh's genau vor mir.

Ich schaue Tiziana nach, wie das Licht sie umschmeichelt,

ihre Rundungen, sie bewegt sich leicht wie eine Feder im Wind. Die dumpfen Schläge holen mich zurück, Signor Donato zerstampft gerade die Sardinen im Eimer.

Ich muss mich wieder mit ihm und mit Ochsenblut und stinkendem Käse abgeben und mir Geschichten über tonnenweise Meeräschen anhören, die so bärenstark sind, dass sie noch am nächsten Tag durch die Gegend springen, wenn du sie nicht mit einem Schlag auf den Kopf erledigst.

Zwischendurch frage ich mich, wie es heute Abend sein wird, wenn ich mich mit Tiziana treffe. Sehen wir uns nur kurz, damit sie mir etwas erklären kann und jeder dann wieder seiner Wege geht, oder ist es doch eine Art Rendezvous? Was will sie mir denn überhaupt sagen, wie soll ich mich verhalten, und wo bringe ich sie hin, wenn es ein langer Abend wird?

Aber habe ich ihr tatsächlich vorgeschlagen, uns vor dem Fagiano zu treffen?

DER BLUTTRIEFENDE LADEN

»Supergeile Puppe, unfassbar, ich hätte nie … Das ist mir noch nie …«

Seit einer halben Stunde sind sie zurück, und seit einer halben Stunde geht das schon so. Stefanino sagt, dass sich Giuliano nicht mehr einkriegt, seit sie den Laden verlassen haben.

»Sie sieht aus wie eine Pornodarstellerin. Oder vielmehr wie eine supertolle Schauspielerin von ganz normalen Filmen, die beschlossen hat, in die Pornobranche zu wechseln. Ist dir das klar, Fiorenzo? Nein, natürlich nicht, du tust so, als wäre es das Normalste auf der Welt. Hör mir gut zu, du Idiot, das ist absolut überhaupt nicht normal, das ist …«

»Okay, okay, ich hab's verstanden.«

»Hör dir den an, er hat's *verstanden*. Als ginge es um irgendwelchen Unterrichtskram in der Schule. So eine hast du nicht verdient, Mann, du hast überhaupt nichts verdient!«

»Okay, es reicht. Erzählt ihr mir nun endlich von eurer genialen Idee?« Ich schaue Stefanino an: »Verrätst du sie mir?«

Stefano zögert einen Augenblick, er mustert Giuliano und setzt dann an: »Du kennst doch diese Geschichte von den Alten in der Zeitung …«

»Stefanino, du Blödmann!«, brüllt Giuliano. »Du ziehst die Sache von der falschen Seite auf! So wird das nichts, überlass das mir.«

»Ich wollte ja nur einleiten …«

»Ja, aber du leitest schlecht ein, sehr schlecht. Man muss ganz von vorne anfangen.« Er dreht sich zu mir und schießt los: »Du kennst doch diese Geschichte von den Alten in der Zeitung … über die Bürgerwehr, die sie gegründet haben. Mensch, Fiorenzo, die haben's in die ›Cronaca italiana‹ geschafft, auf die Titelseite.«

»Ich hab's gehört.«

»Sogar mit Foto, einem riesigen Foto vorne drauf! Sie nennen sich die ›Wächter von Muglione‹, ein bescheuerter Name übrigens. Zuerst ist ein Artikel in der ›Nazione‹ erschienen und jetzt der hier. Was meinst du, wie lange es dauert, bis die ins Fernsehen kommen. Auf alle Fälle wird es viel öffentliche Aufmerksamkeit geben. Die behaupten nämlich ernsthaft, dass ihr Hauptfeind eine Anti-Senioren-Gang ist. Ein Trupp junger Nazis, die es auf sie abgesehen haben.«

»Was, hier in Muglione?«

»Ja! Ist dir klar, was das für ein Schwachsinn ist? Aber inzwischen glaubt es das ganze Dorf. Die haben alle Angst. Meine Oma ist völlig hysterisch, sie verlässt das Haus nicht mal mehr zum Einkaufen.«

»Verstehe«, sage ich. »Aber wo ist die geniale Idee?«

»Die geniale Idee ist ganz einfach. Einfach und genial. Da diese Geschichte nun mal in aller Munde ist und das ganze Land davon redet, sollten wir die Gelegenheit nutzen. Und mit uns meine ich Metal Devastation.«

»Also, du meinst, wir sollen dieser Bürgerwehr beitreten?«

»Nein, Quatsch, die sind doch alle alt. Aber wir könnten ihre *Feinde* werden, verstehst du?

»Nicht ganz.«

»Streng dich an, Mensch, diese Bekloppten kämpfen gegen eine Bande, die die Alten ausrotten will, nur dass es so eine Bande gar nicht gibt. Also, in dem Szenario klafft eine Lücke, und diese Lücke füllen wir!«

»Wir sollen also die Alten überfallen?«

»Ach was, wir müssen gar nichts machen. Wichtig ist nur, dass wir den Verdacht auf uns lenken, um uns ins Gespräch zu bringen ... Wir könnten zum Beispiel Slogans auf Mauern sprühen, beispielsweise TOD DEN ALTEN und mit M.D. unterschreiben oder mit Metal D., was noch eindeutiger wäre. Der Verdacht muss auf unsere Band fallen, damit man über uns spricht.«

»Versteh ich das richtig, man soll über uns als die Altenhasser sprechen?«

»Ach was, über die Band wird man sprechen. Dann sind wir mit einem Schlag bekannt. Im Fernsehen zum Beispiel. Es wird von Muglione berichtet, einem beschaulichen kleinen Dorf, in dem eine gefährliche Gang ihr Unwesen treibt und die Alten verprügelt. Und in demselben Dorf gibt es eine supergeile Musikgruppe. Steckt sie hinter der Anti-Senioren-Gang? Vielleicht ja, vielleicht nein … Man wird uns interviewen, und auch da werden wir uns nicht festnageln lassen. Wir werden sagen, wir haben nichts damit zu tun und man soll uns in Ruhe lassen, nähren aber weiter den Verdacht und geben uns, du weißt schon, diesen Nazi-Touch … Mensch, immerhin spielen wir Heavy Metal, wir haben lange Haare, für die Leute sind wir ohnehin Ungeheuer.«

»Aber Nazis haben keine langen Haare«, sage ich.

»Ja, Fiorenzo, stimmt, ich weiß das, und du weißt das, aber was wissen diese Leute schon, die haben doch von nichts 'ne Ahnung.«

Ich schaue Giuliano an und schaue Stefanino an und muss zugeben, dass sie heute ausnahmsweise mal nicht nur rumfaseln.

»Was machen wir also?«

»Wir fangen sofort an, gleich heute Abend. Mit einem hübschen Anti-Senioren-Spruch auf einer Mauer.«

»Heute Abend kann ich nicht«, sage ich.

»Na, das fängt ja gut an! Was zum Teufel hast du denn zu tun?«

»Ich muss ein paar Dinge erledigen, auch für den Laden, so Sachen wie … für den …«

»Ach Mensch, komm! Das hier ist viel zu wichtig, das muss sofort über die Bühne.«

»Na gut, ich werd mich beeilen. Ich denk, nach dem Abendessen bin ich dabei. Ich ruf euch an, sobald ich kann, dann geht's ab.«

»In Ordnung«, sagt Giuliano. »Wir kaufen inzwischen das Spray.«

»Schwarz oder rot?«, fragt Stefanino.

»Rot. Schwarz wäre zwar typischer für die Nazis, aber Rot steht für Blut«, sagt Giuliano.

»Apropos Blut«, sage ich. »Wäre es nicht besser, echtes zu verwenden?«

»Daran habe ich auch schon gedacht, aber Stefanos Familie ist steinreich, wenn wir ihn massakrieren, machen die uns vor Gericht zur Schnecke.«

Doch Stefano zu opfern ist gar nicht nötig: Dieser Laden trieft vor Blut.

KALTER REIS

Tiziana, soll ich dir sagen, wie die Dinge stehen?

Der Alte kam in den Laden und hat euch unterbrochen mit dieser Geschichte von Angelteig und Blut, und weißt du was? Er hat dir damit einen großen Gefallen getan. Nicht, weil er dir den Vorwand geliefert hat, wieder zu gehen. Nein, er hat euch einen Grund geliefert, euch heute Abend zu treffen.

Du warst in diesem übel riechenden Laden bei diesem Jungen, der jünger ist als Raffaellas kleiner Bruder, und obwohl du es dir nicht erklären kannst, hast du gehofft, ihn wiederzusehen. Und heute Abend siehst du ihn. Und das macht dich glücklich. Ob du es weißt oder nicht.

Aber natürlich weißt du es. Nur dass du dich dagegen sträubst und dich heute Abend noch öfter als sonst für eine BLÖDE KUH halten wirst. Und jetzt stehst du auch noch vor dieser widerlichen Rosticceria, die sich Il Fagiano nennt, und wartest auf ihn und bist schon dreimal von irgendwelchen prolligen Typen angesprochen worden, ob sie dir behilflich sein können, ob du auf jemanden wartest, ob du Italienerin bist.

Männer sind nun mal bekloppt, und hier scheinen sich die beklopptesten rumzutreiben. Aber du kannst wirklich nicht erwarten, dass man dich in Ruhe lässt, so, wie du hier rumläufst. Schuld daran ist Raffaella, die dir geraten hat, das geblümte Kleid anzuziehen, das dir supergut steht, und die hochhackigen Sandaletten. Du hast dich im Spiegel betrachtet und dich albern gefunden, die Hüften viel zu breit, und hast dich gehasst wegen deiner Arme.

Andererseits hast du geahnt, dass du so schlecht nicht aussiehst. Viel zu gut jedenfalls für einen Ort, der von Typen belagert wird, die in ihren frisierten Karren sitzen und von Fenster zu Fenster miteinander quatschen und zwischendurch lospreschen, dass die Reifen nur so quietschen, sich dann um die eigene Achse drehen und unter Applaus zurückkehren. Die Füße tun dir auch schon weh in diesen engen Sandaletten. Du gehst zu dem Mäuerchen am Ende des Platzes, legst ein Papiertaschentuch auf den rauen, unebenen Beton, setzt dich und wartest.

Ich sehe sie dort auf dem Mäuerchen sitzen, und mir ist sofort klar, dass es für eine Verabredung keinen unpassenderen Ort geben kann als die Rosticceria Il Fagiano. Das heißt, gewusst habe ich es schon vorher, aber jetzt ist es sonnenklar.

Ich bin schon ganz in ihrer Nähe, als mir das Dröhnen eines Ford Focus fast die Eingeweide zerreißt. Das Auto hat hinten einen Mordsspoiler, an den Seiten schießen aufgesprühte Flammen hoch, und quer über der Windschutzscheibe steht KÄMP-FEN BIS ZUM SIEG. Ich sehe das alles aus den Augenwinkeln, versuche aber, mich ganz auf Tiziana zu konzentrieren, die da vorn sitzt und mit dieser ganzen Szenerie nichts, aber auch gar nichts zu tun hat.

Ich gehe auf sie zu, und ja, den rechten Arm habe ich in die Tasche meiner Jeans gesteckt. Dafür gibt es allerdings einen Grund. Wenn ich sehr angespannt bin oder bei sehr feuchter Luft tut mir die Hand weh. In den Fingern spüre ich einen stechenden Schmerz, und die Handfläche juckt. Ja genau, die Hand, die ich nicht mehr habe.

Das kommt vor, man nennt das Phantomschmerz. Damals im Krankenhaus habe ich eine alte Frau kennengelernt, die als Kind einen Minensplitter in den Fuß bekommen hat. Im Alter musste ihr wegen Durchblutungsstörungen das ganze Bein amputiert werden, trotzdem konnte sie nachts oft nicht schlafen, weil ihr der Splitter große Schmerzen verursachte. Das hat sie mir selbst erzählt, ich schwör's. Wir sind schon eigenartig gebaut.

»Ciao«, sage ich.

»Ciao«, sagt sie.

Tiziana riecht verdammt gut und trägt ein wunderschönes Kleid. Ihr zu sagen, dass sie gut riecht, ist wahrscheinlich doof, also behalte ich es für mich.

»Du hast ein sehr schönes Kleid an«, sage ich.

»Danke. Sehr schön ist vielleicht übertrieben, ich hab's auf dem Markt gekauft, für fünfzehn Euro, aber es ist nicht schlecht. Dein T-Shirt gefällt mir übrigens auch.«

Ich bedanke mich. Vor meiner Verabredung bin ich noch schnell nach Hause, in mein ehemaliges Zuhause, um mir was Ordentliches anzuziehen. Diesmal war mein Vater da, und er kochte gerade das Abendessen, das hatte ich noch nie erlebt. In meinem Zimmer lag der kleine Champion auf dem Bett und schrieb. Dass er wieder einen Aufsatz fertig hat, sagte er, und ich darauf nur: Mir doch egal. Dann meinte er, ich hätte recht mit meiner Bemerkung über die Rennfahrerei, und als ich ihn fragte, was er meint, schüttelte er nur den Kopf und wiederholte, dass ich recht hätte. Ich hab mir das T-Shirt mit dem Logo von Social Distortion übergezogen und bin hierhergekommen. Zu dieser grauenhaften Rosticceria.

»Entschuldige den Treffpunkt«, sage ich. »War doof von mir, ich wollte heute Abend in der Rosticceria essen, und als wir uns dann verabredet haben, ist mir auf die Schnelle nichts Besseres eingefallen.«

»Bist du ein Fan von solchen Lokalen?«

»Nein, das heißt, ja. Weißt du, zu Hause habe ich keinen Herd, und die ewigen Sandwiches schlagen mir langsam auf den Magen.«

»Was soll das heißen, du hast keinen Herd, wie kocht denn deine Mutter?«

»Ich habe keine …«

»O Gott, verzeih mir! Aber deine Mutter … Also, du … Sag mir bitte, dass du allein lebst.«

»Es stimmt, ich lebe tatsächlich allein.«

»Uff …« Tiziana lächelt und scheint wieder zu atmen. »Gott sei Dank. Einen Augenblick dachte ich schon, deine Mutter wäre gestorben und meine Bemerkung wäre total daneben gewesen …«

»Ja. Also, es stimmt, sie ist tot. Aber abgesehen davon lebe ich allein.«

Tiziana ist wie erstarrt. »O nein, ich bin so was von doof. Bitte verzeih mir, entschuldige, ich …«

»Aber nein, ich bitte dich. Außerdem kann ich eigentlich ganz gut kochen, ich brauche keine …«

»Ja, verstehe, entschuldige trotzdem.«

»Keine Ursache. Ist doch nicht deine Schuld. Das Problem ist einfach, dass ich zu Hause keine Kochgelegenheit habe und deshalb in der Rosticceria essen wollte.«

»Verstehe.« Tiziana streicht sich eine widerspenstige Haarsträhne aus dem Gesicht und versucht, sie hinters Ohr zu klemmen. Wie gern würde ich ihr sagen, dass das nicht nötig ist, denn diese Strähne im Gesicht steht ihr ausgesprochen gut. Aber ich glaube, es wäre eine große Dummheit, sie darauf aufmerksam zu machen. Wenn ich einen Film sehe, in dem jemand so was zu einer Frau sagt, kommt mir erst das Kotzen, und dann wechsle ich den Kanal. Ich werde also den Teufel tun, ihr das zu sagen.

»Dann wirst du also heute Abend hier essen«, stellt sie fest.

»Ich … Ja, vielleicht. Und du?«

»Ich weiß nicht, vielleicht zu Hause.«

»Ach so, ja. Ich weiß auch nicht. Wenn ich ehrlich bin, Tiziana, habe ich nicht genau verstanden, ob wir zusammen was essen wollten oder nicht.«

Ich habe es ausgesprochen. Was hätte ich machen sollen, Mensch, so absurd ist das doch gar nicht. Wenn zwei Menschen sich um acht Uhr abends verabreden, kann man doch leicht auf den Gedanken kommen, dass sie zusammen was essen, oder?

Sie hätte es auch nicht so genau verstanden, gibt Tiziana zu, und deshalb hat sie ihre Mitbewohnerin gebeten, ihr einen Teller kalten Reis übrig zu lassen.

Ich sage: »Kalter Reis schmeckt gut.« Es ist eines meiner Lieblingsgerichte. Und ihr geht es genauso. Wir lästern ein wenig über die Feinschmecker, die jetzt sofort *Pfui Teufel!* rufen würden, Leute, die von einer Weinprobe zur nächsten rennen.

»Die sind doch arm dran«, sage ich. »Mit all ihren Verkostungen und Degustationen und aufwändigen Gourmetgerichten … Das Leben ist doch so schon kompliziert genug, da soll doch we-

249

nigstens unser Essen einfach bleiben, nicht? Irgendwann werden sie uns noch beibringen wollen, wie man aufs Klo zu gehen hat.«

Tiziana lacht. Immer wenn ich befürchte, ich habe zu viel gesagt, lacht sie.

»Seh ich genauso. Ich bin mit Männern ausgegangen, die haben mich so genervt mit ihren Trüffeln und ihrem besonderen Öl von einem bestimmten Hügel und ihrem Barrique-Wein mit einem Abgang von ... Mamma mia, nicht zum Aushalten.«

Das sagt Tiziana, und ich zwinge mich zu lachen und füge hinzu: »Was für Blödmänner«, aber in mir verkrampft sich alles. Tiziana ist *mit Männern* ausgegangen. Mit Männern? Und wie viele soll man sich bitte darunter vorstellen, zwei, drei, fünfzig? Eine ganze Busladung voller Männer, die sie in sämtliche Restaurants der Umgebung ausgeführt haben? Und unter den Dutzenden war bestimmt einer, der es übertreiben musste und sie zu einer Platte mit frittiertem Fisch nach Santa Margherita oder zu Austern nach Monte Carlo eingeladen hat. Wer wird da glauben, dass Tiziana bei so einem nicht schwach geworden ist, zumindest ein klein wenig, zum Ausklang des Abends.

Ich weiß, es ist absurd, bis vor ein paar Tagen wusste ich noch nicht mal, dass es Tiziana gibt, und auch sie wusste nichts von mir, und doch bringt mich ihre Bemerkung über *die Männer* völlig durcheinander und lässt mir keine Ruhe mehr. Ich stelle mir diese Männer vor, gepflegt und steinreich, galante Verführer, und sehe im Vergleich dazu mich mit dem T-Shirt von Social Distortion auf dem Parkplatz vor der Rosticceria Il Fagiano ...

»Das sind Leute, für die ist kalter Reis ungenießbar«, sagt sie.

»Ach, die haben keine Ahnung. Für mich ist es eins der besten Gerichte überhaupt, besonders wenn der Reis mit in Öl eingelegten Pilzen zubereitet ist. Macht deine Freundin ihn auch so?«

Tiziana schaut mich an, nickt zweimal, dann schweift ihr Blick ab, über meine Schulter hinweg in die Ferne. Vielleicht verliert sich ihr Blick aber auch im Leeren, weil sie gedanklich mit irgendetwas beschäftigt ist. So ähnlich wie die Sanduhr am Computer, die dir zu verstehen gibt *Warte mal kurz, ich bin gerade überlastet*, weil der Computer dabei ist zu laden.

Dann wendet sich Tiziana wieder mir zu, beißt sich auf die Lippen und streicht sich die Haarsträhne hinters Ohr.

»Fiorenzo, wollen wir zu mir nach Hause gehen und den kalten Reis essen?«

Ich schwör's, das hat sie gesagt.

THE DEVIL'S NIGHTMARE

Als wir Tizianas Wohnung betreten, sagt sie dasselbe wie ich, als sie in den Laden kam: »Entschuldige diesen Ort hier. Und entschuldige den Geruch.«

»Aber ich bitte dich, es riecht nach Kanal. Ich mag das, es erinnert mich ans Angeln.«

Ich lächle, schaue mich um, und vielleicht schaffe ich es sogar, Interesse für die Möbel, die Vorhänge und die Beleuchtung zu heucheln. Aber das Einzige, was wirklich zählt, ist, dass Tizianas Mitbewohnerin nicht da ist. Wir sind allein, es ist fast neun Uhr, und bald ist es dunkel. Wir sind keine Freunde, keine Verwandten und keine Arbeitskollegen. Wir sind ein Mann und eine Frau, und es gibt nur einen einzigen Grund, hier zu sein, soviel steht fest.

»Also, der kalte Reis.« Tiziana stürzt zum Kühlschrank und bückt sich zu den unteren Fächern. Ich betrachte sie von hinten, so genau es geht. Ihr Körper zeichnet sich unter dem geblümten Kleid deutlich ab, und ich starre sie an, bis sie mit der Schüssel in der Hand wieder hochkommt. Sie stellt sie auf den Tisch und nimmt zwei Teller aus der Spüle.

»Er ist richtig kalt«, sagt sie. »Wir warten besser einen Moment, bevor wir anfangen.«

»Gut, aber kalter Reis muss kalt sein, oder?«

»Ja, aber so ist er zu kalt. Eiskalt.«

»Das könnte eine neue Kreation sein, Eisreis«, sage ich. Was für ein Blödsinn. Eisreis, was soll das denn sein? Es ist nicht mal besonders witzig, ich hab's einfach so dahingesagt.

»Was meinst du, soll ich ihn kurz in den Ofen tun?«

»Ich weiß nicht, ich würde ihn auch so essen.«

Aber Tiziana hat den Backofen schon eingeschaltet, sie öffnet die Tür und stellt die Schüssel mit dem Reis hinein.

Dabei bückt sie sich wieder, ihr Rücken und ihr Po zeichnen sich unter dem Kleid ab, ich bin nur einen Schritt entfernt, und wenn ich den Arm ausstrecke, kann ich sie berühren. Je länger ich sie anschaue, desto eindringlicher sagen mir ihre verschiedenen Körperteile: *Hey, was ist denn jetzt, wir sind hier, also, schaffst du's oder schaffst du's nicht?*

Und ich würde am liebsten antworten *Ja, hier bin ich, ich komme*, würde die Augen schließen, mich auf sie stürzen und mein Möglichstes tun. Aber ich weiß nicht, wie, ich weiß nicht mal, wo ich anfangen soll.

Denn es ist alles andere als einfach. Wie stellt man es an, vom normalen Leben zum Sex überzugehen? Wie werden aus zwei am Tisch sitzenden, angekleideten und gepflegten Menschen, die ganz normale Sachen machen (Reis essen, plaudern), zwei nackte Körper, die schwitzen und sich aneinander reiben, vögeln und ordinäre Dinge sagen und einander vollspritzen? Dazwischen muss doch noch etwas kommen, was weiß ich, eine Übergangsphase oder so.

In Liedern zum Beispiel geht man auch nicht direkt von der Strophe zum Refrain über. Das würde keinen Sinn machen, man braucht eine Überleitung, die einen mitnimmt und rüberträgt, bevor der Refrain einsetzt und dann freien Lauf hat. Diese Überleitung heißt *bridge*, denn es ist eine Brücke, die von der normalen Welt der Strophen zum Paradies des Refrains führt, wo die Musik lauter und voller ist und einem nicht mehr aus dem Kopf geht.

Und jetzt, während sich Tiziana zum Herd runterbeugt, um den kalten Reis aufzuwärmen, wo ist jetzt diese Brücke? Ich sehe sie nicht, ich höre sie nicht – muss ich annehmen, dass es gar keine gibt? So geniale Gruppen wie Black Sabbath oder Motörhead kümmern sich einen Dreck um Überleitungen, sie setzen sich über alle Regeln hinweg und machen irre Songs, die ohne Brücke und ohne Überleitungen auskommen. Also gehe auch ich direkt meinen Weg, ja, ich bin der Frontmann von Metal Devastation, und nichts kann mich aufhalten! Yeah, yeah, yeah!

Deshalb stürze ich mich jetzt auf Tiziana vor dem Herd, und

obwohl ich nur eine Hand habe, greife ich nach allem, was es zu greifen gibt. Ich fasse an ihre Brüste, drücke mich an ihren Rücken und reibe mich an ihrem Hintern, ich zieh ihr den Rock hoch, lasse meine Jeans runter und beiße sie fest in den Nacken. Sie schnellt hoch und zuckt zusammen, versucht, mich zu stoppen, und schreit, aber eine Sekunde später ist sie wie verwandelt. Sie hat Feuer gefangen, umfasst meine Hüften, schmiegt sich an mich und sagt *Ja, oh ja, genau so* und nimmt meine Hand und bewegt sie über ihren ganzen Körper und den Busen und die Schenkel und dann dorthin, wo es warm und feucht ist, und Tiziana stöhnt und windet sich und sagt *O mein Gott, was bist du nur für einer, du machst mich völlig verrückt, diese armseligen Nullen in meinem Alter sind doch alles impotente Schwuchteln, o mein Gott, oh ja, ich bekomme ganz weiche Knie, oh ja, ja, ja …*

Aber so ist es nicht. Ich mache gar nichts, wir setzen uns und essen den kalten Reis.

Weil alles andere gar nicht so einfach ist. Und weil ich ein Esel bin.

»Leider ist es nicht besonders viel Reis«, sagt sie.

»Wie bitte? Nein, nein, es ist genau richtig. Und er schmeckt gut.«

»Ja, aber es ist zu wenig. Tut mir leid, danach überlegen wir uns noch was anderes, hm?«

Ich schaue nicht hoch, ich trau mich nicht, ich nicke nur und starre auf den Teller. *Danach überlegen wir uns noch was anderes*, sagt sie. Ja, warum nicht, aber wenn du da auf mich wartest, dann gute Nacht.

Eine SMS von Giuliano durchschneidet die Stille in der Küche.

Wir sind so weit, und du? Gehen schon mal ins Excalibur. Bist du bei dieser geilen Tussi? (20:58)

Ich stecke das Handy wieder ein. Ja, ich bin bei dieser geilen Tussi, aber alles, was ich heute Abend auf die Reihe kriege, ist ein halber Teller kalter Reis.

Ich bin ein Idiot, der Frontmann von Metal Devastation ist ein Trottel, und bei den Frauen traut er sich gar nichts. Ich bin der Schandfleck in einer Tradition von superscharfen Sängern wie Vince Neil und David Coverdale, die sich drei Frauen gleichzeitig in ihre Garderobe kommen ließen, sie ordentlich durchfickten und dann mit einem Tritt in den Hintern und einem T-Shirt von der Band nach Hause schickten.

Ich dagegen befinde mich hier in einer optimalen Ausgangssituation und kriege absolut gar nichts zustande. Ist ja klar, dass die Stimmung so in den Keller gehen muss. Wir kauen, und das Schweigen wird nur vom Klappern der Gabeln auf unseren Tellern unterbrochen, und dann fängt Tiziana auch noch an, von Sachen zu reden, die alles andere als sexy sind.

»Also, ich … ähm, ich wollte mich bei dir entschuldigen wegen dieser Sache mit der Hand.«

»…«

»Ich meine, das neulich im Büro kam dermaßen unerwartet, dass ich in dem Moment gar nicht … Also, ich war ein bisschen überrascht. Aber dann bist du weggelaufen und …«

»Ich bin nicht weggelaufen, ich bin gegangen.«

»Ja, gut, aber ich wollte dir nur sagen, es ist kein Problem. Ich meine, im ersten Moment war es schon irgendwie komisch für mich, aber eine Sekunde später war das Gefühl vorbei. Du hast mir nur gar keine Zeit gelassen …«

»Ich weiß. Das Problem ist, dass ich einem Haufen Leuten einen Haufen Zeit gelassen habe, und es hat nichts genutzt.«

»Kann ich mir vorstellen, ja, das tut mir leid. Aber hör mal, darf ich dich fragen, wie das passiert ist? Natürlich nur, wenn es dich nicht nervt, sonst vergiss es sofort wieder, dann reden wir von was anderem.«

»Schon gut. Es war ein Unfall mit Knallkörpern.«

»O Mann. An Silvester?«

»Nein, im Juli. Ich war vierzehn.«

»Mein Gott, Fiorenzo, das tut mir so leid. Bringt es was, wenn ich dir sage, es tut mir leid?«

»Eher nicht, aber das sagen mir viele.«

»Siehst du, das tut mir auch leid.

»Nein, nein, ich bitte dich, das braucht dir nicht leid zu tun. Im Gegenteil, danke. Viel schlimmer ist es, wenn die Leute sagen *Ich versteh dich*. Da geh ich an die Decke. Ich versteh dich ... Aber was zum Teufel verstehst du? Einmal hat das sogar ... eine Freundin zu mir gesagt, und da hab ich widersprochen und gesagt, dass sie mich nicht versteht, sondern es sich nur einbildet. Denn du hast keine Chance, so was zu verstehen, wenn du es nicht selbst erlebt hast. Und weißt du, was sie gemacht hat? Sie hat eine Mullbinde genommen und sich eine Hand umwickelt und einen ganzen Tag mit nur einer Hand verbracht.«

»Ist ja irre! Aber stark, deine Freundin. Und hat sie es danach besser verstanden?«

»Ein bisschen glaub ich schon. Aber viele Leute haben keinen blassen Schimmer. Einige haben mich sogar gefragt, ob ich so geboren bin.«

»Ach komm, sind die blöd! Gibt es denn Leute, die so auf die Welt kommen?«

»Ich weiß nicht, hab ich noch nie gehört. Das heißt, doch, in einem Horrorfilm. Da war ein Junge, der wurde mit nur einer Hand geboren, wegen eines Fluchs, und ...«

»Den kenn ich! Den kenn ich! Der lief neulich im Fernsehen! Da war so eine Art Schloss, und dann war da doch dieser halb verrückte Bauer ...«

»Der Film heißt *Embryo des Bösen*«, sage ich. Ich setze mich kerzengerade auf den Stuhl und schlage den Oberlehrerton an, denn jetzt sind wir bei einem Thema, bei dem ich der ganzen Welt zeigen kann, wo's langgeht. »Es ist ein englischer Film, produziert von ...«

»Amicus!«, nimmt Tiziana mir den Wind aus den Segeln. »Ja, das sah man am Licht, am Drehbuch.«

»Du kennst die Amicus-Filme?« Im wirklichen Leben habe ich nie jemanden getroffen, der sie kennt, abgesehen von mir und Giuliano.

»Ja, aber die sind mir viel zu *gothic*. Mir gefallen die besser, die

in der Gegenwart spielen, vorzugsweise auf dem Land. Horrorfilme, die in der Stadt spielen, sind meiner Meinung nach wider-
sinnig. Da müssen schon Bäume und Nebel und Käuzchen sein,
die *hu, hu* schreien, sonst funktioniert das alles nicht.«

Tiziana redet, und ich kann es gar nicht fassen, ich schwöre,
ich habe das Gefühl, mich selbst reden zu hören. Ich bin hundertprozentig ihrer Ansicht, ich nicke zu allem, was sie sagt, heftig und immer heftiger. Ich riskiere, mir einen Wirbel zu
brechen, aber das ist mir scheißegal.

»Und der von neulich Abend heißt *Embryo des Bösen?*«

»Ja«, sage ich. »Mit Peter Cushing. Er ist ziemlich gefloppt,
aber mir gefällt er wahnsinnig gut. Vielleicht weil ich mich in der
Geschichte des einhändigen Jungen wiedererkenne.« Und ich
schwöre, dass ich dabei völlig gedankenlos den rechten Arm unter dem Tisch hervorhole und in der Luft schwenke.

Tiziana schaut hoch, aber nur ganz beiläufig, wie man einen
normalen Arm mit einer normalen Hand anschaut. Dann wendet sie sich wieder meinem Gesicht zu, um das Gespräch fortzu-
setzen.

»Ich versteh dich«, sagt sie. »Es gibt Filme, die sind objektiv
betrachtet großartig. *Die Nacht der lebenden Toten*, *Halloween*,
der erste aus der *Nightmare*-Serie, *Freitag der 13*. Und andere, die
sind nur für einen selbst von Bedeutung. Ich nenne sie meine
persönlichen Klassiker.«

Ich nicke weiter, ich kann gar nicht mehr aufhören. Morgen
werde ich Nackenschmerzen haben, aber das macht nichts.

»Dein persönlicher Klassiker ist also *Embryo des Bösen*«, sagt
sie. »Und jetzt rat mal, welcher meiner ist.«

Ich denke nach, aber es ist nicht leicht. Welcher Film passt zu
Tiziana? Ein italienischer oder ein amerikanischer? Oder ein
englischer? Diese uralten, langweiligen Schinken mit Bela Lu-
gosi oder die aus den goldenen siebziger Jahren? Sie muss mir auf
die Sprünge helfen.

»Sag mir wenigstens das Genre. Vampire, Hexen, Zombies,
Mumien?«

»Boh, das lässt sich nicht so genau einordnen.«

»Okay, dann ist es also was ganz Spezielles, zum Beispiel ein …«

»Es ist *The Devil's Nightmare*. Okay, ich hab's dir verraten, aber du wärst eh nicht draufgekommen.«

»Das sagst du!«, rufe ich. »Das sagst du!« Aber Tiziana hat recht. Schöne Scheiße, denn ich habe *The Devil's Nightmare* noch nicht mal gesehen. Ich weiß nur, dass Erika Blanc mitspielt, und, verdammt, wenigstens das muss ich ihr sagen. »Mit Erika Blanc, oder nicht?«

»Genau. Originaltitel *La plus longue nuit du diable*, Regie Jean Brismée, Belgien 1971, aber in Wirklichkeit ist es eine halb italienische Produktion, die 1973 herauskam.«

»Donnerwetter, du weißt ja alles darüber.«

»Na ja, es ist mein persönlicher Klassiker. Und würdest du mir einen ganz großen Gefallen tun, Fiorenzo?«

»Ja …«

»Würdest du mich fragen, *warum* es mein persönlicher Klassiker ist?«

»Klar, aber natürlich, das wollte ich gerade. Warum ist es dein persönlicher Klassiker?«

»Also, erstens …« Tiziana verdreht lächelnd die Augen, setzt sich auf ihrem Stuhl gerade, lehnt sich nach hinten. Sie fängt mit ihrer Aufzählung an und nimmt dabei die Finger zu Hilfe wie ein Kind. »Also, erstens: Der Film beginnt mit einem Flashback in die Nazizeit. Zweitens ist der Soundtrack phänomenal. Drittens trägt Erika Blanc ein *traumhaftes* schwarzes Kunststoffkleid, das sie selbst entworfen hat. Viertens spielt Erika Blanc mit. Fünftens …«

»Weißt du, dass ich ihn nie gesehen habe?«, sage ich.

Tiziana hält inne, die fünf Finger in der Luft. »Was?« Sie schaut mich an, als hätte ich gesagt, ich wäre noch nie in meinem Leben in der Disco gewesen oder hätte noch nie ein Mädchen geküsst, was beides auch noch stimmt. »Du kennst ihn nicht, das gibt's doch gar nicht!«

Ich sage: »Doch, das gibt's«, aber jetzt würde ich ihn unbedingt sehen wollen. Und darauf sie, dass wir ihn uns gemeinsam anschauen müssen. Ich schwöre, das sagt sie, sie sagt *gemeinsam*. Und sie sagt auch: »Ich hab ihn auf DVD, komm mit in mein Zimmer, ich zeig ihn dir.«

In ihr Zimmer.

Mit diesen drei Worten ändert sich alles. Na ja, vielleicht nicht alles, aber sie sagen zu hören *in mein Zimmer*, nachts und mit ihr allein hier in der Wohnung und mit dieser verführerischen Stimme, also, das beeindruckt mich schon. Denn in einem Schlafzimmer sind zwar alle möglichen Schränke, Kommoden und Accessoires, vor allem aber ist dort das Bett. Und wenn Tiziana mich dorthin bringt, weiß ich nicht, was passiert.

Aber wahrscheinlich weiß sie es selbst nicht. Sie hat vorgeschlagen, dass wir in ihr Zimmer gehen, und mit einem Schlag sagt keiner von uns mehr einen Ton. Wir schauen uns an, ich räuspere mich, nur so zum Spaß.

Aber unterdessen kriege ich eine zweite SMS, und dann noch eine. Jetzt sind es schon drei, und alle von Giuliano. Tiziana sagt: »Donnerwetter, du bist aber begehrt.« Ich bleibe vage und gehe hinter ihr her, und schon sind wir in ihrem Zimmer.

Jede Menge Bücher und stapelweise Zeitungen lagern in den Regalen und auf dem Boden, Zeitschriften, Notizhefte und lose Blätter liegen herum, und an der Wand hängen zwei Schwarzweißposter: das Foto eines Jungen, der zwei große Weinflaschen schleppt, und ein mir unbekanntes Gebäude zwischen anderen Gebäuden, die offenbar Wolkenkratzer sind.

Aber natürlich ist mir dieses ganze Ambiente so gleichgültig wie sonst was. Das Einzige, was mich in Bann zieht, ist das Bett, ein breites französisches Bett.

Tiziana nimmt die DVD aus dem Regal und reicht sie mir. Das Cover zeigt Erika Blanc mit schreiend aufgerissenem Mund, im Hintergrund ein Schloss mit einem Turm und dazu den Filmtitel in Rot. Und selbstverständlich ist mir auch die DVD vollkommen gleichgültig.

»Schau mal rein«, sagt sie. »Da ist das Originalfilmplakat drin, verrückt.«

Ich versuche die Hülle zu öffnen, aber sie ist sehr fest verschlossen. Ich drücke sie mit dem rechten Arm gegen die Brust und fummle mit der Hand daran herum, normalerweise hätte ich sie im Nu geöffnet. Aber heute fällt mir sogar das Atmen schwer, ich brauche also länger. Außerdem steht Tiziana vor mir und schaut mir zu. Und sie ist drauf und dran, mir zu helfen, hält sich aber zum Glück zurück. Ich versuche es mit all meiner Kraft, aber dieses Scheißding gibt einfach nicht nach, es ist so fest verschlossen wie eine Auster oder wie ein Tresor (auch wenn ich mit beidem noch nie etwas zu tun gehabt habe). Also lege ich mich noch mehr ins Zeug, halte die Luft an und ziehe. Ich ziehe und drücke, und am Ende rutscht mir dieses verdammte Mistding aus der Hand. Und sobald die Hülle den Boden berührt, springt sie natürlich auf, die DVD schießt raus und verschwindet pfeilschnell unterm Bett.

»Ich kauf dir 'ne neue!«, rufe ich.

»Übertreib nicht, wieso willst du mir 'ne neue kaufen?«

»Sie ist wahrscheinlich verkratzt, was bin ich für ein Trottel.«

»Aber ich bitte dich, so was kann passieren.«

»Ja, aber es passiert eben, weil ich ein Trottel bin. Es liegt nicht an der Hand. Ich öffne tagtäglich DVDs, ich schwör's, daran liegt es nicht. Ich bin aufgeregt. Ich bin hier mit dir und ...«

Ich spreche nicht weiter. Ich schaffe es nicht mal, sie anzuschauen, ich schäme mich kolossal. Am liebsten würde ich verschwinden, ja, ich hau ab. Ich bin jung, ich bin fit, wenn ich abhaue, kann sie mich nicht einholen.

Tiziana versucht herauszufinden, wo die DVD gelandet ist: natürlich in der allerhintersten Ecke. Sie legt sich aufs Bett, streckt sich und tastet zwischen Nachtschränkchen und Wand herum. Ich halte es kaum aus, sie so zu sehen. Ihr Kleid rutscht hoch und legt die nackten Schenkel frei bis knapp unter die Stelle, wo die Beine aufhören und der wunderbare Rest anfängt ... und die gesamte Szenerie fordert mich auf *Bums mich jetzt, Fiorenzo, bums mich, oder es geschieht dir recht, dass du als Jungfrau stirbst.* Aber ich rühr mich nicht vom Fleck und schaue zu, den Kopf gesenkt, die DVD-Hülle in der Hand. Wer weiß, was Giuliano sagen würde, wenn er mich so sehen würde. Es ist dermaßen unfassbar, dass sogar Stefanino mich mit Hohn und Spott überschütten würde.

Aber was kann ich tun? Tiziana liegt ausgestreckt auf dem Bett, bewegt ihr Becken und macht sich so lang, wie sie kann, um ihren Lieblingsfilm vom Boden zu fischen, den ich gerade in den letzten Winkel des Universums geschossen habe, weil ich es nicht schaffe, eine bescheuerte DVD-Hülle aufzukriegen. Woher soll ich den Mut nehmen, mich jetzt über sie herzumachen?

Nach einer endlos langen Minute hat Tiziana die DVD in der Hand und steht wieder auf, verschwitzt und rot im Gesicht, als hätte sie einen Marathon hinter sich. Ich reiche ihr die Hülle, den Arm ausgestreckt wie ein spastisches Kind. »Entschuldige«, sage ich.

»Wofür denn?« Sie schaut mich an, sie schaut mich noch sonderbarer an als zuvor, dann sagt sie: »Weißt du was, Fiorenzo, ich mach das auch.«

»Was?«

»Das mit der Hand. Ich umwickle mir auch eine Hand mit einem Verband, wie deine Freundin.«

»Wieso sagst du das jetzt?«

»Weiß ich nicht, aber ich mache es.«

»Aber nein, es ist wahnsinnig lästig und ...«

»Wenn deine Freundin das gemacht hat, kann ich das auch.«

»Aber mit nur einer Hand kannst du rein gar nichts machen.«

»Na und, dann öffne ich eben mal einen Tag lang keine DVDs.«

»Aber die DVD hat mit der Hand überhaupt nichts zu tun, ich schwör's! Ich wusste, dass du glaubst, es wäre deswegen, ich wusste es!« Ich muss lachen, weil Tiziana mit dem Finger auf mich zeigt und lacht. Sie macht sich über mich lustig. Das gefällt mir, auch ihr Lachen gefällt mir.

»Ich glaube, ich hab sogar eine Mullbinde hier«, sagt sie. »Keine Ahnung, wo, aber ich habe eine.«

»Bist du verrückt, lass das sein.«

»Wieso denn, ich habe gesagt, ich mach's, und damit basta. Außerdem ist morgen Sonntag, der ideale Tag. Sonntag ist der Tag der Mullbinde.«

»Wie du willst. Aber ich würde ihn den Tag der Phantomhand nennen, das klingt besser.«

»Na gut, dann also der Tag der Phantomhand. Könnte ganz
amüsant werden.« Sie schaut mich an und muss wieder lachen.

»Wenn's dich glücklich macht«, sage ich. Aber in Wirklichkeit macht es auch mich glücklich. Sehr sogar.

So glücklich, dass es kein Problem ist, als wir gleich darauf an der
Wohnungstür den Schlüssel im Schloss hören, die Tür aufgeht
und Tizianas Mitbewohnerin hereinkommt.

Sie weint, wirft sich Tiziana an den Hals, die es erstaunlicher-
weise schafft, sich von dieser ganzen Masse Fett nicht umhauen
zu lassen. Ihre Freundin jammert und schluchzt und stammelt
irgendwas, und Tiziana spricht über die gut gepolsterten Schultern ihrer Mitbewohnerin hinweg mit mir. Fast im Flüsterton
entschuldigt sie sich und sagt, dass sie nicht weiß, was sie jetzt
machen soll und … Ich lächle sie an, lasse den Zeigefinger in der
Luft kreisen und bedeute ihr damit, dass wir uns bald wiedersehen.

Ich gehe, und als die Tür ins Schloss fällt, höre ich ihre Freundin noch viel verzweifelter losheulen.

Ich dagegen bin glücklich. Na gut, außer wie ein Trottel
dazustehen, habe ich nichts weiter zustande gebracht, aber dass
Tiziana das mit der Phantomhand ausprobieren will, macht mir
so gute Laune, dass ich Lust bekomme, die Treppe runterzu-
springen.

Und wie immer, wenn es mir so richtig gut geht, spielt mir
mein Gehirn *The Boys Are Back in Town* von Thin Lizzy ein. Ich
trete auf die Straße und singe den Song zu Ende.

The jukebox in the corner blasting out my favourite song
The nights are getting warmer, it won't be long
Won't be long till summer comes
Now that the boys are here again

Ich singe vor mich hin und gehe zügig. Ich schaue mich nach allen Seiten um und lächle, auch wenn niemand da ist, der sich von diesem Lächeln angesprochen fühlen könnte.

Dann piept mein Handy noch mal oder vielmehr zweimal. Jetzt sind es schon vier SMS, die ich alle noch nicht gelesen habe.

Ja, denn der beste Teil des Abends ist zwar vorbei, aber die Nacht ist noch lange nicht zu Ende.

TOD EINES IGELS

Ich bin jetzt schon fünfundzwanzig Minuten unterwegs, die Füße tun mir weh, ich habe Hunger und Durst, und dieses verdammte Postamt ist immer noch nicht in Sicht.

Das Postamt ist mein Ziel, weil es so in den SMS steht. Drei habe ich von Giuliano bekommen:

Hey, wir bleiben nicht im Excalibur. Die machen ein Billardturnier, das nervt. (21:16)

Wir sind im Auto. Antwortest du oder was? Bist du bei dieser geilen Tussi? Ich glaubs nicht. (21:17)

Wir fahren zur Post. Stefanino glaubt nicht, dass du sie bumst, weil du nämlich schwul bist. (22:34)

Und eine von Stefanino:

Stimmt nicht, das hab nicht ich gesagt, Giuliano wars. (22:35)

Ich antworte erst jetzt. Ich geh die Straße mit dem Gym Center Club lang und tippe die Nachricht ein, ohne auf die Tasten zu schauen. Eine Minute später kommt die Antwort.

Wir sind bei der Post. Beeil dich! (23:15)

Ich gehe schneller, grinse vor mich hin. Heute Abend bin ich gut drauf, und so ein nächtlicher Spaziergang ist eigentlich was Schönes. Wenn man sich einen Ort nachts anschaut, versteht man ihn besser, im Dunkeln sieht man einfach klarer: die Häuser, die ungemütlich über die Ebene verstreut liegen, die nach Bauar-

264

beiten notdürftig wieder instand gesetzten Straßen, die Müllcontainer, die am Boden angekettet sind seit jenem Sommer vor
zwei Jahren, als es plötzlich hip war, damit vom Colle del Cinghiale runterzudonnern: ein Müllcontainerrennen.

Eine lächerliche Sportart, könnte man meinen, aber es war
wahnsinnig aufregend, das mitzuerleben. Es gab immer eine
Menge Zuschauer. Dann passierte der tödliche Unfall von Mario
Gavazzi, genannt der Blitz, und jetzt sind in Muglione die Container angekettet.

Als ich jetzt an ihnen vorbeigehe, muss ich lachen. In einem
Dorf zu leben, wo die Container angekettet werden müssen, ist
auch nicht ohne. Jedenfalls erscheint mir Muglione in dieser
Nacht etwas weniger elend als sonst. Heute ist eine schöne
Nacht.

Ich bin zufrieden mit diesem Abend, mit allem, was wir
einander erzählt haben, aber vor allem finde ich es klasse, dass
Tiziana das mit der verbundenen Hand auch machen will, nachdem sie die Geschichte über meine Freundin gehört hat.

Ich sage weiterhin »meine Freundin«, auch wenn das nicht
stimmt, denn in Wirklichkeit hatte sich meine Mutter die Hand
verbunden. Nur dass das in meinen Ohren bescheuert klingt,
und wenn ich an den Altersunterschied zwischen mir und
Tiziana denke, hätte es mir nicht gefallen, Tiziana sagen zu hören
Ich will es so machen wie deine Mutter.

Vor dem Postamt ist kein Mensch. Neben diesem grauen Kas-
ten fällt jeder sofort ins Auge, aber weit und breit ist niemand zu
sehen.

Oder doch, Moment, an der Ecke neben dem Eingang ist ein
dunkler Fleck, der an der Mauer beginnt und sich über den Gehsteig bis zur Straße hinzieht. Er ist direkt unter der Straßenlaterne und glänzt und sieht aus wie etwas Lebendiges, das langsam vorwärtskriecht.

Ich geh näher ran, und was ich sehe, macht durchaus Eindruck. Vielleicht wegen der Dunkelheit, vielleicht auch weil es
ein großer roter Fleck ist und nach Blut riecht. In der Mitte er-

kenne ich etwas Rundes, Stacheliges, Blutüberströmtes. Ich kapiere nicht sofort, was es ist, aber es ist mit Sicherheit tot.

Ich weiß, dass diese Blödmänner Giuliano und Stefano hier waren, wegen der Geschichte mit der Anti-Senioren-Gang, und dass sie Blut dabeihatten. Aber bei dem widerlichen Anblick hier krieg ich trotzdem ein bisschen Angst. Vielleicht hat die Bürgerwehr die beiden entdeckt, als sie die Mauer beschmierten, und sie gelyncht. Oder die echte Anti-Senioren-Gang hat sie erwischt und kaltgemacht, obwohl sie gar keine Senioren sind.

Aber was ist dieses Runde, Blutige da in der Mitte genau? Ich beuge mich runter, um es zu inspizieren. Ich gehe auf die Knie, vorsichtig, um das Blut nicht zu berühren, und plötzlich sehe ich einen riesigen Schatten, der von hinten auf mich zukriecht, über mich hinweggeht, auf das Postgebäude fällt und mich vollkommen einhüllt.

Ich rühre mich nicht von der Stelle und hebe, immer noch auf den Knien, die Arme schützend über den Kopf, keine Ahnung, wieso. Ich weiß nur, dass ich nicht sterben will, nicht jetzt, da es Tiziana gibt. Gebt mir wenigstens eine Woche, eine einzige Woche, ich schwöre, dass ich mich damit begnüge. Aber nicht jetzt, bitte nicht jetzt ...

»Nicht jetzt!«, rufe ich.

»Hey, was schreist du denn so«, sagt Giuliano. Ich hebe den Kopf, drehe mich um, und da stehen er und Stefanino und schauen von oben auf mich runter. »Hast du Angst gekriegt?«

»Nein, Angst nicht, aber ich hab euch nicht kommen hören.«

»Siehst du, du Blödmann?«, sagt er zu Stefanino. »Er hat auch Schiss bekommen, es funktioniert also.«

»Ja, aber mir war doch sofort klar, dass es funktioniert, ich hab gleich gesagt, es macht mir Angst.«

»Du zählst nicht, du hast ja immer Schiss, Mann. Also es funktioniert wirklich, hurra. Und den Spruch, kann man den gut lesen?«

»Welchen Spruch?«, frage ich und stehe auf.

»Wie, welchen Spruch, den da, verdammt. Dort, neben dem Blut.«

Ich geh ein Stück auf die Mauer zu und entdecke einen Schriftzug mit schwarzem Filzstift, klein und verwackelt:

ALTER, HOL DIR DEINE LETZTE RENTE
UND DANN KRATZ AB
FRONT FÜR DIE NATIONALE VERJÜNGUNG
METAL D.

»Und, gefällt's dir?«

»Hm, ich weiß nicht. Ich finde, es klingt weniger nach Nazis als nach Fußballstadion.«

»Ach was, es passt wie die Faust aufs Auge. Wir sind hier an der Post, und auf der Post holt man sich seine Rente ab ...«

»Ist ja gut, aber man sieht den Schriftzug gar nicht richtig. Wolltet ihr nicht mit Blut schreiben?«

»Sicher wollten wir mit Blut schreiben, aber es geht eben nicht! Das tropft wie der Teufel, und am Ende kann man überhaupt nichts mehr lesen. Du schreibst ein N, und eine Sekunde später ist es nur noch ein Fleck. Gut, dass ich einen Filzstift im Auto hatte. Und das Blut haben wir dann einfach ausgegossen, zu einer Blutlache. Ich finde, das ist ein super Effekt.«

»Verstehe. Und dieses kugelige Ding da in der Mitte, was ist das.«

»Was.«

»Dieses runde Ding da in der Mitte.«

»Ach so. Das ist ein Igel.«

»Was? Ihr habt einen Igel getötet?«

»Quatsch, der ist überfahren worden. Als wir aus dem Excalibur rauskamen, lag er da, von einem Auto plattgemacht. Der war schon tot, und es wäre doch Verschwendung gewesen, ihn einfach so da liegen zu lassen.«

Ich sage nichts, sondern inspiziere weiter die Blutlache vor der Mauer und auf dem Gehsteig und dieses runde Ding in der Mitte, das aussieht, als käme das verspritzte Rot von ihm, wie eine extrem eklige, mit Blut gefüllte Plastiktüte. Man bekommt fast Mitleid mit dem Igel oder findet es zumindest traurig, dass er nun für diesen Zweck missbraucht wird, nachdem einer ihn mit seiner aufgemotzten Karre überfahren hat. Wo doch jeder weiß, dass die Igel langsam aussterben, weil wir sie im Minutentakt totfahren. Allerdings stimmt es auch, dass Igel manchmal strohdumm sind. Sie stehen am Bordstein und sehen ein Auto herankommen, und dann passen sie genau den Moment ab, wo es vorbeiflitzt, um die Straße zu überqueren – und dann *peng*.

Es ist also ganz normal, dass sie auf dem Gehsteig vor dem Postamt enden, in einer Pfütze aus Ochsenblut, und die Rentner mit dem Tod bedrohen.

WIR HABEN EIN RECHT AUF DEN STOCK

»Jesus, Maria und Josef«, sagt Repetti jetzt schon zum zehnten Mal.

Normalerweise sagt er nur *Jesus* oder nur *Maria*, aber die Entdeckung heute Morgen ist einfach zu skandalös. Bei diesem entsetzlichen Anblick kommt ihm fast der Magen hoch.

»Was gibt es bloß für Leute auf dieser Welt.« Divo versucht einen ruhigen, nüchternen Ton anzuschlagen, aber dieses widerliche Zeug an der Mauer des Postamts hat auch ihn aufgewühlt.

Gestern Abend war es nasskalt, und deshalb hatte die Bürgerwehr beschlossen, die erste richtige Patrouille zu verschieben. Das hatte nichts mit Drückebergerei zu tun, sie wollten nur nicht das Risiko eingehen, eine Woche lang mit Voltaren vollgepumpt das Bett hüten zu müssen. Dafür haben sie dann heute in aller Frühe, quasi als Wiedergutmachung, diesen Kontrollgang gemacht, mit Handys und Notizheften bewaffnet, um alles Verdächtige festzuhalten.

Doch in der Nacht hatte sich der Horror Bahn gebrochen.

»Wie kann man bloß so was machen«, sagt Repetti. »Igel sind doch so lieb.«

»SO-WAS-VON-NIEDLICH«, sagt Mazinga.

»Hör zu, Repetti, Schluss jetzt mit den Märchen«, sagt Baldato. »Du hast diese Geschichte mit der rentnerfeindlichen Gang aus dem Ärmel gezogen, und jetzt ist klar, dass du nicht nur so dahergeredet hast. Du weißt doch irgendwas.«

»Nein, Jungs, ich schwör's, das war einfach so ins Blaue hinein gesagt! Neulich Abend habe ich ferngesehen, es war schon spät, aber ich konnte nicht schlafen. Ich hatte eine Peperonata gegessen, wisst ihr, die verträgt mein Magen nicht.«

»MEINER-AUCH-NICHT.«

»Und … na ja, im Fernsehen kam ein Bericht über diese Gangs von Wahnsinnigen in Russland. Jugendliche, die sich mit Einwanderern und anderen Leuten anlegen und dabei extrem brutal sind. Sie bringen Leute um, schneiden ihnen die Kehle durch und filmen sich dabei. Danach habe ich Gott sei Dank ein bisschen geschlafen, aber nicht gut, ich habe geträumt, dass mich ihre Fratzen anstarren und sie mich auslachen und angreifen. Und als am nächsten Tag dieser Journalist kam und wissen wollte, welche Gefahren es hier in Muglione gibt, da hatte ich immer noch diese Bilder im Kopf und hab das einfach so gesagt. Das ist alles. Ehrenwort.«

Die Wächter denken kurz nach. Repettis Schilderung klingt plausibel. Alle kennen die verheerende Wirkung einer Peperonata auf die Verdauung. Sie dachten wirklich, sie würden ihr Dorf kennen, aber nach diesem Blutbad wissen sie gar nicht mehr, wo sie hier eigentlich sind.

»Jungs, ich sag es noch einmal«, meldet sich Baldato wieder zu Wort. »Wir müssen uns irgendwie wappnen. Mal angenommen, wir wären gestern Abend rausgegangen und diesen Kerlen begegnet. Was hätten wir mit unseren Notizheften gemacht? Aufgeschrieben, wie viele Messerstiche sie uns versetzen?«

»ICH-HABE-EINE-DOPPELBÜCHSE-FÜRS-TAUBEN-SCHIESSEN.«

»Mal langsam, Mazinga, wir wollen nicht gleich übertreiben!«, sagt Divo. »Keine Waffen, Jungs, sonst werden wir am Ende noch selbst abgeknallt wie die Tauben.«

»Gut, Divo, einverstanden«, sagt Baldato. »Wir verlangen ja auch gar keine Waffen, aber es muss doch einen Mittelweg geben zwischen einem Gewehr und einem Notizheft, oder nicht? Ich zum Beispiel würde mich schon mit einem Stock in der Hand sehr viel sicherer fühlen. Ein Stock ist schließlich keine Waffe, wir können immer sagen, wir brauchen ihn als Gehhilfe. Wir sind alt, wir gehen am Stock, was ist daran schlimm? Wir haben ein Recht auf den Stock.«

Dabei schwenkt Baldato einen imaginären Gehstock in der

Luft und schiebt den Unterkiefer vor, und sein Grinsen hat mit dem netten Opa, der dir zehn Euro schenkt, rein gar nichts zu tun. Dieser Opa zieht dir höchstens seinen Stock über den Schädel, und dann gute Nacht.

WAS WISSEN SCHON DIE SIEGER?

Sonntag, 9.30 Uhr, Rottofreno (Piacenza).

Das heutige Radrennen ist wirklich wichtig. Roberto hat eine andere Region gewählt, um zu sehen, ob Mirko diesem Stress gewachsen ist, und um seinen Namen auch außerhalb der Toskana bekannt zu machen. Und obwohl alles eingestellt und geprüft wurde, will Roberto selbst noch einen letzten Blick auf die Räder werfen. Nicht dass er dem Mechaniker misstraut, es ist eher ein Vorwand, um zwischen Radgestell und Felgen zu hantieren und den Gummigeruch der Mäntel einzuatmen.

Es kommt schon mal vor, dass ein nicht mehr ganz junger Fan diese Situation ausnutzt und mit einem Sammelbild ankommt aus der Zeit, als Roberto selbst noch Rennen fuhr. Der Fan holt sich ein Autogramm, steckt das Sammelbild zurück in eine Klarsichthülle, schüttelt Roberto die Hand und verschwindet wieder. Heute ist das noch nicht passiert, aber es kommt schon mal vor.

Treffpunkt war um fünf Uhr vor dem Vereinslokal, Roberto fuhr das Begleitfahrzeug, Sirio den Kleinbus mit den Jungs, und dann war da noch ein Vater, der unbedingt mitkommen wollte. Doch Robertos Regeln sind unumstößlich: *Keine Väter im Tross.* Der Typ hat ein bisschen gemault, sich dann aber umgedreht und ist gegangen.

Väter sind wirklich das Schlimmste, und Roberto hat im Laufe der Jahre einiges erlebt: Väter, die ihre Söhne über ein mitgebrachtes Megafon beschimpfen, ihnen nach einer Niederlage das Abendessen streichen oder eine ganze Woche lang nicht mit ihnen sprechen, wenn sie schlecht gefahren sind.

Sein Vater gehörte auch zu dieser Sorte. Er hieß Arturo, war Lkw-Fahrer und stotterte, weshalb sich alle über ihn lustig machten und ihn »Maschinengewehr« nannten. Er war so schüchtern, dass er den Leuten nicht mal ins Gesicht sehen konnte, und wenn sie ihn verarschten, wehrte er sich nicht. Bei seinem Gestotter hätte er dafür eine halbe Stunde gebraucht, und dann hätte man ihn noch mehr gehänselt. So lief er tagsüber mit hängendem Kopf herum, fraß allen Groll in sich hinein und konnte es gar nicht erwarten, am Abend endlich zu Hause bei seinen Lieben zu sein und seinen Frust an ihnen auszulassen.

Einmal, als Achtjähriger, wartete Roberto in Livorno auf den Start eines Radrennens in der Altersklasse der Jüngsten. An diesem Tag war ein Fotograf der »Nazione« dabei, der sich auf ihn eingeschossen hatte und ihn pausenlos fotografierte. Roberto war mächtig stolz, er umklammerte den Lenker, ging in Pose und blickte mit entschlossener Miene geradeaus. Als sich der Fotograf mit der Kamera vorbeugte, um ihn von unten aufzunehmen, drehte Roberto mal eben den Kopf zur Seite, um zu sehen, ob er immer noch fotografiert wurde. Tatsächlich, der Fotograf war noch mit ihm beschäftigt. Und dann plötzlich ... traf ihn ein Schlag ins Genick, dass er vom Rad fiel und im Sturz zwei andere Kinder mitriss. Er schaute hoch und sah vor dem Hintergrund des Himmels seinen Vater, der ihn anfuhr *W-w-was zum Teuteu-fel machst du da-da, Idiot! K-k-konzen-tr-ntr-nnn, konze-zennn ... wo bl-l-eibt d-d-dein Ernst, es g-g-geht g-gleich los!*

Nein wirklich, die Väter sind eine Gefahr, sie wollen das Kommando führen, und deshalb haben sie bei den Rennen nichts zu suchen. Bei den Rennen haben die Kinder auf Roberto zu hören und auf niemanden sonst.

Denn wenn es im Leben etwas gibt, wovon Roberto wirklich etwas versteht, dann davon, wie man ein Radrennen gewinnt. In seiner aktiven Zeit war er nie ein besonders guter Sprinter gewesen, und es fehlte ihm auch an der schieren Kraft, doch wie es die Zeitschrift »Radsport« in einer Sonderausgabe über die Wasserträger im Radsport der achtziger und neunziger Jahre so schön formulierte: *Roberto Marelli, auch der Barman genannt, hat zwar selbst nie ein Rennen gewonnen, aber unzähligen Rennfahrern zum Sieg verholfen.*

Und nach ihrer aktiven Zeit sind viele Wasserträger wie er die besten Trainer geworden. Die Leute denken, dass einer, der selbst viele Siege errungen hat, automatisch auch dem Nachwuchs zum Sieg verhelfen kann, aber das ist Unsinn. Das ist, als würdest du Malunterricht bei van Gogh nehmen. Aber was soll van Gogh dir beibringen? Er drückt dir den Pinsel in die Hand, stellt dich vor die Leinwand und sagt *Also, mal mir ein Meisterwerk.*

Nicht ohne Grund war kein einziger großer Champion in der Geschichte des Radsports ein großer Trainer. Bei einem schwierigen Anstieg würde Federico Bahamontes dir lediglich raten, im Sattel aufzustehen und alle anderen hinter dir zu lassen. Auf hügeliger Strecke in Wind und Regen würde Eddy Merckx dir den Tipp geben, das Lenkrad fest zu umklammern, kräftig in die Pedale zu treten, alle abzuhängen und so als Erster ins Ziel zu fahren. Die ganz Großen können niemanden beraten, weil sie gar nicht wissen, was ein Rennen ist. Sie fahren ganz vorn an der Spitze, nur das Ziel und den Sieg vor Augen, und haben keine Ahnung, was für eine Hölle aus Staub sie hinter sich aufwirbeln.

Doch genau damit kennt sich Roberto Marelli bestens aus. Er weiß, wie es sich anfühlt, wenn die Beine stocksteif werden. Er weiß, dass du bei einer Hungerattacke in sengender Augustsonne vor Kälte bibbern kannst. Er kennt das Gefühl der Genugtuung, nach einer Etappe mit sieben Gipfeln, bei der dir auf halber Strecke der Saft ausgegangen ist, doch noch ins Ziel zu kommen: ohne Zuschauer und mit einer Stunde Verspätung, aber du bist weiter im Rennen und kannst deinen Mannschaftskapitän auch am nächsten Tag noch unterstützen. Denn jedes Rennen besteht aus vielen einzelnen Rennen, und jeder Fahrer muss seine eigene Schlacht schlagen. Jeder ist auf seine Art der Größte.

Sein Dorf hat das bis heute nicht verstanden. Nachdem er Profisportler geworden war, wurde er in Muglione gefeiert, aber die Euphorie verflog schnell. Ein Landsmann war Rennfahrer, das ja, aber er gewann nie, nicht einmal den Großen Preis von Camaiore und keine einzige Etappe beim Giro di Sardegna: Der

Stolz auf den Radrennfahrer von Muglione schlug schnell in Enttäuschung um. Ein echter Flop.

Aber jetzt ist Mirko da und gewinnt, und wie. Alle wissen, dass es Robertos Verdienst ist, wenn Mirko für den Radsportverein UC Muglionese fährt, dass er ihn in einem kleinen Nest am Arsch der Welt entdeckt hat und ihn nun von Sieg zu Sieg führt.

Zugegeben, das ist nicht schwierig. Es genügt, Mirko zu sagen *Wenn es dich packt, dann spurte los, und du gewinnst.* Er fährt in der Klasse der Schüler, da brauchst du einfach nur der Stärkste zu sein, um zu gewinnen. Aber das ist erst der Anfang. Wenn er sich bei den Junioren und den Under 23 beweisen muss, ist Robertos fachmännischer Beistand von entscheidender Bedeutung. Sobald der Junge älter ist und die Vorschriften es ihm erlauben, per Funk mit dem Begleitfahrzeug in Verbindung zu sein, kann Roberto ihm in jedem Augenblick des Rennens sagen, was zu tun ist, und so zusammen mit ihm gewinnen. Die Beine des kleinen Champions und der Kopf des Barman. Ein unschlagbares Team. Niemand wird sie aufhalten können, auch nicht beim Sprung in die Welt des Profisports, in die großen Mannschaften beim Giro d'Italia oder der Tour de France.

Und schon gar nicht heute, beim 17. Trofeo Comune di Rottofreno. Gleich geht's los. Es gibt eine Menge Konkurrenten, aber nur einen Sieger. Roberto kennt schon den Namen, wie jeder, der auch nur ein bisschen Ahnung vom Radsport hat oder einen Funken gesunden Menschenverstand besitzt.

Aber dann ...

MIT WELCHEM RECHT WILLST DU JETZT REDEN?

Sonntag, zwölf Uhr mittags. Fast schon halb eins. Und wenn du etwas hasst, dann dieses späte Aufstehen. Von spät kann gar keine Rede mehr sein, es ist ja fast schon Nachmittag.

Trotzdem fühlst du dich erschöpft. Du hast bei Raffaella im Zimmer geschlafen, die um keinen Preis allein bleiben wollte. Und jedes Mal wenn du gerade eingenickt warst, hat sie dich durch einen Seufzer oder Schluchzer oder irgendeinen Halbsatz wieder aus dem Schlaf gerissen.

Pavel hat ihr gesagt, dass ihm eine andere gefällt, eine, die mit ihm zusammen im Supermarkt arbeitet. Es war zwar noch nichts zwischen ihnen, aber bald wird es so weit sein.

Eine Freundin eine ganze Nacht lang zu trösten ist ziemlich schwierig, zumal du nicht weißt, was du ihr sagen könntest. Denn das, was du wirklich denkst, musst du für dich behalten. *Vergiss diesen Schwachkopf, du solltest froh sein, dass du ihn los bist. Du hättest so klug sein sollen, ihn selbst zum Teufel zu jagen. Statt zu heulen und zu sagen, du würdest nie wieder aufstehen, solltest du Freudensprünge machen und zur Wallfahrtskirche von Montenero pilgern, um der Madonna eine Kerze anzuzünden, zum Dank für die Gnade, die sie dir erwiesen hat.*

Doch genau das kannst du Raffaella nicht sagen. Erstens, weil Raffaella es nicht hören will, und zweitens, weil du ihr diese vernünftigen, nüchternen und strengen Ratschläge längst hättest geben können. Doch mit welchem Recht willst du jetzt reden?

Du selbst schleppst jetzt einen nach Hause, der dreizehn Jahre jünger ist als du, und fühlst dich sogar gut dabei. Seit deiner Rückkehr in dieses beschissene Dorf war das der erste Abend, an dem du eine interessante Unterhaltung geführt hast. Ganz kurz hat dich sogar der Gedanke gereizt, nein ... Also, nein, das stimmt nicht, da gehst du zu streng mit dir ins Gericht. Nicht dass du wirklich daran gedacht hättest, es zu tun, aber als ihr in deinem Zimmer wart und du die DVD unterm Bett gesucht hast, ist es dir ganz kurz durch den Kopf geschossen: Du liegst da auf dem Bett, und er steht hinter dir und könnte sich jederzeit über dich hermachen ... So abwegig erschien dir das gar nicht.

Einmal in Berlin bist du nach einer Party zusammen mit dem Bruder einer Freundin im Aufzug gefahren, und während du ihm erklärt hast, dass du das Wetter in Berlin gar nicht mal so übel findest, hat er sich auf dich gestürzt. Und wenn dasselbe gestern Abend in deinem Zimmer passiert wäre, hättest du es viel weniger abwegig gefunden, und es wäre, wenn du es dir recht überlegst, ganz bestimmt nicht so ausgegangen wie damals: mit einem Tritt in die Eier.

Ganz sicher bist du dir allerdings nicht, und du willst es auch gar nicht sein. Aber dann kam ja ohnehin Raffaellas tragischer Auftritt und hat alles zunichtegemacht, es hat also keinen Sinn, sich noch länger den Kopf zu zerbrechen.

Du musst dich jetzt auf das konzentrieren, was du gerade tun willst, nämlich dir die rechte Hand zu bandagieren. Du versuchst es nun schon seit zwanzig Minuten und schaffst es nicht.

Warum machst du das überhaupt, was hat es für einen Sinn, Tiziana? Tust du es für dich oder für ihn? Und wenn du es ihm zuliebe machst, tust du es dann aus Mitgefühl oder weil du etwas für ihn empfindest? Und wie soll es nach diesem Selbstversuch weitergehen, wirst du ihn anrufen? Okay, du hast seine Handynummer gar nicht, aber was wäre wenn? Was würdest du tun? Und was hättet ihr gestern Abend getan, wenn Raffaella nicht nach Hause gekommen wäre?

Schluss jetzt, denk einfach nicht mehr daran. Bandagier dir endlich die Hand, es ist schon spät. Mach den Verband ganz fest.

WIE DIE FERNFAHRER

Heute Abend könnt ich mit einer Nutte gehen.

Auf der Hauptstraße gibt's 'ne Menge von denen. Kaum hast du den Ort hinter dir gelassen, ist am Straßenrand dermaßen viel Betrieb, als wären Bauarbeiten im Gange.

Schon oft hab ich mir im Vorbeifahren gedacht, ich tu's, ich geh mit einer Nutte, vor allem nachdem Giuliano es mal gemacht und mir nachher gesagt hat *Da geht's ab, Fiorenzo, da geht's ab.* Aber bisher hab ich's noch nicht getan, vielleicht ist heute Abend der richtige Zeitpunkt dafür. Wenn dann mit Tiziana was laufen sollte, bin ich wenigstens nicht völlig unbedarft.

Es ist vier Uhr, und die Sonne steht noch hoch am Himmel. Aber wenn ich jetzt mit dem Roller hinfahre, sind bestimmt auch schon eine Menge Nutten da, und das wundert mich echt. Ich meine, man stellt sie sich nachts unter einer Laterne vor, stattdessen sind sie rund um die Uhr und das ganze Jahr über da ... Folglich haben sie Kundschaft.

Aber wer kommt eigentlich auf die Idee, im Januar um neun Uhr früh zu einer Nutte zu gehen? Oder in der brütenden Mittagshitze im August? Fernfahrer vielleicht, denn bei krassen, heftigen Sachen denkt man gleich an Fernfahrer. Beim Anblick der Duschen in den Autobahnraststätten zum Beispiel, da fragst du dich, wer um Gottes willen wird sich denn hier duschen wollen, und die Antwort lautet immer: Fernfahrer, Fernfahrer, Fernfahrer.

Ich bin aber kein Fernfahrer, kann ich dann überhaupt mit einer Nutte gehen? Keine Ahnung, wahrscheinlich nicht. Ich schäme mich einfach zu sehr, und außerdem habe ich Angst, dass es zu den Dingen gehört, mit denen man nicht mehr aufhören kann, wenn man erst mal damit angefangen hat, und die einen zugrunde richten.

Nein, ich bleibe lieber im Laden und geh die Stücke noch mal durch, denn heute Abend um sechs treffen wir uns bei Stefanino. Nach diesem verkackten Festival spielt Metal Devastation endlich mal wieder.

Normalerweise üben wir um neun, aber Antonio hat gesagt, dass er was vorhat, also ist sechs auch okay. Hauptsache, wir hauen ordentlich rein, damit ich endlich das Schreckgespenst loswerde, das mir immer noch im Kopf rumspukt und aus tausend Kehlen ruft RA-AUS, RA-AUS. Das war letzten Samstag, und heute ist Sonntag, also ist eine Woche vergangen, und wir müssen die Sache endlich abhaken und nach vorn blicken. Heute spielen wir wieder, heute will ich an nichts Unangenehmes denken.

Was mir gar nicht mal schwerfällt, denn seit ich aufgewacht bin, kann ich kaum an was anderes denken als an Tiziana.

Ja, schon klar, dass dieser Satz fürchterlich schnulzig klingt, ich finde mich dabei selber zum Kotzen, und ich schäme mich, dass ich nach all den Platten und Liedern, die die Dinge beim Namen nennen, trotzdem wie ein Depp drauf reinfalle. Seit Jahren sagen meine Idole, wir seien *Zu schnell für die Liebe* und *Liebe ist was für Idioten*, trotzdem denk ich an sie und daran, dass sie heute, wenn sie nicht nur so dahergeredet hat, den Sonntag mit nur einer Hand verbringt.

Ich könnte sie anrufen und mich erkundigen, wie es ihr geht, nur dass ich ihre Nummer gar nicht habe. Hab sie auch nicht danach gefragt. Weil ich bescheuert bin. Vielleicht setze ich mich deshalb auf die Pritsche und fange an, den neuen Aufsatz des kleinen Champions zu lesen: Dann weiß ich wenigstens wieder, dass es jemanden gibt, der noch bescheuerter ist als ich.

Das Blatt hab ich heute früh gefunden, er hatte es unter dem Rollgitter durchgeschoben. Wie soll ich dem Trottel nur erklären, dass mich seine Aufsätze nicht interessieren? Ich sag's ihm jedes Mal, aber er bringt mir jedes Mal neue, und jedes Mal lese ich sie. Damit schließt sich der Kreis.

Mirko Colonna
Klasse 3b (Lehrerin: Tecla Pudda)
7. Mai 2010

Thema: *Petrarcas wunderbares Sonett »Die Nachtigall dort, die so zärtlich weinet« ist ein Meisterwerk von großer Aktualität. Welche Lehren kann die heutige Gesellschaft daraus ziehen, da ihr doch alle moralischen und sozialen Werte abhandengekommen sind?*

Was das Verlieren der Rennen angeht, Signore, wollte ich Ihnen sagen, dass ich einverstanden bin. Ich habe es sogar schon versucht, und Sie haben mir ja gesagt, dass Verlieren die einfachste Sache der Welt ist. Aber ich muss sagen, dass das für mich nicht stimmt. Denn wenn ich verliere, verlieren gleichzeitig eine Menge andere Leute, für die es mir leid tut, mehr als für mich. Aber einmal habe ich es versucht.

Im März – es war mein fünftes offizielles Rennen, und die anderen vier hatte ich alle gewonnen – sagten meine Teamkollegen schon, ich wäre rücksichtslos und hätte die Mannschaft verschlissen und ihre Eltern hätten ihnen gesagt, ich nehme irgendwelche Medikamente, um schneller zu fahren als alle anderen. Da dachte ich, es ist besser, es so zu machen wie in der Schule und nicht immer die Nummer eins zu sein, und deshalb wollte ich an dem Tag nicht gewinnen.

Ich bin also die ganze Zeit ganz ruhig im Hauptfeld geblieben. Fünf Kilometer vor dem Ziel gab es eine Spitzkehre, und einer aus dem Team Formaggi Antico Borgo, der Tenerani heißt, ist vorgeprescht und hat sich um ein paar Sekunden von den anderen abgesetzt.

Mir war gleich klar, dass wir den sofort einholen mussten, um ihn nicht erst auf der Ziellinie wiederzusehen, aber da ich ja verlieren wollte, bin ich in der Gruppe geblieben. Es waren nur noch vier, drei, zwei Kilometer bis ins Ziel, und ich konnte mir schon vorstellen, wie Signor Roberto die Fassung verlieren und uns anbrüllen und Schwachköpfe nennen würde. Auf dem letzten

Kilometer habe ich dann sogar aufgehört, so zu tun, als würde ich mich anstrengen, Tenerani hatte ja eh schon gewonnen und konnte seinen Endspurt bis ins Ziel auskosten.

Gesehen habe ich ihn in dem Augenblick nicht, aber man hat mir nachher erzählt, dass er überglücklich war und in die Pedale trat und sich ab und zu umdrehte und jubelte, als er niemanden sah. Aber in der letzten Kurve stand sein Vater mit einem Eimer Wasser. Der dachte, ein ordentlicher Schwall kaltes Wasser würde Tenerani erfrischen, deshalb wartete er am Straßenrand auf ihn. Und als er dann kommt, schreit sein Vater WASSER! und kippt ihm den ganzen Eimer über den Kopf. Tenerani fliegt die Brille weg, er verliert das Gleichgewicht, und er bremst wahrscheinlich mit der vorderen Bremse scharf ab, denn das Vorderrad blockiert und das Fahrrad knallt gegen die Hauswand auf der anderen Straßenseite und geht kaputt.

Nach einer Weile kommen wir und sehen jede Menge Leute auf der Fahrbahn und Tenerani am Boden. Das Rennen ist also wieder offen. Alle sprinten los, jeder für sich, auch ich haue instinktiv in die Pedale und liege plötzlich in Führung, trete noch zweimal kräftig durch und sehe, dass ich die anderen abgehängt habe, gewinne also haushoch. Aber ich schwöre, dass ich die Arme nicht hochgerissen habe, denn dieses eine Mal wollte ich wirklich verlieren, und ich war auch ganz nah dran, und wenn ich dann doch gewonnen habe, ist es die Schuld von diesem dummen Vater.

Jedenfalls hatten Sie vorgestern recht, Signore, Verlieren ist eine prima Idee und könnte ein paar Probleme lösen. Und am Sonntag in Piacenza werde ich tatsächlich verlieren. Es ist das erste Mal, dass ich außerhalb der Toskana fahre. Signor Roberto hat letzte Nacht vor Anspannung nicht geschlafen und Taktiken entworfen, die er mir pausenlos eintrichtert, aber am Sonntag werde ich verlieren. Sie hatten recht, Signore. Ich danke Ihnen vielmals.

Und wenn Sie es erlauben, widme ich Ihnen diese Niederlage.

DIE KLEINEN FREUNDE DER PHILOSOPHEN

Du blätterst um, du bist schon auf Seite 176, obwohl du den Roman erst nach dem Mittagessen angefangen hast.

Noch nie hast du an einem einzigen Nachmittag so viel gele-
sen, und wenn du in diesem Tempo weitermachst, bist du zum
Abendessen mit dem Buch fertig. Wenn du wirklich nur eine
Hand hättest, wärst du die größte Leserin auf dem Erdball.

Ist ja auch logisch, du kannst ja sonst nichts tun. Um dir etwas
zu essen zu machen, hast du eine Stunde gebraucht und dir zwei
Finger verbrannt, und am Ende hat es gerade mal für Reis mit To-
matensoße gereicht. Hinterher hast du versucht, das Geschirr zu
spülen, es aber schnell wieder aufgegeben, du hast versucht, das
Bett zu machen, hast auch das aufgegeben, also hast du dich aufs
Bett gelegt und angefangen zu lesen. Und bist jetzt auf Seite 176.

Und dann die Dinge, die man im Bad macht, da geht fast gar
nichts. Aber heute bleibst du ohnehin zu Hause und ziehst dich
nicht mehr um, du behältst die kurze Hose und das weite T-Shirt
der Uni Heidelberg an und brauchst dich sonst um nichts zu
kümmern.

Nicht einmal um Raffaella, die völlig am Boden ist und sich in
ihrem Zimmer verkrochen hat und keinen Mucks von sich gibt.
Du bist zu ihr rübergegangen, es war total heiß da drin, das Fenster war zu. Sie hat das Gesicht ins Kissen vergraben und komische
Laute von sich gegeben. Du hast sie gefragt, ob sie etwas essen
will, und sie hat Nein gesagt; ob sie eine Zeitung will, und sie hat
Nein gesagt; ob du ihr den Fernseher anmachen sollst, und wieder Nein. Sie hat sich nicht einmal zu dir umgedreht, sie hat deine
verbundene Hand gar nicht gesehen und dir keine Fragen gestellt.

Ist auch besser so. Du hattest dir eine Geschichte von einem
Wespenstich zurechtgelegt oder dass dir beim Aufschneiden einer Tomate das Messer aus der Hand gerutscht ist. Raffaella lernt

Krankenschwester und alles, was mit Verletzungen zu tun hat, ist heikel, aber bessere Ausreden sind dir keine eingefallen. Warum verbindet sich jemand die Hand, wenn er keine Prellung oder sonstigen Verletzungen hat?

Genau, warum eigentlich? An diesem langen Nachmittag hattest du viel Zeit, über diese Frage nachzudenken. Warum tust du es? Du tust es für dich, klar, nur für dich. Du willst die Dinge einfach gern verstehen und wissen, was Sache ist. Du bist ein neugieriger Mensch, und wenn es eine Gelegenheit gibt, etwas besser zu verstehen, warum solltest du sie nicht nutzen. Du probierst, einen Tag lang mit nur einer Hand zu leben, aber es hätte genauso gut ein Fuß sein können oder ein Auge. Es ist die reine Neugier, und morgen wirst du das banale Glück, zwei Hände zu haben, besser zu schätzen wissen.

Woher kommt dann aber diese Lust, Fiorenzo anzurufen, ihm alles zu erzählen und ein bisschen darüber zu lachen, wie du dir den Reis gekocht hast? Du könntest ihn fragen, wie er die Dinge im Badezimmer geregelt bekommt. Wie schaffst du es, Fiorenzo, dich zu rasieren?

Sofern er sich überhaupt rasiert. Vielleicht hat er ja noch keinen Bartwuchs. Vielleicht ist er noch ein echtes Milchgesicht, einer dieser Knaben, auf die griechische Philosophen so scharf waren, dass sie sie sich ins Bett holten.

Du bist aber kein griechischer Philosoph, du bist eine zweiunddreißigjährige Italienerin im Jahr 2010, die den Sonntag mit einer grundlos verbundenen Hand zu Hause verbringt und mit dem Gedanken spielt, ein Jüngelchen anzurufen, um es zu fragen, ob ihm der Bart wächst oder nicht.

Vor allem aber bist du eine blöde Kuh.

Eine richtig blöde Kuh.

Du kannst von Glück sagen, dass du seine Nummer nicht hast.

Du blätterst um, auch wenn du von den letzten Seiten kein Wort behalten hast. Das Buch rutscht dir aus der Hand und fällt vom Bett, es klappt zu, und jetzt weißt du nicht mehr, wo du gerade bist.

Genau, du weißt nicht, wo du gerade stehst.

DAS ELEND DES ITALO-ROCK

Antonio ist mit Verspätung angekommen, aber abgesehen von Giulianos gotteslästerlichen Flüchen haben wir uns nicht beklagt: Wir sind mittlerweile angenehm überrascht, wenn er sich überhaupt blicken lässt. Während wir auf ihn warteten, haben wir über das Graffito gegen die Alten an der Post gesprochen und darüber, dass es überhaupt keine Reaktionen darauf gab. Absolut null. Vielleicht müssen wir auf die Zeitungen von morgen warten, oder vielleicht waren wir zu zahm und müssen dicker auftragen, oder vielleicht ... Dann ist Antonio gekommen, und wir haben das Thema fallenlassen.

Wir haben ihn nicht gefragt, warum er sich die ganze Woche nicht gemeldet hat, egal, für uns zählt nur das neue Stück. Den Text und die Akkorde haben wir ihm vor einer Woche gegeben, damit wir heute mit den gemeinsamen Proben anfangen können.

Man merkt aber sofort, dass er sich das Stück zum ersten Mal ansieht. Giuliano zählt an, one, two, three, four, und los geht's, wir wollen den Song mit all den Breaks und Rhythmuswechseln und vielleicht einem schönen Solo spielen, aber Antonio hat nicht die geringste Ahnung, was Sache ist.

»Stopp, stopp, stopp«, sagt er. »Leute, das Stück gefällt mir nicht.«

Einen Augenblick lang ist es ganz still in der Garage. Nur die Verstärker knistern vor sich hin.

»Wie kannst du sagen, es gefällt dir nicht, wo wir es doch noch gar nicht gespielt haben.«

»Das merkt man doch sofort, das seh ich schon an den Akkorden.«

»Jetzt red doch kein' Scheiß, das ist ein Hammerstück«, sagt Giuliano.

»Für dich vielleicht, aber mir gefällt's nicht. Ist doch immer das Gleiche, erst lospreschen wie gestört und dann dieser Break nach dem zweiten Refrain. Also, mich überzeugt es nicht.«

»Probieren wir's doch wenigstens mal«, werfe ich ein. »Man kann ja dann immer noch was ändern und …«

»Es geht nicht darum, etwas zu ändern, es ist einfach Schrott. Es gefällt mir nicht, darf ich das sagen, dass es mir nicht gefällt? Nein, denn hier entscheidet ihr beide ja immer alles. Stefanino sagt zu allem Ja und Amen, und was ich davon halte, ist euch scheißegal.«

»Was redest du da? Wenn du was vorzuschlagen hast, finden wir das gut. Aber du schlägst ja nie was vor.«

»Ach nein? Ach nein? Dann schlag ich jetzt eben vor, dieses Stück einfach in den Müll zu schmeißen, okay? Wobei, mal abgesehen von der Musik, auch der Text scheiße ist.«

Antonio spinnt. Den Text habe ich geschrieben, und er handelt von einem mittelalterlichen Dorf, wo die Frauen eines Nachts nymphomanische Hexen werden und zu den Männern in die Betten kriechen und mit ihnen Sex haben, bis die Männer an Herzversagen sterben. Es heißt *Witches and Bitches*.

»Ich hab's euch schon fünftausendmal gesagt, Jungs. Texte, in denen von Frauen und von Sex die Rede ist, braucht ihr gar nicht erst zu schreiben. Ihr habt null Ahnung davon, und deshalb wirken sie einfach nur lächerlich. Ich will die Leute nicht zum Lachen bringen. Ihr müsst über Sachen schreiben, die ihr kennt, kapiert?«

»Okay, kapiert«, sagt Giuliano. »Dann schreibe ich ein Stück über einen Gitarristen, der ein Arschloch ist.« Er steht vom Schlagzeug auf. »Jetzt hör mal zu, du gehst uns eh auf 'n Sack. Entweder kommst du zu spät oder gar nicht, und wenn du da bist, passt dir nix: *Das eine Stück ist zu schnell, das andere zu heftig, Nietengürtel trag ich nicht, T-Shirts find ich unbequem, ich mag lieber Hemden …* Bist du sicher, dass du noch auf unserer Wellenlänge bist? Bist du sicher, dass du's draufhast, zu Metal Devastation zu gehören, oder ist es vielleicht eher angesagt, 'ne andere Band zu gründen?«

Giuliano fragt ihn das aufs Gesicht zu, auch ich schau ihn an und sogar Stefanino. Antonio legt die Noten hin, mit einem Lächeln, das ihm keiner abnimmt, am allerwenigsten er selbst.

»Leute, ich hab schon eine andere Band.«

Totenstille. Die Verstärker knistern, Augenpaare starren ihn ungläubig an. Was hat er gesagt? Hat er das wirklich gesagt? Nein, das kann nicht sein.

Er redet weiter: »Ich dachte, ich kann beides machen, aber die Genres sind zu unterschiedlich, ich schaff es einfach nicht.«

»Was für'n Genre spielst du denn mit den anderen?«, frage ich, bin mir aber nicht sicher, ob ich es wirklich wissen will. Denn mir schwant Fürchterliches, ich bin auf das Allerschlimmste gefasst. Und wie immer, wenn du dich auf das Schlimmste gefasst machst, schlägt dir dieses Luder von Wirklichkeit ein Schnippchen und zeigt dir, dass es noch einen Tick krasser geht.

»Wir machen Italo-Rock«, sagt er.

Italo-Rock. Die unsäglichste Wortkombination des gesamten Universums. Denn Rock ist eine großartige Sache, er ist der Hauptgrund dafür, dass ich morgens aufstehe, und »italienisch« ist ein Adjektiv, das daran nichts ändert. Aber wenn man beides miteinander kombiniert, wird aus »Rock« und »italienisch« etwas so Grauenhaftes, dass ich schon beim bloßen Gedanken daran das Gefühl habe, in einer Wanne voller Gülle zu ersaufen.

Italo-Rock. Dasselbe schwachsinnige Geträller, das man von Gianni Morandi kennt, dieselben Rhythmen und die üblichen Texte, nur mit etwas kräftigerer Gitarre, mit Lederjacke anstelle eines gewöhnlichen Jacketts, und schon ist Italien voll von diesen Pseudorockern. Die jungen Leute flippen aus wegen ein paar schäbiger alter Knacker, die auf der Bühne stehen, ohne etwas zu sagen zu haben, und nur den Riesenschwindel der italienischen Rockmusik am Leben halten wollen. Auf diese Weise liefern sie Jahr für Jahr neues, scheußliches Material für das eitrigste Geschwür dieses Landes, das Festival von Sanremo.

»Italo-Rock, ja?«, sagt Giuliano mit versteinerter Miene. »Na prima, bravo. Was macht ihr denn da so, covert ihr Ligabue? Covert ihr Grignani? Hm?«

»Auch, aber nicht nur.«

»Das ist ja zum Kotzen, ich kotz jetzt gleich, echt.«

»Na und? Wir spielen auch 'ne Menge eigene Stücke. Und wisst ihr, was wir vor allem machen? Wir spielen vor Publikum. Ja, denn uns wollen sie hören, es kommen 'ne Menge toller und geiler Leute, und das macht mir Spaß. Wogegen es euch ja anscheinend gefällt, alle anzuwidern und euch von der Bühne jagen zu lassen, bevor ihr überhaupt angefangen habt. Ist halt Geschmackssache.«

Er sagt das einfach so, und ich muss zugeben, dass es wehtut, irgendwo zwischen Brust und Milz.

Glücklicherweise ist Giuliano ein Kämpfer, und auch wenn er nicht weiß, was er jetzt sagen soll, legt er schon mal mit Beleidigungen los. Antonio gibt Kontra, und ich mische mich auch ein. Der Einzige, der sich raushält, ist natürlich Stefanino, aber es ist auch ohne ihn schon heftig genug. Die Garage erzittert von unserem Gebrüll, von wüsten Beschimpfungen, Flüchen und Verwünschungen, die nicht mehr zurückzunehmen sind. Sie hier alle aufzuzählen bringt nicht viel, sie wiederholen sich immer wieder, und alles geht wild durcheinander.

Auf jeden Fall steht Metal Devastation jetzt ohne einen Gitarristen da.

Ein Gewehr ohne Patronen, ein Auto, dem ein Rad fehlt, ein Stadtfest ohne Spanferkel. So geht es uns jetzt: Wir sind eine Band ohne Gitarre.

Antonio hat die Garage und auch die Gruppe verlassen, wir haben dagestanden wie drei Idioten, haben uns angeguckt und nach Gründen dafür gesucht, warum es letzten Endes so viel besser ist. Aber es half alles nichts, wir waren am Boden zerstört.

Und deshalb war das, was Stefanino dann machte, eine echte Wohltat.

Er öffnete den Koffer der Bassgitarre und zog einen Umschlag raus. In dem Umschlag war Geld, eine Menge Geld, und das hat er uns gegeben. Ich muss sagen, zweitausend Euro pro Kopf können bei so einer miesen Stimmung echt die Laune heben.

Es hilft dir, auf andere Gedanken zu kommen. Du fragst dich zum Beispiel, wo er das schöne Geld herhat. Mit den Fotomontagen für geile Paare verdient er zwar ganz gut, aber mit dieser riesigen Summe, die er uns jetzt schenkt, scheint es doch noch etwas anderes auf sich zu haben. Ist auch so, aber Stefano erzählt es mir erst später, nachdem Giuliano gegangen ist.

»Vorgestern Abend saß ich am PC, ich hätte arbeiten müssen, hatte aber keine Lust dazu.« Während Stefano redet, prüft er seinen Posteingang. Allein heute sind 176 Mails eingelaufen. »Da hab ich mir gesagt, na gut, dann machst du's eben später, und hab angefangen, Nachrichten querbeet zu lesen. Und da stand, dass der Papst etwas Schlimmes über Homosexuelle gesagt hat. Er hat praktisch gesagt, dass die alle krank sind. Kannst du dir das vorstellen?«

»Wie, krank. Welche Krankheit denn.«

»Weiß ich nicht, Homosexualität oder so.«

»Aha.«

»Also, er predigt Nächstenliebe und sagt, alle Menschen sind gleich, und dann so was …«

»Ja, aber ich versteh nicht, was das mit dem Geld zu tun hat. Hast du den Papst verklagt?«

»Nein. Aber ich hatte plötzlich Lust, eine Fotomontage draus zu machen. Mir kam die Idee, ein Foto zu nehmen, auf dem der Papst ganz fromm dreinschaut, und ihm einen Heiligenschein zu verpassen und Vögelchen, die um ihn rumschwirren. Und dann eins von ihm mit finsterer Miene danebenzustellen, in nächtlichem Ambiente und mit Draculazähnen. Und drunter hab ich geschrieben Dr. Jekyll und Mr. Papst. Wie findest du das?«

»Na ja, weiß nicht.«

»Findest du das etwa nicht zum Lachen?«

»Nicht wirklich.«

»Also, ich fand's stark.«

»Kam dir wohl nur so vor, Stefano.«

»Schade. Ich hab's aber trotzdem gemacht. Und ich kann dir sagen, das war ganz schön schwierig. Denn ein Foto vom gütigen Papst war einfach nicht zu finden. Ich hab eine Stunde lang ge-

sucht, und am Ende hab ich mir selbst eins gemacht. Ich hab ein
normales Foto genommen, mit seinem hämischen Grinsen, und
hab's ziemlich manipuliert. Am Ende sah er ganz lieb und nett
aus. Das andere Foto in der Vampir-Version hab ich danebenge-
setzt und beide an eine humoristische Website geschickt, die es
auch prompt veröffentlicht hat.«

»Und von der Website hast du das Geld gekriegt?«

»Nein. Tags darauf schrieb mir einer aus Rom. Ein Fotograf.
Der beschäftigt sich mit Papstbildern, Souvenirs und solchem
Zeug. Er war zufällig auf meine Arbeit gestoßen und fand sie
ziemlich gut gelungen. Er sagt, dass man seit Jahren versucht, ein
Foto zu machen, auf dem der Papst einigermaßen sympathisch
wirkt, aber bisher hat das noch keiner geschafft. Auch mit Retu-
schieren funktioniert es nicht, je mehr man am Original rum-
macht, desto heimtückischer sieht er aus. Und tatsächlich, seit es
diesen Papst gibt, verkaufen sich Papstbildchen und Papstsouve-
nirs lange nicht mehr so gut wie früher, die Leute wollen sie nicht
haben. Viele in der Branche fürchten um ihren Job. Na ja, jedenfalls hat der Fotograf das Foto vom guten Papst gesehen und
mich gefragt, wie ich es gemacht habe, und dann hat er mir fünftausend Euro angeboten, wenn ich es ihm in hochauflösendem
Format schicke.«

»Ey boah, fünftausend Euro für ein Foto?«

»Ja, und dann hat er mich gefragt, ob ich noch weitere retu-
schieren kann. Er schickt mir die Vorlagen, und ich mach ein
gutes Gesicht draus.«

»Und jedes Foto für fünftausend Euro?«

»Nein, ich lass mir eine Provision auf die Produkte zahlen, die
es damit geben wird.«

»Lohnt sich das?«

»Papstbildchen, Kugelschreiber mit dem Papst drauf, Wand-
uhren, Kaffeetabletts, Teller, Kalender, Schürzen, Magnete, Ba-
rometer ...«

»Okay, okay, es lohnt sich. Aber ganz bestimmt lohnt es sich
nicht, das Geld mit mir und Giuliano zu teilen. Wieso machst du
das?«

Stefano sieht mich an und antwortet dann mit der größten Selbstverständlichkeit: »Na, weil wir Freunde sind.« Er zuckt mit den Schultern und lächelt.

Stimmt. Wir sind Freunde. Wir sind sogar mehr als Freunde: Wir sind eine Band. Und seit heute Abend kann ich auch sagen, wir sind reich. Und ich möchte es überall herumerzählen, in diesem Scheißkaff und in der ganzen Welt.

Oder nein, eigentlich möchte ich es nur einer einzigen Person sagen. Ob sie wohl zu Hause ist? Störe ich sie, wenn ich jetzt bei ihr vorbeigehe? Liegt sie vielleicht schon im Bett? Ach was, Unsinn, es ist erst halb neun, sie ist zwar älter als ich, aber sie ist ja keine verblödete alte Schachtel, die nach der Quizsendung um sieben im Sessel einpennt.

Wie auch immer, ich hab Lust, zu ihr zu gehen, und ich tu's. Reiche Leute sind da nicht zimperlich, reiche Leute fragen sich nicht lange, ob sie stören. Wir Reichen tun, was uns passt.

WEICHSPÜLER

»Ciao, ich bin's, Fiorenzo.«

Stille. Dann: »Ciao, ja, ciao, Fiorenzo.« Tizianas Stimme vermutlich, auch wenn sie aus der Sprechanlage so blechern klingt wie die von Mazinga oder einem Killer-Androiden, der gerade in der Wohnung ein Blutbad angerichtet hat und mich jetzt reinlässt, um auch mich abzuschlachten. Aber die Stimme hat ja gar nicht gesagt, dass ich raufkommen kann.

»Ich war hier in der Nähe und ... Wenn ich störe, geh ich wieder.«

»Nein, du störst nicht.«

»Ah, okay, gut. Also ... dann komm ich rauf?«

Die Antwort lässt auf sich warten. Es vergehen gefühlte ein bis anderthalb Stunden, auch wenn die Uhr höchstens zehn Sekunden anzeigt. Aber was versteht schon eine Uhr? Dann endlich: »Ja, komm hoch, ich mach dir auf.« Und mit einem Klick öffnet sich die Haustür.

Ich nehme zwei, drei Stufen auf einmal, ich fühle mich stark, voller Energie. Ich bin ein reicher junger Mann und hole ein schönes Mädchen ab, um sie mit einer Essenseinladung zu überraschen und ihr alles Erdenkliche zu bieten, denn ich bin reich und kann es mir leisten.

Aber dann kommt oben ein Mann aus Tizianas Wohnung. Er ist nicht schlecht gebaut und ungefähr in ihrem Alter, und die Art, wie er mich angrinst, gefällt mir ganz und gar nicht. Mit einem Bein stehe ich auf dem Treppenabsatz, und mein Herz schlägt so verrückt, als wollte es die Rippen sprengen und ausbrechen. Ich kann das verstehen. Würden meine Beine tun, was ich will, würde ich vielleicht auch abhauen.

»Du bist kleiner Freund von Tiziana, was?«, fragt er, und sein Grinsen wird noch breiter.

»Ja, wieso? Ist das ein Problem?«

Jetzt taucht auch Tizianas pummelige Mitbewohnerin an der Tür auf, heute Abend keine Heulsuse, sondern in Hochstimmung. Sie schmeißt sich dem Typen an den Hals, was ihn fast umhaut, und so gehen sie eng umschlungen die Treppe runter. Im Vorbeigehen zwinkert er mir zu und gibt mir einen Klaps auf den Hinterkopf, aber das ist okay. Ich war eine Minute tot und bin wieder ins Leben zurückgekehrt, jetzt bin ich unsterblich. Unverwundbar.

Ich betrete die Wohnung und sage Hallo, auch wenn Tiziana nirgends zu sehen ist. Ich höre nur ihre Stimme, die sagt, sie würde gleich kommen. Ich nicke und atme tief durch. Der Kanalgeruch war noch nie so angenehm.

»Stör ich?«, frage ich vor ihrer Zimmertür.

»Nein. Ich hab dich nur nicht erwartet, ich …«

»Wenn's dir nicht passt, geh ich wieder.«

»Nein, es passt mir schon, nur steh ich, ehrlich gesagt, nicht so wahnsinnig auf Überraschungen.«

»Ah, okay. Also, ich kann auch wieder gehen, wenn es dir lieber ist.« Das ist mein voller Ernst, und irgendwie reicht's mir wirklich fast. Hör zu, Süße, um zu verschwinden, brauche ich gerade mal eine Sekunde. Ich habe zweitausend Euro in der Tasche, und wenn's mich juckt, laufe ich vor zur Hauptstraße, schnappe mir zwei Nutten, verlange das volle Programm und überlasse dich deinen wichtigen Verpflichtungen, soweit klar?

Aber dann geht die Tür auf, und Tiziana steht vor mir in einem lila T-Shirt der Talking Heads. Es sitzt wie eine zweite Haut und geht ihr bis knapp zur Taille, und ich bereue augenblicklich, was ich gerade gedacht habe, und auch, dass ich immer in übelster Weise über die Talking Heads gelästert habe.

Trotzdem komisch, wie sie es trägt. Es ist auf der einen Seite hochgerutscht, man sieht die nackte Hüfte, und da liegt auch ihre Hand, in einen Verband gewickelt.

Ich zeige darauf. »Ich glaub's nicht, du hast es wirklich gemacht!«

Sie lächelt. »Ist doch der Tag der Phantomhand, oder nicht?«

»Ja, klar, aber ich hätte nicht ... Und wie kommst du damit zurecht?«

»Schlecht. Ich krieg überhaupt nichts geregelt. Um mir dieses T-Shirt anzuziehen, hab ich zehn Minuten gebraucht. Ach ja, kannst du mir mal eben helfen?«

Tiziana hebt den Arm und nähert sich mir mit ihrer nackten Hüfte. Ich strecke die Hand aus, mit zwei Fingern versuche ich den Stoff runterzuziehen. Mein Zeigefinger streift ihre Haut, sie fühlt sich glatt und warm an, und ein Gefühl, das ich nicht benennen kann, schießt mir direkt ins Gehirn.

»Hübsch, dein T-Shirt«, sage ich.

»Wirklich? Danke, magst du die Talking Heads?«

»Nein, aber das T-Shirt gefällt mir.«

»Da bin ich aber froh. Schon weil es so verdammt schwierig war, es anzuziehen. Bei dem Gedanken, mir was zu essen machen zu müssen, wird mir ganz schlecht.«

Wieder fällt ihr diese Strähne ins Gesicht, und sie hebt schon die Rechte, um sie aus der Stirn zu streifen, doch dann hält sie inne und nimmt die andere Hand.

»Ich komme ja auch nicht ohne Grund vorbei«, sage ich. »Tut mir leid, wenn ich dich so überfallen habe, aber ich bin hier, um dein Problem zu lösen. Lass uns zusammen essen gehen.«

»...«

»Dann brauchst du nicht zu kochen.«

»Ja, aber so kann ich doch nicht ...«

»Keine Angst, ich bring dich schon nicht ins Fagiano. Such dir ein gutes Restaurant aus. Ruhig auch außerhalb von Muglione. Na ja, wenn es ein gutes sein soll, muss es ja außerhalb von Muglione liegen.«

»Danke, Fiorenzo, aber ich hab mich wirklich schon drauf eingestellt, heute zu Hause zu bleiben und ...«

»Komm, ich lad dich ein, heute Abend bin ich reich, das musst du ausnutzen.«

»Ach ja?«

»Ja, ich hab mit meiner Band geprobt und zweitausend Euro gekriegt.«

»Die Metal-Band? Ihr kriegt Geld?«

»Ja, manchmal, bei Konzerten.« Dabei schaue ich ihr fest in die Augen, denn es ist ja nicht wirklich eine Lüge. Es gibt Dinge, die klingen einfach zu gut, und es wäre schade, sie nicht auszusprechen. Ob sie stimmen oder nicht, ist nicht so wichtig.

»Freut mich für dich, Fiorenzo. Aber heute Abend, wirklich ...«

»Ich will dich nicht bedrängen, Tiziana, aber ich fänd's wirklich super, ehrlich. Lass uns essen gehen, und du erzählst mir, wie dein Tag mit der Phantomhand gelaufen ist, ja?«

Stimmt, ich will nicht lockerlassen, dabei kann ich Leute nicht ausstehen, die andere bedrängen. Aber je länger ich bohre, dass sie mitkommen soll, desto mehr habe ich das Gefühl, dass Tiziana gleich zusagt, also mache ich weiter. Allerdings tut sie's dann doch nicht.

Vielleicht gehört sie ja zu den Leuten, die sich sonntags am liebsten zu Hause einigeln und gar nichts unternehmen. Sie rackern sich die ganze Woche ab und halten nur durch, weil sie an den Sonntag denken, und wenn dieser Sonntag dann endlich da ist, machen sie – nichts. Ganz schön deprimierend.

Sollte sich zwischen uns was ergeben, gerate ich womöglich auch in diese Spirale der Tristesse: Sonntags bleiben wir zu Hause und ziehen uns die Nachmittagsshow »Buona Domenica« rein, halten den Showmaster Fiorello für einen großen Künstler und schalten anschließend um zur Formel 1, bis ich im Lärm der im Kreis fahrenden Autos wegdöse. Am Abend wache ich wieder auf und hol uns schnell eine Pizza Margherita, die wir wortlos verspeisen.

Ja, das ist die Gefahr, der absolute Horror. Ich muss also höllisch aufpassen. Vielleicht ist es sogar besser, wenn Tiziana jetzt nicht mit ins Restaurant will, vermutlich schämt sie sich mit mir. Ich werde ein paar Tage leiden, aber dafür bleibt mir das restliche Elend erspart, und ich könnte ein Rocker bleiben, dem das normale Leben am Arsch vorbeigeht. Ganz genau, ich werde ihr jetzt selbst sagen, dass ich keine Zeit habe, mit ihr essen zu gehen. Ich rufe meine Freunde an, und wir gehen zusammen ins Excalibur, da trinken wir ein paar Bier und rülpsen nach Lust und Laune. Dagegen ist nichts einzuwenden.

»Und wenn wir uns eine Pizza holen und sie hier essen, wär das okay für dich?«, schlägt Tiziana jetzt vor.

Mein Ja folgt auf der Stelle. »Wunderbar!« Fast ein Schrei. »Ja, ja, völlig okay, super Idee!«

Damit dürfte klar sein, dass ich mich aus eigener Kraft nicht retten und nur hoffen kann, dass Tiziana mich irgendwann zum Teufel jagt. Von allein werde ich es nie schaffen, hier wieder rauszukommen, ich bin wehrlos wie eine Dorade im Backofen, wie ein Spatz im Bombenhagel. Auf mich allein gestellt bin ich aufgeschmissen.

Wir haben also gegessen, und jetzt fläzen wir uns am Tisch. Es ist einiges übrig geblieben. Ich hatte zwei Riesenpizzen gekauft und zwei Flaschen gekühlten Weißwein, dazu eine Schale Eis, sechs Portionen. Tiziana meinte immer wieder, das sei Verschwendung, aber das war mir egal. Wenn einer Geld hat, achtet er nicht auf so was.

Der Wein allerdings, der ist fast alle. Ich finde alles wahnsinnig komisch, egal, was ich sage oder sie, und auch wenn wir gar nichts sagen, muss ich lachen. Ich sehe das restliche Eis und lache, ich sehe die unförmige Schlabberhose ihrer Freundin Raffaella über der Stuhllehne und lache, ich schaue Tiziana in die Augen und lache, und sie lacht auch. Wir lachen alle beide.

Und dann erinnern wir uns an die Szene in der Eisdiele: ich mit einer fehlenden, sie mit einer verbundenen Hand, und weil sie schon die Pizzen trug und ich die Weinflaschen, hab ich mir für das Eis eine Plastiktüte geben lassen und sie mir um den Hals gehängt. Dem Eisverkäufer fielen fast die Augen aus dem Kopf. Die Tüte baumelte vor meiner Brust wie eine Kuhglocke. Und jetzt legen wir erst richtig los und können uns gar nicht mehr einkriegen vor Lachen.

Vielleicht ist es der unerwartete Geldsegen oder Tizianas hautenges T-Shirt, vielleicht ist es der Wein, der beim Lachen in meinem Magen rumschwappt, aber ich, Fiorenzo Marelli, Frontmann von Metal Devastation, fühle plötzlich etwas.

Und zwar genau *das*. Ich kannte es bisher nur aus dem Fernsehen, aus Erzählungen bedauernswerter Freunde oder von den Schnulzen, die auf jeder Hardrockscheibe drauf sind, meistens an achter Stelle. Diese Songs mit Akustikgitarre und einer samtweichen Stimme, wo einer eine im Schlaf betrachtet und ihr über die Haare streicht, sich an die Zeit erinnert, als sie zusammen waren, ihre Augen wie Sterne leuchteten und eine Flut von Gefühlen versprachen. Kurzum, diese superromantischen Stücke, die im Jargon Weichspüler heißen. Vor allem Frauen fahren voll darauf ab, auf diese Gefühlsduselei, die jetzt auch mich drangekriegt hat. Unglaublich, aber wahr.

Ich möchte gar nicht darüber sprechen, denn es macht mir Angst. Richtig Angst. Nicht die Zombie-Lieder machen mir Angst, und auch nicht die Songs über den atomaren Holocaust, der auf unserem Planeten Tabula rasa macht und nur die Kakerlaken und Biberratten verschont. Dieses Gefühl jetzt, das macht mir Angst, weil es eine reale Bedrohung darstellt. Mehrere meiner Freunde sind daran zugrunde gegangen. Sie waren total verliebt und verblödet, und ich dachte: *Mann, wie bescheuert muss man sein, um so zu verkommen?* Aber jetzt schaue ich die kichernde Tiziana an und fühle mich genauso hilflos wie meine Freunde.

Nein, nein, ich sage NEIN. Ich bin der Sänger von Metal Devastation, wir spielen Heavy Metal und haben's voll drauf, und wenn wir es eines Tages schaffen, eine Platte zu machen, dann kommt da bestimmt kein rührseliger Song mit drauf. Nein, wir machen eine stahlharte Scheibe, und als achten Song nehmen wir einen, der noch mehr reinhaut als die anderen. Und deshalb muss ich jetzt hier weg, und zwar sofort, ich muss mich retten, bevor es zu spät ist.

Oder ist es vielleicht schon zu spät?

Ich spüre, wie mich die Verzweiflung an der Kehle packt, ich schaue Tiziana an, und Tiziana ist wunderbar, und ich spüre, dass ich es niemals schaffen werde, einfach so zu verschwinden. Und plötzlich ist mir klar, dass ich nur eins tun kann. Dass es nur einen Ausweg gibt.

Ich falle über sie her.

Ja, ganz genau, ich falle über sie her. Wenn sie das zufälligerweise gut findet, juhu! Wenn sie es aber gar nicht gut findet, wenn sie anfängt zu schreien und sagt, ich sei ein widerlicher Kerl, und mich aus der Wohnung jagt und mich nie mehr wiedersehen will, ebenfalls juhu. Dann entgehe ich der Verblödung, kehre zu meinen Freunden zurück, führe mein normales Metal-Leben weiter, und alles ist wie bisher. Ich gewinne in jedem Fall, ich kann gar nicht verlieren, unmöglich.

Ich stehe auf und gehe auf Tiziana zu, die mich fragend ansieht. Und gleich wird sich das Fragezeichen in ihrem Gesicht in ein Ausrufezeichen verwandeln, und was danach kommt, weiß ich nicht, denn dann werde ich weg sein, und das war's dann.

Sie sitzt, jetzt bin ich bei ihr. Blitzschnell beuge ich mich zu ihr runter und überfalle sie mit einem Kuss oder dem, was ich unter einem Kuss verstehe. Meine Zunge schnellt vor, noch bevor ich ihren Mund erreicht habe. Ich spüre ihren frischen Atem, die salzige Haut, ihre weichen Lippen.

Im ersten Moment reagiert Tiziana gar nicht. Sie sitzt steif und reglos da und versucht etwas zu sagen, aber ihr Mund ist viel zu beschäftigt. Also legt sie mir die Hände auf die Brust, um mich abzuwehren, aber der Druck ist sehr schwach, und ich sage mir *Okay, gleich bin ich draußen, aber wenigstens den Kuss werde ich so lange wie möglich auskosten.* Ich bewege die Zunge, ziellos, aber immerhin, und greife mit der Hand nach den Rundungen ihrer Brust. Ich bin wie einer, der in einem Flugzeug sitzt, das Flugzeug stürzt ab, und er wirft sich auf die Erstbeste in seiner Nähe, weil er sich sagt *Ich werde sterben, aber bis es so weit ist, nutze ich jede Sekunde.* Und bis das Flugzeug zerschellt, höre ich nicht auf, Tiziana zu küssen.

Aber dieses Flugzeug stürzt nicht ab. Ein paar Luftlöcher, ein paar Turbulenzen, dann gewinnt es wieder an Höhe. Ich drücke sie weiter mit meiner Hand, und auch sie greift mit ihrer Linken nach meiner Hüfte, zieht mich zu sich ran und steht auf, und so aneinandergepresst durchqueren wir torkelnd das Wohnzimmer. Fast wären wir hingefallen, aber irgendwie schaffen wir es doch, auf den Beinen zu bleiben. Wir streifen die Wand entlang und schieben uns durch die Tür in ihr Zimmer. Und als wir dann tatsächlich fallen, tun wir es mit Absicht. Wir lassen uns fallen, wir spüren die Leere um uns, und dann, *bum*, liegen wir im Bett.

Großer Gott.

GLEICH BEGINNT DAS FEUERWERK

Also, immer schön der Reihe nach.

Es ist dunkel, und wir liegen im Bett, nur die Straßenlaterne wirft ein mattgelbes Licht ins Zimmer. Tizianas Gesicht ist mir immer noch ganz nah, der Kuss aus der Küche nimmt kein Ende. Meine Hand wandert blindlings über ihren Körper und entdeckt immer neue aufregende Orte, und wenn unsere Münder kurz voneinander lassen, atmet Tiziana heftig und stoßweise, bevor ihre Lippen wieder zu mir zurückkehren.

Mein Herz schlägt wie verrückt, das bringt mich total durcheinander, ich schwitze und zittere. Mit dem rechten Arm drücke ich Tiziana an mich, mit der linken Hand erkunde ich weiter ihre glatte Haut, all die Rundungen und Mulden ihres Körpers. Mein Kopf ist leer, alles, was drin war, ist verschwunden, nur ein einziger wahnwitziger Gedanke hat sich breitgemacht und kreist wie eine kaputte Schallplatte: *Ich habe Sex, ich habe Sex, ich habe Sex* ... Es ist kein besonders geistreicher Gedanke, dafür ist er hundertprozentig wahr.

Irgendwann hören wir auf, uns zu küssen. Ich ahne, dass dieses Kapitel abgeschlossen und jetzt etwas anderes angesagt ist. Dabei bin ich gerade erst so richtig in Schwung gekommen. Tiziana stammelt irgendwas, ich verstehe nichts, aber vielleicht gibt es auch gar nichts zu verstehen. Von Zeit zu Zeit kommt ein *Ich ... ich ...* aus ihrem Mund, das dann aber ohne Fortsetzung bleibt. Nur dieses *Ich ... ich ...* und Küsse auf den Hals, auf die Brust und den Nabel, und während Tiziana mich küsst, gleitet ihre Hand immer tiefer, bis in meine Hose, unter die Boxershorts, wo helle Aufregung herrscht und alles schon bereit ist für das Feuerwerk. Natürlich ist ein Feuerwerk ein grandioses Spektakel, aber bekanntlich ist die Party danach vorbei. Ich muss es also möglichst lange hinauszögern.

Hose und Boxershorts sind nicht mehr im Weg. Ich spüre etwas Zartes und Warmes unter meinem Nabel. Es gefällt mir, es gefällt mir verdammt gut, viel zu gut, ich muss unbedingt Zeit gewinnen, und deshalb tu ich das, was wohl jeder in meiner Situation tun würde: Ich stelle mir die grauenvollsten Dinge des Universums vor.

Ich starre hoch zur Zimmerdecke auf einen schmalen Spalt im Putz und stelle mir die ekligen Insekten vor, die sich darin verstecken und nur darauf warten, auf mich runterzufallen. Riesige Tausendfüßler, haarige Spinnen und giftige Skorpione stürzen sich auf meinen nackten Körper und suchen nach der geeigneten Stelle, um mich zu töten. Und diese warme Nässe, die ich da unten spüre, sind nicht etwa Tizianas Lippen, nein, es ist die Schleimspur einer widerlich sabbernden schwarzen Nacktschnecke, die sich vom verfaulten Schädel irgendeiner verwesenden Leiche unterm Bett zu mir aufgemacht hat, um mein Hirn auszulutschen und …

Es nützt alles nichts, das Schlabbern der Nacktschnecke fühlt sich phantastisch an, sie kreist um die richtigen Stellen und erobert meine besten Teile, und tut sie das noch mal, nur noch ein einziges Mal, bin ich nicht mehr zu halten, das schwöre ich. Also schnelle ich hoch wie eine Feder und schiebe Tizianas Kopf weg.

»Was ist?«, fragt sie mit einer Stimme und einem Blick so dermaßen weggetreten, dass das allein schon ausgereicht hätte, um sofort zu kommen.

»Ich will in dich rein«, sage ich. Absurd, ich weiß, aber ich ahne, dass die Party dem Ende zugeht. Sie hat zwar gerade erst angefangen, trotzdem naht schon das große Finale, und ehe es zu spät ist, will ich richtigen Sex haben.

»Ja, aber … warte noch kurz.«

»Nein, nein, jetzt gleich.«

Wieder trifft mich Tizianas unbeschreiblicher Blick. Keine Ahnung, ob er Zustimmung ausdrückt oder nicht. Aber in diesem Moment etwas verstehen zu wollen ist genauso absurd, wie wenn man versucht, mitten im Bombenhagel einen Kaffee zu bestellen: Überall um dich herum sind verzweifelt schreiende

Menschen auf der Flucht, denen die Haut in Fetzen vom Körper fällt, und du sitzt mitten in dieser Flammenhölle an einem Tischchen und fragst *Wo bleibt denn nun mein Kaffee?*

»Hast du zufällig was, Fiorenzo?«, will Tiziana wissen.

»Nein, nein, alles bestens, danke«, und erst Sekunden später dämmert mir, dass es Kondome sind, die ich haben sollte. Natürlich habe ich keine. Ich bin ein Idiot, wie soll ich da auch noch an Kondome denken.

»Du hast nicht zufällig welche hier?«, frage ich und weiß nicht, welche Antwort mir lieber wäre. Sagt Tiziana *Nein*, dann haben wir ein Problem, sagt sie *Klar hab ich welche* und nimmt aus einer Schublade eine ganze Schachtel heraus – keine Ahnung, ob ich das so gut finden würde.

Sie steht auf, und wie sie jetzt von oben zu mir runterschaut, die Arme an der Seite, nackt und im Halbdunkel, gerate ich gleich wieder in helle Aufregung: vor mir eine splitternackte Frau, mit der ich vielleicht gleich Sex haben werde oder es zumindest versuche. Der helle Wahnsinn! Was hat das zu bedeuten? Ist es ein Zeichen, dass der Weltuntergang bevorsteht, wie Giuliano sagt?

Sie merkt, wie ich sie anstarre, beugt sich vor und hält die Arme vor den Körper.

»Raffaella hat welche«, sagt sie. »Okay«, sage ich. Sie aber rührt sich nicht, schaut zur Tür, schaut mich an.

»Würdest du mitkommen?«

»Wohin denn?«

»Rüber zu ihr. Allein möchte ich nicht ... also, mir wär's lieber, du kommst mit.«

Boh, ich versteh nicht ganz, aber okay, ich springe auf und folge ihr in Raffaellas Zimmer, das eigenartigerweise nach Brot duftet und voll mit Gläsern ist, die ... ach, scheißegal, wir sind nackt, wir finden die Kondome und kehren in Tizianas Zimmer zurück, alles andere kann mir so was von egal sein.

Sie reicht mir eines in einer schön glänzenden, viereckigen Verpackung. Zuerst will sie es in die rechte Hand nehmen, dann besinnt sie sich und benutzt die linke. Erst jetzt wird mir klar,

301

dass Tiziana die ganze Zeit nur eine Hand benutzt. Während des langen Kusses und der heißen Verführung war ihre rechte Hand nicht im Spiel, sie hat also ihr Versprechen mit der Phantomhand gehalten. Was für eine Frau.

Jetzt sitzt sie am Bettrand und schaut mir zu, wie ich versuche, die Verpackung zu öffnen, aber es geht einfach nicht. Mir ist es in ihrer Anwesenheit nicht mal gelungen, eine DVD aus der Hülle zu holen, wie soll ich da jetzt dieses schlüpfrige Ding aufkriegen, das mir ständig aus der Hand rutscht.

Ich versuche es mit den Zähnen, ein-, zwei-, dreimal, aber auch so flutscht es mir dauernd weg. Ich werde wütend und zerreiße es mit einem kräftigen Biss. Der Geschmack von Luftballon und Öl legt sich auf meine Zunge, ich habe zu stark zugebissen, das Kondom ist zerrissen.

»Shit, was bin ich für ein Idiot«, sage ich. Aber Tiziana hat schon nach einem neuen gegriffen, das sie mir nun reicht. Und ich frage mich, was ich noch anstellen muss, bis diese unglaubliche Frau neben mir endlich sagt *Was zum Teufel mache ich hier eigentlich mit dir, verschwinde, du Niete.* Wie viele Pannen muss eine Frau miterleben, um zu begreifen, dass sie die falsche Wahl getroffen hat?

Ich nehme das Ding, betrachte die Verpackung, Tiziana hilft mit ihrer linken Hand, und so versuchen wir gemeinsam, sie aufzukriegen, Hand in Hand sozusagen. Ich ziehe an der einen Seite, sie an der anderen, das Ding biegt sich und macht alle möglichen Geräusche, gibt aber nicht nach. Und dann halt ich's nicht mehr länger aus.

»Ich bitte dich, Tiziana, nimm beide Hände, und mach endlich dieses Scheißding auf.«

Tiziana schaut mich an, ich schiebe einen Finger zwischen den Verband und ihr Handgelenk und ziehe daran, die Binde lockert sich, und endlich ist die Hand frei. Sie begutachtet sie kurz, bewegt die Finger, als wären sie ein gerade ausgepacktes Weihnachtsgeschenk, nimmt die Packung und öffnet sie in Sekundenschnelle. Lächelnd reicht sie mir das Kondom, und auch ich lächle, denn das Einzige, was mir jetzt in diesem Leben wichtig ist, ist dieses Stückchen Gummi, willig und bereit, seine Aufgabe zu erfüllen.

Wie es nun aber in meiner Hand liegt, feucht und flach und eingerollt, merke ich, dass es mich angrinst mit seiner schlüpfrigen Gummi-Visage, als wollte es sagen: *Jetzt bin ich aber gespannt, wie du das hinkriegen willst.*

Ich drehe es zwischen den Fingern und prüfe es von allen Seiten. Sich ein Kondom überzustreifen ist, glaube ich, an sich schon schwer genug, aber es sich zum ersten Mal und mit nur einer Hand überzustreifen, noch dazu im Dunkeln und mit einer nackten Superfrau an der Seite, das ist die reinste Folter.

Ich setze es auf die Spitze, versuche, es im Gleichgewicht zu halten und nach unten zu streifen, aber es gehorcht mir nicht und bleibt, wo es ist. Es drückt, das ist alles, und es tut auch ein bisschen weh. Ich versuch's noch mal, jetzt gibt es zwar nach, aber nur auf einer Seite, und verrutscht. Ich setze es wieder oben an, der Schweiß läuft mir in Strömen runter. *Mensch, Fiorenzo*, denke ich, *du kriegst es problemlos hin, einen Wurm am Angelhaken zu befestigen, wo doch diese Biester noch viel glitschiger sind und sich wehren und dir in die Finger beißen, wenn du nicht aufpasst, und jetzt scheiterst du an einem aufgerollten Gummi?* Ich versuch's weiter, aber es hilft nichts. Dieses Ding gibt jedes Mal kurz nach, überlegt es sich dann aber wieder anders, spielt mit mir und hält mich zum Narren. Es rutscht weg und fällt aufs Bett, ich hebe es auf, und dann fängt das Spiel von vorn an.

Jetzt nimmt Tiziana es mir aus der Hand.

»Darf ich?«

Ich weiche ihrem Blick aus, schaue nach unten und fühle mich wieder wie ein Kind, das es einfach nicht schafft, sich die Schuhe zuzubinden, und seine Mama rufen muss, um den Schulbus nicht zu verpassen. Ich nicke. Sie beugt sich vor und stützt ihr Kinn auf meinen Schenkel, ihr Atem streift meine Haut. Sie nimmt das Kondom und setzt es mir auf die Spitze, dann bearbeitet sie es mit beiden Händen, um es runterzurollen, immer weiter runter. Aber diesem verflixten Ding gefällt das nicht, es sträubt sich und klebt fest und gibt nur millimeterweise

303

nach. Doch Tizianas Hände lassen nicht locker und vollführen rhythmische Bewegungen, von oben nach unten, von oben nach unten, von oben nach unten ...

Und ohne dass ich es auch nur mitbekomme, brüllt der Dorfbürgermeister *Los!*, und die Techniker zünden die Lunte, alle Köpfe recken sich zum Himmel, und das Feuerwerk geht ab.

Aus meiner Kehle kommt ein gepresstes *Hmmmmguaaar*, ich spüre einen Stich in der Magengegend, *bum bum bum*, und die Party ist vorbei. Zurück bleiben Papierfetzen auf der Straße und zertrümmerte Flaschen und mein verschmierter Bauch. Und ...

... Mein Gehirn überspringt die nächsten zwei Minuten und zeichnet keine einzige Sekunde davon auf, eine Überlebensstrategie. Ich schwöre, ich habe keine Ahnung, was in dieser Zeit passiert ist. Aber ich glaube, wir waren wie erstarrt, entsetzlich still und reglos. Irgendwann habe ich nach meinen Kleidern gegriffen – das weiß ich, weil ich sie jetzt in der Hand halte –, und das Erste, woran ich mich erinnere, ist meine Frage an Tiziana, ob ich ins Bad gehen kann. Aber aus irgendeinem unerklärlichen Grund habe ich sie dabei gesiezt: »Entschuldigen Sie, kann ich mal das Bad benutzen?« So hab ich das gesagt, ich schwör's.

Jetzt stehe ich also hier im Bad vor dem Spiegel: Wenn es meiner wäre, würde ich mir ins Gesicht spucken. Tiziana nebenan, wie ihr wohl zumute ist? Und ich weiß, dass mir das Schlimmste noch bevorsteht: der peinliche Moment, wenn ich hier rausgehe und wir uns gegenüberstehen. Was werde ich ihr sagen, was wird sie mir sagen, was werden wir machen?

Ich reiße das Fenster auf, um frische Luft zu schnappen. Unten ist eine Terrasse, die zu einer zweiten führt, und ein Abflussrohr, das weit genug von der Wand absteht, dass ich mich ganz leicht daran runterhangeln kann. Und eins und eins macht bekanntlich zwei.

Ich schlüpfe in die Hose und bin schon aus dem Fenster. Mit dem rechten Arm klammere ich mich an das Rohr, mit der Hand halte ich mich fest, so gut es geht, die Mauer brennt unter meinen nackten Füßen, tut aber als Bremse gute Dienste. Dann ein Knacken, und das Rohr löst sich aus der Halterung. Mir stockt der Atem. Jetzt falle ich also und sterbe, nichts ist sicherer als das. Ich bin außerstande, auf einem Bett sitzend ein Stückchen Gummi abzurollen, und jetzt will ich mich an einem rostigen Abflussrohr eine Hausmauer runterlassen?

Klar, dass das nicht funktioniert. Logisch, dass ich jetzt sterbe.

Doch jeder Logik zum Trotz schaffe ich es bis kurz über den Boden und springe. Der Kies unter meinen nackten Füßen tut tierisch weh, aber das ist die gerechte Strafe. Statt auf glühenden Kohlen zu laufen oder mir Peitschenhiebe zu versetzen, um alle meine Schandtaten zu sühnen, trete ich eben mit nackten Füßen auf Steine und Glasscherben. Ich beklage mich nicht, ich habe es nicht anders verdient.

Ich gehe jetzt absichtlich schnell und trete so fest auf, dass mir bei jedem Schritt ein stechender Schmerz bis ins Gehirn fährt, aber das ist in Ordnung, vollkommen in Ordnung, ich muss fast lachen.

Mit nacktem Oberkörper schwinge ich mich auf den Roller. Die Luft ist inzwischen kalt bis eisig, aber auch das ist eine gerechte Strafe: Nach seinen frevelhaften Taten lief er über Scherben und erduldete auf dem langen Weg nach Hause die frostige Kälte, um seine Missetaten zu sühnen.

Doch offensichtlich ist meine Buße damit längst nicht abgegolten, denn als ich um Mitternacht hundemüde und halb erfroren am Laden ankomme und mich nur noch aufs Bett schmeißen und alle Triebwerke abschalten möchte, sehe ich auf dem Gehweg vor dem Schaufenster mit dem heruntergelassenen Rollgitter etwas aufgeblasenes Gelbes liegen. Es könnte ein Sack sein, eine Plane oder ein Haufen Müll.

Aber es ist der kleine Champion.

TIZIANA VOR DEM SPIEGEL

Du stehst da, die Hand am Waschbecken, und starrst auf das Fenster. Es ist offen, und der Vorhang bewegt sich leicht in der Brise. Wie im Comic, wenn einer sich gerade davon gemacht hat.

In der Tat, eine Szene wie aus einem Comic, aber dann siehst du dich im Spiegel und denkst, dass kein Kind einen solchen Comic zu sehen bekommen sollte.

Du bist zerzaust, verquollen, die übliche Haarsträhne ist dir ins Gesicht gefallen.

Du blöde Kuh.

Wenn du dich wegen dieses ersten Kusses im Büro eine blöde Kuh genannt hast, was sollst du dann jetzt sagen? Du betrachtest dich im Spiegel und weißt es nicht. Du bist blass, hast Ringe unter den Augen. Siehst aus wie mindestens hundertfünfzig. Deine rechte Hand ist noch ganz rot von dem Verband, du hattest ihn zu fest gebunden. Gibt es etwas, was du gut kannst, Tiziana? Wenn ja, dann weißt du es nicht. Du weißt gar nichts.

Nicht einmal, was du dir dabei gedacht hast, als du einen milchgesichtigen Jungen gepackt, aufs Bett gezerrt und angefangen hast, ihn auszuziehen. Es war kein gestandener Kerl, keiner dieser Typen, von denen Raffaella sagt *Die feiern mit sechzehn Orgien und haben mehr Ahnung als du und ich zusammen.*

Nein, auf deinem Bett lag ein Junge, der keinen Schimmer hatte, was er da tat. Du hast es mit den Fingern und mit dem Mund gespürt. Er hörte gar nicht mehr auf zu zittern, und die Ausrede, du wärst im Eifer des Gefechts einfach nicht mehr ganz bei Sinnen gewesen, kannst du nicht gelten lassen. Denn er hat dir tausend Gelegenheiten gegeben, die Glut abzukühlen und alles abzubrechen, aber du hast immer weitergemacht.

Wir sollten jetzt lieber aufhören, Fiorenzo, lassen wir das, entschuldige, es war mein Fehler, bitte geh jetzt. Das hättest du ganz leicht sagen können. Hast du aber nicht. Auch nicht, als du gesehen hast, dass er nicht mal imstande war, sich ein Kondom überzustreifen. Nein, auch da hast du nicht aufgehört, sondern es selbst versucht, und als er dann gestöhnt hat und gekommen ist ... da bist du dann endlich aufgewacht und in die Realität zurückgekehrt. In die Welt von Tiziana Cosci und zu dem, was Tiziana Cosci sich soeben geleistet hat.

Vielleicht spricht sich die Nachricht herum, und die Leute zerreißen sich das Maul und zeigen mit dem Finger auf dich und jagen dich aus der Jugendinfo, und vielleicht gibt es sogar einen Artikel in der Zeitung.

Aber das Verrückte ist, dass du in diesem ganzen Schlamassel vor allem eine Sorge hast: Wo mag Fiorenzo jetzt sein? Warum ist er durchs Fenster abgehauen, statt ins Zimmer zurückzukommen?

Er ist weggelaufen wie ein Kind, das etwas angestellt hat und sich vor seiner Mama fürchtet. Eine dumme, kindische Reaktion. Nur: Er ist entschuldigt, er *ist* ja noch ein Kind.

Aber du?

DER SIEG DER NIEDERLAGE

»He, aufwachen!«

Ich schüttle ihn, aber der Blödmann schläft weiter. Mit dem Oberkörper liegt er auf der Schwelle zum Laden, die Beine hat er auf dem Gehsteig, weiß der Geier, wie man so schlafen kann. Er zieht ein Augenlid hoch und blinzelt mich an, dann lässt er es wieder zufallen. Ich schüttle ihn noch mal.

»Los, wach auf!«

»Guten Tag, Signore.«

»Was redest du da. Es ist Mitternacht.«

»Oh, Verzeihung. Geht es Ihnen gut?«

»Was machst du denn hier um diese Uhrzeit!«

»Ich hab's geschafft. Haben Sie's gesehen, hab ich es gut gemacht?« Mirko richtet sich auf. Seine Locken sind jetzt plattgedrückt und sehen aus wie ein Stück verfilzter Teppichboden in Würfelform. Noch hässlicher als sonst, falls das überhaupt geht. »Beim Rennen heute, haben Sie's nicht gesehen?«

»Nein, die Rennen sind mir scheißegal. Was hast du denn gemacht, hast du wieder gewonnen? Das wär ja ganz was Neues ... hoch lebe der kleine Champion ...«

»Nein, ich hab es so gemacht, wie Sie gesagt haben, Signore, ich hab verloren.«

»Ach ja?«

»Ja! Und zwar so richtig. Ich bin ... weiß nicht, Zwanzigster, Fünfundzwanzigster geworden ...«

»Gut, Mann. Ehrlich?«

Er steht auf, lächelt, nickt immer heftiger und fängt an, vor Freude herumzuhüpfen.

»Sie hatten recht, Signore. Verlieren ist überhaupt nicht schwer. Ich bin ganz ruhig im Hauptfeld geblieben, dann hat sich eine Gruppe abgesetzt, und es war klar, dass ich da hätte mitziehen müssen. Das war hart, denn ich hatte den starken Drang, ein bisschen mehr in die Pedale zu treten, dann hätte ich sie eingeholt. Aber ich hab mir gesagt *Nein, Mirko, konzentrier dich, hör auf zu treten, du schaffst das* ..., und am Ende hab ich's tatsächlich geschafft!«

Er ist ganz aufgekratzt, als er mir vom schönsten Rennen seines Lebens erzählt. Ähnlich aufgedreht war ich mit vierzehn, bei einem der letzten Rennen vor jenem Nachmittag am Kanal. Ich stieg als Dritter aufs Treppchen, es war meine beste Platzierung überhaupt, und ich fühlte mich wie ein Weltmeister. Mein Vater meinte *Siehst du, Fiorenzo, hab ich's dir nicht gesagt? Du musst dir nichts draus machen, wenn du nicht gleich gewinnst. Du bist ein Naturtalent und wirst im richtigen Moment rauskommen.* Da hab ich ihn gefragt, ob das jetzt der richtige Moment sei, ob ich dabei sei rauszukommen, und er hat mir fest in die Augen gesehen, übers ganze Gesicht gegrinst und gemeint *Sieht ganz danach aus, Fiorenzo, sieht ganz danach aus.*

Dann kam es, wie es kommen musste. Aber jener Tag war großartig.

»Entschuldigung, Signore, aber darf ich Sie fragen, warum Sie obenrum nackt sind?«

»Nein, das darfst du mich nicht fragen.«

»Ist gut. Verzeihung. Es ist nur, weil Sie normalerweise sehr schöne T-Shirts anhaben, so welche würde ich auch gern tragen. Am liebsten eins mit 'nem Totenkopf, Totenköpfe finde ich gut, weil sie immer grinsen.«

»Okay, aber hör mal, was zum Teufel machst du hier um diese Zeit?«

»Ich weiß, es ist spät, Verzeihung, Signore, und ich weiß, dass das Ihr Zuhause ist und ...«

»Na ja, eigentlich bin ich da zu Hause, wo du jetzt wohnst, du Armleuchter.«

»Ja, Sie haben recht, Verzeihung. Aber heute Abend konnte ich da nicht bleiben, weil Signor Roberto ist schrecklich wütend. Er hat sehr böse Sachen gesagt und geschrien und alles kaputt gemacht.«

»Was hat er denn gesagt? Er hat dich doch nicht etwa geschlagen?«

»Nein, nein, und auch die bösen Sachen hat er nicht zu mir gesagt. Er war auf sich selbst böse, auf die ganze Welt und auf Leute, die ich nicht kenne. Und auf seine Frau.«

Mama. Seit sie tot ist, habe ich meinen Vater nie über Mama reden hören, und dass er es jetzt tut, muss ich ausgerechnet von diesem kleinen Blödmann erfahren.

»Was hat er denn gesagt, hat er sie beleidigt?«

»Nein, nein. Er hat eine Menge Schimpfwörter gesagt und über Gott und die Madonna gelästert und alle möglichen Leute beschimpft, aber nicht seine Frau. Mit ihr hat er vor allem geredet.«

»Er hat mit ihr geredet?«

»Ja. Er hat gesagt *Was soll ich denn jetzt machen, was soll ich nur tun?* Und meiner Meinung nach, wenn ich das überhaupt sagen darf, Signore ...« Bevor er den Satz zu Ende spricht, schaut sich der kleine Champion um, ob uns auch wirklich niemand hören kann, obwohl Muglione um diese Uhrzeit leergefegt ist wie nach einem nuklearen Kahlschlag. Trotzdem hält er die Hand an den Mund und sagt es mir ins Ohr: »Ich glaube, Signor Roberto hat auch ein bisschen getrunken ...«

Wahnsinn. Mein Vater trinkt nicht. Mein Vater rührt nicht mal eine Zuppa inglese an, weil da Likör drin ist. Einmal hat er bei einer Taufe zwei Mon Chéri gegessen, da drehte sich ihm schon der Kopf.

»War das denn ein wichtiges Rennen heute?«

Der kleine Champion reißt die Augen auf und antwortet ganz stolz: »O ja, superwichtig, ich war das erste Mal bei einem Rennen außerhalb der Region!«

»Ach so. Und du hast verloren.«

»Ja, Signore. Es war nicht leicht, aber ich hab's geschafft. Dank Ihnen.«

Ich nicke, aber nur kurz. Ich sehe sein dämliches Grinsen, das nicht aufhören will, dann sehe ich mein Spiegelbild im Schaufenster. Es ist dunkel, aber ein bisschen was kann ich trotzdem erkennen, und plötzlich kommt mir ein Gedanke, der mit diesem Gespräch nichts zu tun hat. Und eine Sekunde später sagt Mirko genau das, was ich gerade denke, unglaublich:

»Wenn Ihr Oberkörper nackt ist, Signore, sieht man besser, dass Sie nur eine Hand haben.«

Wirklich wahr. Derselbe Gedanke, dieselben Worte.

»Das weiß ich selber, du Hornochse, kümmer dich um deinen eigenen Kram. Nur weil du ein Rennen verloren hast, brauchst du jetzt nicht den Klugscheißer zu spielen.«

Ich betrachte mich immer noch im Schaufenster und denke, so hat mich Tiziana vorhin in ihrem Zimmer gesehen: eine Missgeburt, ein misslungener, unvollständiger Mensch, trotzdem hat sie mir eine Chance gegeben. Und ich habe sie verspielt. Zum Glück gab es wenig Licht. Zum Glück lag die Wohnung im ersten Stock.

Und zum Glück kommt jetzt ein schwarzer Multipla mit einem riesigen Totenkopf auf der Heckklappe angefahren. Er hält vor dem Laden, da drin sitzen meine Freunde und winken, jetzt bin ich erst mal 'ne Weile abgelenkt.

»Mensch, wo warst du denn?«, fragt Giuliano beim Aussteigen. Stefanino sagt Hallo, auch zu Mirko, der sich leicht verbeugt.

Giuliano zeigt auf mich und hebt den Daumen. »Du auch mit nacktem Oberkörper? Großartig, wird wohl langsam Mode!«

Ich sage Ja, denn um diese Uhrzeit möchte ich einfach nur meine Ruhe haben, da brauche ich keine Komplikationen. Aber hinten im Multipla sehe ich ein bleiches, ausdrucksloses Gesicht, und mir schwant, dass Ruhe kein Programmpunkt des heutigen Abends ist.

»Wer ist denn der Knirps da?«

»Ich heiße Mirko, guten Abend, Signori.«

»Mann, bist du hässlich. Wart mal, du bist doch der Schwachkopf, der Radrennen fährt. Stimmt's?«

»Ja, Signore, guten Abend.«

»*Ja, Signore, guten Abend* … Wer bist du denn, der kleine

Lord?« Giuliano lacht und klatscht Stefanino die Hand auf die Schulter. »Hey, Stefanino, der hier ist ja noch viel mieser dran als du!«

Ich lache, Stefanino auch. Der kleine Champion lacht ebenfalls und nickt.

»Was hat der denn jetzt hier zu suchen, dieser Trottel? Den können wir ja wohl schlecht mitnehmen ...«

»Wieso«, sage ich, »wo gehen wir denn hin?«

»Unser Ding gegen die Alten durchziehen, oder? Wir können doch nicht aufh...« Giuliano unterbricht sich und schaut Mirko an. »Los, Kleiner, verpiss dich mal für fünf Minuten, wir haben hier was Ernsthaftes zu besprechen. Geh rüber zu der Ecke da, hopp hopp.«

Mirko zieht den Kopf ein, blinzelt uns kurz an und geht dann bis zur Hausecke, wo er stehen bleibt wie ein gelber Kegel.

»Noch weiter weg, verzieh dich hinter die Ecke!«, ruft Giuliano ihm hinterher.

Und jetzt hebt auch Stefanino die Hand, es ist unfassbar. Er macht ihm ein Zeichen zu verschwinden und ruft: »Weiter weg, haben wir gesagt, du Arschgeige!« Seine Augen funkeln so wild, wie ich es von ihm gar nicht kenne.

Und dann fängt Giuliano an: »Also Leute, ihr dachtet, ich würd die zweitausend Euro sofort auf den Kopf hauen, stimmt's? Is aber nich. Das heißt, ein bisschen was davon schon, aber ich bin auch nach Bientina gefahren, wo meine Tante am Theater arbeitet, und seht mal, was ich da besorgt habe.«

Er öffnet die Tür des Multipla und zieht den blassen Kerl raus, der hinten saß: eine lebensgroße Puppe, die an die Decke und die Tür stößt und ihm einige Flüche abringt. Sie ist aus Stoff und ausgestopft mit einem Kopf aus Plastik. Sie trägt eine Gürteltasche um die Taille, eine weiße Perücke mit Bürstenschnitt und eine Brille.

Was dann kam, war klar. Ich habe das Rollgitter geöffnet, und der kleine Champion ist durch die Tür geschlüpft. Ich habe mir eine Fleecejacke angezogen, dann bin ich mit Giuliano und Stefanino ins Auto gesprungen, und wir sind bis zum Fuß des Colle del Cinghiale gefahren. Dort sind wir auf einen Weg eingebogen, der anfangs noch asphaltiert ist, und schließlich standen wir vor dem Tor des Friedhofs von Muglione.

Es war stockdunkel, und in der Luft lag dieser modrige, nach Kanal stinkende Bodennebel. Nur die Grabkerzen brannten, im Nebel wirkten sie wie lebendig, als würden verlorene Seelen durch die Nacht irrlichtern.

Wir legten der Puppe eine Schlinge um den Hals und hängten sie am Friedhofstor auf. Als wir unser Werk aus der Entfernung betrachteten, die im Nebel baumelnde Puppe, im Hintergrund die Grabsteine und Grablichter, hatte ich ein ganz mulmiges Gefühl im Bauch.

Meine Mutter liegt ja auch auf diesem Friedhof, weiter hinten an einer Mauer, wo die Familiengruften beginnen. Ich hatte irgendwie ein ungutes Gefühl, als würde ich ihr damit etwas antun. Aber das ist Quatsch: Ich habe mir ganz kurz in Erinnerung gerufen, wie sie war, meine Mutter, und wusste sofort, dass ihr diese Aktion gefallen hätte.

Die Leidenschaft für Horrorfilme habe ich von ihr, sie fuhr mehr drauf ab als Tiziana und ich zusammen. Horrorfilme wurden immer spät nachts gezeigt, aber auch als ich noch klein war, blieb ich auf und schaute sie mir mit meiner Mutter an, während aus dem Schlafzimmer Papas Schnarchen herüberdrang.

Wir kuschelten uns unter die Decke und sprachen keinen Ton. Manche Horrorfilme, vor allem die aus den siebziger Jahren, die nachts von Lokalsendern ausgestrahlt wurden, waren voll krasser Szenen mit gruseligen Monstern, aber auch mit Sex, Orgien und lesbischen Mädchen, die es in einer Gruft miteinander trieben, bevor sie vom Geist eines Barons umgebracht wurden, der sich in einen Werwolf verwandelt hatte.

Wenn solche Szenen kamen, hatte meine Mutter einen Trick parat: Sie schickte mich in die Küche, um ihr eine Praline zu holen. Auf dem Bildschirm lief zum Beispiel eine Nonne den Korridor eines Klosters entlang, Blitze zuckten, die Nonne öffnete eine Tür einen Spaltbreit und sah eine andere, halbnackte

Nonne, die sich hin- und herwälzte und merkwürdige Dinge auf Lateinisch sagte und ... meine Mutter schickte mich in die Küche, um ein Schokolädchen zu holen.

Ich grummelte, aber sie verzog den Mund und sagte *Ich hab solchen Hunger, ich fall gleich in Ohnmacht* ... Also ging ich los, holte die Praline und kam ganz schnell wieder, aber die Szene war vorbei, es war wieder helllichter Tag, und alles schien ruhig. Je mehr solche krassen Szenen es gab, desto öfter musste ich Pralinen holen. Einmal hab ich ihr gesagt *Ich bring dir die ganze Schachtel*, und sie *Nein, nein, nur eine, sonst wird es mir zu viel*. In der Tat könnte ich den Horrorgrad der mit ihr zusammen gesehenen Gruselfilme anhand der Anzahl von Pralinen messen, die ich ihr gebracht habe. *Frankensteins Höllenmonster*: keine Praline. *Die Nacht der reitenden Leichen*: fünf Pralinen. *Sexual-Terror der entfesselten Vampire*: An jenem Abend habe ich den Flurfußboden verschlissen, und meine Mutter war drauf und dran, Diabetes zu bekommen.

Wieso erzähle ich das alles? Weil ich glaube, dass meiner Mutter die Vorstellung einer Puppe, die bei Nacht und Nebel am Friedhofstor aufgeknüpft wird, sehr gefallen hätte. Ich brauchte mir also keine allzu großen Sorgen zu machen. Im Gegenteil, während ich der Puppe die Schlinge um den Hals legte, musste ich sogar leise lachen. Wir haben zusammen gelacht, meine Mutter und ich, falls es stimmt, dass die Toten sehen können, was wir tun. Unter der Puppe haben die anderen und ich ein Stück Pappkarton mit einer roten Aufschrift angebracht, haben das Ganze noch mal begutachtet und uns auf die Schulter geklopft. Dann sind wir wieder in den Multipla gestiegen und nach Hause gefahren. Der Erste, der am nächsten Morgen zum Friedhof kommt, findet die Puppe eines Alten am Friedhofstor aufgehängt und darunter in roter Farbe den Schriftzug:

HEUTE IST DIE NACHT DER NÄCHTE
UND DER FRIEDHOF WIRD EUER ZUHAUSE SEIN.
FRONT FÜR DIE NATIONALE VERJÜNGUNG
METAL D.

Wieder zurück im Laden. Mirko ist auf dem Stuhl eingeschlafen, den Kopf auf dem harten Ladentisch. Ich versuche, ihn zu wecken, aber er sieht so künstlich aus wie vorhin die Puppe.

Ich muss an meinen Vater denken. Wer weiß, ob er aufgehört hat, die Wohnung kurz und klein zu schlagen. Hoffentlich hat er mein Zimmer in Ruhe gelassen. Wenn nicht, wäre das echt fies. Aber wenn ich daran denke, dass mein Vater es zugelassen hat, dass sich dieser hässliche, trottelige Knirps um Mitternacht mutterseelenallein zum Schlafen hier auf den Gehsteig legt, brauche ich mich über gar nichts mehr zu wundern.

Ich nehme zwei von den Luftmatratzen für Karpfen und blase sie auf. Ich muss eine kurze Pause machen, weil mir schwindlig ist, dann lege ich sie in der Kammer neben meine Pritsche auf den Boden. Nicht dass ich ihn gern neben mir liegen habe, aber die Platzverhältnisse geben einfach nicht mehr her. Ich breite das Handtuch aus der Toilette drauf aus, gehe wieder rüber und rüttle diesen Trottel so lange, bis er aufrecht steht, schiebe ihn in die Kammer und lasse ihn sich hinlegen, während er weiterpennt.

Der hat's gut. Ich versuche gar nicht erst zu schlafen. Es sind eine Menge Dinge passiert, die mit Sicherheit Folgen haben werden. Ich weiß nicht, welche, und ich weiß auch nicht, was ich dagegen machen kann. Ich weiß nur, dass ich heute Nacht nicht schlafen kann. Ich setze mich aufs Bett und fange an, in der neuesten Ausgabe von »Karpfenfischen leicht gemacht« zu blättern.

»Haben Sie was gegen die alten Leute, Signore?« Mirkos Stimme klingt belegt und zittrig. Wie sich vermutlich das Gespenst eines Wellensittichs anhören würde.

»Schlaf du«, sage ich.

»Vorhin hab ich gehört ... Ihr wollt was gegen die Alten machen ... Oder hab ich das falsch verstanden?«

»Ja. Schlaf jetzt.«

»Dieser komische Geruch, was ist ...«

»Das sind die Würmer. Schlaf jetzt.«

»Und dieses komische Geräusch.«

»Das sind die Würmer. Egal, was du fragen willst, die Antwort ist Würmer, okay? Und jetzt schlaf.«

»Okay, Signore. Verzeihung und gute Nacht.«

Ein paar Sekunden ist es still. Dann:

»Ach, Verzeihung, Signore, vorhin war die Frau von der Jugendinfo hier. Sie hat nach Ihnen gesucht.«

Das hat er gesagt, ich schwör's, und ich halte die Luft an, um genau zu verstehen, was noch kommt.

Da fängt dieser fiese kleine Champion doch tatsächlich an zu schnarchen.

ANGELN OHNE KÖDER

»Beißen sie?«, frage ich.

Mein Vater schüttelt den Kopf, ohne den Blick vom Schwimmer zu nehmen. Ihn hier am Kanal angeln zu sehen ist echt seltsam. Er hatte es mir beigebracht, als ich fünf war, aber seitdem habe ich ihn nie mehr mit einer Angelrute in der Hand erlebt. Unter normalen Umständen hätte ich hier nie nach ihm gesucht, aber ein Indiz hat mich auf diese Spur gebracht.

Als ich heute früh aufwachte (ein paar Stunden konnte ich schließlich doch schlafen), fand ich den kleinen Champion neben mir am Boden liegen und erschrak. Erst nach ein paar Sekunden fiel mir alles wieder ein. Ich bin aufgestanden und habe für ihn und mich Kekse und Milch hingestellt, kalte Milch, weil ich immer noch keinen Campingkocher habe, dann habe ich ihn in die Schule geschickt. Er wollte nicht und sagte *Bitte, Signore, heute nicht, ich glaube, mir geht's nicht gut, schicken Sie mich nicht hin.*

Ich hab ihm erklärt, dass er schlechte Noten hat und im Juni die Prüfung machen muss und wenigstens zeigen sollte, dass er sich bemüht und nicht die Schule schwänzt. Ein weiser Rat, den ich mir selbst zu Herzen nehmen sollte, trotzdem musste ich ihn am Ende mit Gewalt auf die Straße hinausbugsieren. Das kann ich mit mir selber natürlich nicht machen. Statt in die Schule bin ich nach Hause gegangen, um zu sehen, was dort los ist.

Die Tür stand sperrangelweit offen und die Fenster auch, aber das Auto meines Vaters war nicht in der Einfahrt. Ich habe gerufen, aber es war niemand da, nur die alte, stille Wohnung, allerdings zerstört von einer wild gewordenen Bestie: der Küchentisch kaputt geschlagen und ins Wohnzimmerfenster geschmissen, der Fernseher auf dem Teppich in Trümmern, das Sofa demoliert und in den Flur geworfen, vor den Eingang zu dem, was früher mal das Bad war.

Mein Zimmer allerdings war vollkommen intakt. Alles tipptopp, so wie ich es zurückgelassen hatte, nur mit einer Besonderheit: Der Schrank für die Angelsachen stand offen und war leer.

Deshalb kam ich auf den absurden Gedanken, dass mein Vater womöglich angeln gegangen war, zum ersten Mal seit fünfzehn Jahren. Ich habe mich auf den Roller gesetzt und bin die Kanäle abgefahren, um ihn zu suchen. Ich habe alle guten Plätze abgeklappert: die weiten Bögen und die Stellen, wo der Kanal breiter wird und sich zwei Kanäle überschneiden. Nichts.

Und dann, während ich damit beschäftigt war, den Roller auf dem Schotterweg längs der Mülldeponie im Gleichgewicht zu halten, sah ich plötzlich ganz hinten am Ende der Felder das Auto meines Vaters. Mitten auf einer graubraunen, leeren Fläche ohne Baum und Strauch ist ein gelber Kombi voller Reklame kaum zu übersehen.

Jetzt sitze ich hier neben ihm auf der Böschung, genauer gesagt ein Stück hinter ihm, an einer trostlosen, zum Angeln völlig ungeeigneten Stelle. Das Wasser ist viel zu seicht und schlickig, und von der Deponie kommt dieser widerliche Gestank nach verschmortem Plastik und anderen ziemlich toten Dingen.

Mein Vater kriegt das alles gar nicht mit. In sich zusammengesunken sitzt er da, das Kinn in die Hand gestützt. Er hat die Angelrute in einem gegabelten Ast abgelegt und starrt auf den Schwimmer.

»Wie lange bist du denn schon hier?«

»Boh. Drei Stunden.«

»Und hast du was gefangen?«, frage ich stockend, weil der Müllgeruch mir bei jedem Atemzug die Kehle verätzt.

»Nein, nichts.«

»Nicht mal ein Anschlag, gar nichts?«

»Nein. Besser so. Sonst fängt das Geeier an: hochziehen und sich die Hände schmutzig machen.«

»Wozu bist du denn dann hergekommen?«

»Einfach so, zum Luftholen. Mir platzt gleich der Schädel, ich hab zu viel getrunken.«

»Du hast getrunken?«

»Ja. Ich bin schlafen gegangen, und alles hat sich gedreht, die Decke, die Wände und die Möbel. Gedreht und gedreht, und da ist mir der Kragen geplatzt. Ich bin aufgestanden, weil ich mir vorkam wie in einem Käfig, ich musste einfach raus, um nicht zu ersticken.«

Jetzt schweigt er wieder. Er greift nach der Angelrute, mit einem minimalen Ruck an der Spitze bewegt er den Schwimmer ein paar Zentimeter weiter, um die Fische neugierig zu machen. Falls ein perverser Karpfen vorhaben sollte, hier vorbeizukommen. Als er dann weiterspricht, klingt seine Stimme ganz anders. Sie kommt jetzt aus tiefer Kehle, aus dem Magen, vielleicht aus dem verschlungenen Gewirr der Eingeweide.

»Er hat verloren, Fiorenzo. Er hat verloren wie ein dummer Anfänger. Es war erbärmlich.«

»Wer, was?«, frage ich, denn es käme mir unpassend vor, durchblicken zu lassen, dass ich schon alles weiß. Keine Ahnung, wieso, aber es käme mir einfach unpassend vor.

»Gestern hab ich ihn in eine andere Region gebracht. Nach Piacenza. Ein leichtes Rennen, eine günstige Strecke, das hätte er mit links machen können. Aber er hat verloren.«

»Na ja, so was kommt vor, man kann doch nicht immer gewinnen.«

»Natürlich kann man! Man muss sogar. Man muss immer gewinnen, wenn man die Möglichkeit hat. Und er hatte sie. Das ist nämlich der Punkt ... Er hat nicht einfach nur verloren, er *wollte nicht* gewinnen.«

Dann beugt er sich plötzlich vor und kneift die Augen zusammen, um den Schwimmer genau zu beobachten, der sich vielleicht bewegt hat, obwohl ich nichts gemerkt habe. Seine Gesten, sein Timing, seine Aufmerksamkeit, alles deutet darauf hin, dass mein Vater ein großartiger Angler ist. Warum er seit fünfzehn Jahren nicht mehr angelt, weiß nur er selbst. Oder vielleicht nicht mal er.

»Du hättest mal die Zeitungen heute früh sehen sollen ... *Der Superchampion ist gar nicht so super. Der Rakete von Muglione geht der Sprit aus. Mister Marelli setzt auf die falsche Taktik und geht baden* ... Das ist normal, diese Leute haben keine Ahnung von Radrennen. Aber wer das Rennen verfolgt hat, weiß, dass Mirko nicht in die Pedale gestiegen ist, er wollte gar nicht gewinnen. Und das ist tausendmal schlimmer.«

»Warum ist das schlimmer? Meiner Ansicht nach ist es besser, das heißt doch, dass er körperlich fit ist ...«

»Du kapierst nix. Es ist schlimmer, Fiorenzo, viel schlimmer, denn wenn die Beine nicht mitziehen, brauchst du nur zu trainieren, und es läuft wieder. Wenn aber der Kopf nicht mitmacht, dann Gut Nacht. Und das ist der Punkt, der Junge ist im Kopf nicht richtig. Ich hab zu ihm gesagt *Na gut, dieses eine Mal hast du verrücktspielen wollen, aber nächste Woche musst du gewinnen, und zwar haushoch.* Und weißt du, was er mir geantwortet hat? Er hat gesagt, auch nächste Woche will er nicht gewinnen, er will überhaupt nicht mehr gewinnen. Da konnte ich dann nicht mehr an mich halten, ich hab geschrien und ein bisschen Radau gemacht, so. Was hätte ich denn tun sollen, Mensch? Meine Schuld ist es nicht.«

»Du hast die Wohnung zertrümmert.«

»Ein bisschen, ja.«

»Weißt du denn wenigstens, wo er jetzt ist?«

»Wo wer ist.«

»Dein kleiner Champion.«

»Klar weiß ich das, er ist bei dir, oder? Ist doch klar.«

»Nein, meiner Ansicht nach ist das überhaupt nicht klar, ganz und gar nicht, es ist das Gegenteil von klar.«

»Ach was, es ist sonnenklar.«

»Nein, es ist absolut nicht klar, es ist völlig absurd, dass er bei mir ist, es ist ...«

»Was denn nun, ist er bei dir oder nicht?«

»Ja.«

»Siehst du? Es ist klar, fertig aus.«

Ich schlucke die Worte runter, die mir auf der Zunge liegen, und eine Weile sagt keiner was. Zu hören sind nur die Geräusche von der Deponie, das eine oder andere unsichtbare Tierchen, das im trockenen Gras und unter den Brombeersträuchern seinen Weg sucht, und mein Vater, der ein wenig Schnur einholt.

»Womit angelst du denn?«

»Was?«

»Ich frage, womit angelst du, was hast du für einen Köder gesetzt?«

»Keinen.«

»Wie, keinen, was heißt das, keinen.«

»Ich hab den Haken und fertig, geht das nicht?«

»Nein, das geht überhaupt nicht!« Ich schreie fast. »Das geht ganz und gar nicht. Was willst du denn fangen ohne Köder?«

Und da, zum ersten Mal, seit ich am Kanal angekommen bin, hört mein Vater auf, den Schwimmer anzustarren, und dreht sich mit einem Ruck zu mir um.

»Was soll das, bitte, was glaubst du denn, was du fängst, wenn du einen Köder setzt?«

»...«

»Einen Scheißdreck! Glaubst du etwa, der Köder macht den Unterschied, glaubst du das wirklich? Du bist jetzt achtzehn, Fiorenzo, achtzehn Jahre alt.« Ich bin neunzehn, aber die Klarstellung spare ich mir jetzt. »Und du glaubst immer noch so einen Quatsch? Der Köder ist vielleicht da wichtig, wo es was zu fangen gibt, und da versuchst du dann deine Chance zu nutzen, so gut es eben geht. Aber das Problem ist, dass es hier nichts gibt, verstehst du? Rein gar nichts. Du sitzt dein Leben lang hier und wartest und hoffst, ab und zu gibt's eine kleine Bewegung oder ein winziges Zeichen, und du machst dich bereit und sagst dir *Jetzt ist es so weit, das ist meine Chance.* Ist aber Quatsch, weil alles genauso ist wie vorher, und du bleibst der Trottel, der du bist, seit du in diesem verdammten Kaff geboren bist. Hier gibt's nix zu angeln, Fiorenzo, und nix zu hoffen. Du bist achtzehn, wann willst du das endlich kapieren?«

Genau das sagt er und sieht mich dabei aus diesen roten, irren Augen an. Dann durchzuckt es ihn, und er dreht den Kopf wieder zu seinem Schwimmer, legt eine Hand auf die Angelrute und bereitet sich auf einen Anbiss vor. Es hat sich aber gar nichts bewegt. Der Schwimmer liegt immer noch gekippt auf dem reglosen Wasser. Auch ich schaue hin und denke an den nackten, dünnen, goldenen Haken dort unten, der im Schlamm des Grunds auf irgendetwas wartet.

EINE DUSSELIGE TAUBE

Es war dumm von mir, Mirko in die Schule zu schicken. Gestern Nacht hat Tiziana nach mir gesucht und ist zum Laden gekommen, hat aber nur ihn angetroffen. Um diese Uhrzeit kommt niemand einfach so vorbei, ohne triftigen Grund, was wollte sie also? War sie nervös, war sie sauer, hat sie vielleicht eine Nachricht für mich hinterlassen?

Wer weiß. Der Kleine ist in der Schule, und bis zwei Uhr kann ich ihn nicht danach fragen. Aber ich will nicht warten, ich will es sofort wissen, und zwar alles, deshalb gehe ich an die Quelle. Die Jugendinfo liegt ohnehin auf dem Weg, ich komme also zwangsläufig dran vorbei, wenn ich jetzt vom Kanal zurückfahre. Na ja, nicht gerade zwangsläufig, aber ich fahr jetzt einfach mal dorthin.

Draußen auf dem Bürgersteig ist niemand, nicht mal die Alten sind da. Die Tür steht offen, aber ich klopfe trotzdem. Stille. Ich trete ein und werde von der üblichen Katakombenfinsternis eingehüllt.

»Ciao«, höre ich Tizianas Stimme. Sie sitzt in einer Ecke auf einem dieser Massagesessel, wie sie im Fernsehen verkauft werden. Sie steht ruckartig auf, und im Dunkeln kann ich nicht erkennen, ob sie mich anlächelt. Ich meine schon, oder nein, doch nicht, keine Ahnung.

»Ciao, Tiziana. Ich … ciao.«

Das Gute ist, dass man sich in dieser Dunkelheit nur schwer in die Augen sehen kann, so dass mir alles ein bisschen weniger peinlich vorkommt. Fast als würden wir telefonieren.

Aber die Peinlichkeit ist gleich wieder voll da, als sie mir unvermittelt ihre Frage entgegenschleudert: »Hör mal, warum bist du gestern Abend weggelaufen?«

»…«

»Und sag jetzt nicht wieder, du bist nicht weggelaufen. Du hättest dich verletzen können.«

»Ich weiß, aber in dem Augenblick schien es mir das Beste.«

»Das Beste für wen?«

»Für mich vielleicht, aber auch für dich, glaube ich.«

»Wenn's dir nichts ausmacht, ich weiß schon selber, was für mich das Beste ist.«

»Ja, ich wollte auch nicht sagen, dass du … Also, wenn ich's mir jetzt überlege, schon, aber in dem Moment hab ich nicht lange nachgedacht. Es war dumm von mir.«

»O ja, sehr dumm«, sagt sie.

Sie ist aber nicht sauer auf mich. Jedenfalls nicht sehr. Sie geht zum Schreibtisch, öffnet eine Schublade, holt etwas raus und reicht es mir. Es ist die DVD von *The Devil's Nightmare*, die ich vorletzte Nacht versucht hatte zu zerstören.

»Schau dir den Film an und sag mir, wie du ihn findest.«

»Danke. Ich schau ihn mir an und geb ihn dir dann gleich wieder zurück.«

»Okay. Und achte auf den Soundtrack und auf das Kleid von Erika Blanc und …«

»Entschuldige, Tiziana, aber warum schauen wir uns den Film nicht zusammen an? Dann kannst du mich direkt darauf aufmerksam machen. Sonst überseh ich's vielleicht.«

Ich sage das, weil es mir wie die logischste Sache der Welt vorkommt. Aber offenkundig nur mir, denn Tiziana verzieht den Mund und sieht mich merkwürdig an.

»Ja, aber … du kannst ihn dir doch auch allein anschauen, es ist doch nicht …«

»Komm schon, oder hast du heute Abend schon was vor? Ich komm zu dir, und wir schauen ihn uns gemeinsam an.«

»Nein, Fiorenzo, heute Abend hab ich was zu erledigen und kann nicht …«

»Okay, dann eben morgen Abend. Los, nimm die DVD wieder, wir schauen sie uns gemeinsam an.«

»Ich weiß aber auch nicht, ob ich morgen Abend da bin, wahrscheinlich bin ich …«

»Dann eben Mittwoch, Mittwoch ist auch gut. Oder Donnerstag oder Freitag oder …«

»Also, ganz abgesehen von den Verpflichtungen, ich weiß nicht, ob es richtig ist.«

»Ob was richtig ist?«

»Dass wir uns wiedersehen.«

Sie sagt das einfach so, aber für mich ist es ein fürchterlicher Schlag in die Magengrube. Dabei hat sie mich nicht wirklich geschlagen – und falls doch, dann so schnell, dass ich es nicht gesehen habe. Aber es tut so weh wie ein echter Faustschlag. Der Schmerz steigt über den Brustkorb hoch bis zum Hals, durchzieht den ganzen Körper und richtet überall Schaden an.

»Fiorenzo … ich weiß nicht, es gibt so viele Sachen, über die ich mir erst klar werden muss, und dafür brauche ich Zeit.«

»Was muss dir denn klar werden?«

»Vieles, leider, sehr vieles. Für dich mag es einfacher sein, aber ich …«

»Was soll das heißen, für mich ist es einfacher, es ist überhaupt nicht einfach für mich, für mich gibt es nichts Einfaches!«

»Na, da kannst du sehen, wie unterschiedlich wir reagieren, was soll ich sagen? Ich sehe eine Menge Probleme und kann nicht so tun, als gäbe es sie nicht. Und ich muss sie lösen, sonst wird das Ganze wirklich …«

»Das nächste Mal halte ich länger durch, ich schwör's!«, sage ich. Ich weiß nicht, wieso mir das rausgerutscht ist, aber jetzt ist es gesagt und nicht mehr aus der Welt zu schaffen. »Wenn wir's das nächste Mal tun, halt ich länger durch.«

Tiziana schaut mich an, als wäre ich eine dusselige Taube, die durchs Fenster hereingeflogen ist, wieder raus will und dabei sämtliche Vasen im Wohnzimmer zerdeppert.

»Was redest du denn da, Fiorenzo«, sagt sie. »Was hat das damit zu tun …«

»Es ist doch so: Beim ersten Mal schafft ein Mann es nur ganz kurz, beim zweiten Mal immer noch kurz, aber schon ein bisschen länger, beim dritten Mal noch ein bisschen länger. Es ist reine Übungssache. Wenn du mich ein wenig üben lässt …«

Tiziana antwortet nicht, und das ist vielleicht besser so. Sie schüttelt nur den Kopf, setzt sich an den Schreibtisch und schaltet den Computer ein. Schließlich ist sie in ihrem Büro und müsste theoretisch arbeiten. Eine sehr dezente Art, mich daran zu erinnern.

»Tiziana, entschuldige, ich geh ja gleich. Aber … na ja, ich … Also gestern Nacht bist du in den Laden gekommen, und ich versteh jetzt nicht: Was wolltest du denn? Bist du um Mitternacht vorbeigekommen, um mir die DVD zu bringen?«

Sie senkt den Blick auf den Schreibtisch, sucht etwas in einer blauen Mappe, zieht ein Blatt raus und legt es neben den Monitor.

»Nein, Fiorenzo. Ich bin gekommen, weil ich mit dir reden wollte. Weil du durch das Fenster abgehauen bist und mich hast sitzenlassen. Ich weiß echt nicht, was ich dir sagen wollte, ich wusste es auch gestern Nacht nicht. Aber ich möchte darüber nachdenken, und zwar gründlich. Ich gehöre nicht zu denen, die jemanden gern zappeln lassen, ich bin nicht der Typ, der mit so was spielt, ich will, dass du das weißt, Fiorenzo.«

Sie schaut mich an, aber ohne den Kopf vom Bildschirm zu heben, und dieser Blick von unten durch die Haare haut mich dermaßen um, dass ich mich gar nicht erst zu fragen brauche, ob ich das jetzt glauben soll oder nicht, weil ich in diesem Moment alles glauben könnte: Entführungen durch Außerirdische, aztekische Mumien, geheime Aufnahmen von Led Zeppelin gemeinsam mit den Pooh. In diesem Moment glaube ich einfach alles, auf der Stelle.

»Wenn ich sage, dass ich darüber nachdenken muss, Fiorenzo, dann ist das keine faule Ausrede, um Zeit zu schinden. Und es macht mir auch keinen Spaß, dich hinzuhalten. Ich sage, dass ich darüber nachdenken muss, schlicht und einfach deshalb, weil ich darüber nachdenken muss. Glaubst du mir das?«

»Ich … na ja, ich denke schon, ja.«

»Das ist wichtig für mich. Und weil wir schon dabei sind: diese Sache mit dem Durchhalten … also … wie lange du's schaffst. Damit hat das überhaupt nichts zu tun. Absolut gar nichts, verstanden?«

»...«

»So was kommt vor. Das ist wirklich nicht das Problem.«

»Ja, okay, aber wo liegt dann das Problem?«

»Ich weiß nicht, Fiorenzo. Da gibt es einige, und sie hängen alle miteinander zusammen. Und je näher wir uns kommen, desto komplizierter wird alles. Deshalb ist es besser, wenn wir uns eine Weile nicht sehen«, sagt sie. Jetzt wendet sie sich wieder dem Bildschirm zu.

Sie klickt zweimal auf irgendwas, der PC beginnt zu arbeiten und Tiziana ebenso. Das Geräusch des Lüfters ist wie ein warmer, einlullender Wind, der zur Tür hin bläst, immer stärker, und mich hinaustreibt. Aus der Jugendinfo raus, von allen schönen Dingen weg, mit einer DVD in der Hand, die ich mir ganz allein anschauen soll.

TYRANNOSAURUS

Phänomenal. Mirko Colonna hat heute eine unglaubliche Entdeckung gemacht, völlig unerwartet. Wie jemand, der das Tiefkühlfach im Supermarkt nach Eis am Stiel durchwühlt und stattdessen die versunkene Stadt Atlantis entdeckt.

So was Ähnliches ist Mirko heute passiert. Oder vielmehr, er ist gerade dabei, eine solche Entdeckung zu machen, während er schwitzt und sich auf dieser mörderischen Steigung über den Lenker beugt. Er hat gemerkt, dass er gern gewinnt. Er mag es, kräftig in die Pedale zu treten und alle anderen und überhaupt alles hinter sich zu lassen, und hat beschlossen, ab heute nie mehr zu verlieren.

Er nickt sich selber zu und fühlt sich superfit. Er wirft einen Blick auf seine Beine und wird sich zum ersten Mal bewusst, was für unheimlich starke Muskeln er bekommen hat. Richtig steinharte Pakete, die ihm gar nicht mehr wie seine eigenen Beine vorkommen, denn sie kurbeln und kurbeln, ohne dass Mirko irgendeine Anstrengung spürt. Er erhebt sich aus dem Sattel und schneidet eine weitere Haarnadelkurve, egal, ob von da oben gerade ein Auto oder ein Lkw heruntergeprescht kommt: Mirko ist eine auf den Gipfel gerichtete Rakete, die durch nichts mehr aufzuhalten ist.

Heute Morgen wusste er das noch nicht, heute Morgen war er nur einer, der ein Rennen verloren hatte und nicht in die Schule gehen wollte. Schließlich ist er doch gegangen, aber nur, weil Fiorenzo ihn sonst mit Tritten in den Hintern zum Unterricht gejagt hätte.

Wie üblich ist er mit dem Rad gefahren, und wie üblich hat er es im hintersten Winkel des Schulhofs angekettet. Doch etwas war anders heute Morgen: Er hatte den Rucksack mit den Büchern nicht dabei, hatte sich seit einer Ewigkeit die Zähne nicht geputzt und die Nacht inmitten von Milliarden Würmern verbracht, die im Dunkeln scharrten. Vor allem aber war heute Morgen die gesamte Schule auf dem Hof versammelt, um ihn abzupassen.

Zunächst begafften sie ihn nur, dann fing einer seiner Mitschüler an, höhnisch zu lachen, ein anderer klatschte, und dann brach die Hölle los: *Blödmann. Versager. Du hast es voll verschissen.* Von allen Seiten prasselte es auf ihn ein, was er für ein Würstchen sei, dass ihm wohl das Dope ausgegangen sei und dass er sich nach Hause verpissen solle.

Mirko war drauf und dran zu antworten *Supergerne*, und in dem Moment dachte er das wirklich. Aber er hatte keine Lust, etwas zu sagen, und es hätte ihm ohnehin keiner zugehört. Sie wollten ihm nur die übelsten Beschimpfungen an den Kopf werfen und ihm Kopfnüsse verpassen, während er sich zum Eingang der Schule durchkämpfte. Ab und zu spürte er ein paar Tropfen im Gesicht, aber vielleicht hatte ihn gar keiner angespuckt, sondern es war nur fliegende Spucke in dem ganzen Geschrei.

Endlich war er an der Treppe und schlüpfte durch die Tür. Der Geruch des Gummibodens verhieß ihm schon die Rettung, doch im Flur standen jüngere Schüler, die ihn ebenfalls abgepasst hatten, und von draußen drängten die anderen nach, die mit ihren Schmähungen gar nicht mehr aufhören wollten. Beleidigungen und Stöße von allen Seiten, ein richtiger Meteoritenregen. Und dann reichte es Mirko. Was hatte er denn Schlimmes getan? Statt ihn als *Blödmann* und *Junkie* zu beschimpfen und die Spritze in den Arm zu simulieren, hätten sie ihm doch erklären können, was er Schlimmes getan hatte. Er drehte sich auf dem Absatz um, senkte den Kopf und bahnte sich irgendwie einen Weg durch die Menge. Draußen rannte er über den Pausenhof zum Fahrrad, seinem Fahrrad, machte es los, schwang sich im Flug darauf, und weg war er. Als die Meute die Einfahrt erreichte, um ihm noch weitere Gemeinheiten hinterherzuschleudern, war Mirko Colonna schon wie der Blitz am Ende der Hauptstraße.

Kräftig trat er in die Pedale, immer kräftiger, nur weg von dem Geschrei, dem Gelächter und der giftigen Spucke. Was hatte er denn Böses getan? Er hatte verloren, na gut, aber alle verlieren ständig, und er darf das nicht ein einziges Mal? Nein, er darf das nicht, er ist ein Champion, und ein Champion, der verliert, wird erbarmungslos niedergemacht. Denn wenn du als Champion verlierst, bedeutet das: Du bist gar kein Gott, du bist scheiße, du bist genau wie sie.

Aber Mirko ist mit niemandem vergleichbar. Er weiß nicht, ob das gut oder schlecht ist, aber es ist so.

Er haut in die Pedale, er duckt sich, um den Luftwiderstand zu verringern, erreicht das Ende der Straße und wirft sich in den großen Kreisverkehr kurz vor dem Zentrum. Mirko möchte in den Angelladen zurück, wieder ins Bett kriechen und Fiorenzo alles erzählen, aber er kann jetzt nicht aufhören zu treten: Da ist diese wilde Wut, die immer höher steigt und Muskeln und Lunge aufbläht. Wenn er das nicht alles rauslässt, riskiert er, dass etwas in ihm platzt und er stirbt. Bei dem Gedanken tritt er noch kräftiger in die Pedale, er schaut auf seine Schenkel und tritt weiter, jetzt ist er im Kreisverkehr schon bei der fünften Runde. Immer schneller, wie ein wild gewordenes Karussell. Die Reifen rutschen bereits auf dem Asphalt, und wenn er so weitermacht, wird er noch aus der Bahn geschleudert, und man findet ihn zerschunden auf dem Dach eines der umliegenden Lagerhäuser. Also peilt er die nächste Ausfahrt an, sie ist schmal, und es steht nicht einmal dran, wo sie hinführt: genau das Richtige für ihn. Er legt sich in die Kurve, ungeachtet des Verkehrs und des Gehupes hinter ihm.

Zehn Sekunden, und Mirko findet sich im Nirgendwo wieder, längs des Weges verläuft nur der Kanal, hie und da Haufen schwarzer Erde und weiter hinten ein großer dunkler, zerklüfteter Berg, der Colle di San Cataldo, das »kleine Stilfser Joch«. Früher gab es hier Steinbrüche, auf die heute noch Straßenschilder hinweisen, aber aus irgendeinem Grund ist es damit wohl vorbei. Auf den San Cataldo gehen jetzt nur noch Wilderer, Paare, die ein stilles Plätzchen für ein Schäferstündchen suchen, und sonntags

Radamateure, die sich beweisen wollen und vor Anstrengung kotzen. Und jetzt fährt Mirko Colonna hier rauf, er will der Steigung an die Gurgel wie ein wildes Tier, das sein Opfer zerfleischt.

Er greift mit der Hand zwischen die Beine, um den härtesten Gang einzulegen. Dieses Fahrrad ist sechstausend Jahre alt, es wiegt so viel wie ein Eisentor und hat die Gangschaltung unten am Rahmen. Signor Roberto ist damit gefahren, als er so alt war wie Mirko, jetzt hat er es ihm für den Alltagsgebrauch gegeben. Wenn Mirko sich daran gewöhnt, sagt er, wird er glauben, er fliegt, wenn er auf das Carbon-Rennrad steigt. Gino Bartali hatte es genauso gemacht, er trainierte die Steigungen mit einem Rucksack voller Ziegelsteine, so dass er dann bei den Rennen – ohne die Steine auf dem Rücken – wie eine Feder hinaufflog.

Bartali ist vor einer Million Jahren Radrennen gefahren, dann hat er aufgehört, und inzwischen ist er sogar gestorben. Aber für die Leute hier in der Gegend sitzt Bartali immer noch im Sattel. Sie nannten ihn den Mann aus Eisen, weil er weder Kälte noch Wärme spürte und weder Hunger noch Durst kannte. Bartali hängte den Rest des Felds derart ab, dass er manchmal, wenn der Zweite eintraf, schon geduscht hatte und das Rennen im Bademantel verfolgte. Mirko ist in der Provinz Florenz Rennen gefahren, wo Fans Schilder hochgehalten haben mit Sprüchen wie BARTALI, BRING UNS DEN SIEG. Und manchmal, während er allein vor sich hin und auf das Ziel zu fuhr, kam ihm der Gedanke, dass Bartali gleich aus dem Nichts auftauchen und ihn mit einem überwältigenden Sprint links liegen lassen könnte. So etwas wäre vom heutigen Tag an völlig ausgeschlossen. Mirko tut es um Gino Bartali leid, aber von heute an würde er niemanden neben sich dulden.

Endlich kommen die ersten Serpentinen des San Cataldo, die einem sofort die Beine weghauen. Mirko schaltet runter, zieht durch eine Kurve und hat zwei Amateure vor sich, die mitten auf dem Weg auf ihren Rädern keuchen und taumeln. Und da passiert wieder etwas Neues, Merkwürdiges, das ihm Signor Roberto schon seit Ewigkeiten predigt: *Wenn du siehst, dass deine Gegner Schwierigkeiten haben, ist das deine Chance, Mirko. Du musst sein*

wie der Hai, der Blut gerochen hat. Du musst den Hunger spüren,
das Wasser muss dir im Mund zusammenlaufen, verstanden?

Nein, bis heute hatte Mirko das nicht verstanden. Aber jetzt,
verdammt, jetzt spürt er das Prickeln in den Beinen, und mit
einem schiefen Grinsen im Gesicht behält er seine Beute im
Blick. Im Nu ist er bei ihnen, bleibt einen Augenblick auf
gleicher Höhe, um den Moment auszukosten, erhebt sich aus
dem Sattel und startet durch, dass die beiden wie angenagelt auf
dem Asphalt zurückbleiben.

Gianni und ich sind einmal den San Cataldo hochgefahren, und
plötzlich ist Mirko Colonna höchstpersönlich an uns vorbeigezo-
gen, in normaler Kleidung und mit einem ganz normalen Fahrrad,
werden die beiden eines Tages stolz erzählen. *Ja, Ehrenwort, er ist*
abgezischt wie ein Motorrad.

Genau, wie ein Motorrad. Die Leute denken nämlich, der Unterschied zwischen einem Fahrrad und einem Motorrad bestehe
darin, dass das Fahrrad keinen Motor hat, aber Mirko weiß jetzt,
dass das Quatsch ist: Das Fahrrad hat einen Motor, und der bist
du. Dein Herz pumpt das Blut in den Kreislauf, die Beine kurbeln
schnell, die Kette schwingt zwischen Ritzel und Kettenblatt, die
Speichen drehen sich sanft und gleichmäßig. Lauter kraftvolle,
runde Bewegungen, die ineinandergreifen und zusammenspie-
len, um zu einer starken, schnellen und lautlosen Maschine zu
werden. Der phantastischste Motor, den man sich vorstellen
kann.

Mirko tritt weiter in die Pedale, mit derselben Kraft, mit der er
in der Schule gestartet ist. Doch der Sprit, der ihn antreibt, ist
nicht mehr derselbe. Vorhin war es die blanke Wut, jeder Tritt in
die Pedale war ein Fußtritt auf den Schädel eines dieser Mistkerle
in der Schule. Jetzt ist es eine ganz neue Kraft, die mit dem Vor-
gefallenen nichts zu tun hat. Jetzt ist er nicht mehr auf der Flucht
vor etwas, jetzt eilt er einem Ziel entgegen.

Er schwitzt, er spuckt, er wischt sich mit dem Handrücken
über die Augen, er sieht den näher rückenden Berggipfel, spürt
aber auch, dass seine Atemstöße kürzer werden, die Lunge
brennt und das Herz laut an die Schläfe pocht, um dem Gehirn

zu sagen *Hey, Blödmann, hör sofort auf, sonst nimmt das noch ein böses Ende ...* Ja, genau so, zum ersten Mal in seinem Leben spürt Mirko Colonna, dass er alles gibt, was er hat: Nach so vielen harten Trainingsstunden und wichtigen Rennen, ganz allein auf einer Steigung ohne gesponserten Zieleinlauf und Kampfrichter steht Mirko Colonna jetzt endlich vor dem Sieg.

Denn bisher hat er nie gewonnen, bisher war er nur als Erster angekommen. Jetzt aber triumphiert er und will immer so weitermachen, er will alle Rekorde brechen und seinen Namen in Farbe auf den Straßen der ganzen Welt geschrieben sehen. Er will auch einen Spitznamen, einen richtigen wie die Superchampions. Wie der Kannibale, wie El Diablo oder wie der Pirat. Am liebsten würde er sich Tyrannosaurus nennen lassen.

Er geht noch mal aus dem Sattel, er schwitzt und lacht, er spuckt und lacht. Das Gehirn und die Muskeln und jede Faser seines Körpers sagen ihm *Es reicht, bitte, warum tust du uns das an?* Und er macht noch mehr Druck, um klarzustellen, wer hier das Sagen hat. Er will oben am San Cataldo ankommen und sehen, ob Muglione von da oben ein bisschen weniger hässlich aussieht. Aber dieser Blick auf Muglione wird nur eine Sekunde dauern. Mirko wird keinen Fuß auf den Boden setzen, denn kaum ist er oben auf dem Gipfel, wird der Tyrannosaurus den höheren Gang einlegen und sich tief geduckt in die Abfahrt stürzen, auf eine andere Ebene zu und einem anderen Berg am Horizont entgegen und immer so weiter, ohne je anzuhalten.

Ja, phantastisch, ein Rennen ohne Ende. Mirko hat einmal gelesen, dass die Urmenschen zunächst Nomaden waren, die ständig umherzogen, bevor sie lernten, den Boden zu bestellen. Danach sind sie irgendwo geblieben und haben sich nicht mehr vom Fleck bewegt. Er weiß nicht, ob das stimmt oder ob das eine der Dummheiten ist, die in Büchern stehen, aber eines ist sicher: Wenn die Urmenschen statt der Landwirtschaft das Fahrrad erfunden hätten, hätten sie ihre Keulen geschultert, sich aufs Rad geschwungen und die Weltgeschichte im Nu durchlaufen, ohne je anzuhalten.

WIE PRACHTFINKEN AUF DEM JAHRMARKT

Eine Weile lag ich da und starrte an die Decke, in Gesellschaft der Würmer, die inzwischen meine Freunde sind. Vielleicht nicht richtige Freunde, eher gute Bekannte, die man ständig um sich hat, auch wenn sie einen nicht vom Hocker hauen. In gewisser Weise stehen mir diese Würmer also sehr nahe.

Ich höre ihnen zu, wie sie sich in ihren Kisten winden und versuchen, sich vom Boden ganz nach oben zu arbeiten. Die es geschafft haben, merken, dass es höher nicht geht, und geben auf, andere krabbeln über sie hinweg, und im Nu sind sie wieder unten, wo sie sofort vergessen, dass da oben gar nichts war, und gleich wieder anfangen, sich nach oben zu kämpfen.

Ich stelle mir vor, wie sie hier im Dunkeln wild durcheinanderwirbeln, gleichzeitig kreisen Tizianas Worte in meinem Kopf. Dinge, die sie zu mir gesagt hat, und alles mögliche andere Zeug, immer flüchtigere und absurdere Gedanken, Träumen immer ähnlicher, und alles fließt zusammen zu einem Strom, der mein Gehirn durchflutet und mich in den Schlaf hinüberträgt.

Ein Mittagsschläfchen ist etwas für alte Leute, eigentlich unendlich deprimierend, aber heute halte ich ein Nickerchen nach dem Essen für gar keine so schlechte Idee. Auch weil ich in letzter Zeit im Schnitt drei Stunden pro Nacht geschlafen habe. Einige der Dummheiten, die ich angestellt habe, könnte ich fast dieser Müdigkeit zuschreiben. O nein, ich bin nicht blöde, ich schlafe nur zu wenig. Klar doch, logo.

Aber bevor ich um drei den Laden aufmache, muss ich schnell noch zum Automaten an der Apotheke, um mir zwei Packungen Kondome zu holen. Wenn ich mir so ein Ding im richtigen Moment lässig überstreifen will, muss ich zu Hause ein wenig üben. Beim nächsten Mal will ich's draufhaben, Tiziana soll sehen, wie routiniert ich bin. Meine Hand muss schneller werden, und mein kleiner Freund hier zwischen den Beinen darf sich ruhig ein bisschen mehr Zeit lassen.

Sofern es ein nächstes Mal geben wird. Denn nach allem, was sie mir im Büro gesagt hat, bin ich mir da nicht so sicher. Im Gegenteil, es könnte sogar sein, dass sie mich längst abserviert hat, aber so diskret, dass ich's gar nicht gemerkt habe. Wie meine Großmutter Ines, die immer geholt wurde, wenn jemand eine Spritze brauchte: Man merkte gar nicht, wenn einem die Nadel in den Hintern stach. Aber wenn Tiziana mich wirklich nicht mehr wiedersehen will, wird es mir sehr wehtun, das ist dann doch ein Unterschied zu meiner Großmutter.

Was natürlich ein Segen ist, in mehr als einer Hinsicht.

»Ei … ore … af …« sind die ersten Laute, die an mein Ohr dringen, bevor sich in meinem Kopf die vollständigen Wörter zu einem vernünftigen Satz formieren. »Verzeihung, Signore, schlafen Sie?« Eine Hand patscht mir auf den Arm.

Ich mache die Augen auf, da ist niemand, dann sehe ich etwas am Fuß der Pritsche.

»Was zum Teufel willst du.«

»Schlafen Sie, Signore?«

»Jetzt nicht mehr, du Trottel.«

»Tut mir schrecklich leid, aber ich muss Ihnen etwas sagen, etwas ganz Unglaubliches.«

»Kannst du mir das nicht später sagen?«

»Es ist aber wirklich ganz unglaublich.«

»Mannomann.« Gähnend versuche ich in die Welt zurückzufinden. Der kleine Champion ist ganz aufgeregt. An seinen Klamotten kleben Schlammspritzer, und an seinem Hals verlaufen getrocknete Schweißspuren.

»Signore, heute habe ich etwas begriffen.«

»Wow, das ist ja 'ne Nachricht, schnell die Zeitungen anrufen.«

»Ja, später vielleicht. Aber zuerst wollte ich es Ihnen sagen.« Er holt tief Luft. »Also, heute Morgen bin ich doch praktisch in die Schule gegangen, erinnern Sie sich?«

»Vage.«

»Eigentlich wollte ich ja gar nicht, und das wäre auch richtig gewesen, weil dort auf dem Pausenhof meine Mitschüler nur darauf gewartet haben, sich über mich lustig zu machen. Die ganze Schule hatte sich draußen versammelt, als gäbe es was zu feiern. Und als sie mich gesehen haben, haben sie angefangen, zu brüllen und fiese Gesten zu machen. Mit dem Finger, mit dem Arm und mit …«

»Is ja gut, komm zum Punkt.«

»Ja, Entschuldigung, Signore, ich mag auch keine langen Reden. Bei Witzen zum Beispiel, auch bei guten Witzen. Wenn die zu lange dauern, ist es nicht mehr lustig, weil das überhaupt kein Ende mehr …«

»Mach's kurz, verflucht noch mal.«

»Ja, Entschuldigung. Also, meine Mitschüler haben mich total runtergemacht, sie haben geschrien, dass ich eine Niete bin und zum Kotzen und dass ich bei der ersten richtigen Bewährungsprobe versagt hätte. Und sie haben so Sachen gesagt wie *Ihr habt wohl diesmal die falschen Medikamente erwischt, was?*«

»Diese Schweine. Und du?«

»Ich habe auf den Boden geguckt, um keinen anschauen zu müssen, und bin reingegangen.«

»Du bist reingegangen?«

»Ja, aber dann bin ich doch noch abgehauen.«

»Das hast du gut gemacht.«

»Nicht wahr, Signore? Das denke ich auch, und dann bin ich den San Cataldo hochgefahren.«

»Donnerwetter, wenn du abhaust, dann aber richtig, was.«

»Ja, aber es war nicht so, dass ich unbedingt da rauf wollte, ich bin einfach nur so gefahren.« Der kleine Champion schaut mich wie verloren an, ich kann seine kleinen dunklen Augen im Halbschatten erkennen. »Ich hab in meinem Kopf immer noch diese Schreie gehört, aber gleichzeitig auch einen ganz starken Nervenkitzel gespürt, der lief durch meinen ganzen Körper und hat mir Schwung gegeben. Ich musste die Fäuste ballen und die Zähne zusammenbeißen, und meine Beine sind nur so geflogen.

Und da hab ich etwas Unglaubliches kapiert: nämlich dass ich doch nicht gern verliere, sondern dass ich gewinnen will!« Und er macht ein Gesicht wie jemand, der eine weltbewegende Entdeckung gemacht hat.

»Na und? Jeder will doch gern gewinnen.«

»Ach, das wussten Sie schon? Ich nicht, ehrlich nicht. Aber zu meiner Rechtfertigung kann ich sagen, dass ich bis vorgestern auch noch nie verloren habe, ich wusste also gar nicht, wie das ist. Sie haben ja schon oft verloren und …«

»Jetzt mal langsam, du Schlappschwanz, du kannst mich am Arsch lecken.«

»Entschuldigung, Signore, ich hab das nicht aus Bosheit gesagt, ich hab es positiv gemeint.«

»Was soll daran positiv sein.«

»Nichts, Verzeihung, vergessen Sie's. Entschuldigen Sie, aber ich kann heute nicht klar denken, ich bin nämlich noch ganz benommen von meiner Entdeckung.«

So wie er mich dabei anschaut, kann ich ihn einfach nicht zum Teufel jagen. Mit den Augen eines Vögelchens, wie sie auf Jahrmärkten verkauft werden, ringsherum Massen von Menschen und der Lärm der Knallfrösche und die Kinder mit der Zuckerwatte, die schreien und weinen, und die Alten, die die Nase an den Käfig drücken und niesen. Und das Vögelchen hinter den Gitterstäben springt von einer Sprosse auf die nächste ohne jede Fluchtmöglichkeit und schaut dich mit seinen schwarzen Knopfaugen über dem Schnabel an, als würde es sagen *Bitte, kauf mich, steck mich in eine Tüte und bring mich zu dir nach Hause. Vielleicht halte ich nicht bis morgen durch, vielleicht sterbe ich unterwegs, aber bitte bring mich fort von hier.*

»Schön«, sage ich. »Du hast kapiert, dass du nicht gern verlierst, na und?«

»Ab heute ist Schluss, ab heute verliere ich nicht mehr. Das soll nicht heißen, dass ich nicht auch mal verlieren kann, aber ich will es nicht, und wenn ich verliere, bin ich nicht zufrieden. Ich kann das nächste Rennen kaum erwarten, ich möchte endlich wissen, wie es ist, wenn man gewinnt.«

»Willst du mich verarschen? Du hast doch schon zigmal gewonnen.«

»Nein, Signore, Entschuldigung, nein, nein. Bisher hab ich
noch nie gewonnen, fragen Sie mich nicht, ich kann es nicht erklären, aber es ist so.«

Ich bin drauf und dran, ihn zu fragen, tu's aber nicht und weiß
auch nicht, was ich sonst sagen soll. Absurd, dieses Umschwen-
ken innerhalb eines halben Tages, aber noch absurder ist, dass ich
mir bis vorgestern alles Mögliche hätte einfallen lassen, um ihn
zu sabotieren (ein bisschen hab ich's ja sogar gemacht), mich
jetzt aber, wo er mir sagt, dass er gewinnen will, kein bisschen ärgere. Wenn ich ehrlich bin, freue ich mich sogar darüber. Vielleicht wegen meinem Vater, der sonst zum Alkoholiker wird und
an der übelriechendsten Stelle des Kanals dahinsiecht und dann
krepiert. Vielleicht wegen Muglione, das drauf und dran war,
auch diese Chance auf Ruhm und Ehre zu verpassen. Irgendwie
weiß ich gar nicht so richtig, warum ich froh darüber bin, und ich
will es auch nicht unbedingt wissen.

»Und noch was, Signore. Jetzt, wo Sie eh wach sind, kann ich
Sie da was fragen?«

»Schieß los, aber mach's kurz.«

»Wieso hasst ihr die Alten?«

Schweigend mustere ich ihn. Er hat immer noch diesen
dümmlichen Ausdruck im Gesicht. »Was?«

»Gestern Nacht habt ihr doch von einer Bande gegen die
Alten gesprochen, Sie und Ihre Freunde, und …«

»Blödsinn, ich hab dir doch schon gesagt, das hast du falsch
verstanden, das war nur so dahergeredet.«

»Aber diese Riesenpuppe im Auto, was habt ihr denn damit
gemacht?«

»Was geht dich das an.«

»Ich weiß nicht genau, aber ich würde es gern wissen.«

»Du spinnst ja! Das war nur ein Spielzeug für Giulianos Nef-
fen, er hat es ihm zum Geburtstag gekauft.«

Der kleine Champion nickt, sagt erst mal keinen Ton, und als
er wieder anfängt, spricht er ganz leise. »Signore, ich will Sie ja

nicht ärgern, aber ihr habt gesagt, dass ihr die Puppe zum Friedhof bringen wollt.«

»…«

»Ich wollte Sie nicht belauschen, aber Ihr Freund Giuliano hat eine sehr laute Stimme.«

»Na gut, okay, wir haben sie zum Friedhof gebracht. Vor den Friedhof. Da gibt es einen … eine Art Container für Kleiderspenden … und da kann man auch Spielsachen reintun … Ach was, stimmt gar nicht, wir haben sie zum Friedhof gebracht, weil wir Lust dazu hatten, okay? Bist du jetzt zufrieden?«

Mirko rückt seine Matratze zurecht und legt sich flach hin.

»Nein, Signore, nicht wirklich.«

»Ach nein? Was willst du denn noch, was passt dir denn nun schon wieder nicht?«

»Gar nichts. Aber ich hab ja auch zu Ihnen gesagt, es gibt keinen besonderen Grund, warum ich das Kater-Sylvester-Glas benutzt habe, also haben wir wohl beide gelogen, Sie und ich.« Damit dreht er sich auf die andere Seite. Die Ratte.

»Ich hab's gewusst! Verdammt, ich hab's gewusst!« Ich schnelle hoch und setze mich auf den Bettrand. »Du weißt alles über das Glas, alles! Sag mir, was du weißt, du Mistkerl!«

»Verzeihung, Signore, lieber nicht.«

»Sag mir, was du weißt, oder ich schlag dir den Schädel ein, du Arsch!«

»Nein, bitte nicht.«

»Dann sag mir, was du weißt.«

»Machen wir's so: Ich sage Ihnen, warum ich das Kater-Sylvester-Glas benutze, und Sie sagen mir das mit der Puppe und den Alten.«

Vor mir am Boden sehe ich nur seinen knochigen, geraden Rücken. Sein Lockenkopf sieht aus wie ein Haufen Kehricht, den man unter einem Bett zusammengekratzt hat.

»Einverstanden. Aber du fängst an, ich trau dir nämlich nicht.«

»Na gut, dann fang ich an, ich traue Ihnen nämlich.« Er dreht sich zu mir um und hat sich in der nächsten Sekunde aufgerichtet. Wir sitzen uns Auge in Auge gegenüber, jetzt wird nicht mehr geflunkert.

»Dann erzähl ich Ihnen also jetzt die Geschichte, aber ich will nicht, dass Sie sich aufregen ...«

»Hängt davon ab, was du mir erzählst. Und jetzt red.«

»Zuerst mal möchte ich sagen, dass ich Ihren Vater mag. Nicht so sehr wie Sie, aber ich mag ihn. Aber Sie mehr, Signore.«

»Okay, verstanden. Und jetzt red endlich und lass den anderen Quatsch weg.«

»Ja, also: Ihr Vater hat da so eine Angewohnheit, er macht es nicht extra, aber beim Essen ekelt es mich oft ein bisschen. Ich bin nicht zimperlich, zu Hause sind wir vier Brüder, zwei sind älter als ich, und die stellen beim Essen alles Mögliche an, ehrlich. Aber bei Signor Roberto stört es mich sehr, dass er mir beim Essen erklärt, was ich beim Rennen machen soll oder wie wir am nächsten Tag trainieren. Denn er spricht immer mit vollem Mund, und dann sieht man das ganze gekaute Essen. Und genauso beim Trinken, er trinkt und redet, dann stellt er das Glas ab, und im Wasser schwimmen zerkaute Essensreste. Wenn ich das sehe, wird mir immer ganz übel.«

Keine Ahnung, was diese Geschichte mit dem Kater-Sylvester-Glas zu tun hat, aber mal sehen, worauf er hinauswill.

»Und deshalb ist es mir manchmal sogar unangenehm, aus einem gespülten Glas zu trinken, weil ich mir vorstelle, dass Signor Roberto es benutzt hat und diese zerkauten Essensreste da drin geschwommen sind. Eines Tages hab ich dann in den Küchenschrank geguckt und ganz hinten dieses Kater-Sylvester-Glas entdeckt. Ich war mir sicher, dass Signor Roberto es noch nie benutzt hatte, also hab ich's rausgenommen und beschlossen, nur noch daraus zu trinken, und abends nehme ich es sicherheitshalber mit in mein Zimmer.«

Eigentlich ist es ja mein Zimmer, aber diesmal verzichte ich auf die Klarstellung. Ich bin mir nämlich nicht sicher, ob die Geschichte schon zu Ende ist.

»Ist das alles? Deshalb benutzt du dieses Glas?«

»Ja, warum?«

»Ist das dein Ernst, oder ist das wieder so ein Scheiß von dir?«

»Nein, ich schwör's, ich schwör's wirklich.« Er legt die Zeigefinger über Kreuz und berührt sie mit den Lippen. Als ich klein war, hab ich das auch gemacht. Jetzt, mit nur einem Zeigefinger, will es mir nicht mehr so recht gelingen.

»Konntest du das nicht gleich sagen?«

»Ich ... ich hatte Angst, dass Sie gekränkt sind, wenn ich das mit Ihrem Vater erzähle.«

»Was geht mich mein Vater an. Kapier doch endlich, dass er mir scheißegal ist.«

»Ja, Verzeihung, Signore, das haben Sie mir schon mal gesagt, aber ich hab nicht diesen Eindruck, und ... da wusste ich eben nicht, wie ich mich verhalten soll.«

»Welchen Eindruck meinst du? Dass mein Vater mir scheißegal ist?«

»Ja, genau, ich hab nicht diesen Eindruck.«

»Woher willst du das denn wissen, Mann? Du bist eine kleine Rotznase, kommst vom Arsch der Welt und willst besser über mich Bescheid wissen als ich selber? Mir ist mein Vater völlig egal, ich ...«

»Ich glaub's ja, Signore, ich glaub's ja. Ich hab ja nur gesagt, dass ich diesen Eindruck nicht hab, aber wenn Sie es sagen, ist es bestimmt so. Also Pardon, und entschuldigen Sie auch, wenn ich Sie unterbreche, aber ich bin wirklich neugierig auf die Geschichte mit den Alten und der Riesenpuppe. Entschuldigung.«

»Nichts Entschuldigung! Für meinen Geschmack spielst du hier langsam zu sehr den Klugscheißer. Ich erzähl dir jetzt gar nichts.«

Mirko senkt den Kopf, schaut unter den Locken hervor und kriegt wieder den Blick von einem Vögelchen auf dem Jahrmarkt.

»Schade, Signore, das bedaure ich, weil es mich wirklich sehr interessiert«, sagt er.

Und jetzt weiß ich plötzlich, an welche Vögel er mich erinnert: an die Prachtfinken, genauer an das Goldbrüstchen. Sie sind die allerkleinsten ihrer Art und werden in diesen winzigen Käfigen gehalten, so dicht gedrängt, dass bei jedem Jahrmarkt welche draufgehen. Zwei oder drei sitzen immer starr auf der untersten Sprosse, mit eingezogenem Köpfchen und ganz zittrig. Wer weiß, wo sie die hinwerfen, wenn sie tot sind. Vielleicht verfüttern sie sie an andere Tiere. Jedenfalls hab ich jetzt eines hier vor mir, vielleicht ist er aber auch einfach nur ein unheimlich gewiefter Schauspieler und ein Hurensohn sondergleichen. Aber als ich ihn jetzt anschaue, schaffe ich es einfach nicht, ihm weiter böse zu sein, im Gegenteil. Absurderweise löst sich meine Zunge, und es sprudelt nur so aus mir heraus.

So drösele ich ihm die ganze Story von der Puppe am Friedhofstor und von dem Igel und der vermeintlichen Anti-Senioren-Gang auf und kann gar nicht mehr damit aufhören. Ich bin in voller Fahrt und erzähle Dinge, die kaum mehr etwas mit dieser Geschichte zu tun haben, und dann andere, die rein gar nichts damit zu tun haben und die ich noch nie jemandem erzählt habe.

Manche Wörter bleiben tief in einem drin, ein Leben lang, ohne je rauszukommen. Aber sie sind wie auf einer Schnur aufgefädelt, und wenn ein Wort sich löst und herausprudelt, rutschen die anderen nach wie bei einem Wasserfall.

MUTTERHERZ

Die schlimmste Strafe, die du dir selbst auferlegen konntest, ist ein Besuch bei deinen Eltern. Ganz besonders heute, wo dein Vater nicht da ist und ihr beide, deine Mutter und du, allein am Küchentisch sitzt.

Das Haus ist groß – vier Zimmer, zwei Bäder, ein Lagerraum und ein großes Wohnzimmer –, aber deine Mutter hält sich ausschließlich in der Küche auf. Es ist der einzige Ort, an dem sie arbeiten *könnte*, auch wenn sie es jetzt gerade mal nicht tut. Hier fühlt sie sich am wenigsten schuldig.

Ganz ähnlich hast du dich verhalten, wenn während deines Studiums eine Prüfung anstand. Von sieben Uhr morgens bis um eins warst du am Schreibtisch, und nach einer kurzen Mittagspause ging es weiter bis um acht. Nach dem Abendessen hast du nie gelernt, die Konzentration war weg, doch wenn dich jemand gefragt hat, ob du mit ins Kino kommst, hast du trotzdem abgelehnt, denn abends nicht über den Büchern zu brüten ist ja okay, aber auszugehen ist was ganz anderes, da hättest du ein schlechtes Gewissen gehabt.

O ja, in diesem Punkt bist du deiner Mutter ziemlich ähnlich. Und jedes Mal wenn du eine solche Ähnlichkeit feststellst, steht dir das Herz still.

»Er ist ständig unterwegs, ständig«, sagt sie jetzt. »Er lässt keinen einzigen Markt aus, und wenn's mal keinen Markt gibt, ist bestimmt irgendwo ein Volksfest oder ein Radrennen. Hauptsache, er muss nicht zu Hause bleiben.«

»Ja, schon, Mama, aber es ist seine Arbeit, und die macht er gut. Sieh mal, das Haus ...«

»Mag sein, aber er könnte sich doch längst zur Ruhe setzen. Wir haben ein bisschen Geld zurückgelegt, er könnte wirklich aufhören.«

»Anscheinend macht ihm die Arbeit aber immer noch Spaß.«

»Ach, hör auf, ich weiß schon, was ihm Spaß macht.« Es folgen zwei schwere Seufzer, wie sie ein Taucher ausstößt, der aus der Tiefe des Meeres auftaucht und Luft holt. Zur Bekräftigung ihrer unausgesprochenen Gedanken nickt sie heftig.

Meine Mutter ist nur mehr Haut und Knochen, ihre grauen Haare sind zu einem überdimensionalen Popcorn hochgesteckt, die Gesichtshaut so dünn und welk, dass man Angst hat, sie könnte schon bei der geringsten Andeutung eines Lächelns reißen. Aber diese Gefahr besteht nicht, denn das letzte Mal, dass meine Mutter gelacht hat, war an einem Samstagabend im September 1990.

Du warst knapp dreizehn und hast das Bild noch gut vor Augen. Im Fernsehen trat Gigi Sabani auf, und deine Mutter muss an diesem Abend richtig gut drauf gewesen sein. Irgendwann im Verlauf der Sendung setzte sich Gigi Sabani eine Riesenbrille à la Mike Bongiorno auf und schwenkte Mike Bongiornos Moderationskarte, und als er ans Mikrofon stürzte, wussten alle, sogar du mit deinen dreizehn Jahren, was er gleich sagen würde. Aber als Sabani den Arm hob, nah ans Mikrofon heranging und *Allegriaaaaa* brüllte, fing deine Mutter so laut und ausgelassen an zu lachen, wie du es noch nie erlebt hattest. Du und dein Vater, ihr habt euch ganz erschrocken angeschaut, und in der Tat hat sich dieses spektakuläre Ereignis seit jenem Samstagabend im Jahr 1990 nicht mehr wiederholt.

Und jetzt, urplötzlich, schnürt dir ein schockierender Gedanke die Kehle zu: Am Tag dieses einmaligen Gelächters deiner Mutter war Fiorenzo noch nicht einmal geboren. Du warst dreizehn, hattest eine stattliche Sammlung von Musikkassetten, dein Lieblingsbuch war *Das Tagebuch der Anne Frank*, und du hattest Minderwertigkeitskomplexe, weil du fast die Einzige in der Klasse warst, die noch nie mit einem Jungen geknutscht hatte. Und Fiorenzo war noch nicht mal auf der Welt. Herr im Himmel …

»Und weißt du, was dein lieber Papa jetzt vorhat?«, unterbricht deine Mutter mit ihrer näselnden Stimme deine Gedanken. Diesmal tut sie dir damit sogar einen Gefallen. »Er will in Zukunft auch nachts arbeiten. In Montecatini gibt es Nachtlokale, sagt er, und wenn die Leute da rauskommen, haben sie Hunger, und er kann eine Menge belegte Brötchen verkaufen. Aber ich weiß natürlich, was es dort gibt.«

»Was denn?«, fragst du, obwohl du es ganz genau weißt.

»Das weißt du ganz genau, Tiziana. Was ist in Montecatini?«

»Keine Ahnung, die Thermen?«

»Nein.«

»Die Pferderennbahn?«

»Stell dich nicht dumm. In Montecatini sind die Nutten. Und dein Vater will nachts dorthin, verstehst du? Wo die russischen Nutten die Familienväter zugrunde richten. Caterinas Mann, weißt du noch, wie der geendet hat? Oder der Mann von der Balducci? Der ist jetzt in Kuba, weil ihm eine aus einem Nachtclub den Kopf verdreht hat.«

»Ja, aber Papa geht nicht in den Nachtclub, er steht im Lieferwagen und verkauft Spanferkel.«

»Na und, was spielt das für eine Rolle? Diese Nutten werfen sich doch jedem an den Hals, egal wo. Aber du lebst ja mit dem Kopf in den Wolken und findest alle lieb und nett. Und wenn du mal wieder einen Reinfall erlebt hast, kommst du nach Hause, um dich auszuheulen.«

Du willst widersprechen, hältst dich aber zurück. Besser, es dabei zu belassen. Es war ein Fehler, überhaupt hierherzukommen, lass dich also nicht auch noch auf diesen Hickhack ein. Deine Mutter schafft es, dir in null Komma nichts dreißig Jahre alte Geschichten an den Kopf zu werfen, und zwar haarklein und so zurechtgebogen, wie es ihr in den Kram passt, und am Ende hast du jedes Mal das Gefühl, man hätte dich mit ätzender Säure überschüttet.

Raffaella hat recht, wenn sie sagt *Warum zum Teufel fährst du überhaupt zu deiner Mutter? Sogar dein Vater haut ab, damit sie ihm nicht ständig in den Ohren liegt. Also was willst du bei ihr?*

Ja, klar, so einfach ist das. Für meine Mutter ist alles schrecklich kompliziert und hoffnungslos verkehrt, für Raffaella dagegen ist alles supereinfach.

Natürlich hat Raffaella gelacht, als du ihr von der gestrigen Nacht mit Fiorenzo und den Kondomen erzählt hast. Sie hat dich ein Luder genannt und gelacht und dich gefragt, wie er denn bestückt ist, dort unten. Ein bisschen hast du mitgelacht und gesagt, dass er gar nicht so übel ist. Dann hat sie dich gefragt, ob ihr es das nächste Mal wohl schaffen werdet, es wenigstens eine Minute lang zu treiben, und du meintest nur, dass es ein nächstes Mal womöglich gar nicht geben wird. Da hat sie dich eine dumme Kuh genannt und über deine Skrupel gelacht. Sie wollte noch etwas anderes sagen, ließ es dann aber sein, als sie sah, wie angespannt und besorgt du warst, und lachte dann einfach nur noch.

Raffaella ist nun mal so, gestern wollte sie noch sterben, weil Pavel sie wegen einer Arbeitskollegin verlassen wollte, und heute, als er mit einem Strauß roter Rosen ankam, hat sie ihn umarmt und geküsst. Alle Verzweiflung war vergessen, und sie machte wieder Luftsprünge. Dabei ist sonnenklar, dass er nur zu Raffaella zurückkam, weil er nicht allein dastehen wollte, nachdem seine Kollegin ihn hatte abblitzen lassen. Du fragst dich, ob Raffaella wirklich so dumm ist oder ob sie nur die dunklen Seiten ausblendet. Aber glücklich ist sie, so viel ist sicher.

Und du, bist du glücklich? Nein. Und bist du etwa weniger dumm als sie? Auch nicht. Na dann ...

»Das ist zu einfach, viel zu einfach ...«, hörst du deine Mutter. Sie spuckt das Wort »einfach« aus, als wäre es ein bitterer Zitronenkern, auf den sie aus Versehen gebissen hat. »Ständig mit dem Lieferwagen unterwegs, einen Tag da, einen Tag dort. Ich hätte am Sonntag nach Assisi fahren können, die Pfarrgemeinde hat den Ausflug organisiert. Für nur zwanzig Euro, Mittagessen inbegriffen.«

»Und?«

»Und nichts. Ich bin nicht gefahren.«

»Und warum nicht?«

»*Warum? Warum?*«, äfft sie dich nach und verzieht dabei den Mund. Du hasst es, wenn sie so ist, in solchen Momenten hasst du sie wirklich.

Am liebsten würdest du einen dieser blitzsauber gespülten und abgetrockneten Teller vor dir auf dem Tisch mit den Zähnen zermalmen. Aber du holst tief Luft und sagst: »Ich wollte fragen, Mama, warum du nicht nach Assisi gefahren bist, obwohl du es gern getan hättest.«

»Ganz einfach, Tiziana, weil ich nicht konnte. Es war Sonntag, und wer hätte deinem lieben Papa sein Mittagessen kochen sollen? Du vielleicht? Du warst nicht da, du bist ja nie da. Hast du eine Ahnung, wie er rummeckert, wenn er mal da ist und das Essen ihm nicht schmeckt? Und willst du das Ende der Geschichte hören? Er hat gar nicht zu Hause gegessen, er ist nach Pistoia gefahren, wo ein Rennen stattfand, und das war's dann.«

Deine Mutter hört endlich auf, das Besteck zu malträtieren, und legt es in die Schublade, getrennt nach Messern, Gabeln und Löffeln, alles schön ordentlich, die Messer mit der Schneide nach rechts. Sie ist manchmal so sehr der Prototyp einer total verkrampften sechzigjährigen Mutter, dass es kaum wahr sein kann. Aber leider ist es wahr, und sie ist deine Mutter.

»Gut, aber wenn er ohnehin nicht zu Hause geblieben ist, hättest du doch nach Assisi fahren können.«

»Na klar, so auf den letzten Drücker. Dir hätten sie sicher einen Platz freigehalten, meiner Tiziana mit dem Kopf in den Wolken.«

»Hast du denn gefragt, ob noch ein Platz frei gewesen wäre?«

»Nein, hab ich nicht. Es wäre sowieso keiner mehr frei gewesen. Und außerdem, wie hätte das denn ausgesehen, wenn ich plötzlich doch mitgewollt hätte, wo ich schon abgesagt hatte. Was hätten die von mir gedacht?«

Du antwortest nicht, du sagst überhaupt nichts mehr. Deine Mutter dreht dir den Rücken zu, sie räumt immer noch die Schublade ein. Du stehst auf, nimmst deine Tasche und gehst aus der Küche. Wahrscheinlich denkt sie, du willst ins Wohnzimmer oder ins Bad, aber du verschwindest. Du verlässt das Haus,

347

durchquerst den Garten, steigst in dein Auto, lässt den Motor an und fährst. Ohne dich zu verabschieden, ohne ein Wort.

Mit jemandem zu reden, der dich für dumm und unfähig und wohl auch für nicht ganz normal hält, hat auch etwas Positives: Du brauchst dich gar nicht erst zu bemühen, einen guten Eindruck zu hinterlassen.

SCHÖNLINGE UNERWÜNSCHT

Uaaaaaaaaaaaaaaaaaaaaaaaaaaaaaaahhh!
Das Schlagzeug beendet das Stück mit beiden Bassdrums und einem höllischen Trommelwirbel, dazu volle Power Bassgitarre und obendrüber mein Schrei, wild und entfesselt. Was für ein Finale, ich bin selber ganz beeindruckt. Wir sind einfach eine super Band, die ein Stück gleich bei der ersten Probe mit wahnsinniger Wucht durchzieht.

Anfangs hieß der Song *Cannibal Apocalypse*, jetzt haben wir ihn in *Killer of Old People* umbenannt. Immer mit der Absicht, den Verdacht auf uns zu lenken, obwohl ich nicht den Eindruck habe, dass uns das gelingt. Nirgends eine Zeile oder auch nur ein Wort über den Igel bei der Post, nichts zu der Puppe vor dem Friedhof. Stört sich denn wirklich niemand daran? Alle reden von diesen Alten, die eine Bürgerwehr gegen die Anti-Senioren-Gang gebildet haben, wenn aber diese Gang in Erscheinung tritt, schert sich keiner drum.

Keiner außer dem kleinen Champion, und der interessiert sich schon fast zu sehr für diese Geschichte. Er hat mich so mit Fragen gelöchert, dass mir der Verdacht kam, er will uns bei der Polizei verpfeifen. Wenn er das tut, hab ich ihm gedroht, schlag ich ihn zum Krüppel. Aber er meinte, es würde ihm nie im Leben einfallen, so was zu machen. Umso besser für dich, habe ich gesagt, umso besser. Mag sein, dass ich mich gerade nicht so fit fühle wie sonst, mag sein, dass mich die Geschichte mit Tiziana ziemlich mitnimmt, jedenfalls glaub ich ihm diesmal.

Die Geschichte mit der Anti-Senioren-Gang ist interessant, und deshalb ist es unverständlich, warum der »Tirreno« und die »Nazione« sie nicht aufgreifen. Die Zeitungen sind voll mit Berichten über Dorffeste, mit Kolumnen über die toskanische Küche und mit giftigen Artikeln über Mirko und meinen Vater.

Kleiner Champion, das sagt sich so leicht, heißt es darin, aber im entscheidenden Moment hat uns dieser Champion vor aller Welt blamiert. Kein Wort über die Gang.

Aber vielleicht sind wir einfach nur zu ungeduldig. Die Puppe von gestern Nacht kann ja heute noch gar nicht in der Zeitung stehen, womöglich ist sie morgen auf der ersten Seite, wir müssen also abwarten. Es ist nur eine Frage der Zeit, und wenn wir hier in Muglione etwas im Überfluss haben, dann ist es Zeit.

Heute Abend bleiben wir brav in der Garage und spielen, obwohl wir am Friedhofstor geschrieben haben, dass heute die Nacht des Massakers sein wird. Es hat keinen Sinn, sich zu viel auf einmal vorzunehmen, warten wir's einfach mal ab.

Wir sitzen ja nicht tatenlos rum. Giuliano hat sich von Stefano Geld geben lassen, ist nach Florenz gefahren und hat in einem Laden für historische Kostüme drei phantastische Umhänge für Metal Devastation besorgt: schwarz, aus glänzendem Satin mit Kapuze und einem roten Beil auf der Brust. Ab heute spielen wir nur noch so. Genau, wir sind jetzt eine dieser supergeilen kostümierten Bands, eine geniale Idee, ich weiß gar nicht, warum wir da nicht schon früher draufgekommen sind.

Außerdem wollen wir ab morgen Nacht mit diesen Umhängen durch den Ort ziehen. Ich hab mich probehalber im Klospiegel des Ladens betrachtet und bin selber ganz erschrocken. Man stelle sich vor, was wir erst bei Nacht und Nebel und im gelben Schein der Straßenlaternen für einen Eindruck machen werden: drei Gestalten in schwarzen Kapuzenumhängen mit einem Beil auf der Brust … Den Ersten, der uns sieht, wird der Schlag treffen, aber wenn er's überlebt, wird er es im ganzen Dorf rumerzählen, und dann wird sich der Name Metal Devastation tief in die Köpfe einbrennen.

Und wenn selbst die Verkleidung nichts bewirkt, dann weiß ich's auch nicht. Dann müssen wir wohl auf den Weltseniorentag warten und in der Kirche auf den Altar zustürmen und vor der versammelten Gemeinde rufen *Tod den Alten!* Da würde ich aber lieber drauf verzichten. Ganz abgesehen davon, dass es bis zum Weltseniorentag noch eine Weile hin ist.

Außerdem würde Tiziana es sofort erfahren, denn sie arbeitet in der Jugendinfo und lebt mitten unter den Alten. Sie hat ja jetzt schon keine Lust, mit einem einhändigen jugendlichen Penner zusammen zu sein, der es im Bett gerade mal auf eine Sekunde bringt. Einer geheimen Sekte anzugehören, die sich die Ausrottung der Rentner zum Ziel gesetzt hat, würde mich bei ihr auch nicht in ein besseres Licht rücken. Obwohl sie die Alten noch weniger erträgt als ich ... ach, keine Ahnung. Ich weiß nicht mal, wann ich Tiziana wiedersehen werde, sofern ich sie *überhaupt* wiedersehe.

Eigentlich könnte es schon morgen sein, denn ich habe einen Plan. Ich weiß nur nicht, ob es ihr recht ist, mich zu sehen. Mein Plan ist perfekt. Wir von Metal Devastation können zwar auch ohne Gitarristen so spielen, dass rundherum alles einstürzt, trotzdem hängen wir morgen Anzeigen aus, um einen zu finden. In den Bars, den Geschäften, an den Bushaltestellen und auch in unserem Gymnasium, wo wir nach dem Festival zum allgemeinen Gespött geworden sind, aber das ist uns scheißegal. Die können uns alle mal.

Und eine Anzeige wollen wir auch in der Jugendinfo aushängen ... *Entschuldige Tiziana, ich bin gar nicht wegen dir hier, wir müssen nicht miteinander reden, lass mir nur eine Sekunde Zeit, um diesen Zettel hier aufzuhängen, und ich bin wieder weg, okay? Apropos, wie geht's dir denn so, was hast du heute gemacht, hast du heute Abend schon was vor?*

Ein perfekter Plan.

Und eine perfekte Anzeige:

ERFOLGREICHE HEAVY-METAL-BAND SUCHT GITARRISTEN, MIN. 18, MAX. 21 JAHRE ALT, BEREITSCHAFT ZU KONZERTREISEN, AUCH INTERNATIONAL, TECHNISCH VERSIERT, VOR ALLEM ABER ENTSCHLOSSEN UND GUT DRAUF.

KEINE LOSER UND KEINE SCHÖNLINGE.

Aber für heute Abend reicht es auch so, zu dritt. Wir hauen rein und schwitzen und werden immer härter, und was da draußen los ist, geht uns völlig am Arsch vorbei.

Heute Nacht können die Alten ruhig schlafen.

DIE NACHT DER LANGEN STÖCKE

Es ist dunkel. Mehr als dunkel, tiefschwarze Finsternis, eine mondlose Nacht mit ein paar matten Sternen, die so schwach leuchten wie die flackernden Lichter auf den Gräbern hinter dem Friedhofstor. Der Nebel streicht über den Boden und durch das dürre Gestrüpp, breitet sich vom Friedhof her langsam aus und trägt den Geruch vertrockneter Blumen bis hierher zu der Weide, dem einzigen Baum weit und breit, hinter dem man sich verstecken kann.

Dieser Nebel, der zwischen den Grabsteinen mit den Fotos der Verstorbenen hindurchwabert, gibt den vier Wächtern schon ein mulmiges Gefühl, und eine Weile lauschen sie den Geräuschen im Gras, die weiß Gott woher kommen. Nach einer halben Stunde des Schweigens und Schauderns tut der mitgebrachte Wein seine Wirkung, und jetzt sind sie einigermaßen gelöst.

»Was soll das heißen, das ist jetzt Mode. Nackt sind sie, Herrgott noch mal, *nackt*. Und wenn es morgen Mode wird, dass die Männer ihren Pimmel offen tragen wie in Afrika, macht ihr das mit?« Während Baldato spricht, schütteln die anderen den Kopf. »Das ist richtig nuttenhaft. Und wenn es Mode ist, mit nacktem Arsch rumzulaufen, dann ist es eben Mode, eine Nutte zu sein.«

Sich nachts auf die Lauer zu legen wird sie Kraft kosten, aber dafür fühlen sie sich voller Tatendrang: wie junge Partisanen, die im richtigen Moment aus dem Hinterhalt hervorstürmen.

Alles hatte damit begonnen, dass Repettis Sohn an diesem Morgen aufwachte und beschloss, auf Wildschweinjagd zu gehen. Er ist Friedhofswärter in Muglione, aber manchmal juckt es ihn morgens geradezu in den Fingern, schießen zu gehen, sonst kann er für nichts garantieren. Dass die Jagdsaison beendet ist, hat nichts zu sagen, und dass er den Friedhof aufschließen muss, ist ihm auch egal. Er ruft seinen Vater an und zieht los. Der alte Repetti übernimmt dann das Aufschließen, wie in den vierzig Jahren, bevor er diese Aufgabe seinem Sohn übertragen hat.

Heute in aller Herrgottsfrühe war er mit den Wächtern schon auf Patrouille gewesen, und am Ende hat er sie gebeten, ihn hierher zu fahren. Der Anblick des Erhängten im Gegenlicht am Ende des Schotterwegs ließ ihnen für einen Moment das Blut in den Adern gefrieren.

Als sie merkten, dass es nur eine Puppe war, bekamen sie es erst recht mit der Angst. Die Puppe eines weißhaarigen Alten, der vor dem Friedhof über einer Tafel mit roter Schrift baumelte:

HEUTE IST DIE NACHT DER NÄCHTE
UND DER FRIEDHOF WIRD EUER ZUHAUSE SEIN.
FRONT FÜR DIE NATIONALE VERJÜNGUNG
METAL D.

»SCHEISS-NAZIS«, meinte Mazinga und berührte die Puppe mit seinem Stock. »DER-HAT-AUCH-EINE-GÜRTELTASCHE-GENAU-WIE-WIR.«

»Leute, ich hab das alles doch nur erfunden«, sagte Repetti. »Ich schwöre es bei allen Heiligen im Himmel.«

»JA-ABER-NUN-GIBT-ES-SIE-WIRKLICH.«

»Ja, es gibt sie«, sagte Baldato, »aber nicht mehr lange. Denn heute Nacht kriegen wir sie.«

»...«

»Also, Jungs, es gibt zwei Möglichkeiten: Entweder wir kommen ihnen zuvor, oder wir lassen uns von diesen Mistkerlen unterkriegen. Die Botschaft ist klar. Heute Nacht. Hier. Und deshalb kommen wir heute nach dem Abendessen hierher und legen ihnen einen schönen Hinterhalt, einverstanden?«

Divo musste kurz überlegen. Gestern waren sie mit einem Journalisten verabredet, der für einen Bericht über die Wächter Fotos brauchte. Und Divo hat den Abend damit zugebracht, eines zu finden, auf dem er gut aussah. Doch dann rief der Journalist wieder an, er müsse sich um andere Nachrichten kümmern, und die Sache würde auf unbestimmte Zeit verschoben. Eine Krankenschwester aus Verona war von ihrem eigenen Sohn schwanger geworden, und ein in Biella ausgesetzter Hund hatte es bis San Giovanni Rotondo in Apulien geschafft und schlief jetzt neben dem Padre-Pio-Museum. Jeden Tag geschehen neue aufsehenerregende Dinge, da müssen die Wächter zwangsläufig in den Hintergrund treten. Es sei denn, sie lassen sich etwas Neues einfallen. Etwas Großes.

»Ich bin dabei.« Divo hat Baldato die Hand gedrückt, und Mazinga hat zustimmend genickt. Repetti hätte am liebsten Nein gesagt, aber jetzt konnte er keinen Rückzieher mehr machen.

Den ganzen Tag haben sie überlegt, wo sie sich am besten verstecken sollten, und nun sind sie hier im Dunkeln hinter der Weide und beobachten den Friedhof.

Denn jetzt ist es Nacht. Genauer: die Nacht der Nächte.

Heiliges Kanonenrohr.

»Und wenn es viele sind?«, fragt Repetti.

»Wenn es viele sind, bleiben wir im Versteck, klar. Wir fotografieren sie und bringen die Fotos zur Polizei.« Divo hebt die Kamera hoch, ein altes Ding mit Rollfilm. »Wenn es viele sind, Fotos. Und wenn es wenige sind, Stockschläge.«

Alle nicken, aber Repetti zittert vor allem. Er zittert und schwitzt gleichzeitig. Auf diesem Friedhof hat er vierzig Jahre seines Lebens zugebracht, eine längere Zeit als viele Tote, die hier begraben liegen. Er hat millionenmal hier gegessen und ferngesehen und ist aufs Klo gegangen. Aber nachts ist es auf einem Friedhof ganz anders. Er weiß das, und deshalb ist er unruhig.

Die anderen dagegen sprechen fleißig dem Wein zu und quasseln drauflos, als wären sie in einer Bar.

»REICH-MIR-MAL-DEN-SCHAFSKÄSE«, sagt Mazinga, der sofort zum Schweigen gebracht wird, weil sein metallisches Krächzen viel zu laut ist. Es hallt in der stockfinsteren Ebene wider und lehrt einen das Gruseln.

Kaum ist es wieder still, hören sie aus der Ferne das Geräusch im Kies knirschender Schritte. Langsame, gleichmäßige Schritte, die immer näher kommen.

»Himmel, wer ist das?«

»Was glaubst du wohl? Dreimal darfst du raten …«

Repetti verzichtet aufs Raten und sagt keinen Ton.

Divo und Baldato starren in die Dunkelheit und tasten schon mal nach ihren Stöcken, Mazingas Atem pfeift wie eine Luftpumpe, wenn man einen Ball aufbläst, der ein Loch hat. Sie lauschen reglos dem Scharren der Schritte, die immer deutlicher zu hören sind und dabei immer langsamer werden. Es sind die schlurfenden Schritte eines Menschen, der keine Eile hat. Vielleicht weil er unendlich viel Zeit hat, vielleicht aber auch, weil er weiß, dass nichts ihn aufhalten kann.

»Was jetzt, ist das nur einer allein? Diese berühmte Front ist ein einzelner Schwachkopf?«

»Vielleicht der Anführer, wer weiß?« Divo ist bemüht, mit fester Stimme zu sprechen, was gar nicht so einfach ist, weil ihm das Herz bis zum Hals schlägt.

»Oder es ist gar nicht die Front«, meint Repetti mit erstickter Stimme.

»Wer kommt denn um diese Uhrzeit zum Friedhof, ein Gespenst vielleicht?«

»Mach keine Scherze, Divo.«

»Glaubst du etwa an Gespenster, Repetti?«

»Allerdings, und wie.«

»Wie, ausgerechnet du, wo du doch auf dem Friedhof gearbeitet hast?«

»Gerade deswegen, ich kenn mich aus. Das könnt ihr mir glauben, ich red nicht nur so daher, das könnt ihr …«

Er unterbricht sich. Jetzt lauschen sie nur noch diesen Schritten, die unter die Haut gehen wie die nächtliche Feuchtigkeit und der Geruch nach Erde: der steinharten Erde der Felder und der lockeren Erde dort, wo die Gräber liegen. Ihre Herzen pochen wie verrückt, als aus der Dunkelheit die Umrisse einer Gestalt auftauchen, die nach vorn gebeugt, ganz in Schwarz und mit einer Kapuze verhüllt ist.

356

»Verfluchter Mist«, sagt einer von ihnen. Sie ducken sich tiefer, ein paar Knochen knacken.

»O mein Gott«, sagt Repetti. »Jesus, Maria und Josef.«

Die Gestalt kommt näher, ganz langsam, und bleibt stehen. Sie hält etwas Weißes in der Hand, die auch eine Knochenhand sein könnte, denn vielleicht steckt unter dem Umhang ja ein Skelett. Oder der Teufel. Oder einer seiner niederträchtigen Helfershelfer.

Was immer es ist, die Gestalt hält jetzt inne und bleibt vor dem Friedhofstor stehen. Sie wirft einen Blick hinein und wendet den Wächtern dabei den Rücken zu, verweilt eine Minute reglos und hebt dann ganz langsam die Arme.

»Was macht er denn?«

»Er ruft die Toten«, haucht Repetti.

»Was?«

»Der Spruch war doch klar. Der Friedhof wird euer Zuhause sein ... jetzt öffnet er die Gräber und bereitet sie für uns vor, o mein Gott!«

»Was redest du da für einen Quatsch.«

»Doch, so was habe ich schon mal erlebt, ich hab es euch nie erzählt. Eines Nachts stand ich vor einem Grab ... Ich hörte einen dumpfen Schlag und ein Knarzen und ... o mein Gott ...«

»Das erzählst du uns bitte ein anderes Mal, jetzt gehen wir erst mal nachschauen, wer dieser komische Kauz da ist.«

»Divo, bist du verrückt? Du weißt nicht, was du riskierst!«

»Beruhige dich, wir sind zu viert und haben die Stöcke, du wirst schon sehen, wie schnell wir mit deinem Gespenst fertigwerden.« Baldato umklammert seinen Gehstock fester, dessen Griff in Form eines Löwenkopfs ganz aus Metall ist, bestens geeignet, um einem Gespenst den Garaus zu machen.

Unterdessen hat die dunkle Gestalt die Arme wieder sinken lassen, jetzt lehnt sie dieses Weiße, das sie bei sich trägt, an das Tor. Dieses rätselhafte Ding lässt die Grablichter aufflackern.

»Heiligstes Herz Jesu«, sagt Repetti. Auch Mazinga brabbelt schon eine Weile vor sich hin, ohne den Apparat an die Kehle zu halten. Wie ein Fisch, der nach Luft schnappt.

»Also, ich und Baldato, wir gehen da rüber«, sagt Divo, »ihr bewegt euch von der anderen Seite auf ihn zu, so sieht er euch und flüchtet in unsere Richtung. Alles klar?«

»Und … wenn er nicht flüchtet?«

»Noch besser, dann umzingeln wir ihn.«

»Und wenn er uns angreift?«

»Dann haut ihr ab, und wir holen ihn uns.«

»Ich bin aber langsam«, sagt Repetti. Mazinga nickt, zeigt auf sich und macht ein Geräusch, als wolle er sagen, dass er auch nicht gerade schnell ist.

»Keine Sorge, wir sind ja da, und Stöcke haben wir auch. Zuerst hauen wir ihm eins über den Schädel, damit er Ruhe gibt, dann sieht man weiter. Aber jetzt genug geredet, los, los, los …«

»Jesus, Maria und Josef«, sagt Repetti, macht das Kreuzzeichen und setzt sich dann mit Mazinga in Bewegung. Sie drehen sich ein letztes Mal zu Divo und Baldato um, die aber schon im Dunkeln verschwunden sind. Sie schleichen zu der Stelle, die am weitesten von der dunklen Gestalt entfernt ist.

Aber in der Stille der Nacht ist es unmöglich, nicht gehört zu werden. Das Gespenst erstarrt, lässt das weiße Ding am Gitter zurück und dreht sich zu den beiden um.

»So, jetzt! Los!« Divo und Baldato stürmen los und schwenken dabei die Stöcke in der Luft. Die Gestalt rührt sich nicht vom Fleck. Sie wartet, bis die zwei mit den Stöcken ganz nah herangekommen sind, dann reißt sie die Arme hoch und stößt einen markerschütternden Schrei aus.

»UAAAAAAAAAAAAAAAAAAAAAAAAARRRRRRG!«

Das Zirpen der Grillen verstummt, zwei dumpfe Schläge durchschneiden die Stille. Ein paar Sekunden lang hört man gar nichts, dann nehmen die Grillen ihren Balzgesang wieder auf, denn das ist ihre Natur, und die Natur kümmert sich nicht um das, was in der Menschenwelt geschieht.

Es ist ihr egal, ob hier auf der Erde etwas gestorben ist.

DAS MÄRCHEN VON WLADIMIR

Je kleiner in einer Stadt Krankenhäuser und Friedhöfe sind, umso besser, bedeutet es doch, dass die Leute nicht so oft krank werden und dass nicht allzu oft jemand stirbt. Die Notaufnahme von Pisa dagegen ist größer als eine Sportarena.

Der gläserne Eingang öffnet sich automatisch, Kaffee-, Getränke- und Sandwichautomaten reihen sich aneinander, und ganz hinten ist eine blaue Tür, die nur von innen aufgeht und durch die man zu den Behandlungsräumen kommt. Wer übel dran ist, verschwindet auf einer Trage hinter dieser Tür, während die sorgenvollen Angehörigen kopfschüttelnd in diesem riesigen Wartebereich auf und ab gehen.

Jetzt ist es Nacht, und außer mir sind hier nur fünf Chinesen, die in einer Ecke schlafen, eine Frau um die sechzig, die ununterbrochen am Telefon hängt, ohne einen Ton zu sagen, und ein Typ mit Ringen unter den Augen, der sich vielleicht nur einen Kaffee am Automaten ziehen will. Jedenfalls ist eine derart riesige Notaufnahme ein schlechtes Zeichen für eine Stadt.

Als ich klein war, erzählte mir mein Vater abends vor dem Einschlafen ein Märchen. Im Nachhinein finde ich das merkwürdig und kann mir kaum vorstellen, dass mein Vater sich tatsächlich zu mir ans Bett setzte, aber es ist wirklich wahr. Der Mensch verändert sich je nach Lebensphase zum Guten oder zum Schlechten, und in jener Zeit setzte sich mein Vater eben an mein Bett und erzählte mir dieses Märchen in Fortsetzungen. Darin ritt einer namens Wladimir auf einem Esel durch die Welt. Dieser Esel war mal namenlos, mal hieß er Panizza. Jeden Abend machte Wladimir irgendwo Halt und wurde Zeuge einer Ungerechtigkeit oder eines Unglücks, und es gelang ihm immer, die Probleme zu lösen. Wenn ihn die Dorfbewohner dann als Helden feierten und ihn baten, bei ihnen zu bleiben, schaute er sich um, und wenn er den Friedhof entdeckte, fragte er *Pardon, was ist das?* Wenn man ihm sagte, das sei der Gemeindefriedhof, schüttelte er den Kopf, verabschiedete sich und zog mit seinem Esel weiter zu einem anderen, noch ferneren Ort. Denn Wladimir suchte nach dem Ort, wo die Menschen nicht sterben.

Jetzt ist es drei Uhr nachts, und ich sitze in diesem riesigen Wartesaal eines Krankenhauses, das mir vorkommt wie eine kleine Stadt. Mir fällt diese Geschichte wieder ein, und ich denke, wenn ich Wladimir wäre, würde ich mich jetzt bedanken und schleunigst das Weite suchen.

Ich bin aber nicht Wladimir, und ich habe auch keinen Esel. Ich bin Fiorenzo und mit dem Roller nach Pisa gekommen und verschwinde nicht eher von hier, bis ich weiß, wie es Mirko geht.

Divo hat ihn hierhergebracht, der Alte, der früher mal Fernsehgeräte repariert hat. Er sagt, er sei gegen Mitternacht in der Nähe des Friedhofs spazieren gegangen, als plötzlich wie aus dem Nichts eine schwarz vermummte Gestalt aufgetaucht sei. Er habe Angst gekriegt und mit seinem Spazierstock zugeschlagen, bevor er gesehen hat, dass es Mirko war.

Eine Geschichte, die vorn und hinten nicht stimmen kann, aber egal. Ich weiß, wie es gelaufen ist, vielleicht weiß ich es sogar besser als Divo und die anderen Wächter, die da draußen in der hintersten Ecke des Parkplatzes in Mazingas Fiat Panda sitzen und warten. Was ich jedoch nicht weiß, ist, was Mirko in den Sinn gekommen ist. Er hat sich meinen Umhang mit dem aufgedruckten Beil übergezogen, auf ein Stück weißen Pappkarton ALTE IHR MÜSST STERBEN geschrieben und ist dann zu Fuß zum Friedhof gelaufen. Warum ist er da hin, was hatte er vor? Wenn sie mich zu ihm lassen, erklärt er es mir vielleicht, ich mag aber nicht so recht dran glauben.

Ich stehe auf, strecke mich, gehe zwei Schritte. Im Sitzen fühle ich mich nicht wohl, im Stehen fühle ich mich nicht wohl, ich bin nervös und angespannt und habe das Gefühl zu ersticken. Und es gibt eine Menge guter Gründe dafür.

In dieses Krankenhaus bin ich einige Male wegen der Behandlungen und Untersuchungen gekommen, vor allem aber ist es der Ort, an dem mir klar wurde, dass ich nur noch eine Hand habe, und an dem ich erfahren habe, dass Mama tot ist. Also ist es nicht verwunderlich, dass ich mich hier fühle wie die Christen, als man sie ins Kolosseum führte.

Vielleicht gehe ich besser raus, ja, ich warte draußen auf dem Parkplatz. Ich kann ja mit den Alten ein paar Worte wechseln, dann vergeht die Zeit schneller. Ich wende mich dem Ausgang zu und sehe eine Hand draußen im Dunkeln, die mir zuwinkt. Ich versuche zu erkennen, wer es ist, kneife die Augen zusammen, und mir wird heiß: Tiziana.

Ich bleibe mitten im Wartesaal stehen, und alle möglichen Gedanken schießen mir durch den Kopf wie Raketen, die nach allen Seiten abgefeuert werden, so dass ich nicht mehr folgen kann. Ich kann mich nur fragen, wie Tiziana von Mirko erfahren hat, obwohl ich selbst es war, der ihr eine SMS geschickt hat.

Sie trägt ein leichtes grünes Kleid und eilt mit einigem Hüftschwung zum Eingang. Sie sieht supertoll aus, selbst in einer solchen Situation, selbst an einem solchen Ort. Mehr noch, der Kontrast zur Hässlichkeit ringsum bringt ihre Schönheit besser zur Geltung und steigert sie noch, zumindest für mich.

Aber bevor die Glastür aufgeht, öffnet sich mit einem fürchterlichen Getöse die blaue Tür am anderen Ende des Saals. Ein Kerl im weißen Kittel kommt raus und ruft: »Der Bruder von Mirko Colonna, der Bruder von Mirko Colonna!« Er sieht mich an und zeigt auf mich, ich schaue ihn an, ja, das bin ich. Er sagt, ich dürfe rein, aber allein und nur ganz kurz. Er ist unhöflich, und das ärgert mich, aber als ich an ihm vorbeigehe, danke ich ihm trotzdem. In Krankenhäusern verlierst du deine Würde und versuchst auch gar nicht, sie zu verteidigen. In Krankenhäusern fügst du dich entweder, oder du stirbst. Oder beides zugleich.

»Signore, entschuldigen Sie vielmals, entschuldigen Sie.« Mirkos Stimme ist kraftlos, und jeder Satz klingt in einem Hauch aus. »Entschuldigen Sie bitte, bitte, bitte.«

»Was hast du dir bloß dabei gedacht.«

»Nichts, Signore, euer Plan hat mir nur so gut gefallen, und ich habe nicht verstanden, warum ihr letzte Nacht nichts machen wolltet. Ich dachte mir, es ist besser, keinen weiteren Tag verstreichen zu lassen, ohne diesen verdammten Rentnern Angst einzujagen.«

»Da hast du falsch gedacht.«

»Stimmt, ja. Jetzt hab ich's verstanden.«

»Ja, aber dazu musstest du dir erst ein Bein brechen.«

»Ja, das ist wohl wahr, Signore, es tut mir leid.«

Denn so ist es gelaufen, ein knallharter Stockhieb hat ihm das Schienbein zerschmettert. Jetzt liegt er hier im Bett unter einer graugrünen Decke, unter der das Bein mit diesem weißen Zeugs drum herum herausschaut, das die Bruchstelle stabilisiert. Sie haben ihm auch eine Plastikhaube auf den Kopf gesetzt, wozu, verstehe ich allerdings nicht. Vielleicht fanden die Pfleger seine strohigen Locken derart unappetitlich, dass sie sich den Anblick ersparen wollten. Dann zeigt er mir noch einen dunklen Fleck auf der Schulter: Er stammt vom ersten Stockschlag, der ihn zu Fall gebracht hat. Es sei ihm vorgekommen, als würde er in der Savanne von einem Löwen angegriffen, sagt er mit großer Genugtuung. Die Möglichkeit, dass der kleine Champion nicht nur so tut, als ob, sondern tatsächlich ein echter Idiot ist, kommt mir von Tag zu Tag wahrscheinlicher vor.

»Jetzt verpasse ich das ganze Training, das tut mir schon leid. Auch heute habe ich eine Menge Kilometer gemacht. Ich bin am Vereinslokal vorbeigefahren, wo die anderen gewartet haben, aber Signor Roberto ist nicht gekommen.«

Ich weiß, ich weiß es nur zu gut. Kaum hatte man mich aus der Notaufnahme benachrichtigt, hatte ich meinen Vater auf dem Handy angerufen. Es wird gegen zwei Uhr nachts gewesen sein, und er sagte, er würde gerade fernsehen. Als ob ich nicht wüsste, dass er den Fernseher gegen die Wand geklatscht hat. Und das Froschgequake im Hintergrund verriet mir, dass er um diese Uhrzeit immer noch neben der Deponie am Kanal saß und ohne Köder angelte.

»Weißt du, er ist heute angeln gegangen«, sage ich.

»Ja? Und hat er was gefangen?«

»Weiß ich nicht.«

»Hoffentlich schon. Ich würde auch gern angeln gehen … Jedenfalls ist er nicht zum Vereinslokal gekommen, und dann sind die anderen Jungs wieder nach Hause. Aber ich, ich bin hundertfünfzig Kilometer gefahren.«

»Spinnst du, das ist doch viel zu viel, das tut dir doch gar nicht gut.«

»Ich weiß, Signore, aber ich hab mir gesagt *Wenn ich müde bin, kehre ich um.* Dann hab ich gemerkt, dass die Zeit verging und ich überhaupt nicht müde wurde, und dann hab ich mir gesagt, bei hundertfünfzig hör ich auf. Nur dass ich jetzt das ganze Training verpasse, das bedaure ich wirklich sehr.«

Ich nicke. Ich möchte ihm sagen, dass er nichts verpasst, aber das wäre Quatsch. Ehrlicher wäre, ihm zu sagen, dass er sich wegen des Trainings keine Sorgen zu machen braucht, weil er nach einem solchen Bruch wahrscheinlich nie wieder wird fahren können, aber auch das behalte ich für mich. Man muss nicht alles sagen, was wahr ist. Manchmal ist die Wahrheit abscheulich und hat es verdient, dass wir sie allein in einer Ecke stehen lassen, damit sie sich mal Gedanken darüber macht, was sie angerichtet hat.

»Signore, Verzeihung, darf ich Sie was fragen? Ich hab mir doch das Bein gebrochen. Kann es sein, dass ich, wenn ich wieder fahre, ein bisschen von meiner Kraft verloren habe?« Aber er stellt diese Frage so fröhlich und hoffnungsfroh, dass ich mir nicht sicher bin, ob ich ihn richtig verstanden habe.

»Moment mal, wie meinst du das jetzt.«

»Also.« Dabei richtet er sich im Bett ein wenig auf. Er ist wie elektrisiert, ich verstehe diesen Kerl wirklich nicht. Er liegt mit einem gebrochenen Bein im Krankenhaus, weil sie ihn vor einem Friedhof verprügelt haben, aber er tut, als würden wir seinen Geburtstag feiern. »Denken Sie, es könnte sein, dass ich, wenn ich wieder Rad fahre, nicht mehr ganz so schnell bin?«

»Boh … keine Ahnung, woher soll ich das wissen. Leider kann das durchaus sein. Das muss man dann sehen.«

»Hoffen wir's, Signore, hoffen wir's wirklich.«

»Hoffen wir was? Dass du weniger schnell fährst als vorher?«

»Ja, ich hab darüber nachgedacht, und meiner Meinung nach ist es möglich. Ich glaube schon, dass ich danach langsamer bin und schwächer«, sagt er mit einem Grinsen, das sich bis zum Zahnfleisch ausbreitet.

»Hattest du nicht gesagt, dass du ab jetzt immer gewinnen willst?«

»Ja, doch, das stimmt. Ich hoffe zwar, dass ich schwächer werde, aber nicht so schwach wie die normalen Leute.«

Ich versuche zu verstehen, was der kleine Champion da gerade gesagt hat, weiß aber schon im Voraus, dass das aussichtslos ist. Dann öffnet sich die Tür hinter mir, ich drehe mich um, es ist Tiziana, und sie lächelt. Und ich schaue nur noch sie an, mein Kopf ist völlig leer.

EINE SCHWEDISCHE FAMILIE

Hallo, guten Tag, freut mich, Sie kennenzulernen. Roberto Marelli konnte leider nicht kommen. Er musste nach Mailand zu einem wichtigen Treffen der italienischen Teammanager, die sich für einen sauberen Sport einsetzen. Morgen wird er wieder da sein. Ich bin sein Sohn, und da ich für die Mannschaft mitverantwortlich bin, hat er mich gebeten, mich um Mirko zu kümmern und alles zu tun, was in diesem Moment notwendig ist.

Das ist die Geschichte, die ich Mirkos Eltern vor dessen Zimmer auf dem Gang der orthopädischen Abteilung des Krankenhauses aufgetischt habe. Sie nickten und starrten müde vor sich hin. Es roch nach Krankenhaus, einer Mischung aus Desinfektionsmittel und gekochten Kartoffeln. Für den Fall, dass sie nachfragen würden, hatte ich mir einige Details zurechtgelegt und sogar ein paar Notizen gemacht, aber das wäre gar nicht nötig gewesen. Sie stellten keine Fragen, sie waren nicht neugierig, vielleicht hätte ich ihnen ebenso gut die Wahrheit sagen können: Dass es keine gute Idee wäre, meinen Vater zu treffen, einen verwahrlosten, reichlich betrunkenen Mann, der seit anderthalb Tagen am Kanal neben einer Mülldeponie hauste, weshalb *ich* mich um ihren Sohn kümmern musste, den ich bis gestern gehasst hatte wie niemanden sonst auf der Welt. Ich, der ich alles darangesetzt hatte, dass er in der Schule durchfällt und alle Rennen verliert.

Nein, ich hätte ihnen auf keinen Fall sagen können, wie es wirklich steht. Aber sie machten keine Schwierigkeiten, sie sagten keinen Ton und hörten mir ganz ruhig zu. Zu ruhig, wenn ich das sagen darf. Also, meiner Meinung nach wirkten sie nicht besonders betroffen. Sie sind zu Mirko ins Zimmer gegangen, haben ihn begrüßt und umarmt, aber dermaßen steif und hölzern, wie ich es nicht mal einer schwedischen Familie bei der Begrüßung ihres Cousins zweiten Grades zutrauen würde.

Ich habe sie von der Tür aus beobachtet und mir vorgestellt, wie es wohl gewesen wäre, wenn ich mit gerade mal fünfzehn Jahren monatelang von zu Hause weg gewesen wäre und meine Mutter mich besucht hätte. Freudenschreie, Tränen, Umarmungen und wieder Tränen und Umarmungen. Hier dagegen zeigte selbst der Arzt mehr Gefühle, ein Radamateur, der vor dem Mittagessen zur Visite kam. Er überhäufte Mirko mit Komplimenten und wollte von ihm wissen, ob es stimmt, dass er einmal, beim Endspurt, ein Rad verloren hat und die letzten zweihundert Meter bis zum Ziel auf dem Hinterrad jongliert ist.

Es stimmt.

Später allerdings, auf dem Flur, hat mir derselbe Arzt erklärt, dass Mirkos Abenteuer auf dem Fahrrad nun wohl zu Ende wären.

Es ist sehr, sehr unwahrscheinlich, dass er in Zukunft weiter Rennen fahren kann. Eigentlich ist es unmöglich, aber ich hätte auch geschworen, dass es unmöglich ist, auf nur einem Rad ein Rennen zu gewinnen. Trotzdem bin ich lieber realistisch und hoffe, dass wir zumindest bleibende Schäden verhindern können. Es besteht nämlich die Gefahr, dass er sein Leben lang hinken wird. Dann wäre er für immer gezeichnet, und du weißt ja selbst, wie schlimm das ist.

Das hat er zu mir gesagt, ich schwöre es, und dabei auf mein rechtes Handgelenk gezeigt, das die ganze Zeit in meiner Hosentasche steckte. Er nahm die Brille ab, reinigte die Gläser am Ärmel seines Kittels und entfernte sich mit einem Lächeln. Das ist etwas, was ich an Ärzten mag: Sie reden nicht um den heißen Brei herum, sondern sagen dir klipp und klar, was Sache ist.

Nach dem Mittagessen sollte Tiziana kommen, sie saß schon gestern Abend stundenlang mit mir im Wartesaal, während Mirko in seinem Zimmer schlief. Wir haben über alles Mögliche gesprochen, ruhig, entspannt und ohne Komplikationen, als wäre nichts zwischen uns gewesen und alles geklärt. Wie gute Freunde, die sich aus einem wichtigen Anlass treffen und neben-

366

bei ein bisschen plaudern. Als sie sich dann aber verabschiedete, gab sie mir einen Kuss auf den Mund. Wie sollte ich das nun wieder verstehen.

Der Plan war jedenfalls, dass Tiziana gegen Mittag wiederkommt, sozusagen als zweite Mitverantwortliche der Mannschaft, und mich ablöst, um Mirkos Eltern zu beruhigen. Das war allerdings gar nicht nötig, denn die aßen in der Snackbar des Krankenhauses zu Mittag, brachten Mirko ein Eis und plauderten noch ein Weilchen mit ihm, bevor sie gingen. Vorher sagten sie noch zu mir, dass die Reha-Einrichtungen hier viel besser seien als bei ihnen daheim und dass auch die Ärzte Mirko von einer langen Reise abgeraten hätten. Jedenfalls müssten sie jetzt nach Hause fahren, kämen aber sehr bald wieder.

Ich habe ihnen schweigend zugehört, aber vor Wut die Zähne aufeinandergebissen. Am liebsten hätte ich ihnen mit dem Infusionsständer jeden einzelnen Knochen zerschmettert. Andererseits war ich geradezu erleichtert, dass diese widerlichen Leute so schnell wieder abgezogen sind. Keine Ahnung, warum. Okay, doch, ich geb's zu. Ich war froh, dass sie gingen, ohne Mirko mitzunehmen.

»Wir sind vier Brüder, Signore«, erzählt er mir jetzt, da seine Eltern weg sind. In seinem Krankenhauszimmer sind sechs Betten, seines steht gleich neben der Tür. Zwei sind leer, in den anderen liegen zwei Alte mit Oberschenkelhalsbruch und ein von oben bis unten bandagierter Motorradfahrer, der pausenlos jammert. »Wir sind vier Brüder, ich bin der dritte, ich mag sie alle sehr und denke immerfort an zu Hause und was sie wohl gerade machen. Aber ich glaube, es geht ihnen ohne mich besser.«

»Was redest du da, bist du blöd? Was für einen Quatsch erzählst du da eigentlich.«

»Es stimmt, Signore, als ich zu Hause war, ging es ihnen schlechter. Das heißt, als ich ganz klein war, ging es uns allen sehr gut, daran erinnere ich mich. Mattia war der Älteste, und er spielte hervorragend Volleyball, Giuseppe war sehr gut in der Schule. Dann habe ich angefangen, Volleyball zu spielen, und bin in die Schule gekommen, und vom ersten Tag an war ich hundertmal besser als die beiden. Sie haben aufgehört zu trainieren und zu lernen und sind jetzt schlecht drauf und sehr empfindlich und haben allen möglichen Blödsinn angestellt, besonders Mattia. Und zu Hause gab es immer Streit. Mattia und Mama beschimpften sich gegenseitig. Ich stand oft hinter der Tür und hörte alles mit, und wenn Mama mich entdeckte, merkte ich an ihrem Blick, dass sie böse auf mich war. Sie stritt es zwar ab und nahm mich in den Arm, aber eigentlich war sie böse auf mich.«

»Ach, erzähl doch keinen Scheiß. Sie ist deine Mutter, warum sollte sie böse auf dich sein. Etwa weil du in allem so gut bist?«

»Ja, genau, irgendwie schon. Einmal habe ich sie sogar gefragt, ob sie böse auf mich ist, da meinte sie *Aber nein, Mirko, was redest du da, ich liebe dich von ganzem Herzen, du bist mein Ein und Alles.* Und dann hat sie mich angeschaut ... sie hatte sich gerade mit Mattia gestritten, weil er ein Mofa geklaut hatte und sie ihn von der Schule schmeißen wollten ... und da hat sie zu mir gesagt *Aber manchmal ... manchmal ist das Leben nicht so einfach, Mirko. Das heißt, für dich schon, für dich ist alles supereinfach, aber für die anderen ...* Ich habe mit den Tränen gekämpft, sie umarmt und gesagt *Entschuldige, tut mir leid, Mama.* Und sie hat gesagt *Aber wieso denn? Nicht doch, nein.* Ich konnte nichts mehr sagen, weil ich sonst losgeheult und ihr erklärt hätte, dass auch für mich nicht alles einfach ist, Signore, überhaupt nicht einfach.«

Mirko spricht nicht weiter, er weicht meinem Blick aus und betrachtet sein Bein, das unter der Decke vorschaut. Dann legt er sich flach hin und zieht sich das Laken übers Gesicht. Ich habe mir seine Geschichte angehört und ihm zig Mal gesagt, dass er ein Idiot ist und Unsinn erzählt, aber irgendwie kann ich ihn verstehen. Und vielleicht verstehe ich jetzt auch ein bisschen seine Eltern, gerade so viel, dass sie mich nicht mehr anwidern.

Das ist der Grund, warum ich nie zu viel über Menschen erfahren will, die etwas Schlechtes getan haben. Denn sonst kann ich sie am Ende doch irgendwie verstehen und ärgere mich und fühle mich verloren, weil ich niemanden mehr habe, den ich hassen kann.

DREI MONATE SPÄTER

Alle diese Dinge sind im Mai passiert, und jetzt haben wir Ende Juli. Fast drei Monate sind vergangen, und die damals noch ferne Zukunft ist schon wieder Gegenwart. Die Abiturprüfung zum Beispiel. Für Stefanino war es eine Zeit voller Angst und Bangen, für mich nicht, ich wurde nämlich gar nicht erst zugelassen. Eigentlich keine Überraschung, denn in der Schule hatte ich mich kaum noch blicken lassen, meine Leistungen waren miserabel, und ich habe mir nicht mal den Aushang mit den Endnoten angesehen. Ich bat Stefano, mir Bescheid zu geben, falls es sensationelle Neuigkeiten geben sollte. Es kam aber nichts.

Stefanino hatte in der Zwischenzeit beschlossen, mit den Papstfotos aufzuhören. Sie zierten bereits die Titelseiten der Zeitungen, und in den Fernsehnachrichten hieß es, der Heilige Vater sei beliebter als jemals zuvor. Stefanino fühlte sich plötzlich als Teil einer gigantischen Fälschungsmaschinerie. Er wollte einen Schlussstrich ziehen und nichts mehr davon wissen. Einen Monat lang fuhren hier in Muglione alle möglichen Geistlichen in Superluxuslimousinen vor, die den Auftrag hatten, ihn umzustimmen. Sogar der Bischof von Pisa wollte ihn sprechen, ein ausländischer Kardinal und andere Herren mit höchst seltsam klingenden Namen. Am Ende konnten sie ihn überreden, mit einem Batzen Geld, vor allem aber mit einer Audienz beim Papst, unvorstellbar. Das war Stefaninos Bedingung gewesen, von der er nicht abrückte. Und deshalb wird Stefanino einen ganzen Tag, ich glaube, es ist der zehnte September, beim Papst verbringen. Wirklich wahr, Stefanino besucht den Papst. Was er ihm immer schon mal sagen wollte, jetzt hat er die Gelegenheit dazu. Schon verrückt, aber im Leben passieren manchmal die absurdesten Dinge, die Gott allein erklären kann, sofern es ihn gibt.

Und um in der Welt des Absurden zu bleiben: Die Geschichte mit Tiziana geht weiter. Seit zwei Monaten sind wir nun zusammen, wenn man das so sagen kann. Ich stehe gerade in meiner Bude, die ich mit den lebenden Ködern teile, vor dem Spiegel und ordne mir die Haare, wir werden gleich zusammen ausgehen. Tiziana sagt, nur Proleten tragen lange Haare, folglich hat sie was übrig für Proleten, denn ich denke gar nicht dran, mir die Haare schneiden zu lassen.

An dem Tag, als Mirko aus dem Krankenhaus entlassen wurde, kam Tiziana hierher, um ihn zu besuchen, und danach sind wir beide, sie und ich, Eis essen gegangen. Wir haben über alles Mögliche gesprochen, wenn auch über nichts Persönliches, doch am Ende haben wir uns geküsst. Ein Zungenkuss, und danach wollte ich wissen, was aus ihrem Vorsatz geworden ist, über uns nachzudenken.

Ja, ich habe nachgedacht, aber ich bin noch zu keinem Schluss gekommen. Also habe ich mir gesagt, lass das Nachdenken, vorerst zumindest.

Damit konnte ich zwar nichts anfangen, aber wir haben uns gleich noch mal geküsst, alles andere ist sowieso egal. Ich hab ihr sogar erzählt, dass ich mit den Kondomen geübt habe, dass es jetzt viel besser funktioniert und ich es ganz gut hinkriege. Tiziana war zwar beeindruckt, meinte aber, ich könne mir mit dem Üben Zeit lassen: Diesmal wolle sie alles in Ruhe angehen.

Na gut, okay, Gelassenheit ist zwar nicht gerade meine Stärke, aber die Geduld hat sich ausgezahlt, denn eines schönen heißen Sommerabends Ende Juni kamen wir zur Sache. Wir waren wieder bei ihr zu Hause, und diesmal klappte es besser, viel besser. Das war, ehrlich gesagt, vor allem Tizianas Verdienst. Sie hat Dinge mit mir gemacht, von denen ich eine Sekunde vorher noch nicht mal wusste, dass es sie gibt. Aber kaum hatte ich eine Kostprobe davon bekommen, war mir klar, dass ich mein ganzes Leben auf nichts anderes gewartet hatte. Bald traute ich mir selber einiges zu, und sie gab mir durch kleine Bewegungen und leises Stöhnen zu verstehen, wann ich es gut machte und wann ich eine besonders sensible Stelle erspürt hatte. Wenn es mir aber mal nicht gelang, sagte sie es mir ganz direkt *Ja, Fiorenzo, ja, so, oh ja, das ist schön, nein, vorhin war's besser, ja, genau so, genau hier, hör nicht auf, wunderbar, oh ja, ja, schön, oh ja.*

Tiziana hat mir also eine Menge beigebracht, dabei bin ich niemand, der sich im Unterricht schnell begeistern lässt, aber diese Lektionen haben mir wirklich sehr gefallen. Es mag am Thema liegen und an den Fähigkeiten der Lehrerin, jedenfalls habe ich große Fortschritte gemacht. Auch im Hinauszögern habe ich mich verbessert, beim ersten Versuch schaffte ich es eine volle Minute, beim nächsten Mal ging's noch besser. Nur beim dritten Mal hatte ich einen Rückfall, gerade mal dreißig Sekunden konnte ich mich zurückhalten. Aber schuld daran war Tiziana. Sie hatte ein so knappes Höschen an, das am Po dermaßen straff saß, dass mir sofort klar war, ich schaffe es nicht weit.

Nicht weit geschafft hat es auch Mirko, der sich mit seinem kaputten Bein die meiste Zeit bei mir in der Kammer oder im Laden aufhält. Seine Prüfungen hat er allerdings geschafft, dieser Teufelskerl. Ich hatte ihm gesagt, dass er es sich nicht erlauben könne durchzufallen, wenn er jemals wieder Radrennen fahren wolle (ihm die ganze Wahrheit zu sagen hab ich mich noch nicht getraut). Er meinte nur *Okay, welchen Durchschnitt brauche ich?* Ich fand, dass eine Drei vollauf genügte, um auf der sicheren Seite zu sein und nicht den Unmut der Klasse auf sich zu ziehen. Er hat also brav den Unterricht besucht, alle Schulaufgaben und Tests über sich ergehen lassen und jedes Mal genau die gewünschte Note erhalten: eine Drei.

Nach der mündlichen Prüfung hab ich ihn mit dem Roller abgeholt, wir haben noch schnell fünf Stück Kuchen gekauft (zwei für jeden und noch eins zum Teilen) und sind dann zum Feiern in den Laden zurück.

Er war es, der mich gefragt hat, ob er zu mir in die Kammer ziehen kann, sie sei zwar eng, aber er würde sich dort wohlfühlen. Wie absurd das doch alles ist. Ich hatte mal ein schönes und bequemes Zuhause, dann kam er und hat mich vertrieben, und ich habe mich in dieser lausigen Kammer eingerichtet, und jetzt wohnt er plötzlich auch hier. Und weil er so übel zugerichtet ist, habe ich ihm sogar meine Pritsche abgetreten und schlafe nun auf dem Boden. Das Verrückteste ist, dass ich mich dabei sogar wohlfühle.

Auf alle Fälle ist es hier besser als bei meinem Vater. Der wohnt jetzt nicht mehr am Kanal, sondern wieder zu Hause – oder in dem, was noch davon übrig ist: In den Trümmerhaufen hat er zwei, drei Möbelstücke gestellt, das war's. Tagtäglich rennt er jetzt von einem Arzt zum anderen, um zu bereden, wie man dem kleinen Champion wieder auf die Beine helfen könnte.

Ausschlaggebend war, dass Mirko ihn eines Nachmittags fragte, wann das Radrennen von Borgo Valsugana stattfindet und ob das Ziel hinter einer Steigung liegt. Warum ihn das interessiere, wollte mein Vater wissen, und dieses Bürschchen antwortete *Ich würde sie gern alle schon ein Stück vorher abhängen, dann könnte ich mit hochgereckten Armen gewinnen.* Da ist mein Vater ausgeflippt und hat geschrien *Er ist wieder gesund, er ist wieder gesund!* Und seither geht er allen Krankenhäusern und Kliniken auf die Nerven und ruft sogar im Ausland an, um Ratschläge einzuholen. Da muss dann meistens ich ans Telefon, weil ich Englisch kann. Die Ärzte wundern sich immer, dass ich mir eine Diagnose zu einem Fall erwarte, den sie gar nicht kennen, und überhaupt ist die Verständigung schwierig, weil ich zwar ganz gut Englisch spreche, es aber von Musik-CDs gelernt habe und deshalb vor allem Wörter wie Sturm, Inferno, Tod, Gewalt, Mord, Metall, Schwert, Kampf und Rebellion kenne. Deshalb reden wir oft aneinander vorbei, und es kommt zu katastrophalen Missverständnissen. Zum Glück legen die meisten mitten im Gespräch einfach auf. Dass ich wie ein Trottel dastehe, ist mir egal.

Und dieser Trottel betrachtet sich jetzt im Spiegel und grinst. Den Spiegel habe ich angebracht, weil es nicht schaden kann, zwischendurch mal einen Blick auf sich zu werfen. Ich habe einen Campingkocher aufgestellt, so können Mirko und ich uns mittags Nudeln und abends Fleisch kochen. Der Einfachheit halber esse ich das, was Mirko isst. Er hält strenge Diät, auch wenn alle sagen *Mensch Mirko, iss doch, worauf du Lust hast, Eis und Torten und Lasagne.* Aber nein, er ist ein Sturkopf und beharrt darauf, und jeden Tag holen ihn mein Vater oder Tiziana mit dem Auto ab und bringen ihn zur Reha. Die Ärzte sagen, er könnte es schaffen, aber sie meinen damit, dass er es schaffen könnte, eines Tages nicht mehr zu hinken. Die Möglichkeit, dass er jemals wieder Rennen fahren könnte, ziehen sie gar nicht in Betracht.

Dafür ist Mirko umso fester davon überzeugt. Er liest Bücher über Radsport, und wir haben uns die ganze Tour de France zusammen angesehen. Ich habe einen Fernseher auf den Ladentisch gestellt, und obwohl es hier so eng ist, verfolgen wir alle Etappen. Meist kommt Mazinga dazu, der sich eine ganze Weile nicht hat blicken lassen, dann aber eines Tages den Kopf durch die Tür steckte. Mirko hat ihn begrüßt und sich für jene Nacht bedankt, weil sie so überaus wichtig für ihn gewesen sei. Mazinga sagte ICH-HABE-DICH-NICHT-VERPRÜGELT, und Mirko antwortete *Macht nichts, Signore, ich danke Ihnen trotzdem.*

Jetzt aber Schluss mit dem Gelaber und der Spiegelguckerei. Ich zieh mir die kurze Hose und das Carcass-T-Shirt an und verabschiede mich von Mirko, der im Mannschaftstrikot die »Gazzetta dello Sport« liest. Tiziana erwartet mich in zehn Minuten vor ihrem Büro, und ich bin mir sicher, dass ich singend die Hauptstraße runterdüsen werde.

DER ZUG HÄLT NUR NOCH EINMAL

Was meinst du, Tiziana, interessiert dich das? Soll ich mich für dich mit erkundigen?
Eine Mail von Cheryl aus Birmingham. Du hast Ja gesagt.
Okay, sieht aus, als könnten wir's probieren, melden wir uns an?
Und auch diesmal hast du Ja gesagt. Eine Anmeldung kostet schließlich nichts.
Hey, Tiziana, sieht aus, als würden die uns tatsächlich nehmen.
Und du hast zurückgemailt *Erzähl keinen Unsinn, das glaub ich nicht*. Es klang wirklich zu unwahrscheinlich, aber heute kam noch eine Mail von Cheryl, eine mit zehn Ausrufezeichen im Betreff und vielen weiteren im Text: dass der Professor das Forschungsprojekt interessant fände und sogar EU-Fördergelder bereitstünden. Sie schlug vor, ihr solltet euch Ende August in Berlin treffen und gemeinsam eine Wohnung suchen. Ein Aufbruch zu neuen Ufern.
Denn alle brechen auf zu neuen Ufern, Tiziana. Du bist aus dem Zug gesprungen, kurz bevor er in die wichtigen Bahnhöfe einfuhr, und in diesem öden Kaff hinterm Mond gelandet. Wie ein Dummkopf, der den Anschluss verpasst hat und den erstbesten Passanten fragt *Verzeihung, wo sind wir hier eigentlich?*
Und doch: Aus irgendeinem wundersamen und unbegreiflichen Grund hat der Zug eine Schleife gezogen und kommt ein zweites Mal vorbei, so dass du wieder einsteigen kannst, auch wenn du es gar nicht verdient hast.
Das Verrückte dabei ist, dass du dir nicht mal sicher bist, ob du diese Chance wirklich nutzen sollst.
Denn eigentlich geht es dir gar nicht schlecht hier, es geht dir sogar ziemlich gut. Anfangs nicht, aber inzwischen hast du dich eingelebt. Du gehst mit Fiorenzo aus, der eine Hand und drei-

zehn Jahre weniger vorzuweisen hat als du, und je öfter ihr euch trefft, desto weniger absurd kommt dir eure Beziehung vor.

Zwischen euch gibt es einen Haufen Unterschiede, gewaltige Unterschiede. Für die anderen mag das ein Problem sein, für dich nicht, jedenfalls nicht mehr so wie am Anfang. Klar machst du dir Gedanken, das kannst du nicht leugnen. Die Zweifel sind da, aber sie melden sich nur noch sehr verhalten. Denn endlich hast du auch mal das Gefühl, dass du dich wohlfühlen kannst, vor allem, wenn du aufhörst, gegen dich zu arbeiten.

Und nun diese Mail. Das Spiel wird kompliziert.

Stimmt schon, im Moment geht es dir gut, aber das Leben ist nicht nur dieser eine Moment. Die Zeit bleibt nicht stehen, und während Fiorenzo sich weiterentwickelt und seinen Blick erweitert und viele neue Dinge entdeckt, bist du, ob du es wahrhaben willst oder nicht, schon fast auf dem absteigenden Ast.

Vor allem, wenn du in dem belämmerten Nest hier hängen bleibst.

Dieses Problem hast du bisher immer verdrängt und dir gesagt *Mag sein, aber jetzt will ich erst mal zusehen, dass es mir hier und heute gut geht*. Nur dass es jetzt jenseits des Hier und Heute ein Dort und Dann gibt: Berlin und die Aussicht auf eine berufliche Zukunft in dem Bereich, in dem du spezialisiert bist. Dafür hast du schließlich studiert, davon hast du geträumt, als du dich an der Universität immatrikuliert hast.

Wie kannst du, verdammt noch mal, jetzt an das Hier und Heute denken?

Du liest die Mail noch mal, diese Mail mit den vielen Ausrufezeichen. Dann noch mal und dann zum dritten und zum vierten Mal und noch mal und noch mal. Vielleicht weil du insgeheim hoffst, dass am Ende etwas anderes drinsteht.

IN BERLIN IST ES DOCH VIEL ZU KALT

Diese Geschichte erzähle ich heute Morgen, denn gestern Abend, als sie passiert ist, hat es mir die Sprache verschlagen. Ich habe nicht mal mehr den Heimweg gefunden und bin zwei Stunden lang ziellos durch dieses Kaff geirrt.

Zu behaupten, es ginge mir heute Morgen nach dem Aufwachen besser, wäre doppelt falsch. Denn zum einen bin ich nicht aufgewacht, weil ich überhaupt nicht geschlafen habe, und zum anderen geht es mir heute noch schlechter als gestern Abend, weil mir erst jetzt langsam klar wird, was passiert ist.

»Was heißt das denn, du gehst nach Berlin? Wann, für wie lange und warum!«

»Fiorenzo, ich weiß es nicht, ich ... ich wollte es dir eigentlich gar nicht sagen.«

»Ah, na super! Du wolltest also einfach abhauen.«

»Nein, du Dummkopf, natürlich nicht. Ich wollte mir nur selber erst mal klar darüber werden und ...« Tiziana hatte gerötete und geschwollene Augen, fehlten nur noch die Tränen. Wir hatten uns vor der Jugendinfo getroffen, schlenderten jetzt aber ohne festes Ziel durch irgendwelche Nebenstraßen. »Ich weiß es nicht, ich weiß noch gar nichts, ich muss es mir erst durch den Kopf gehen lassen ...«

»Das sagst du immer: Dass du nichts weißt und erst nachdenken muss. Aber meiner Meinung nach weißt du schon ganz genau, was du machen wirst.«

»Das stimmt nicht. Ich muss mich erkundigen, es sind vage Möglichkeiten, die ... Aber dann bist du gekommen, und ... ich weiß nicht, ich musste es dir einfach sagen.«

»Aber was eigentlich, Tiziana? Denn ich schwör's dir, ich hab nichts kapiert. Das heißt, ich hab schon kapiert, dass du von hier weg und in Berlin leben willst. Kann das wirklich sein?«

Nein, das kann nicht sein. Schon der Gedanke ist heller Wahnsinn. Ich war nie in Berlin, aber es ist bestimmt viel zu kalt dort.

»Ich weiß es nicht, Fiorenzo, ich weiß es wirklich nicht. Ich muss darüber nachdenken.«

»Gut. Und wie lange?«

»Wie lange was?«

»Wie lange willst du darüber nachdenken.«

»Nicht lange, Ende des Monats muss ich mich entscheiden.«

»Ende des Monats?«, habe ich gesagt und gelacht, aber es war das Lachen der Verzweiflung, meine Stimme überschlug sich fast. »Heute ist der neunundzwanzigste, Ende des Monats, das ist jetzt!«

»Ich weiß, Fiorenzo, ich … ich weiß nicht, ich … Was würdest du machen, wenn sich für deine Band die einmalige Gelegenheit ergeben würde, nach Berlin zu gehen?«

»Die Metal-Szene in Berlin ist so was von abgefuckt.«

»Na gut, dann eben eine andere Stadt mit einer starken Metal-Szene. Keine Ahnung. London?«

»Sagen wir Krakau.«

»Also gut, Krakau. Mal angenommen, die wollen in Krakau ein Album mit euch aufnehmen, in einem total hippen Studio, was euch den Durchbruch bringen könnte. Was machst du, gehst du da etwa nicht hin?«

»Klar geh ich hin. Wir nehmen das Album auf, und dann komme ich zurück, ganz einfach.«

Tiziana antwortete nicht sofort, ihr Blick wanderte zur Straßenecke, aber vielleicht ging er auch nur ins Leere.

»Ja, Fiorenzo, das ist ganz einfach. Bloß dass ich kein Album aufnehme.« Mehr hat sie nicht gesagt. Viel mehr war auch nicht hinzuzufügen.

Und so standen wir uns schweigend gegenüber, nur einen Schritt voneinander entfernt. Neben uns war eine Leuchtreklame, eine Werbung für die günstigsten Angebote weit und breit: PREISSCHLAGER ORTHOPÄDISCHE PRODUKTE UND ROLLSTÜHLE. Und TOTALAUSVERKAUF MÄHDRESCHER

UND HOCHDRUCKREINIGER. Mit welchem Recht konnte ich von Tiziana verlangen hierzubleiben?

Ich habe es gewagt, vermessen wie ich bin.

»Bleib hier, Tiziana, geh nicht weg.«

»Ich ... es ... Die Entscheidung fällt mir nicht leicht, wirklich, Fiorenzo, das kannst du mir glauben ...«

»Okay, wie du meinst. Aber ehrlich gesagt, ich glaube, du hast dich schon entschieden.«

Tiziana schaute mich nur an. Keine Ahnung, ob sie wirklich noch unschlüssig war und wollte, dass ich ihr die Entscheidung abnehme.

»Nein«, sagte sie, aber mit einem Fragezeichen am Ende. *Nein?*

»Ich glaube schon.«

»Meinst du?«

»Ja, Tiziana, ich denke schon.«

»Ich weiß es wirklich nicht, Fiorenzo. Aber wenn es so wäre, ich meine, *wenn*. Könntest du mich dann verstehen?«

Ich antwortete nicht. Sie verstehen? In dem Moment verstand ich nicht mal, wo *ich* war, wie sollte ich da *sie* verstehen? Wie konnte sie es wagen, mich zu fragen, ob ich sie verstehe.

Aber als ich wieder sprechen konnte, stammelte ich: »Ich glaube schon, Tiziana. Das heißt, ich bin stinksauer, ich ärgere mich über mich selber, aber ich kann dich auch verstehen, irgendwie.«

Und dann kniff sie die Augen zusammen, zog die Mundwinkel nach unten und heulte wirklich los. Sie machte diesen einen Schritt auf mich zu, der uns trennte, und umarmte mich in einem verwinkelten Gässchen, an dessen Ende das Postamt liegt, und drückte mich so fest, dass mir die Rippen wehtaten. Aber mir tat ohnehin alles weh, also kam es darauf auch nicht mehr an.

Ich hätte die Kraft haben sollen, mich aus ihrer Umarmung zu lösen und zu sagen *Nein, verdammt, ich versteh dich, aber was fällt dir ein, mich jetzt auch noch zu umarmen.* Stattdessen kostete ich die Umarmung aus, ja ich schloss sogar die Augen und hatte so ein komisches Brennen hinter den Lidern, in der Kehle und der Nase. Und dann, es ist wirklich unfassbar, fing Fiorenzo Marelli in diesem dunklen Gässchen plötzlich an zu weinen. Schöne Scheiße.

Und dann drückte auch ich sie ganz fest, aus Angst, sie könnte mich loslassen und etwas merken. Ich versuchte sogar, die Luft anzuhalten, weil Schluchzer total verräterisch sind. Ich habe also auch noch geschluchzt, verdammter Mist. Der Sänger von Metal Devastation, der mit seinem Schrei die Welt zerstört, lag schluchzend in den Armen einer Frau, die im Begriff war, sich von ihm zu trennen.

Bis vor kurzem – es ist noch gar nicht lange her, höchstens ein paar Monate – hätte ich mich in so einer Situation noch tierisch geärgert und rumgeschrien, dass die Welt vor mir zittert und mich deshalb bekämpft und mir alles Pech der Welt schickt. Und dass Tiziana bloß eine arme Irre sei, die mir was Böses will, ich aber ein Krieger, an dem jede Gemeinheit abprallt und sich wieder in die Hölle verpissen muss, wo sie hergekommen ist.

Aber gestern Abend war es anders, ganz anders. Gestern Abend drückte Tiziana mich fest an sich, und ich drückte sie fest an mich, und so blieben wir eine Weile stehen, wie lange, weiß ich nicht, und ich wüsste auch gar nicht, wie man diese Zeit messen könnte. Es war keine Zeit, wie man sie auf der Armbanduhr, dem Wecker oder dem Kalender ablesen kann. Es war etwas ohne klare Richtung, in einer Wirklichkeit, in der eins und eins nicht zwei macht oder etwas in der Art. Es war etwas ganz anderes.

Und an einem bestimmten Punkt in dieser Wirklichkeit, in der solche Orientierungspunkte eigentlich nicht existieren, fing Tiziana plötzlich an: »Ich schwör's dir, ich wollte wirklich nicht, ich schwör's dir, eigentlich will ich gar nicht. Aber die Jahre vergehen, Fiorenzo, leider, das ist nun mal so. Du bist neunzehn, bald wirst du zwanzig, und denk mal, wie es sein wird, wenn du … sagen wir, fünfundzwanzig bist. Fünfundzwanzig Jahre. Glaubst du, dass du dann noch hier sein wirst, siehst du dich mit fünfundzwanzig hier? Ich nicht, ich seh dich nicht hier, aber du, du kannst jetzt noch sagen, dass du es nicht weißt, du kannst es dir leisten, abzuwarten und zu sehen, was passiert, weil dein ganzes Leben noch vor dir liegt. Du kannst eine Million Chancen an dir vorbeiziehen lassen, weil noch weitere hundert Millionen auf dich warten. Ich dagegen, ich kann nicht so tun, als ob ... Vielleicht erinnerst du dich an den Tag, an dem wir uns kennengelernt haben, da hast du zu mir gesagt, es sei richtig gewesen, von hier wegzugehen, und falsch, zurückzukommen, und sobald du ...«

»Tiziana«, sagte ich und bemühte mich, einen vernünftigen Satz herauszubringen, ohne zu schluchzen.

»Ja?«

»Könntest du bitte einen Moment still sein?«

Und dann sagte Tiziana nichts mehr. Sie lachte nur noch mal kurz auf, einmal, unter Tränen. Und wir hielten uns weiter in den Armen, denn es war das Einzige, was wir tun konnten. Und das war's dann.

DIE BRÜNETTE UND DIE BLONDE

BUTLER »Sehen Sie diesen Abdruck hier auf dem Fußboden?«
SEMINARIST »Was ist das?«
BUTLER »Dazu gibt es eine alte Legende.«
SEMINARIST »Erzählen Sie.«
BUTLER »Sie geht zurück ins Jahr 1569. Enrica von Rumberg soll hier einen Mönch erstochen haben, der ihr den Teufel austreiben wollte.«
SEMINARIST »Den Teufel austreiben? Und warum?«
BUTLER »Wegen des Fluchs natürlich.«

The Devil's Nightmare. Tiziana hat mir die DVD schon vor drei Monaten geliehen, aber ich schaue sie mir erst heute Abend an, einen Tag nachdem wir auseinandergegangen sind. Vielleicht bringt mich ja ein netter Film auf andere Gedanken, und eine spannende Geschichte lenkt mich von meiner eigenen ab. Aber wenn es darum ging, nicht an Tiziana zu denken, war es genau der falsche Film.

Dabei habe gar nicht ich ihn ausgesucht, sondern Mirko. Er hat den Titel gesehen und nicht mehr lockergelassen. *Ich würde ihn mir so gern anschauen, mir ist so langweilig, und dieser Film ist doch bestimmt spannend. Außerdem hab ich noch nie einen Horrorfilm gesehen. Ist der sehr gruselig? Kriegt man da Angst?*

Als ich sagte, ich würde ihn selber nicht kennen, war er gar nicht mehr zu bremsen. *Wenn Sie ihn nicht gesehen haben, müssen wir ihn uns gemeinsam anschauen, unbedingt, wir beide zum ersten Mal, wir beide zum ersten Mal zusammen!* Und weil ich an diesem Abend keinen Bock auf Diskussionen und Probleme hatte – eigentlich hatte ich auf gar nichts Bock –, habe ich mein Okay gegeben und die DVD eingelegt.

Tiziana hatte wirklich recht, die Musik ist große Klasse. Allerdings werde ich ihr das nicht mehr sagen können. Mir schnürt sich die Kehle zu. Ich steh gleich auf und geh zu ihr nach Hause, um ihr begreiflich zu machen, dass sie drauf und dran ist, eine Dummheit zu begehen und ...

Nein, Schluss damit, ich muss sehen, wie ich allein zurechtkomme, ich muss die Zähne zusammenbeißen und losrennen und immer weiter laufen, an einen Ort ganz weit weg, so dass ich, wenn ich mich umdrehe, irgendwo in der Ferne nur noch einen winzigen Punkt sehe und sage *Was ist denn das dort hinten? Ach ja, das ist oder vielmehr war Tiziana.* Und dann lache ich drüber.

Nach all dem, was sie mir gestern Abend gesagt hat, gibt es zwei Möglichkeiten: Entweder wir sehen uns möglichst oft, bevor sie geht, oder wir sehen uns gar nicht mehr. Die erste Möglichkeit ist für Weicheier, aber nachdem ich gestern geweint und geschluchzt habe, ist klar, dass ich nicht mal mehr weiß, wie man das Wort Mumm buchstabiert. Klar war ich dafür, dass wir uns vor ihrem Aufbruch nach Berlin möglichst oft sehen. Auch Tiziana war dafür, sie meinte, das würde ihr als Idee wahnsinnig gut gefallen. Aber es könne nur funktionieren, wenn wir uns beide einfach eine schöne Zeit machen, *ohne den Hintergedanken, dass sie es sich dann vielleicht noch mal überlegt und hierbleibt.*

Aber genau das war mein Ziel, das habe ich ihr auch gleich gesagt, und da meinte sie *Nein, Fiorenzo, damit tun wir uns nur gegenseitig weh.* Und ich darauf *Mehr als jetzt?* Und sie *Auf die Art würde alles nur noch schlimmer werden.* Und dann hat mich mein Stolz gepackt, und ich habe geschrien *Dann tschüs* und *Du kannst mich mal* und bin weggelaufen, fest entschlossen, sie nie mehr wiederzusehen.

Tiziana hat mich inzwischen dreimal angerufen und mir zwei SMS geschickt. Ich bin nicht drangegangen und habe nur eine SMS beantwortet, und auch die nur knapp und abweisend. Wie ein richtiger Mann, der eine bittere Pille schluckt, ohne das Gesicht zu verziehen, sich anschließend kurz räuspert und dann nach vorn blickt, auf das Leben, das vor ihm liegt.

Ist aber gar nicht so einfach. Wo finde ich eine Frau wie Tiziana?

Wo finde ich überhaupt eine Frau?

»Signore, Entschuldigung, wieso übernachten diese Leute eigentlich in dem Schloss?« Mirko verfolgt den Film mit einer Mischung aus Angst und Verwirrung. Er hat die Bettdecke bis zur Nase hochgezogen, und bei den spannendsten Szenen zieht er sie über die Augen.

»Die Straße ist gesperrt, und die Fähre geht erst am nächsten Morgen. Passt du denn nicht auf, Mann?«

»Schon, aber die wissen doch, dass dort schon viele Menschen ums Leben gekommen sind und dass die Schlossbesitzer verrückt sind. Wäre es nicht besser, sie würden im Bus schlafen?«

Darauf sage ich nichts. Irgendwie hat er ja recht: Im gewöhnlichen Leben sind das berechtigte und sinnvolle Fragen, aber wenn du in einem Horrorfilm damit anfängst, kannst du gleich einpacken. Warum läuft das Mädchen nicht weg, als sie in einem dunklen Zimmer ein leuchtendes Augenpaar sieht, sondern geht rein, um nachzuschauen, was das ist? Warum blitzt es ununterbrochen? Warum fahren die Autos nie ab? Wenn du anfängst, solche Fragen zu stellen, schaltest du den Fernseher besser aus und machst einen Spaziergang, du Erbsenzähler.

Auch wenn es ein Low-Budget-Film ist, die Schauspieler im Hauptberuf einer anderen Beschäftigung nachgehen und bei der Synchronisation die Tonspur verrutscht ist, funktioniert *The Devil's Nightmare* auf geheimnisvolle und unerklärliche Weise, wie Tiziana sagt. Oder vielmehr *gesagt hat*. Ich muss in der Vergangenheitsform sprechen, ich muss sie mit Vergangenheit zuschütten und unter Tonnen von Präteritum, Perfekt und Plusquamperfekt begraben.

Aber das ist bitter.

DIE BRÜNETTE (*in Slip und BH*) »Beeil dich, dein Bad wird kalt.«

DIE BLONDE (*in Slip und BH im Bett liegend*) »Noch fünf Minuten, ich bin so müde.«
Dann schlüpft die Brünette zu der Blonden ins Bett.

O Mann, ich wusste es: eine Lesbenszene. Das war mir sofort klar, als die Brünette und die Blonde aufgetaucht sind und man sie zusammen in ein Zimmer gesteckt hat. Schließlich ist es ein Euro-Horrorfilm aus den siebziger Jahren, und ohne eine Lesbenszene hätte der damals überhaupt keine Chance gehabt.

Normalerweise habe ich nichts gegen solche Szenen, aber jetzt, wo Mirko neben mir sitzt, weiß ich nicht, was ich machen soll. Ist er ein Kind, ist er ein Teenager, was zum Teufel ist dieser dämliche Lockenkopf hier neben mir eigentlich?

DIE BRÜNETTE »Gefällt es dir, wie ich dich streichle? Warte, ich helfe dir.« (*Sie zieht der Blonden den BH aus.*) »Ich habe selten ein so wunderschönes Mädchen gesehen wie dich. Wenn ich dir nicht helfe, kommen wir zu spät zum Abendessen. Wie weich deine Haut ist ...«

Mirko sitzt auf der Pritsche, das Bein auf einem Stuhl ausgestreckt. Er beugt sich immer mehr zum Fernseher vor, die Augen fallen ihm fast aus dem Kopf, und er presst die Lippen vor Aufregung fest zusammen.

Auf einmal verstehe ich, wie sich meine Mutter gefühlt haben mag, als ich mit ihr zusammen Horrorfilme anschaute. Ein echtes Dilemma: Sie liebte die besonders heftigen Szenen, und ich hockte daneben, ohne was zu kapieren, oder vielleicht war ich auch völlig hin und weg, wer konnte das wissen. Allerdings trickste sie mich aus und ließ mich die Pralinen holen, was ich mit diesem humpelnden Knirps ja nicht machen kann. Was also tun, abschalten oder vorwärtsspulen, keine Ahnung.

Ich muss mich schnell entscheiden, denn die Brünette hat sich auf die Blonde gelegt, sie streicheln sich, und jetzt geht's erst richtig zur Sache. Die beiden sind heiße Mädels, und die Brünette hat einen Körper und ein Gesicht, dass ... Na jedenfalls geht's mir gleich besser, wenn ich die so betrachte, denn die beiden sehen meiner Meinung nach sehr viel hübscher aus als Tiziana. Na klar, die Welt ist voller Mädchen, die viel hübscher sind. Tiziana ist ja nicht mehr die Jüngste, und selbst wenn man sie für diesen Film genommen hätte, hätte sie mit Sicherheit nicht die Rolle eines dieser beiden Mädchen bekommen. Man hätte sie die Gattin des reichen Playboys spielen lassen, die sehr viel reifer und sehr viel weniger geil ist und obendrein auch noch geldgierig, genau wie Tiziana, die ja nur deshalb nach Berlin geht, weil sie glaubt, dort mehr zu verdienen als in der Jugendinfo von Muglione, und ...

Und während ich mir diesen ganzen Scheiß vorsage, streicheln sich die beiden Mädchen weiter und küssen sich, und dann schaut die Brünette der Blonden tief in die Augen, lächelt sanft und taucht abwärts zu ihren Titten und dann weiter zu ihrem Nabel und dann noch tiefer ...

Ich werfe einen Blick auf Mirko, der völlig gebannt dasitzt und gafft, und ich denke *Verdammt noch mal, was soll's, das sind zwei geile nackte Weiber, die sich in einem verwunschenen Schloss auf einem Bett räkeln, das ist doch alles nur Natur und kann ihm nicht schaden.*

»Signore.« Seine Stimme zittert vor Erregung. »Diese beiden Mädchen sind sehr schön.«

»Prima, dass du das gemerkt hast, bravo.«

»Kann ich sagen, zwei heiße Mädels?«

»Warum nicht?«

Unterdessen küsst die Brünette wieder die Titten der Blonden und liebkost sie am ganzen Körper. Es kommt mir komisch vor, diese Szene zusammen mit Mirko anzuschauen, aber noch viel komischer ist die Vorstellung, dass Tiziana sie schon x-mal gesehen hat. Wer weiß, vielleicht ist es wegen dieser Szene ihr Lieblingsfilm. Ich würde sie das gern fragen, doch, wirklich, es würde mich interessieren. Aber ich muss es mir aus dem Kopf schlagen, denn die Zeiten sind vorbei, wo Tiziana und ich unsere Gedanken ausgetauscht und gelacht und rumgealbert und miteinander geschlafen haben. Damit ist jetzt Schluss, auch wenn das erst noch in meinen Kopf rein muss. Aus, vorbei, Ende. Auf der Liste meiner Bekanntschaften muss ich ihren Namen streichen.

Aber bitter ist das schon.

»Was machen die denn jetzt, Signore?«

»Sie schmusen, siehst du das nicht?«

»Ja, aber … es sind zwei Frauen.«

»Genau. Zwei Lesben. Hast du das Wort schon mal gehört?«

»Ja, in der Schule. Lesben sind Frauen, die miteinander rummachen, wenn sie gerade keinen Mann haben. Richtig?«

Eigentlich eher nicht, ich halte aber lieber den Mund. Der Kleine verfolgt das Geschehen auf dem Bildschirm so gebannt, dass ich neben ihm genauso gut eine Wand sein könnte. Aber ich möchte diese Szene auch genießen, verdammt, ein wenig Zucker in dieser bitteren Zeit tut mir gut.

Und außerdem: Wie käme ich dazu, dem zu widersprechen, was er in der Schule lernt.

KAFFEE NEIN, INS BETT GEHEN JA

Mirko, mein Vater und ich sitzen am Kanal und angeln, eine idyllische Szene, von außen betrachtet. Man darf den Ausschnitt aber nicht allzu weit fassen, sonst kommt die Mülldeponie mit ins Bild oder vielmehr die Mauer um sie herum, die Gift ausschwitzt. Und bitte auch nicht zu nah ranzoomen, sonst sieht man mir an, wie elend ich mich fühle.

Aber Mirko hat mal wieder nicht lockergelassen. In seiner penetranten Art fordert er nichts, sondern wiederholt nur in einer Tour, wie super es wäre und wie schön, etwas mit mir zu unternehmen, und dass er der glücklichste Mensch auf der Welt wäre, wenn ... so dass ich ihn schließlich auf den Roller gepackt habe und mit ihm hierhergefahren bin, um meinem Vater beim Angeln zuzuschauen.

Die Ärzte haben mich zwar gewarnt, Rollerfahren sei für ihn zu gefährlich wegen der Erschütterungen und des Unfallrisikos und so. Aber die Ärzte sagen viel, ohne selber dran zu glauben, zum Beispiel, dass man nicht rauchen und nichts Frittiertes essen soll. Solche Sachen müssen sie sagen, aber in Wirklichkeit denken sie *Mach, was du willst, mein Freund, es ist sowieso ein Lotteriespiel, wen's erwischt, den erwischt's nun mal.*

Mein Vater müsste eigentlich fuchsteufelswild werden, wenn er wüsste, dass ich mit seinem kleinen Champion Roller fahre, aber als er uns kommen sah, hob er grüßend die Hand und fragte (nur ihn selbstverständlich), ob er sich fit fühle, ohne groß darüber nachzudenken, wie wir überhaupt hergekommen sind. Die vier leeren Bierdosen und der Weinkarton um fünf Uhr Nachmittag lassen darauf schließen, dass er nicht mehr ganz klar im Kopf ist, und im Moment kommt mir das durchaus entgegen.

Ich hoffe nur, dass mein Vater nicht völlig in den Suff abgleitet und zum Alkoholiker wird. Er kann trinken, so viel er will, wie alle Männer (und viele Frauen) hier in Muglione: vormittags einen Aperitif, mittags und abends Wein, am Nachmittag zwei Gläschen Prosecco und nach dem Abendessen Grappa und Amaro nach Herzenslust. Hauptsache, er landet nicht irgendwann im Krankenhaus, dann wäre er nämlich als Alkoholiker abgestempelt.

Hier im Dorf saufen alle wie die Löcher, manche Männer sind ab drei Uhr nachmittags überhaupt nicht mehr ansprechbar. Sie wissen nicht mehr, wo sie sind, und taumeln nur noch auf irgendeine Bank oder einen ausgetrockneten Wassergraben zu, um bis zum Sonnenuntergang alle viere von sich zu strecken. Aber das juckt keinen, es ist vielmehr ganz normal, so läuft es hier in Muglione. Die Probleme fangen erst an, wenn sie dich einliefern, und sei es nur für einen Tag oder auch nur für eine Minute. Wenn sie dich ins Krankenhaus bringen, heißt das, du hast ein Alkoholproblem. Dann betrachten sie dich im Dorf mit anderen Augen, auch die, die zehnmal so viel trinken wie du.

In unserer Familie gibt es sogar einen Präzedenzfall: Marino, den rothaarigen Cousin meines Vaters, keine Ahnung, welches Ende der genommen hat. Vielleicht liegt der Alkoholismus in unseren Genen. Am Ende etwa auch in meinen?

Wer weiß. In diesen wahnwitzigen Tagen, wo ich pausenlos an Tiziana denke und an alles, was sie jemals gesagt hat – an ihre Stimme und den Geruch ihrer T-Shirts und die Haarsträhne, die ihr immer ins Gesicht fällt –, geht es mir vielleicht erst besser, wenn ich mich besaufe.

Für heute Abend habe ich mich schon mit Giuliano und Stefanino im Excalibur verabredet, wir werden Bier in uns reinschütten und rumtönen, dass die Frauen alle Nutten sind und man ohne sie viel besser dran ist. Es ist schön, Freunde zu haben, die dich mögen und dir beistehen, wenn es dir schlecht geht.

Ich hab sie vorgewarnt, dass ich im Moment ein bisschen schlapp und angekratzt bin, sie sich aber keine Sorgen zu machen brauchen. Denn dieser Schmerz ist wie Benzin, wie eine Benzinwolke: Wenn der Sättigungsgrad erreicht ist und ich mich endlich wieder aufrapple, kommt es zur Explosion, es wird ein zerstörerisches Feuer der Wut entfacht und mein Schrei wird erneut die Welt in Trümmer legen.

Vorerst aber ist noch Niedergeschlagenheit angesagt.

Ist ja auch klar, wie soll ich denn drüber wegkommen, wenn Tiziana mich nicht in Ruhe lässt? Heute Morgen hat sie mir eine SMS geschickt und gefragt, ob wir nicht zusammen zu Mittag essen wollen, ihretwegen ruhig in der Rosticceria. Ich hab ihr sofort ein entschiedenes NEIN hingepfeffert und mich dabei wie ein richtiger Kerl gefühlt mit dicken Muskeln und einem Tierfell über der Schulter, ein Kraftpaket, knallhart und unbezwingbar und mit zwei riesigen Eiern. Ich stand auf dem Gipfel der Welt und schaute von dort oben runter, und mindestens zehn Minuten lang gehörte die Welt mir.

Dann verließ ich die Höhen der Macht, griff zum Handy und schickte ihr eine zweite SMS:

Ok, in der Rosticceria, aber vor eins kann ich nicht, ist das ein Problem? (11:36)

Wir trafen uns vorm Fagiano, das um die Mittagszeit einigermaßen erträglich ist. Die Rallyefahrer und Videopokerspieler sind dann noch auf der Arbeit oder liegen noch im Bett, bis fünf lässt es sich aushalten. Aber heute wäre es besser gewesen, wenn ein paar Prolls auf dem Parkplatz herumgelungert hätten. Dann hätten wir wenigstens gewusst, worüber wir reden sollen.

Immer wieder gab es lange Minuten des Schweigens. Etwas Gemeines wollte ich nicht sagen, und etwas Nettes ist mir nicht eingefallen. Und wenn doch, war es so bescheuert, dass ich es lieber für mich behielt. Denn schließlich verlässt sie mich, verdammt noch mal, und geht nach Berlin, und ich soll ihr bis dahin die Zeit vertreiben und so tun, als wäre nichts. Wozu dieses Treffen, nachdem ich ihr klipp und klar gesagt habe, dass ich sie nicht wiedersehen will? Ihr ist es völlig egal, was ich beschlossen habe, sie setzt sich einfach drüber weg. Sie weiß ganz genau, dass sie mich rumkriegt, wenn sie fragt, ob wir uns sehen wollen, sie sollte also gar nicht erst fragen. Wenn Tiziana mir nicht hilft, werde ich nie durchziehen, was ich mir vorgenommen habe. Aber sie hilft mir nicht, und ich bin schwach, und deshalb fühle ich mich deprimiert und im Stich gelassen. Wie ein Volltrottel. Freut dich das, Tiziana?

Und wenn wir uns schon sehen, warum dann nicht zum Abendessen? Das wäre eine ernsthafte Verabredung, so in der Dunkelheit. Aber nein, wir treffen uns zur Mittagszeit wie zwei gute Freunde, Kollegen oder Nachbarn, die sie dort oben in Berlin zu Hunderten kennenlernen wird. Ich weiß genau, dass irgendwann – vielleicht nicht sofort, aber früher oder später ganz bestimmt – einer dieser Kollegen oder Nachbarn sich geschickter anstellt als die anderen und die richtigen Worte findet, und dann landet Tiziana mit ihm im Bett und schläft mit ihm und umarmt ihn und macht dieselben Laute wie bei mir. Vielleicht ist der überhaupt geschickter und besser im Bett und reifer und erfahrener. Was ja kein Kunststück ist.

Das ging mir in der Rosticceria so durch den Kopf, alles wild durcheinander, und ich schwöre, dass ich irgendwann drauf und dran war zu sagen *Okay, Tiziana, das hier ist erbärmlich und völlig sinnlos. Wenn du gehen willst, dann hau verdammt noch mal ab, aber hör auf, mich weiter zu quälen.*

Aber genau in dem Moment sagt die Rumänin an der Kasse, dass der Kaffeeautomat kaputt ist, und dann macht Tiziana den Vorschlag, den Kaffee bei ihr zu Hause zu trinken, falls ich Lust habe.

»Gehen wir ins Bett?«, frage ich sofort. Immerhin brauchen wir jetzt nicht mehr lange um den heißen Brei zu reden.

»...«

»Gehen wir ins Bett, ja oder nein?«

»Mir ging's wirklich um den Kaffee.«

»Kaffee nein. Ins Bett gehen ja. Also, was ist?«

Und Tiziana schaut mich an und verzieht dabei das Gesicht so komisch, dass ich überhaupt nichts mehr verstehe. Ich schwöre, dass ich in der nächsten Sekunde aufstehen und gehen wollte, um sie nie mehr wiederzusehen. Aber bevor diese eine Sekunde

rum ist, sagt sie: »Na ja, ich würde sagen, wir gehen einfach mal.«
Also sind wir gegangen.

Und ich war unglaublich. *Un-glaub-lich*, im wahrsten Sinne des Wortes. Ich konnte es selbst nicht fassen. Es ging mindestens drei, vielleicht sogar vier Minuten lang, eine Ewigkeit. Und dabei dachte ich die ganze Zeit, wie himmelschreiend ungerecht es war, dass Tiziana ausgerechnet jetzt fortging, wo ich so ein wilder Hengst geworden war. Sie begreift nicht, was sie verliert, was ich verliere, es ist Wahnsinn.

Auch wenn das alles vielleicht nur an der großen Traurigkeit lag, die ich in mir spürte. Ein normaler Mann würde doch in diesem bedrückten Zustand bestimmt keinen hochkriegen, ich dagegen habe drei volle Minuten durchgehalten, bevor ich gekommen bin.

Tiziana jedenfalls hat es sehr genossen und lauter und länger gestöhnt als jemals zuvor. Sie hat mir den Rücken zerkratzt und ein total verzücktes Gesicht gemacht, und da habe ich sie, ohne lange nachzudenken, gefragt, ob es ihr gefällt.

Den Lauten nach, die sie von sich gab, war's eigentlich klar, aber ich wollte es einfach von ihr hören. Und sie sagte: »Ja, oh ja, es gefällt mir, Fiorenzo, und wie.«

Das hätte genügen können. Genügen müssen. Aber ich wollte mehr: »Bleib hier, Tiziana, bleib hier, und es wird jeden Tag so sein.«

Und plötzlich – nichts mehr. Absolut nichts mehr, kein Laut mehr, keine Umarmung, keine Bewegung, aber ich, schwitzend, mache immer weiter und stelle mich dumm, und Tiziana unter mir liegt regungslos da und schaut mich an.

»Fiorenzo, hör auf, es ist idiotisch, was wir hier machen.«

»Was? Aber nein, wieso? Stimmt doch gar nicht.«

»Wir sind zwei Dummköpfe. Oder vielmehr nein, der Dumme bin ich.«

Sie zieht die Beine an die Brust, verschränkt die Arme über den Knien, starrt an die Wand und beißt sich auf die Lippen. Sie rollt sich zusammen, bittet mich um Entschuldigung und spricht mir sogar das Recht auf Dummheit ab.

Und dann Stille. Wie viel Stille lässt sich in einem geschlossenen Raum ertragen? In diesem Fall war das erträgliche Maß längst überschritten. Ich musste etwas sagen.

»Hör mal, willst du, dass ich noch mal durchs Fenster verschwinde?«

»...«

»Oder kann ich die Tür benutzen?«

Tiziana antwortet nicht. Sie schüttelt nur den Kopf, murmelt etwas vor sich hin, das ich nicht verstehe und das wohl auch gar nicht für mich bestimmt ist. Und als mir klar wird, dass sie nichts dagegen hat, wenn ich gehe, spüre ich wieder dieses Brennen in den Augen.

Nein, verdammter Mist, diesmal nicht. Ich bin nackt, ich hab noch einen Steifen, und in diesem Zustand zu weinen ist das Bescheuertste, was man sich nur vorstellen kann.

Also stürze ich mich auf meine Klamotten am Boden, raffe sie zusammen und versuche, sie irgendwie anzuziehen. Shorts, T-Shirt, Flip-Flops. Das tue ich seit neunzehn Jahren jeden Morgen, warum dauert es jetzt bloß so lange?

»Fiorenzo, wirklich, ich wollte nicht. Das heißt, ich wollte schon, aber es ist alles so kompliziert. Ich will nicht, dass es dir meinetwegen schlecht geht. Mir geht's schlecht und dir auch, und das hier war eine Dummheit. Ich weiß nicht, warum ich es gemacht habe, vielleicht weil ich ... keine Ahnung ... Vielleicht weil ich wissen wollte, ob ...«

Aber da bin ich schon fertig angezogen, mehr oder weniger, und fast aus dem Zimmer, die Treppe runter und auf der Straße. Und falls Tiziana noch etwas sagt, dann höre ich es nicht mehr.

Das alles ist drei Stunden her. Und jetzt bin ich mit Mirko und meinem Vater am Kanal, und man braucht nicht viel Phantasie, um zu verstehen, wie ich mich fühle.

»Hier nimm, setz dich.« Mein Vater zieht den Stuhl unter seinem Hintern hervor und hält ihn Mirko hin.

»Nein, danke, ich steh ja sonst kaum.«

»Du stehst nicht, weil du nicht stehen sollst. Setz dich hier drauf.«

»Danke, aber ich möchte lieber …«

»Setz dich und geh mir nicht auf den Senkel.«

Mein Vater knallt ihm den Stuhl hin und lässt sich mit grimmiger Miene auf dem Boden nieder. Mirko setzt sich.

Ich bleibe stehen, was gar nicht so gut ist, wenn man angelt, denn der Fisch sieht dich und wird misstrauisch. Fische haben Angst vor vertikalen Schatten, die quer über den Kanal fallen. Aber ich glaube, mein Vater angelt schon wieder ohne Köder, es kann mir also egal sein.

»Haben Sie was gefangen, Signor Roberto?«

»Nein. Aber besser so.«

»Tut mir leid.«

»Ich hab gesagt, besser so. Viel besser.«

Der kleine Champion nickt und streckt sein kaputtes Bein aus. Er stützt das Kinn in die Hand und betrachtet den Schwimmer.

»Und was machen die Jungs?«, fragt er.

»Welche Jungs?«

»Die anderen in der Mannschaft, meine Teamkollegen.«

»Bah, auf die kannst du scheißen. Kein Stil, keine Klasse, absolut überhaupt nichts. Sieh zu, dass du gesund wirst, sonst geht alles den Bach runter.«

Eine Taube fliegt vorbei. Dann eine Libelle. Und ich frage mich, warum sich diese Tiere, die doch fliegen könnten, wohin sie wollen, ausgerechnet für Muglione entschieden haben. Beim Schilf und bei den Seerosen leuchtet es mir ja ein, die sind dazu verdammt, zu bleiben, wo sie aus dem Boden wachsen, die Tauben und Libellen aber nicht.

»Schluss jetzt, ich hab die Schnauze voll.« Mein Vater steht auf, am Hintern seiner Trainingshose kleben Erde und Schlamm. »Ich gehe.«

Mirko bleibt sitzen und schaut ihn an, dann dreht er den Kopf zu mir. Er wirkt bekümmert. Ich habe keine Lust, irgendwohin zu gehen. Im Ortszentrum könnte ich Tiziana begegnen, die womöglich die letzten Einkäufe vor ihrer Abreise erledigt. Warme Klamotten, Wollpullis, vielleicht auch neue Unterwäsche, um was herzumachen, wenn sie jemanden findet, der sie flachlegt ... Nein, ich will ihr nicht begegnen, ich will sie nie mehr wiedersehen, mir geht's so schon beschissen genug.

»Papa«, sage ich, »wenn du uns die Angel dalässt, angeln wir noch ein bisschen.«

Mirko stößt einen Freudenschrei aus, springt auf und fängt an herumzuhüpfen, so hoch, dass ich bei jedem seiner Sprünge fürchte, er kommt nicht mehr auf den Boden zurück.

»Yippie! Yippie!«

»Was zum Teufel machst du da?«, brüllt mein Vater ihn an. »Du tust dir weh, du darfst dich nicht anstrengen!« Dann schaut er an dem Kleinen vorbei zu mir. »Hey, siehst du, wie hoch der springt? Der hätte auch Basketball-Champion werden können.«

»Basketball! Saustark!«, sagt Mirko. »Das würde ich gern ausprobieren.«

»Einen Dreck wirst du! Basketball ist absoluter Schwachsinn. Genau wie Fußball und Tennis, alles Schwachsinn. Das sagt schon der Name: Basketball*spiel*, Fußball*spiel*. Radsport dagegen ... Radsport ist Sport, Radsport ist Schinderei, und du, Mirko, bist dafür geboren, dich abzuquälen, verstanden?«

Mirko schnaubt, nickt und setzt sich wieder, das Kinn in die Hand gestützt, und starrt aufs Wasser.

Der letzte Arzt, der bereit war, mit uns zu reden, meinte, Mirko sei nicht unbedingt dazu verurteilt, sein Leben lang zu humpeln, aber auf dem Fahrrad könne er nicht mehr als ein paar Runden drehen. Doch mein Vater lässt sich nicht beirren.

Er ist mit seinem Vortrag fertig und dreht sich hierhin und dorthin, er tastet seinen Körper ab, weil er irgendetwas sucht, vielleicht Geld, um sich noch was zu trinken zu kaufen. Dann geht er, die leeren Bierdosen und den Weinkarton lässt er am Kanal zurück. Und uns auch.

394

ICH WÄRE SO GERN EIN FROSCH

»Danke, Signore, ich bin so froh, ich habe so sehr gehofft, dass wir hierbleiben und angeln. Damit machen Sie mir eine große Freude, danke.«

Ich hab's nicht für ihn getan, sage aber trotzdem: »Bitte.«

»Glauben Sie, dass jetzt ein Fisch anbeißt? Vielleicht sogar ein großer? Gibt es hier im Fluss überhaupt große Fische?«

»Das ist kein Fluss, das ist ein Kanal.«

»Gibt es hier im Kanal große Fische?«

»Ja doch, einige.«

»Und was war der größte Fisch, den Sie jemals gefangen haben?«

»Ein Karpfen, an die zwölf Kilo.«

»Zwölf Kilo!«

»Vielleicht sogar dreizehn, ich habe ihn nicht gewogen, ich hatte keine Waage dabei.«

»Konnten Sie ihn denn nicht zu Hause wiegen?«

»Nein, ich habe ihn ja gleich wieder freigelassen.«

»Freigelassen?«

»Ja, ich habe ihn vom Angelhaken losgemacht und wieder ins Wasser gesetzt.«

Der Junge sagt nichts mehr. Es kommt sehr selten vor, dass er den Mund hält, deshalb drehe ich den Kopf, um mich zu vergewissern, dass alles in Ordnung ist. Und da merke ich, dass er mich anschaut, wie mich noch nie jemand angeschaut hat.

Mit der Bewunderung eines Menschen, der Tausende Kilometer weit gefahren ist, um zum Konzert zu kommen, und jetzt in der ersten Reihe sitzt, um sein Idol endlich live zu erleben. Ich kann nicht behaupten, dass mir das missfällt. Ich würde auch gern jemanden kennen, den ich so anschauen kann. Einen, der älter ist als ich, den ich viele Sachen fragen könnte und an dessen

Lippen ich hänge wie dieser Knirps an meinen. Aber ich habe so jemanden nicht, hab nie so jemanden gehabt. Der kleine Champion, wie's aussieht, schon. Auch wenn in seinem Fall ich das bin. Unglaublich.

Ich wende mich wieder dem Schwimmer zu, aber es hat keinen Sinn. Ohne Köder wird nie was anbeißen. Ich hole die Angelschnur ein, Mirko springt auf und rennt zu mir. »Haben Sie was gefangen, Signore? Haben Sie was gefangen?«

Ich schüttle den Kopf und prüfe den Haken. Wusste ich's doch, kein Köder, nur der blanke Haken.

»Müsste da nicht ein Köder dran sein?«

»Ja. Mais oder Polenta. Irgendwas.«

»Und warum ist da nichts dran?«

»Ein Fisch muss ihn gefressen haben, ohne sich erwischen zu lassen. Fische sind schlau.«

»Dann gibt's also wirklich Fische hier! Hängen wir doch einen neuen Köder dran, Signore, und fangen wir welche!«

Tja, das ist leicht gesagt. Ich schaue mich um, in diesem schlammigen Boden gibt es bestimmt Tauwürmer, und die hier neben der Müllkippe sind garantiert ganz besonders dick und fleischig. Aber es hat lange nicht geregnet, der Boden ist trocken und hart, und ich bräuchte schon eine Schaufel, um da Würmer rauszuholen. Deshalb reiße ich ein paar Grashalme aus und knete sie zu einem Klumpen, den ich als grüne Kugel an den Haken hänge. Dann lasse ich die Schnur wieder ins Wasser, vorsichtig, damit der Köder nicht abfällt. Der Schwimmer bleibt einen Augenblick auf dem Wasser liegen, dann richtet er sich auf und erfüllt seine Aufgabe.

»Gras, Signore? Sie haben Gras genommen?«

»Ja. Es gibt jede Menge Fische, die Pflanzen fressen: Schleie, Amur ...«

»Amur?«

»Ein Karpfenfisch, aber er hat große Ähnlichkeit mit dem Döbel. Und er wird riesig.«

Einen Amur habe ich hier zwar noch nie gesehen, aber wer weiß, die Leute werfen ja alles in die Kanäle.

Heute gibt's hier sogar Killerkrebse, dunkle und aggressive Biester, die ursprünglich aus Louisiana stammen. Wie diese Krebse von Louisiana in die Kanäle von Muglione gekommen sind? Ganz einfach. Ein Restaurantbesitzer in Viareggio hat heimlich, still und leise welche importiert, in einem großen, unterirdischen Becken gehalten und als Hummer deklariert und verkauft. Irgendwie, vielleicht bei Hochwasser oder einfach, weil sich diese Tiere problemlos auch an Land fortbewegen können, sind die Killerkrebse in den See von Massaciuccoli gelangt. Und weil sie aggressiv sind und die einheimischen Arten fressen, konnten sie sich ungestört vermehren. Und deshalb kann es dir auch in Muglione passieren, dass sich plötzlich ein Killerkrebs an deinem Fußgelenk festkrallt.

»Signore, kann ich Sie was fragen?«

»Hm.«

»Aber es ist was Persönliches, und ich möchte nicht, dass Sie sich aufregen.«

»Dann frag nicht.«

»Aber ich würde es so gern wissen.«

»Ich hab im Moment keine Lust, mich aufzuregen, also frag nicht.«

»Na gut«, sagt er. Er beobachtet den Schwimmer und sagt keinen Ton mehr. Es vergehen ein, zwei, drei Minuten …

»Okay, du hast gewonnen, frag.«

»Aber, Signore, ich möchte wirklich nicht, dass …«

»Frag und basta, ohne lange rumzueiern.«

»Also gut. Ich wollte fragen … war es hier an dieser Stelle, wo Sie Ihre Hand verloren haben?«

Das hat er gesagt, ich schwör's, und dabei sieht er mich mit festem Blick an.

Woher weiß er, dass ich meine Hand am Kanal verloren habe? Entweder hat er meinen Vater gefragt, oder er hat es irgendwo gehört. Oder kann er Gedanken lesen? Es war nicht hier an dieser Stelle, aber auch nicht sehr weit entfernt. Ein Stück weiter vorn macht der Kanal eine Biegung und schneidet ein anderes Teilstück. Dort war es, nur anderthalb Kilometer von hier

397

entfernt. Aber dieser Bursche wird es nicht schaffen, mich aus der Reserve zu locken, niemals.

»Und woher weißt du das, verdammt noch mal?«

»Ich weiß es ja gar nicht, Signore, ich frag nur.«

»Aber du weißt es doch irgendwoher?«

»Ich weiß nichts, Ehrenwort. Ist es hier passiert?«

»Nein, woanders, ganz woanders. Zufrieden?«

»Nein. Oder vielmehr nicht ganz.« Er beobachtet weiter den Schwimmer. Aber mich legt er nicht rein, dieser kleine Teufel. Das heißt, er legt mich eigentlich ständig rein, aber jedes Mal sag ich mir *Das macht er nicht noch mal* und versuche, auf der Hut zu sein.

»Verdammt, woher weißt du eigentlich diese ganzen Sachen über mich.«

»Ich weiß ja nichts, ich hab nur gefragt.«

»Verarsch mich nicht. Wer hat es dir erzählt, mein Vater? Und dann erklär mir, was dich das angeht.«

»Nichts, Signore. Das heißt, Sie sind mir wichtig, und deshalb ist mir alles wichtig, was mit Ihnen zu tun hat.«

Mit solchen Bemerkungen versucht er immer wieder, mich weichzuklopfen, und das Schlimme ist, dass es ihm gelingt. Aber so dumm, mich von ihm einwickeln zu lassen, kann ich nicht ständig sein, meine Tagesration Dummheit hab ich heute schon bei Tiziana aufgebraucht, jetzt muss ich hart bleiben.

»Junge, versuch bloß nicht, mir was vorzumachen. Du tust so, als wüsstest du nichts, aber du weißt viel zu viel. Und die Geschichte mit dem Kater-Sylvester-Glas, die kennst du auch, das weiß ich …«

Diese Sache wurmt mich am meisten. Wenn dieses verfluchte Bürschchen alles weiß, was in meinem Leben danebengegangen ist, dann wird mich diese Geschichte noch in den Wahnsinn treiben. Wäre sie nicht passiert, wäre ich wahrscheinlich ein besserer Mensch oder zumindest jemand, der imstande ist, ab und zu das Grab seiner Mutter zu besuchen, was ich in den vergangenen sechzehn Monaten kein einziges Mal gemacht habe. Kein einziges Mal. Denn ich habe Angst, dass ich mit gesenktem Kopf dastehe und etwas höre, einen Seufzer, die ferne Stimme meiner Mutter, die sagt *Was hast du getan, Fiorenzo? Ich könnte noch am Leben sein, mein Sohn, ich könnte noch am Leben sein ...*

Ein Schauer läuft mir über den Rücken, dass sich mir die Nackenhaare sträuben. Ich schüttle mich, aber er vergeht nicht. Ich versuche, mich mit dem Jungen anzulegen, um mich abzureagieren.

»Versuch bloß nicht mich auszutricksen, du Klugscheißer. Du weißt auch über Kater Sylvester Bescheid!«

»Aber was soll ich denn wissen, Signore? Ich schwör's, dass ich nichts weiß, ich schwör's.«

»Du weißt alles. Und hör auf zu schwören, sonst kommst du in die Hölle.«

Der Junge schaut mich an, ganz ernst, aber wie ein aus dem Nest gefallenes Vögelchen, so dass du völlig wehrlos bist.

»Dann machen wir's doch so, Signore: Sie erzählen es mir einfach.«

»Was?«

»Die Geschichte vom Kater Sylvester.«

»Das könnte dir so passen. Was zum Teufel willst du von mir, das geht dich gar nichts an.«

»Ja, aber ich kenne sie doch sowieso schon. Also ist doch nichts dabei, wenn Sie sie mir noch mal erzählen.«

Ein durchtriebener Mistkerl. Das wirft er so beiläufig hin, und dann beobachtet er wieder den Schwimmer, der genauso reglos und unnütz ist wie wir. Aber was erwartest du, wenn du nur ein paar Grashalme an den Haken hängst?

Auch ich starre auf den Schwimmer und denke an den Schlick auf dem Grund des Kanals und an den glänzenden Stahl des Angelhakens in dieser dunklen Brühe.

Und fast gedankenlos fange ich an, die Geschichte von diesem verdammten Glas zu erzählen. Unglaublich. Ich hab sie noch keinem erzählt, ich hab sie die ganze Zeit für mich behalten. Und mit den Monaten ist sie immer größer geworden, und ich habe Angst, wenn ich sie nicht loswerde, zerreißt sie mir noch das Herz, und ich sterbe.

Außerdem kennt Mirko sie ja schon, was macht es da für einen Unterschied, wenn ich sie ihm noch mal erzähle?

»Es war letztes Jahr, und ... hey, kleiner Champion, in dieser Geschichte geht es auch ums Wichsen, das schockiert dich doch nicht, oder? Du wichst doch hoffentlich auch.«

Der Junge antwortet nicht, er starrt auf den Schwimmer und macht ein komisches Gesicht.

»Holst du dir einen runter, ja oder nein?«

»...«

»Komm schon, sag endlich Ja.«

»Ganz selten mal.« Dabei zuckt er mit den Mundwinkeln und blinzelt, als hätte er einen nervösen Tick.

»Na siehst du, ist ja auch nichts dabei, oder? Wir holen uns doch alle einen runter. Ich mach's jetzt seltener, weil ich eine superheiße Frau habe, mit der ich ins Bett gehe. Aber ich bin eine Ausnahme.«

Besser gesagt, ich *war* eine Ausnahme, bin aber schnell wieder zur Regel zurückgekehrt. Ich sehe Tiziana nackt unter mir liegen und ihren Gesichtsausdruck in solchen Momenten. Sie war wunderbar, aber meine Erinnerung an sie verblasst allmählich, und ich habe Angst, dass sie bald zu einem Traumbild wird und nur noch in meiner Phantasie existiert. Ist das alles tatsächlich passiert? Ich rufe mir meine Empfindungen in Erinnerung, die Gerüche, aber alles ist verworren und verzerrt. Das einzig Wahrhaftige ist jetzt der Schmerz.

»Na, jedenfalls«, sage ich jetzt, »es war Frühling, und ich lag im Bett und hab mir vor dem Einschlafen schnell noch einen runtergeholt, einen Gute-Nacht-Wichs, aber danach lag ich wach. Du weißt doch, was das ist, ein Gute-Nacht-Wichs?«

Mirko hebt den Blick nicht vom Schwimmer, er hat wieder diese absurden Zuckungen und sagt keinen Ton. Ich bin sicher, er weiß, wovon ich rede. Der Gute-Nacht-Wichs ist ein Klassiker. Eine magische Brücke von der realen Welt in die Welt der Träume. Ein Ort, an dem deine Freundinnen beschließen, nicht mehr nur gute Freundinnen sein zu wollen, und die neue Aushilfslehrerin dich unter vier Augen im Lehrerzimmer sprechen will. Vielleicht besuchst du auch einen Freund und öffnest aus Versehen die Tür zum Zimmer seiner großen Schwester, die dann halbnackt vor dir steht. Du entschuldigst dich, und sie sagt *Aber ich bitte dich. Ach, übrigens, mir ist grad so langweilig. Hilfst du mir, ich krieg meinen BH nicht auf.* Jedenfalls treibst du diese Phantasien immer weiter, bis du so weit bist, und dann, wenn es vorbei ist, fühlst du dich leer und leicht und wie im Wunderland und kannst gut einschlafen.

»Aber ich konnte nach dem Gute-Nacht-Wichs einfach nicht einschlafen. Und weißt du, warum? Weil ich aufstehen und mich waschen musste und dabei natürlich knallwach wurde. Es war kalt da draußen, das Wasser eisig und das Licht im Bad grell, und als ich dann wieder im Bett lag, war ich hellwach. Ich versuchte es mit Papiertaschentüchern, aber das ist total unpraktisch. Mit nur einer Hand musste ich aufpassen, das Bettlaken nicht schmutzig zu machen, na, jedenfalls war es voll umständlich. Und du, du Champion, hast du's schon mal mit einem Taschentuch probiert?«

Mirko antwortet nicht, er schaut mich nicht an, er atmet nicht.

»Na los, sag schon, nimmst du ein Taschentuch, ja oder nein?«

»Entschuldigung, Signore, hat diese Geschichte was mit dem Kater-Sylvester-Glas zu tun?«

»Stell dich nicht dumm, du weißt genau, dass sie was damit zu tun hat. Und wie. Na, jedenfalls kam mir irgendwann die geniale Idee mit dem Glas«, sage ich und hole tief Luft. »Zumindest dachte ich, sie ist genial, aber du weißt ja, wie es ausging, und deshalb können wir sagen, dass sie alles andere als genial war.«

Ich höre für einen Moment auf zu sprechen. Ich denke an meine Mutter, an ihr Lächeln, wenn ich ihr etwas erzählte und an einem bestimmten Punkt stockte, weil ich mich schämte oder weil ich die Spannung steigern wollte. Auch bei guten Nachrichten, wenn ich zum Beispiel aus der Schule kam und sie wissen wollte, welche Note ich bekommen hatte, ich aber nicht sofort antwortete. Meine Mutter hielt dann schon ein Lächeln bereit, weil es mindestens eine Drei gewesen war, und rief *Was ist denn, träumst du? Komm schon, sag es mir, mach's nicht so spannend.*

Sie fehlt mir, meine Mutter, und wie. Und jetzt fehlt mir auch noch Tiziana, aber es ist nicht so, dass mir deshalb meine Mutter weniger fehlen würde. Im Gegenteil, sie fehlt mir jetzt vielleicht sogar noch mehr. Ein Verlust wird nicht durch einen anderen ausgeglichen, hier drin ist genügend Platz für alle beide, das Maß der Traurigkeit wird nie voll.

Und wenn ich daran denke, dass meine Mutter ohne dieses Kater-Sylvester-Glas vielleicht noch am Leben wäre ... Kann das sein? Nein ... doch ... boh, ich schwöre, ich weiß es nicht.

»Also wenn ich es richtig verstanden habe, Signore, haben Sie das Kater-Sylvester-Glas benutzt, um ...«

»Ja, das hast du richtig verstanden, bravo, Eins plus. Ich habe es statt des Taschentuchs benutzt, und es hat prima funktioniert. Eine saubere Sache. Nur dass ich danach ... Na ja, wenn ich danach aufgestanden und ins Bad gegangen wäre, um es sauber zu machen, wäre das Problem dasselbe gewesen. Und weißt du, was ich gemacht habe? Natürlich weißt du es, du weißt ja alles, sag du mir, was ich gemacht habe.«

»Aber ich ...«

»Komm schon, wenn du's nicht sagst, erzähl ich nicht weiter.«

»Sie haben das Glas einfach stehen lassen und sind eingeschlafen?«

»Exakt. Siehst du, du weißt es. Ich hab es unters Bett gestellt, um es am nächsten Morgen auszuspülen, und hab wunderbar geschlafen.«

Ich unterbreche mich. Um den Schwimmer hat sich ein kleiner Kreis gebildet, der immer größer wird. Ein Zeichen, dass etwas den Haken berührt hat. Aber es könnte alles Mögliche sein, auch eine dumme Kaulquappe, die im Vorbeischwimmen an den Kork gestoßen ist. Oder vielleicht bilde ich es mir auch nur ein, ich bin nervös und weiß nicht, was ich da sehe. Diese Geschichte mit dem Glas habe ich noch nie jemandem erzählt, diese schreckliche Geschichte, an die ich jeden Tag denke und die nur ich kenne. Ich und meine Mutter.

»Aber am nächsten Morgen hatte ich es vergessen, ich bin in die Schule gegangen und habe das Glas unterm Bett stehen lassen. Als ich am Nachmittag nach Hause kam, war niemand da. Es war Mittwoch, und mein Vater war mit der Mannschaft unterwegs. Ich geh also die Treppe hoch und höre keinen Laut, ich komme in mein Zimmer und sehe meine Mutter am Boden liegen, einen Arm ausgestreckt, neben ihr der Kehrbesen und daneben das Kater-Sylvester-Glas, umgekippt.«

»Ähm, Verzeihung, Signore.« Zum ersten Mal wendet Mirko die Augen vom Schwimmer ab und schaut mich an. »Ist Ihre Mutter etwa so gestorben?«

»Nein, du Trottel, sie war ohnmächtig, hat sich aber sofort wieder erholt. Sie sagte, es wäre nur ein Schwächeanfall gewesen, dann ist sie ins Bad und hat sich kaltes Wasser ins Gesicht gespritzt. In der Zwischenzeit bin ich runtergegangen und hab das Glas ausgespült. Und wir haben nicht mehr drüber gesprochen.«

»Ach so, ich dachte schon, sie wäre so gestorben.«

»Nein, sie wurde ohnmächtig, das hab ich doch grade gesagt.« Ich richte meinen Blick wieder aufs Wasser, um den Schwimmer haben sich zwei weitere konzentrische Kreise gebildet. »Meine Mutter ist in der Bank gestorben. *Am nächsten Tag.*«

Schweigen. Nur die Frösche sind zu hören. Die Frösche und mein Herz.

Ich habe es gesagt. Ich hätte nie gedacht, dass ich das jemals einem Menschen erzählen würde, und jetzt habe ich es einem dämlichen, potthässlichen Knirps erzählt. Vielleicht hätte ich es Tiziana erzählen sollen, sie hätte verstanden, warum mir diese Geschichte so zu schaffen macht. Der Kleine dagegen schaut mich ausdruckslos an, und sein Blick sagt mir, dass er nichts kapiert hat.

»Signore, ich bitte um Entschuldigung. Ich hatte es so verstanden, dass die Geschichte von dem Glas etwas mit dem Tod

Ihrer Mutter zu tun hat. Verzeihung, es muss an dem Horrorfilm von gestern Abend liegen, dass ich auf so merkwürdige Ideen komme.«

»Schieb die Schuld bloß nicht auf den Film, der Dummkopf bist du«, sage ich und will die Geschichte damit abschließen. Aber ich schaffe es nicht, ich schaffe es einfach nicht und erzähle weiter. »Na ja, also … irgendwie hat sie doch was damit zu tun, oder? Ich meine, es könnte doch immerhin sein. Glaubst du nicht?«

»Nein, Signore, meiner Ansicht nach nicht, aber das wissen Sie besser.«

»Selbstverständlich hat es was damit zu tun, du Trottel. Meine Mutter ist in der Bank gestorben. Die Frau, die in der Schlange hinter ihr stand, hat gesehen, wie sie zu Boden gesunken ist, und aus war's. Und ein paar Tage später hat der Arzt mit mir gesprochen und gesagt, dass der menschliche Körper nun mal so ist. Manchmal macht es Klick, dann legt sich der Schalter um, und es ist aus, ohne jede Vorwarnung, da kann man nichts machen. Und dann habe ich ihn gefragt, ob man etwas hätte machen können, wenn es ein Warnsignal gegeben hätte. Und er meinte, ja, vielleicht schon, und dann hab ich ihn gefragt, ob ein Ohnmachtsanfall so ein Warnsignal hätte sein können, und er meinte, ja, klar, sicher, ja … Verstehst du jetzt, du Trottel, verstehst du jetzt? Es gab dieses Warnsignal, am Tag vorher ist meine Mutter vor meinen Augen in Ohnmacht gefallen, verdammt, und ich, was habe ich gemacht? Ich bin in die Küche gegangen und hab das Glas gespült und so getan, als wär nichts passiert.« Ich halte kurz inne, ich versuche zu atmen, ich kriege keine Luft, aber wenigstens schreien kann ich: »Hast du verstanden, du Trottel? Ich habe so getan, als wäre nichts passiert!«

Meine Stimme wird von der Kanalböschung zurückgeworfen, und für einen Moment verstummen sogar die Frösche. Dann quaken sie weiter, munterer als zuvor.

Gott, ich wäre so gern ein Frosch. Ich würde nichts vermissen, denn ich lebe sowieso am Kanal und führe dasselbe sinnlose Leben. Nur dass Frösche nicht ins Grübeln kommen und ruhig vor sich hin leben. Sie müssen sich nur vor den Killerkrebsen und den Kanalratten in Acht nehmen und können sonst friedlich schlafen, ohne von ihrer Mutter zu träumen, die sie leichenblass anstarrt, die Haare schweißverklebt, mit einem Kater-Sylvester-Glas in der Hand.

Aber warum habe ich dieses verfluchte Glas nicht kaputt gehauen, warum habe ich es nicht noch am selben Tag in tausend Scherben zerschlagen, warum habe ich es ganz hinten im Schrank versteckt, wo diese kleine Nervensäge es sofort entdeckt hat?

Und warum schaut mich dieses Bürschchen jetzt an und ist drauf und dran, laut loszulachen?

»Hey, du Mistkerl, was gibt's da zu lachen?«

Er schüttelt den Kopf, die Augen weit aufgerissen, die Lippen zusammengepresst.

»Was zum Teufel gibt's da zu lachen, du Trottel. Ich werf dich in den Kanal, hörst du?«

»Entschuldigung, Signore, ich lache doch gar nicht.«

»Klar lachst du.«

»Nein, ich schwör's bei meiner Familie.«

»Das kannst du dir sparen, du bist deiner Familie so was von egal!«

»Ja, aber sie mir nicht, also gilt der Schwur. Ich gebe zu, dass mir zum Lachen war, aber ich habe nicht gelacht.«

»Aber was zum Teufel gibt's da zu lachen? Ich habe dir erzählt, dass meine Mutter gestorben ist und dass ich daran vielleicht auch mit schuld bin, und du lachst?«

»Ja, Entschuldigung, aber ich hatte am Anfang gedacht, dass es um was Ernstes geht. Dass Ihre Mutter sich gebückt hat und das Glas aufheben wollte und sich den Kopf angestoßen hat und daran gestorben ist. Oder dass sie gedacht hat, in dem Glas ist ein Schluck Milch, und davon getrunken und sich vergiftet hat. Oder dass Sie sie getötet haben, weil sie Ihre Methode mit dem Glas entdeckt hatte ...«

»Wie bitte? Du hast sie doch nicht alle, du bist wirklich nicht ganz dicht, Mann, was zum Teufel spinnst du dir da eigentlich

405

zusammen? Ist dir klar, was für einen Schwachsinn du da erzählst?«

Der Junge macht ein komisches Gesicht. Nicht mehr wie ein Vögelchen, das aus dem Nest gefallen ist. Er ist ernst und schaut mir so fest in die Augen, dass ich fast Angst bekomme.

»Ja, Signore«, sagt er mit veränderter Stimme. Er zittert nicht mehr. Wir haben die Rollen getauscht, jetzt zittere ich. »Machen wir's doch so, Signore: Ich werde mir darüber klar, was ich für einen Schwachsinn rede, und Sie werden sich darüber klar, was Sie für einen Schwachsinn reden.«

»Ich? Ich rede keinen Schwachsinn.«

»Gut. Aber dann lache ich.«

»Nein, du ...«

»Doch, dann lache ich, Signore. Mir reicht's, dass ich nie was darf. Ich darf nicht rennen, ich darf nicht Rad fahren, ich darf nicht mal normal gehen mit diesem Bein. Sie dagegen können machen, was Sie wollen, Sie können sogar behaupten, dass Sie schuld am Tod Ihrer Mutter sind, weil sie ein Glas gefunden hat, in das Sie reingewichst haben. Wenn ich über einen solchen Schwachsinn nicht mal lachen darf, was darf ich denn dann ...«

Nichts, dieser kleine Teufel darf gar nichts! Obwohl er sich ganz schön viel rausnimmt und mich wie einen Trottel, wie einen durchgeknallten Vollidioten dastehen lässt, dümmer, als ich mich in meinem ganzen Leben jemals gefühlt habe. Und in letzter Zeit hatte ich wirklich oft Gelegenheit, als Vollidiot zu glänzen.

Aber jetzt ist es anders. Jetzt bin ich beinahe froh, mich so zu fühlen. Meinetwegen könnte Mirko sogar lachen, laut lachen, mit dem Finger auf mich zeigen und sich bepissen vor Lachen. Lachen, bis ihm die Tränen kommen, wie manchmal meine Mutter, wenn sie eine wirklich absurde Geschichte hörte. Wie sie jetzt vielleicht lachen würde, wenn ich ihr diese Geschichte erzählen könnte.

Ich fühle mich wie ein Vollidiot, wie ein richtiger Knallkopf: völlig durcheinander und vielleicht auch ein bisschen erleichtert. Eher erleichtert, ja, ein wenig schon. Ich schaue Mirko an, fast möchte ich mich bei ihm bedanken, aber das werde ich nicht. Niemals.

Und plötzlich verändert sich seine Miene erneut. Er verkneift sich nicht mehr das Lachen, er verzieht den Mund und fängt an zu husten und auszuspucken.

»Was zum Teufel machst du denn da.«

»Entschuldigung, Signore, ich weiß, so was tut man nicht, aber es ist so eklig!« Und er spuckt wieder aus.

»Was ist eklig?«

»So ein Mist, ich hab so oft aus diesem Glas getrunken. Bleaaah!«

Und jetzt muss *ich* lachen. Unglaublich, aber ich lache. »Und darüber beklagst du dich? Du solltest stolz darauf sein, dass du aus einem Glas trinken darfst, in das ich reingewichst habe! Das kannst du überall rumerzählen: Es ist eine Ehre, dass …«

Plötzlich reißen wir beide die Köpfe herum in Richtung Wasser, und es bleibt keine Zeit mehr für Worte. Der Schwimmer wird ruckartig nach unten gezogen, dermaßen schnell und mit einem Geräusch, als hätte jemand einen Stein ins Wasser geworfen. Ich sehe ihn gerade noch wie einen Pfeil davonschießen, die Frösche retten sich mit einem Sprung auf die Böschung.

Ich greife nach der Angelrute, mache den Freilauf zu und kurble. Ich spüre eine wahnsinnige Kraft, ein enormes Gewicht, die Rute biegt sich voll durch und zieht mich mit.

»Komm her, hilf mir!«

Mirko packt mit an, und wir ziehen gemeinsam. Ich versuche die Rutenspitze oben zu halten und reguliere die Bremse, um etwas Schnur freizugeben. Aber diese Vorkehrungen für den Drill eines großes Fisches sind bei diesem gewaltigen Brocken sinnlos. Es ist fast, als würde man sich am Tag des Weltuntergangs einen Helm aufsetzen. Das hier ist ein Schnellzug, ein Lkw, und die einzige Technik, die hilft, ist Zähne zusammenbeißen und ziehen.

»Was soll ich machen, Signore, was soll ich machen!«

»Zieh, Mirko, zieh, so fest du kannst!«

Das Wasser teilt sich, aber wir sehen nichts, nur einen riesigen Schatten und zwei Wellen, die gegen die Böschung schwappen, das Wasser des Kanals schäumt auf, ein Strudel entsteht, der einen gewaltigen Sog entwickelt.

Und dann macht es *knack*, die Rute zerbricht wie ein Zahnstocher, und die Schnur reißt, und vielleicht brechen wir uns auch ein paar Knochen, als wir jetzt rückwärts auf dem harten Boden landen.

Wir sind außer Atem, ein Stück der Rute halten wir immer noch in den Händen. Wir schauen uns an, wir schauen aufs Wasser, dann wieder auf uns.

Diesmal haben nicht mal die Frösche den Mut weiterzuquaken.

BIS ER NICHT MEHR ZU SEHEN IST

Das Taxi fährt vor und hupt zweimal, aber du hast es schon vom Fenster aus gesehen. Du nimmst deine Koffer und gehst runter. Zwar hattest du mit Raffaella ausgemacht, dass sie dich zum Flughafen fährt, aber dann hast du doch ein Taxi gerufen.

Es war nicht böse gemeint, du wolltest dir einfach nur noch mal in Ruhe das Dorf anschauen, einen letzten Blick drauf werfen und deinen Gedanken nachhängen, ohne Raffaellas Schluchzer und Tränen.

Zwei Gepäckstücke im Kofferraum, eine leichte Tasche auf dem Schoß, dazu den »Corriere della Sera« und den »Tirreno«, die du dir gekauft hast, du weißt auch nicht, warum.

»Sie interessieren sich für Nachrichten, was?«, meint die Taxifahrerin und deutet auf die Zeitungen. Ein Mann wäre dir lieber gewesen, ein älterer Mann, der sein Leben lang nichts anderes gemacht hat als Taxi fahren und die Schnauze voll hat, keinen Ton sagt und nur darauf wartet, dass seine Schicht zu Ende geht.

Jetzt will die Taxifahrerin wissen, was du denn Schönes vorhast und ob es in Deutschland jetzt auch kalt ist. Berlin kennt sie nicht, aber sie war in München, wo ihre Verwandten ein Fliesengeschäft haben. Sie empfiehlt dir einen Besuch in München, weil es eine schöne Stadt ist, wo man gut isst, wenn auch längst nicht so gut wie bei uns, im Land der guten Küche. Uns Italienern mit den Spaghetti und der Pizza macht es so schnell keiner nach, unsere Küche ist weltbekannt, und bestimmt gibt es auch in Berlin ein italienisches Restaurant, und wenn man schon mal da ist, kann man ja mal hingehen, oder? Wie lange du bleibst, und was du dort machst.

»Ich geh zu einer Beerdigung«, sagst du. Ein Geniestreich.

»Oh, tut mir leid, das tut mir wirklich sehr leid.«

»Keine Ursache, vielen Dank, so was passiert eben, leider.«

Du machst ein trauriges Gesicht und schüttelst den Kopf, erleichtert, denn jetzt hast du bis Pisa deine Ruhe und kannst ungestört Muglione betrachten, das in der schwülen Hitze langsam an dir vorbeizieht und dir sanft über die Augen streicht.

Die Hauptstraße, die Kanäle, die Jugendinfo. Das Büro ist wegen Urlaub geschlossen, und wenn es wieder offen ist, wird jemand anderer im Dunkeln sitzen, einsam und allein. Du denkst ganz kurz an den Massagesessel. Ob der Vertreter irgendwann vorbeikommen wird, um ihn abzuholen? Oder hat er sein fabelhaftes Produkt und diesen Ort am Ende der Welt, wo er es versehentlich hat stehen lassen, längst vergessen? Vielleicht, vielleicht aber auch nicht, sicher ist nur, dass du es nie erfahren wirst.

So wenig wie die Lösung jenes Rätsels der Nachricht in deinem Blog: *Tiziana, schön, dich im Nez zu lesen.* Wer hat sie dir eigentlich geschickt? Luca? Nick, Pavels Freund? Ein Analphabet, der sich auf die Seite verirrt hat? Du wirst es nie erfahren, aber das spielt keine Rolle, weil du jetzt gehst und all das aufhört zu existieren, wahrscheinlich.

Die Hauptstraße ist fast leer. Es ist August, und wer kann, fährt ans Meer oder in die Berge oder sonst wohin, nur weg von hier und dem fauligen Kanalgeruch. Du hast das Taxi viel zu früh bestellt, denn man weiß ja nie, ob nicht etwas Unvorhergesehenes passiert. Du hast lieber ein bisschen Spielraum, dann bist du beruhigt und fühlst dich sicher, auch wenn du halbe Nachmittage auf Flughäfen und in Bahnhöfen herumsitzt, genau wie deine Mutter, wenn sie schon zwei Stunden vor dem Termin in der Arztpraxis ist. Du und deine Mutter, ihr seid euch so ähnlich, nur die Orte sind verschieden, an denen ihr wartet, die Hände im Schoß. Du hast das Gefühl zu ersticken.

Von hinten hörst du plötzlich das infernalische Knattern eines voll aufgedrehten Rollers. Jetzt ist er auf Höhe des Taxis, taucht an deinem Fenster auf und bremst ab. Du schaust nicht sofort hinaus, sondern holst erst mal tief Luft, sammelst dich und überlegst, was Fiorenzo hier will. Dir einen letzten Abschiedsgruß schicken, dich beschimpfen, dich doch noch überreden zu bleiben? Du drehst den Kopf. Sechstausend verschiedene Gefühlsregungen spiegeln sich in deinem Gesicht, und endlich schaust du ihn an.

Es ist nicht Fiorenzo. Es ist einer von diesen Halbstarken, die zeigen wollen, was ihr Roller hergibt. Er überholt das Taxi, reißt den Lenker hoch und verschwindet auf dem Hinterrad aus deinem Leben. Du atmest erleichtert auf, alles in Ordnung, vor dir liegt die leere Straße.

Aber wie ist es eigentlich, Tiziana, was würdest du jetzt sagen? *Ein Glück*, dass es nicht Fiorenzo war, oder *schade*, dass er es nicht war. Beides gleichzeitig geht nicht, das weißt du selber. Weißt du es wirklich, Tiziana?

Nein, in diesem Augenblick weißt du gar nichts. Und aus irgendeinem Grund fällt dir plötzlich jener Sonntag im Juni wieder ein, als ihr zusammen nach Viareggio gefahren seid. Ein Kunde aus dem Angelladen betreibt dort am Hafen ein Restaurant und hatte Fiorenzo immer wieder eingeladen *Komm mich besuchen, Fiorenzo, ich werde dich gut bewirten.* So gegen neun wart ihr da, es war noch nicht ganz dunkel, aber das Restaurant hatte geschlossen. Ruhetag. An einem Sonntag im Sommer in Viareggio. Und dann hat es angefangen zu regnen. Einer dieser plötzlichen Gewitterregen an der Küste, wo es zehn Minuten lang gießt wie aus Kübeln, ein sturzbachartiger Regen, der im Nu alles unter Wasser setzt.

An einem Kiosk an der Mole verkaufte ein Chinese frittierten Fisch, ihr habt zwei Tüten Garnelen und Tintenfischringe genommen, die hart waren wie Gummi, und habt euch unter die Markise eines Ladens für Bootsmotoren geflüchtet, um auf dem Zeug rumzukauen. Fiorenzo sagte, sein Traum sei es, sich ein Boot zu kaufen und damit übers Meer zu schippern, und du hast ihn daran erinnert, dass er doch schon davon träumte, mit seiner Band berühmt zu werden. Er meinte, ja klar, aber es sei besser, mehr als nur einen Traum zu haben, denn das Leben sei ein Lotteriespiel: Je mehr Lose man hat, desto größer sei die Gewinnchance.

Ein Satz, der dir jetzt bemerkenswert erscheint, aber damals hast du das nicht gecheckt. Und dann zählte Fiorenzo auf, was er auf seinem Boot alles machen will. Er hatte sogar schon einen Namen, den du aber vergessen hast. Auf jeden Fall brauche er eine Kochstelle, um die frisch gefangenen Fische zu braten, und Weißwein, der gut zum Fisch passt. Er würde seine ganze freie Zeit auf dem Mittelmeer verbringen, jeden Tag woanders. Und während er erzählte und erzählte, fiel dir irgendwann auf, dass in Fiorenzos Zukunftsplänen, so banal und unausgegoren sie sein mochten, du gar nicht vorkamst. Er sagte immer nur *ich* laufe, *ich* fahre, *ich* hole, und du hast es bedauert, dass nur er auf diesem Boot sein würde.

Er zählte immer weiter all die Fische auf, die er fangen wollte – Bonito, Seehecht und Makrelen, Brassen, Doraden, Bastardmakrelen und Marmorbrassen und Roten Knurrhahn und …

»Aber jetzt angelst du dir erst mal einen Tintenfisch!«, hast du gesagt und mit einem frittierten Tintenfischring genau auf seine Nase gezielt. Es kam dir ganz spontan in den Sinn, du warst selbst überrascht, dann hast du angefangen zu lachen.

»Spinnst du? Mein Destruction-T-Shirt! Das Öl geht nie mehr raus!« Das T-Shirt war schwarz, was sonst, darauf ein Metzger, Wahnsinn im Blick und ein Schlachtermesser in der Hand. »Siehst du, es ist versaut, für immer!«

»Vorher sah es auch nicht viel besser aus.«

Fiorenzo musterte dich wortlos, presste die Tüte mit dem rechten Arm gegen die Brust, fischte eine Garnele heraus und warf sie dir ins Gesicht.

So begann eure Schlacht mit den frittierten Meeresfrüchten, und im Getümmel habt ihr sogar die schützende Markise verlassen. Es goss in Strömen, und ihr wart im Nu pitschnass und mit stinkendem Fett verschmiert. Und als ihr eure ganze Munition verschossen hattet, habt ihr auch noch die leeren Tüten eingesetzt. Dann habt ihr dagestanden und euch angeschaut, außer Atem und mit einem schiefen Grinsen. Der Regen ließ nach, das Gewitter verzog sich Richtung Pisa.

Die Leute wagten sich aus ihren schützenden Unterständen, bevölkerten wieder die Straße zum Hafen und warfen euch im Vorbeigehen Blicke zu, als wärt ihr zwei Geisteskranke. Vor allem dir, Tiziana, denn du bist ja schließlich kein Kind mehr.

»Tiziana, darf ich dir was sagen?«

»Sag schon.«

»Du siehst voll hässlich aus. Wirklich, so was von hässlich.« Fiorenzo deutete mit dem Finger auf dich und prustete los, und du hast auch gelacht und versucht, dir die klebrigen Haarsträhnen aus dem Gesicht zu streichen, aber deine Finger waren fettig, und alles wurde nur noch schlimmer.

Du musst jetzt noch grinsen, wenn du daran denkst, auf der Rückbank im Taxi. Du betrachtest dich im Rückspiegel und kommst dir albern vor. Du greifst nach den Zeitungen auf deinem Schoß und versuchst, dir das Grinsen zu verkneifen.

Wieder überholt ein Roller euer Taxi, aber diesmal schaust du nicht mal hin. Fiorenzo weiß nicht, dass du heute abreist. Und selbst wenn er es wüsste, würde er nicht kommen. Er ist bestimmt angeln oder macht Musik oder versucht, es sich sonst irgendwie gut gehen zu lassen, was ja völlig richtig ist. Du hast kein Recht, etwas anderes zu hoffen.

Dann bist du am Flughafen. Es stehen jede Menge Leute herum, die zu den Anzeigetafeln hochschauen, unschlüssig, wo sie hingehen sollen. Für einen Augenblick fühlst du dich wie zu Hause.

Du denkst an Muglione, und etwas würgt dich in der Kehle, du bist nur eine halbe Autostunde weit entfernt, fühlst dich aber wie auf einem anderen Kontinent. Du holst dein Handy raus und schickst Raffaella eine SMS. Du schreibst ihr, sie soll dich so bald wie möglich besuchen kommen, und wenn sie Angst vorm Fliegen hat, könne sie ja auch mit dem Zug fahren oder mit dem Auto, egal, du würdest jedenfalls auf sie warten und dich über ihren Besuch freuen.

Du liest dir den Text noch mal durch, schickst ihn ab, und als du vor dem Flugschalter das Handy wieder einstecken willst, kommt eine SMS. Die Frau am Schalter weist dich streng darauf hin, dass im Flugzeug das Handy ausgeschaltet werden muss. Du

nickst, das weißt du, du bist schließlich nicht die typische Italienerin. Du gibst deine Koffer auf und liest Raffaellas Antwort.

Aber es ist nicht Raffaella, auf dem Display steht FIORENZO.
Aus dem Knoten von vorhin ist ein Kloß geworden, der immer
größer wird, du kannst nicht mal mehr schlucken.

Wenn du das liest, bist du wahrscheinlich schon bei den Teuto-
nen. Ich wollte dir nur sagen (und es ist das Gegenteil von dem,
was ich sagen möchte), wenn du zufällig feststellst, dass es dir
dort nicht gut geht und es dir hier gar nicht soooo schlecht ging,
bin ich für dich da, und du kannst zu mir zurück. Es wird kein
Triumphgeschrei geben, keine Sorge, aber wenn du wieder-
kommst, bin ich für dich da. Ich bin ein Idiot, ich weiß, aber so
ist es nun mal. Ciao, F. (19:01)

Woher weiß er, dass heute der Tag ist? Sogar mit der Uhrzeit
liegt er fast richtig ... Ist das Telepathie, Computerspionage oder
nur Raffaella, die sich wieder mal um Dinge kümmert, die sie
nichts angehen?

Du weißt es nicht, aber du liest die Nachricht ein zweites Mal,
ein drittes Mal ...

Beim vierten Mal wirst du unterbrochen, als dir jemand von
hinten mit dem Finger auf die Schulter tippt.

»Sorry, aber ich bin in Eile«, sagt eine Stimme. Ein Mädchen
mit Rastalocken, zwanzig Jahre alt, einen Riesenrucksack auf
den Schultern. Genau wie du vor fünfzehn Jahren, als du zum
ersten Mal verreist bist. Und sie hat es eilig? *Die* hat es eilig? Du
wirfst ihr einen vernichtenden Blick zu, eine Zimtzicke in Mili-
tärhose und Stiefeln. Du machst einen Schritt zur Seite und lässt
sie vorbei.

Du bringst tausend weitere Kontrollen hinter dich, und jetzt
stehst du am Panoramafenster, schaust auf die Flugzeuge draußen auf dem Rollfeld, es riecht nach Desinfektionsmittel. Es
wird immer internationaler.

Du wolltest einen Platz am Gang, jetzt sitzt du am Fenster. Neben dir ein Geistlicher, die zwanzigjährige Studentin ist ein paar Reihen weiter hinten, die Triebwerke dröhnen, das Flugzeug ist startklar.

Du holst die Zeitungen raus, zuerst den »Corriere«, doch dann entscheidest du dich für den »Tirreno«. Du liest die Namen der Ortschaften, die schon jetzt exotisch klingen, fern und unerreichbar. Und der Kloß in deinem Hals wird immer bedrohlicher, er steigt hoch zu den Schläfen und in die Augen. Vielleicht spielt ja auch die ganze Aufregung vor dem Start eine Rolle. Vielleicht.

Dann bleibst du an einem kleinen Bericht hängen, in dem es um Muglione geht.

Im Haus von Noemi Irma Palazzesi, 87 Jahre, wohnhaft in Muglione, wurde gestern Abend ein grausiger Fund gemacht. Die Sanitäter vom Roten Kreuz waren wegen eines Schwächeanfalls der alten Dame gerufen worden. Sie fanden in der Küche zahlreiche Katzen, die teils erst kurz, teils schon länger tot waren, eine lag zum Auftauen im Waschbecken. Im Hausmüll der Signora Palazzesi fanden die Carabinieri mehrere Katzenknochen, weitere Kätzchen lagen im Gefrierschrank, zum späteren Verzehr bestimmt. Die Signora gab zu, unter dem Vorwand, sich einsam zu fühlen, die Kätzchen aufgenommen und sich mit ihnen einen Nahrungsvorrat angelegt zu haben. Ihre Rechtfertigung war, dass eine Katze sich von einem Kaninchen gar nicht so sehr unterscheide und sie es sich mit 400 Euro Rente im Monat nicht leisten könne …

Du faltest die Zeitung zusammen und vergräbst sie tief unten in deiner Tasche. Die armen Kätzchen. Du hattest also recht mit deiner Skepsis gegenüber der Alten, wenigstens dieses eine Mal. Man kann ja auch nicht immer unrecht haben.

Die Triebwerke werden hochgefahren, die Piste gleitet unter dir weg, das Flugzeug setzt sich in Bewegung, beschleunigt, hebt ab. Du schließt ganz fest die Augen und lässt wie jedes Mal alles Revue passieren, was zu Hause zurückgeblieben ist.

Bücher, Hefte, Klamotten, Armbänder, dein Bett, das Nachtschränkchen aus deiner Kindheit mit den Klebebildern der kleinen Schlümpfe. Was werden alle diese Dinge jetzt machen, wo du nicht mehr da bist? Werden sie brav und stumm an ihrem Platz bleiben und auf dich warten? Und die Zahnbürste, du hast die Zahnbürste vergessen! Sie war so gut wie neu und steht jetzt im Bad in einem Glas, einsam wie ein auf der Autobahn ausgesetzter Hund. Was wird sie denken, wie wird sie sich fühlen? Am liebsten würdest du das Flugzeug kehrtmachen lassen, zu Fuß nach Muglione laufen, ins Bad rennen und dir die Zähne putzen, um ihr zu zeigen, dass sie noch zu etwas nütze ist, dass du sie nicht vergessen hast und nie vergessen wirst.

In Muglione wäre auch Fiorenzo, der auf dich wartet. Beim Angeln, im Laden oder wo auch immer, er ist jedenfalls für dich da, und du kannst zu ihm zurück, das hat er selbst gesagt, er hat es dir sogar geschrieben. Du weißt zwar nicht genau, was du im Leben willst, aber mit ihm zusammen zu sein gehört ganz sicher zu den Dingen, die dir gefallen würden.

Eine Arbeit, die dir Spaß macht, eine Stadt, in der du gern lebst, ein Freund, mit dem du gern die Abende verbringst ... du brauchst also viele Lose bei diesem einzigen Lotteriespiel, aber je mehr du hast, desto größer ist deine Gewinnchance.

Doch wie schafft man es, alle diese Wünsche unter einen Hut zu bringen? Wie schafft man das, Fiorenzo, wie schaffst du das?

Das Flugzeug ist jetzt in der Luft. Du schaust runter auf die Erde, alles ist flach da unten, die Häuser und die Straßen sehen aus wie Spielzeug, das in einem gottverlassenen Winkel der Erde herumliegt.

Wer weiß, ob da unten jemand zu dir hochschaut, weil etwas in seinem winzig kleinen Leben ihn genau in diesem Moment veranlasst, den Blick gen Himmel zu richten: ein Passant, der einen Straßennamen liest, eine Frau, die ihre Katze auf einem Baum sucht, ein Junge mit nur einer Hand, der an einem Kanal sitzt und die Spitze seiner Angelrute kontrolliert.

Er schaut hoch und sieht am azurblauen Himmel einen winzigen hell glitzernden Punkt, der sich langsam und lautlos bewegt und immer kleiner wird, immer kleiner.

Bis er nicht mehr zu sehen ist.

DREISSIG JAHRE, IRRE

Zehn Jahre sind vergangen. Zehn Jahre, ich fass es nicht, mir kommt es vor wie eine Sekunde.

Ich habe kurz die Augen zugemacht, und *peng* bin ich dreißig. Dreißig Jahre, ich, irre.

Bis zwanzig verging die Zeit überhaupt nicht, ich könnte von meinem schönsten Erlebnis in dem Sommer erzählen, als ich sechzehn war, oder sagen, wie im Herbst, als ich siebzehn war, meine Lieblingsband hieß. Dann hab ich das Gymnasium hinter mich gebracht, und alles ging rasend schnell. Als ich siebenundzwanzig wurde, hatte ich kurz Zweifel, ob ich nicht schon achtundzwanzig bin. Hätte ja sein können, es machte keinen Unterschied. Ich musste nachrechnen, ich schwör's.

Diesmal war es einfacher, denn ich bin dreißig geworden, eine runde Zahl. Ich bin jetzt ein Dreißigjähriger und fühle mich irgendwie komisch, wenn ich das sage, aber es stimmt: Ich bin ein Mann von dreißig Jahren.

Bin ich glücklich? Ich weiß es nicht. Es gibt glückliche Menschen und traurige Menschen, und dann gibt es die wahrhaftigen Menschen, die manchmal glücklich und manchmal traurig sind. Im Moment bin ich glücklich, weil hier in Muglione heute Abend ein großes Fest stattfindet und wir Mirko feiern, der gestern Weltmeister geworden ist.

In Stuttgart, nach 270 Kilometern Radrennen. Zehn Kilometer vor dem Ziel hat sich die Gruppe der Besten formiert, und unter diesen Besten war er der Allerbeste, und als die Steigung begann, hat sich Mirko aus den Pedalen erhoben und sein Ding durchgezogen, in einem gnadenlosen Tempo, ohne sich auch nur ein einziges Mal umzudrehen (um die anderen nicht zu demütigen, wie er mir sagte). Mit jedem Pedaltritt wuchs sein Vorsprung, die Zuschauer tobten vor Begeisterung, und ich trak-

418

tierte meine Couch mit Fußtritten. Jetzt tut mir der Fuß weh, aber das macht nichts. Weltmeister!

Gleich nach dem Rennen wurde er interviewt, er war noch ganz außer Atem, und sein Helm saß schief. Er schickte Grüße an seine Frau, eine Spanierin, an seinen Sohn Ignacio und dann auch an mich. Und als er gefragt wurde, wie er es schafft, so stark zu sein, antwortete Mirko *Ich habe gelernt zu siegen, als man mir beibrachte zu verlieren.* Ein Satz, der im Nu um die Welt ging, aber ich glaube, ich war der Einzige, der ihn verstanden hat.

Wer weiß, ob sich nicht auch Tiziana das Rennen angeschaut hat. Schließlich hat es ja in Deutschland stattgefunden, wo sie jetzt lebt. Wir haben uns vor zwei Jahren wiedergesehen, oder ist es schon drei Jahre her? Zu Weihnachten. Sie besuchte ihre Eltern mit ihrem deutschen Mann, der blond ist, aber nicht so groß, wie ich es mir von einem Deutschen erwartet hatte, und einem sehr blonden Mädchen, das wohl irgendwann noch größer werden wird als ihr Vater.

Wir haben uns begrüßt und zwei Küsschen auf die Wange gegeben, und ich habe meinen Arm die ganze Zeit in der Hosentasche behalten. Aber nur deshalb, weil Kinder manchmal erschrecken, wenn sie sehen, dass ich nur eine Hand habe. Wir haben gesagt, dass wir uns vor ihrer Abreise nach Deutschland unbedingt noch auf einen Kaffee treffen müssen, am besten in der Rosticceria Il Fagiano. Wir haben gelacht und einander frohe Weihnachten gewünscht und uns dann nicht mehr gesehen.

Auch weil ich zu der Zeit mit Marta zusammen war, einer Archäologin aus Parma, die an der Universität Pisa arbeitete. Sie war auf hartnäckiges Drängen des Bürgermeisters nach Muglione gekommen, nachdem man im Zuge der Kanalisationsarbeiten für die neue Wohnsiedlung Muglione 2 im ehemaligen Gewerbegebiet eigenartige Holzkonstruktionen ausgegraben hatte, möglicherweise römische oder phönizische Schiffe, die aus unerfindlichen Gründen im Hinterland von Pisa untergegangen sind.

Dass es sich in Wirklichkeit um illegal entsorgten Bauschutt handelte, war Marta und ihren Kollegen schnell klar. Noch schneller allerdings war klar, dass unsere Beziehung nicht von

Dauer sein konnte. Tatsächlich haben wir uns schon nach zwei Wochen wieder getrennt. Ich könnte jetzt sagen, dass mir das Wiedersehen mit Tiziana klargemacht hat, wie sehr ich immer noch an ihr hänge. Sie hatte zwar ein paar Fältchen mehr und sah aus wie meine Tante, aber ihr Blick hat mich immer noch verzaubert. Aber das entspricht nicht ganz der Wahrheit. Die Wahrheit ist, dass Marta mit einem Kollegen verheiratet war, der nach einem Türkeiaufenthalt wieder nach Italien zurückkam, und so war unsere Geschichte so schnell vorbei wie Mugliones Traum von einer römischen oder phönizischen Vergangenheit.

Ist schon okay so, mit Marta ging es zu Ende, und ein Jahr später war es auch mit einer anderen zu Ende, die zufälligerweise auch Marta hieß und im Optikerladen im Zentrum arbeitete. Schon merkwürdig, aber das erste Mal, wenn eine Beziehung in die Brüche geht, hast du das Gefühl, die Welt geht unter. Alles erscheint dir plötzlich sinnlos. Du könntest bei einem Brand ums Leben kommen, umzingelt von lodernden Flammen, es würde dir nichts ausmachen. Nach dem Ende der zweiten Beziehung leidest du genauso, wenn auch nicht mehr ganz so lange. Dann folgen die dritte und die vierte Beziehung, und schließlich gewöhnst du dich dran. Es ist nicht so, dass du nicht mehr leidest, aber du gewöhnst dich ans Leiden.

Vielleicht hatte ja Mazinga recht mit seiner Bemerkung, als ich ihn zum letzten Mal gesehen habe. Ich habe ihn besucht, nachdem sie ihn aus dem Krankenhaus entlassen hatten, damit er zu Hause sterben konnte. Er war im Pyjama, sah mich an und lächelte, und ich fand, dass er zum ersten Mal angezogen war wie Leute in seinem Alter. Vielleicht kam er mir deshalb so alt vor. Er schwieg, weil er schwer Luft bekam, und nur um irgendetwas zu sagen, fragte ich ihn, ob es sehr nervig sei, sich zum Sprechen immer dieses Mikrofon an den Kehlkopf zu halten. IM-LEBEN-GEWÖHNT-MAN-SICH-AN-ALLES-FIORENZO-AN-DIE-SCHÖNEN-UND-AN-DIE-SCHLECHTEN-DINGE-ABER-DAS-LEBEN-IST-EIN-REINFALL-SO-ODER-SO.

Hab ich das jetzt richtig verstanden? Weiß nicht. Aber dass man sich an alles gewöhnt, das stimmt.

Ich habe mich auch an den Gedanken gewöhnt, dass Metal Devastation niemals die Welt in Trümmer legen wird, nicht Italien und nicht mal dieses elende Nest. Aber verfluchte Kacke, wir spielen trotzdem weiter, und wir werden immer härter. Einmal pro Woche hauen wir alles kurz und klein. Sogar einen neuen Gitarristen haben wir gefunden, Federico, Stefaninos Freund. Anfangs mussten sie ihre Beziehung geheim halten, weil Stefano mittlerweile PR-Manager des Papstes ist und sich oft im Vatikan aufhält. Eines Tages aber ist er damit herausgerückt und hat gesagt *Wenn ich hier runterfahre, möchte ich meinen Freund mitnehmen, und wenn das nicht geht, dann kündigt mir, ich finde sofort einen Diktator in Asien, der mir das Doppelte zahlt.* So kam es raus, auch hier im Dorf, aber es hat weiter niemanden gekümmert, weil ohnehin längst alle wussten, dass Stefanino auf Männer steht. Nur Giuliano und ich nicht.

Giuliano hat anfangs ein paar Witze gerissen und das Gesicht verzogen, aber dann hat er gehört, wie Federico spielt, und nichts mehr gesagt. Jedenfalls bis zu dem Tag, als Federico vorgeschlagen hat, Keyboards dazuzunehmen, um mehr Atmosphäre zu schaffen. Da hat Giuliano ihn mit einer Kanonade von Beleidigungen überschüttet, und von Keyboards war nie mehr die Rede.

Und heute Abend bei der Feier von Mirkos Weltmeistertitel spielt Metal Devastation. Der Bürgermeister war vehement dagegen, ebenso der Kultur- und Tourismusdezernent. Doch dann hat Mirko angerufen und gesagt, wenn wir nicht mit von der Partie sind, kommt er nicht.

Mirko hat auch gesagt, dass er ein paar Tage hier verbringen will. Zwar nicht sofort, denn erst mal muss er diesen ganzen Zirkus mit Interviews und Fernsehauftritten hinter sich bringen, aber er will bald mal für eine ganze Woche nach Muglione kommen. Er lebt jetzt in Sevilla, hat sich aber hier ein Haus gekauft. Ich habe ihn gefragt, ob er spinnt und was um Himmels willen er mit einem Haus in Muglione will. Und er meinte, die Grundstückspreise hier seien so niedrig, dass ein Haus in Muglione billiger ist als ein Wohnwagen. Und dann könne er mich wenigstens besuchen kommen.

Obwohl mein Vater sich einbildet, dass er seinetwegen kommt. Mein Vater, der ihn trainiert und in der Altersklasse der U 23 zum Erfolg geführt hat, ist jetzt der Guru des Jugendradsports. Die Profimannschaften suchen seinen Rat, wenn es um junge Talente geht, und er hat sogar eine Kolumne in der Zeitschrift »Radsport« mit dem Titel *Was versteht ihr schon von Radrennen?*, in der er sich jeden Monat mit jemand anderem anlegt.

Er hat aufgehört zu trinken, zumindest versteckt er die Flaschen gut, wenn ich ihn besuchen komme. Denn ich bin nicht mehr nach Hause zurückgekehrt, sondern in der Kammer geblieben und hatte mich inzwischen ganz gut an sie gewöhnt. Dann wurde dieses fabelhafte Gesetz zur Legalisierung von Schwarzbauten verabschiedet, und ich hab mir über dem Laden eine Wohnung bauen lassen. Wenn ich morgens aufwache, bin ich in zwei Minuten bei der Arbeit. Oft stehen schon Leute vor dem Laden und warten auf mich.

Mit Heavy Metal habe ich zwar nicht den Durchbruch geschafft, mit dem Angeln aber schon. Die neue DVD meiner mehrteiligen Reihe über die unspektakulärsten Angelplätze der Welt kommt demnächst heraus. Ich habe auch schon eine DVD über die Kanäle von Muglione gemacht, über die Sümpfe der südlichen Toskana und die Abflusskanäle des Arno, und sie verkauft sich prächtig.

Ich wollte die Serie *Entdecke deine heimatlichen Gewässer* nennen, aber man hat sich für *Fiorenzos Handreichungen* entschieden, ein geschmackloser Titel, ich weiß, aber was soll man machen. Ich stelle einfache, aber effiziente Angelmontagen vor, erkläre, wie man an einem Tümpel vor der eigenen Haustür aufregende Abenteuer erleben kann, wie man Ratten- und Zeckenbisse überlebt und Ähnliches mehr.

Auch jetzt gerade bin ich wieder angeln, am Kanal, klar, und ich glaube, ich möchte nirgendwo anders sein.

Auch weil jetzt gleich Silvia kommt. Wir sind zwar nicht direkt verabredet, aber irgendwie doch. Sie ist seit fast einem Monat wieder in Muglione und kommt jeden Tag um dieselbe Zeit mit Diletta hierher.

Diletta ist vier Jahre alt, spricht Mailänder Dialekt und nennt mich Fioretto wie ihre Mama, als wir Kinder waren. Bis zu jenem Sommer in der Achten und bis zu jenem Nachmittag, an dem wir hier am Kanal Schere-Stein-Papier spielten, um zu entscheiden, wer die Bombe wirft, und ich gewonnen und kurz danach meine Hand verloren habe.

Ich glaube, das ist das Leben: ein Strom von Dingen, die alle an dir vorbeiziehen. Manches erwischst du, manches verlierst du, von manchem merkst du gar nicht, dass es schon vorbeigetrieben ist, und vielleicht wäre gerade das für dich das Richtige gewesen. Aber du kannst es nicht wissen, und du denkst auch gar nicht so viel darüber nach, denn du bist noch mitten in diesem Fluss, und die Dinge kommen, ziehen vorbei und verschwinden.

Aber vielleicht ist das Leben gar kein Fluss, sondern ein Kanal, und dann sieht die Sache schon anders aus. Denn ein Fluss fließt und mündet ins Meer, ein Kanal dagegen führt nirgendwohin. Er bleibt schnurgerade, ohne ein Ziel, und kann höchstens hoffen, andere Kanäle zu schneiden und sich eine Zeit lang mit ihnen zu vermischen. Und wenn dieses ganze ständig ineinanderfließende Wasser irgendeinen Sinn hat, so erschließt er sich mir nicht. Ich weiß nur, dass ich gern hier bin, vor allem wenn ich einen Köder ins Wasser werfen und angeln kann.

Und seit einem Monat bin ich noch viel lieber hier. Wenn ich einen Fisch fange, macht Diletta Luftsprünge, läuft zu mir und streichelt dem Fisch behutsam über den Kopf, wischt sich den Finger an ihrem T-Shirt sauber und sagt *Diesmal hast du Glück, kleiner Fisch, aber nächstes Mal pass bitte besser auf.* Dann nickt sie mir zu, und ich lasse ihn wieder ins trübe Wasser. Der Fisch schlägt einmal mit dem Schwanz und taucht sofort unter.

Gestern war das Mädchen nicht dabei, Silvia ist allein gekommen und mindestens eine Stunde geblieben, und wir haben über alles Mögliche geredet. Ihre Haare sind noch genauso schwarz wie damals, aber glatter, und sie reichen ihr nur noch bis knapp auf die Schultern. Und sie raucht. Nach einem Monat hat sie zum ersten Mal nicht die ganze Zeit über gestanden, sondern sich irgendwann neben mich gesetzt, ganz nah neben mich, die Augen zusammengekniffen wegen der Sonne und geredet.

Sie sagt, anfangs hat sie zu Hause die Fenster sperrangelweit aufgerissen, Tag und Nacht, um diesen entsetzlichen Schimmelgeruch rauszukriegen, bis sie kapiert hat, dass nicht das Haus so riecht, sondern Muglione.

Ich habe tief Luft geholt und ihr gesagt, dass dieser Ort hier viel zu hässlich ist für ein so hübsches Mädchen wie sie. Und sie hat erst nach einer ganzen Weile wieder was gesagt: *Für so ein Scheißkaff ist es herrlich ruhig hier.* Wir haben gelacht, dann geschwiegen. Auf meinem Arm, der die Angelrute hielt, spürte ich ihre Hand. Es gibt Dinge, die sind richtig und müssen einfach passieren, weil sie so schön sind, auch wenn sie am Ende dann doch nicht passieren. Aber das macht nichts, vielleicht passieren sie morgen oder übermorgen oder irgendwann, wenn's ihnen in den Kram passt.

Und bis dahin lächle ich und fixiere den Schwimmer, der im Wasser liegt, flach und reglos, aber ich habe so eine Ahnung, dass es nicht lange so bleiben wird. Ich hole die Schnur ein, überprüfe den Köder, einen schönen dicken, saftigen Wurm, der wohl recht zufrieden damit ist, im Schlick am Grund eines Kanals an einem Haken zu hängen. Ich lasse ihn wieder ins Wasser, genau da, wo ich ihn haben will.

Denn beim Angeln ist der Köder das Wichtigste. Du kannst nicht einfach dasitzen und warten, wenn du nichts am Haken hast. Irgendetwas musst du einsetzen, sonst hat es keinen Sinn zu spielen.

Und es stimmt auch nicht, dass nie was passiert.

Schau dir nur mal dieses Dorf hier an. Ein Nest, ja, ein ödes Nest. Und trotzdem kam eines Tages eine schöne Frau aus Deutschland hierher zurück, die mir wegen meiner Interpretation eines D'Annunzio-Gedichts die Leviten lesen wollte, und am Ende haben wir miteinander geschlafen.

Und trotzdem begann Mirko Colonna hier seine Karriere, der

neue Weltmeister, dreimalige Sieger des Giro d'Italia und zwei-
malige Gewinner der Tour de France.

Und trotzdem spielt hier eine superstarke Band, die aus
reinem Pech und wegen der musikalischen Analphabeten in diesem Land bisher noch nicht groß rausgekommen ist.

Und trotzdem lebt hier eine Spezies unglaublicher Wasser-
monster, eine schwarze, lautlose Riesenbestie, die sich jahrelang
versteckt hält, um dann urplötzlich und völlig unvermittelt an
die Oberfläche zu kommen und gemächlich an einem vorbeizu-
ziehen.

Und für einen solchen Moment musst du dich bereithalten,
mit dem richtigen Köder, dann beißt das Monster an und reißt
dir alles kaputt, und du bleibst atemlos keuchend auf der Kanalböschung zurück. Und dieses Monster lehrt dich, dass du alle
Theorien und Techniken dieser Welt beherrschen kannst und
trotzdem ab und zu etwas so Gewaltiges in deinem Leben passiert, dass es dich regelrecht umhaut und dein ganzes Wissen
und Können plötzlich bedeutungslos wird. Du kannst nichts
weiter tun, als auf deinem Hintern auf der Erde sitzen zu bleiben und aufs Wasser zu schauen, das auf einmal verrückt spielt.
Die Frösche nehmen Reißaus, es beginnt ein Riesentheater, es
spritzt, und die Wellen schlagen hoch.

Und dann beruhigt sich das Wasser wieder, die Frösche quaken wie zuvor, und alles geht wieder seinen gewohnten Gang.

DANK

Dann fang ich also mal an:

Es ist mir überaus wichtig, Giulia Ichino zu danken, die mich an einem schlammigen Kanal aufgelesen hat, ohne Angst, sich die Schuhe schmutzig zu machen.

Ich danke Antonio Franchini, sein Auge blickt weit, sein Geist schürft tief, seine Faust schlägt hart.

Marilena Rossi, die die wertvollsten Eigenschaften von hundert phantastischen Leuten in sich vereint, unglaublich, aber wahr.

Ich danke Francesca. Wer immer sie mir geschenkt hat, ich bin ihm dankbar.

Meinen Eltern, die mich bei schönem Wetter nicht zur Schule geschickt haben.

Michele und Matteo, die Pinienzapfen bleiben vorerst am Baum.

All den Fischen, die bei mir angebissen haben, hoffentlich habe ich ihnen nicht allzu sehr wehgetan.

Ich danke vielen anderen, die mir auf dieser Königsetappe zur Seite gestanden haben. Manche sind nicht mehr da, haben aber trotzdem ihren Platz. Corky und Karen, Andreino, Emanuele und Barbara, Andrea und Francesco, Stefano, Michele, Stefano, Debora, Andrea und den kultivierten Freunden Violetta, Edoardo und Daniela, Edoardo, Gian Paolo, Carlo, Fabio, Clara, Giulio vom Verlag Transeuropa, Giulia, Alessandra und Nicolò, Cinzia und Franco, Jacopo und Sabrina, Alex und Milena, Filippo und Ester, Alberto und Nada, Ettore und Lea, Giuseppina und Arolando, Mariuccia und Dino, meinem Cousin Luca, La Mariella, Alberto, Emanuela und Leonard, Giada, Matilde, Serena,

Cisco, Cosimo und Sofia, Pier-Paolo, Claudio, Filippo, Giacomo, Luigi und Daniela, Irene, Duccio, Dania, Claudia und Sabrina, Alessandra und Federico, Gianluca und Matteo, Chiara, Alessia und Marco, Alessandro, Paolo, Annalisa und Massimiliano, den Anglerfreunden von der Brücke (auch denen mit den Waagen), Ugo und den Kunden seines Angelladens, Mario und Laura, Ruggero und Camilla, Katia und Manuela, David, Elisabetta und Matteo il Conte, Marco Pantani, Fiorenzo Magni (ihm verdankt Fiorenzo seinen Namen).

Und schließlich danke ich euch allen, die ihr mir bis hierher gefolgt seid. Wir leben nicht ewig, hier sind wir fertig, also jetzt alle raus, um zu sehen, was draußen los ist.

INHALT

7 Galilei war ein Dummkopf
(Sommer 2005)
12 Metal Devastation
17 Albertina
23 Die Hunde des Schicksals
(Ripabottoni, Molise, kurz vor Weihnachten)
30 Neugeborene Kätzchen
35 Libellen sind lesbisch
45 Alles Gute zum Geburtstag, kleiner Champion
51 Altentreff
58 Das dritte Klingeln
63 Die Turnstange
70 Vibrodream
74 Ischewsk
81 Britney in der Autobahnraststätte
89 Verfluchte Module
93 TA, TA, TA-TA-TA
102 Der Müller und sein Herr
112 Eine Art Hochzeitstag
122 PontedeRock
129 Kater Sylvester
133 Lokalnachrichten am Montag
140 Die Top-Empfehlung
144 Der Regen im Pinienhain
156 Im Nez
160 Ein Zungenkuss im luftleeren Raum
173 Und wie geht es jetzt weiter?
177 Blöde Kuh, blöde Kuh, blöde Kuh
180 Der Fluch
184 Excalibur

187 D'Annunzio Dreaming
192 Das rätselhafte Verschwinden der Dinosaurier
196 Der gefährliche Knochen
199 Mein Traum ist es, Mist zu bauen
203 Sag mir was Peinliches
210 Ich würde mir einen Haken machen lassen
215 Profi Fishing Komfort Deluxe
220 Der Trick mit den Geschwistern
225 »Cronaca italiana«
230 Eine Luftmatratze für die Karpfen
241 Der bluttriefende Laden
245 Kalter Reis
251 The Devil's Nightmare
263 Tod eines Igels
268 Wir haben ein Recht auf den Stock
271 Was wissen schon die Sieger?
275 Mit welchem Recht willst du jetzt reden?
277 Wie die Fernfahrer
281 Die kleinen Freunde der Philosophen
283 Das Elend des Italo-Rock
290 Weichspüler
298 Gleich beginnt das Feuerwerk
305 Tiziana vor dem Spiegel
307 Der Sieg der Niederlage
316 Angeln ohne Köder
322 Eine dusselige Taube
327 Tyrannosaurus
333 Wie Prachtfinken auf dem Jahrmarkt
342 Mutterherz
348 Schönlinge unerwünscht
352 Die Nacht der langen Stöcke
358 Das Märchen von Wladimir
364 Eine schwedische Familie
368 Drei Monate später
373 Der Zug hält nur noch einmal
375 In Berlin ist es doch viel zu kalt

380 Die Brünette und die Blonde
386 Kaffee nein, ins Bett gehen ja
394 Ich wäre so gern ein Frosch
408 Bis er nicht mehr zu sehen ist
417 Dreißig Jahre, irre

425 Dank

Manchmal ist das Leben wie ein Leberwurstbrot ...

Andi Rogenhagen
HELDENSOMMER
Roman
352 Seiten
ISBN 978-3-7857-6049-9

Philipp ist 15, sexuell unerfahren, desorientiert und größenwahnsinnig. Kurz: Er pubertiert. Als ihm sein französischer Austauschlehrer eine Sechs gibt und er deshalb sitzen bleibt, trampt er mit seinem Kumpel Borawski und einem geklauten Soldatenkopf aus Weltkriegsbeton nach Frankreich. Sein Plan: Er will den Kopf dort auf das Lieblingsdenkmal des verhassten Lehrers pflanzen. Ein Abenteuer beginnt, bei dem Philipp Hindernisse überwinden muss, von denen er gar nicht wusste, dass es sie gibt. Und dann kommt ihm auch noch die Liebe in die Quere ...

Lübbe Paperback

Was will er von mir?
Wie konnte ich das zulassen?
WERDE ICH STERBEN?

Cat Clarke
VERGISSDEINNICHT
Roman
Aus dem Englischen
von Zoë Beck
288 Seiten
ISBN 978-3-7857-6061-1

Ein weißer Raum. Und nichts darin als ein Tisch, Stapel von Papier und Stifte. Und Grace. Sie weiß nicht, wie sie in diesen Raum gekommen ist, sie weiß nicht, warum sie dort ist. Und wie sie jemals wieder aus dem endlosen Weiß entfliehen kann. Um nicht verrückt zu werden, beginnt sie, ihre Gedanken niederzuschreiben. Ganz allmählich setzt sich dabei das Puzzle ihrer Vergangenheit zusammen – und Grace spürt: Um sich befreien zu können, muss sie die ganze Wahrheit über sich selbst herausfinden ...

Es passiert nicht oft, dass man durch ein Buch rast, weil man unbedingt die Auflösung, die Wahrheit erfahren will. vergissdeinnicht ist solch ein Buch." BIRMINGHAM NEWSPAPER

Lübbe Paperback